横光利一と中国

『上海』の構成と五・三〇事件

井上 聰
Inoue Satoshi

翰林書房

五卅運動紀念碑（本文312頁に碑文掲載・撮影著者）

序

横光佑典

「中国には、日本人の及びもつかないほど立派な人がいるのに驚いたよ」と、あるとき父がこういうのを聞きました。幼いころのことでしたが、聞いた私は飛びあがらんばかりに驚きました。何しろ時代は、国をあげての中国蔑視のころだったからなのです。年月がたち、私自身も何度か中国を訪れる機を得ました。しかし二・三日の滞在では、撫でることすらできません。所詮群盲の仲間にも入れなかったのです。その意味からも、このたび井上聰氏による本書の発刊は大変に喜ばしいことと思っております。

まずは、氏が七年ものあいだ上海に留学されていたことを挙げなくてはなりません。これでわたしも、本書を読めば群盲ぐらいにはという希望が湧いてきたからなのです。

さらにもう一つは、同氏のご父君である井上謙先生とは長年の知己であることがあります。井上先生は、私の父の研究では、とても著名な方なのです。こういった環境にある聰氏に、父の残した「上海」という小説を解説して頂けるというのですから、これ以上の喜びはありません。

父が上海を訪れたのは、私の生まれるずっと以前のことでした。後に母から聞いたのは、左翼文学との対立で、命を狙われるかもしれないからという逃避行でもあったということでした。そして帰国後の父が書いたのが、この「上海」だったのです。左翼の人たちは大いに慌てたようでした。テーマからみて、普通だったら左翼の人たちが書かねばならぬものだったからだと思います。そのころ左翼陣営から出された批評を読むと、その狼狽ぶりが手にとるようにわかるのが面白いことです。

私の父が、文芸春秋の創始者であった菊池寛さんから手厚い庇護を受けていたのは有名なことです。これは菊池さんが、何とかして日本からも西洋に対抗できる文学を出したいと考えておられたからのようでした。父はこの期待に沿うべく、生涯をかけて新しいものに挑戦していったのです。悟ったことは、短編ではとても勝負ができないということのようでした。そしてこの「上海」を皮切りに、自身の作を長編に切り替えていったのです。

父が上海で見たものは、主として西洋に支配される東洋でした。それだけでも腹がたつことなのに、これに悪乗りをしている日本人がいることは、もっと許せないことだったのかと思います。これが、父の生涯の作品となった「旅愁」へとつながっていったのも不思議なことではなかったと思っております。

父はこの作品に、十年の歳月を掛けました。この間に戦争が起こり、続いて敗戦がやってきたのです。それは、戦前のものはすべて悪だと否定する世界でした。せっかく書いた父の「旅愁」も、踏みつけにされてしまったのです。父の心に、菊池寛さんに対して申し訳がたたないという気持ちが広がっていったのも無理のないことだったと思います。「菊池先生には、まだ何の恩返しもしていない」といって、あるとき男泣きをしていたのが忘れられません。そしてそのあと、「敗戦の文学は書かない」といって、四十九歳の若さであの世に行ってしまったのです。

最近欧米をまわってこられた批評家の方から、外国で父のものが見直されていると聞きました。そうなると、思い出す言葉がもう一つあるのです。「今の日本には、わしの『旅愁』をわかってくれる人がいない。でも、百年後の人たちにはわかってもらえると思う」というのが、それなのです。

聞いたときには負け惜しみにも思えたのですが、もし外国での動きがほんとうだとすると、父は死後百年にして恩返しができることになるわけです。真の昇天は、やはりそのあとのことになるのかもしれません。

横光利一と中国――『上海』の構成と五・三〇事件――◎**目次**

序……横光佑典……1

まえがき……7

1　本文（復刻）……11

『改造』一九二八年十一月号……13

『改造』一九二九年三月号……39

『改造』一九二九年六月号……65

『改造』一九二九年九月号……79

『改造』一九二九年十二月号……105

『改造』一九三一年新年号……127

『改造』一九三一年十一月号……145

『文學クオタリイ』2……159

2　『上海』（書物展望社版）五・三〇事件に関連する本文（二三、三一～三八、四〇）比較と異同……165

凡例……166

『上海』五・三〇事件に関連する本文（二三、三一～三八、四〇）比較と異同……167

注解……233

3　横光利一と中国――『上海』の構成と五・三〇事件……241
一、五・三〇事件への流れ……242
二、第一回目の事件……246
三、第二回目の事件……250
四、五・三〇事件……262
五、中国作家茅盾と五・三〇事件……275

4　資料……305
『上海』関連略年表……306
主要参考文献……310
あとがき……312

はじめに

中国の経済成長のシンボルともいえる大都市上海は、今も猛烈なスピードで都市変貌を続けている。上海浦東国際空港と市内を結ぶ世界初の実用型リニアモーターカーの運行、浦東地区の高層ビル群などは近未来都市という言葉さえ使いたくなる。中国では八〇年代までは広州や深圳など南方都市に経済が集中していたが、九〇年代に入ると上海を中心とした江南地域が急速に経済成長を遂げるようになった。上海の発展を振り返ると、これまでに幾度か大きな変革期があった。それは近代史の幕開けとなったアヘン戦争による開港である。そしてアヘン戦争の結果調印された南京条約（一八四二年）によって上海は以後通商港としての運命を辿ることになった。やがてイギリス、フランス、アメリカと次々に租界地区が誕生し、租界を管理するそれぞれの国の独自の建造物が出現したのである。当時の租界地での建設ラッシュも多分、今日の上海同様、すさまじい程の勢いだったにちがいない。租界時代にしろ現在の市場経済時代にしろ、都市を動かす原動力になるのは経済力である。

今から八一年前、当時の租界都市上海で五・三〇事件が起こった。この事件は日本人の経営する工場で中国人労働者が待遇改善を求めストライキを起こしたことに端を発したもので、その後闘争は激化、五月十五日には中国人労働者が射殺されるという事件にまで発展した。そして五月三〇日に学生、労働者のデモに対しイギリス警官隊が発砲し、死傷者が出たことで全国的な反帝国主義運動となった。当時この事件は新聞等で報道されかなり話題になったようだが、今日のような報道ネットワークのない時代のこと、事件は次第に歴史の中に埋没していった。事件発生から三年後、上海へ渡った一人の日本人作家がいた。それが横光利一であり、彼は上海滞在僅か一ヶ月ほどで、文学作品として五・三〇事件をテーマに作品を書き上げた。横光は上海から帰国したその年の十一月、『改造』に

「風呂と銀行」を連載、以後『上海』となる作品を次々と発表していったが、初出雑誌の作品の最後には「ある長編（或る長編）」とあるように、当初は『上海』という題名は想定していなかった。最終的には『上海』という表題となったが、その表題に決定するにあたり、横光はかなり租界都市上海の歴史的存在、五・三〇事件の歴史的な意味を強く意識したと思われる。それが次の序（改造社版）に明確に表れている。

五三十事件は大正十四年五月三十日に上海を中心として起つた。中國では毎年此の日を民族の紀念日としてメーデー以上の騷ぎをするが、昭和七年の日支事變の遠因もここから端を發してゐる部分が多い。私はこの作を書かうとした動機は優れた藝術品を書きたいと思つたといふよりも、むしろ自分の住む慘めな東洋を一度知つてみたいと思ふ子供つぽい氣持ちから筆をとつた。しかし知識ある人々の中で、この五三十事件といふ重大な事件に興味を持つてゐる人々が少ないばかりか、知てゐる人々も殆どないのを知ると、一度はこの事件の性質だけは知つておいて貰はねばならぬと、つい忘れてゐた青年時代の熱情さへ出て來るのである。

筆者はかつて一九八六年から九三年まで上海に留学し、まさに上海が経済成長を始める転換期を目の当たりにした。古い租界時代の建物が次々に姿を消し、道路なども区画整理で驚くほど変わった今日では留学時代の痕跡を探すのにも苦労させられるほどであるが、留学当初の上海はまだ租界時代の建造物や歴史的なものが多く残っており、歴史を学ぶ者にとって、上海は近代史を肌で感じることの出来る特別な空間であった。そのような折に筆者は横光の『上海』と出会い、個人的に上海に長期滞在したということもあって、そこで起こった歴史的な五・三〇事件を横光がどのよう描いたのかに興味を持った。史実をどのように文学という形で表現するかという手法にも関心があった。横光にとって『上海』は最初の長編小説であり、この作品を書くにあたり彼は相当な史料調査と史実との照合を行っていた。本書は特に五・三〇事件に関する部分のみを取り上げたが、中国に残る工部局の資料や同時代の中国人作家の手記、作品などからも、いかに横光の『上海』が史実を踏まえて書かれていたのかがわかり、五・三〇事件に関する資料が乏しい今日、横光の『上海』は貴重な歴史的資料ともいうことが出来るのである。

また五・三〇事件を横光が取り上げたことは、当時の緊迫した国際情勢における日本の立場を研究する上で大きな意味を持つ。特に西洋と東洋との対比を生涯のテーマとした横光文学における『上海』の位置を考察することは、その後の日本の動向を認識することにより、今日の日本と世界を考える上でも貴重な示唆となる作品意義をみることができる。そして租界で起こった歴史的事件をテーマにした『上海』の上梓は、その後の日本人の上海観に多大な影響を与え、日本近代文学に国際的な視野をもたらした記念すべき作品ともいえる。『上海』は横光が海外に目を向けた最初の作品で、租界都市上海を扱った異色の作品として現在注目されているが、その研究評価はまだ不十分である。その原因の一つは過剰な改稿によるテキストの不備と、研究者の租界都市上海への認識の不足であろう。

そこで本書は初出雑誌に連載された作品をすべて一つに収録し、全体像の把握を可能とした。初出連載作品をこのような形でまとめるのは今回が初めてである。

また従来ほとんど試みられなかった工部局の資料の活用や中国からの視点を中心に五・三〇事件と『上海』を考察してみた。底本とした書物展望社版と初出雑誌及び改造社版との比較では、全文の比較が理想であるが紙面の関係上、本書では五・三〇事件に関連する部分のみ（二三、三一～三八、四〇）をその対象とした。書物展望社版を底本とした理由は、作者の序に「この書をもつて上海の決定版としたい」とあるためである。本書が『上海』研究の一助となれば幸いである。

1 本文（復刻）

序

この作品は私の最初の長篇である。私はそのころ、今とは違つて、先づ外界を視ることに精神を集中しなければならぬと思つてゐたので、この作品も、その企畫の最終に現れたものであるから、人物よりもむしろ、自然を含む外界の運動體としての海港となつて、上海が現れてしまつた。昭和七年に私はこの作を改造社から出したが、今見ると、最も力を盡した作品であるので、そのままにしておくには捨て切れぬ愛着を感じ、全篇を改竄することにした。幸ひ書物展望社の好意により、再び纏めることの出來たのを悦ばしく思ふ。この書をもつて上海の決定版としたい。

横光利一

KAIZO

改造

十一月號

1928

大正八年三月廿一日第三種郵便物認可
昭和三年十一月一日發行（毎月一回一日發行）
昭和三年十月十八日印刷納本

第十巻第十一號

定價五拾錢

風呂と銀行

横光利一

一

滿潮《まんてう》になると河《かは》は膨《ふく》れて逆流《ぎやくりう》した。火《ひ》の消《き》えたモーターボートの首《くび》の波《なみ》。舵《かぢ》の並列《へいれつ》。抛《はう》り出《だ》された揚《あ》げ荷《に》の山《やま》。鎖《くさり》で縛《しば》られた棧橋《さんばし》の黑《くろ》い足《あし》。測候所《そくこうじよ》のシグナルが平和《へいわ》な風速《ふうそく》を示《しめ》して塔《たふ》の上《うへ》へ昇《のぼ》つていつた。海關《かいくわん》の尖塔《せんたふ》が夜霧《よぎり》の中《なか》で煙《けむ》り出《だ》した。突堤《とつてい》に積《つ》み上《あ》げられた樽《たる》の上《うへ》で苦力《クリー》達《たち》が濕《しめ》つて來《き》た。鈍重《どんぢう》な波《なみ》の上《うへ》で破《やぶ》れた黑《くろ》い帆《ほ》が傾《かたむ》いたまゝ動《うご》き出《だ》した。

參木《さんき》は街《まち》を廻《まは》つて歸《かへ》つて來《き》た。

波打際《なみうちぎは》のベンチにはロシア人《じん》の疲《つか》れた春婦《しゆんぷ》達《たち》が並《なら》んでゐた。彼女《かのぢよ》らの默々《もくもく》とした瞳《ひとみ》の前《まへ》で潮《しほ》に逆《さか》らつた舢舨《サンパン》の青《あを》いランプが廻《まは》つてゐた。

「あんた、急《いそ》ぐの。」

春婦《しゆんぷ》の一人《ひとり》が首《くび》を參木《さんき》の方《はう》へ振《ふ》り向《む》けて英語《えいご》で云《い》つた。彼《かれ》は女《をんな》の二重《ぢゆう》になつた顎《あご》の皺《しわ》に、白《しろ》い斑點《はんてん》のあるのを見《み》た。

「空《あ》いてゐるのよ、ここは。」

參木《さんき》は女《をんな》と並《なら》んで坐《すわ》つた。

「煙草《たばこ》。」と女《をんな》は云《い》つた。

參木《さんき》は煙草《たばこ》を出《だ》した。

「毎晩《まいばん》ここかい。」

「ええ。」

「もうお金《かね》がないと見《み》えるな。」

「お金《かね》？」

「うむ。」

「お金《かね》もないし、お國《くに》もないわ。」

「そりや、困《こま》つたね。」

「だからよ、あんたにこんなことを云《い》つたり、悲《かな》しさうな顔《かほ》をしてみたり。」

霧《きり》が帆桁《ほげた》にからまりながら湯氣《ゆげ》のやうに流《なが》れて來《き》た。女《をんな》は煙草《たばこ》に火《ひ》を點《つ》けた。石垣《いしがき》に繋《つな》がれた舟《ふね》が波《なみ》に揺《ゆ》れる度毎《たびごと》に、船名《せんめい》のローマ字《じ》を代《かは》る代《がは》る瓦斯燈《がすとう》の光《ひか》りに浮《う》き上《あが》らせた。艀の上《うへ》で賭博《とばく》をしてゐる支那人《しなじん》の首《くび》の中《なか》から、鈍《にぶ》い銅貨《どうくわ》の音《おと》が聞《きこ》えて來《き》た。

「あんた、行《い》かないの。」

「うむ、今夜《こんや》は駄目《だめ》だ。」

「どうして、いらつしやいよ。」

「だつて、もう直《す》ぐここで逢《あ》はなくちや。」

「ぢや、駄目《だめ》ね。」

女《をんな》は足《あし》を組《く》み合《あは》した。遠《とほ》くの橋《はし》の上《うへ》を馬車《ばしや》が一臺《だい》通《とほ》つていつた。參木《さんき》は時計《とけい》を出《だ》してみた。甲谷《かうや》の來《く》るのはもう直《す》ぐだつた。彼《かれ》は甲谷《かうや》に宮子《みやこ》と云《い》ふ踊子《をどりこ》を一人《ひとり》紹介《せうかい》される筈《はず》になつてゐた。甲谷《かうや》はシンガポールの材木《ざいもく》の中《なか》から、此《こ》の濁《にご》つた支那《しな》の海港《かいかう》へ妻《つま》を娶《めと》りに來《き》たのである。――

濡《ぬ》れた菩提樹《ぼだいじゆ》の隙間《すきま》から、縞《しま》を作《つく》つた瓦斯燈《がすとう》の光《ひか》りが春婦《しゆんぷ》の靴先《くつさき》へ流《なが》れてゐた。その縞《しま》の中《なか》で、霧《きり》が急《いそ》がしさうに朦朧《もうろう》と動《うご》いてゐた。

「歸《かへ》らうか。」と一人《ひとり》の女《をんな》が云《い》つた。

「歸《かへ》ろ。」

春婦達《しゆんぷたち》は立《た》ち上《あが》ると鐵柵《てつさく》に添《そ》つてぞろぞろ歩《ある》き出《だ》した。一番後《ばんあと》になつた若《わか》い女《をんな》が青《あを》ざめた眼《め》で參木《さんき》の方《はう》を振《ふ》り返《かへ》つた。と、參木《さんき》は煙草《たばこ》を喰《く》はへたまま、突然《とつぜん》夢《ゆめ》のやうな悲《かな》しさに襲《おそ》はれた。競子《きやうこ》が彼《かれ》に別《わか》れを告《つ》げたとき、彼女《かのぢよ》のやうに彼《かれ》を見降《みお》ろして行《い》つて了《しま》つたからである。

春婦達《しゆんぷたち》は柵《さく》を繋《つな》いだ黒《くろ》い鎖《くさり》を跨《また》ぎながら、棧橋《さんばし》の闇《やみ》へ消《き》えていつた。踏《ふ》み潰《つぶ》されたバナナの皮《かは》が濡《ぬ》れた羽毛《うもう》と一緒《しよ》に殘《のこ》つてゐた。突堤《とつてい》の先端《せんたん》に立《た》つてゐる警邏の塔《たふ》の入口《いりぐち》から、靴《くつ》を履《は》いた二本《ほん》の足《あし》が突《つ》き出《で》てゐた。

參木《さんき》はペンチに凭《もた》れながら古里《ふるさと》の母《はゝ》のことを考《かんが》へた。その苦勞《くらう》を續《つゞ》けてなほますます優《やさ》しい手紙《てがみ》を書《か》いて來《く》る母《はゝ》のことを。——彼《かれ》はもう十年《ねん》日本《にほん》へ歸《かへ》つたことがない。その間《かん》、彼《かれ》は銀行《ぎんかう》の格子《かうし》の中《なか》で、事務《じむ》の食《く》つた預金《よきん》の穴《あな》をペン先《さき》で縫《ぬ》はされてゐただけだつた。彼《かれ》は、忍耐《にんたい》とは、此《こ》の生活《せいくわつ》の上《うへ》で、他人《たにん》の不正《ふせい》を正《たゞ》しく見《み》せ續《つゞ》ける努力《どりよく》にすぎないと云《い》ふことを知《し》り始《はじ》めた。さうして、彼《かれ》はそれが馬鹿《ばか》げたことだと思《おも》ふ以上《いじやう》に、いつの間《ま》にかだんだんと死《し》の魅力《みりよく》に牽《ひ》かれていつた。彼《かれ》は一日《にち》に一度《ど》は必《かなら》ず死《し》ぬ方法《はうはふ》を考《かんが》へた。それが最早《もはや》、彼《かれ》の生活《せいくわつ》の、唯一《ゆいいつ》の整理法《せいりはふ》であるかのやうに。彼《かれ》は甲谷《かふや》を攫《つか》まへて酒《さけ》を飲《の》むと、いつも云《い》つた。

——お前《まへ》は百萬圓《まんえん》掴《つか》んだとき、成功《せいこう》したと思《おも》ふだらう。所《ところ》が俺《おれ》は、首《くび》を縄《なは》で縛《しば》つて、兩足《りやうあし》で踏臺《ふみだい》を蹴《け》りつけたとき、やつたぞと思《おも》ふのだ。——

が、彼《かれ》は絶《た》えずその眞似《まね》だけはやつて來《き》た。しかし、彼《かれ》の母《はゝ》が、彼《かれ》の頭《あたま》の中《なか》に浮《う》かび上《あが》ると、またその次《つぎ》の日《ひ》は朝《あさ》からズボンに足《あし》を突《つ》き込《こ》んで歩《ある》いてゐた。

——俺《おれ》の生《い》きてゐるのは、孝行《かうかう》なのだ。俺《おれ》の身體《からだ》は、親《おや》の身體《からだ》だ、親《おや》の。俺《おれ》は何《な》んにも知《し》るものか。——

參木《さんき》に赦《ゆる》されてゐることは、事實《じじつ》、ただ時々古《ときどきふる》めかしい幼時《えうじ》のことを追想《ついさう》して涙《なみだ》を流《なが》すことだけだつた。彼《かれ》は泣《な》くときには思《おも》ふのだ。

——えーい、ひとつ、ここらあたりで泣《な》いてやれ。と。

それから、彼《かれ》はポケットへ兩手《りやうて》を突《つ》き込《こ》みながら、生《い》きてゐる各國《かくこく》人《じん》の馬鹿騒《ばかさわ》ぎを、祭《まつ》りを見《み》るやうに見《み》に行《ゆ》くのだ。

甲谷《かふや》がシンガポールから來《き》てからは參木《さんき》は久《ひさ》し振《ぶ》りに元氣《げんき》になつた。甲谷《かふや》と彼《かれ》とは小學時代《せうがくじだい》からの友達《ともだち》だつた。參木《さんき》は甲谷《かふや》の妹《いもうと》の競子《きやうこ》を深《ふか》く愛《あい》してゐた。しかし、甲谷《かふや》がそれを知《し》つたのは競子《きやうこ》が人妻《ひとづま》になつて後《のち》だつた。甲谷《かふや》は云《い》つた。

「馬鹿《ばか》だね、君《きみ》は、何《な》ぜ俺《おれ》に一言《ひとこと》それを云《い》はなかつたのだ。云《い》つたら、俺《おれ》は。」

云《い》つたら甲谷《かふや》は困《こま》るにちがひない、參木《さんき》は思《おも》つて默《だま》つてゐた。そして、今《いま》までひとりひそかに困《こま》つてゐたのは參木《さんき》である。だが、彼《かれ》は、今《いま》は一切《さい》のことをあきらめて了《しま》つてゐる。——生活《せいくわつ》の騒《さわ》ぎのことも、彼女《かのぢよ》のことも、日本《にほん》のことも。たゞ時々《ときどき》彼《かれ》は海外《かいぐわい》から眺《なが》めてゐると、日本《にほん》の着々《ちやくちやく》として進歩《しんぽ》する波動《はどう》を身《み》に感《かん》じて喜《よろこ》ぶことがあるだけだつた。しかし、彼《かれ》は最近《さいきん》、甲谷《かふや》から競子《きやうこ》の良人《をつと》が肺病《はいびやう》で死《し》にかかつてゐると云《い》ふ消息《せうそく》を聞《き》かされてからは、身體《からだ》から、釘《くぎ》が一本抜《ほんぬ》けたやうな朗《ほが》らかさを感《かん》じて來《き》た。

二

崩《くづ》れかけた煉瓦《れんが》の街《まち》。其《そ》の狭《せま》い通《とほ》りには黒《くろ》い着物《きもの》を袖長《そでなが》に着《き》た支那《しな》人《じん》の群《む》れが、海底《かいてい》の昆布《こんぶ》のやうにぞろりとしてゐた。乞食等《こじきら》は小石《こいし》を敷《し》きつめた道《みち》の上《うへ》に蹲《うづくま》つて默《だま》つてゐた。彼《かれ》らの頭《あたま》の上《うへ》の店頭《てんとう》には、魚《さかな》の氣胞《きはう》や血《ち》の滴《したた》つた鯉《こひ》の胴《どう》切《ぎ》りが下《さが》つてゐた。そのまた横《よこ》の果物《くだもの》屋《や》には、マンゴやバナナが盛《も》り上《あが》つて鋪道《ほだう》の上《うへ》まで溢《あふ》れてゐた。果物《くだもの》屋《や》の横《よこ》には豚屋《ぶたや》があつた。無數《むすう》の豚《ぶた》は爪《つめ》を垂《た》れ下《さ》げたまゝ、肉色《にくいろ》の洞《ほら》穴《あな》を造《つく》つて窪《くぼ》んでゐた。その豚《ぶた》の壁《かべ》の奥底《おくそこ》からは、一點《てん》の白《しろ》い時計《とけい》の臺盤《だいばん》だけが、眼《め》のやうに光《ひか》つてゐた。

此《こ》の豚屋《ぶたや》と果物屋《くだものや》との間《あひだ》から、トルコ風呂《ぶろ》の看板《かんばん》のかかつた家《いへ》の入《いり》口《くち》まで、歪《ゆが》んだ煉瓦《れんぐわ》の柱《はしら》に支《さゝ》へられた深《ふか》い露地《ろぢ》が續《つゞ》いてゐる。參木《さんき》と逢《あ》ふべき筈《はず》の甲谷《かふや》はそこのトルコ風呂《ぶろ》の湯氣《ゆげ》の中《なか》で、蓄音器《ちくおんき》を聽《き》きながらお柳《りう》に、、、、、、、、、。お柳《りう》は富豪《ふがう》の支那人《しなじん》の妾《めかけ》になりながら、此《こ》の浴場《よくぢやう》の店主《てんしゆ》を兼《か》ねた。勿論《もちろん》お柳《りう》は客《きやく》の浴室《よくしつ》へ出入《しゆつにふ》すべき身《み》ではない。だが、彼女《かのをんな》の好《この》みにあつた客《きやく》を選《えら》ぶためには、番號《ばんがう》のついたその幾《いく》つもの浴室《よくしつ》を遊《あそ》ばせておくことは、不經濟《ふけいざい》にちがひなかつた。

お柳《りう》は客《きやく》の浴室《よくしつ》へ來《く》るときは前《まへ》からいつも、身體《からだ》いつぱいに豐富《ほうふ》な石鹸《せつけん》の泡《あわ》を塗《ぬ》つてゐた。マツサーヂがすむと、主人《しゆじん》は客《きやく》の身體《からだ》に石鹸《せつけん》を塗《ぬ》り始《はじ》めた。間《ま》もなく二人《ふたり》の首《くび》が、眞面目《まじめ》な白《しろ》い泡《あわ》の中《なか》から浮《う》き上《あが》つた。

「今夜《こんや》はどちら。」と、お柳《りう》は云《い》つた。

甲谷《かふや》は參木《さんき》と逢《あ》はねばならぬことを考《かんが》へた。

「參木《さんき》が突堤《とつてい》で待《ま》つてるのだが、もう幾時《いくじ》です。」

『さうね、でも、抛《はう》つといたつてあの方《かた》こちらへいらつしやるにちがひないわ。それよりあなた、いつ頃《ごろ》シンガポールへお歸《かへ》りになるの。」

「それは分《わか》らないんですよ。僕《ぼく》は材木會社《ざいもくぐわいしや》の外交部《ぐわいかうぶ》にゐるもんですから、こちらのフイリツピン材《ざい》を蹴落《けおと》してからでなくちや、と思《おも》つてるんです。」

「ぢや、もう奥《おく》さまはお探《さが》しになりましたの。」

「いや、それは、まアさう急《いそ》いだことぢやなし、それに、奥《おく》さんが傍《そば》にゐて下《くだ》されば、妻君《さいくん》なんか貰《もら》ふ氣《き》がなくなりましたよ。」

お柳《りう》の泡《あわ》が、いきなり甲谷《かふや》の額《ひたひ》に叩《たた》きつけられた。スイツチがひねられた。と、四方《はう》の壁《かべ》から、蒸氣《じようき》が濛々と舞《ま》ひ上《あが》つた。隣室《りんしつ》からは、蓄音機《ちくおんき》がベリーマインを歌《うた》ひ出《だ》した。と、それに合《あは》せて、、、、、、、、、、、、、、、、、、、、、。すると、泡《あわ》は、その中《なか》に包《つゝ》んだ肉體《にくたい》を清《きよ》めながら、ぼたぼた花《はな》のやうに滴《した》り出《だ》した。泡《あわ》が滴る度毎《たびごと》に、お柳《りう》の背中《せなか》から、華麗《くわれい》な蜘蛛《くも》の入墨《いれずみ》がだんだん鮮《あざや》かに浮《う》き出《で》て來《き》た。

「ね、もしあなたが奧《おく》さまをお貰《もら》ひになるときは、一應《おう》あたしに相談《さうだん》なさらなきアいけないことよ。」

「だつて、あなたが僕《ぼく》に隱《かく》して、僕《ぼく》があなたについて云《い》ふ筈《はず》なんかありますものか。」

「そりや、あたしとあなたは人柄《ひとがら》が違《ちが》つてゐるわ。あたしは支那人《しなじん》のお妾《めかけ》さんよ。御存知《ごぞんじ》ないの？」

「さう今頃《いまごろ》から正直《しやうぢき》なことを訊《き》かされちや、」

お柳《りう》の胴《どう》に腕《うで》を延《の》ばした蜘蛛《くも》の皮膚《ひふ》から、汗《あせ》が出《で》てゐた。やがて、蒸氣《じようき》が浴室《よくしつ》に溢《あふ》れ出《だ》すと、一面《いちめん》長方形《ちやうはうけい》の眞白《まつしろ》な霧《きり》の中《なか》に、主人《しゆじん》も客《きやく》も、蜘蛛《くも》も泡《あわ》も茫々《ばう／＼》として見《み》えなくなつた。蒸氣《じようき》の中《なか》からお柳《りう》の聲《こゑ》が聞《きこ》えて來《き》た。

「あなた、今夜《こんや》はどこへも行《ゆ》かないつて仰言《おつしや》いな。」

「いや、參木《さんき》が、」

「參木《さんき》さんなんかどうでもいいわ。」

「もう蒸氣《じようき》をとめてくれ給《たま》へ。」

「いやよ、行《ゆ》かないつて仰言《おつしや》らなけりや。」

「これぢや息《いき》がつまつて、苦《くる》しくつて仕樣《しやう》がない。」

「もういい加減《かげん》に覺悟《かくご》をなさいよ。」

「あなたは僕《ぼく》を、殺《ころ》すんですか。」

「今頃《いまごろ》そんなことに氣《き》がつくなんて、」

「奧《おく》さん。」

「いやよ、」

そのまま、ぷつりと二人《ふたり》の聲《こゑ》は切《き》れて了《しま》つた。

三

參木《さんき》は疲《つか》れながら、トルコ風呂《ぶろ》まで歸《かへ》つて來《き》た。だが、そのときは、もう甲谷《かふや》は參木《さんき》に逢《あ》ひに突堤《とつてい》へ行《い》つた後《あと》だつた。

參木《さんき》は應接室《おうせつしつ》のソファーに沈《しづ》み込《こ》んだまま默《だま》つてゐた。浴場《よくぢやう》の奧《おく》から湯女《ゆな》達《たち》の笑《わら》ふ聲《こゑ》と一緒《しよ》に、ポルトガル人《じん》の猥雜《わいざつ》な歌《うた》が聞《きこ》えて來《き》た。時々《ときどき》蒸氣《じようき》を拔《ぬ》く音《おと》が壁《かべ》を震動《しんどう》させると、テーブルの上《うへ》のチユーリツプが首《くび》を垂《た》れたまま慄《ふる》へてゐた。

一人《ひとり》の湯女《ゆな》が彼《かれ》の傍《そば》へ近《ち》か寄《よ》つて來《き》た。彼女《かのぢよ》は彼《かれ》の横《よこ》へ腰《こし》を降《お》ろすと、横目《よこめ》で參木《さんき》の鼻《はな》を眺《なが》めてゐた。

「眠《ねむ》いのか。」と參木《さんき》は云《い》つた。

女《をんな》は兩手《りやうて》で顏《かほ》を隱《かく》して俯向《うつむ》いた。

「風呂《ふろ》は空《す》いてるか。」

女《をんな》が、つて頷《うなづ》くと、參木《さんき》は云《い》つた。

「ぢや、ひとつ賴《たの》まう。」

参木は前《まへ》から此《こ》の無口《むくち》な女《をんな》が好《す》きであつた。彼女《かのぢよ》の名《な》はお杉《すぎ》と云《い》ふ。お杉は参木が來《く》ると、女《をんな》たちの肩越《かたご》しにいつも参木《さんき》の顔《かほ》をうつとりと眺《なが》めてゐた。――

湯女達《ゆなたち》が狹い廊下《らうか》いつぱいに水々《みづ／＼》しい空氣《くうき》をたてて亂《みだ》れて來《き》た。

「まア、参木さん、暫《しばら》くね。」

参木はステツキの握《にぎ》りの上《うへ》に顎《あご》を乘《の》せたまま、ぢろりと女達《をんなたち》を見廻《みまは》した。

「あなたの顔は、いつ見《み》てもつまんなさうね。」

と、一人《ひとり》が云《い》つた。

「そりや、借金《しやくきん》があるからさ。」

「だつて借金なんか、誰《だれ》でもあるわ。」

「ぢや、風呂《ふろ》へでも入《い》れて貰《もら》はふ。」

女達は崩《くづ》れたやうに笑《わら》ひ出《だ》した。そこへお杉《すぎ》が浴室《よくしつ》の準備《じゆんび》を整《とゝの》へて戻《もど》つて來た。参木は浴室《よくしつ》へ這入《はい》ると、寢椅子《ねいす》の上《うへ》へ仰向《あふむ》けに長《なが》くなつた。皮膚が濕氣に浸つて膨れ出《だ》した。彼はだんだんと眠《ねむ》くなつた。と、ふと彼は、此《こ》のまま蒸氣を出し放《はな》しで眠《ねむ》つてみようと考《かんが》へた。

彼はスイツチをひねるとタオルを喰《く》はへて眼を閉《と》ぢた。身體が刻々《こく／＼》に熱くなつた。もし此《こ》のまま死《し》ねたらと思《おも》ふと、競子《きやうこ》の顔《かほ》が浮《うか》んで來《き》た。債鬼《さいき》の周章《あわ》てた顔《かほ》がちらついた。慘澹《さんたん》な專務《せんむ》の喜《よろこ》ぶ顔が。――專《せん》務《む》の食《く》つた預金《よきん》の穴《あな》を知《し》つてゐるのは彼《かれ》だけだつた。間《ま》もなく銀行《ぎんかう》は停止《ていし》を食《く》ふにちがひない。格子《かうし》の中《なか》から見《み》た無數《むすう》の顔《かほ》が、暴風《ばうふう》のやうに渦卷《うずま》くだらう。だが、駄目《だめ》だ。何《なに》もかも、人間《にんげん》の皺《しわ》を製造《せいざう》するために出來《でき》てるのだ。――

ドアーが開《あ》いた。誰《だれ》でもいい。参木《さんき》は眼《め》を瞑《つぶ》つたまま動《うご》かなかつた。と、空氣《くうき》が幅廣《はゞひろ》い壓力《あつりよく》で動搖《どうえう》した。すると、彼《かれ》はいきなりタオルで眼《め》かくしをされてゐた。お柳《りう》だと彼《かれ》は思《おも》つた。お柳《りう》なら、此《こ》の女《をんな》は人間《にんげん》の皺《しわ》を延《の》ばすのが商賣《しやうばい》だ。――

暫《しばら》くそのまま浴室《よくしつ》の中《なか》は靜《しづ》まつてゐた。お柳《りう》の背中《せなか》の黄色《きいろ》い蜘蛛《くも》が、横《よこた》はつた自分《じぶん》の身體《からだ》を見詰《みつ》めてゐる。と思《おも》ふと、椅子《いす》の上《うへ》で、身體《からだ》が鋭《するど》くだんだん尖角《とが》り出《だ》すのを彼《かれ》は感《かん》じた。

「お杉《すぎ》さん。」と参木《さんき》は故意《こい》に、お杉《すぎ》の名前《なまへ》を云《い》つてみた。

誰《だれ》も彼《かれ》には答《こた》へなかつた。参木《さんき》はやがてお柳《りう》が自分《じぶん》に、、、であらう、、を、お杉《すぎ》が自分《じぶん》に、、、と思《おも》ひたかつた。いや、それよりお柳《りう》に、自分《じぶん》がお杉《すぎ》と、、、ことの喜《よろこ》びを知《し》らせたかつた。彼《かれ》はまだ一度《ど》もお柳《りう》の、、を輕蔑《けいべつ》したことがない。それ故《ゆゑ》お柳《りう》を、、することが、彼《かれ》には彼女《かのぢよ》の、、さをますます華《はな》やかに感《かん》じることが出來《でき》さうに思《おも》はれたのだ。彼《かれ》は眼《め》かくしをされたまま、にやにやしながら、兩手《りやうて》を擴《ひろ》げて身《み》の廻《まは》りを探《さぐ》つてみた。

「おい、お杉《すぎ》さん、逃《に》げようたつて、そりや駄目《だめ》だ。俺《おれ》の手《て》は蜘蛛《くも》みたいな手《て》だから、用心《ようじん》してくれ。」

云《い》ひながら、參木《さんき》は自分《じぶん》の下手《へた》さに赤面《せきめん》した。だが、眼《め》は見《み》えぬ。やるだけやつて笑《わら》へば良《よ》い。——

すると、彼《かれ》の豫想《よさう》とは反對《はんたい》に、急《きふ》にドアーが開《ひら》いて誰《たれ》か出《で》て行《ゆ》く氣《け》配《はい》がした。此《こ》の空虚《くうきよ》な間《あひだ》に何事《なにごと》が起《おこ》るのか。參木《さんき》は暫《しばら》くぢつとしたまま空氣《くうき》に觸《ふ》れる皮膚《ひふ》に意識《いしき》を集《あつ》めてゐた。と、突然《とつぜん》、ドアの外《そと》で荒々《あらあら》しい音《おと》がした。瞬間《しゆんかん》、彼《かれ》の上《うへ》へ、突《つ》き飛《と》ばされた女《をんな》があつた。すると、女《をんな》は彼《かれ》の足元《あしもと》で泣《な》き始《はじ》めた。お杉《すぎ》だ。——

參木《さんき》は起《おこ》つた事件《じけん》の一切《いつさい》を了解《れうかい》した。彼《かれ》はお柳《りう》に對《たい》して激《はげ》しい怒《いか》りを感《かん》じて來《き》た。が、今《いま》怒《おこ》り出《だ》しては、お杉《すぎ》が首《くび》になるのは分《わか》つてゐた。參木《さんき》は自分《じぶん》でタオルを解《と》くと泣《な》いてゐるお杉《すぎ》の亂《みだ》れた髮《かみ》を眺《なが》めてゐた。彼《かれ》はお杉《すぎ》には默《だま》つて浴室《よくしつ》から出《で》ると服《ふく》を來《き》た。それから彼《かれ》は別《べつ》室《しつ》へ這入《はい》つてお柳《りう》を呼《よ》んだ。

お柳《りう》は笑《わら》ひながら這入《はい》つて來《く》ると彼《かれ》に云《い》つた。

「まア、隨分今夜《ずゐぶんこんや》は遲《おそ》いのね。」

「所《ところ》で、さつきはどうしたんだ。」

「何《なに》が？」

「いや、あのお杉《すぎ》がさ。」

「あの子《こ》は駄目《だめ》なの。働《はたら》きが一寸《ちよつと》もなくて。」

「それで、僕《ぼく》にひつつけようつて云《い》ふんだな。」

「まア、さうしていただけりや、結構《けつこう》だわ。」

參木《さんき》は自分《じぶん》の戲《たはむ》れが間《ま》もなく女一人《をんなひとり》の生活《せいくわつ》を奪《うば》ふのだと氣《き》がついた。彼《かれ》がお杉《すぎ》を救《すく》ふためには、お柳《りう》に頭《あたま》を下《さ》げねばならぬのだ。だが、彼《かれ》が彼女《かのぢよ》に頭《あたま》を下《さ》げたら、なほ彼女《かのぢよ》はお杉《すぎ》を抛《はう》り出《だ》すに定《きま》つてゐた。それなら、——

參木《さんき》は寢臺《しんだい》の上《うへ》から、急《きふ》にお柳《りう》の片手《かたて》を持《も》つと抱《だ》き寄《よ》せた。

「おい、お柳《りう》さん、實《じつ》は、俺《おれ》は、此《こ》の間《あひだ》から死《し》ぬことばつかり考《かんが》へてゐたんだが、あんたを見《み》てると、どうも死《し》ぬ氣《き》が消《き》えてしまふ。」

「どうしてそんなに死《し》にたいの。」とお柳《りう》は云《い》つた。

「どうしてつて、まだ分《わか》らぬ柄《がら》でもないだらう。」

「だつて、あたしにや、死《し》ぬ人《ひと》のことなんか分《わか》んないわ。」

「これほど情《なさ》けを籠《こ》めてゐて、それにまださう云《い》はれるやうぢや、もう俺《おれ》も死《し》ぬことも出來《でき》ぬぢやないか。いい加減《かげん》にはいと云《い》へ。」

お柳《りう》は參木《さんき》の肩《かた》をぽんと叩《たた》いた。

「まア、默《だま》つて聞《き》いてゐたら、あんたにも似合《にあ》はず、女殺《をんなごろ》しのやうなことを云《い》ひ出《だ》すわね。これぢやあたしだつて、死《し》にたくなるわ。」

お柳《りう》は立《た》ち上《あが》ると部屋《へや》の中《うち》から出《で》ようとした。參木《さんき》は お柳《りう》の手《て》を持《も》つた。

「おい、何《なん》とかしてくれ。このまま行《い》かれちや、俺《おれ》は今夜《こんや》は危《あぶな》いんだ。」

「いいよ、あんたなんか死《し》んだつて。」

「俺《おれ》が死《し》んだら、だいいち俺《おれ》が困《こま》るぢやないか。」

「さアさア、馬鹿《ばか》なことを言《い》はないで、放《はな》してよ。今夜《こんや》はあたしだつて危《あぶな》いのよ。」

お柳《りう》は參木《さんき》の手《て》を振《ふ》り切《き》つて出《で》ていつた。彼《かれ》は此《こ》の馬鹿《ばか》げた形《かたち》の狂《くる》ひを感《かん》じると、お柳《りう》に對《たい》する怒《いか》りがますます輪《わ》をかけて高《かう》じて來《き》た。彼《かれ》は寢臺《しんだい》の上《うへ》へ倒《たふ》れたまま、心《こころ》をなだめるやうに毛布《まうふ》の柔《やはら》かな毛《け》なみを撫《な》でてゐた。

すると、またドアーが開《あ》いた。と、またお杉《すぎ》が突《つ》き飛《と》ばされて轉《ころ》んで來《き》た。お杉《すぎ》は倒《たふ》れたまま顔《かほ》も上《あ》げずに泣《な》き始《はじ》めた。

參木《さんき》は彼女《かのぢよ》の傍《そば》へ近《ちか》よることが出來《でき》なかつた。彼《かれ》はただ寢臺《しんだい》の上《うへ》からお杉《すぎ》の倒《たふ》れた脊中《せなか》がひくひく微動《びどう》するのを眺《なが》めてゐた。と、彼《かれ》はお杉《すぎ》の、、、、、、、なまめかしい金魚《きんぎよ》のやうな美《うつく》しさを感《かん》じて來《き》た。と、ふと彼《かれ》はお柳《りう》がどこからか覗《のぞ》いてゐるのを意識《いしき》した。

「おい、お杉《すぎ》さん。こつちへ來《こ》いよ。」と參木《さんき》は云《い》つた。

彼《かれ》は お杉《すぎ》の傍《そば》へ 近《ちか》よると彼女《かのぢよ》を 抱《だ》きかかへて寢臺《しんだい》の上《うへ》へ連《つ》れて來《き》た。お杉《すぎ》は寢臺《しんだい》の上《うへ》へ乘《の》せられても脊中《せなか》を參木《さんき》に向《む》けたまま泣《な》いてゐた。

「おい、おい、泣《な》くな。」と參木《さんき》は云《い》ふと、ひとり仰向《あふむ》きに寢《ね》ころんで樂《たの》しむやうにお杉《すぎ》の顔《かほ》を眺《なが》めてゐた。

お杉《すぎ》は 一寸《ちよつと》參木《さんき》の片手《かたて》が肩《かた》へ觸《ふ》れると、「いやだいやだ、」と云《い》ふやうに身體《からだ》を振《ふ》つた。が、彼女《かのぢよ》は寢臺《しんだい》から降《お》りようともせずに袂《たもと》を顔《かほ》にあてて泣《な》き續《つづ》けた。

參木《さんき》は お杉《すぎ》の片腕《かたうで》を撫《な》手《で》ながら彼女《かのぢよ》に云《い》つた。

「さア、俺《おれ》の話《はなし》を聞《き》くんだぜ。良《い》いか、昔《むかし》、昔《むかし》、ある所《ところ》に、王樣《わうさま》とお姫《ひめ》さまとがありました。」

すると、お杉《すぎ》は急《きふ》に激《はげ》しく泣《な》き出《だ》した。

參木《さんき》は起《お》き上《あが》ると眉《まゆ》を顰《しか》めたまま、寢臺《しんだい》から足《あし》をぶらぶらさせて默《だま》つてゐた。彼《かれ》は天井《てんじやう》に停《とま》つてゐる扇風機《せんぷうき》の羽根《はね》を眺《なが》めながら、どうして好《す》きな女《をんな》には指《ゆび》一本《ぽん》觸《ふ》れることが出來《でき》ないのかと考《かんが》へた。

——これには何《なに》か、原理《げんり》がある。——暫《しばら》く彼《かれ》はしやくり上《あ》げるお杉《すぎ》の泣《な》き聲《ごゑ》を聞《き》いてゐた。が、

「さて、俺《おれ》の帽子《ばうし》はな?」と考《かんが》へた。彼《かれ》はそのまま部屋《へや》の外《そと》へ出《で》ていつた。

四

甲谷《かふや》は突堤《とつてい》へ行《い》つたが參木《さんき》の姿《すがた》は見《み》えなかつた。ただ掃除夫《さうぢふ》の赤《あか》い法被《はつぴ》が霧《きり》の中《なか》で動《うご》いてゐた。菩提樹《ぼだいじゆ》の下《した》のベンチには印度人《いんどじん》の髯《ひげ》が幾《いく》つも鳥《とり》の巣《す》のやうにかたまつて竦《すく》んでゐた。彼《かれ》は芝生《しばふ》の先端《せんたん》を歩《ある》いてみた。二《ふた》つの河《かは》の流《なが》れの打《ち》ち合《あ》ふ波《なみ》の上《うへ》で、大理石《だいりせき》を積《つ》んだ小舟《こぶね》がゆるゆるともまれてゐた。甲谷《かふや》はチューリップの圓陣《ゑんぢん》を造《つく》つて咲《さ》いてゐる芝生《しばふ》の中《なか》まで歩《ある》いて來《き》た。すると、突然《とつぜん》、彼《かれ》は自分《じぶん》の美《うつく》しい容貌《ようばう》の變化《へんくわ》を思《おも》ひ出《だ》した。彼《かれ》は直《す》ぐ引《ひ》き返《かへ》すと、車《くるま》を呼《よ》び寄《よ》せて宮子《みやこ》のゐる踊場《をどりば》の方《はう》へ走《はし》らせた。

——もし彼女《かのぢよ》が結婚《けつこん》しないと云《い》へば、いや、何《なに》に、そのときはそのときだ

踊場《をどりば》の周圍《しうゐ》には建物《たてもの》がもたれ合《あ》つて建《た》つてゐた。蔦《つた》がその建物《たてもの》の割《わ》れ目《め》を這《は》ひながら窓《まど》の上《うへ》まで蔽《おほ》つてゐた。

踊場《をどりば》では、ダンスガールのきりきり廻《まは》つた袖《そで》の中《なか》から、アジア主義《しゆぎ》者《しや》の建築師《けんちくし》、山口《やまぐち》が甲谷《かふや》を見附《みつ》けて笑《わら》ひ出《だ》した。山口《やまぐち》は甲谷《かふや》がシンガポールへ行《ゆ》く前《まへ》の遊《あそ》び仲間《なかま》の一人《ひとり》であつた。甲谷《かふや》は山口《やまぐち》と向《む》ひ合《あ》つて坐《すわ》ると云《い》つた。

「此《こ》の頃《ごろ》はどうだ。」

「いや、見《み》た通《とほ》りの醜態《ざま》でね、どうも一度《ど》あの道《みち》へ足《あし》を突《つ》つ込《こ》むと、もう人間《にんげん》もお了《しま》ひだよ。參木《さんき》に此《こ》の間《あひだ》逢《あ》つたら、君《きみ》は嫁探《よめさが》しに來《き》たつて云《い》つてたが、ほんとうか。」

「うむ、いいのがあるかい。あつたら一《ひと》つ頼《たの》みたいな、もつとも、君《きみ》のセコンドハンドぢや御免《ごめん》だが。」

「いや、所《ところ》がそのセコハンに、なかなか話《はな》せる奴《やつ》がゐるんだよ、ロシア人《じん》だが、どうだひとつ。參木《さんき》の奴《やつ》にひつつけてやらうと思《おも》つてたんだが、阿奴《あいつ》はああ云《い》ふドンキホーテで面白《おもしろ》くなし、どうだい君《きみ》は。意《い》志《し》はないか。」

「君《きみ》にはもう意志《いし》はなくなつたのか。」

「いや、そりやある、しかし、あゝ云《い》ふ女《をんな》は他人《たにん》のものにしないと面《おも》白《しろ》くないんだよ。」

甲谷《かふや》は山口《やまぐち》の言葉《ことば》を聞《き》き流《なが》しながら、宮子《みやこ》はどこかと捜《さが》してみた。だが、彼女《かのぢよ》の姿《すがた》は見《み》えなかつた。

「だつて、僕《ぼく》の細君《さいくん》にして、それからまだ君《きみ》が面白《おもしろ》がらうと云《い》ふんぢや、あんまり面白《おもしろ》くなりすぎるよ。」

「いいぢやないか、細君《さいくん》なんかにしなけりや。倦《あ》きればまた俺《おれ》が元値《もとね》で買《か》ふさ。まア、今《いま》はゝ、見當《けんたう》の月給《げつきふ》で結構《けつこう》だな。」

「ときに話《はなし》は違《ちが》ふが、古屋《ふるや》の奴《やつ》はどうしてゐる。」

「あ奴《いつ》か、あ奴《いつ》は細君《さいくん》を、、、、つては變《か》へてるよ。」

「まだここらにゐるのかね。」

「うむ、ゐる。前《まへ》の細君《さいくん》だつてま、、、、込みにはなつてゐないのだ。」

「木村《きむら》はどうした。」

「木村《きむら》も達者《たつしや》だ。しかし、先生《せんせい》、どうもあんまり妾《めかけ》を大切《たいせつ》にしていかぬ。換《か》へことしようと云《い》つても、放《はな》さぬのだ。あ奴《いつ》も參木《さんき》のやうな馬《ば》鹿者《かもの》だね。」

「ふむ、御橋《みはし》はどうした。」

「御橋《みはし》にはあまり逢《あ》はない。いや、一度《ど》逢《あ》つたかな。奴《やつこ》さん、相變《あひかは》らず競馬狂《けいばきやう》でね、いつだかロシア人《じん》の妾《めかけ》を六人大競馬《にんだいけいば》に連《つ》れてつて、負《ま》け出《だ》したのさ。所《ところ》が、あの男《をとこ》は振《ふる》つてる。負《ま》けたらその場《ば》で妾《めかけ》を一人《ひとり》づつ賣《う》り飛《と》ばすぢやないか。それですつかり負《ま》けちやつてね、その日《ひ》に六人《にん》とも賣《う》つちやつて、まだお負《ま》けに上着《うはぎ》からチョッキまで質《しち》に叩《たゝ》き込《こ》んで、さアてとか何《な》んとか云《い》つて澄《す》ましてゐるんだ。奴《やつこ》さんが妾《めかけ》を持《も》つのは、まアあれは貯金《ちよきん》をしてゐるやうなものなんだよ。」

「それで、君《きみ》はどうしてるんだ。」

「俺《おれ》か、俺《おれ》は此《こ》の頃《ごろ》は建築屋《けんちくや》はそつちのけで、死人拾《しひとひろ》ひと云《い》ふ奴《やつ》をやつてゐる。此奴《こいつ》はなかなか危《あぶな》い商賣《しやうばい》だが、儲《まう》かるのはこりや一番《ばん》だ。一度《ど》俺《おれ》と一緒《しよ》について來《こ》ないか。」その面白《おもしろ》い所《ところ》を見《み》せてやるよ。」

「そりや、どう云《い》ふことをするんだね。つまり死人《しひと》の賣買《ばいばい》か。」

「まア、云《い》はばさうだな。一人《ひとり》の死人《しひと》で、生《い》きてるロシア人《じん》の妾《めかけ》を七人《にん》持《も》てる。七人《にん》それもロシアの貴族《きぞく》だぜ。」

どうだいと云《い》ふやうに、山口《やまぐち》の唇《くちびる》は歪《ゆが》んでゐた。此《こ》の男《をとこ》ならそれは平氣《へいき》なことにちがひない、と甲谷《かふや》は思《おも》つて踊《をど》りを見《み》た。これはまた、うどんを捏《こ》ねてゐるやうな踊《をどり》の隙《すき》から、樂手達《がくしゆたち》の自棄糞《やけくそ》なトランペットが振《ふ》り廻《まは》されて光《ひか》つてゐた。宮子《みやこ》が二階《かい》から降《お》りて來《く》ると甲谷《かふや》の傍《そば》の椅子《いす》へ來《き》た。

「今晩《こんばん》は、お靜《しづ》かね。」

「うむ。」

「踊《をど》らないの。」

「いや、いまは、細君《さいくん》の話《はなし》をしてるんだ。」

「まア、さう、ぢや、あたし逃《に》げてませう。」

宮子《みやこ》が盆栽《ぼんさい》の棕櫚《しゆろ》を廻《まは》つて自分《じぶん》の席《せき》へ戻《もど》つていくと、甲谷《かふや》は云《い》つた。

「それで、さつきの死人《しひと》の話《はなし》は。」

「死人《しひと》か。まアまア、それより一踊《ひとをど》りして來《こ》いよ。死人《しひと》のことは後《あと》でもいいさ。」

「おや、失敬《しつけい》。」

彼《かれ》は宮子《みやこ》に追《お》ひついて二人《ふたり》で組《く》むと、踊《をどり》の群《む》れの中《なか》へ流《なが》れていつた。宮子《みやこ》は甲谷《かふや》の肩《かた》に口《くち》をあてて囁《ささや》いた。

「今夜《こんや》の足《あし》は重《おも》いわね。」

「さうかね。」

「あたしは、その人《ひと》の足《あし》の重《おも》さで、何《なに》を考《かんが》へてるのかと云《い》ふことが分《わか》るのよ。」

「ぢや、僕《ぼく》は？」

「あなたは、奧《おく》さまが見《み》つかりさうなの。ね、さうでせう。」

「さう。」

實《じつ》は、甲谷《かふや》は、一人《ひとり》の死人《しびと》と七人《にん》の妾《めかけ》について考《かんが》へてゐたのである。――何《なん》と奇怪《きくわい》な生活法《せいくわつはふ》ではないか。廢物《はいぶつ》利用《りよう》の極意《ごくい》である。――甲谷《かふや》はその話《はなし》を聞《き》くまでは、宮子《みやこ》と結婚《けつこん》したい希望《きばう》をいくらかはもつてゐた。だが、七人《にん》の女《をんな》と一人《ひとり》の死人《しびと》の價値《かち》とを聞《き》いてからは、妻帶者《さいたいしや》の不幸《ふかう》ばかりが浮《うか》んで來《き》た。

――ほら、此《こ》の通《とほ》りひつついてばかりゐなければ――

踊《をど》りがすむと甲谷《かふや》は山口《やまぐち》の傍《そば》へ戻《もど》つて來《き》た。

「君《きみ》、さつきの死人《しびと》の話《はなし》をもう少《すこ》し聞《き》かしてくれ。」

「まア、さう急《いそ》がなくつたつて、死人《しびと》はいつでもぢつとしてるんだ。」

「所《ところ》か、貧乏《びんぼふ》だつて、ぢつとしてるさ。」

「だつて、君《きみ》は貧乏《びんぼふ》じてゐるやうには見《み》えないよ。」

「いや、參木《さんき》の奴《やつ》のことなんだが、あ奴《いつ》をもう少《すこ》し何《なん》とかしてやらないと、死《し》んで了《しま》ふ。」

「死《し》ぬつて、參木《さんき》の奴《やつ》が？」

「うむ、あ奴《いつ》は近頃《ちかごろ》、死《し》ぬことばかり考《かんが》へてゐるらしい。」

「ぢや、俺《おれ》に金儲《かねまう》けをさせてくれるやうなもんぢやないか。」

甲谷《かふや》は全《まつた》く大《おほ》きな聲《こゑ》で笑《わら》ひ出《だ》した。

「さうだよ、あの男《をとこ》は。今《いま》に君《きみ》に金儲《かねまう》け位《くらゐ》はさすだらう。」

「そりや、面白《おもしろ》い。よし、そんならひとつ、參木《さんき》を俺《おれ》の會社《くわいしや》の社長《しやちやう》にしてやらう。」

甲谷《かふや》は山口《やまぐち》の豪傑笑《がうけつわら》ひの中《なか》から、參木《さんき》に對《たい》する友情《いうじやう》を嗅《か》ぎつけた。

「君《きみ》の會社《くわいしや》は何《なん》と云《い》ふんだ。」

「いや、名前《なまへ》はまだだが、死人製造會社《しびとせいざうくわいしや》とでもしとくかな。ひとつ、君《きみ》から參木《さんき》の奴《やつ》に話《はな》してみてくれ。あ奴《いつ》が死人《しびと》になりたいなんて、そりや、もつて來《こ》いの商賣《しやうばい》だ。」

「それで、その死人《しびと》をどうする會社《くわいしや》だ。」

「つまり、人間《にんげん》の、、、、、骨《ほね》をそのままの形《かたち》で取《と》らうと云《い》ふのだ。これを輸出《ゆしゆつ》すると一人前《にんまへ》が三百圓《ゑん》になつて來《く》る。」

「しかし、そんなに人間《にんげん》の骨《ほね》は賣《う》れるのか。」

「君《きみ》、醫者《いしや》に賣《う》んるだよ。醫者《いしや》ならそこは彼《かれ》らの手先《てさき》でどこへでも自由《じいう》が効《き》くのさ。もともと僕《ぼく》だつて、學術用《がくじゆつよう》に醫者《いしや》から賴《たの》まれたのが初《はじ》まりだよ。」

甲谷《かふや》は參木《さんき》が人骨製造會社《じんこつせいぞうくわいしや》の支配人《しはいにん》に納《をさ》まつてゐる所《ところ》を想像《さうざう》した。すると、やがて、彼《かれ》らしい幸福《かうふく》が、骸骨《がいこつ》の踊《をど》りの中《なか》から舞《ま》ひ上《あが》つて來《く》るのではないかと思《おも》はれた。甲谷《かふや》は云《い》つた。

「君《きみ》、君《きみ》が踊《をど》りを見《み》てると、みんな骸骨《がいこつ》に見《み》えないかい。」

「それが此《こ》の頃困《ごろこま》るんだよ。俺《おれ》の家《うち》の中《なか》は骸骨《がいこつ》でいつぱいさ。生《い》きてる人間《にんげん》を見《み》てゐても一番先《ばんさき》に肋骨《あばらぼね》が見《み》えてくる。」

「ぢや、僕《ぼく》も骸骨《がいこつ》に見《み》えるのか。」

「うむ、そりや見《み》える。とにかく人間《にんげん》と云《い》ふ奴《やつ》は、誰《たれ》でも障子《しやうじ》みたいに骨《ほね》があるんだと思《おも》ふと、おかしくなるよ。」

再《ふたゝ》びダンスが始《はじま》り出《だ》すと、甲谷《かふや》は立《た》ち上《あが》つて彼《かれ》に云《い》つた。

「君《きみ》、ひとつ踊《をど》つて來《く》るからね、そこから骸骨《がいこつ》の踊《をど》りを見《み》てゐてくれ。」

甲谷《かふや》はまた宮子《みやこ》と組《く》むと、モールの下《した》で搖《ゆ》れ始《はじ》めた男女《だんぢよ》の脊中《せなか》の中《なか》へ流《なが》れていつた。甲谷《かふや》は宮子《みやこ》の冷《つめ》たい耳元《みゝもと》で囁《さゝや》いた。

「君《きみ》、今夜《こんや》は宜敷《よろし》く賴《たの》んだよ。」

「何《なに》に？」

「何《なん》でもないさ。當《あた》り前《まへ》のことなんだ。」

「いやよ。風儀《ふうぎ》が惡《わる》いぢやないの。」

「だつて、結婚《けつこん》しなけりや、なほ風儀《ふうぎ》が惡《わる》くなる。」

「もう、これ以上《いじやう》、お饒舌《しやべ》りしちや、塵埃《ほこり》を吸《す》つてよ。」

だが、いづれどちらも骸骨《がいこつ》だ、と甲谷《かふや》は思《おも》ふと、借《か》り車《ぐるま》を引《ひ》つ張《ぱ》るやうに、宮子《みやこ》の脊中《せなか》を人《ひと》の脊中《せなか》の中《なか》で振《ふ》り廻《まは》した。

五

お杉《すぎ》はその夜《よ》、參木《さんき》が去《さ》ると、お柳《りう》に呼《よ》ばれて首《くび》を切《き》られた。これは參木《さんき》が早《はや》くも寢臺《しんだい》の上《うへ》で豫想《よさう》したそれほども、確《たし》かな心理《しんり》の現《あらは》れを、形《かたち》の上《うへ》に示《しめ》したゞけだ。

お杉《すぎ》は暫《しばら》く事件《じけん》の性質《せいしつ》が、無論何《むろんなん》のことだか分《わか》らなかつた。彼女《かのぢよ》はトルコ風呂《ぶろ》の入口《いりぐち》から出《で》て來《く》ると、明日《あす》からもう再《ふたゝ》びこゝへは來《く》ることが出來《でき》ぬのだと知《し》り始《はじ》めた。

彼女《かのぢよ》は露地《ろぢ》を出《で》ると、鋪道《ほだう》に閉《し》め出《だ》された金看板《きんかんばん》の下《した》を通《とほ》り、また露地《ろぢ》の中《なか》へ這入《はい》つていつた。露地《ろぢ》の中《なか》には霧《きり》にからまれた圓《まる》い柱《はしら》が廻廊《くわいらう》のやうに並《なら》んでゐた。暗《くら》い奥《おく》から、耳輪《みゝわ》の脱《と》れかゝつた老婆《らうば》が咳《せ》きをしながら歩《ある》いて來《き》た。

お杉《すぎ》は柱《はしら》の數《かず》を算《かぞ》へるやうに、泣《な》いては停《とま》り、泣《な》いては停《とま》つた。彼《かの》女《をんな》は露地《ろぢ》を抜《ぬ》けると裏街《うらまち》を流《なが》れてゐる泥溝《どぶ》に添《そ》つてまた歩《ある》いた。泥溝《どぶ》の水面《すゐめん》には真黒《まつくろ》な泡《あわ》がぶくりぶくりと上《あが》つてゐた。泥溝《どぶ》を包んだ漆喰《しつくひ》の剝《は》げかゝつた横腹《よこはら》で、青《あを》みどろが静《しづか》に水面《すゐめん》の油《あぶら》を舐《な》めてゐた。

お杉《すぎ》は参木《さんき》の下宿《げしゆく》の下《した》まで来《く》ると火《ひ》の消《き》えた二階《にかい》の窓《まど》を仰《あふ》いでみた。彼女《かのぢよ》はこゝまで、もう一度《ど》参木《さんき》の顔《かほ》をたゞ漫然《まんぜん》と眺《なが》めに来《き》たのである。それから——彼女《かのぢよ》はそれからのことは、たゞ泣《な》く以外《いぐわい》には知《し》らなかつた。

お杉《すぎ》は漆喰《しつくひ》の欄干《らんかん》にもたれたまゝ、片手《かたて》で額《ひたひ》を支へてゐた、彼女《かのぢよ》の傍《そば》には、豚《ぶた》の骨《ほね》や吐《は》き出《だ》された砂糖黍《さたうきび》の嚙《か》み粕《かす》の中《なか》から、瓦斯燈《ガスとう》が傾《かたむ》いて立《た》つてゐた。彼女《かのぢよ》は多分《たぶん》、その瓦斯燈《ガスとう》の光《ひか》りが消《き》えて参木《さんき》の部屋《へや》の窓《まど》が開《あ》くまで動《うご》かぬだらう。彼女《かのぢよ》の見《み》てゐる泥溝《どぶ》の上《うへ》では、その間《あひだ》にも泡《あわ》の吹《ふ》き出《だ》す黒《くろ》い芥《ごみ》が徐々《じよじよ》に寄《よ》り合《あ》ひながら、一《ひと》つの島《しま》を築《きづ》いてゐた。その島《しま》の真中《まんなか》には、雛《ひな》の黄色《きいろ》い死骸《しがい》が猫《ねこ》の膨《ふく》れた死骸《しがい》と一緒《しよ》に首《くび》を寄《よ》せ腹《はら》を見《み》せた便器《べんき》や靴《くつ》や菜《な》つ葉《ぱ》が積《つ》もつたまゝ動《うご》かなかつた。

夜《よ》が更《ふ》けていつた。屋根《やね》と屋根《やね》とを割《わ》つて奥深《おくぶか》く曲《まが》つてゐる泥溝《どぶ》の上《うへ》から、霧《きり》が一層《そう》激《はげ》しく流《なが》れて来《き》た。お杉《すぎ》は欄干《らんかん》にもたれたまゝうとうとゐ眠《ねむ》りをし初《はじ》めた。すると、急《きふ》に彼女《かのぢよ》は靴音《くつおと》を聞《き》いて眼《め》を醒《さま》した。見《み》てゐると、霧《きり》に曇《くも》つた人影《ひとかげ》がだんだん自分《じぶん》の方《はう》へ近《ち》かづいて来《き》た。お杉《すぎ》はその人影《ひとかげ》と眼《め》を合《あは》した。

「お杉《すぎ》さんか。」と男《をとこ》は云《い》つた。

男《をとこ》は踊場《をどりば》から参木《さんき》の所《ところ》へ帰《かへ》つて来《き》た甲谷《かふや》であつた。

「どうした。今頃《いまごろ》、さア、上《あが》れ。」

甲谷《かふや》はお杉《すぎ》の手《て》を持《も》つと引《ひ》つ張《ぱ》りながら階段《かいだん》を上《あが》つていつた。お杉《すぎ》は二階《にかい》へ通《とほ》されたが参木《さんき》の姿《すがた》は見《み》えなかつた。

甲谷《かふや》は部屋《へや》の中《なか》で裸体《はだか》になると、トルコ風呂《ぶろ》に飛《と》び込《こ》むやうに寝台《しんだい》の中《なか》へ身《み》を投《な》げた。

「さア、お杉《すぎ》さん、参木《さんき》はまだだ。僕《ぼく》は寝《ね》るよ。疲《つか》れた。君《きみ》はそこらで寝《ね》てゐてくれ。」

云《い》つたかと思《おも》ふと、甲谷《かふや》はもう眼《め》を瞑《つぶ》じて眠《ねむ》り出《だ》した。お杉《すぎ》は寝台《しんだい》の下《した》で、甲谷《かふや》の脱《ぬ》ぎ捨《す》てた服《ふく》を黙《だま》つて畳《たゝ》んでゐた。彼女《かのぢよ》が少《すこ》し身《み》を動《うご》かすと、男《をとこ》の匂《にほ》ひが部屋《へや》の中《なか》で波《なみ》を立《た》てた。お杉《すぎ》は部屋《へや》を片附《かたづ》けると、参木《さんき》の愛用《あいよう》してゐるコルネットを撫《な》でてみた。それから、彼女《かのぢよ》は本箱《ほんばこ》の中《なか》の分《わか》らぬ洋書《やうしよ》の背中《せなか》を眺《なが》めてみた。と、眠《ね》むさうな自分《じぶん》の顔《かほ》がぼんやりガラスに映《うつ》つてゐるのを見《み》つけると、思《おも》はず顔《かほ》をひつこめてまた覗《のぞ》いた。

彼女《かのぢよ》は暫《しばら》くはことりと物音《ものおと》がしても身《み》を立《た》てた。「もしや参木《さんき》か」と云《い》ふやうに。が、参木《さんき》は二時《じ》が打《う》つても帰《かへ》らなかつた。そのうち、彼《かの》女《ぢよ》はいつの間《ま》にか積《つ》まれた楽譜《がくふ》に身《み》をよせたまゝ眠《ねむ》り出《だ》した。

ふとお杉《すぎ》は夜中《よなか》に眼《め》が醒《さ》めた。すると、部屋《へや》の中《なか》は眞暗《まつくら》になつてゐた。と、その暗《やみ》の中《なか》で、彼女《かのぢよ》は、、、、、、、、、、、、、、、、、、、、、。、、、、、、、、、、、、、、、、、、、、、、、、。が、やがて、、、、、、、、、、、、、、、、、、、樂譜《がくふ》と一緒《しよ》に、茫然《ばうぜん》と出血した。

翌朝《よくてう》お杉《すぎ》が眼《め》を醒《さ》ますと、參木《さんき》が甲谷《かふや》と一《ひと》つの寢臺《しんだい》の上《うへ》で眠《ねむ》つてゐた。お杉《すぎ》は昨夜《ゆうべ》の出來事《できごと》を思《おも》ひ出《だ》した。と、今迄《いままで》自分《じぶん》を、、、、、、、、、、、、、、甲谷《かふや》だとばかり思《おも》つてゐたのに、急《きふ》に、それは參木《さんき》ではないかと思《おも》ひ出《だ》した。が、それをどうして二人《ふたり》に訊《き》き正《ただ》すことが出來《でき》るだらう。彼女《かのぢよ》は昨夜《ゆうべ》は、全《まつた》く自分《じぶん》の眠《ねむ》さを、、、、、、、起《おこ》つたことだけを、朧《おぼろ》げに覺《おぼ》えてゐるだけだつた。

お杉《すぎ》は暫《しばら》く、朝日《あさひ》の縞《しま》の中《なか》に浮《う》いてゐる二人《ふたり》の寢顔《ねがほ》を見較《みくら》べながら、窓《まど》を開《あ》けて立《た》つてゐた。

湯《ゆ》賣《う》りの聲《こゑ》が露地《ろぢ》の隅々《すみずみ》にまで這入《はい》つて來《き》た。お杉《すぎ》は參木《さんき》の服《ふく》を壁《かべ》にかけると湯《ゆ》を注文《ちうもん》した。彼女《かのぢよ》は二人《ふたり》のうちの誰《だれ》か起《お》きたら、自分《じぶん》を今晩《ばん》からここへ置《お》くやうに頼《たの》んでみやうと考《かんが》へた。が、さてその二人《ふたり》の中《なか》の誰《だれ》に頼《たの》めばよいのか彼女《かのぢよ》には分《わか》らなかつた。

お杉《すぎ》は湯《ゆ》の沸《わ》く間窓にもたれて下《した》の小路《こみち》を眺《なが》めてゐた。昨夜《さくや》眺《なが》めた泥溝《どぶ》の上《うへ》には、石炭《せきたん》を積《つ》んだ荷舟《にぶね》が黒《くろ》い帆《ほ》を上《あ》げたまま停《とま》つてゐた。その舟《ふね》の動《うご》かぬ舷《ふなばた》や、道《みち》から露出《ろしゆつ》した鉛管には、藁屑《わらくづ》や卵子《たまご》や果實の皮《かは》がひつかかつて溜《たま》つてゐた。ぶくぶく出《で》る無數《むすう》の泡《あわ》は泥《どろ》のやうに塊《かたまり》ながら、その半面《はんめん》を朝日《あさひ》に光《ひか》らせて狹《せま》い裏街《うらまち》の中《なか》を流《なが》れていつた。お杉《すぎ》はそれらの泡《あわ》を見《み》てゐると、欄干《らんかん》に投《な》げかけてゐる自分《じぶん》の身體《からだ》が、人《ひと》の賣物《うりもの》になつてぶらりと下《さが》つてゐるやうに思《おも》はれた。もしここから出《で》て行《ゆ》けば、彼女《かのぢよ》はどこへ行《い》つて良《よ》いのか當《あて》がたかつた。間《ま》もなく、あちこちの窓《まど》から泥溝《どぶ》へ向《むか》つて塵埃《ごみ》が投《な》げ込《こ》まれた。鷄《とり》の群《むれ》は塵埃《ごみ》の舞《ま》ひ立《た》つ度《たび》に、黄色《きいろ》い羽根《はね》を擴《ひろ》げて板塀の上《うへ》を飛《と》び廻《まは》つた。

湯《ゆ》が沸《わ》き出《だ》した頃《ころ》になると、泥溝《どぶ》を挾《はさ》んだ家々《いへいへ》に支那服《しなふく》の洗濯物《せんたくもの》がかかり出《だ》した。物賣《ものう》りの籠《かご》に盛《も》られたマンゴや花《はな》がその洗濯物《せんたくもの》の下《した》を見《み》え隠《かく》れしながら曲《まが》つていつた。

やがて、甲谷《かふや》が起《お》きて來《き》た。彼《かれ》はお杉《すぎ》に逢《あ》ふとタオルを肩《かた》に投《な》げかけて云《い》つた。

「どうだ。眠《ねむ》られたか。」

次《つぎ》に參木《さんき》が起《お》きて來《き》た。彼《かれ》は眠むさうに笑《わら》ひながらお杉《すぎ》に云《い》つた。

「どうした。昨夜《ゆうべ》は。」

しかし、お杉《すぎ》は誰《だれ》にも默《だま》つて笑《わら》つてゐた。二人《ふたり》の背中《せなか》が洗面所《せんめんじよ》の方《はう》へ消《き》えていくと、彼女《かのぢよ》は、そのどちらに自分《じぶん》が奪《と》られてゐるのかますます分《わか》らなくなつて來《き》た。

六

參木《さんき》はお杉《すぎ》を殘《のこ》したまま甲谷《かふや》と一緒《しよ》に家を出た。通《とほ》りは朝《あさ》の出勤時《しゆつきんじ》間《かん》で黄包車《ワンボーツ》の群《む》れが、路《みち》いつぱいに河《かは》のやうに流《なが》れてゐた。二人《ふたり》はその黄包車《ワンボーツ》の上《うへ》に浮《う》きながら、人々《ひとびと》と一緒《しよ》に流《なが》れていつた。二人《ふたり》はお杉《すぎ》に關《くわん》してはどちらも分《わか》り合《あ》つてゐるやうに默《だま》つてゐた。その實《じつ》、參木《さんき》は甲谷《かふや》がお杉《すぎ》を連《つ》れて來《き》たのにちがひないと思《おも》つてゐた。さうして甲谷《かふや》は參木《さんき》がお杉《すぎ》を呼《よ》び出《だ》したのにちがひないと。

建物《たてもの》と建物《たてもの》との間《あひだ》から、またひと流《なが》れの黄包車《ワンボーツ》が流《なが》れて來《き》た。その流《なが》れが辻毎《つじごと》に合《がつ》すると、更《さら》に緊密《きんみつ》して行《ゆ》く車《くるま》に車夫達《しやふたち》の姿《すがた》は見《み》えなくなり、人々《ひとびと》は波《なみ》の上《うへ》に半身《はんしん》を浮《う》かべた無言《むごん》の群集《ぐんしふ》となつて同《おな》じ速度《そくど》で辷《すべ》つていつた。參木《さんき》にはその群集《ぐんしふ》の下《した》に、車《くるま》を動《うご》かす一團《だん》の群集《ぐんしふ》が潜《ひそ》んでゐるやうには、見《み》えなかつた。彼《かれ》は煉瓦《れんが》の建物《たてもの》の岸壁《がんぺき》に沿《そ》つて、澎湃《はうはい》として流《なが》れるその各國人《かくこくじん》の華《はな》やかな波《なみ》を眺《なが》めながら、誰《だれ》か知人《ちじん》の顏《かほ》が浮《う》いてゐないかと探《さが》してみた。すると、後《うしろ》に浮《う》いてゐた筈《はず》の甲谷《かふや》が彼《かれ》と竝《なら》んで流《なが》れてゐた。

「おい、お杉《すぎ》はいつたい、どうしたんだ。」と參木《さんき》は初《はじ》めて甲谷《かふや》に訊《き》いてみた。

「ぢや、君《きみ》も知《し》らないのか。」

「ぢや、君《きみ》が連《つ》れて歸《かへ》つたんぢやないんだな。」

「馬鹿《ばか》を云《い》へ、俺《おれ》が歸《かへ》つたらお杉《すぎ》が戸口《とぐち》に立《た》つてたんだ。」

「ははア、ぢや、首《くび》を切《き》られて行《ゆ》くとこがなかつたんだ。」

參木《さんき》は昨夜《さくや》のお柳《りう》の見幕《けんまく》を思《おも》ひ出《だ》すと、お杉《すぎ》の災《わざは》ひがいよいよ自分《じぶん》に原因《げんいん》してゐることを感《かん》じて暗《くら》くなつた。しかし、それにしてもお杉《すぎ》が自分《じぶん》の家《いへ》から出《で》て行《ゆ》かうとしない所《ところ》が不思議《ふしぎ》であつた。何《なに》か甲谷《かふや》がお杉《すぎ》に釘《くぎ》を打《う》つやうなことをしたのではないか。此《こ》の甲谷《かふや》が昨夜《さくや》お杉《すぎ》と一室《しつ》にゐたとすれば、さうだ、甲谷《かふや》のことなら。

彼《かれ》は甲谷《かふや》の顏《かほ》を眺《なが》めてみた。その美《うつく》しい才氣走《さいきばし》つた眼《め》の周圍《しうゐ》から、參木《さんき》はふと甲谷《かふや》の妹《いもうと》の競子《きやうこ》の容貌《ようばう》を感《かん》じ出《だ》した。すると、彼《かれ》はお杉《すぎ》を傷《きず》つけたものが自分《じぶん》ではなくして、自分《じぶん》の愛人《あいじん》の兄《あに》だと云《い》ふことに、不滿足《ふまんぞく》な安《やす》らかさを覺《おぼ》えて來《き》た。殊《こと》に、もう直《す》ぐ競子《きやうこ》の良人《をつと》が死《し》ぬとすれば、――

「いつたい、昨夜《ゆうべ》はどうしたんだ。」

と甲谷《かふや》は訊《き》いた。

「昨《ゆう》べか、昨夜《ゆうべ》は醉《よ》つぱらつて露地《ろぢ》の中《なか》で寢《ね》てたんだ。」

市場《マーケツト》から歸《かへ》つて來《き》た一團《だん》の主婦達《しゆふたち》の黄包車《ワンボーツ》が、花《はな》や野菜《やさい》を滿載《まんさい》して流《なが》れて來《き》た。參木《さんき》と甲谷《かふや》の周圍《しうゐ》にはいつの間《ま》にか、薔薇《ばら》や白菜《はくさい》が匂《にほ》ひを立《た》てて搖《ゆ》れてゐた。それらの花《はな》や野菜《やさい》は、建物《たてもの》の影《かげ》を切《き》り抜《ぬ》ける度《たび》ごとに、朝日《あさひ》を受《う》けてさらさらと爽《さわ》やかに光《ひか》つてゐた。

　參木《さんき》は思《おも》つた。この葬式《さうしき》のやうな花《はな》の流《なが》れは、これは競子《きやうこ》の良人《をつと》の死《し》んだ報《し》らせではなからうか、と。すると、彼《かれ》は、自分《じぶん》の不幸《ふかう》は他人《たにん》の幸福《かうふく》を恨《うら》むが故《ゆゑ》だと氣《き》がついた。もし自分《じぶん》が競子《きやうこ》の良人《をつと》のやうに幸福《かうふく》であつたなら、誰《たれ》か自分《じぶん》のやうな不幸《ふかう》なものから、同樣《どうやう》に自分《じぶん》の死《し》ぬことを願《ねが》はれてゐたに相違《さうゐ》ない。　彼《かれ》は、自分《じぶん》の周圍《しうゐ》の人《ひと》の流《なが》れを見廻《みまは》した。その滔々《たう〳〵》として流《なが》れる壯快《さうくわい》な生活《せいくわつ》の河《かは》を。どこに悲《かな》しみがあるのか。どこに不幸《ふかう》があるのか。墓場《はかば》へ行《い》つても、ただ悲《かな》しさうな言葉《ことば》が並《なら》んでゐるだけではないか。と彼《かれ》は思《おも》つた。だが、次《つぎ》の瞬間《しゆんかん》、これは朝日《あさひ》に面丁《めんてい》を叩《たた》かれてゐる自分《じぶん》の感傷《かんしやう》にちがひないと思《おも》ふと、にやりとした。

七

甲谷《かふや》は參木《さんき》が銀行《ぎんかう》の階段《かいだん》を登《のぼ》つて行《ゆ》く姿《すがた》に分《わか》れると、そのまま村松《むらまつ》汽船會社《きせんくわいしや》へ車《くるま》を走《はし》らせた。汽船會社《きせんくわいしや》は甲谷《かふや》の會社《くわいしや》の支配會社《しはいくわいしや》で、此《こ》の海港《かいかう》の商業中心地帶《しやうげふちうしんちたい》の眞中《まんなか》にあつた。甲谷《かふや》は車《くるま》の上《うへ》で、昨夜《さくや》參木《さんき》と食《く》ひ違《ちが》つて追《お》ひ合《あ》つたその結果《けつくわ》が、、、、、、、、、、、、、、と云《い》ふことについて考《かんが》へた。

　——まアまア、、、、も包《つゝ》んでやれば、それでお了《しま》ひさ。良心《りやうしん》か、何《なに》にそんなことが必要《ひつえう》なら、支那《しな》で身體《からだ》をぶらぶらさせてゐる奴《やつ》がゐるものか。

　これで甲谷《かふや》の感想《かんさう》は了《しま》ひであつた。その癖《くせ》、彼《かれ》は、、、、、したと云《い》ふことによつて、自分《じぶん》の妹《いもうと》の愛人《あいじん》に迫《せま》つてゐた危難《きなん》を、妹《いもうと》のために救《すく》つてやつたと云《い》ふ良心《りやうしん》の誇《ほこ》りを感《かん》じて勇《いさま》しくなつてゐた。

　商業中心地帶《ビジネスセンタア》へ這入《はい》ると、並列《へいれつ》した銀行《ぎんかう》めがけて、爲替仲買人《かはせなかがひにん》の馬車《ばしや》の密集團《みつしふだん》が疾走《しつそう》してゐた。馬車《ばしや》は無數《むすう》の礫《こいし》を投《な》げつけるやうな蹄《ひづめ》の音《おと》を卷《ま》き上《あ》げつつ、層々《そう〳〵》と連《つらな》りながら、大路小路《おほぢこうぢ》を驅《か》けて來《き》た。此《こ》の爲替相場《かはせさうば》を動《うご》かす蒙古馬《もうこうま》の白《しろ》い速力《そくりよく》は、刻々《こく〳〵》ニューヨークとロンドンの爲替相場《かはせさうば》を動《うご》かしてゐるのである。馬車《ばしや》は時々《とき〴〵》車輪《しやりん》を浮《う》き上《あが》らせると、輕快《けいくわい》なヨットのやうに飛《と》び上《あが》つた。その上《うへ》に乘《の》つてゐる仲買人達《なかがひにんたち》は、殆《ほとん》ど歐米人《おうべいじん》が占《し》めてゐた。彼《かれ》らは微笑《びせう》と敏捷《びんせふ》との武器《ぶき》をもつて、銀行《ぎんかう》から銀行《ぎんかう》を驅《か》け廻《まは》るのだ。彼《かれ》らの株《かぶ》の賣買《ばいばい》の差額《さがく》は、時々《じゝ》刻々《こく〳〵》東洋《とうやう》と西洋《せいやう》の活動力《くわつどうりよく》の源泉《げんせん》となつて伸縮《しんしゆく》する。——甲谷《かふや》は前《まへ》から、此《こ》の爲替仲買人《かはせなかがひにん》になるのが理想《りさう》であつた。

　彼《かれ》は村松汽船會社《むらまつきせんくわいしや》の材木課《ざいもくくわ》へ行《い》くと、シンガポールの本社《ほんしや》から、旅費《りよひ》の代《か》はりに彼宛《かれあて》に特電《とくでん》が這入《はい》つてゐた。

　市場《しぢやう》益々《ます〳〵》險惡《けんあく》。倉庫《さうこ》材木《ざいもく》充滿《じうまん》す。腐敗《ふはい》の恐《おそ》れあれば滿身《まんしん》貴下《きか》の活動《くわつどう》を切望《せつばう》す。

甲谷《かふや》からは嫁探《よめさが》しの希望《きばう》が消《き》えて了《しま》つた。これでは旅費《りよひ》の請求《せいきう》さへ不可能《ふかのう》にちがひない。間《ま》もなく早刻歸《さつこくかへ》れと命令《めいれい》が下《くだ》るのは分《わか》つてゐる。——甲谷《かふや》はボールドウインの護謨《ごむ》制限撤廢《せいげんてつぱい》の聲明《せいめい》が、今頃自分《いまごろじぶん》の嫁探《よめさが》しに影響《えいきやう》を及《およ》ぼさうとは考《かんが》へなかつた。勿論《もちろん》、彼《かれ》には、アメリカへ返《かへ》すイギリスの戰償《せんさい》が、シンガポールの錫《すず》と護謨《ごむ》との上《うへ》で呼吸《こきふ》してゐたのは分《わか》つてゐた。だが、そのため、シンガポールの市場《しぢやう》が恐慌《きようくわう》し、材木《ざいもく》が停止《ていし》し、嫁探《よめさが》しまで延引《えんいん》しなければならぬ結果《けつくわ》にならうとは、——

「よしそれなら、」と甲谷《かふや》は思《おも》つた。彼《かれ》は階段《かいだん》を降《お》りて來《き》た。乞食《こじき》の子《こ》供《ども》が彼《かれ》の後《あと》から横《よこ》になつて追《お》つ馳《か》けて來《き》た。彼《かれ》の頭《あたま》には宮子《みやこ》もなかつた。お杉《すぎ》もなかつた。無論《むろん》、乞食《こじき》の子供《こども》にいたつては。ただ、彼《かれ》にはフイリッピン材《ざい》の逞《たくま》しい切《き》れ目《め》が間斷《かんだん》なく浮《うか》んでゐた。彼《かれ》はその敵材《てきざい》を壓迫《あつぱく》する戰法《せんぱふ》を考《かんが》へた。——何故《なぜ》にシンガポールの材木《ざいもく》は負《ま》け出《だ》したか。

——切《き》れ目《め》がいかぬ、切《き》れ目《め》が。

事實《じじつ》、シンガポールのスマトラ材《ざい》は、フイリッピン材《ざい》に比《くら》べて、截《さい》斷量《だんりやう》が五寸程長《すんほどなが》かつた。此《こ》の五寸《すん》と云《い》ふ空間《くうかん》の占有量《せんいうりやう》は、それが支那《しな》人《じん》に對《たい》する歡心《くわんしん》とはならず、運送船《うんそうせん》の吃水線《きつすゐせん》を深《ふか》めることに役立《やくだ》つただけだつた。のみならず、陸上《りくじやう》の倉庫《さうこ》へ突《つ》き衝《あた》り、運搬《うんぱん》の時間《じかん》を食《く》らひ、腐敗《ふはい》する上《うへ》に於《おい》ては最《もつと》も都合良《つがふよ》き貨物《くわもつ》となつて横《よこ》たはり出《だ》したのだ。此《こ》の虚《きよ》に乘《じよう》じて、フイリッピンは心理學《しんりがく》より物理學《ぶつりがく》を中心《ちゆうしん》にして進《すす》んで來《き》た。甲谷《かふや》の戰法《せんぱふ》は、ここで變更《へんかう》せられねばならなかつた。彼《かれ》は先《ま》づ、材木會社《ざいもくくわいしや》を驅《か》け廻《まは》り、その主流《しゆりう》が支那人《しなじん》であるかなきかを確《たしか》め、それに應《おう》じてその場《ば》で適宜《てきぎ》の作戰《さくせん》を立《た》てねばならぬのだ。彼《かれ》はカラーを常《つね》に眞白《まつしろ》にし、服《ふく》の折目《をりめ》を端正《たんせい》にして微笑《びせう》を含《ふく》み、本社《ほんしや》の恐慌《きようくわう》を歪《ゆが》まぬネクタイで締《し》め縛《しば》つて下《した》へ隱《かく》し、さて、直《す》ぐには切《き》り込《こ》まず、悠々《いういう》と相手《あひて》の御氣嫌《ごきげん》だけを伺《うかが》つて引《ひ》き上《あ》げねばならぬ、と考《かんが》へた。すると、彼《かれ》の後《あと》から、まだ乞食《こじき》の子供《こども》が追《お》つ驅《か》けて來《き》てゐるのに氣《き》がついた。

彼《かれ》は戰鬪心《せんとうしん》を養《やしな》ふために、河《かは》を登《のぼ》るフイリッピン材《ざい》の勢力《せいりよく》を眺《なが》めに突堤《とつてい》に添《そ》つて歩《ある》いて見《み》た。河《かは》の兩側《りやうがは》には空虚《から》の小舟《こぶね》が、竿《さを》を戰《たたか》ひのやうに縱横《じゆうわう》に立《た》て連《つら》ねてゐた。そのどの舟《ふね》にも襤褸《ぼろ》が旗《はた》のやうに下《さが》つてゐた。褐色《かつしよく》の破《やぶ》れた帆《ほ》をあげた傳馬船《てんません》が港《みなと》の方《はう》から、次《つ》ぎ次《つ》ぎに登《のぼ》つて來《き》た。棉花《めんくわ》を積《つ》んだ舟《ふね》、落花生《らくくわせい》を滿載《まんさい》した荷舟《にぶね》、コークス、米《こめ》、石炭《せきたん》、粘土《ねんど》、籐《とう》、鐵材《てつざい》、それらの間《あひだ》に交《まじ》つて、フイリッピン材《ざい》が從容《しようよう》として溯《のぼ》つて來《き》た。さうして、シンガポールの材木《ざいもく》は、甲谷《かふや》は一《ひと》つとして見《み》ることが出來《でき》なかつた。

「これでは駄目《だめ》だ、これでは。」

ふと見《み》ると、上流《じやうりう》から下《くだ》つて來《き》た大《おほ》きな筏《いかだ》が、その上《うへ》に野菜《やさい》の畑《はたけ》を浮《うか》べたまま流《なが》れてゐた。その周圍《しうゐ》の水《みづ》の上《うへ》で、舢舨《サンパン》が虫《むし》のやうに舞《ま》ひ歩《ある》いた。眞青《まつさを》なバナナを盛《も》り上《あ》げた舟《ふね》が襤褸《ぼろ》と竿《さを》の中《なか》から揺《ゆ》れ出《で》て來《く》ると橋《はし》の穹窿《きうりう》の下《した》へ這入《はい》つていつた。

すると突然《とつぜん》、その橋《はし》の上《うへ》で、一發《ぱつ》の銃《じう》が鳴《な》つた。と、更《さら》に續《つゞ》いて連《れん》續《ぞく》した。橋《はし》の向《むか》ふの赤色《せきしよく》ロシアの領事館《りやうじくわん》の窓《まど》ガラスが、輝《かゞや》きながら穴《あな》を開《あ》けた。と、見《み》る間《ま》に、中衛兵の一隊《たい》が、橋《はし》の上《うへ》から湧《わ》き上《あが》つたやうに拔刀《ばつたう》した。彼《かれ》らは喊聲《かんせい》を上《あ》げつゝ領事館《りやうじくわん》めがけて殺倒《さつたう》した。窓《まど》から逆《さか》さまに人《ひと》が落《お》ちた。と、枳殼《からたち》の垣《かき》の中《なか》へ突《つ》き刺《さ》つてぶらぶらすると、河《かは》の中《なか》へ轉《ころ》がつた。

館内《くわんない》では暫《しばら》く銃聲《じうせい》が續《つゞ》いてゐた。が、間《ま》もなく、赤色《せきしよく》の國旗《こくき》が降《お》ろされて白旗《はくき》が高《たか》く昇《のぼ》り出《だ》した。見《み》てゐた群衆《ぐんしう》の中《なか》から、歐米人《おうべいじん》の白《しろ》い拍手《はくしゆ》が波《なみ》のやうに上《あが》つた。と、續《つゞ》いて對岸《たいがん》から、建物《たてもの》の窓窓《まどまど》から、船《ふね》の中《なか》から起《おこ》りだした。自棄糞《やけくそ》になつた甲谷《かふや》は彼《かれ》らに和《わ》して手《て》を打《う》つた。「萬歳《ばんざい》、萬歳《ばんざい》、萬歳《ばんざい》、」と叫《さけ》びながら。やがて、拔刀《ばつたう》の一隊《たい》は自動車《じどうしや》に飛《と》び乘《の》ると、群衆《ぐんしう》の中《なか》を逃《に》げていつた。しかし、此《こ》の出來事《できごと》を見《み》てゐた支那《しな》の群衆《ぐんしう》だけは騒《さわ》がなかつた。いつものことが、いつも起《おこ》つたやうに起《おこ》つただけだと云《い》ふやうに。甲谷《かふや》が穴《あな》の開《あ》いた領事館《りやうじくわん》の前《まへ》まで行《い》つたときには、印度人《いんどじん》の巡査《じゆんさ》に擔《かつ》がれた負傷者《ふしやうしや》の傍《そば》を、ロシアの春婦達《たち》がイギリスの水兵《すゐへい》と一緒《しよ》に、煙草《たばこ》を吹《ふ》かして通《とほ》つていつた。

八

參木《さんき》の常緑銀行《じやうりよくぎんかう》では、その日《ひ》の閉鎖時間《へいさじかん》が眞近《まぢか》くなると、不穏《ふおん》な豫言《げん》が蔓延《まんえん》した。それは、ある盜賊團《たうぞくだん》の一團《だん》が常緑銀行《じやうりよくぎんかう》のマークを知《し》つてゐて、取引銀行《とりひきぎんかう》への現金輸送《げんきんゆそう》の自動車《じどうしや》を襲《おそ》ふであらうと云《い》ふ陰謀《いんぼう》が、一人《ひとり》の行員《かうゐん》の口《くち》から洩《も》れ始《はじ》めたことから發生《はつせい》した。

參木《さんき》は此《こ》の噂《うはさ》を耳《みゝ》にすると愉快《ゆくわい》になつた。やがて現金輸送《げんきんゆそう》に從《した》ふ者《もの》はなくなるだらう。すれば、專務《せんむ》が困《こま》るにちがひないと。さうして、それは、事實《じじつ》になつた。現金輸送《げんきんゆそう》のときになると、突然《とつぜん》輸送係《ゆそうがか》りの者《もの》が辭職《じしよく》した。

銀行《ぎんかう》の内部《ないぶ》は俄《にはか》に專務《せんむ》を中心《ちうしん》にして緊張《きんちやう》し始《はじ》めた。專務《せんむ》は一同《どう》を特《とく》別室《べつしつ》に集《あつ》めると、賞金《しやうきん》二十圓《ゑん》を賭《か》けて輸送係《ゆそうがか》りを募集《ぼしふ》した。が、勿《もち》論《ろん》、生命《いのち》より金錢《きんせん》を尊重《そんちよう》する者《もの》は誰《だれ》もなかつた。何《な》ぜなら、此《こ》の支那《しな》の海港《かいかう》は、生命《いのち》を奪《うば》ふことを茶碗《ちやわん》を破《わ》ることと等《ひと》しく思《おも》つてゐる團隊《だんたい》が、その無數《むすう》の露地《ろぢ》の奥底《おくそこ》に、無數《むすう》に潜《ひそ》んでゐると幻想《げんさう》し得《え》られるが故《ゆゑ》である。專務《せんむ》は更《さら》に、五十圓《ゑん》の賞與《しやうよ》を賭《か》けた。が、依然《いぜん》として行《ゆ》く者《もの》は誰《だれ》もなかつた。五十圓《ゑん》が百圓《ゑん》に昇《のぼ》り出《だ》した。百圓《ゑん》が百二十圓《ゑん》に、競《せ》り上《あが》つた。が、かやうに上《あが》り出《だ》すと、まだどこまで上《あが》るか豫想《よさう》を赦《ゆる》さぬ興味《きようみ》のために、誰《だれ》も口《くち》を開《ひら》かなかつた。すると、參木《さんき》は初《はじ》めて口《くち》を開《ひら》いて專務《せんむ》に云《い》つた。

「もうかうなれば、いくら賞與《しやうよ》を賭けても行《ゆ》くものはないと思《おも》ひますから、から云ふ場合《ばあひ》は、日頃《ひごろ》の專務《せんむ》の手腕《しゆわん》に應《おう》じて、專務自身《せんむじしん》が行《ゆ》くべきだと思《おも》ひます。」

「何《な》ぜだ。」と專務《せんむ》は質問《しつもん》した。

「それは專務《せんむ》が一番《ばん》好《よ》く御承知《ごしようち》の筈《はず》だと思《おも》ひます。銀行《ぎんかう》にとつて現金《げんきん》輸送《ゆそう》が不可能《ふかのう》になつたと云《い》ふことは、最《もつと》も專務《せんむ》がその責任《せきにん》を負《お》つて活動《くわつどう》しなければならぬ時機《じき》を示《しめ》してゐます。」

「君《きみ》の意志《いし》はよく分《わか》つた。」と專務《せんむ》は云《い》ふと、片眼《かため》を大《おほ》きく開《ひら》きながら、指先《ゆびさき》を椅子《いす》の上《うへ》で敏捷《びんせふ》に動《うご》かし出《だ》した。

「それで、君《きみ》は、」と專務《せんむ》は再《ふたた》び云《い》つた。「君《きみ》は僕《ぼく》がゐなくなつたら、此《こ》の銀行《ぎんかう》がどうなるかと云《い》ふことも、知《し》つてゐるんだらうね。」

「そりや、知《し》らないこともありません。しかし、あなたがゐなくなると仰言《おつしや》るのは、あなたが殺《ころ》された場合《ばあひ》のことを仰言《おつしや》るのだらうと思《おも》ひますが、あなたが殺《ころ》されて惡《わる》いときなら、少《すくな》くとも他《ほか》の者《もの》だつて殺《ころ》されて惡《わる》い場合《ばあひ》にちがひありません。今《いま》の際《さい》は銀行《ぎんかう》の危急《ききふ》のときです。危急《ききふ》のときに專務《せんむ》が責任《せきにん》を他《た》に轉嫁《てんか》させると云《い》ふことは、專務《せんむ》の資格《しかく》がどこにあるか分《わか》らないと思《おも》ひます。殊《こと》に此《こ》の銀行《ぎんかう》で常《つね》に一番利益《ばんりえき》を得《え》てゐられるものは、專務《せんむ》です。その專務《せんむ》が。」

「よし、もう分《わか》つた。」

專務《せんむ》は行員《かうゐん》の沈默《ちんもく》の中《うち》で、片腕《かたうで》を細《こま》かく痙攣《けいれん》させながら、傲然《がうぜん》として窓《まど》の外《そと》の風景《ふうけい》を睨《にら》んでゐた。

參木《さんき》は此《こ》の惡辣《あくらつ》な專務《せんむ》が、自分《じぶん》を解雇《かいこ》することが出來《でき》ないのだと思《おも》ふと、日頃《ひごろ》の鬱憤《うつぷん》を晴《は》らしたやうに愉快《ゆくわい》になつた。

「では、」と專務《せんむ》は云《い》つた。「參木君《さんきくん》はもう歸《かへ》つてくれ給《たま》へ。」

參木《さんき》は默《だま》つて入口《いりぐち》の方《はう》へ歩《ある》き出《だ》した。が、入口《いりぐち》のハンドルを握《にぎ》ると振《ふ》り返《かへ》つた。

「では、僕《ぼく》は明日《あす》から來《こ》なくともいいんでせうか。」

「それは、君《きみ》の意志《いし》の自由《じいう》にやり給《たま》へ。」

「僕《ぼく》の意志《いし》だと、また出《で》て來《く》るかもしれませんが。」

「ぢや、なるべく遠慮《ゑんりよ》するやうにしてくれ給《たま》へ。」

「承知《しようち》しました。」

參木《さんき》は銀行《ぎんかう》を出《で》ると、やつたなと思《おも》つた。が、もし復讐《ふくしう》のために專務《せんむ》の預金《よきん》の食《く》ひ込《こ》みを吹聽《ふいちやう》するとすると、取付《とりつ》けを食《く》ふのは分《わか》つてゐた。が、取付《とりつ》けを食《く》つて困《こま》るのは、銀行《ぎんかう》よりも預金者《よきんしや》だつた。しかし、いづれにしても、專務《せんむ》が自分《じぶん》の食《く》ひ込《こ》みを、無價値《むかち》な擔保《たんぽ》を有價値《いうかち》に見《み》せかけて償《つぐな》つてゐる以上《いじやう》、その缺損《けつそん》は早晩表面《さうばんへうめん》に表《あらは》れるに違《ちが》ひなかつた。がその表《あらは》れるまでの期間内《きかんない》に、またどれだけの人々《ひとびと》が預金《よきん》をするか。此《こ》の預金《よきん》の道《みち》が、專務《せんむ》の食《く》ひ込《こ》みを償《つぐな》ふものとしたならば、預金者《よきんしや》は救《すく》はれるのだ。——參木《さんき》は河《かは》の岸《きし》で良心《りやうしん》で復讐《ふくしう》しやうと藻搔《もが》いてゐる自分自身《じぶんじしん》を發見《はつけん》した。これは明《あき》らかに、彼《かれ》の敗北《はいぼく》を物語《ものがた》つてゐるのと同樣《どうやう》だつた。明日《あす》から、いよいよ饑餓《きが》が迫《せま》つて來《く》るだらう。

九

お杉《すぎ》は街《まち》から街《まち》を歩《ある》いて參木《さんき》の家《うち》の方《はう》へ歸《かへ》つて來《き》た。どこか自分《じぶん》を使《つか》ふ所《ところ》がないかと、貼《は》り紙《がみ》の出《で》てゐる壁《かべ》を搜《さが》しながら。ふと彼女《かのぢよ》は露《ろ》地《ち》の入口《いりぐち》で賣卜者《ばいぼくしや》を見《み》つけると、その前《まへ》で立《た》ち停《とま》つた。昨夜《ゆうべ》自分《じぶん》を、、、、、、、、、、、、、とまた彼女《かのぢよ》は思《おも》ひ出《だ》したのだ。お杉《すぎ》の前《まへ》で觀《み》て貰《もら》つてゐた支那人《しなじん》の娘《むすめ》は、壁《かべ》にもたれて泣《な》いてゐた。賣卜者《ばいぼくしや》の横《よこ》には、足《あし》のとれかかつたテーブルの屋臺《やたい》の上《うへ》に、豚《ぶた》の油《あぶら》が淡黃《うすきいろ》く半透明《はんとうめい》に盛《も》り上《あが》つて縮《ちぢ》れてゐた。その縮《ちぢ》れた豚《ぶた》の油《あぶら》は、露地《ろぢ》から流《なが》れて來《く》る塵埃《ごみ》を吸《す》ひながら、微妙《びめう》にひとりぶるぶる慄《ふる》えてゐた。小《ちひ》さな子供《こども》がその背《せ》の高《たか》さを丁度《ちやうど》テーブルの面《めん》まで延《の》ばしながら、ちつと慄《ふる》へる油《あぶら》に鼻《はな》のさきをひつつけて、いつまでも眺《なが》めてゐた。その子《こ》の頭《あたま》の上《うへ》からは剝《は》げかかつた金看板《きんかんばん》がぞろりと下《さが》り、彈丸《だんぐわん》に削《けづ》られた煉瓦《れんが》の柱《はしら》はポスターの剝《は》げ痕《あと》で、硝子《がらす》のやうに歪《ゆが》んでゐた。その横《よこ》は錠前屋《ぢやうまへや》だ。店《みせ》いつぱいに擴《ひろが》つた錆《さ》びついた錠《ぢやう》が、蔓《つる》のやうに天井《てんじやう》まで這《は》ひ上《あが》り、隣家《りんか》の鳥屋《とりや》に下《さが》つた家鴨《あひる》の首《くび》と一緒《いつしよ》になつて、露地《ろぢ》の入口《いりぐち》を包《つつ》んでゐた。間《ま》もなく、豚《ぶた》や鳥《とり》の油《あぶら》でぎらぎらしてゐるその露地《ろぢ》の入口《いりぐち》から、阿《あ》片《へん》に靑《あを》ざめた女達《をんなたち》が眼《め》を鈍《にぶ》らせながら、蹌踉《さうらう》と現《あらは》れた。彼女達《かのぢよたち》は賣卜者《ばいぼくしや》を見《み》ると、お杉《すぎ》の肩《かた》の上《うへ》から重《かさ》なつて下《した》のブリキの板《いた》を覗《のぞ》き込《こ》んだ。

ふとお杉《すぎ》は肩《かた》を叩《たた》かれて振《ふ》り返《かへ》つた。すると、參木《さんき》が彼女《かのぢよ》の後《うしろ》に立《た》つて笑《わら》つてゐた。お杉《すぎ》は一寸《ちよつと》お辭儀《じぎ》をしたが、耳《みみ》を中心《ちうしん》に彼女《かのぢよ》の顏《かほ》が赧《あか》くなつてゐた。

「御飯《ごはん》を食《た》べに行《い》かう。」と參木《さんき》が云《い》つて步《ある》き出《だ》した。

お杉《すぎ》は參木《さんき》の後《うしろ》から默《だま》つて歩《ある》いた。もういつの間《ま》にか夜《よる》になつてゐる。街角《まちかど》では、湯《ゆ》を賣《う》る店頭《てんとう》の黑《くろ》い壺《つぼ》から、湯氣《ゆげ》を鮮《あざや》かに流《なが》してゐた。參木《さんき》はふと肩《かた》を叩《たた》かれて振《ふ》り向《む》いた。すると、ロシア人《じん》の男《をとこ》の乞食《こじき》が彼《かれ》に手《て》を差《さ》し出《だ》して云《い》つた。

「君《きみ》、一文《もん》くれ給《たま》へ。どうも革命《かくめい》にやられてね、行《ゆ》く所《ところ》もなければ食《く》ふ所《ところ》もなし、困《こま》つてるんだ。これぢや今《いま》にのたれ死《じ》にだ。君《きみ》、一文惠《もんめぐ》んでくれ給《たま》へ。」

「馬車《ばしや》にしようか。」と參木《さんき》はお杉《すぎ》に云《い》つた。

お杉《すぎ》は小《ちひ》さな聲《こゑ》で、頷《うなづ》いた。馬車屋《ばしやや》の前《まへ》では、主婦《かみさん》が馬《うま》の口《くち》の傍《そば》で粥《かゆ》の立食《たちぐ》ひをやつてゐた。二人《ふたり》は古《ふる》いロココ風《ふう》の馬車《ばしや》に乘《の》ると、凭り出《だ》した夜《よ》の街《まち》の中《なか》を揺《ゆ》られていつた。

　參木《さんき》はお杉《すぎ》に、自分《じぶん》も首《くび》になつたことを話《はな》さうかと思《おも》つた。しかし、それではお杉《すぎ》を抛《はう》り出《だ》すのと同《おな》じであつた。お杉《すぎ》の失職《しつしよく》の原因《げんいん》が彼《かれ》にあるだけ、このことについては彼《かれ》は默《だま》つてゐなければならなかつた。參木《さんき》は愉快《ゆくわい》さうに見《み》せかけながらお杉《すぎ》に云《い》つた。

「僕《ぼく》はあんたから何《なに》も聞《き》かないが、多分《たぶん》、首《くび》でも切《き》られたんだらうね。」

「ええ。あなたがお歸《かへ》りになつてから、直《す》ぐ後《あと》で。」

「さう。ぢや、心配《しんぱい》することはない。僕《ぼく》の所《とこ》には、あんたがゐたいだけゐるがいい。」

　お杉《すぎ》は默《だま》つて答《こた》へなかつた。參木《さんき》は彼女《かのぢよ》が何《なに》を云《い》ひたさうにもぢもぢしてゐるのが分《わか》らなかつた。だが、彼《かれ》には、彼女《かのぢよ》が何《なに》を云《い》ひ出《だ》さうと、何《なん》の感動《かんどう》も受《う》けないことだけは分《わか》つてゐた。露地《ろぢ》の裏《うら》の方《はう》で、しきりに爆竹《ばくちく》が鳴《な》つてゐた。アメリカの水兵達《すゐへいたち》が車夫《しやふ》を叩《たた》きながら、黄《ワン》包車《ポーツ》に速力《そくりよく》を與《あた》へてゐた。

　馬車《ばしや》が道《みち》の四つ角《かど》へ來《く》ると、暫《しばら》くそこで停《とま》つてゐた。一方《ぱう》の道《みち》からは塵埃《ぢんあい》と一緒《しよ》に豚《ぶた》の匂《にほ》ひが流《なが》れて來《き》た。その反對《はんたい》の方《はう》からは春婦達《しゆんぷたち》が搖《ゆ》れ出《で》て來《き》た。またその一方《ぱう》の道《みち》からは黄包車《ワンポーツ》の素足《すあし》の群《む》れが亂《みだ》れて來《き》た。角《かど》の交通整理《かうつうせいり》のスポットが展開《てんかい》すると、車輪《しやりん》や人波《ひとなみ》が眞青《まつさを》な一直線《ちよくせん》の流《なが》れとなつてどよめき出《だ》した。參木《さんき》の馬車《ばしや》は動《うご》き出《だ》した。と、スポットは忽《たちま》ち變《かは》つて赤《あか》くなつた。參木《さんき》の行《ゆ》く手《て》の磨《みが》かれた道路《だうろ》は、春婦《しゆんぷ》の群《む》れも車《くるま》も家《いへ》も眞赤《まつか》な照明《せうめい》を浴《あ》びて浮《う》き上《あが》つた。

　二人《ふたり》は馬車《ばしや》から降《お》りると人込《ひとご》みの中《なか》をまた歩《ある》いた。立《た》つたまま動《うご》かない人込《ひとご》みはただ唾《つば》を吐《は》きながら饒舌《しやべ》つてゐた。二人《ふたり》は旗亭《きてい》の陶器《たうき》の階段《かいだん》を昇《のぼ》つて一室《ひとしつ》に納《をさま》つた。テーブルの上《うへ》には、煙草《たばこ》の大《おほ》きな葉《は》が壺《つぼ》にささつたまま青々《あをあを》と垂《た》れてゐた。

「どうだ、お杉《すぎ》さん。あんたは日本《にほん》へ歸《かへ》りたいとは思《おも》はんか。」

「ええ。」

「今《いま》から歸《かへ》つたつて、仕様《しやう》がないね。」

　參木《さんき》は料理《れうり》の來《く》るまで欄干《らんかん》にもたれて南瓜《かぼちや》の種《たね》を噛《か》んでゐた。彼《かれ》は明日《あす》からどうして生活《せいくわつ》をするのかまだ見當《けんたう》さへつかなかつた。だが、さうかと云《い》つて日本《にほん》へ歸《かへ》ればなほ更《さら》だつた。どこの國《くに》でも同《おな》じやうに、此《こ》の支那《しな》の植民地《しよくみんち》へ集《あつま》つてゐる者《もの》は、本國《ほんごく》へ歸《かへ》れば全《まつた》く生活《せいくわつ》の方《はう》法《はふ》がなくなつて了《しま》つてゐた。それ故《ゆゑ》ここでは、本國《ほんごく》から生活《せいくわつ》を奪《うば》はれた各國人《かくこくじん》の集團《しふだん》が集合《しふがふ》しつつ、世界《せかい》で類例《るゐれい》のない獨立國《どくりつこく》を造《つく》つてゐた。だが、それぞれの人種《じんしゆ》は、各自《かくじ》の本國《ほんごく》が支那《しな》の富源《ふげん》を吸《す》ひ合《あ》ふための、吸盤《きふばん》となつて生活《せいくわつ》してゐる。此《こ》のためここでは、一人《ひとり》の肉體《にくたい》は、いかに無爲無職《むゐむしよく》のものと雖《いへど》も、ただ漫然《まんぜん》とゐることでさへ、その肉體《にくたい》が空間《くうかん》を占《し》めてゐる以上《いじやう》、ロシア人《じん》を除《のぞ》いては愛國心《あいこくしん》の現《あらは》れとなつて活動《くわつどう》してゐるのと同様《どうやう》であつた。――參木《さんき》はそれを思《おも》ふと笑《わら》ふのだ。事實《じじつ》、彼《かれ》は日本《にほん》にをれば、日本《にほん》の食物《しよくもつ》をそれだけ減《へ》らすにちがひなかつた。だが、彼《かれ》が支那《しな》にゐる以上《いじやう》、彼《かれ》の肉體《にくたい》の占《し》めてゐる空間《くうかん》は、絶《た》えず日本《にほん》の領土《りやうど》となつて流《なが》れてゐるのだ。

――俺《おれ》の身體《からだ》は領土《りやうど》なんだ。此《こ》の俺《おれ》の身體《からだ》もお杉《すぎ》の身體《からだ》も。

その二人《ふたり》が首《くび》を切《き》られて、さて明日《あす》からどうしたら良《よ》いのかと考《かんが》へてゐるのである。參木《さんき》は自分達《じぶんたち》の周圍《しうゐ》に流《なが》れて來《き》てゐる舊《きう》ロシアの貴《き》族《ぞく》のことを考《かんが》へた。彼《かれ》らの女《をんな》は、各國人《かくこくじん》の男性《だんせい》の股《また》から股《また》をくぐつて生活《せいくわつ》してゐる。さうして男《をとこ》は、各國人《かくこくじん》の最下層《さいかそう》の乞食《こじき》となつて。――參木《さんき》は思《おも》つた。

「それは彼《かれ》らが悪《わる》いのだ。彼《かれ》らは、自分《じぶん》の同胞《どうはう》を、男《をとこ》の股《また》の下《した》で生活《せいくわつ》させ、乞食《こじき》をさせ續《つゞ》けて來《き》たからだ。」と。

人《ひと》は、自分《じぶん》の同胞《どうはう》の股《また》の下《した》で生活《せいくわつ》し、自分《じぶん》の同胞《どうはう》の中《なか》で乞食《こじき》をするよりも、他國人《たこくじん》の股《また》の下《した》で生活《せいくわつ》し、他國人《たこくじん》の間《あひだ》で乞食《こじき》をする方《はう》が樂《らく》ではないか。――それなら、と參木《さんき》は考《かんが》へた。

『あのロシア人達《じんたち》に、われわれは同情《どうじやう》する必要《ひつえう》は少《すこ》しもない。」と。

しかし、參木《さんき》は、お杉《すぎ》と自分《じぶん》が、誰《たれ》を困《こま》らせたことがあるだらうと考《かんが》へた。すると、彼《かれ》は、鬱勃《うつぼつ》として揺《ゆ》れ出《だ》して來《き》てゐる支那《しな》の、、、、、、のやうに、急《きふ》に專務《せんむ》が憎《にく》むべき存在《そんざい》となつて映《うつ》り出《だ》した。自《じ》分《ぶん》を困《こま》らせ續《つゞ》けたあの專務《せんむ》が。だが、彼《かれ》は、自分《じぶん》の上役《うはやく》の專務《せんむ》を憎《にく》むことが、、、、そのものを憎《にく》んでゐるのと同様《どうやう》な結果《けつくわ》になると云《い》ふことについては、忘《わす》れてゐた。然《しか》も、、、、を認《みと》めずして、支那《しな》でなし得《う》る、、、の行動《かうどう》は、乞食《こじき》と賣春婦《ばいしゆんふ》以外《いぐわい》にはないのであつた。

十

參木《さんき》に老酒《ラウチユ》の廻《まは》り出《だ》した頃《ころ》になると、料理《れうり》は半《なか》ば以上《いじやう》を過《す》ぎてゐた。テーブルの上《うへ》には、黄魚《わうぎよ》のぶよぶよした唇《くちびる》や、耳《みゝ》のやうな木耳《きくらげ》が箸《はし》もつけられずに殘《のこ》つてゐた。參木《さんき》は曇《くも》つた翡翠《ひすゐ》のやうな家鴨《あひる》の卵《たまご》に象牙《ざうげ》の箸《はし》を突《つ》き刺《さ》して、小聲《こゞゑ》で日本《にほん》の歌《うた》を歌《うた》ひ出《だ》した。

「どうだ、お杉《すぎ》さん、歌《うた》へよ、恥《はづか》しいのかい。何《な》に、歸《かへ》りたい、馬鹿《ばか》を云《い》へ。馬鹿《ばか》を。」

參木《さんき》はお杉《すぎ》を引《ひ》き寄《よ》せると片肱《かたひぢ》を彼女《かのぢよ》の、、へつかうとした。すると、肱《ひぢ》が脱《はづ》れてがくりとお杉《すぎ》の、、、顋《あご》を落《おと》した。お杉《すぎ》は赤《あか》くなりながら、、、、、、參木《さんき》の顔《かほ》を支《さゝ》へてゐた。

湯氣《ゆげ》を立《た》てた鱶の鰭《ひれ》が無表情《むへうじやう》なボーイの捧《さゝ》げてゐる皿《さら》の上《うへ》から跳ね上《あが》つたまま、薄暗《うすくら》い糞壺を廻《まは》つて運《はこ》ばれて來《き》た。參木《さんき》は立《た》ち上《あが》ると欄《らん》干《かん》を掴《つか》んで下《した》の通《とほ》りを見降《みおろ》した。人込《ひとご》みの中《なか》で黄包車《ワンポーツ》に乘《の》つた妓が、刺繍《ししう》した小《ちひ》さな沓《くつ》を青《あを》いランプの上《うへ》に組《く》み合《あは》せて揺《ゆ》れてゐた。招牌や喉《のど》を切《き》り抜《ぬ》けて、彼女《かのぢよ》の首飾《くびわ》の寶石《はうせき》がどこまでも光《ひか》つていつた。

參木《さんき》は旗亭《きてい》を出《で》るとお杉《すぎ》と二人《ふたり》で暫《しばら》く歩《ある》いた。露地《ろぢ》の口《くち》を通《とほ》りかかる度毎《たびごと》に、彼《かれ》は春婦《しゆんぷ》に肩《かた》を叩《たた》かれた。

「あなた、いらつしやいよ。」

「いや、俺《おれ》のはこつちだ。」と參木《さんき》は後《うし》ろにゐるお杉《すぎ》を指差《ゆびさ》した。

彼《かれ》はふと、お杉《すぎ》も了《しま》ひに、このやうに露地《ろぢ》の入口《いりぐち》へ立《た》つのではないかと思《おも》つた。そして、自分《じぶん》は乞食《こじき》になつて、路《みち》の眞中《まんなか》に坐《すわ》つてゐる。——しかし、彼《かれ》は別《べつ》に何《なん》の悲《かな》しみも感《かん》じなかつた。參木《さんき》はお杉《すぎ》の手《て》を曳《ひ》いて歩《ある》いた。足《あし》が亂《みだ》れて彼《かれ》は時々《ときどき》お杉《すぎ》の肩《かた》にもたれかかつた。

「おい、お杉《すぎ》さん、俺《おれ》は明日《あす》から乞食《こじき》になるかも知《し》れないぜ。俺《おれ》が乞《こ》食《じき》になつたら、お杉《すぎ》さんはどうしてくれる。」

お杉《すぎ》は大《おほ》きな眼《め》で參木《さんき》の支《さゝ》へになりながら笑《わら》つてゐた。銃《じう》を逆《さかさ》に擔《かつ》いだ印度人《いんどじん》の巡査《じゆんさ》がお杉《すぎ》の顏《かほ》を眺《なが》めてゐた。車坐《くるまざ》に蹲《しやが》んだ裸體《らたい》の車夫《しやふ》が、天然痘《てんねんとう》にかかつた顏《かほ》を竝《なら》べて銅貨《どうくわ》の面《おもて》を見詰《みつ》めてゐた。水《みづ》の滴《したた》りさうな水慈姑《くわゐ》が、道路《だうろ》で油烟《ゆえん》を立《た》ててゐるランプのホヤを取《と》り卷《ま》いて積《つも》つてゐた。一人《ひとり》の支那人《しなじん》がふらりと參木《さんき》の方《はう》へ近《ちか》よつて來《く》ると、寫《しや》眞《しん》を出《だ》した。

「どうです、十枚《まい》三圓《ゑん》。」

寫眞《しやしん》は二人《ふたり》の胸《むね》の間《あひだ》に隱《かく》されたまま怪《あや》しい姿《すがた》を跳《は》ね初《はじ》めた。お杉《すぎ》は參木《さんき》の肩越《かたご》しに寫眞《しやしん》を見《み》た。と、彼女《かのぢよ》は急《きふ》に顏《かほ》をそ向《む》けて歩《ある》き出《だ》した。暫《しばら》くすると、參木《さんき》が默《だま》つて彼女《かのぢよ》の後《うしろ》からついて來《き》た。彼《かれ》は年來《ねんらい》の潔癖《けつぺき》が一時《いちじ》に泥《どろ》のやうに崩《くづ》れ出《だ》すのを感《かん》じた。

「お杉《すぎ》さん、」と參木《さんき》は云《い》つた。

お杉《すぎ》は赤《あか》くなつたまま振《ふ》り返《かへ》つた。が、また直《す》ぐ彼女《かのぢよ》は歩《ある》き出《だ》した。參木《さんき》は前《まへ》を行《ゆ》く彼女《かのぢよ》の身體《からだ》に手《て》が延《の》びさうな危險《きけん》を感《かん》じた。今夜《こんや》は危《あぶな》い、今夜《こんや》は、と彼《かれ》は思《おも》つた。彼《かれ》は逆《ぎやく》にくるりと廻《まは》ると、悲《かな》しげに歩《ある》いていつた。ふと彼《かれ》は通《とほ》りすがりの、女《をんな》が女《をんな》に見《み》えぬ茶館《ちやくわん》へ上《あが》つた。廣《ひろ》い堂内《だうない》は交換局《かうくわんきよく》のやうに騷《さわ》いでゐた。その蒸《む》しつく空氣《くうき》の中《うち》に、色《いろ》づいた笑婦《せうふ》の群《む》れが割《わ》られた石榴《ざくろ》の實《み》のやうに詰《つま》つてゐた。彼《かれ》はテーブルの間《あひだ》を默々《もくもく》として歩《ある》いてみた。押《お》し寄《よ》せて來《き》た女《をんな》が房《ふさ》のやうに彼《かれ》の肩《かた》からぶら下《さが》つた。彼《かれ》は群《むら》がる女《をんな》の胴《どう》と耳輪《みみわ》を、ぶら下《さが》つた女《をんな》の肩《かた》で押《お》し割《わ》りながら進《すす》んでいつた。彼《かれ》の首《くび》の上《うへ》で、腕時計《うでどけい》が絡《から》み合《あ》つた。擦《す》り合《あ》ふ胴《どう》と胴《どう》との間《あひだ》で南瓜《かぼちや》の皿《さら》が動《うご》いてゐた。

參木《さんき》は此《こ》の無數《むすう》の女《をんな》に洗《あら》はれる度毎《たびごと》に、だんだん欲情《よくじやう》が消《き》えていつた。彼《かれ》は椅子《いす》へ腰《こし》を下《お》ろすと煙草《たばこ》を吸《す》つた。テーブルの上《うへ》に盛《も》り上《あが》つた女《をんな》の群《ひ》れが、しなしな搖《ゆ》れる天蓋《てんがい》のやうに彼《かれ》の顏《かほ》を覗《のぞ》き込《こ》んだ。彼《かれ》は銀貨《ぎんくわ》を掌《てのひら》の上《うへ》に乘《の》せてみた。と、女《をんな》の群《む》れが、逆《さか》さまになつて彼《かれ》の掌《てのひら》の上《うへ》へ落《お》ち込《こ》んで來《き》た。彼《かれ》は重《かさ》なり合《あ》つた女《をんな》の下《した》で、漬物《つけもの》のやうに扁平《へんぺい》になりながら、げらげらと笑《わら》ひ出《だ》した。銀貨《ぎんくわ》を探《さが》す女《をんな》の手《て》が、彼《かれ》の胸《むね》の上《うへ》で叩《たた》き合《あ》つた。耳輪《みみわ》と耳輪《みみわ》がねぢれ合《あ》つた。彼《かれ》は膝《ひざ》で女《をんな》の胴《どう》を蹴《け》りながら、宙《ちう》に浮《うか》んできらきらしてゐる沓《くつ》の間《あひだ》から首《くび》を出《だ》した。彼《かれ》が漸《やうや》く起《お》き上《あが》ると、女達《をんなたち》は一《ひと》つの穴《あな》へ首《くび》を突《つ》つ込《こ》むやうに、ばたばたしながら、椅子《いす》の足《あし》をひつ掻《か》いてゐた。彼《かれ》は銅貨《どうくわ》を女達《をんなたち》の首《くび》の間《あひだ》へ流《なが》し込《こ》んだ。蜂《はち》のやうな腰《こし》の波《なみ》が一層激《はげ》しく、搖《ゆ》れ出《だ》した。彼《かれ》は彼《かれ》に絡《から》まつた女達《をんなたち》を見捨《みす》てゝ出口《でぐち》の方《はう》へ行《ゆ》かうとした。すると、また一團《だん》の新《あたら》しい春婦《しゆんぷ》の群《ぐん》が、椅子やテーブルの間《あひだ》から蚊《か》のやうに躍《おど》つて來《き》た。彼《かれ》は首《くび》を眞直《まつす》ぐに堅《かた》めながら、その尖角《とが》つた鼻先《はなさき》で女達《をんなたち》を跳《は》ねのけ跳《は》ねのけ、進《すゝ》んでいつた。彼《かれ》の首《くび》は前後《ぜんご》から女《をんな》の腕《うで》に絡《から》まれながらも、波《なみ》を押《お》し切《き》る海獸《かいじう》のやうに強《つよ》くなつた。彼《かれ》は女《をんな》を引《ひ》き摺《ず》る壓感《あつかん》で汗《あせ》をかいた。彼《かれ》は肩《かた》を泳《およ》ぐやうに乘《の》り出《だ》しつゝ、女《をんな》の隙間《すきま》をめがけて食《く》ひ込《こ》んだ。だが、女《をんな》の群《む》れは、彼《かれ》の身體《からだ》から振《ふ》り放《はな》される度毎《たびごと》に、新手《あらて》を加《くは》へてたかつて來《き》た。彼《かれ》は肱で縱横無盡《じうわうむじん》に突《つ》きまくつた。と、突《つ》かれた女《をんな》は蹌《よ》ろけながら、また他《ほか》の男《をとこ》の首《くび》に抱《だ》きついて運《はこ》ばれていつた。

參木《さんき》は茶館《ちやくわん》を出《で》ると水《みづ》を探《さが》した。身體《からだ》がぐつたりと疲《つか》れてゐた。が、彼《かれ》は再《ふたゝ》び、自分《じぶん》を待《ま》ち受《う》けてゐるお杉《すぎ》の身體《からだ》を思《おも》ひ出《だ》した。

「危《あぶな》い、危《あぶな》い」と彼《かれ》はうめくやうに呟《つぶや》いた。

彼《かれ》は競子《きやうこ》の良人《をつと》が死《し》んで了《しま》つて、競子《きやうこ》の顏《かほ》を見《み》るまでは、お杉《すぎ》の身體《からだ》に觸《ふ》れてはならぬと思《おも》つてゐた。もし彼《かれ》がお杉《すぎ》に觸《ふ》れたら、彼《かれ》はお杉《すぎ》を妻《つま》にして了《しま》ふに定《きま》つてゐた。だが、それまで、いかなる整理法《せいりはふ》で身《み》を淸《きよ》めていくべきか。彼《かれ》は何《なに》よりも古《ふる》めかしい道徳《だうとく》を愛《あい》して來《き》た。此《こ》の支那《しな》で、性《せい》に對《たい》して古《ふる》い道徳《だうとく》を愛《あい》することは、太陽《たいやう》のやうに新鮮《しんせん》な思想《しさう》だと彼《かれ》には思《おも》ふことが出來《でき》るのだ。——

すると、參木《さんき》は不意《ふい》に肩《かた》を叩《たた》かれた。振《ふ》り向《む》くと、さつきの支那人《しなじん》がまた寫眞《しやしん》を持《も》つて彼《かれ》の後《うしろ》に立《た》つてゐた。

「どうです、十枚《まい》二圓《ゑん》。」

參木《さんき》は此《こ》の風《ふう》のやうな支那人《しなじん》に恐怖《きやうふ》を感《かん》じて睨《にら》んでゐた。が、彼《かれ》はそのまま、また默《だま》つて歩《ある》き出《だ》した。いま一度《ど》寫眞《しやしん》を見《み》たら、もう駄目《だめ》だ。——彼《かれ》はショウウインドウの飾《かざ》りつけを、首《くび》を突《つ》き込《こ》むやうに見《み》て歩《ある》いた。眞赤《まつか》な蠟燭《らふそく》の群《む》れが、天井《てんじやう》から逆《さか》さに生《は》えた樹《き》のやうに下《さが》つてゐた。鏡《かゞみ》に取《と》り包《つゝ》まれた桃色《もゝいろ》の寢臺《しんだい》。牢獄《らうごく》のやうな質屋《しちや》の門《もん》。饂飩屋《うどんや》の饂飩《うどん》の中《なか》に牛《うし》の足《あし》が蹄《ひづめ》を上向《うへむ》けて刺《さ》さつてゐた。と、また、彼《かれ》は肩《かた》を叩《たた》かれた。

「どうです、十枚《まい》一圓《ゑん》。」

瞬間《しゆんかん》、參木《さんき》は閃《ひら》めいた一《ひと》つの思想《しさう》に捉《とら》はれて興奮《こうふん》した。

——人間《にんげん》は、眞《しん》に人間《にんげん》に對《たい》して客觀的《きやくくわんてき》になるためには、世人《せじん》の、、運動《うんどう》を眼前《がんぜん》に見詰《みつ》めなければ、駄目《だめ》である。と。彼《かれ》は暫《しばら》くして、追《お》ひ込《こ》まれるやうに露地《ろぢ》の中《なか》へ這入《はい》つていつた。露次《ろじ》の奥《おく》には、阿片《あへん》に慄《ふる》へた女《をんな》の群《む》れが宮守のやうに壁《かべ》にひつついて竝《なら》んでゐた。——(ある長篇《ちやうへん》の序章《じよしやう》)

KAIZO

改造

三月號

1929

大正八年三月廿一日第三種郵便物認可
昭和四年三月一日發行（[illegible]一日發行）
昭和四年二月十八日印刷納本
第十一巻第三號
定價五拾錢

足と正義

横光利一

一

ブラターンの花《はな》からは花《はな》が吹雪《ふぶき》のやうにこぼれてゐた。宮子《みやこ》は甲谷《かふや》に腕《うで》を持《も》たれて歩《ある》いて來《き》た。ひしやげた栗《くり》のやうな安南兵《あんなんへい》が劍銃《けんじう》を連《つ》らねて並《なら》んでゐた。その圓《まる》いヘルメットの背後《はいご》では、フランスの無線電信局《むせんでんしんきよく》が火花《ひばな》を散《ち》らして青々《あを〳〵》と明滅《めいめつ》した。宮子《みやこ》はミシエルの高雅《かうが》な秋波《しうは》を回想《くわいさう》しながら、甲谷《かふや》に云《い》つた。

「あたし、ここの電信局《でんしんきよく》の技師《ぎし》さんと十三日間《にちかん》踊《をど》つたことがあつたのよ。ミシエルつて云《い》ふの。矢張《やは》り、フランス人《じん》はいいものね。」

甲谷《かふや》は何《なに》を話《はな》さうとしてゐたのか忘《わす》れ出《だ》した。踊《をど》り場《ば》から漸《やうや》く初《はじ》めて、一睡《いつすゐ》も踊子《をどりこ》を連《つ》れて來《き》て、愛《あい》の花束《はなたば》の大《おほ》きさを較《くら》べられては彼《かれ》とて興奮《こうふん》せずにはをれなかつた。

「もう僕《ぼく》は、幾囘君《いくくわいきみ》を好《す》きだと云《い》つたかね。どうも此《こ》の頃《ごろ》は急《いそ》がしくつて、日記《につき》をつけてゐる暇《ひま》もろく〳〵なし。」

「そりや、あたしだつて、此《こ》の通《とほ》り急《いそ》がしいのよ。あなたは、あたしを見《み》ると、もう好《す》きだ好《す》きだと嘘《うそ》ばかり仰言《おつしや》るし、イタリア人《じん》はイタリア人《じん》で、あたしの急所《きふしよ》ばかり捜《さが》さ

（２）

――（足と正義）――

うとしてゐるし。まア、何《な》んでもいいわ。その日《ひ》その日《ひ》は、なるだけ愉快《ゆくわい》に暮《くら》すのが一番《ばん》よ。」

「ぢや、今《いま》の所《ところ》、僕《ぼく》はイタリア人《じん》と競争《きやうさう》かい。」

「だつて、あたしはこれでも、容子《ようこ》さんと競争《きやうさう》なの。あのイタリア人《じん》は、あたしと容子《ようこ》さんとをいらいらばかりさせてるの。だから、あたし、今度《こんど》はアメリカ人《じん》とばかり踊《をど》つてやるの。」

「それぢや、日本《にほん》の旗《はた》も、いつまでたつだつて上《あが》らないな。」

宮子《みやこ》は毛皮《けがは》の中《なか》で首《くび》を縮《ちゞ》めて笑《わら》ひ出《だ》した。

「さうよ、だつて、外國人《ぐわいこくじん》はお客《きやく》さんだわ。あなたなんか、少《すこ》しはあたしたちと共謀《きようぼう》して、外國人《ぐわいこくじん》からお金《かね》をとらなきア駄目《だめ》ぢやないの。」

哲學《てつがく》は到《いた》る所《ところ》から生《は》えていく。甲谷《かふや》は日本人《にほんじん》の色素《しきそ》のために、ここでも悲《かな》しまねばならなかつた。彼《かれ》は今《いま》まで、過去《くわこ》に堆積《たいせき》された女《をんな》から賞讃《しやうさん》され續《つゞ》けて來《き》た理由《りいう》は、かうであつた。

――まア、外國人《ぐわいこくじん》のやうだわね。

だが、宮子《みやこ》の前《まへ》で、外人《ぐわいじん》らしさを外人《ぐわいじん》と競爭《きやうさう》することは、甲谷《かふや》にとつては不利《ふり》であつた。彼《かれ》はもう十日間《かかん》も宮子《みやこ》の踊場《をどりば》へ通《かよ》つてゐた。だが、宮子《みやこ》の眼《め》はいつも云《い》つた。

「まア、日本人《にほんじん》は、後《あと》なのよ。」

[redacted]

分《ぶん》にばかり集《あつ》めるかを計算《けいさん》し合《あ》ふことだつた。さうして、宮子《みやこ》は此《こ》の計算《けいさん》では、常《つね》に「ナンバー・ワン」の折紙《をりがみ》をつけられてゐるのである。

甲谷《かふや》は十日間《とうかかん》の三分《ぶん》の一を、その自由《じいう》なフランス語《ご》とドイツ語《ご》とで外人《ぐわいじん》と張《は》り合《あ》つた。後《あと》の三分《ぶん》の一の力《ちから》を、金《かね》と饒舌《ぜうぜつ》に注《つ》ぎ込《こ》んだ。しかし、此《こ》の宮子《みやこ》の高《たか》ぶつた誇《ほこ》りの穴《あな》へ落《お》ち込《こ》んだ日本人《にほんじん》――甲谷《かふや》が、宮子《みやこ》の誇《ほこ》りを無《な》くするためには、彼《かれ》はあまりに誇《ほこ》りすぎてゐたのである。

甲谷《かふや》はだんだん滅《ほろ》んで行《ゆ》く自信《じしん》のために、今《いま》はますます宮子《みやこ》に手《て》を延《の》ばさずにはをれなかつた。

微風《びふう》に吹《ふ》きつけられたプラタトンの花《はな》の群《む》れは、菩提樹《ぼだいじゆ》の幹《みき》へ突《つ》きあたつて廻《まは》つてゐた。その白《しろ》い花々《はなばな》は三方《ぱう》から吹《ふ》き寄《よ》せられると、芝生《しばふ》にひつかかりながら、小徑《こみち》の砂《すな》の上《うへ》を華奢《きやしや》な小猫《こねこ》のやうに轉《ころ》げていつた。

「まア、此《こ》の先《さ》きは、眞暗《まつくら》だわ。」と宮子《みやこ》は彼《かれ》に寄《よ》りそつて云《い》つた。

「大丈夫《だいぢやうぶ》、僕《ぼく》に手《た》よつてゐれば、どこだつて同《おな》じことさ。」

甲谷《かふや》は公園《こうゑん》の芝生《しばふ》を突《つ》き切《き》ると光《ひか》りの屆《とゞ》かぬ繁《しげ》みの方《はう》へ廻《まは》り出《だ》した。宮子《みやこ》はその繁《しげ》みの向《むか》ふに何《なに》があるのかまで知《し》つてゐた。彼女《かのぢよ》はミ

[redacted]

——足と正義——（3）

を覺《おぼ》えてゐる。まア、何《なん》と男《をとこ》は同《おな》じ所《ところ》を好《この》むのであらう。彼女《かのぢよ》はそこで、甲谷《かふや》が何《なに》をするかを知《し》つてゐた。——甲谷《かふや》は宮子《みやこ》の回想《くわいさう》を案内《あんない》しながら水草《みづくさ》の沈《しづ》んだ池《いけ》の傍《そば》まで歩《ある》いて來《き》た。

「サア、もう、あなた、ここらあたりで歸《かへ》りませう。」と宮子《みやこ》は云《い》つた。

宮子《みやこ》はひとり甲谷《かふや》から放《はな》れると、ちらりと一叢《ひとむら》の芽《め》を出《だ》した灌木《くわんぼく》を眺《なが》めながら、門《もん》の方《はう》へ歩《ある》き出《だ》した。

甲谷《かふや》は宮子《みやこ》の後姿《うしろすがた》を見詰《みつ》めてゐた。彼《かれ》は彼女《かのぢよ》の足《あし》を牽《ひ》きつけてゐる者《もの》が、彼女《かのぢよ》を廻《めぐ》つてゐる逞《たくま》しい外人《ぐわいじん》の足《あし》の群《む》れだと睨《にら》んでゐる。だが、どうして日本人《にほんじん》は、此《こ》のやうにも輕蔑《けいべつ》されねばならぬのか。——甲谷《かふや》は公園《こうゑん》の門《もん》の前《まへ》まで、自分《じぶん》の短《みじか》い足《あし》を歎《なげ》きつつ歩《ある》いて來《き》た。しかし、彼《かれ》はその門《もん》から前《まへ》へ、公園《こうゑん》の中《なか》へ、何《なに》が故《ゆゑ》に支那人《しなじん》の足《あし》だけが這入《はい》ることを赦《ゆる》されてはゐないのか、考《かんが》へるのはうるさかつた。

枝《えだ》を截《き》り拂《はら》はれた菩提樹《ぼだいじゆ》の若葉《わかば》の下《した》で、宮子《みやこ》は瓦斯燈《がすとう》の光《ひか》りに濡《ぬ》れながら甲谷《かふや》の近《ちか》づくのを待《ま》つてゐた。

「ね、あたしたちは、此《こ》の瓦斯燈《がすとう》のある所《ところ》では、いつでも仲良《なかよ》く出來《でき》るのよ。」

勝《か》ち誇《ほこ》つた宮子《みやこ》の微笑《びせう》が、長《なが》く續《つゞ》いた青葉《あをば》のトンネルの下《した》を潜《くゞ》つていく。相思樹のやうに光《ひか》つた道《みち》。薔薇《ばら》の垣根《かきね》。腹《はら》を映《うつ》して辷《すべ》る自働《じどう》車《しや》。イルミネーションの牙城《がじやう》へと迫《せま》るアルハベット。甲谷《かふや》はここまで來《く》ると、再《ふたゝ》び彼《かれ》がそのやうにも負《ま》かされ續《つゞ》けた外人《ぐわいじん》達《たち》の禮讓《れいじやう》を、支那《しな》人《じん》ではないと云《い》ふことを示《しめ》さんがためばかりにさへも、重《おも》じなければならなかつた。彼《かれ》は宮子《みやこ》の手《て》をとると云《い》つた。

「サア、此《こ》の次《つぎ》は、どこにしよう。」

「ラーンターン・カフエー、」

甲谷《かふや》の顏《かほ》は、今《いま》は池《いけ》の傍《そば》で、ズボンの折目《をりめ》を亂《みだ》さなかつたと云《い》ふ自《じ》身《しん》の巧《たく》みさを誇《ほこ》つてゐるかのやうに笑《わら》ひ出《だ》した。

「かうして君《きみ》と手《て》を組《く》み出《だ》すと、まるで人生《じんせい》が明《あか》るくなる。これは不《ふ》思議《しぎ》の一《ひと》つだね。」

「さうよ、あたし達《たち》は踊子《をどりこ》なの。」

「だが君《きみ》らはダンスをするのが目的《もくてき》なのか、それとも、」

「もう澤山《たくさん》、あたしたちが結婚《けつこん》すれば、結婚《けつこん》の墮落《だらく》だと仰言《おつしや》るんでせう。」

「いや、僕《ぼく》らは君《きみ》を追《お》つかけては振《ふ》り廻《まは》され、追《お》つかけては振《ふ》り廻《まは》されてゐるのは、こりやいつたい、何《な》んだらうと訊《き》いてるんだ。」

宮子《みやこ》は突然《とつぜん》、甲谷《かふや》に見《み》られてゐない片頬《かたほゝ》に、鱗《うろこ》のやうな鮮明《せんめい》な嘲笑《てうせう》を搖《ゆ》るがせた。

「そりや、なかなかむつかしいわね。あなたは、社交《しやかう》ダンスの踊《をど》り方《かた》ホツセ本《ほん》を御覧《ごらん》になつて。あの中《なか》には、女《をんな》は男《をとこ》のするまゝの姿勢《しせい》にたつて踊《をど》るべしつて書《か》いてある。だから、あたしたちのやうな踊子《をどりこ》は、踊《をど》らないときだけなり自由《じいう》な踊《をど》り方《かた》をしなければ、いけないわ。」

甲谷《かふや》は矢繼《やつぎ》早《ばや》に刺《さ》されながらも、なほ鈍感《どんかん》らしい重《おも》みを鄭重《ていちやう》に續《つゞ》ける必要《ひつえう》を感《かん》じ出《だ》した。何《な》ぜなら、彼《かれ》は、宮子《みやこ》に愛《あい》されることよりも、此《こ》の素張《すば》らしい光鋩《くわうばう》を持《も》つた女性《ぢよせい》の急所《きふしよ》が、どこにあるのか見届《みとゞ》けたかつたからである。彼《かれ》は一昨々夜《さくさくや》、闇《やみ》の中《なか》で默々《もくもく》と彼《かれ》に身《み》を委《ゆだ》ねたお杉《すぎ》のことを思《おも》ひ出《だ》した。あのお杉《すぎ》と此《こ》の宮子《みやこ》、――何《なん》と女《をんな》の變化《へんくわ》の種類《しゆるゐ》も華《はな》やかなものではないか。甲谷《かふや》はまだ參木《さんき》に紹介《せうかい》しない此《こ》の宮子《みやこ》を、是非《ぜひ》とも參木《さんき》に――あの不可解《ふかかい》なドン・キホーテに紹介《せうかい》してみたくてならなくなつた。

二

苦力達《くーりーたち》は寝靜《ねしづ》まつた街《まち》の舗道《ほだう》で眠《ねむ》つてゐた。塊《かたま》つた彼《かれ》らの肩《かた》の隙《すき》間《ま》では、襤褸《ぼろ》だけが風《かぜ》に靡《なび》いた植物《しよくぶつ》のやうに動《うご》いてゐた。扉《とびら》を立《た》てた剝《は》げ落《お》ちた朱色《しゆいろ》の門《もん》の下《した》で、眼《め》の惡《わる》い犬《いぬ》が眠《ねむ》つた乞食《こじき》の袋《ふくろ》を咬《くは》へてゐた。ときどき鬱然《うつぜん》と押《お》し重《かさ》なつた建物《たてもの》の線《せん》の中《なか》から、鋭《するど》く警官《けいくわん》の銃身《じうしん》が光《ひか》つて來《き》た。

[redacted]で歸《かへ》らねばならなかつた。

彼《かれ》は三日前《かまへ》にお杉《すぎ》を街《まち》で撒《ま》いてから、今迄《いままで》山口《やまぐち》の家《うち》に泊《とま》つてゐた。彼《かれ》はその間《あひだ》、山口《やまぐち》の幾人《いくにん》かの女《をんな》の中《なか》の、此《こ》のオルガの淋《さび》しさを慰《なぐさ》める命《めい》令《れい》を受《う》けたのだ。

「此《こ》の女《をんな》は淋《さび》しがりやで、正直《しやうぢき》で、音樂《おんがく》が帝政時代《ていせいじだい》みたいに好《す》きなんだ。君《きみ》が遊《あそ》んでゐるなら、暫《しばら》く宜敷《よろし》く頼《たの》んだよ。いや、何《なに》、その間《あひだ》は君《きみ》に自由《じいう》の權利《けんり》を與《あた》へるよ。」

參木《さんき》は明《あき》らかに山口《やまぐち》から嘲弄《てうろう》されたのを知《し》つてゐた。だが、彼《かれ》は、山口《やまぐち》からアジヤ主義《しゆぎ》の講義《かうぎ》を聞《き》くよりは、此《こ》のオルガと音樂《おんがく》の話《はなし》をしてゐる方《はう》が愉快《ゆくわい》であつた。

「宜《よ》し、それなら暫《しばら》く借《か》りやう。その間《あひだ》に、僕《ぼく》の仕事《しごと》を見《み》つけてをいてくれ給《たま》へ。」

參木《さんき》は三日間《かかん》、殆《ほと》どロシアの知事《ちじ》の生活《せいくわつ》と、チエホフとチヤイコフスキーとボルシエビイキと日本《にほん》と、カスピ海《かい》の腸詰《ちやうづめ》の話《はなし》とで暮《くら》して來《き》た。しかし、ふと彼《かれ》は家《うち》に殘《のこ》して來《き》たお杉《すぎ》の處置《しよち》を考《かんが》へると、その場所《ばしよ》とは不似合《ふにあひ》な憂鬱《いううつ》に落《お》ち込《こ》んだ。――

オルガは今《いま》も參木《さんき》の顏《かほ》が默々《もくもく》として暗《くら》くなると、せき立《た》てるやうに足《あし》を早《はや》めて英語《えいご》で云《い》つた。

「駄目《だめ》、駄目《だめ》、あなたはどんな嬉《うれ》しさうな時《とき》でも悲《かな》しさうだわ。」

「いや、あなたは、日本人《にほんじん》の表情《へうじやう》をまだよく知《し》つちやゐないんです。」

「嘘《うそ》よ、あたしはちやんと知《し》つてるの。山口《やまぐち》はあなたのことを云《い》つてたわ。」

「山口《やまぐち》なんか、何《なん》にも知《し》りやしませんよ。」

「嘘《うそ》だわ。あたし、山口《やまぐち》から云《い》ひつかつてゐるの。あなたは死《し》にたい死《し》にたい云《い》つてる人《ひと》なんださうですから、なるだけ樂《たの》しさうにするやうにつて。」

「馬鹿《ばか》な、僕《ぼく》はね、オルガさん、あなたは淋《さび》しがりやだから、宜敷《よろし》く頼《たの》むつて山口《やまぐち》から云《い》はれてるんですよ。」

「まア、さう、山口《やまぐち》も上手《うま》いのね。でも、あたしなんか、そりや初《はじ》めは淋《さび》しかつたわ。だけど、もうかうなれば、」

「そりや、さうですよ。僕《ぼく》だつて、もうかうなれば、」

眠《ねむ》つた街《まち》の底《そこ》で、オルガの顔《かほ》の纖細《せんさい》な波《なみ》だけが波紋《はもん》のやうに動《うご》いてゐた。アカシアの葉《は》に包《つゝ》まれた瓦斯燈《がすとう》には、守宮《やもり》が兩手《りやうて》を擴《ひろ》げて停つてゐた。火《ひ》の消《き》えたアーチの門《もん》。油《あぶら》に濡《ぬ》れた油屋《あぶらや》の鐵格子《てつかうし》。トンネルのやうな露地《ろぢ》の中《なか》には、家毎《いへごと》の取手《とつて》の環《わ》が靜《しづ》かに一列《いちれつ》に並《なら》んでゐた。

オルガは溜息《ためいき》をつくと、舗道《ほだう》の石線《せきせん》を見詰《みつ》めながら寄《よ》つて來《き》た。

「ね、參木《さんき》さん、嫉しちやいやよ。あの山口《やまぐち》ね、あの山口《やまぐち》には五人《にん》の女《をんな》があるんでせう。」

恐《おそ》らく五人《にん》所《どころ》ではないだらう。だが、參木《さんき》はオルガを慰《なぐさ》めなければならぬ命令《めいれい》を山口《やまぐち》から受《う》けてゐた。

「僕《ぼく》は山口《やまぐち》のことについては、實《じつ》は何《なに》も知《し》らないし、山口《やまぐち》だつて僕《ぼく》のことは、何《なに》も知《し》りやしないのです。しかし、そりや、何《なに》かの間違《まちが》ひぢやありませんか。」

「あなたは、あたしの云《い》ふことがお分《わか》りにならないんだわ。山口《やまぐち》が女《をんな》を幾人《いくにん》持《も》たうと、あたしには何んでもないの。たゞね、あたし、あなたがもう少《すこ》しあたしの傍《そば》にゐて下《くだ》されば、と思《おも》ふのよ。」

參木《さんき》はもう三日間《かかん》、ブロークンな英語《えいご》の整理《せいり》に疲《つか》れてゐた。それに、此《こ》のオルガの溜息《ためいき》に滴《した》らす會話《くわいわ》は初《はじ》めてだつた。

「オルガさんは、いつかバザロフのお話《はなし》をなすつたですね。あのツルゲネーフのバザロフの。」

「ええ、ええ、あの唯物主義者《ゆゐぶつしゆぎしや》はボルシエビーキの前身《ぜんしん》ですわ。」

「所《ところ》が、あれが僕《ぼく》の現在《げんざい》なんですよ。」

「まア、あなたは、それぢや、あたしたちがどんなに困《こま》らされたかと云《い》ふことも、御存知《ごぞんぢ》ないのね。」

「いや、それは知《し》つてゐますとも。しかし、バザロフはボルシエビーキぢやありませんよ。あれは唯物主義者《ゆゐぶつしゆぎしや》でもない虛無主義者《きよむしゆぎしや》でもない、物理主義者《ぶつりしゆぎしや》なんです。これはロシアの人《ひと》にはよく分《わか》らないと思《おも》ふんですが、一番《ばん》よく知《し》つてゐるのは支那人《しなじん》です。支那人《しなじん》は唯物主義者《ゆゐぶつしゆぎしや》の一歩《ほ》進《すゝ》んだ物理《ぶつり》主義者《しゆぎしや》の集團《しふだん》です。」

「あたしには、あなたの仰言《おつしや》ることが、分《わか》らない。」とオルガは云《い》つた。

――つまり、愛《あい》の言葉《ことば》を聞《き》きかけたら、わけの分《わか》らぬことを云《い》ふが良《よ》いと云《い》ふ主義《しゆぎ》なんだ、と參木《さんき》は思《おも》ふと淋《さび》しくなつた。

オルガは一層《そう》しほれて歩《ある》き出《だ》した。街角《まちかど》の瓦斯燈《がすとう》の下《した》では、青《あを》ざめた甃石《しきいし》の水溜《みづたま》りに鐵《てつ》の梯子《はしご》が映《うつ》つてゐた。複合《ふくがふ》した暗《くら》い建物《たてもの》の下《した》で、一軒《けん》の豆腐屋《とうふや》が戸《と》を開《あ》けて起《お》きてゐた。その屋根《やね》の下《した》では、重々《おも〳〵》しく動《うご》く石臼《いしうす》の間《あひだ》から、眞白《まつしろ》な粘液《ねんえき》だけがひとりぢくぢくと流《なが》れてゐた。

「あーあ、あたし、オデッサへ歸《かへ》りたい。」とオルガは云《い》つた。

三

參木《さんき》は山口《やまぐち》の家《うち》へ着《つ》くと、自分《じぶん》の部屋《へや》に當《あ》てられた一室《しつ》へ這入《はい》つた。彼《かれ》はひとりになつて寢臺《しんだい》の上《うへ》へ仰向《あふむ》きに倒《たふ》れると、急《きふ》に東京《とうきやう》の競子《きやうこ》のことを思《おも》ひ出《だ》した。もし死《し》にかかつてゐる競子《きやうこ》の良人《をつと》が死《し》んでゐる頃《ころ》だとすれば、電報《でんぱう》は彼女《かのぢよ》の兄《あに》の甲谷《かふや》の所《ところ》へ來《き》てゐるにちがひなかつた。が、その甲谷《かふや》とはもう三日《か》も逢《あ》はぬのだ。しかし、甲谷《かふや》と逢《あ》ふために家《うち》へ歸《かへ》れば、家《うち》にはお杉《すぎ》の愛《あい》が待《ま》ち伏《ぶ》せてゐるに定《きま》つてゐた。

――此《こ》の心《こゝろ》の中《うち》に去來《きよらい》する幻影《げんえい》は、これはいつたい何んだらう。お杉《すぎ》、競子《きやうこ》、お柳《りう》、オルガ。――ただ競子《きやうこ》をひそかに秘《ひ》めた愛人《あいじん》であつたと思《おも》つてゐたばかりのために、絶《た》えず押《お》し寄《よ》せて來《く》る女《をんな》の群《む》れを跳《は》ねのけて進《すゝ》んでゐるドンキホーテ。――然《しか》も、競子《きやうこ》の良人《をつと》が死《し》んだとしても、彼《かれ》は競子《きやうこ》と結婚《けつこん》出來《でき》るかどうかさへ分《わか》らないのだ。いや、それより、彼《かれ》は今《いま》は自分《じぶん》の職業《しよくげふ》さへ失《うしな》つてゐるのである。

そのとき、今別《いまわか》れた筈《はず》のオルガが突然《とつぜん》這入《はい》つて來《き》て彼《かれ》に云《い》つた。

「まア、山口《やまぐち》はゐないのよ。あなた、捜《さが》して頂戴《ちやうだい》、あたし、これからひとり歸《かへ》らなきアならないんだわ。あああ、いやだ。あたし、オデッサへ歸《かへ》りたい。」

オルガはいきなり參木《さんき》の寢《ね》てゐる寢臺《しんだい》の上《うへ》へ倒《たふ》れると、泣《な》き始《はじ》めた。參木《さんき》は、これが喜《よろこ》ぶべき結果《けつくわ》になるか悲《かな》しむべき結果《けつくわ》になるかを考《かんが》へながら、オルガの背中《せなか》を撫《な》手《で》てみた。すると、オルガは首《くび》を振《ふ》り立《た》てて怒《おこ》つたやうに彼《かれ》に云《い》つた。

「あなた、そこを降《お》りて頂戴《ちやうだい》、あたし、今夜《こんや》はひとりそこで寢《ね》るんです。」

參木《さんき》は默《だま》つて寢臺《しんだい》から降《お》りると靴《くつ》を履《は》いた。

「ぢや、お休《やす》みなさい。さやうなら。」

彼《かれ》が會釋《ゑしやく》をして部屋《へや》から出《で》やうとすると、オルガは不意《ふい》に彼《かれ》の胸《むね》に飛《と》びついて來《き》た。

「いや、いや、出《で》ちや。」

「ぢや、僕《ぼく》は、ここにかうして一晩《ひとばん》立《た》つてゐなきアたらないんですか。」

「ボルシエビーキ、悪魔《あくま》、あなたたちはあたしをこんなにしたんです。」

「僕《ぼく》はボルシエビーキぢやありませんよ。」

「さうよ。あなたはボルシエビーキです。さうでなくちや、あなたのやうに冷膽《れいたん》な人《ひと》なんか、ゐやしません。」

「だいたい、僕《ぼく》がここにかうして寢《ね》てゐるとき、僕《ぼく》を叩《たゝ》き起《おこ》して、代《かは》りに自分《じぶん》がベツドを奪《うば》はうと云《い》ふのは、ボルシエビーキならしませんよ。」

オルガは唇《くちびる》を噛《か》み緊《し》めると、默《だま》つて泣《な》きながら、參木《さんき》の腕《うで》をぐいぐい引《ひ》いた。參木《さんき》はオルガの力《ちから》に抵抗《ていかう》しながらも、足《あし》が辷《すべ》つて寢臺《しんだい》の方《はう》へ引《ひ》き摺《ず》られた。彼《かれ》は片手《かたて》を寢臺《しんだい》につきながら、海老《えび》のやうに曲《まが》つて云《い》つた。

「オルガさん、そんなことをしちや、此《こ》の服《ふく》が破《やぶ》れるぢやありませんか。」

「悪魔《あくま》。」

「僕《ぼく》は失職《しつしよく》してるんです。服《ふく》が破《やぶ》れたら、明日《あす》から、」

云《い》ひつつ參木《さんき》はげらげらと笑《わら》ひ出《だ》した。

オルガは參木《さんき》の首《くび》を片腕《かたうで》で締《し》めつけつつ、彼《かれ》を引《ひ》き倒《たふ》さうとして赤《あか》くなつた。參木《さんき》は首《くび》がだんだんと痛《いた》くなつた。彼《かれ》はオルガの咽喉《のど》を押《お》しながら云《い》つた。

「オルガさん、放《はな》しなさい。怒《おこ》りますよ。」

しかし、オルガはなほも齒《は》を食《く》ひ縛《しば》つたまま彼《かれ》の首《くび》を締《し》めつけた。彼《かれ》は呼吸《こきふ》が苦《くる》しくなると、腕《うで》が出《で》た。

「オルガ、オルガ。」

參木《さんき》はオルガを擔《かつ》いでベツトの上《うへ》へ投《な》げつけた。オルガの足《あし》は慄《ふる》へた寢臺《しんだい》の上《うへ》で彈動《だんどう》した。が、直《す》ぐ彼女《かのぢよ》は起《お》き上《あが》ると、枕《まくら》を參木《さんき》に投《な》げつけて云《い》つた。

「悪魔《あくま》、悪魔《あくま》。」

彼女《かのぢよ》は眞青《まつさを》になつたまま、再《ふたゝ》び猛然《まうぜん》と彼《かれ》の頭《あたま》の上《うへ》へ飛《と》びかかつた。彼《かれ》は擴《ひろ》がつた彼女《かのぢよ》のぶよぶよした身體《からだ》を受《う》けとめると、背後《はいご》へよろめいて、壁《かべ》の鏡面《きやうめん》へ手《て》をついた。オルガは彼《かれ》の肩口《かたぐち》へ食《く》ひつくと首《くび》を振《ふ》つた。參木《さんき》は押《お》しつける筋肉《きんにく》のうねりと鏡面《きやうめん》に締《し》ぼり出《だ》されて長《なが》くなつた。彼《かれ》と彼女《かのぢよ》との肉體《にくたい》は狂氣《きやうき》と生《せい》との一線《せん》の上《うへ》で、うなりながら、朦朧《もうろう》と混雜《こんざつ》した。と、二人《ふたり》は、今《いま》は誰《たれ》が誰《たれ》だか分《わか》らぬガラスのやうに放心《はうしん》したまま、横《よこ》に倒《たふ》れた

四

參木《さんき》は暫く、オルガのなすがままに負《ま》かせてゐた。オルガは彼《かれ》の額《ひたひ》の前《まへ》で潑溂《はつらつ》と伸縮《しんしゆく》しながら囁《ささや》いた。

「まア、可愛《かあい》い。參木《さんき》、お休《やす》みなさいな。ここは、ほら、こんな床《ゆか》の上《うへ》ぢやないの。風邪《かぜ》をひいてよ。さアさア、」

オルガは參木《さんき》の頭《あたま》を持《も》ち上《あ》げやうとした。が、彼女《かのぢよ》はまたそのまま坐《すわ》り込《こ》むと云《い》つた。

「參木《さんき》、あなた、あたしを忘《わす》れちやいやよ。あなたはあたしを、日本《にほん》へ連《つ》れてつて下《くだ》さるでせう。あたし、日本《にほん》が見《み》たいの。ね、參木《さんき》、何《なん》とか仰言しやい。」

オルガの唇《くちびる》が參木《さんき》の顏《かほ》の全面《ぜんめん》を、刷毛《はけ》のやうに這《は》ひ廻《まは》つた。と、彼女《かのぢよ》は、立《た》ち上《あが》つてベツトの皺《しわ》をぽんぽんと叩《たた》き出《だ》した。

「まア參木《さんき》は強《つよ》いわね。あたしをここへ投《な》げつけたのよ。あたしあのとき、眼《め》が廻《まは》つてくるくるしたわ。だけど、あたし、もう、いいの。」

オルガはベツトの中《なか》へ飛《と》び込《こ》むと、ひとり毛布《まうふ》を冠《かぶ》つたまま膝《ひざ》でダンスをし始《はじ》めた。

しかし、參木《さんき》は橫《よこ》たはつたまま起《お》きて來《こ》なかつた。オルガは毛布《まうふ》の中《なか》から頭《あたま》を上《あ》げると覗《のぞ》いてみた。

「參木《さんき》、どうしたの。」

參木《さんき》は漸《やうや》く起《お》き上《あが》ると、オルガから顏《かほ》をそ向《む》けて部屋《へや》の外《そと》へ出《で》やうとした。

「參木《さんき》、どこ行《ゆ》くの。」

彼《かれ》は默《だま》つて肩《かた》でドアーを開《あ》けかけた。と、オルガは毛布《まうふ》を引《ひ》き摺《ず》つたまま、彼《かれ》の傍《そば》へ馳《か》けて來《き》た。

「いやよ、參木《さんき》、出《で》るなら、あたしも連《つ》れてつて。」

參木《さんき》は投《な》げ出《だ》された足《あし》のやうにオルガの顏《かほ》を眺《なが》めてゐた。が、彼《かれ》はまたそのまま出《で》やうとした。

「いやよ、いやよ。あたし、ひとりなら、死《じ》んで了《しま》ふ。」

「うるさい。」

參木《さんき》はオルガを突《つ》き飛《と》ばした。オルガはぶるぶる慄《ふる》へると、聲《こゑ》を上《あ》げて泣《な》き出《だ》した。參木《さんき》は素早《すばや》くドアーを開《あ》けて部屋《へや》の外《そと》へ飛《と》び出《だ》した。オルガは屏風《びやうぶ》のやうに傾《かたむ》いて彼《かれ》の後《うしろ》から馳《か》けて來《き》た。彼女《かのぢよ》は階段《かいだん》の降《お》り口《くち》の上《うへ》で、參木《さんき》の片腕《かたうで》をつかまへた。

「參木《さんき》、あなたは、あたしから逃《に》げるんだわ。いやだ、いやだ。」

ばたばた足《あし》を踏《ふ》みながら、彼女《かのぢよ》は彼《かれ》の手《て》を濡《ぬ》れた顏《かほ》へ押《お》しつけた。參木《さんき》は暫く默《だま》つてゐた。が、彼《かれ》は握《にぎ》られた手《て》を振《ふ》り切《き》ると、また階段《かいだん》を降《お》りていつた。オルガは彼《かれ》のシヤツをひつつかむだ。彼女《かのぢよ》の身體《からだ》は攬《たぐ》みながら逆《さか》さまになつた。

　參木《さんき》は欄干《らんかん》を掴《つか》んだまままた降《お》りた。

「參木《さんき》、待《ま》つて、待《ま》つて。」

　引《ひ》き摺《ず》られるオルガの反《そ》り返《かへ》つた足先《あしさき》は、階段《かいだん》を一《ひと》つづつ叩《たゝ》き出《だ》した。シヤツを剝《は》がれた參木《さんき》の腹《はら》の汗《あせ》の中《なか》で、臍《へそ》が苦《くる》しげに動搖《どうえう》した。と、參木《さんき》は一氣《き》に階段《かいだん》を馳《か》け下《くだ》つた。彼《かれ》は惰力《だりよく》で前面《ぜんめん》の壁《かべ》へ突《つ》きあたつた。オルガは階段《かいだん》の下《した》で廻轉《くわいてん》すると、參木《さんき》の足元《あしもと》へぶつ倒《たふ》れた。參木《さんき》はオルガを起《おこ》さうとして身《み》を跼《かゞ》めた。が、ふと急《きふ》に、彼《かれ》は空《そら》を見上《みあ》げたときのやうな淋《さび》しさを感《かん》じて來《き》た。彼《かれ》は呻《うめ》いてゐるオルガを跨《また》いで突《つ》き立《た》つたまま、茫然《ばうぜん》として彼女《かのぢよ》の頭髮《とうはつ》を眺《なが》めてゐた。

五

　夜《よる》のその通《とほ》りの先端《せんたん》には河《かは》があつた。波立《なみだ》たぬ水《みづ》は朦朧《もうろう》として霞《かす》んでゐた。支那船《ジヤンク》の眞黑《まつくろ》な帆《ほ》が建物《たてもの》の壁《かべ》の間《あひだ》を、忍《しの》び寄《よ》る賊《ぞく》のやうに流《なが》れていつた。

　お杉《すぎ》は時々《ときぐ》耳《みゝ》もとで蝙蝠《かうもり》の羽音《はおと》を感《かん》じた。仰《あふ》げば高層《かうそう》な建物《たてもの》の冷《つめ》たさが襲《おそ》つて來《き》た。──彼女《かのぢよ》は三日間《かかん》參木《さんき》の歸《かへ》るのを待《ま》つてゐた。が、歸《かへ》らないのは參木《さんき》だけではなかつた。甲谷《かふや》も一夜《や》も歸《かへ》らなかつた。ただその間《あひだ》、彼女《かのぢよ》は湯《ゆ》を沸《わ》かしては水《みづ》にし、部屋《へや》を掃除《さうぢ》し續《つゞ》けては泥溝《どぶみぞ》

を眺《なが》めて漸《やうや》く二人《ふたり》から嫌《きら》はれたのだと氣附《きづ》いたときには、腹立《はらだ》たしさよりもぼんやりした。お杉《すぎ》は再《ふたゝ》びもう參木《さんき》には逢《あ》ふまいと決心《けつしん》して此《こ》の河《かは》の岸《きし》まで來《き》たのである。

　泥《どろ》の中《なか》から浮《う》き上《あが》つた起重機《きぢゆうき》の群《むれ》が、錆《さ》びついた歯《は》をむきだしたまま休《やす》んでゐた。積《つ》み上《あ》げられた木材《もくざい》。崩《くづ》れ込《こ》んだ石垣《いしがき》。揚《あ》げ荷《に》からこぼれた菜《な》つ葉《ぱ》の山《やま》。舷側《げんそく》の爆《はじ》けた腐《くさ》つた小舟《こぶね》には白《しろ》い茸《きのこ》が皮膚《ひふ》のやうに生《は》えてゐた。その龍骨《りうこつ》に溜《たま》つた動《うご》かぬ泡《あわ》の中《なか》から、赤子《あかご》の死體《したい》が片足《かたあし》を上《あ》げて浮《う》いてゐた。さうして、月《つき》は、まるで、塵埃《ほこり》の中《なか》で育《そだ》つた月《つき》のやうに、生色《せいしよく》を無《な》くしていたる所《ところ》に轉《ころ》げてゐた。

Ponco《ポーコ》 tempo《テムポ》 somente
De《デ》 pressa《プレサ》 de《デ》 cima《シマ》 abaixo《アバイシヨ》

ポルトガルの水兵《すいへい》が歪《ゆが》んだ帽子《ばうし》の下《した》で、古里《ふるさと》の歌《うた》を唄《うた》つて通《とほ》つて行《ゆ》く。お杉《すぎ》は月《つき》を見《み》ると、月《つき》のやうになつた。泥溝《どぶみぞ》を見《み》ると、泥溝《どぶみぞ》のやうになつた。──彼女《かのぢよ》は、今《いま》も朝《あさ》からの續《つゞ》きをまだ茫然《ばうぜん》と過《すご》してゐるのだ。が、ふと、お杉《すぎ》は友人《いうじん》の辰江《たつえ》のことを思《おも》ひ出《だ》した。

　──あの辰江《たつえ》のやうに、部屋《へや》を持《も》つて、客《きやく》さへ取《と》れば。

　さうだ。辰江《たつえ》のやうに客《きやく》さへ取《と》れば、と彼女《かのぢよ》は思《おも》ふと、急《きふ》に橋《はし》の上《うへ》で、生《い》き生《い》きと空腹《くうふく》を感《かん》じて來《き》た。彼女《かのぢよ》は朝《あさ》から食《た》べた食物《しよくもつ》を數《かぞ》へてみた。

——家鴨《あひる》の足《あし》と、蓮《はす》の實《み》と、豚《ぶた》の油《あぶら》と、筍《たけのこ》と。

だが、お杉《すぎ》の頭《あたま》には、辰江《たつえ》の絹《きぬ》の靴下《くつした》が、珍稀《ちんき》な歡樂《くわんらく》を詰《つ》めた袋《ふくろ》のやうにちらちらした。脣《くちびる》の紅《べに》の色《いろ》が、特別《とくべつ》な男《をとこ》の舌《した》のやうに秘密《ひみつ》を持《も》つて隱《かく》れて見《み》えた。と、彼女《かのぢよ》は、またいつものやうに、自分《じぶん》を奪《うば》つた者《もの》は參木《さんき》であらうか、甲谷《かふや》であらうかと迷《まよ》ひ出《だ》した。彼女《かのぢよ》は、あの夜《よ》の出來事《できごと》が——、、、、、、、、、、、、、、、、二人《ふたり》の中《うち》のどちらであらうかと思《おも》ひ煩《わづら》ふ念力《ねんりき》のために、きりきり廻《まは》つた無謀《むぼう》な風《かぜ》のやうに中心《ちうしん》を無《な》くし出《だ》した。さうしてお杉《すぎ》は、今《いま》は一切《さい》のことが分《わか》らぬままに、女《をんな》の中《なか》の最後《さいご》の生活《せいくわつ》へと早道《はやみち》をとり出《だ》したのだ。

胡弓《こきう》の音《おと》が泥《どろ》の中《なか》から聞《きこ》えて來《き》た。お杉《すぎ》は橋《はし》を渡《わた》ると、見覺《みおぼ》えた春《しゆん》婦《ぷ》のやうに通《とほ》る男《をとこ》の顏《かほ》を眺《なが》めてゐた。彼女《かのぢよ》の前《まへ》の店屋《みせや》では、べたべた濡《ぬ》れた贓物《ざうもつ》の中《なか》で口《くち》を開《ひら》いた支那人《しなじん》が眠《ねむ》つてゐた。起重機《きぢうき》の切《き》れた鎖《くさり》の下《した》で、花《はな》を刺《さ》した前髪《まへがみ》の少女《せうぢよ》がランプのホヤを賣《う》つてゐた。河岸《かし》に積《つ》み上《あが》つた車《くるま》の腐《くさ》つた輪《わ》の中《なか》から、辮髮《べんぱつ》の苦力《くりい》が現《あらは》れると、お杉《すぎ》の傍《そば》へ寄《よ》つて來《き》て笑《わら》ひ出《だ》した。

お杉《すぎ》は脊《せ》を縮《ちぢ》めて歩《ある》き出《だ》した。すると、男《をとこ》は彼女《かのぢよ》の後《あと》からついて來《き》た。お杉《すぎ》は慄《ふる》へながら後《うし》ろを振《ふ》り返《かへ》つて男《をとこ》に云《い》つた。

「ちがふ、ちがふ。」

彼女《かのぢよ》は周章《あは》てて露地《ろぢ》の中《なか》へ馳《か》け込《こ》むと、せかせかと幾《いく》つもの角《かど》を曲《まが》つていつた。その露地《ろぢ》の奥《おく》では、鋭《するど》く割《わ》れたガラスの穴《あな》の中《なか》で裸體《らたい》の脊中《せなか》が膨《ふく》れてゐた。お杉《すぎ》は立《た》ち停《ど》まると、どちらへ出《で》るのか迷《まよ》ひ出《だ》した。彼女《かのぢよ》の頭《あたま》の上《うへ》には、鰓《えら》のやうに下《さが》つた洗濯物《せんたくもの》が壁《かべ》を濡《ぬ》らして並《なら》んでゐた。柱《はしら》にもたれた女《をんな》が尖《と》がつた肩《かた》をぴくぴくさせて咳《せき》をしてゐた。その後《うし》ろの床《ゆか》の上《うへ》では、眼病《がんびやう》の裸體《らたい》の男女《だんぢよ》が、一本《ぽん》の赤《あか》い蠟燭《らふそく》を取《と》り卷《ま》いたまま蹲《しやが》んでゐた。ふとお杉《すぎ》は上《うへ》を向《む》くと、四方《はう》から迫《せま》つてゐる壁《かべ》の窓《まど》から、默々《もくもく》とした顏《かほ》が一《ひと》つづつ覗《のぞ》き出《だ》した。お杉《すぎ》は慄《ふる》へた棒《ぼう》のやうに、敷石《しきいし》に躓《つまづ》きながら、壁《かべ》の中《なか》から壁《かべ》の中《なか》へさ迷《まよ》ひ込《こ》んだ。灯《ひ》がだんだんとなくなり出《だ》した。と、闇《やみ》の中《なか》で、今《いま》まで積《つも》つた塵埃《じんあい》だと思《おも》つてゐた襤褸《ぼろ》の山《やま》が、急《きふ》に壁《かべ》の隅々《すみずみ》から無數《むすう》にもぞもぞと動《うご》き出《だ》した。お杉《すぎ》は壁《かべ》にぴつたりひつつくと足《あし》が動《うご》かなかつた。と、忽《たちま》ち、その黒《くろ》い襤褸《ぼろ》の群《む》れは、狹《せま》い壁《かべ》と壁《かべ》との間《あひだ》いつぱいに詰《つ》まりながら、鈍重《どんぢう》な波《なみ》のやうに襲《おそ》つて來《き》た。お杉《すぎ》は一瞬《しゆん》、眼前《がんぜん》に並《なら》んで點々《てんてん》としてゐる人間《にんげん》の鼻《はな》の穴《あな》を見《み》た。と、彼女《かのぢよ》はその場《ば》へ昏倒《こんたう》すると、塊《かたま》つた襤褸《ぼろ》の背中《せなか》の波《なみ》の中《なか》に吸《す》ひ込《こ》まれて見《み》えなかつた。

六

塵埃《じんあい》を浴《あ》びて露店《ろてん》の群《む》れは賑《にぎは》つてゐた。笊《ざる》に盛《も》り上《あが》つた茹卵《ゆでたまご》。屋臺《やたい》に崩《くづ》れてゐる鳥《とり》の首《くび》、腐《くさ》つた豆腐《とうふ》や唐辛子《たうがらし》の間《あひだ》の猿廻《さるまは》し。豚《ぶた》の油《あぶら》は絶《た》えず人《ひと》の足音《あしおと》に慄《ふる》へてゐた。口《くち》を開《あ》けた古靴《ふるぐつ》の群《む》れの中《なか》に轉《ころ》げたマンゴ。光《ひか》つた石炭《せきたん》。潰《つぶ》れた卵《たまご》。腐《くさ》れた魚《さかな》の氣胞《きはう》の中《なか》を纏足《てんそく》の婦人《ふじん》がうろうろと廻《まは》つてゐた。

此《こ》の雜然《ざつぜん》とした街角《まちかど》の奥《おく》に婆羅門《ばらもん》の寺院《じゐん》が聳《そび》えてゐる。しかし、釋《しやく》迦降誕祭《かかうたんさい》の此《こ》の日《ひ》の道路《だうろ》は支那兵《しなへい》の劍銃《けんじう》に遮斷《しやだん》されて印度人《いんどじん》は通《とほ》れなかつた。それが明《あき》らかに英國官憲《えいこくくわんけん》の差金《さしがね》であらうことを洞察《どうさつ》してゐる印度人達《いんどじんたち》は、街《まち》の一角《いつかく》を埋《うづ》めたまま、輝《かゞや》く劍銃《けんじう》を越《こ》して寺院《じゐん》の尖塔《せんたふ》を睨《にら》んでゐた。

間《ま》もなく此《こ》の露骨《ろこつ》に印度人《いんどじん》の集會《しふくわい》を嫌《きら》ふ英國風《えいこくふう》の街《まち》の中《なか》を、草色《くさいろ》の英國《えいこく》の駐屯兵《ちうとんへい》が隊部《たいぶ》にロシアの白衛兵《はくゑいへい》を加《くは》へながら、樂隊《がくたい》を先驅《せんく》にして進《すゝ》んで來《き》た。その後《あと》から、眞赤《まつか》な装甲自動車《さうかふじどうしや》が機關銃《きくわんじう》の銃口《じうこう》を、觸《しよく》角《かく》のやうに廻《まは》しながら、黑々《くろぐろ》と押《お》し默《だま》つた印度人《いんどじん》の團塊《だんくわい》の前《まへ》を通《とほ》つていつた。

山口《やまぐち》は印度《いんど》の志士《しし》のアムリから電話《でんわ》を受《う》けて參木《さんき》と一緒《いつしよ》に來《き》たのである。だが、來《き》て見《み》れば機關銃《きくわんじう》の暗《くら》い筒口《つゝぐち》の前《まへ》で、眼《め》を光《ひか》らせたまま沈默《ちんもく》してゐるだけにすぎなかつた。しかし、それにしても、アジヤ主義者《しゆぎしや》の山口《やまぐち》は、英國《えいこく》の官憲《くわんけん》と同樣《どうやう》に印度人《いんどじん》を遮斷《しやだん》してゐる支那《しな》の軍隊《ぐんたい》に腹立《はらだ》たしさを感《かん》じて來《き》た。が、ふと、彼《かれ》はアムリが彼《かれ》を呼《よ》び出《だ》した原因《げんいん》を、同時《どうじ》に感《かん》じて笑《わら》ひ出《だ》した。

——此《こ》の腹立《はらだ》たしさを、俺《おれ》に呼《よ》び起《おこ》すためだとすると、成《な》る程《ほど》、成《な》る程《ほど》、アムリの奴《やつ》め。

しかし、瞬間《しゆんかん》、彼《かれ》は支那《しな》の軍隊《ぐんたい》の遮斷《しやだん》してゐる道路《だうろ》が、その街角《がいかく》から彼《かれ》らの方向《はうかう》へ向《むか》つては、支那《しな》の管轄區域《くわんかつくゐき》だと云《い》ふことに氣《き》がついた。

——これぢや、アムリの奴《やつ》め、日本人《にほんじん》に考《かんが》へろと云《い》やがつたんだ。馬鹿《ばか》にするな。馬鹿《ばか》に。

が、次《つぎ》の瞬間《しゆんかん》、彼《かれ》は支那兵《しなへい》と對峙《たいじ》してゐる印度人《いんどじん》の集團《しふだん》を、英國《えいこく》の官憲《くわんけん》として使《つか》はれてゐる印度人《いんどじん》の警官《けいくわん》が、壓迫《あつぱく》してゐるのを發見《はつけん》した。

山口《やまぐち》はアムリの意志《いし》がどこにあるのか分《わか》らなくなり出《だ》した。——此《こ》の馬鹿《ばか》な印度人《いんどじん》の醜態《しうたい》を見《み》るが良《よ》いと云《い》つたのか、支那《しな》の國内《こくない》で暴《あば》れてゐる英國兵《えいこくへい》を、支持《しぢ》してゐる支那《しな》の兵士《へいし》の、その醜態《しうたい》を見《み》よと云《い》つたのか。

しかし、山口《やまぐち》はアムリと同樣此《どうやうこ》のアジアを聯結《れんけつ》させて白禍《はくくわ》に備《そな》へる活動分子《くわつどうぶんし》の一人《ひとり》として、眼前《がんぜん》の支那《しな》と印度《いんど》の無力《むりよく》な友《とも》の醜態《しうたい》を見《み》てゐると、笑《わら》ふことは出來《でき》なかつた。彼《かれ》は街路《がいろ》で、此《こ》の民族《みんぞく》の衝突《しようとつ》し合《あ》つてゐる事件《じけん》とは無關心《むくわんしん》に丸《まる》に盛り上《あが》つてゐる茹卵《ゆでたまご》を見《み》つけると、支那人《しなじん》の醜態《しうたい》を思《おも》ひ出《だ》した。足元《あしもと》の屋臺《やたい》の上《うへ》に、斬《き》られた鳥《とり》の首《くび》が黑々《くろぐろ》と積《つ》てゐるのを見《み》ると、印度人《いんどじん》を思《おも》ひ出《だ》した。彼《かれ》は彼《かれ》の横《よこ》に、アムリがゐるかのやうに呟《つぶや》いた。

「數《かず》の多《おほ》いと云《い》ふことは、ただ彈丸《たま》除《よ》けになるだけだ。」

「さうだ。」と參木《さんき》は自分《じぶん》に云《い》はれたやうに返事《へんじ》をした。

事實《じじつ》、山口《やまぐち》はアムリに逢《あ》ふと、アムリの誇《ほこ》る「印度人《いんどじん》の數《かず》の多數《たすう》」を、いつも此《こ》の言葉《ことば》で粉碎《ふんさい》するのが癖《くせ》であつた。すると、アムリは山《やま》口《ぐち》の誇《ほこ》る日本《にほん》の軍國主義《ぐんこくしゆぎ》を、、、した。

——しかし、日本《にほん》の軍國主義《ぐんこくしゆぎ》こそ、東洋《とうやう》の白禍《はくくわ》を救《すく》ひ上《あ》げてゐる唯《ゆゐ》一の武器《ぶき》ではないか。その他《ほか》に何《なに》がある。支那《しな》を見《み》よ、印度《いんど》を見《み》よ、シャムを見《み》よ、ペルシャを見《み》よ。日本《にほん》の軍國主義《ぐんこくしゆぎ》を認《みと》めると云《い》ふことは、これは東洋《とうやう》の公理《こうり》である。

山口《やまぐち》は鋪道《ほだう》の上《うへ》を歩《ある》きながら、ひとり過《す》ぎた日《ひ》のアジア主義者《しゆぎしや》の會《くわい》合《がふ》を思《おも》ひ出《だ》して興奮《こうふん》した。その日《ひ》は支那《しな》の李英朴《りえいぼく》が日支協約《につしけふやく》の「二十一ヶ條《でう》」を楯《たて》にとつて、此《こ》の明《あき》らかな、、、、、、、、、主義《しゆぎ》と惡《あく》罵《ば》した。山口《やまぐち》はそれに答《こた》へて直《ただ》ちに云《い》つた。

「支那《しな》も印度《いんど》も、日本《にほん》の軍國主義《ぐんこくしゆぎ》を認《みと》めてこそ、アジアの聯結《れんけつ》が可能《かのう》になる。然《しか》も僅《わづ》かに日本《にほん》の南滿租借權《なんまんそしやくけん》が九十九年《ねん》に延長《えんちやう》されたと云《い》ふことを不平《ふへい》として、われわれは東洋《とうやう》を滅《ほろ》ぼさねばならぬのか。われわれの東洋《とうやう》は、日本《にほん》が南滿《なんまん》を九十九年間租借《そしやく》したと云《い》ふ事實《じじつ》のために、九十九年間《ねんかん》の生命《せいめい》を保證《ほしよう》されたと云《い》ふことに氣附《きづ》かねばならぬのだ。」

すると、アムリは皮肉《ひにく》に云《い》つた。

「日本《にほん》が南滿《なんまん》を九十九年間《ねんかん》租借《そしやく》したと云《い》ふことによつて、われわれの同志《どうし》、山口《やまぐち》と李英朴《りえいぼく》がかくのごとく相《あひ》爭《あらそ》ふと云《い》ふ事實《じじつ》は、日本《にほん》が少《すこ》くとも、九十九年間《ねんかん》東洋《とうやう》の、、、、するであらうと云《い》ふことを、豫《よ》想《さう》せしめて充分《じゆうぶん》である。しかし、印度《いんど》は此《こ》の日支《につし》の係爭《けいさう》如何《いかん》に係《かかは》らず獨立《どくりつ》する。もしその獨立《どくりつ》の日《ひ》が來《き》たならば、印度《いんど》は支那《しな》から、いかなる海外《かいぐわい》の勢力《せいりよく》をも驅逐《くちく》せずにはをかぬであらう。印度《いんど》のために、東洋《とうやう》の平和《へいわ》のために。」

だが、その印度《いんど》の獨立《どくりつ》の日《ひ》までに、支那《しな》を滅《ほろ》ぼすものは何《な》んであらうかと山口《やまぐち》は考《かんが》へた。

——それは明《あき》らかに日本《にほん》の軍國主義《ぐんこくしゆぎ》でもない。英國《えいこく》の資本主義《しほんしゆぎ》でもない。それはロシアのマルキシズムか、、、、、、、、、いや寧《むし》ろ印度《いんど》の阿片《あへん》かペルシャの阿片《あへん》か、そのどちらかにちがひないのだ。

此《こ》の志士《しし》を氣取《きど》つて緊張《きんちやう》してゐる山口《やまぐち》の傍《そば》では、參木《さんき》は前《まへ》から、どう云《い》へば昨夜《ゆふべ》のオルガとの交渉《かうせふ》を、彼《かれ》に理解《りかい》さすことが出來《でき》るだらうかと考《かんが》へてゐたのである。彼《かれ》は午後《ごご》の二時《じ》から甲谷《かうや》と逢《あ》はねばならぬ約束《やくそく》を、電話《でんわ》でしたのだ。甲谷《かうや》と逢《あ》へば、競子《きやうこ》のこととお杉《すぎ》のこととを聞《き》かねばならぬ。が、それより前《まへ》に、いつたいオルガをどう處置《しよち》しなければならぬのか、――」

彼《かれ》は自分《じぶん》がどれほどオルガに抵抗《ていかう》したかを考《かんが》へた。彼《かれ》はオルガがどれほど自分《じぶん》に肉迫《にくはく》したかを考《かんが》へた。が、その結果《けつくわ》が、これほどもオルガの處置《しよち》について苦《くる》しまねばならぬとは、――

彼《かれ》は思《おも》つた。もうこれは、いかにすればオルガのことを忘《わす》れるべきかと考《かんが》へるのが一番《いちばん》だと。

「君《きみ》、もう今日《けふ》から、僕《ぼく》は君《きみ》の所《ところ》へは歸《かへ》らないよ。」と參木《さんき》は云《い》つた。

「何《な》ぜだ、オルガが恐《こは》くなつたのか。」

不意《ふい》に急所《きふしよ》へ殺到《さつたう》して來《き》た山口《やまぐち》の質問《しつもん》を、參木《さんき》は受《う》けることが出來《でき》なかつた。

「うむ、あれは恐《こは》い。」

「所《ところ》が、僕《ぼく》はあれに君《きみ》を逃《に》がさないやうにつて、云《い》ひつかつてあるんだぜ。逃《に》げちや困《こま》るよ、逃《に》げちや。」

「いや、もう御免《ごめん》かうむりたい。」

「困《こま》つたね、そりや印度《いんど》のことより、こつちの方《はう》が難《むづ》かしくなるんぢやないか。」

參木《さんき》は突然《とつぜん》げらげら笑《わら》ひ出《だ》した山口《やまぐち》の顔《かほ》を見《み》てゐると、彼《かれ》の腹《はら》の中《なか》に隱《かく》れてゐた伏兵《ふくへい》を感《かん》じて恐《こは》くなつた。

「今日《けふ》は、これから僕《ぼく》を逃《に》がしてくれ。二時《じ》に甲谷《かうや》と逢《あ》はねばならんのだ。」

「君《きみ》は馬鹿《ばか》だよ。あの面白《おもしろ》い女《をんな》から逃《に》げ出《だ》すなんて、何《な》んて馬鹿《ばか》だ。」

參木《さんき》は山口《やまぐち》の嘲笑《てうせう》を背中《せなか》に受《う》けながら、バーテル・カフェーの方《はう》へ急《いそ》いでいつた。たゞ競子《きやうこ》の良人《をつと》が死《し》んだかどうかを知《し》りたいために。

七

甲谷《かうや》はその日《ひ》の中《うち》に三《みつ》つの材木會社《ざいもくくわいしや》と契約《けいやく》を結《むす》んで來《き》た。彼《かれ》は輕快《けいくわい》な祝報《しゆくはう》を、先《ま》づシンガポールの本社《ほんしや》へ打《う》つた。

「余《よ》の活躍《くわつやく》かくのごとし。フイリツピン材《ざい》をして蒼白《さうはく》ならしめること、期《き》して俟《ま》て。」

彼《かれ》は參木《さんき》から支配會社《しはいぐわいしや》へかゝつてゐた電話《でんわ》を思《おも》ひ出《だ》すと、速力《そくりよく》の早《はや》やさうな黄包車《ワンポーツ》を選《えら》んでバーテルへ走《はし》らせた。彼《かれ》は車《くるま》の上《うへ》で快活《くわいくわつ》であつた。此《こ》の順調《じゆんてう》さで押《お》していくと、此《こ》の地《ち》の支店長《してんちやう》になれることは忽《たちま》ちだつた。すれば最《もつと》も安全《あんぜん》な方法《はうはふ》で金塊相場《きんくわいさうば》に手《て》を出《だ》さう。次《つぎ》には棉絲《めんし》へ、次《つぎ》には外國爲替《ぐわいこくかはせ》の仲買《なかがひ》へ、次《つ》ぎにはボンベイサツタの綿花市場《めんくわしぢやう》へ、次《つぎ》にはリバプールの大市場《だいしぢやう》へ、さうして最後《さいご》に、――彼《かれ》はとにかく何《なに》よりも、今《いま》は宮子《みやこ》を外人達《ぐわいじんたち》に奪《うば》はれてゐると云《い》ふことが、鬱憤《うつぷん》の種《たね》であつた。彼《かれ》の空想《くうさう》の中《なか》で溢《あふ》れる勇《いさ》ましい野心《やしん》は、宮子《みやこ》を奪《うば》つてゐる外人達《ぐわいじんたち》の生活力《せいくわつりよく》の中心《ちうしん》を、突撃《とつげき》してかゝることに集中《しふちう》された。

彼《かれ》は、外人達《ぐわいじんたち》の經濟力《けいざいりよく》の源泉《げんせん》となりつゝある支那《しな》の土貨《どくわ》に對《たい》して、彼《かれ》らの向《む》ける鋭《するど》い垂直《すゐちよく》トラストの尖鋒《せんぽう》を、俺《おれ》まで攪亂《かくらん》しなければやまぬと考《かんが》へた。

——それには、先《ま》づ、フイリツピン材《ざい》の馬《うま》を射《い》よ、馬《うま》を。

此《こ》の燃《も》え上《あが》つて來《き》た彼《かれ》の妄想《まうさう》の横《よこ》では、棧橋《さんばし》が黒《くろ》い歯《は》のやうに並《なら》んでゐた。のろく揚《あ》げ荷《に》の移動《いどう》してゐる彼方《かなた》では、金具《かなぐ》を光《ひか》らせたモーターボートが縦横《じうわう》に馳《か》けてゐた。波《なみ》と湯氣《ゆげ》とを食《く》らつて逃《に》げる舢舨《さんぱん》。繁殖《はんしよく》したマスト。城壁《じやうへき》のやうに續《つゞ》いた船舶《せんぱく》。河水《かすゐ》の色《いろ》の變《かは》り目《め》の上《うへ》で舞《ま》ふぼろ帆《ほ》。甲谷《かふや》の車《くるま》の速力《そくりよく》へ、今《いま》は一切《さい》の風物《ふうぶつ》が生彩《せいさい》を放《はな》つて迫《せま》つて來《き》た。

パーテルへ這入《はい》ると、休《やす》んだ煽風器《せんぷうき》の羽根《はね》の下《した》で、これはまたあまりに長閑《のどか》に、參木《さんき》はミルクに溶《と》ける砂糖《さたう》の音《おと》を聞《き》いてゐた。甲谷《かふや》は入《いり》口《ぐち》から手《て》を上《あ》げて進《すゝ》んでいつた。

「どうも一度《ど》も家《うち》へ歸《かへ》らないから、少々《せう〱》きまりが惡《わる》くなつたんだ。」

「そりや、僕《ぼく》もだ。まだあれから一度《ど》も家《うち》へは歸《かへ》らない。」

「それぢや、君《きみ》もか。」

二人《ふたり》は同時《どうじ》に、殘《のこ》されたお杉《すぎ》のことを考《かんが》へた。が、甲谷《かふや》は浮《う》き上《あが》つてゐる喜《よろこ》びに落《お》ちつくことが出來《でき》なかつた。

「おい君《きみ》、今日《けふ》はこれで三つの會社《くわいしや》を落《おと》して來《き》たんだ。まア、ざつとこれで三萬圓《まんゑん》。」

「もう喜《よろこ》ばすやうな話《はなし》はやめてくれ。僕《ぼく》は君《きみ》と別《わか》れた日《ひ》から首《くび》になつた。」

「首《くび》か。」

「うむ、少々《せう〱》、痛《いた》い所《ところ》を突《つ》いてみた。」

「だから、君《きみ》は馬鹿《ばか》だと云《い》ふんだ。馬鹿《ばか》な。」

重《おも》い時計《とけい》の振《ふ》り子《こ》の下《した》で、帝政《ていせい》ロシアの幹部《かんぶ》派達《はたち》がいつもの憂鬱《いううつ》な顔《かほ》を並《なら》べて密談《みつだん》に耽《ふけ》つてゐた。卷《ま》かれたナフキンの静《しづ》かな群《む》れ。暖爐《だんろ》の沈《しづ》んだ大理石《だいりせき》。厚《あつ》いテーブルの彫刻《てうこく》に散《ち》らかつた干菓子《ひぐわし》の粉《こ》。秘密《ひみつ》な波《なみ》を垂《た》れ下《さ》げたカーテンの暗緑色《あんりよくしよく》。——ふと甲谷《かふや》は此《こ》の重厚《ぢゆうこう》なロシヤの帝政派《ていせいは》の巣窟《さうくつ》、パーテルは、今《いま》は自分《じぶん》の快活《くわいくわつ》さに不似合《ふにあひ》なことに氣《き》がついた。眼《め》につく一切《さい》のものが過《す》ぎたロココの優雅《いうが》さのやうに低《てい》迷で、放埒《はうらつ》に巻《ま》き上《あが》つた絨氈《じうたん》の端《はし》にまで不幸《ふかう》な氣《き》品《ひん》がこぼれてゐる。

「おい君《きみ》、ここは出《で》たつていいんだらう。」

「うむ、しかし、僕《ぼく》は今日《けふ》はここは落《お》ちついて好《す》きなんだ。首《くび》を切《き》られたときは、から云《い》ふ所《ところ》が一番《ばん》だ。」

「まるでここは、君《きみ》みたいな所《ところ》だね。首《くび》を切《き》られたものの寄《よ》り合《あ》ひで。」

「さう急《きふ》に馬鹿《ばか》扱《あつか》ひにはしてくれるな。僕《ぼく》はこれでも、君《きみ》の懐《ふところ》を狙《ねら》つてゐるんだ。」

「いや、これはこれは。これぢや、どつちが帝政派《ていせいは》か分《わか》らんが。ひとつ、あそこのロシア人《じん》に聞《き》いてみやう。」

ひどく愉快《ゆくわい》さうに笑《わら》つてゐる甲谷《かふや》の口《くち》を見《み》てゐると、參木《さんき》はもう此《こ》の日《ひ》の甲谷《かふや》を信用《しんよう》することが出來《でき》なくなつた。甲谷《かふや》は云《い》つた。

「さて、ひとつ、と云《い》つた所《ところ》だが、どうだ、今日《けふ》は僕《ぼく》の云《い》ふままになつてくれるのか。」

「君《きみ》のお附《つ》きは愉快《ゆくわい》ぢやないね。君《きみ》の金《かね》を皆《みな》渡《わた》すか。」

「所《ところ》が、そこに僕《ぼく》の頼《たの》みがあるのさ。此《こ》の眼《め》の色《いろ》を見《み》てくれたつて分《わか》るだらう。」

「そんなら、こつちの眼《め》の色《いろ》だつて分《わか》るだらう。首《くび》を切《き》られてお附《つ》きになるなら、首《くび》なんか切《き》られなくつたつてすんだんだ。」

「頑固《ぐわんこ》な奴《やつ》め、支那《しな》の美徳《びとく》は金《かね》に服從《ふくじゆう》する所《ところ》にあるんぢやないか。まだ君《きみ》は、、、が抜《ぬ》けぬから、馬鹿《ばか》なんだ。さて、馬鹿《ばか》な奴《やつ》は馬鹿《ばか》にして、と、ボーイ。」

ボーイが來《く》ると、甲谷《かふや》は立《た》ち上《あが》つてまた云《い》つた。

「ね、君《きみ》、今日《けふ》はひとつ、二人《ふたり》で馬鹿《ばか》の限《かぎ》りを盡《つく》さうぢやないか。まだ人生《じんせい》には、面白《おもしろ》いことがいくらだつてあるんだよ。それに、何《な》んだい君《きみ》は、職を辭めて、首《くび》を切《き》られて、今頃《いまごろ》からドンキホーテの眞《ま》似《ね》をして。」

「いや、僕《ぼく》は今日《けふ》は、君《きみ》の兄貴《あにき》の家《いへ》へ行《ゆ》くんだよ。僕《ぼく》は君《きみ》の兄貴《あにき》に仕《し》事《ごと》を探《さが》して貰《もら》はなくちやならんのだ。」

參木《さんき》は外《そと》へ出《で》ると、甲谷《かふや》には介意《かまは》ず、彼《かれ》の兄《あに》の高重《たかしげ》の家《いへ》の方《はう》へ歩《ある》き出《だ》した。

八

「競子《きやうこ》もどうやら、いよいよ亭主《ていしゆ》が危《あぶな》くなつて來《き》たらしい。亭主《ていしゆ》が死《し》ねば歸《かへ》ると云《い》つて來《き》てゐるが、あ奴《いつ》も日本《にほん》よりは支那《しな》の方《はう》が好《す》きだと見《み》える。しかし、此《こ》の俺《おれ》だつて此《こ》の頃《ごろ》は危《あぶな》いからね。今《いま》の所《ところ》、競子《きやうこ》の亭主《ていしゆ》が先《さ》きか、俺《おれ》が先《さ》きかと云《い》ふ所《ところ》さ。そつと、細君《さいくん》が聞《き》いてやしないかい。此奴《こいつ》に聞《き》かれちや、こりや一番《いちばん》危《あぶな》いぞ。」

「どうしてだ。」と甲谷《かふや》は意外《いぐわい》な顔《かほ》つきで兄《あに》を見《み》た。

「いや、職工《しよくこう》の中《なか》へ、ロシアの手《て》が這入《はい》り出《だ》したんだ。俺《おれ》は職工係《しよくこうがかり》だから、一番《いちばん》危《あぶな》い所《ところ》はゐるわけだ。いつ何時《なんどき》、機械《きかい》の間《あひだ》から、ぽんとやられるかしれないさ。もうそろそろ、冗談事《じようだんごと》ぢやないんだよ。」

「ぢや、爭議《さうぎ》が始《はじま》つたのか。」

「いや、爭議《さうぎ》の前《まへ》だ。だから今《いま》がなかなか危《あぶな》いのさ。あの濱中總工會《ひんちうそうこうくわい》が曲者《くせもの》だ。」

「そりや危いね、他人事《ひとごと》ながら。」

「他人事《ひとごと》ながら？」

「うむ、俺《おれ》は今日《けふ》は、三萬圓《まんゑん》の契約《けいやく》をすまして來《き》たんだ。此《こ》の調子《てうし》だと、ここ半年《はんとし》の間《あひだ》に支店長《してんちやう》は受《う》け合《あ》ひだ。」

「そりや、他人事《ひとごと》ながら羨《うらやま》しいが、兄貴《あにき》は職工係《しよくこうがか》りで苦《にが》い汁《しる》ばかりを吸《す》はされるし、弟《おとうと》は美味《うま》い汁《しる》ばかり吸《す》つてるなんて、どつかの教科書《けうくわしよ》にあつたぢやないか。もし俺《おれ》が支那人《しなじん》だつたら、やるね、此《こ》の職《しよく》工係《こうがか》りに突《つ》きかかつて、それから、棉花工場《めんくわこうぢやう》をぶち碎《くだ》いて、お前《まへ》のやうな奴《やつ》を吹《ふ》き飛《と》ばして。」

「所《ところ》が、その職工係《しよくこうがか》りが狙《ねら》はれてちや、兄弟爭議《きやうだいさうぎ》にもならないね。」

「全《まつた》くだ、職工《しよくこう》の顏《かほ》は立《た》ててやらねばならぬし、重役《ぢゆうやく》の顏《かほ》も立《た》てねばならぬし、それに日本人《にほんじん》の顏《かほ》も立《た》ててゐなけりやならず、お負《ま》けに兄《あに》貴《き》としての顏《かほ》も立《た》てねばならぬとなると、どうもこれぢや、ぽんとやられる方《はう》が良《い》いかもしれぬ。どうです。參木先生《さんきせんせい》。」

「いや、僕《ぼく》もさう思《おも》つてる所《ところ》なんですよ。」と參木《さんき》は云《い》つた。

「さうさう、參木《さんき》は首《くび》を切《き》られてね、僕《ぼく》の財布《さいふ》を狙《ねら》つてるとこなんだ。」

と甲谷《かうや》は云《い》つた。

「首《くび》か。」

「うむ、だから、さつきから、首《くび》を切《き》られる奴《やつ》は、昔《むかし》から馬鹿《ばか》な奴《やつ》だと云《い》つてた所《ところ》さ。」

「首《くび》ぢや、そりや、ぽんとやられたくなる筈《はず》だ。」

「どうです、そのやられるやうな職《しよく》はないですか。どこだつていいんですよ。さつきから、それをお願《ねが》ひしたくつて來《き》たんですが。」

「そりやある。いくらだつてあるにはあるが、今《いま》も云《い》つた通《とほ》り、その、ぽんとやられる所《ところ》だぜ。そこでも良《い》いならいつでも來給《きたま》へ。」

「いやもう、かうなつちや、なるだけぽんと。」

全《まつた》く話題《わだい》に落《お》ちがついたと云《い》ふやうに、聲《こゑ》を合《あは》せて三人《にん》は笑《わら》ひ出《だ》した。

聲《こゑ》が洸まると、參木《さんき》は部屋《へや》の中《なか》を見廻《みまは》した。此《こ》の部屋《へや》の中《なか》で、競子《きやうこ》は育《そだ》つた。此《こ》の部屋《へや》の中《なか》で、彼女《かのぢよ》を愛《あい》した。さうして、自分《じぶん》は此《こ》の部《へ》屋《や》の中《なか》で、幾度《いくた》び彼女《かのぢよ》の結婚《けつこん》のために死《し》を決《けつ》したことだらう。それに、今《いま》は、此《こ》の部屋《へや》の中《なか》で、競子《きやうこ》の兄《あに》から自分《じぶん》が生《い》き續《つゞ》けるための生活《せいくわつ》を與《あた》へられやうとしてゐるのだ。何《なん》のために？　たゞ彼女《かのぢよ》の良人《をつと》の死《し》ぬことを待《ま》つために。——

參木《さんき》は此《こ》の地上《ちじやう》でこれほども自分《じぶん》に悲劇《ひげき》を與《あた》へた一點《てん》が、たゞ索寞《さくばく》とした此《こ》の八疊《でふ》の平凡《へいぼん》な風景《ふうけい》だと思《おも》ふと、俄《にはか》に平凡《へいぼん》と云《い》ふことが何《なに》よりも、奇怪《きくわい》な風貌《ふうばう》を持《も》つた形《かたち》のやうに思《おも》はれ出《だ》した。しかも、まだ此《こ》の上《うへ》に、もし競子《きやうこ》が歸《かへ》つて來《き》たとしたら、再《ふたた》び此《こ》の部屋《べや》はその奇怪《きくわい》な活動《くわつどう》を默々《もくもく》として、續《つゞ》け出《だ》すのだ。

　參木《さんき》は窓《まど》から下《した》を眺《なが》めてみた。駐屯《ちうとん》してゐる英國兵《えいこくへい》の天幕《てんまく》が群《むら》がつた海月《くらげ》のやうに、紐《ひも》を垂《た》らして並《なら》んでゐた。組《く》み合《あは》された銃器《じうき》。積《つ》つた石炭《せきたん》。質素《しつそ》な寢臺《しんだい》。天幕《てんまく》の波打《なみう》つ峰《みね》と峰《みね》との間《あひだ》から突如《とつじよ》として飛《と》び上《あが》るフットボール。――參木《さんき》はふとこの駐屯兵《ちうとんへい》の生活《せいくわつ》が、本國《ほんごく》へ歸《かへ》れば失《うしな》はれて了《しま》つてゐることを慨歎《がいたん》したタイムスの記事《きじ》を思《おも》ひ出《だ》した。さうして、此《こ》の地《ち》の日本人《にほんじん》は？　彼《かれ》らは醫者《いしや》と料理店《れうりてん》とを除《のぞ》いては、殆《ほと》ど　盡《ことごと》く借財《しやくざい》のために首《くび》を締《し》められてゐる群《む》れだつた。參木《さんき》は云《い》つた。

「もうこの支那《しな》で、何《なん》か希望《きばう》らしい希望《きばう》か理想《りさう》らしい理想《りさう》を持《も》つとしたら、それは何《なに》も持《も》たないと云《い》ふことが、一番《ばん》いいんぢやないかと此《こ》の頃《ごろ》は思《おも》ふんですが、あなたなんか、どう云《い》ふ御意見《ごいけん》なんですか。」

「そりやさうだ。ここぢや理想《りさう》とか希望《きばう》とか、そんなものは持《も》ちやうが全《まつた》くない。第《だい》一ここぢや、そんなものは通用《つうよう》しない。通用《つうよう》するのは金《かね》だけだ。それもその金《かね》が贋金《にせがね》かどうかといちいち人《ひと》の眼《め》の前《まへ》で檢《しら》べてからでなけりや、通用《つうよう》しない。」

「所《ところ》が參木《さんき》は、その贋金《にせがね》を溜《た》めることまで嫌《きら》ひだと云《い》ふんだから、仕《し》樣《やう》がない。」と甲谷《かふや》は云《い》つた。

「いや、そりや參木《さんき》君《くん》も僕《ぼく》と同樣《どうやう》で、金《かね》を使《つか》ふのが好《す》きなんだ。だいたい、支那《しな》で金《かね》を溜《た》める奴《やつ》と云《い》ふものは、どつか片輪《かたわ》でなきア溜《たま》らんね。そこは支那人《しなじん》の賢《かしこ》い所《とこ》で、此《こ》の地《ち》でとつた金《かね》は、殘《のこ》らず此《こ》の地《ち》へ落《おと》して行《ゆ》くやうな仕掛《しか》けがしてある。まだわれ〳〵を、人間《にんげん》だと思《おも》つてゐてくれる所《とこ》が、支那人《しなじん》の優《やさ》しい所《とこ》だ。」

「ぢや、支那人《しなじん》は人間《にんげん》ぢやないのかい。」と甲谷《かふや》は云《い》つた。

「うむ、もうあれは人間《にんげん》ぢやない人間《にんげん》の先生《せんせい》だ。支那人《しなじん》ほど嘘《うそ》つきの名人《めいじん》も世界《せかい》のどこにだつてなからうが、しかし、嘘《うそ》は支那人《しなじん》にとつちや、嘘《うそ》ぢやないんだ。あれは支那人《しなじん》の正義《せいぎ》だよ。此《こ》の正義《せいぎ》の觀念《くわんねん》の轉倒《てんたう》の仕方《しかた》を知《し》らなきア、支那《しな》も分《わか》らなきア、人間《にんげん》の行《ゆ》く末《すゑ》だつて分《わか》りやしない。」

　參木《さんき》は高重《たかしげ》の長《なが》い顔《かほ》から溢《あふ》れて來《く》る逆説《ぎやくせつ》に、久《ひさ》しく缺乏《けつぼう》してゐた哲學《てつがく》の朗《ほが》らかさを感《かん》じて來《き》た。參木《さんき》は云《い》つた。

「それであなたなんか、職工係《しよくこうがゝ》りをやつてらしつて、例《たと》へば職工達《しよくこうたち》の持《も》ち出《だ》して來《く》る要求《えうきう》を、これは正《たゞ》しいと思《おも》ふやうな場合《ばあひ》、困《こま》るやうなことはありませんか。」

「いや、そりやある。しかし、そこは僕《ぼく》らの階級《かいきふ》の習慣《しふくわん》から、自然《しぜん》に、狡《ずる》い笑顔《ゑがほ》が出《で》て來《く》るんだ。僕《ぼく》はにやにやッとしてやるんだが、此《こ》のにやにやが、支那人《しなじん》を征服《せいふく》する第《だい》一の武器《ぶき》なんだ。これは虚無《きよむ》にまで通《つう》じてゐる、何《な》んのことだか分《わか》らんからね。うつかりしてゐる隙《すき》に、後《うし》ろから金《かね》を揺《ゆす》らしてまたにやにやだ。それで落《お》ちる。所《ところ》が、こんどの奴《やつ》だけは、いくらにやにやしたつて落《お》ちないんだ。かうたると、こつちが正義《せいぎ》に打《う》たれて、もう一度《ど》にやにやとは出來《でき》ないからね。どうも日本人《にほんじん》と云《い》ふ奴《やつ》は、正義《せいぎ》に脆《もろ》くて輕佻《けいてう》だよ。君《きみ》、今《いま》にどこやらの國《くに》は正義《せいぎ》のために、、、、。支那人《しなじん》のやうに嘘《うそ》つくことが正義《せいぎ》になれば、もう此《こ》奴《いつ》はいつまでたつたつて、滅《ほろ》びやしないよ。あらゆるものを正《せい》義《ぎ》の廻轉椅子《くわいてんいす》に乘《の》せて廻《まは》すことが出來《でき》るんだ。いつたい、こんな怪奇《くわいき》た國《くに》つてどこにある。」

　高重《たかしげ》は年長者《ねんちやうしや》の自由性《じいうせい》のために、二人《ふたり》の前《まへ》でだんだん興奮《こうふん》し始《はじ》めた。參木《さんき》は高重《たかしげ》の話《はなし》そのものよりも、今《いま》は自分《じぶん》の年齡《ねんれい》の若《わか》さが、これほども年長者《ねんちやうしや》を興奮《こうふん》させ得《う》る材料《ざいれう》になりつつあると云《い》ふ現象《げんしやう》に、嶄新《ざんしん》な物理《ぶつり》を感《かん》じて來《き》た。

九

　海港《かいかう》からは銅貨《どうくわ》が地方《ちはう》へ流出《りうしゆつ》した。海港《かいかう》の銀貨《ぎんくわ》が下《さが》り出《だ》した。ブローカーの馬車《ばしや》の群團《ぐんだん》は日英《にちえい》の銀行間《ぎんかうかん》を馳《か》け廻《まは》つた。金《きん》の相場《さうば》が銅《どう》と銀《ぎん》との上《うへ》で飛《と》び上《あが》つた。と、參木《さんき》のペンはポンドの換算《くわんさん》に疲《つか》れ出《だ》した。――彼《かれ》は高重《たかしげ》の紹介《せうかい》で此《こ》の東洋綿絲會社《とうやうめんしくわいしや》の取引部《とりひきぶ》に坐《すわ》ることが出《で》來《き》たのだ。彼《かれ》の横《よこ》ではポルトギーズのタイピストが、マンチエスター市場《しぢやう》からの報告文《はうこくぶん》を打《う》つてゐる。掲示板《けいじばん》では米棉相場《べいめんさうば》が上《あが》り出《だ》した。リヴアプールの棉花市場《めんくわしぢやう》の堅《かた》さがボンベイサッタ市場《しぢやう》を堅《かた》め出《だ》した。カッチヤーガンデーとテジーマンデーの小市場《こしぢやう》が、サッタ市場《しぢやう》を支《ささ》へてゐる。――參木《さんき》の取引部《とりひきぶ》では、此《こ》の印度《いんど》の二箇《こ》の棉花小市場《めんくわこしぢやう》の強弱《きやうじやく》を見詰《みつ》めることは、最大《さいだい》の任務《にんむ》であつた。どこから綿《わた》の花《はな》を買《か》ふべきか。この原料《げんれう》の問題《もんだい》の解決《かいけつ》は、その會社《くわいしや》の最《もつと》も生産高《せいさんだか》に影響《えいきやう》を及《およ》ぼすのだ。さうして、カッチヤーカンデーとテジーマンデーの小市場《こしぢやう》は、突如《とつじよ》として、旋風《せんぷう》のやうに一切《さい》の市場《しぢやう》の棉花相場《めんくわさうば》を狂《くる》はすことが度々《たびたび》あつた。

　參木《さんき》は、前《まへ》から此《こ》の印度棉《いんどめん》が支那《しな》の棉花《めんくわ》を壓倒《あつたう》しつつある現象《げんしやう》を知《し》つてゐた。だが、印度棉《いんどめん》の勢力《せいりよく》の擡頭《たいとう》は、東洋《とうやう》に於《お》ける英國《えいこく》の擡頭《たいとう》と同樣《どうやう》だつた。やがて、東洋《とうやう》の通貨《つうくわ》の支配力《しはいりよく》は、完全《くわんぜん》に英國銀行《えいこくぎんかう》の手《て》に落《お》ちるであらう。さうして、日本《にほん》は？――、たゞ僅《わづか》に支那《しな》の棉花《めんくわ》を購《こう》買《ばい》することによつて、印棉《いんめん》の擡頭《たいとう》を壓伏《あつぷく》するより手段《しゆだん》がないのだ。しかし、日本《にほん》の好事家《かうずか》は國家《こくか》の利得《りとく》を考《かんが》へることよりも、自身《じしん》の利得《りとく》を引《ひ》き上《あ》げる印度《いんど》の綿《わた》の花《はな》の容貌《ようばう》に、ますます快感《くわいかん》を感《かん》じ出《だ》した。此《こ》の魔藥《まやく》の醒《さ》めぬ間《ま》に、蒼々《さうさう》として支那《しな》の棉花《めんくわ》に手《て》を延《の》ばすのは、英國《えいこく》だつた。さうして、支那《しな》は、支那《しな》の中《なか》に於《おい》て富《と》む者《もの》が、何者《なにもの》であらうとも、彼《かれ》らの貯蓄《ちよちく》が守護《しゆご》されることによつて、その守護《しゆご》するものを守護《しゆご》しなければならぬのだ。さうして、彼《かれ》らから絶《た》えず守護《しゆご》されつつあるものは、同様《どうやう》に英國《えいこく》の銀行《ぎんかう》だつた。

　參木《さんき》は此《こ》の綿《わた》の花《はな》の中《なか》から咲《さ》き出《だ》した巨大《きよだい》な英國《えいこく》の勢力《せいりよく》を考《かんが》へる度《たび》毎《ごと》に、母國《ぼこく》の現状《げんじやう》を心配《しんぱい》した。彼《かれ》の眼《め》に映《うつ》る母國《ぼこく》は――母國《ぼこく》は絶《た》えず人口《じんこう》が激増《げきぞう》した。生産力《せいさんりよく》は、その原料《げんれう》の生産地《せいさんち》が、各國《かくこく》同様《どうやう》、最早《もは》や支那《しな》以外《いぐわい》にはないのであつた。さうして、經濟力《けいざいりよく》は？　その貧《まづ》しい經《けい》濟力《ざいりよく》は、支那《しな》へ流《なが》れ込《こ》んだまま、行衞《ゆくゑ》不明《ふめい》になつてゐた。思想《しさう》は？　小舟《こぶね》の中《なか》で沸騰《ふつとう》しながら、その小舟《こぶね》を、、、、、と叫《さけ》んでゐる。

　原料《げんれう》のない國《くに》が、いかに、、しやうとも同《おな》じことだ、と參木《さんき》は思《おも》つた。だが、いづれ盡《ことごと》くの國《くに》は、、、、であらう。だが、英國《えいこく》の顛覆《てんぷく》しない限《かぎ》り、顛覆《てんぷく》した盡《ことごと》くの國《くに》は不幸《ふかう》である。先《ま》づ何事《なにごと》も、印度《いんど》が獨立《どくりつ》したその後《のち》だ。正義《せいぎ》は印度《いんど》より來《く》るであらう。それまで、母國《ぼこく》はあらゆる艱難《かんなん》を切《き》り抜《ぬ》けて、、を防《ふせ》がねばならぬ、と參木《さんき》は思《おも》つた。

　參木《さんき》はそれまで、此《こ》の机《つくゑ》の上《うへ》で、元貨《げんくわ》を英貨《えいくわ》のポンドに換算《くわんさん》し續《つゞ》けなければならぬのだ。

　彼《かれ》は正午《しやうご》になると煙草《たばこ》を吸《す》ひに廣場《ひろば》へ出《で》た。女工達《ぢよこうたち》は工場《こうぢやう》の門《もん》から溢《あふ》れて來《き》た。彼女達《かのぢよたち》は圓光《ゑんくわう》のやうに身體《からだ》の周圍《しうゐ》に綿《わた》の粉《こ》を漂《たゞよ》はせながら、屋臺《やたい》の前《まへ》に重《かさ》なり合《あ》つて饂飩《うどん》を食《た》べた。忽《たちま》ち、細《こま》な綿《わた》の粉《こ》は動搖《どうえう》する少女達《せうぢよたち》の一群《ぐん》の上《うへ》で、蚊柱《かばしら》のやうに舞《ま》ひ上《あが》つた。肺尖《はいせん》カタルの咳が湯氣《ゆげ》を立《た》てた饂飩《うどん》の鉢《はち》に響《ひゞ》いてゐた。急《いそ》がしさうに彼女《かのぢよ》らは足踏《あしぶ》みをしたり、舞《ま》ひ歩《ある》いたりしながら饂飩《うどん》を吹《ふ》いた。耳環《みゝわ》の群《む》れが搖《ゆ》れつつ積《つも》つた塵埃《ごみ》の中《なか》で伸縮《しんしゆく》した。

　遠《とほ》く續《つゞ》いた石炭《せきたん》の土手《どて》の中《なか》から、發電所《はつでんしよ》のガラスが光《ひか》つてゐた。その奥《おく》で廻轉《くわいてん》してゐる機械《きかい》の中《なか》では、支那人《しなじん》の團結《だんけつ》の思想《しさう》が反抗《はんかう》を呼《よ》びながら、濛々《もうもう》と高重《たかしげ》に迫《せま》つてゐるのだ。そこでは高重《たかしげ》は、その精悍《せいかん》な職工團《しよくこうだん》の一團《だん》の前《まへ》で、一枚《まい》の皮鞭《ひぶ》をもつて、なほにやにやと笑《わら》ひ續《つゞ》けて防《ふせ》がねばならぬのであらう。

　參木《さんき》は河《かは》の方《はう》を見《み》た。河《かは》には、各國《かくこく》の軍艦《ぐんかん》が本國《ほんごく》の意志《いし》を持《も》つて、砲列《はうれつ》を敷《し》きながら、城砦《じやうさい》のやうに塊《かたま》つて停《とま》つてゐた。

　參木《さんき》は思《おも》つた。自分《じぶん》は何《なに》を爲《な》すべきか、と。やがて、競子《きやうこ》は一定の鱒《ます》のやうに、産卵《さんらん》のために此《こ》の河《かは》を登《のぼ》つて來《く》るにちがひない。だが、それがいつたい何《なん》であらう。自分《じぶん》は日本《にほん》を愛《あい》せねばならぬ。が、それはいつたい、どうすれば良《よ》いのであらう。しかし、――先《ま》づ、何者《なにもの》よりも東洋《とうやう》の支配者《しはいしや》、英國《えいこく》を！　と參木《さんき》は思《おも》つた。

　彼《かれ》はだんだん、日光《につくわう》の中《なか》で、競子《きやうこ》の良人《をつと》の死《し》ぬことを望《のぞ》んでゐた自分自身《じぶんじしん》が鱒《ます》のやうに馬鹿馬鹿《ばかばか》しく見《み》えて來《き》た。

十

ホールの櫻が最後《さいご》のジャズで慄《ふる》へ出《だ》した。振《ふ》り廻《まは》されるトロンボーンとコルネット。樂器《がくき》の中《なか》のキユーバ人《じん》の黒《くろ》い皮膚《ひふ》からむき出《で》る齒《は》。ホールを包《つつ》んだグラスの中《なか》の酒《さけ》の波《なみ》。盆栽《ぼんさい》の森《もり》に降《ふ》る塵埃《ほこり》。投《な》げられるテープの暴風《あらし》を身《み》に卷《ま》いて踊《をど》る踊《をど》り子《こ》。腰《こし》と腰《こし》とが突《つ》き衝《あた》る度毎《たびごと》に甲谷《かふや》は醉《よ》ひが廻《まは》つて云《い》ひ始《はじ》めた。

「いや、これは失禮《しつれい》、いや、これは失禮《しつれい》。」

階段《かいだん》の暗《くら》い口《くち》から、一團《いちだん》のアメリカの水兵《すゐへい》が現《あらは》れると、踊《をど》りながら踊《をど》りの中《なか》へ流《なが》れ込《こ》んだ。海《うみ》の匂《にほ》ひを波立《なみだ》たせた踊場《をどりば》は、一層《いつそう》激《はげ》しく搖《ゆ》れ出《だ》した。叫《さけ》び出《だ》したピツコロに合《あは》せて踏《ふ》み鳴《な》る足音《あしおと》。歡喜《くわんき》の歌《うた》。きりきり廻《まは》るスカートの鋭《するど》い端《はし》に斬《き》られた疲《つか》れた腰《こし》。足《あし》と足《あし》と、肩《かた》と腰《こし》との旋律《せんりつ》の上《うへ》で、三色のスポツトが明滅《めいめつ》した。輝《かゞ》やく首環《くびわ》、仰向《あふむ》く唇《くちびる》、足《あし》の中《なか》へ辷《すべ》る足《あし》。

「いや、これは失禮《しつれい》、いや、これは失禮《しつれい》。」

宮子《みやこ》はテープの波《なみ》を首《くび》と胴《どう》とで押《お》し分《わ》けながら、ひとり部屋《へや》の隅《すみ》で動《うご》かぬ參木《さんき》の顔《かほ》へ眼《め》を流《なが》した。ドイツ人《じん》を抱《だ》くアメリカ人《じん》、ロシア人《じん》を抱《だ》くスペイン人《じん》、混血兒《こんけつじ》と突《つ》き衝《あた》るポルトギーズ。椅子《いす》の足《あし》を蹴飛《けと》ばしてゐるノルエー人《じん》。接吻《せつぷん》の雨《あめ》を降《ふ》らして騒《さわ》ぐイギリス人《じん》。シヤムとフランスとイタリヤとブルガリアとの醉《よ》つぱらひ。さうして、ただ參木《さんき》だけは、椅子《いす》の頭《かしら》に肱《ひぢ》をついたまま、此《こ》のテープの網《あみ》に伏《ふ》せられた各國人《かくこくじん》の肉感《にくかん》を蔓《つた》のやうに見詰《みつ》めてゐた。

踊《をど》りがすむと人々《ひとびと》はもたれ合《あ》つて場外《ぢやうぐわい》へ雪崩《なだ》れ出《だ》した。廻轉《くわいてん》ドアは踊子《をどりこ》の消《き》える度毎《たびごと》に廻《まは》つていつた。火《ひ》は一《ひと》つ一《ひと》つと消《き》え始《はじ》めた。逆《さか》さまに片附《かたづ》けられる椅子《いす》の足《あし》が、テーブルの上《うへ》で俄《にはか》に生《い》き生《い》きと並《なら》び出《だ》した。さうして、金庫《きんこ》の鍵《かぎ》が靜《しづか》に廻《まは》り終《をは》ると、いつの間《ま》にか影《かげ》をひそめた樂器《がくき》の後《うしろ》に、羽根《はね》を閉《と》ざしたピアノが一臺《いちだい》、黒々《くろぐろ》と沈《しづ》んでゐた。

甲谷《かふや》は漸《やうや》くひとつ取《と》り殘《のこ》された燈火《とうくわ》の下《した》で、尻《しり》もちをついたまま自分《じぶん》の影《かげ》に云《い》つてゐた。

「いや、これは失禮《しつれい》、いや、これは失禮《しつれい》。」

參木《さんき》は此《こ》の急激《きふげき》に靜《しづま》つたホールの疲勞《ひらう》に鋭《するど》い快感《くわいかん》を感《かん》じて來《き》た。彼《かれ》は身動《みうご》きも現《あらは》さず、甲谷《かふや》の鈍《にぶ》い醉態《すいたい》を眺《なが》めたまま時計《とけい》の音《おと》を聞《き》いてゐた。天井《てんじやう》の隅《すみ》で塵埃《ほこり》と煙《けむり》の一群《いちぐん》が輕々《かるがる》と戯《たはむ》れては消《き》えていつた。

甲谷《かふや》は散《ち》らかつたテープの塊《かたまり》を抱《だ》きながら、首《くび》を振《ふ》り振《ふ》り、呟《つぶや》くやうに唄《うた》ひ出《だ》した。

Casi《カシ》 me he《ヘ》 caido,
— Traigame algo mas,
No es《エス》 nada no《ノオ》 toque《トウケ》.

歌《うた》にまでまだ飲《の》みたいと、日頃《ひごろ》自慢《じまん》のスパニツシユ・ソングを歌《うた》ふ甲《かふ》谷《や》を見《み》てゐると、參木《さんき》は立《た》ち上《あが》らずにはゐられなかつた。彼《かれ》は甲谷《かふや》を肩《かた》にかゝへると、森閑《しんかん》としたホールの白《しろ》いテープの波《なみ》の中《なか》を、よろけながら歩《ある》き出《だ》した。と、ふとどこかのカーテンが搖《ゆ》らめくと、鏡《かゞみ》の中《なか》から青《あを》い微光《びくわう》が漣のやうに流《なが》れて來《き》た。

「まア、甲谷《かふや》さん、駄目《だめ》だわね。」

歸《かへ》り仕度《じたく》になつた宮子《みやこ》がドアから二人《ふたり》の傍《そば》へよつて來《き》た。彼女《かのぢよ》はぶらぶらしてゐる甲谷《かふや》の片腕《かたうで》を支《さゝ》へながら參木《さんき》に云《い》つた。

「これからどこまでお歸《かへ》りになるつもり。」

「さア、まだ、どこにしやうかと思《おも》つてるとこなんです。」

「ぢや、あたしん所《とこ》へいらつしやいな。もう直《す》ぐ夜《よ》が明《あ》けるから、暫《しばら》くの心棒《しんばう》よ。」

「そりや、あなたさへかまはなければ助《たす》けて貰《もら》ひたいもんですね。」

「あたしはいゝの。だけど、あなた、それぢや、あんまり重《おも》いわね。」

「いや、此奴《こいつ》はいつでも重《おも》いんですよ。」

宮子《みやこ》は頭《あたま》を垂《た》れた甲谷《かふや》の首《くび》の上《うへ》から、片肩を吊《つ》り上《あ》げて、參木《さんき》に云《い》つた。

「あなたはいつでも、介抱《かいはう》させられる役《やく》ばかり？」

「さうですよ、これには深《ふか》いわけがあつて、踊《をど》らされてばかりゐるんです。」

十一

階段《かいだん》を降《お》りると三人《にん》は外《そと》へ出《で》た。甃石《しきいし》の上《うへ》で銅貨《どうくわ》を投《な》げ合《あ》つてゐた車夫達《しやふたち》が參木《さんき》の前《まへ》へ馳《か》けて來《き》た。三つの黄包車《ワンポーツ》が走《はし》り出《だ》した。

「何《な》んだかあなた、遠慮深《ゑんりよぶか》さうな格好《かくかう》でゐらつしやるのね、こゝはいいのよ。もつとのびのびとして頂戴《ちやうだい》。あたし、あなたの御不幸《ごふかう》は何《なに》もかも知《し》つてますのよ。」

甲谷《かふや》を寢《ね》かせた隣室《りんしつ》で、宮子《みやこ》は長椅子に疲《つか》れた身體《からだ》を延《の》ばしながら參木《さんき》に云《い》つた。

參木《さんき》は樺色《かばいろ》のスタンドの影《かげ》を鼻《はな》の先《さき》に受《う》けながら、何《なに》を彼女《かのぢよ》がほのめかすのか、煙草《たばこ》の煙《けむり》の中《なか》で眼《め》を細《ほそ》めた。

「ね、あなたはあたしがあなたのことを、何《なに》も知《し》らないとでも思《おも》つてらつしやるんでせう。あたし、あなたがどんな方《かた》だか、そりや長《なが》い間《あひだ》見《み》たかつたの。でも今夜《こんや》初《はじ》めてお逢《あ》ひして、多分《たぶん》こんな方《かた》だらうと思《おも》つてゐたあたしの想像《さうざう》が、あたつたの。」

參木《さんき》は此《こ》の磨かれ女《をんな》の頭《あたま》の中《なか》で、幾分間《いくぶんかん》か生活《せいくわつ》してゐた自分《じぶん》の姿《すがた》を考《かんが》へた。それは恐《おそ》らく、どこかの多《おほ》くの男達《をとこたち》の姿《すがた》の中《なか》から、つぎはぎに引《ひ》き摺《ず》り出《だ》された襤褸のやうなものだつたにちがひない――

「ぢや、甲谷《かふや》は僕《ぼく》の惡口《わるくち》をよほど云《い》つたと見《み》えますね。」

「ええ、ええ、そりや、何日《なんにち》あたたのことを伺《うかゞ》つたわ。それであなし、僕《ぼく》は少々《せう〳〵》、あなたのことを輕蔑《けいべつ》したの。だつて、あなたは、あたしのやうな女《をんな》を輕蔑《けいべつ》ばかりしてらつしやる方《かた》でせう。」

「しかし、僕《ぼく》があなたを見《み》たのは、今《いま》が初《はじ》めぢやありませんか。」

「そんなことは、何《なん》の云《い》ひわけにもならないわ。あたしは男《をとこ》の方《かた》を一目《ひとめ》見《み》れば、その方《かた》がどんなことを考《かんが》へたかつて、直《す》ぐ分《わか》るの。これだけは、いつもあたしの自慢《じまん》だから、もう何《なに》も仰言《おつしや》らないで。ね、もうそのことは此《こ》の次《つぎ》ね。あなたがどれほどあの方《かた》を愛《あい》してらつしやるかつてことだつて、少々《せう〳〵》あなたを輕蔑《けいべつ》しただけで、すんでるの。」

「何《なに》をあなたは云《い》ひ出《だ》すんです。」と參木《さんき》は云《い》つた。

「いえね、もうこれは別《べつ》のことなの。どうしてあたし、こんなことを云《い》つたんでせう。さア、召上《めしあが》れ、これはサルパリラつておかしなものなの。踊《をど》つた後《あと》は、これでなくちや駄目《だめ》なのよ。」

「甲谷《かふや》はそんなことまで云《い》つたんですか。」

「ほら、またおかしな顏をなさるわね。甲谷《かふや》さんが何《なに》を仰言《おつしや》らうと、いいぢやないの。あなたはあなたで、ここにかうしてゐて下《くだ》されば、あたし、それで嬉《うれ》しいの。あたし今夜《こんや》は眠《ねむ》らないわ。」

「あなたは疲《つか》れてゐらつしやるんぢやありませんか。」

「ええ、あたし、もういつもならぐたぐたよ。御免《ごめん》なさいね。こんなに長《なが》くなつたりして。だけど、かうしてゐると、あたたといくらでもお話《はなし》が出來《でき》さうなの。あたし、今夜《こんや》は饒舌《しやべ》つてよ、あなた眠《ねむ》くなつたら、甲谷《かふや》さんの所《ところ》で寢《ね》て頂戴《ちやうだい》。あたしここで、かうして寢《ね》て了《しま》ふかも知《し》れないから。」

「ぢや、もうどうぞ、僕《ぼく》はここにかうしてたつて、疲《つか》れてやしませんから。」

「いいの。あたし、あたたを眠《ねむ》らせるくらひなら、此《こ》の長椅子《ながいす》だつてお貸しするわ。あたしがここに寢《ね》てゐるのだつて、あなたを起《おこ》してをきたいからなの。ね、分《わか》つたでせう。まアそんなに汚《きた》なさうに部屋《へや》の中《なか》を見《み》なくつたつて、踊子《をどりこ》の生活《せいくわつ》なんて、分《わか》つてゐるぢやありませんか。いづれお祭《まつ》しの通《とほ》り、ろくなことなんかしてなくつてよ。」

刺戟《しげき》の強《つよ》い白蓮花《パーレーホア》が宮子《みやこ》の指先《ゆびさき》で廻《まは》されると、曙色《あけぼのいろ》の花瓣《はなびら》が酒《さけ》の中《なか》に散《ち》らかつた。彼女《かのぢよ》は紫檀《したん》の圓卓《えんたく》の上《うへ》から花瓶《くわびん》を取《と》ると、花《はな》の名《な》前《まへ》を讀《よ》み上《あ》げながら朝毎《あさごと》の花賣《はなうり》の眞似《まね》をし始《はじ》めた。

「鷄子花、黛々花《ダーダーホー》、玫瑰花《メイクイホー》、白蘭花《パーレイホー》、パーレーホツホー、メーリーホ、まア、今夜《こんや》は暑《あつ》いわね。あたし、かう云《い》ふ夜《よる》はきつと白菓《パツコ》の夢《ゆめ》を見《み》るに定《きま》つてゐるの。」

彼女《かのぢよ》は花瓣《くわべん》で埋《うづま》つたコップを參木《さんき》に上《あ》げて飲《の》みほすと、身體《からだ》を反《そ》らして後《うしろ》の煙草《たばこ》を捜《さが》し出《だ》した。めくれ上《あが》つたロープの下《した》で動《うご》く膝《ひざ》。空間《くうかん》を造《つく》つてうねる疲《つか》れた胴《どう》、怠惰《たいだ》な片手《かたて》に引《ひ》き摺《ず》られて張《は》つた乳《ちゝ》。——

參木《さんき》はいつの間《ま》にかむしり取《と》られた白蘭花《パーレーホー》の蕚《うてな》だけを酒《さけ》の中《なか》で廻《まは》してゐた。

「あ、さうさう、あたしあなたにお見《み》せしたいものがあつたんだわ。あたしには今《いま》五人《にん》の戀人《こひびと》が揃《そろ》つてゐるの。フランス人《じん》とイタリア人《じん》と、イギリス人《じん》と支那人《しなじん》と、アメリカ人《じん》なの。まだその他《ほか》にもないことはないんだけど、今《いま》は儉約《けんやく》して腕《うで》を持《も》たせてやるだけにしてあるの。」

彼女《かのぢよ》は吸《す》ひかけた煙草《たばこ》を膝《ひざ》で挾《はさ》むと、抽斗《ひきだし》の中《なか》からアルバムを取《と》り出《だ》した。

「ね、此《こ》のフランス人《じん》はミシエルつて云《い》ふの、それからこれは、アメリカ人《じん》、その他《ほか》のも見《み》て頂戴《ちやうだい》、どれもこれも立派《りつぱ》な男《をとこ》で蓮《はす》の實《み》みたいに甘《あま》いのが特長《とくちやう》よ。まアその日本《にほん》の女《をんな》を好《す》きなことつて、お話《はなし》にならないわ。あれはきつと、奥《おく》さんに虐《いぢ》められて來《き》たからね。だからあたし、出來《でき》るだけさう云《い》ふ人《ひと》には猫《ねこ》を冠《かぶ》つて大切《たいせつ》にしてやるの。」

參木《さんき》は宮子《みやこ》の戀人《こひびと》の顔《かほ》を見《み》ることよりも、今《いま》は彼女《かのぢよ》に近《ちか》づく好奇《かうき》のためにだんだん椅子《いす》を動《うご》かした。彼女《かのぢよ》は足《あし》を縮《ちゞ》めると參木《さんき》に云《い》つた。

「さア、もつとこちらへ來《き》て頂戴《ちやうだい》。そこぢや、あたしの戀人《こひびと》の顔《かほ》が眞《まつ》黒《くろ》に見《み》えるぢやないの。」

「いや、あまりはつきり見《み》え出《だ》すと、恐多《おそれおほ》くなつて來《き》て、」

「いいわよ、たまにはさう云《い》ふ立派《りつぱ》な顔《かほ》も、見《み》とくもんだわ。さア、こちらへいらつしやいつて、あなたには、叱《しか》らなきア駄目《だめ》なのね。」

「もうここまで來《く》れば、こんなにはつきり見《み》えるんですよ。」

「あたし、あなたが、何《なに》を恐《こは》がつてびくびくしてらつしやるのか、分《わか》つてゐるのよ。だけど、安心《あんしん》して頂戴《ちやうだい》、あたしの戀人《こひびと》は、ちやんとここに五人《にん》も並《なら》んでゐるんですからね。あなたのやうに、他人《ひと》に戀人《こひびと》を盗《と》られて青《あを》ざめてゐる人《ひと》なんか、あたしは相《あひ》手《て》にしない性分《しやうぶん》なの。」

參木《さんき》は上眼《うはめ》で宮子《みやこ》の顔《かほ》を見《み》た。どこか身體《からだ》の中《なか》の片端《かたはし》で、猛然《まうぜん》と飛《と》び上《あが》る感情《かんじやう》を制《せい》しながらにやにやと笑《わら》ひ出《だ》した。宮子《みやこ》は參木《さんき》の方《はう》へ向《むか》つたテーブルの一角《かど》へ足《あし》を上《あ》げるとまた云《い》つた。

「ね、もうちよつとは默《だま》つてらつしやる頃《ころ》ぢやないの。でも、あたしにはあなたの戀人《こひびと》が御主人《ごしゆじん》とどんなことをしてらつしやるかつて云《い》ふことが、それはそれはよく分《わか》るのよ。だから、あたしはあなたがお氣《き》の毒《どく》で仕樣《しやう》がないの。あたしの戀人《こひびと》なんか、まア、戰爭《せんさう》であたしの身《み》の廻《まは》りのことをしてくれるの。此《こ》の下《した》の毛氈《まうせん》だつて、これはミシエルがコオラツサンだつて持《も》つて來《き》てくれたものなんだし、此《こ》のクションの天鵞絨《びろうど》だつて、イギリス人《じん》がスキユタリだからどうだとか、ビザンチンがどうだとか云《い》つてかつぎ込《こ》んで來《き》てくれたものばかりなの。」

「それは僕《ぼく》にはかまひませんが、もうその足《あし》だけは上《あ》げないでくれ給《たま》へ。」と參木《さんき》は云《い》つた。

「あら、まア、あたし、いつの間《ま》に足《あし》なんか上《あ》げたんでせう。踊子《をどりこ》は足《あし》が大切《たいせつ》なもんだけど、それほど大切《たいせつ》なもんぢやないわ。御免《ごめん》なさいな。あたし疲《つか》れると、何《なに》をし出《だ》すかしれないの。これであたし、踊子《をどりこ》なんかになつたのね。」

「あなたは戀人《こひびと》が來《き》たときでも、そんなことをなさるんですか。」

「まア、そろそろ、馬鹿《ばか》になさるわね。あたしの戀人《こひびと》なんか、あたしにこんなことをさせたりするもんですか。」

參木《さんき》は宮子《みやこ》が兩手《りやうて》を擴《ひろ》げたやうに思《おも》はれた。彼《かれ》は自分《じぶん》がいかに馬鹿《ばか》かを清算《せいさん》せずにはをれなくなつた。と、參木《さんき》は思《おも》はず立《た》ち上《あが》つた。彼《かれ》はオルガの跳《は》ね上《あが》つた足《あし》を思《おも》ひ出《だ》した。

と、彼《かれ》はいつの間《ま》にか宮子《みやこ》の傍《そば》に坐《すわ》つてゐた。

「それから？」と宮子《みやこ》は云《い》つた。

參木《さんき》は彼女《かのぢよ》の脣《くちびる》の端《はし》に流《なが》れた嘲弄《てうろう》を感《かん》じると、いきなり宮子《みやこ》の首《くび》を締《し》めつけた。彼女《かのぢよ》のマルセル式《しき》の頭髮《とうはつ》が長椅子の背中《せなか》を轉々《てんてん》と轉《ころ》がつた。宮子《みやこ》は胴《どう》に笑《わら》ひを波立《なみた》たせながら參木《さんき》の顏《かほ》を叩《たた》いて云《い》つた。

「まア、あなたでも、そんなことを知《し》つてらつしやつたのね。あたし、油斷《ゆだん》をしちやつて、失敗《しま》つたわ。」

白鵬花の花瓣《くわべん》が宮子《みやこ》の口《くち》に含《ふく》まれると、次《つ》ぎ次《つ》ぎに參木《さんき》の顏《かほ》へ吹《ふ》きつけられた。クションが長椅子の逆毛《さかげ》を光《ひか》らせつつ辷《すべ》り出《だ》した。と、やがて、聲《こゑ》をひそめて浮《う》き上《あが》つた彼女《かのぢよ》の典雅《てんが》な支那沓《しなぐつ》が、指先《ゆびさき》に銀色《ぎんいろ》の栗鼠《りす》の刺繍《ししう》を曲《ま》げながら慄《ふる》へ出《だ》した。

ふと、參木《さんき》は思《おも》はぬ危險區劃に浸入《しんにふ》してゐる自分《じぶん》に氣《き》がついた。彼《かれ》は飛《と》び上《あが》ると鏡《かがみ》を見《み》た。——何《なん》と下品《げひん》な顏《かほ》ではないか。彼女《かのぢよ》は自分《じぶん》の中《なか》から此《こ》の汚《きたな》さを嗅《か》ぎつけたにちがひない、と思《おも》ふと彼《かれ》は、再《ふたた》び突《つ》つ立《た》つたまま宮子《みやこ》の顏《かほ》を睨《にら》んでゐた。

宮子《みやこ》は片脇《かたわき》にクションを抱《だ》き込《こ》むと、突然《とつぜん》大《おほ》きな聲《こゑ》で笑《わら》ひ出《だ》した。

「まア、あなたは、心配《しんぱい》ばかりしてらつして。あなたのなさるやうなことなんか、なんでもないわ。あたし、あなたなんかに、悲《かな》しまされると思《おも》つてらつしちや間違《まちが》ひよ。さア、さア、いらつしやい。そんな恐《おそ》ろしい顏《かほ》は、なるだけ鏡《かがみ》の中《なか》でして頂戴《ちやうだい》。」

參木《さんき》は手丸《てだま》にとられた自分《じぶん》を識《し》つた。彼《かれ》はやり場《ば》のなくなつた自分《じぶん》の顏《かほ》を感《かん》じると、此《こ》の悲慘《ひさん》な醜《みにく》さが、どこから襲《おそ》つて來《き》たのであらうかと考《かんが》へた。彼《かれ》は再《ふたた》び宮子《みやこ》の傍《そば》へ坐《すわ》ると云《い》つた。

「さア、もう、そろそろ夜《よ》が明《あ》け出《だ》して來《き》ましたよ。」

「まア、よくいらつしたわね、あなたは私《わたし》を御覽《ごらん》になつたときから、あたしに負《ま》けまいとばかり思《おも》つてらつしたのね。だけど、あたしは、あなたを見《み》たときから、あなたを愛《あい》しちやいけないとばかり思《おも》つてゐたの。でも、もう駄目《だめ》よ。あなたとあたしは、これから喧嘩《けんくわ》ばかりしてなきアならないわ。」

心《こゝろ》はずるずる辷《すべ》つていく。彼《かれ》は肉體《にくたい》よりも先立《さきだ》つ自分《じぶん》の心《こゝろ》の危險《きけん》さを考《かんが》へた。彼《かれ》は立《た》ち上《あが》ると宮子《みやこ》に云《い》つた。

「ぢや、もうこれで失禮《しつれい》しましやう。さやうなら。」

宮子《みやこ》は不意《ふい》を打《う》たれて默《だま》つてゐた。參木《さんき》はそのまま部屋《へや》の外《そと》へ出《で》やうとした。

「まア、參木《さんき》さん、夜《よ》が明《あ》けるのに、あたしひとりでなんかゐられないわ。あなたは禮儀《れいぎ》つて云《い》ふものを御存知《ごぞんぢ》ないの。」

參木《さんき》は振《ふ》り返《かへ》ると、絨氈《じうたん》の上《うへ》に轉《ころ》げてゐたアルバムを足《あし》で踏《ふ》みつけた。

「ぢや、今夜《こんや》はもうこれだけで、赦《ゆる》してくれ給《たま》へ。」

彼《かれ》は明《あ》け始《はじ》めた緑色《みどりいろ》の戶外《こぐわい》へ、さつさとひとり出《で》ていつた。

（或《あ》る長篇《ちやうへん》の第《だい》二篇《へん》）

KAIZO

改造

六月號

1929

大正八年三月廿一日第三種郵便物認可
昭和四年六月一日發行（毎月一回一日發行）

昭和四年五月十八日印刷納本

第十一卷第六號

定價金五拾錢

掃溜の疑問

横光利一

一

霖雨《りんう》の底《そこ》で夜《よる》のレールが曲《まが》つてゐた。毀《こは》れかかつた幌馬車《ほろばしや》が影《かげ》のやうに、煉瓦《れんくわ》の谷間《たにま》の中《なか》を潜《くぐ》つていつた。混血兒《あひのこ》の春婦《しゆんぷ》がひとり、弓門《きゆうもん》の壁《かべ》に身《み》をよせて雨《あめ》の街角《まちかど》を見詰《みつ》めてゐた。彼女《かのぢよ》の前《まへ》の瓦斯燈《がすとう》の傘《かさ》の上《うへ》には、アカシヤの花《はな》が積《つも》つたまま腐《くさ》つてゐた。狭《せま》い建物《たてもの》の間《あひだ》から、霧《きり》を吹《ふ》いたヘッドライトが現《あらは》れると、口《くち》を開《あ》けた醉漢《すゐかん》を乗《の》せたまま通《とほ》り過《す》ぎた。

參木《さんき》は春婦《しゆんぷ》の前《まへ》を横切《よこぎ》ると露地《ろぢ》の中《なか》へ這入《はい》つていつた。その露地《ろぢ》の奥《おく》の煤《すす》けた酒場《さかば》では、彼《かれ》の好《この》む臓物《ざうもつ》が鍋《なべ》の中《なか》で煮《に》えてゐた。客《きやく》のない酒場《さかば》の主婦《しゆふ》は豆《まめ》ランプの傍《そば》で、硼酸《ほうさん》で眼《め》を洗《あら》ひながら雨《あめ》の音《おと》を聞《き》いてゐた。參木《さんき》は高重《たかしげ》の來《く》るまでここで、老酒《らうちゆ》を命《めい》じて飲《の》み始《はじ》めた。二人《ふたり》はこれから工場《こうば》の夜業《やげふ》を見《み》に廻《まは》らねばならぬのだ。

臓物《ざうもつ》のぐつぐつ煮《に》えた鍋《なべ》の奥《おく》では、瘤《こぶ》まで剃《そ》つた支那人《しなじん》の坊主頭《ばうずあたま》が、瀬戸物《せともの》のやうな鈍《にぶ》い光《ひか》りを放《はな》つてゐた。主婦《しゆふ》の眼《め》にあてたガーゼから流《なが》れる水音《みづおと》が、酒《さけ》と一緒《しよ》に鹽基《えんき》の脊骨《せぼね》を慄《ふる》はせた。彼《かれ》の前《まへ》では、煉瓦《れんぐわ》の柱《はしら》にもたれた支那人《しなじん》が眼《め》を瞑《つぶ》つたまま煙管《きせる》を喫《す》つてゐた。煙管《きせる》の針《はり》の先《さ》きで、飴《あめ》のやうな阿片《あへん》の丸《たま》が慄《ふる》へながら、ぢいぢいと音《おと》を立《た》てた。豚《ぶた》の足《あし》は所々《ところどころ》に亂毛《らんもう》をつけたまま、割《わ》れた蹄《ひづめ》を鍋《なべ》の中《なか》から出《だ》してゐた。

「おい。」と不意《ふい》に高重《たかしげ》は云《い》つて參木《さんき》の後《うしろ》へ現《あらは》れた。

參木《さんき》は石《いし》を投《な》げ込《こ》まれたやうに、振《ふ》り返《かへ》つた。高重《たかしげ》は呼吸《いき》を切迫《せつぱく》させて立《た》て續《つゞ》けに云《い》ひ出《だ》した。

「君《きみ》、僕《ぼく》の後《あと》から從《つ》けて來《き》てゐる奴《やつ》があるからね、宜敷《よろし》く頼《たの》むよ。どうも、明日《あす》が危《あぶな》い。明日《あす》、奴《やつ》らは始《はじ》めるらしい。今夜《こんや》はこれから警官《けいくわん》の所《ところ》へ廻《まは》つて、善良《ぜんりやう》な顔《かほ》をしとかなくちやならんのだ。いや早《はや》どうも、眼《め》が廻《まは》る。」

いよいよ罷業《ひげふ》が始《はじ》まるのだ。

「ぢや、これから直《す》ぐあなたはいらつしやるんですか。」

「うむ、行《ゆ》かう。」と高重《たかしげ》は云《い》ひながら、參木《さんき》の盃《さかづき》をとつて傾《かたむ》け出《だ》した。

「しかし、いよいよ始《はじ》まつたとした所《ところ》で、始《はじ》まつたら始《はじ》まつたでどうにかなるさ。そこは支那《しな》魂《だましひ》と云《い》ふ奴《やつ》で、ね、君《きみ》、不思議《ふしぎ》なもので、僕《ぼく》はこれでも、會社《くわいしや》がひつくり返《かへ》らうとしてゐるのに、夕《ゆふ》べ現像《げんざう》した水牛《すゐぎう》の寫眞《しやしん》の方《はう》が氣《き》になるんだ。」

「それほどの程度《ていど》で濟《す》ませるなら、ここで酒《さけ》でも飲《の》んでる方《はう》がいいでせう。」

「いや、まアさう云《い》つて了《しま》つちやお了《しま》ひさ。僕《ぼく》の會社《くわいしや》に罷業《ひげふ》が起《おこ》れば、僕《ぼく》の會社《くわいしや》は將棊倒《しやうぎだふ》しだ。僕《ぼく》の此《こ》の腕《うで》一本《ぽん》は、今《いま》の所《ところ》、支那《しな》と日本《にほん》の實礦《とつかん》を擔《にな》つてゐるのと同《おな》じだからね。僕《ぼく》を捨《す》てて酒《さけ》を飲《の》ましちや、國賊《こくぞく》だよ。」

「ぢや、もう一杯《はい》、國賊《こくぞく》になるために。」

二人《ふたり》は首《くび》を寄《よ》せて飲《の》み始《はじ》めた。高重《たかしげ》は片腕《かたうで》を捲《ま》くし上《あ》げると、盃《さかづき》を舐《な》めながら、ぶるぶる慄《ふる》へて落《お》ちさうな阿片《あへん》の丸《たま》を睨《にら》んでゐた。虫《むし》の食《く》つた肝臓《かんざう》が皿《さら》の上《うへ》に盛《も》り上《あが》つて並《なら》べられた。阿片《あへん》の匂《にほ》ひが酒《さけ》の中《なか》へ混《まじ》つて來《き》た。うす鈍《にぶ》い光《ひか》りを放《はな》つて寢《ね》てゐた坊主頭《ばうずあたま》が、煉瓦《れんぐわ》の柱《はしら》の角《かど》から脱《ぬ》れると、瘤《こぶ》にひつかかつて眼《め》を醒《さま》した。豆《まめ》ランプが煤《すゝ》けたホヤの中《なか》で鳴《な》り始《はじ》めた。

「あ、さうだ、君《きみ》に云《い》ふのを忘《わす》れてゐた。」と高重《たかしげ》は云《い》ふと、突然《とつぜん》眉《まゆ》を蹙《しか》めて默《だま》り出《だ》した

參木《さんき》は暫《しばら》く高重《たかしげ》の盃《さかづき》に當《あ》てた唇《くちびる》を眺《なが》めてゐた。

「競子《きやうこ》の婿《むこ》が死《し》んだんだ。」

參木《さんき》は急《きふ》に廻轉《くわいてん》を停《と》めた心《こゝろ》を感《かん》じた。と、輝《かゞや》き出《だ》した巨大《きよだい》な勢力《せいりよく》が、彼《かれ》の胸《むね》の中《なか》を馳《か》け廻《まは》つた。彼《かれ》は喜《よろこ》びの感動《かんどう》とは反對《はんたい》に、頭《あたま》を垂《た》れ

た。が、次《つぎ》の瞬間《しゆんかん》、彼《かれ》はぢりぢり沈《しづ》んで行《ゆ》く板《いた》のやうな自分《じぶん》を感《かん》じた。

——俺《おれ》が競子《きやうこ》の良人《をつと》に變《かは》るとしても、金《かね》がない。地位《ちゐ》がない。能力《のうりよく》がない。ただ有《あ》るものは、何《なん》の形《かたち》もない愛《あい》だけだ。——

ふと、彼《かれ》は高重《たかしげ》の沈默《ちんもく》の原因《げんいん》を自分《じぶん》に向《む》けた憐憫《れんびん》だと解釋《かいしやく》した。と、俄《にはか》に怒《いか》りが腹《はら》の中《なか》で立《た》ち上《あが》つた。彼《かれ》は競子《きやうこ》を——高重《たかしげ》の妹《いもうと》を、押《お》し除《の》ける作用《さよう》で充血《じゆうけつ》した。と、今迄《いままで》、彼女《かのぢよ》のために跳《は》ね續《つゞ》けて來《き》た女《をんな》の動作《どうさ》が、浮《う》き上《あが》つて亂《みだ》れ出《だ》した。お柳《りう》、オルガ、お杉《すぎ》、宮子《みやこ》、と湧立《わきだ》ちながら、

「さて、いよいよこれから、夜業《やげふ》の番《ばん》か、おい君《きみ》、今夜《こんや》は危《あぶな》いから、僕《ぼく》から放《はな》れてひとり行《い》つちや、お了《しま》ひだよ。」

高重《たかしげ》はポケツトのピストルに觸《さは》りながら、立《た》ち上《あが》つた。參木《さんき》も彼《かれ》の後《うしろ》から出《で》ていつた。彼《かれ》は嫁《とつ》いだ競子《きやうこ》をひそかに愛《あい》してゐた空虚《くうきよ》な時間《じかん》に、今《いま》こそ、決然《けつぜん》と別《わか》れを告《つ》げねばならぬ、と決心《けつしん》した。

——まア、いくらでも、お目出度《めでた》くめそめそしたけりや、するがいい。

路《みち》の中《なか》を一組《ひとくみ》の日本《にほん》の巡邏兵《じゆんらへい》が、喇叭《らつぱ》の穴《あな》を小脇《こわき》にかかへて通《とほ》つていつた。高重《たかしげ》は參木《さんき》の方《はう》へ傾《かたむ》くと、小聲《こごゑ》で云《い》つた。

「君《きみ》、今度《こんど》の罷業《ひげふ》は大《おほ》きくなるよ。」

「大《おほ》きけりや、大《おほ》きいだけ、面白《おもしろ》いぢやないですか。」

「それも、さうだ。」

二人《ふたり》は黄包車《ワンポーツ》に乘《の》ると飛《と》ばし出《だ》した。

二

圓筒《ゑんとう》から墜落《つゐらく》する瀧《たき》の棉《わた》。廻《まは》るローラー。奔流《ほんりう》する棉《わた》の流《なが》れの中《なか》で、工人達《こうじんたち》の夜業《やげふ》は始《はじ》まつてゐた。岩窟《がんくつ》のやうな機械《きかい》の櫓《やぐら》が、風《かぜ》を跳《は》ね上《あ》げながら、振動《しんどう》した。舞《ま》ひ上《あが》る棉《わた》の粉《こな》が、羽搏《はばた》かれた羽毛《うもう》のやうに、飛《と》び廻《まは》つた。噴霧器《ふんむき》から噴《ふ》き出《だ》す霧《きり》の中《なか》で、ベルトの戰線《せんせん》が霞《かす》み出《だ》した。嚙《か》み合《あ》ふ齒車《はぐるま》の面前《めんぜん》を、隊伍《たいご》を組《く》んだ絲《いと》の大群《たいぐん》が疾走《しつそう》した。參木《さんき》は高重《たかしげ》につれられて梳棉部《カード》から練條部《ドローイング》へ廻《まは》つて來《き》た。繁《しげ》つた鐵管《てつくわん》の密林《みつりん》には、霧《きり》が枝々《えだえだ》にからまりながら流《なが》れてゐた。雜然《ざつぜん》と積《つ》み重《かさ》なつたローラの山《やま》が、その堆積《たいせき》のままに廻轉《くわいてん》した。

參木《さんき》は突撃《とつげき》して來《く》る音響《おんきやう》に耳《みゝ》を塞《ふさ》いだ。と、捻《ね》ぢれた氣流《きりう》が、無數《むすう》の層《そう》を造《つく》つて、霧《きり》の中《なか》から迫《せま》つて來《き》た。

高重《たかしげ》は棉《わた》の粉《こな》を顏面《がんめん》に降《ふ》らせながら、傍《かたはら》の工女《こうぢよ》を指差《ゆびさ》して云《い》つた。

「どうだ、これで一日《にち》、四十五錢《せん》だ。」

棉《わた》を縫《ぬ》つて群《む》れ動《うご》く工女《こうぢよ》の肩《かた》が、魚《さかな》のやうにベルトの瀑布《ばくふ》の中《なか》で交錯《かうさく》した。揺《ゆ》れる耳環《みゝわ》が、機械《きかい》の隙間《すきま》を貫《つらぬ》いて光《ひか》つて來《き》た。

「君《きみ》、あそこの隅《すみ》にスラツピングがあるだらう。その横《よこ》で、ほら、

ちらを向《む》いた。」と高重《たかしげ》は云《い》ふと默《だま》り出《だ》した。

絡《からま》つたパイプの蔓《つる》の間《あひだ》から、凄艶《せいえん》な工女《こうぢよ》がひとり、參木《さんき》の方《はう》を睨《にら》んでゐた。參木《さんき》は彼女《かのぢよ》の眼《め》から、狙《ねら》はれたピストルの鋭《するど》さを感《かん》じると、高重《たかしげ》に耳打《みヽう》ちした。

「あの女《をんな》は、何者《なにもの》です。」

「あれは、君《きみ》、共產黨《きようさんたう》の芳秋蘭《はうしうらん》さ。あの女《をんな》が右手《みぎて》を上《あ》げれば、此《こ》の工場《こうば》の機械《きかい》はいつぺんに停《とま》るんだ。」

「それが分《わか》つてゐる癖《くせ》に、何《な》ぜそのままにしとくんです。」

「所《ところ》が、それを知《し》つてるのは、僕《ぼく》だけなんだ。實《じつ》は、僕《ぼく》はあの女《をんな》と競《きそ》爭《さう》するのが、樂《たの》しみなんだ。いづれあの女《をんな》も殺《ころ》されるに定《きま》つてゐるから、見《み》ておき給《たま》へ。」

參木《さんき》は暫《しばら》く芳秋蘭《はうしうらん》の美《うつく》しさと闘《たゝか》ひながら、彼女《かのぢよ》の動作《どうさ》を見詰《みつ》めてゐた。汗《あせ》と棉《わた》とが彼《かれ》の首條《くびすぢ》へ流《なが》れ出《だ》した。廻《まは》るシャフトの下《した》から、油《あぶら》のにぢんだ手袋《てぶくろ》が延《の》び出《で》て來《く》ると、參木《さんき》の靴《くつ》の間《あひだ》でばたばたした。高重《たかしげ》は參木《さんき》の肩《かた》を叩《たゝ》いて支那語《しなご》で云《い》つた。

「君《きみ》、これで此《こ》の工場《こうば》の賃金《ちんぎん》は、外國會社《ぐわいこくくわいしや》のどこよりも高《たか》いんだ。それにも拘《かゝは》らず、まだ一割增《わりまし》の要求《えうきう》なんだ。僕《ぼく》の困《こま》るのも、分《わか》るだらう。」

實《じつ》は周圍《しうゐ》の工女《こうぢよ》に聞《き》かすがために、參木《さんき》に云《い》つた高重《たかしげ》の苦《くる》しさを、參木《さんき》は感《かん》じて頷《うなづ》いた。すると、高重《たかしげ》は再《ふたゝ》び日本語《にほんご》で、彼《かれ》に向《むか》つて力《ちから》をつけた。

「君《きみ》、此《こ》の工場《こうば》を廻《まは》るには、ニヒリズムと正義《せいぎ》とは、禁物《きんもつ》だよ。ただ豪快《がうくわい》な惡《あく》だけが、機關車《きくわんしや》なんだ。いいか、勝《か》てば官軍《くわんぐん》、負《ま》ければ賊《ぞく》軍《ぐん》。押《お》すんだ。」

二人《ふたり》は練條部《ドローイング》から打棉部《スカチァー》の方《はう》へ廻《まは》つて來《き》た。廊下《らうか》に積《つ》み上《あ》つた棉《わた》の間《あひだ》には、印度人《いんどじん》の警官《けいくわん》がターバンを並《なら》べて隱《かく》れてゐた。

「參木君《さんきくん》、此《こ》の打棉部《スカチァー》には危險人物《きけんじんぶつ》が多《おほ》いから、ピストルに手《て》をかけてゐてくれ給《たま》へ。」

圓弧《ゑんこ》を連《つら》ねたハンドルの群《む》れの中《なか》で、男工達《だんこうたち》の動《うご》かぬ顔《かほ》が流《なが》れてゐた。怒濤《ごたう》のやうな棉《わた》の高《たか》まりが、機械《きかい》を嚙《か》んで慄《ふる》へてゐた。

參木《さんき》はその渦卷《うずま》く棉《わた》にとり卷《ま》かれると、いつものやうに思《おも》ふのだ。——生產《せいさん》のための工業《こうげふ》か、消費《せうひ》のための工業《こうげふ》か、と。さうして、參木《さんき》の思想《しさう》は、その二《ふた》つの廻轉《くわいてん》する動力《どうりよく》の間《あひだ》で、へたばつた蛾《が》のやうに、のた打《う》つのだ。彼《かれ》は支那《しな》の工人《こうじん》には同情《どうじやう》を持《も》つてゐた。だが、支那《しな》に埋藏《まいざう》された原料《げんれう》は、同情《どうじやう》の故《ゆゑ》をもつて埋藏《まいざう》を赦《ゆる》すなら、どこに生產《せいさん》の進步《しんぽ》があるか、どこに、消費《せうひ》の可能《かのう》があるか。資本《しほん》は進步《しんぽ》のために、あらゆる手段《しゆだん》を用《もち》ひて、埋藏《まいざう》された原料《げんれう》を發掘《はつくつ》するのだ。工人達《こうじんたち》の勞働《らうどう》が、もしその資本《しほん》の增大《ぞうだい》を憎《にく》むなら、反抗《はんかう》せよ、反抗《はんかう》を。

——參木《さんき》はピストルの把手《はしゆ》を握《にぎ》つて工人達《こうじんたち》を見廻《みまは》した。しかし、ふと彼《かれ》は、彼自身《かれじしん》が、その工人達《こうじんたち》と同樣《どうやう》に、資本《しほん》の增大《ぞうだい》を憎《にく》まねばならぬ一人《ひとり》であることを思《おも》ひ出《だ》した。

と、彼《かれ》の力《ちから》は機械《きかい》の中《なか》で崩《くづ》れ出《だ》した。

何故《なぜ》自分《じぶん》に撃《う》たうとするのか。撃《う》つなら、彼《かれ》らの撃《う》たうとするそのものだ。——所詮《しよせん》、彼《かれ》は母國《ぼこく》を狙《ねら》つて發砲《はつぱう》しなければならぬのだ。

しかし、彼《かれ》は考《かんが》へた。

——もし母國《ぼこく》が、此《こ》の支那《しな》の工人《こうじん》を使《つか》はなければ、と。

もし母國《ぼこく》が支那《しな》の工人《こうじん》を使《つか》はなければ、彼《かれ》に代《かは》つて使《つか》ふものは、英《えい》國《こく》と米國《べいこく》にちがひないのだ。もし英國《えいこく》と米國《べいこく》が支那《しな》の工人《こうじん》を使《つか》ふなら、日本《にほん》は、やがて彼《かれ》らのために使用《しよう》されねばならぬであらう。

參木《さんき》は取引部《とりひきぶ》へ到着《たうちやく》した今日《こんにち》のランカシアーからの電文《でんぶん》を思《おも》ひ出《だ》した。ランカシアーでは、英國棉《えいこくめん》の振興策《しんこうさく》を講《かう》じるため、工業家《こうげふか》の大會《たいくわい》が開催《かいさい》された。その結果《けつくわ》、マンチエスターの工業家《こうげふか》の集團《しふだん》は、ランカシアーと共同《きようどう》して、印度《いんど》への外國棉布《ぐわいこくめんぷ》の輸入《ゆにふ》に對《たい》し、關稅《くわんぜい》の引《ひ》き上《あ》げを政府《せいふ》へ向《むか》つて要求《えうきう》した。

參木《さんき》は此《こ》の英國《えいこく》に於けるマーカンチリズムの活動《くわつどう》が、何《なに》を意味《いみ》するかを知《し》つてゐる。それは、明《あき》らかに、日本紡績《にほんばうせき》への壓迫《あつぱく》にちがひないのだ。彼《かれ》らは、支那《しな》への日本資本《にほんしほん》の發展《はつてん》が、着々《ちやく／＼》として印度《いんど》に於《お》ける英國品《えいこくひん》——ランカシアーの製品《せいひん》のその唯一《ゆゐいつ》の市場《しぢやう》を襲《おそ》つてゐることに、恐慌《きようくわう》を來《きた》してゐる。しかし、支那《しな》では、日本《にほん》の紡績內《ばうせきない》に、此《こ》の支那《しな》の工人達《こうじんたち》のマルキシズムの波《なみ》が立《た》ち上《あが》つてゐるのである。母國《ぼこく》の資本《しほん》は今《いま》は挾《はさ》み撃《う》ちに逢《あ》ひ出《だ》したのだ。參木《さんき》には、ひとり喜《よろこ》ぶ米國人《べいこくじん》の顏《かほ》が浮《うか》んで來《き》た。さうして、より以上《いじやう》にますます喜《よろこ》ぶロシアの顏《かほ》がレセ・フエールの顚落《てんらく》とマルキシズムの擡頭《たいとう》。その二つの風《かぜ》の中《なか》で、飛《と》び上《あが》つてゐる日本《にほん》の昆蟲《こんちう》。——參木《さんき》は今《いま》はただピストルを握《にぎ》つたまま、ぶらりぶらりとするより仕方《しかた》がないのだ。彼《かれ》の狙《ねら》つて撃《う》ち得《う》るものは、最早《もはや》頭《あたま》の上《うへ》の空《そら》だけだつた。しかし、危險《きけん》は、此《こ》の工場內《こうぢやうない》にゐる限《かぎ》り、刻々《こく／＼》彼自身《かれじしん》に迫《せま》つてゐるのだ。何故《なにゆゑ》に此《こ》の無益《むえき》な冒險《ぼうけん》をしなければならぬのか。——ただ自分《じぶん》の愛人《あいじん》の兄《あに》を守《まも》るためのみに。——彼《かれ》は高重《たかしげ》の肩《かた》を見《み》る度《たび》に、彼《かれ》から壓迫《あつぱく》される不快《ふくわい》さに搖《ゆ》すられて步《ほ》を進《すす》めた。

そのとき、河《かは》に向《むか》つた南《みなみ》の廊下《らうか》が、眞赤《まつか》になつた。高重《たかしげ》は振《ふ》り返《かへ》つた。

と、窓硝子《まどガラス》が連續《れんぞく》して穴《あな》を開《あ》けた。

「暴徒《ばうと》だ。」と彼《かれ》は叫《さけ》ぶと、梳棉部《カード》の方《はう》へ疾走《しつそう》した。

參木《さんき》も高重《たかしげ》の後《うしろ》から馳《か》け出《だ》した。梳棉部《カード》では、工女《こうぢよ》の悲鳴《ひめい》の中《なか》で、電球《でんきう》が破裂《はれつ》した。棍棒形《こんぼうがた》のラップボートが、飛《と》び廻《まは》つた。狂亂《きやうらん》する工《こう》女《をんな》の群《むれ》は、機械《きかい》に挾《はさ》まれたまま、渦《うづ》を卷《ま》いた。警笛《けいてき》が悲鳴《ひめい》を裂《さ》いて鳴《な》り續《つゞ》けた。

參木《さんき》は搖《ゆ》れる工女《こうぢよ》の中《なか》で暴《あば》れてゐる壯漢《さうかん》を見《み》た。彼《かれ》は白《しろ》い三角旗《さんかくき》を振《ふ》りながら、機械《きかい》の中《なか》へトツプローラを投《な》げ込《こ》んだ。印度人《いんどじん》の警官《けいくわん》は、背後《はいご》からその壯漢《さうかん》に飛《と》びつくと、ターバンを摺《す》らして、横《よこ》に倒《たふ》れた。雪崩《なだ》れ出《だ》した工女《こうぢよ》の群《むれ》は、出口《でぐち》を目《め》がけて押《お》しよせた。二方《はう》の狹《せま》い出口《でぐち》では、犇《ひし》めき合《あ》つた工女達《こうぢよたち》がひつ掻《か》き合《あ》つた。電球《でんきう》は破裂《はれつ》しながら、一つ一つと消《き》えていつた。廊下《らうか》で燃《も》え上《あが》つた落棉《らくめん》の明《あか》りが、破《やぶ》れた窓《まど》から電燈《でんとう》に代《かは》つて射《さ》し込《こ》んで來《き》た。

ローラの櫓《やぐら》は、格鬪《かくとう》する人《ひと》の群《むれ》に包《つゝ》まれたまま、輝《かゞや》きながら明滅《めいめつ》した。

參木《さんき》は廊下《らうか》の窓《まど》から高重《たかしげ》の姿《すがた》を見廻《みまは》した。巨大《きよだい》な影《かげ》の交錯《かうさく》する縞《しま》の中《なか》で、人々《ひと〴〵》の口《くち》が爆《はじ》けてゐた。

棉《わた》の塊《かたま》りは、動亂《どうらん》する頭《あたま》の上《うへ》を、躍《をど》り廻《まは》つた。長測器《メートル》が礫《つぶて》にあたつて、ガラスを吐《は》いた。カーデングマシンの針布《しんぷ》が破《やぶ》れると、振《ふ》り廻《まは》される袋《ふくろ》の中《なか》から、針《はり》が降《ふ》つた。工女達《こうぢよたち》の悲鳴《ひめい》は、墜落《つゐらく》するやうに高《たか》まつた。逃《に》げ迷《まよ》ふ頭《あたま》と頭《あたま》が、針《はり》の中《なか》で衝突《しようとつ》した。噴霧器《ふんむき》から流《なが》れる霧《きり》はどよめく人《ひと》の流《なが》れのままに、流《なが》れてゐた。

廊下《らうか》へ逃《に》げ出《だ》した工女《こうぢよ》らは、前面《ぜんめん》に燃《も》え上《あが》つた落棉《らくめん》の焔《ほのほ》を見《み》ると、逆《ぎやく》に、參木《さんき》の方《はう》へ崩雪《なだ》れて來《き》た。押《お》し出《だ》す群《む》れと、引《ひ》き返《かへ》す群《む》れとが打《う》ち合《あ》つた。と、その混亂《こんらん》する工女《こうぢよ》の渦《うづ》の中《なか》から、彼《かれ》に、閃《ひら》めいた芳《はう》秋蘭《しうらん》の顏《かほ》を見《み》た。もし此《こ》の暴徒《ばうと》が、工人達《こうじんたち》の中《なか》から發《はつ》したものなら、どうしてそれほど彼女《かのぢよ》は困憊《こんぱい》するだらう。參木《さんき》は思《おも》つた。――これは不意《ふい》の、外《そと》からの暴徒《ばうと》の闖入《ちんにふ》にちがひないと。

參木《さんき》は近《ちか》づいて來《き》た芳秋蘭《はうしうらん》を見詰《みつ》めながら、廊下《らうか》の壁《かべ》に沿《そ》つて立《た》つてゐた。すると、工女《こうぢよ》の群《むれ》は參木《さんき》を取《と》り包《かこ》んだまま、新《あたら》しく一方《ぱう》の入《いり》口《ぐち》から雪崩《なだ》れて來《き》た一團《だん》と、衝突《しようとつ》した。參木《さんき》は打《う》ち合《あ》ふ工女《こうぢよ》の髮《かみ》の匂《にほ》ひの中《なか》で、揉《も》まれ出《だ》した。彼《かれ》は搖《ゆ》れながら、芳秋蘭《はうしうらん》の行衞《ゆくゑ》を見《み》た。彼女《かのぢよ》は悲鳴《ひめい》のために吊《つ》り上《あが》つた周圍《しうゐ》の顏《かほ》の中《なか》で、浮《う》き上《あが》り、沈《しづ》みながら、叫《さけ》んでゐた。彼《かれ》は彼《かれ》を取《と》り卷《ま》く渦《うづ》の中心《ちうしん》を、彼女《かのぢよ》の方《はう》へ近《ちか》づけやうと焦《あせ》り出《だ》した。火《ひ》は落棉《らくめん》から廊下《らうか》の屋根《やね》に、燃《も》え擴《ひろが》つた。吐《は》け口《ぐち》を失《うしな》つた工女《こうぢよ》の渦《うづ》は、非常口《ひじやうぐち》の鐵《てつ》の扉《とびら》へ突《つ》きあたつた。が、扉《とびら》は一團《だん》の塊《かたま》りを跳《は》ね返《かへ》すと、更《さら》に焔《ほのほ》の屋根《やね》の方《はう》へ、搖《ゆ》れ返《かへ》した。參木《さんき》は最早《もはや》や、自分自身《じぶんじしん》の危險《きけん》を感《かん》じた。彼《かれ》は此《こ》の渦《うづ》の中《なか》から逃《のが》れて場内《ぢやうない》の暴徒《ばうと》の中《なか》へ飛《と》び込《こ》まふとした。しかし、彼《かれ》の兩手《りやうて》は、押《お》し詰《つ》めた肩《かた》の隙《すき》からも拔《ぬ》けなかつた。背後《はいご》から呻《うめ》き聲《ごゑ》の上《あが》る度毎《たびごと》に、彼《かれ》の頭《あたま》はひつ掻《か》かれた。汗《あせ》を含《ふく》んだ薄《うす》い着物《きもの》が、べとべとしたまま吸《す》ひつき合《あ》つた。彼《かれ》は再《ふたゝ》び芳秋蘭《はうしうらん》を捜《さが》してみた。振《ふ》り廻《まは》される劉髮《りうはつ》の波《なみ》の上《うへ》で、刺《さ》さつた花《はな》が狂《くる》ふやうに逆巻《さかま》いてゐた。焔《ほのほ》を受《う》けて煌《きら》めく耳環《みみわ》の群團《ぐんだん》が、腹《はら》を返《かへ》して噴《ふ》き上《あが》る魚《さかな》のやうに、沸騰《ふつとう》した。と、再《ふたた》び、揺《ゆ》り返《かへ》しが、彼《かれ》の周圍《しうゐ》へ襲《おそ》つて來た。彼《かれ》は突然《とつぜん》、急激《きふげき》な振幅《しんぷく》を身《み》に感《かん》じた。と、面前《めんぜん》の渦《うづ》の一角《いつかく》が、陥沒《かんぼつ》した。人波《ひとなみ》がその凹《へこ》んだ空間《あきま》へ、將棋倒《しやうぎだふ》しに、倒《たふ》れ込《こ》んだ。新《あたら》しい渦巻《うづまき》の暴風《あらし》が、暴《あば》れ始《はじ》めた。飛《と》び上《あが》つた身體《からだ》が、背《せ》中《なか》の中《なか》へ、辷《すべ》り込《こ》んだ。起《お》き上《あが》つた背中《せなか》の上《うへ》へ、背中《せなか》が落《お》ちた。と、參《さん》木《き》の前《まへ》の陥沒帯《かんぼつたい》の波《なみ》の端《はし》から、芳秋蘭《はうしうらん》の顔《かほ》が、浮《う》き上《あが》つた。參木《さんき》は弛《ゆる》んだ背中《せなか》の間《あひだ》をにぢりながら、彼女《かのぢよ》の方《はう》へ延《の》び出《だ》した。彼《かれ》は彼女《かのぢよ》の肩《かた》へ顎《あご》をつけた。が、彼《かれ》の無理《むり》な動揺《どうえう》は彼《かれ》の身體《からだ》を、舟《ふね》のやうに傾《かたむ》かせた。彼《かれ》は斜《なな》めに肩《かた》と肩《かた》との間《あひだ》へ辷《すべ》り込《こ》んだ。と、續《つゞ》いて芳秋蘭《はうしうらん》の身體《からだ》が崩《くづ》れ出《だ》した。彼《かれ》は彼女《かのぢよ》を抱《いだ》いて起《お》き上《あが》らうとした。が、上《うへ》から人《ひと》が倒《たふ》れて來《き》た。彼《かれ》は頭《あたま》を蹴《け》りつけられた。身體《からだ》が振動《しんどう》する人《ひと》の隙間《すきま》を狙《ねら》つて沈《しづ》んでいつた。彼《かれ》は秋蘭《しうらん》を抱《だ》きすくめた。腕《うで》が足《あし》にひつかかつた。沓《くつ》が脇《わき》の下《した》へ刺《さ》さり込《こ》んだ。しかし、參木《さんき》には、最早《もはや》背中《せなか》の上《うへ》の動亂《どうらん》は、過去《くわこ》であつた。二人《ふたり》は海底《かいてい》に沈《しづ》んだ貝《かひ》のやうに、人《ひと》の底《そこ》から浮《う》き上《あが》る時間《じかん》を待《ま》たねばならなかつた。彼《かれ》は苦痛《くつう》に抵抗《ていかう》しながら、身《み》を竦《すく》めた。秋《しう》蘭《らん》の頭《あたま》は彼《かれ》の腕《うで》の横《よこ》で、藻掻《もが》き出《だ》した。彼《かれ》の意識《いしき》は停止《ていし》した音響《おんきやう》の世《せ》界の中で、錘のやうに、秋蘭《しうらん》に向《むか》つて進行《しんかう》した。」

非常口《ひじやうぐち》が開《あ》けられると、渦巻《うづま》いた工女《こうぢよ》は廣場《ひろば》の方《はう》へ殺倒《さつたう》した。倒《たふ》れた頭《あたま》が、一つづつ起《お》き上《あが》つた。參木《さんき》は起《お》き上《あが》らうとして膝《ひざ》を立《た》てた。と、秋蘭《しうらん》は彼《かれ》の上衣《うはぎ》に掴《つか》まつて叫《さけ》び出《だ》した。

「足《あし》が、足《あし》が。」

彼《かれ》は秋蘭《しうらん》を抱《だ》きかかへると、廣場《ひろば》の方《はう》へ馳《か》け出《だ》した。

三

參木《さんき》は秋蘭《しうらん》の隣室《りんしつ》で眼《め》を醒《さま》した。彼《かれ》は煙草《たばこ》を吸《す》ひながら窓《まど》から下《した》を見降《みおろ》した。

朝日《あさひ》を受《う》けた街角《まちかど》では、小鳥《ことり》を入《い》れた象牙《ざうげ》の鳥籠《とりかご》が、兩側《りやうがは》の屋根《やね》の上《うへ》まで積《つ》もつてゐた。その鳥籠《とりかご》の街《まち》は深《ふか》く鳥《とり》のトンネルを造《つく》つて曲《まが》つてゐた。街角《まちかど》から右《みぎ》へ賣卜者《ばいぼくしや》の街《まち》が並《なら》んでゐた。春服《しゆんぷく》を着《き》た支那人《しなじん》の群れは、道《みち》いつぱいに流《なが》れながら、花《はな》を持《も》つて象牙《ざうげ》の鳥籠《とりかご》の中《なか》を潜《くゞ》つていつた。彼《かれ》らのその笛《ふえ》の音《ね》を聞《き》くやうな長閑《のどか》な流《なが》れに從《したが》ひ、街《まち》は廻《まは》りながら、池《いけ》の中《なか》へ中心《ちうしん》を集《あつ》めてゐた。

參木《さんき》は昨夜《ゆうべ》の運命《うんめい》が自分《じぶん》をどうしてここまで運《はこ》んだか、忘《わす》れ出《だ》した。彼《かれ》は雨《あめ》の中《なか》を、秋蘭《しうらん》の云《い》ふままにただ馳《か》けたのだ。彼《かれ》は醫院《いゐん》へ馳《か》け込《こ》んだ。彼《かれ》は彼女《かのぢよ》の足《あし》が、ただ所々《ところどころ》擦《す》りむけて筋《すぢ》が捻《ね》ぢれただけにも拘《かかは》らず、彼女《かのぢよ》を乗《の》せて自動車《じどうしや》を走《はし》らせた。彼《かれ》は云《い》つた。

「どうぞ、お宅《たく》まで、御遠慮《ごえんりよ》なく。」

彼《かれ》は彼女《かのぢよ》を鄭重《ていちやう》にすることが、競子《きやうこ》を吐《は》き出《だ》す最高《さいかう》の機會《きくわい》だと臆測《おくそく》した。思慮《しりよ》は一切《さい》、過去《くわこ》の總《すべ》てを悲劇《ひげき》に導《みちび》いて來《き》ただけではないか。彼《かれ》は彼自身《かれじしん》を煽動《せんどう》しながら、秋蘭《しうらん》の部屋《へや》まで這入《はい》つていつた。しかし、彼《かれ》の喜《よろこ》びは、その壁《かべ》の中《なか》でも進行《しんかう》した。

彼女《かのぢよ》は彼《かれ》に、隣室《りんしつ》の客間《きやくま》を指差《ゆびさ》して云《い》つた。

「どうぞ、あちらが、空《あ》いてゐますから。」

彼《かれ》が彼女《かのぢよ》を、禮節《れいせつ》よりも愛《あい》した原因《げんいん》は、その秋蘭《しうらん》の眼《め》であつた。彼女《かのぢよ》は彼《かれ》に云《い》ひ續《つづ》けた。

「どうぞ、あちらへ、ここは、なるだけお見《み》せしたくはありませんの。」

「ぢや、もうこのまま、これで。」

「いえ、あたくし、もう暫《しばら》くゐらつしていただきたいんでございます。それに、ここは支那街《しなまち》でございますわ。今頃《いまごろ》からお歸《かへ》りになりましては、またあたくしがお送《おく》りしなければならないんですもの。」

彼《かれ》は彼自身《かれじしん》の欲《ほつ》するものを退《しりぞ》けて來《き》たのは、過去《くわこ》であつた。帆《ほ》は上《あ》げられて辷《すべ》つてゐる。彼《かれ》は自身《じしん》の足音《あしおと》に惡《あく》の響《ひび》きを感《かん》じながら、隣室《りんしつ》に下《さが》つた幕《まく》を上《あ》げた。そこで、彼《かれ》は、いつになれば彼女《かのぢよ》から愛《あい》の言葉《ことば》を聞《き》かされるかを待《ま》つことが、どれほど自身《じしん》を侮辱《ぶじよく》する結果《けつくわ》になるかを考へつつ、眠《ねむ》りに落《お》ちた。

しかし、今《いま》は、朝《あさ》だ。

池《いけ》の中《なか》で、旗亭《きてい》の風雅《ふうが》な姿《すがた》は積《つ》み重《かさ》なつた洋傘《かうもり》のやうに歪《ゆが》んでゐた。その一段毎《だんごと》に、鏡《かがみ》を嵌《は》めた陶器《たうき》の階段《かいだん》は、水《みづ》の上《うへ》を光《ひか》つて來《き》た。人《ひと》で埋《うづま》つた華奢《きやしや》な橋《はし》の欄干《らんかん》は、鯉《こひ》で埋《うづま》つた水面《すゐめん》で曲《まが》つてゐた。人《ひと》の流《なが》れは祭《まつ》りのやうに駘蕩《たいたう》として、金色《こんじき》の看牌《かんばん》の下《した》から流《なが》れて來《き》た。

參木《さんき》はその人《ひと》の流《なが》れの上《うへ》に棚曳《たなび》いたうす霧《きり》の晴《は》れていくのを見《み》てゐると、秋蘭《しうらん》と別《わか》れる時《とき》の近《ちか》づいたのを感《かん》じた。彼《かれ》は秋蘭《しうらん》の部屋《へや》の緞帳《どんちやう》を揺《ゆ》すつた。彼女《かのぢよ》は古風《こふう》な水色《みづいろ》の皮襖《ピーオ》を着《き》て、紫檀《したん》の椅子《いす》に凭《よ》りながら、手紙《てがみ》の封《ふう》を切《き》つてゐた。彼女《かのぢよ》は朝《あさ》の挨拶《あいさつ》を濟《す》ますと、足《あし》の痛《いた》みの柔《やはら》ぎを告《つ》げて禮《れい》を述《の》べた。

「もし夕《ゆふ》べあなたが、あたくしの傍《そば》にゐて下《くだ》さらなければ、」と、彼女《かのぢよ》は云《い》つた。さうして、彼女《かのぢよ》は彼《かれ》に異國《いこく》の友《とも》を一人《ひとり》持《も》ち得《え》た喜《よろこ》びを述《の》べると、食事《しよくじ》を取《と》りに附近《ふきん》の旗亭《きてい》へ案内《あんない》したいと云《い》ひ出《だ》した。

「しかし、あなたのそのお傷《きず》では？」と彼《かれ》は云《い》つた。

「いえ、あたくし達《たち》はもう日本《にほん》の方《かた》に、そんなに弱《よわ》い所《ところ》ばかりお見《み》せしたくはありませんの。」

秋蘭《しうらん》は參木《さんき》を促《うなが》すと、先《さき》に立《た》つた。二人《ふたり》は街《まち》へ降《お》りた。石疊《いしだたみ》の狹《せま》い道路《だうろ》は迷宮《めいきう》のやうに廻《まは》つてゐた。頭《あたま》の上《うへ》から垂《た》れ下《さが》つた招牌《かんばん》や幟《のぼり》が、日光《につくわう》を遮《さへぎ》り、その下《した》の家々《いへ〳〵》の店頭《てんとう》には、反《そ》りを打《う》つた象牙《ざうげ》が林《はやし》のやうに竝《なら》んでゐた。參木《さんき》は此《こ》の異國人《いこくじん》の混《まじ》らぬ街《まち》を歩《ある》くのは好《す》きであつた。象牙《ざうげ》の白《しろ》い磨《と》ぎ汁《しる》が石疊《いしだたみ》の間《あひだ》を流《なが》れてゐた。その石疊《いしだたみ》の街角《まちかど》を折《を》れると、招牌《かんばん》の下《した》に翡翠《ひすゐ》の滿《み》ちた街竝《まちなみ》が潜《ひそ》んでゐた。眼病《がんびやう》の男《をとこ》は翡翠《ひすゐ》の中《なか》に埋《う》もれたまま、朝《あさ》からぼんやりと明《あか》りの方《はう》を向《む》いてゐた。

參木《さんき》は象牙《ざうげ》の挽粉《ひきこ》で手《て》を洗《あら》ふ工人《こうじん》の指先《ゆびさき》を眺《なが》めながら、彼女《かのぢよ》に云《い》つた。

「あなたは、これから、どつかへお急《いそ》ぎになる所《ところ》ぢやありませんか。」

秋蘭《しうらん》は彼《かれ》の言葉《ことば》が、何《なに》を意味《いみ》するかを見詰《みつ》めるやうに、彼《かれ》を見《み》た。

「いえ、あたくし。今日《けふ》はこの足《あし》でございませう？」

「しかし、此處《ここ》までいらつしやれるなら、もうどこへだつて大丈夫《だいぢやうぶ》だと思《おも》ひますか。どうぞ僕《ぼく》のために御無理《ごむり》をなさらんやうに。」

參木《さんき》は秋蘭《しうらん》が何者《なにもの》であるかを氣附《きづ》かぬらしく裝《よそほ》ひながら、風鈴《ふうりん》の鳴《な》る店頭《てんとう》へ眼《め》を移《うつ》した。秋蘭《しうらん》は暫《しばら》く彼《かれ》の横顏《よこがほ》を眺《なが》めてゐた。が、彼女《かのぢよ》は急所《きふしよ》を見拔《みぬ》かれた女《をんな》のやうに、優《やさ》しげに顏《かほ》を赧《あか》らめると參木《さんき》に云《い》つた。

「あなたは、もうあたくしが、どんな女《をんな》だか、すつかり御存知《ごぞんぢ》でゐらつしやいますのね。」

「知《し》つてゐます。」と彼《かれ》は答《こた》へた。

しかし、秋蘭《しうらん》は落《お》ちついて笑《わら》つてゐた。

彼《かれ》は云《い》つた。

「實《じつ》は、僕《ぼく》は、そのためにあなたをお助《たす》けしなければならないとも、思《おも》はないでもなかつたのです。しかし、昨夜《さくや》の騷動《さうどう》はあれは外《そと》からの暴徒《ばうと》だと思《おも》ふんですが、もしあなたがあの出來事《できごと》を豫想《よさう》してらつしたのだとすれば、あれほどの騷《さわ》ぎにはならなかつたと思《おも》ふんです。」

「さうです、あれは全《まつた》く不意《ふい》の出來事《できごと》でございましたの。あたくしたちは、お國《くに》の方《かた》の工場《こうぢやう》に、、、、ことを願《ねが》つてゐます。しかし、それはあたくしたちの手《て》で起《おこ》さなければ、あたくしのやうに、お國《くに》の方《かた》に御迷惑《ごめいわく》をおかけするやうな結果《けつくわ》になるだけだと思《おも》ひますの。」

逆《ぎやく》に、參木《さんき》の顏《かほ》は赧《あか》らみ出《だ》した。彼《かれ》は笑《わら》ひながら、彼女《かのぢよ》に云《い》つた。

「では、どうぞ、度々《たびたび》。」

秋蘭《しうらん》は朗《ほが》かな齒竝《はなみ》を見《み》せて動搖《どうえう》した。しかし、參木《さんき》は不意《ふい》に憂鬱《いうううつ》になり出《だ》した。——何《なに》を自分《じぶん》は狙《ねら》つてゐたのか、と考《かんが》へたのだ。彼《かれ》の彼女《かのぢよ》を追《お》つ馳《か》けた苦心《くしん》の總《すべ》ては、火事場《くわじば》の泥棒《どろぼう》と同樣《どうやう》ではなかつたか。彼《かれ》が彼女《かのぢよ》を送《おく》つたのは、自分《じぶん》の卑屈《ひくつ》を物語《ものがた》つただけではなかつたか。

——しかし、彼《かれ》はすでになされた反省《はんせい》の決算《けつさん》を思《おも》ひ出《だ》した。今《いま》は、彼《かれ》はただ此《こ》の支那《しな》街の風景《ふうけい》の中を、支那婦人《しなふじん》と共《とも》に逍歩する楽《たの》しさに放《はう》心《しん》すればそれで良《よ》いのだ。

翡翠《ひすゐ》に飾《かざ》られた店頭《てんとう》の留木《とまりぎ》には、首《くび》を寄《よ》せ集《あつ》めた小鳥《ことり》のやうに銀色《ぎんいろ》の支那沓《しなぐつ》がとまつてゐた。象牙《ざうげ》の櫛《くし》が軒《のき》を並《なら》べて溢《あふ》れてゐた。壁《かべ》に詰《つま》つた印肉《いんにく》の山《やま》の下《した》で、墨《すみ》が石垣《いしがき》のやうに並《なら》んでゐた。佛像《ぶつざう》を刻《きざ》む店々の中《なか》から、楠《くすのき》の割《わ》れる音《おと》が響《ひゞ》いて來《き》た。人波《ひとなみ》の肩《かた》の間《あひだ》で、首環《くびわ》賣《う》りがざくざくと玉《たま》を叩《たゝ》いた。參木《さんき》は秋蘭《しうらん》の方《はう》を見《み》た。と、彼女《かのぢよ》の水色《みづいろ》の皮襖《ピーオ》は、羽根《はね》を擴《ひろ》げたやうに連《つら》つた店頭《てんとう》の支那《しな》扇の中《なか》で、搖《ゆ》れてゐた。

二人《ふたり》は旗亭《きてい》の辷る陶器《たうき》の階段《かいだん》に足《あし》をかけた。參木《さんき》は秋蘭《しうらん》の腕《うで》を支《さゝ》へた。彼女《かのぢよ》は彼《かれ》によろめきかかると笑《わら》つて云《い》つた。

「まア、あたくし、まだあなたに、御迷惑《ごめいわく》をおかけしなければなりませんのね。」

「どうぞ。」

「あたくし、こんな身體《からだ》で、よく勞働《らうどう》が務《つと》まると御感心《ごかんしん》なすつて下《くだ》さいましてね。」

「いや、もう、打《う》たれてゐるだけです。」

「でも、あたくしたちは、ほんとうはまだまだ駄目《だめ》なんでございますの。あたくしなんか、こんなに威張《ゐば》つたりしてゐましても、もう直《す》ぐかうして美《うつく》しい着物《きもの》を着《き》てみたくてなりませんの。」

參木《さんき》は階段《かいだん》の中途《ちうと》で、此《こ》の支那婦人《しなふじん》の纖細《せんさい》な苦悶《くもん》に觸《ふ》れるのは苦痛《くつう》であつた。階段《かいだん》の立面《りつめん》に嵌《はま》つた鏡《かゞみ》の上《うへ》では、一段毎《だんごと》に浮《う》き上《あが》る秋蘭《しうらん》の笑顔《ゑがほ》が、フイルムのやうに彼《かれ》を見詰《みつ》めて變《かは》つていつた。と、ふと參木《さんき》は、高重《たかしげ》の云《い》つた言葉《ことば》を思《おも》ひ出《だ》した。――

「此《こ》の女《をんな》も、いづれ誰《だれ》かに殺《ころ》されるから、見《み》て置《お》き給《たま》へ。」

ばつたりフイルムが切《き》れて凄艶《せいえん》な秋蘭《しうらん》の顔《かほ》が無《な》くなると、白蘭《はくらん》の繁《しげ》つた階上《かいじやう》から、緑色《みどりいろ》の陶器《たうき》の欄干《らんかん》が現《あらは》れた。

「僕《ぼく》があなたとお近《ちか》づきになつたことで、もしあなたに御迷惑《ごめいわく》をおかけするやうな結果《けつくわ》にでもなりますなら、僕《ぼく》はこれ限《かぎ》り職業《しよくげふ》を變《か》へてもいいとも思《おも》ふんですが、どうぞ、御遠慮《ごゑんりよ》なく。」

「いいえ、あなたこそ、御遠慮《ごゑんりよ》なく。あたくしにはあなたが日本《にほん》の方《かた》だとは思《おも》へませんの。無論《むろん》あたくしたちは、日本《にほん》の工場《こうぢやう》と爭《あらそ》はなければなりませんわ。でも、それがあなたとそんな、爭《あらそ》ひになることだとは思《おも》へませんの」

參木《さんき》は黒檀《こくたん》の椅子《いす》に腰《こし》を降《お》ろすと、いつの間《ま》にか愛《あい》の中《なか》で漂《たゞよ》ひ出《だ》した日本人《にほんじん》に氣《き》がついた。と、彼《かれ》は再《ふたゝ》び憂鬱《いううつ》に落《お》ち込《こ》んだ。彼《かれ》が競子《きやうこ》を蹴《け》つたのは、彼《かれ》が彼女《かのぢよ》のために亂《みだ》されたからではなかつたか。彼《かれ》が秋《しう》蘭《らん》に離《はな》れたのは、競子《きやうこ》を蹴《け》つて逃《に》げ出《だ》すためではなかつたか。しかし、今《いま》また彼《かれ》は、跳《か》け込《こ》んだ秋蘭《しうらん》のために亂《みだ》され出《だ》した。彼《かれ》は、今《いま》は彼自身《かれじしん》がどこにあるのか分《わか》らなくなり出《だ》したのだ。と、彼《かれ》は引《ひ》き下《さが》つたやうに身構《みがま》へると、突然秋蘭《とつぜんしうらん》に向《むか》つて云《い》ひ始《はじ》めた。

「僕《ぼく》はあなたが、僕《ぼく》を日本人《にほんじん》ではないと仰言《おつしや》つて下《くだ》さるお心持《こゝろも》ちには感謝《かんしや》しますが、しかし、實《じつ》は、僕《ぼく》はあなたの仰言《おつしや》りたくなさざうな日《に》本人《ほんじん》だと思《おも》つてゐます。しかし、僕《ぼく》が日本人《にほんじん》だと云《い》ふことは、あなたのお氣《き》に觸《さは》る部分《ぶぶん》の日本人《にほんじん》と一緒《いつしよ》ではありません。たゞ僕《ぼく》はロシアのマルキストのやうに、自分《じぶん》を世界《せかい》の一員《いちゐん》だと思《おも》ふことが出來《でき》ないだけです。あなたたちマルキストは、西洋《せいやう》と東洋《とうやう》との文化《ぶんくわ》の速度《そくど》を、同《おな》じだと思《おも》つてらつしやるやうにお見受《みう》けするんですが、僕《ぼく》はそこの誤《ご》謬《びう》から、ただ秀《すぐ》れた犠牲者《ぎせいしや》を出《だ》すことだけが唯一《ゆゐいつ》の生産《せいさん》のやうに思《おも》はれるんです。」

　すると、秋蘭《しうらん》は彼《かれ》と太刀《たち》を合《あは》すやうに、急《きふ》に笑顏《ゑがほ》を消《け》して彼《かれ》に向《むか》つた。

「それは、あたくしたちにも、今《いま》の所《ところ》いろいろな誤謬《ごびう》がございますわ。でも、その國《くに》には、その國《くに》の原料《げんれう》と文化《ぶんくわ》とに從《したが》つたマルキシズムの運用法《うんようはふ》がございますわ。譬《たと》へば、あたくしたちが、中國人《ちうごくじん》の經營《けいえい》する工場《こうぢやう》へ、鬪爭力《とうさうりよく》を注《そゝ》ぐよりも、先《ま》づヽヽヽヽ工場《こうぢやう》へと云《い》ふやうに、自然《しぜん》によく[illegible]な方向《はうかう》へ動《うご》いて參《まゐ》りますの。」

「しかし、それは、あなたたちが、中國《ちうごく》に新《あたら》しい資本主義《しほんしゆぎ》をお建《た》てになるのと同樣《どうやう》ぢやありませんか。外國會社の生産能率を驅迫すれば、それだけ中國《ちうごく》の資本主義《しほんしゆぎ》が發展《はつてん》するにちがひないと思《おも》ふんですが。」

「それは、今《いま》はあたくしたちは、出來得《できう》る限《かぎ》り默忍《もくにん》しなければなりませんわ。あたくしたちにとつて、中國《ちうごく》の資本主義《しほんしゆぎ》より、外國《ぐわいこく》の資本主《しほんしゆ》義《ぎ》を恐《おそ》れなければならないことの方《はう》が、より當然《たうぜん》なことぢやございませんか。」

　參木《さんき》は、最早《もは》や秋蘭《しうらん》との愛《あい》の最後《さいご》を感《かん》じると、ますます頭《あたま》を振《ふ》つて斬《き》り込《こ》んでいきたくなつた。

「勿論《もちろん》、僕《ぼく》はあなたが、日本人《にほんじん》の工場《こうぢやう》をお選《えら》びになつたと云《い》ふことには、少《すこ》しも不幸《ふかう》を感《かん》じてゐないのです。ただ、僕《ぼく》はあなたと同樣《どうやう》な中《ちう》國人《ごくじん》ではないと云《い》ふことに、働《はたら》き場《ば》を無《な》くした國民《こくみん》の悲哀《ひあい》を感《かん》じてゐるだけです。僕《ぼく》は日本《にほん》を愛《あい》してゐます。しかし、それが直《たゞ》ちに中國《ちうごく》との鬪爭《とうさう》になることだとは、あなたたちのやうには思《おも》へませんね。」

「それはあなたが、東洋主義者《とうやうしゆぎしや》でいらつしやるからだと思《おも》ひますわ。もうあたくしたちは、東洋主義《とうやうしゆぎ》がどれほどお國《くに》のブルジョアジーに貢《こう》獻《けん》したかと云《い》ふことを、清算《せいさん》しなければならないときです。あたくしたちは、もうヽヽのヽヽヽヽヽヽ以外《いぐわい》の人々《ひと〴〵》には、ヽヽヽすることが出來《でき》なくなつてをりますの。」

「あなたが僕《ぼく》を、あなたのお思《おも》ひになるやうな東洋主義者《とうやうしゆぎしや》になすつたのは殘念《ざんねん》ですが、僕《ぼく》が日本《にほん》を愛《あい》したいと思《おも》ふのは、あなたが中國《ちうごく》をお愛《あい》しになるのと何《なん》の變《かは》りもないのです。僕《ぼく》は自分《じぶん》の母國《ぼこく》を愛《あい》する感情《かんじやう》が、それがブルジョアジーを愛《あい》するのと同《おな》じ結果《けつくわ》になると云《い》ふ狀態《じやうたい》には、幾分迷惑《いくぶんめいわく》を感《かん》じてゐるものなんですが、しかし、だからと云《い》つて母國《ぼこく》を愛《あい》せずに、中國《ちうごく》を愛《あい》しなければならぬと云《い》ふ理由《りいう》が、今《いま》の所《ところ》、どこに有《あ》るのか分《わか》りませんね。」

「それは、あなたがお國《くに》をお愛《あい》しなすつてゐらつしやることではなくつて、ただお國《くに》の味方《みかた》をなすつていらつしやるだけだと思《おも》ひますわ。もしあなたが、ほんとうにお國《くに》をお愛《あい》しなすつてゐらつしやいますなら、お國《くに》のプロレタリアをお愛《あい》しになるに違《ちが》ひないと思《おも》ひます。あたくしたちがお國《くに》に、、するのは、お國《くに》のプロレタリアにではありませんの。」

「しかし、僕《ぼく》に中國《ちうごく》の人々《ひと〳〵》が日本《にほん》のブルジョアジーに反抗《はんかう》するのは、結果《けつくわ》に於《おい》て日本《にほん》のプロレタリアを虐《いぢ》めてゐるのと同樣《どうやう》だと思《おも》ふんですが。」

秋蘭《しうらん》は咳《せ》き上《あ》げて來《き》た理論《りろん》に詰《つま》つたやうに、眼《め》を光《ひか》らせた。

「どうしてでございませう。あたくしたちはお國《くに》のプロレタリアのためには、中國《ちうごく》を解放《かいはう》しなければならないと思《おも》つてゐるものでございますけど、」

「しかし、それは日本《にほん》にプロレタリアの時代《じだい》が來《こ》なければ、」

「さうです、あたくしたちはお國《くに》にプロレタリアの時代《じだい》の來《く》るために、お國《くに》のブルジョアジーに反抗《はんかう》してゐるんでございますわ。」

「しかし、それには中國《ちうごく》にもプロレタリアの時代《じだい》が來《こ》なければ、」

「それは勿論《もちろん》、あたくしたちはそのために絶《た》えず活動《くわつどう》してゐるんぢやございませんか。その第一《だいいち》に、今《いま》もあたくしたちはあなた方《がた》の工場《こうぢやう》に、、、を起《おこ》さうと企《たくら》んでゐるんでございますの。多分《たぶん》もう今頃《いまごろ》は、、、、されてゐる頃《ころ》かと思《おも》はれますが、どうぞ暫《しばら》く、お國《くに》のプロレタリアートのために、御辛棒《ごしんぼう》をお願《ねが》ひします。」

秋蘭《しうらん》は頭《あたま》を下《さ》げた。しかし、參木《さんき》には新《あたら》しい疑問《ぎもん》が雲《くも》のやうに起《おこ》り出《だ》した。彼《かれ》は云《い》つた。

「僕《ぼく》はさきにも申《まを》し上《あ》げた通《とほ》り、あなた方《がた》がわれわれの工場《こうぢやう》の機械《きかい》を、、、になると云《い》ふことには、御同情《ごどうじやう》しなければならないと思《おも》つてゐます。しかし、中國《ちうごく》がいま外國資本《ぐわいこくしほん》を排斥《はいせき》することから生《しやう》じる得《とく》は、中國《ちうごく》の文化《ぶんくわ》がそれだけ各國《かくこく》から遲《おく》れていくと云《い》ふことだけにあるんぢやないかと思《おも》ふんです。これは勿論重々《もちろんぢゆう〳〵》失禮《しつれい》な云《い》ひ草《ぐさ》だと思《おも》ひますが、しかし、優《すぐ》れたコンミニストとしてのあなたの此《こ》の客觀的《きやくくわんてき》な平凡《へいぼん》な問題《もんだい》に對《たい》しての御感想《ごかんさう》は、最《もつと》も資本《しほん》の輸入《ゆにふ》の必要《ひつえう》に迫《せま》られてゐる中《ちう》國《くに》であるだけに、一臓受け給《たま》づておきたいと思《おも》ふんです。」

　秋蘭《しうらん》は頭腦《づなう》の廻轉力《くわいてんりよく》を示《しめ》す機會《きくわい》を持《も》ち得《え》たことを誇《ほこ》るかのやうに、輕《かろ》やかに支那《しな》扇《あふぎ》を擴《ひろ》げながら微笑《ほゝゑ》した。

「ええ、それは、あたくしたちの絶《た》えず考《かんが》へねばならぬ中心問題《ちうしんもんだい》の一《ひと》つでございますわ。でも、それと同時《どうじ》にそんな問題《もんだい》は、列國《れつこく》ブルジョアジーの掃溜《はきだめ》である共同租界《きようどうそかい》の人々《ひとびと》からは、考《かんが》へて頂《いたゞ》かない方《はう》が結構《けつこう》な問題《もんだい》でもありますの。これは勿論失禮《もちろんしつれい》な云《い》ひ方《かた》ですが、あたくしたち中國人《ちうごくじん》にとつて、殺倒《さつたう》して來《く》る各國《かくこく》、、の、、から逃《のが》れるための方法《はうはふ》としてでも、マルキシズム以外《いぐわい》の思想《しさう》が存在《そんざい》するとお思《おも》ひになりまして。」

　參木《さんき》は最早《もは》や彼女《かのぢよ》の思想《しさう》を尊重《そんちよう》せざるを得《え》なくなつた。しかし、彼女《かのぢよ》の云《い》ふ彼《かれ》の「掃溜《はきだめ》の疑問《ぎもん》」は、依然《いぜん》として首《くび》を振《ふ》つた。

　――問題《もんだい》はそれではないのだ。掃溜《はきだめ》が問題《もんだい》なのだ。と。

事實《じじつ》、各國《かくこく》が腐《くさ》り出《だ》し、甦生《そせい》するかの問題《もんだい》の鍵《かぎ》は、此《こ》の植民地《しよくみんち》の集合《しふがふ》である共同租界《きようどうそかい》の掃溜《はきだめ》の底《そこ》に、落《お》ちてゐるにちがひないのだ。參木《さんき》は運《はこ》び出《だ》されたスープの湯氣《ゆげ》の上《うへ》へ延《の》びながら、笑《わら》つて云《い》つた。

「どうも、僕《ぼく》は昔《むかし》から、相手《あひて》の人《ひと》を尊敬《そんけい》すると、不思議《ふしぎ》に頭《あたま》が廻轉《くわいてん》しなくなる癖《くせ》があるんです。どうぞ、お怒《おこ》りにならないやうに。」

　すると、秋蘭《しうらん》の皮襖《ピーオ》の襟《えり》からは、初《はじ》めて、典型的《てんけいてき》な支那婦人《しなふじん》の都雅《とが》な美《うつく》しさが、匂《にほ》ひのやうに流《なが》れ出《だ》した。

「あたくし、今日《けふ》はあなたとこんな險《けは》しいお話《はなし》をしたいとは思《おも》ひませんの。もつと、あなたのお喜《よろこ》びになるやうな、御款待《ごくわんたい》をしたければと思《おも》ふんですけど、」

「いや、もう僕《ぼく》はあなたから、東洋主義者《とうやうしゆぎしや》にしていただいたことだけで、結構《けつこう》です。」

「まア、」

「しかし、もともと僕《ぼく》はあなたをお助《たす》けしようなどと殊勝《しゆしよう》な心掛《こゝろが》けで御介抱《ごかいはう》したのではありません。もしさうなら、あのときあなた以外《いぐわい》の多《おほ》くの者《もの》にも、同樣《どうやう》に心《こゝろ》を働《はたら》かせてゐた筈《はず》だつたと思《おも》ひます。それに、特《とく》にあなたを見詰《みつ》めて動《うご》き出《だ》したと云《い》ふ僕《ぼく》の行動《かうどう》は、マルキシズムとは全《まつた》く反對《はんたい》の行動《かうどう》だつたにちがひないんです。ぢや、もうこれだけ自分《じぶん》の下等《かとう》さを御報《おしら》せすれば、もう一度《ど》お眼《め》にかかりたいとは思《おも》はないでせうから、さやうなら。」

　參木《さんき》は懺悔《ざんげ》を終《を》へた教徒《けうと》のやうな誇《ほこ》りに疲《つか》れながら、辷《すべ》る陶器《たうき》の階段《かいだん》を降《お》りていつた。と、秋蘭《しうらん》の扇《あふぎ》はばつたり黒檀《こくたん》の圓卓《ゑんたく》の面《めん》へ投《な》げ出《だ》された。（或《あ》る長篇《ちやうへん》の第三篇《だいさんぺん》）

KAIZO

改造

九月號

1929

大正八年三月廿一日第三種郵便物認可
昭和四年九月一日發行（毎月一回一日發行）
昭和四年八月十八日印刷納本
第十一卷・第九號
定價五拾錢

持病と彈丸

横光利一

一

河《かは》へ向《むか》つて貧民窟《ひんみんくつ》の出口《でぐち》が崩《くづ》れてゐた。その出口《でぐち》の周圍《しうゐ》には、堆積《たいせき》された汚物《をぶつ》が波《なみ》のやうに續《つゞ》いてゐた。參木《さんき》の家《いへ》へ出《で》かけたお杉《すぎ》は彼《かれ》の歸《かへ》りを見計《みはか》らつて歩《ある》いて來《き》た。影《かげ》の消《き》えた夕闇《ゆふやみ》の中《なか》で、お杉《すぎ》の化粧《けしやう》は青《あを》ざめてゐた。霧《きり》が泥《どろ》の上《うへ》を流《なが》れて來《き》た。眞黒《まつくろ》な長《なが》い棺《くわん》が汚物《をぶつ》の窪《くぼ》みの間《あひだ》を動《うご》いていつた。河岸《かし》の地《ち》べたに敷《し》かれた古靴《ふるぐつ》の店《みせ》の傍《かたは》で、賣《う》られる赤兒《あかご》が暗《くら》い靴《くつ》の底《そこ》を覗《のぞ》いてゐた。

揚荷《あげに》を渡《わた》す苦力達《クーリーたち》の油《あぶら》ぎつた塊《かたま》りの中《なか》から、お杉《すぎ》は參木《さんき》の歸《かへ》る姿《すがた》を見《み》つけ出《だ》した。と、彼女《かのぢよ》はくるりと向《む》き返《か》へると、逆《ぎやく》に狼狽《あはて》て歩《ある》き出《だ》した。が、何《なに》も狼狽《うろた》へることはない。彼女《かのぢよ》は彼《かれ》の家《いへ》を出《で》てから十日《か》の間《あひだ》に、早《はや》くも男《をとこ》の秘密《ひみつ》を讀《よ》み破《やぶ》る鑑識《かんしき》を拾《ひろ》つて來《き》た筈《はず》だ。それに、——彼女《かのぢよ》は夕闇《ゆふやみ》の中《なか》で呼吸《こきふ》が俄《にはか》に激《はげ》しくなつた。此《こ》の次《つぎ》逢《あ》へば冷《つめた》い參木《さんき》の胸《むね》を叩《たゝ》き得《う》る手腕《しゆわん》を感《かん》じて昻然《かうぜん》として來《き》た筈《はず》だのに、——お杉《すぎ》の背中《せなか》は乳房《ちぶさ》の後《うし》ろで張《は》り始《はじ》めた。彼女《かのぢよ》は數々《かずかず》の、、、、を今《いま》は忘《わす》れて逆上《ぎやくじやう》した。舞《ま》ひ疲《つか》れた猿廻《さるまは》しの猿《さる》は泥《ど》溝《ぶ》の上《うへ》のバナナの皮《かは》を眺《なが》めてゐた。虫齒《むしば》拔《ぬ》きの老婆《らうば》は貧民窟《ひんみんくつ》から虫齒《むしば》を拔《ぬ》いて出《で》て來《く》ると、舟端《ふなばた》に腰《こし》を降《お》ろして銅貨《どうくわ》の面《つら》を舐《な》め始《はじ》めた。

參木《さんき》は河岸《かし》に添《そ》つてお杉《すぎ》の後《うしろ》まで近《ちか》づいた。しかし、彼《かれ》は前《まへ》を行《ゆ》くお杉《すぎ》には氣附《きづ》かなかつた。二人《ふたり》は平行《へいかう》した。お杉《すぎ》は意志《いし》とは反對《はんたい》に錨《いかり》の降《お》りた河《かは》を見《み》た。河《かは》にはいつぱいに滿《み》ちた舟《ふね》の中《なか》で、整《ととの》へられた排《はい》泄物《せつぶつ》が露出《ろしゆつ》したまゝ靜《しづか》に水平《すゐへい》を保《たも》つてゐた。參木《さんき》はお杉《すぎ》の前《まへ》になつた。彼女《かのぢよ》は彼《かれ》の後《うしろ》から彼《かれ》の家《いへ》まで歩《ある》かうと思《おも》つた。と、十日《か》間《かん》の過去《くわこ》が、參木《さんき》の知《し》らない彼女《かのぢよ》の淫《みだ》らな過去《くわこ》か、彼女《かのぢよ》の優《やさ》しさを犯《をか》し出《だ》した。お杉《すぎ》は彼《かれ》との肉體《にくたい》の間隔《かんかく》に、威嚴《ゐげん》を感《かん》じた。化粧《けしやう》した顏《かほ》が、重《おも》くなつた。希望《きばう》が歩《ある》く時間《じかん》に擦《す》られていつた。愛《あい》は彼《かれ》の後姿《うしろすがた》に絡《からま》つたまま、沈《しづ》み出《だ》した。と、お杉《すぎ》は通《とほ》りかかつた黄包車《ワンポーツ》を呼《よ》びとめると、參《さん》木《き》の面前《めんぜん》を馳《か》け拔《ぬ》けた。

參木《さんき》は車體《しやたい》の上《うへ》で默禮《もくれい》しながら搖《ゆ》れていくお杉《すぎ》を見《み》た。瞬間《しゆんかん》、彼《かれ》は新鮮《しんせん》な空氣《くうき》の斷面《だんめん》を感《かん》じて直立《ちよくりつ》した。彼《かれ》は黄包車《ワンポーツ》を呼《よ》んだ。彼《かれ》は彼女《かのぢよ》の後《あと》を馳《か》けさせた。しかし、彼《かれ》はお杉《すぎ》を追《お》はねばならぬ原因《げんいん》がどこにあるのか分《わか》らなかつた。ただ夕暮《ゆふぐ》れの疲勞《ひらう》の上《うへ》に、不意《ふい》に輝《かゞや》いた郷愁《きやうしう》に打《う》たれた自分《じぶん》を感《かん》じると、彼《かれ》は再《ふたゝ》び濁《にご》れて來《き》た。泥溝《どぶ》の岸邊《きしべ》で、朽《く》ちかけた杭《くひ》がぼんやりと黒《くろ》い泡《あわ》の中《なか》から立《た》つてゐた。古《ふる》い街角《まちかど》で壁《かべ》が二人《ふたり》の車《くるま》を遮《さへ》ぎつた。二人《ふたり》の車《くるま》は右《みぎ》と左《ひだり》に別《わか》れていつた。

お杉《すぎ》は雜沓《ざつたふ》した街《まち》の中《なか》で車《くるま》を降《お》りた。彼女《かのぢよ》は露地《ろぢ》の入口《いりくち》へ立《た》つと通《とほ》りかかつた支那人《しなじん》の扉《とびら》を叩《たゝ》いて云《い》つた。

「あなた、いらつしやいな、ね、ね。」

湯《ゆ》を賣《う》る店頭《てんとう》の壺《つぼ》の口《くち》から、湯氣《ゆげ》が馬車《ばしや》屋の馬《うま》の溜《たまり》へ流《なが》れてゐた。吊《つ》り下《さが》つた薪《まき》のやうな乾物《かんぶつ》の谷底《たにそこ》で、水々《みづみづ》しい白魚《しらうを》の一群《ぐん》が、盛《も》り上《あが》つたまま光《ひか》つてゐた。

二

參木《さんき》は割《わ》れた鏡《かゞみ》の前《まへ》で食事《しよくじ》を取《と》つた。壁《かべ》には人聲《ひとごゑ》の長《なが》らく響《ひゞ》かぬ電《でん》話《わ》がかかり、剝《は》ぎ忘《わす》れたカレンダーが遠《とほ》い日數《につすう》を曝《さら》してゐた。參木《さんき》は花瓶《くわびん》にへし折《を》れたまま枯《か》れてゐる菖蒲《しやうぶ》の花《はな》の下《した》で、芳秋蘭《はうしうらん》の記憶《きおく》を忘《わす》れやうとして努力《どりよく》した。彼《かれ》はだらりと椅子《いす》の兩側《りやうがは》へ腕《うで》を垂《た》れ、眼《め》を瞑《つぶ》り、ただ階段《かいだん》の口《くち》から搖《ゆ》れて來《く》る食物《しよくもつ》の匂《にほ》ひに騷《さわ》ぐ生活《せいくわつ》を感《かん》じてゐた。希望《きばう》は——彼《かれ》が芳秋蘭《はうしうらん》を見《み》て以來《いらい》、再《ふたゝ》び、彼《かれ》の一切《さい》の希望《きばう》は消《き》えて了《しま》つた。彼《かれ》は水《みづ》を見詰《みつ》めるやうに、彼《かれ》の周圍《しうゐ》の靜《しづ》けさの中《なか》から自分《じぶん》の死顏《しにがほ》を探《さぐ》り出《だ》した。

日本人《にほんじん》の給仕女《きふじをんな》が退屈《たいくつ》まぎれに貴婦人《きふじん》の眞似《まね》をしながら昇《のぼ》つて來《き》た。窓《まど》から見《み》える鋪道《ほだう》の上《うへ》で、豚《ぶた》の骨《ほね》を舐《な》めた少女《せうぢよ》の口《くち》の周圍《まはり》に、青《あを》蠅《はひ》が髭《ひげ》のやうにたかつてゐた。トラックに乘《の》つた一團《だん》の英國軍樂隊《えいこくぐんがくたい》が、屋根《やね》の高《たか》さのままで、疾走《しつそう》した。黄包車《ワンポーツ》の素足《すあし》の群《む》れが、タールを焼《や》きつける火《ひ》に照《て》らされながら、煙《けむり》の中《なか》を破《やぶ》つて來《き》た。ふと參木《さんき》は、薄暗《うすぐら》い面前《めんぜん》の圓卓《ゑんたく》の隅《すみ》で、瓶《びん》の中《なか》の水面《すゐめん》を狙《ねら》つてひそかに馳《か》け昇《のぼ》つてゐるサイダの泡《あわ》に、氣《き》がついた。

――これは、と彼《かれ》は思《おも》つた。彼《かれ》は再《ふたゝ》び、芳秋蘭《はうしうらん》と一緒《しよ》に搖《ゆ》れ上《あが》つて來《き》た彼《かれ》の會社《くわいしや》の罷業《ひげふ》の狀態《じやうたい》を思《おも》ひ出《だ》した。それは單《たん》なる罷業《ひげふ》ではなかつた。それは芳秋蘭《はうしうらん》の言葉《ことば》のやうに、、、された、、の、、、する、、に對《たい》する鬪爭《とうさう》の一歩《ぽ》であつた。それは確《たしか》に前進《ぜんしん》するにちがひない。それは擴大《くわくだい》するにちがひない。それは、、と、、との、、にまで馳《か》け上《のぼ》る危機《きき》を孕《はら》んで廻轉《くわいてん》する。――彼《かれ》は瓶《びん》を掴《つか》んで振《ふ》つてみた。泡《あわ》は、泡《あわ》とは、壓迫《あつぱく》する水《みづ》の壓力《あつりよく》を突《つ》き破《やぶ》つて昇騰《しようとう》する氣力《きりよく》である。參木《さんき》は芳秋蘭《はうしうらん》の率《ひき》ゐる支那《しな》工人《こうじん》の團結力《だんけつりよく》が、彼《かれ》の會社《くわいしや》の末端《まつたん》から發生《はつせい》し、高重《しげ》の占《し》める組長會議《くみちやうくわいぎ》を突破《とつぱ》し、主任會議《しゆにんくわいぎ》を突《つ》き拔《ぬ》け、部長會議《ぶちやうくわいぎ》を粉碎《ふんさい》して重役會議《ぢゆうやくくわいぎ》にまで馳《か》け上《のぼ》つた縱斷面《じゆうだんめん》を、頭《あたま》に描《ゑが》いた。工人達《こうじんたち》の要求《えうきう》は、その重役會議《ぢゆうやくくわいぎ》で否決《ひけつ》された。外部《ぐわいぶ》の總工會《そうこうくわい》が活動《くわつどう》した。その指令《しれい》のままに動《うご》く工人達《こうじんたち》の操業《さうげふ》は、停止《ていし》された。さうして、大罷業《だいひげふ》が始《はじま》つたのだ。此《こ》の海港《かいかう》にある邦人紡績會社《はうじんばうせきくわいしや》の殆《ほとん》ど全部《ぜんぶ》の工場《こうぢやう》は、今《いま》は飛《と》び火《ひ》のために苦《くる》しみ出《だ》した。やがて、日貨《につくわ》の排斥《はいせき》が行《おこな》はれるであらう。英米會社《えいべいくわいしや》は自國《じこく》の販賣市場《はんばいしぢやう》の擴張《くわくちやう》のため、その網目《あみめ》のやうに張《は》られた無數《むすう》の教會《けうくわい》と合體《がつたい》して、支那人《しなじん》の團結力《だんけつりよく》を煽動《せんどう》するにちがひない。

――しかし、ロシアは、と彼《かれ》は考《かんが》へた。ロシアは英米《えいべい》の後《うしろ》から、彼《かれ》らの獲得《くわくとく》したその販賣市場《はんばいしぢやう》に火《ひ》を放《はな》つていくにちがひない。參木《さんき》はやがて此《こ》の海港《かいかう》の租界《そかい》を中心《ちうしん》に、卷《ま》き起《お》こされるであらう未曾有《みぞうう》の混亂《こんらん》を想像《さうざう》した。もし芳秋蘭《はうしうらん》が殺《ころ》されるなら、そのときだ。×英米《えいべい》三國《ごく》の資本《しほん》の糸《いと》で躍《をど》る支那《しな》軍閥《ぐんばつ》の手《て》のために、彼女《かのぢよ》は生命《いのち》を落《おと》すであらう――

しかし參木《さんき》には此《こ》の老大《らうだい》な東亞《とうあ》の渦卷《うづまき》が、老大《らうだい》な姿《すがた》には見《み》えなかつた。それは彼《かれ》には、頭《あたま》の中《なか》に疊《たゝ》み込《こ》まれた地圖《ちづ》に等《ひと》しい。彼《かれ》は指《ゆび》に挾《はさ》んだ葉卷《はまき》の葉《は》つぱが、指《ゆび》の間《あひだ》で枯《か》れた環《わ》を弛《ゆる》めてゐるのを眺《なが》めながら、現實《げんじつ》とは自分《じぶん》にとつて、此《こ》の枯《か》れた葉卷《はまき》の葉《は》つばであらうか、頭《あたま》の中《なか》の地圖《ちづ》であらうか、と考《かんが》へ出《だ》した。

三

甲谷《かうや》が來《く》ると、參木《さんき》は昨夜《さくや》から襲《おそ》はれ續《つゞ》けた芳秋蘭《はうしうらん》の幻想《げんさう》から、漸《やうや》く逃《のが》れたやうに自由《じいう》になつた。參木《さんき》は云《い》つた。

「君の顏《かほ》は明《あか》るい。まるで、獸《けもの》だ。」

甲谷《かうや》はステッキを振《ふ》り上《あ》げた。が、彼《かれ》は笑《わら》ひ出《だ》すと、參木《さんき》を打《う》つた。

「これでも、獸《けもの》か。獸《けもの》か。所《ところ》が、僕《ぼく》は夕《ゆふ》べからまだ人間《にんげん》にはなれないんだ。あらゆる惡事《あくじ》をやつて除けやうと企《たく》らんでゐるのだが、惡事《あくじ》をやるには、何《なに》より、先《ま》づ人間《にんげん》にならねば駄目《だめ》だ。」

甲谷《かふや》は溜息《ためいき》をつきながら、參木《さんき》の身體《からだ》に凭《よ》りかかつた。

「どうした、參木《さんき》、俺《おれ》の友達《ともだち》は、馬鹿《ばか》に萎《しを》れてゐるぢやないか。」

「萎《しを》れた、參木《さんき》も駄目《だめ》だ。マルキシズムの虫《むし》がついた。」

甲谷《かふや》は參木《さんき》から飛《と》び除《の》くと、眉《まゆ》を立《た》てた。

「虫《むし》か。」

「虫《むし》だ。どいてくれ。」

「君《きみ》も獸《けもの》より憐《あは》れな奴《やつ》だね。君《きみ》は人間《にんげん》の不幸《ふかう》ばかりを狙《ねら》つてゐるんだ。人間《にんげん》が不幸《ふかう》になつて、どうするんだ。」

「君《きみ》に不幸《ふかう》が分《わか》れば、マルキシズムは存在《そんざい》しない。マルキシズムと云《い》ふものは、つまり人間《にんげん》を幸福《かうふく》にする機械《きかい》なんだ。」

「馬鹿《ばか》を云《い》へ。人間《にんげん》の幸福《かうふく》と云《い》ふものは、不幸《ふかう》な奴《やつ》がゐるからこそ、幸福《かうふく》なんだ。われわれは不幸《ふかう》な奴《やつ》まで幸福《かうふく》にしてやる資格《しかく》なんて、どこにあるんだ。人間《にんげん》は人《ひと》を苦《くる》しめてをれば、それで良《よ》ろし。俺《おれ》が俺《おれ》のことを考《かんが》へずに、誰《だれ》が俺《おれ》のことを考《かんが》へてくれるのだ。行《ゆ》かう。今夜《こんや》は神《かみ》さまのゐる所《ところ》へ、行《ゆ》くんだよ。しつかり頼《たの》む。」

二人《ふたり》は階段《かいだん》を降《お》りた。狹《せま》い壁《かべ》と壁《かべ》との間《あひだ》の敷石《しきいし》に血痕《けつこん》が落《お》ちてゐた。と、人氣《ひとけ》のない庭《には》の出口《でぐち》の土間《どま》の上《うへ》に、支那人《しなじん》が殺《ころ》されたまま倒《たふ》れてゐた。二人《ふたり》は立《た》ち停《とま》つた。轉《ころ》げた西班牙《スペイン》ナイフの青《あを》い彫刻《てうこく》の周圍《しうゐ》で血《ち》がまだ靜《しづ》かな流動《りうどう》を續《つゞ》けてゐた。甲谷《かふや》は死體《したい》を跨《また》いで外《そと》へ出《で》ると、參木《さんき》に云《い》つた。

「どうも、飛《と》んだ邪魔物《じやまもの》だね。問題《もんだい》はどこだつたのかな。マルキシズムの。」

參木《さんき》は今《いま》は甲谷《かふや》の虚榮心《きよえいしん》の强《つよ》さに快感《くわいかん》を感《かん》じ出《だ》した。

「君《きみ》はその手《て》でマルキシズムをやつつけやうと云《い》ふんだな。」

「さうだ。あんな死人《しびと》を問題《もんだい》にしてゐちや、マルキシズムに食《く》はれるだけさ。われわれは資本《しほん》の利潤《りじゆん》が購買力《かうばいりよく》を減少《げんせう》させるなんて考《かんが》へる單純《たんじゆん》な頭腦の者《もの》とは、少々《せう／＼》人種《じんしゆ》が違《ちが》ふんだ。マルクス主義者《しゆぎしや》は、いつでも機械《きかい》が機械《きかい》を造《つく》つていくと云《い》ふ辯證法《べんしようはふ》だけは、忘《わす》れてゐるんだ。そんな原始的《げんしてき》な機械《きかい》ぢや、折角《せつかく》ですが、資本主義《しほんしゆぎ》は滅《ほろ》びませんわ。所《ところ》で、おい、あの人殺《ひとごろ》しの犯人《はんにん》は、俺達《おれたち》だと思《おも》はれやしないかい。逃《に》げやう。」

甲谷《かふや》は黃包車《ワンポーツ》を呼《よ》びとめると、參木《さんき》を殘《のこ》してひとり勝手《かつて》に馳《か》け出《だ》した。

「君《きみ》、トルコ風呂《ぶろ》だよ。失敬《しつけい》。」

參木《さんき》はひとりになると、死人を跨《また》いだ股《また》の下《した》から、不意《ふい》に人影《ひとかげ》が立《た》ち上《あが》つて來《き》さうな幻覺《げんかく》に襲《おそ》はれた。彼《かれ》は砂糖黍《さたうきび》が數のやうに積《つ》み上《あが》つた街角《まちかど》から露地《ろぢ》へ折《を》れた。ロシア人《じん》の裸身踊《らしんをど》りの見世物《みせもの》が暗《くら》い暗《くら》い建《たて》物《もの》の隙間《すきま》で揺《ゆ》れてゐた。彼《かれ》は死人《しにん》の血色《けつしよく》の記憶《きおく》から逃《のが》れるために、切《きつ》符《ぷ》を買《か》ふと部屋《へや》の隅《すみ》へ蹲《うづくま》つた。彼《かれ》の眼前《がんぜん》で落《お》ち込《こ》んだ舊《きう》ロシアの貴《き》族《ぞく》の裸形《らぎやう》の團塊《だんくわい》が、豪華《がうくわ》な幕《まく》のやうに伸縮《しんしゆく》した。三方《ばう》に嵌《はま》つた鏡面《きやうめん》の彼方《かなた》では、無數《むすう》の皮膚《ひふ》の工場《こうぢやう》が、茫々《ばう/\》として展《ひら》けてゐた。踊子《をどりこ》の口《くち》に、卿《くわ》へたゲラニヤの花《はな》が、皮膚《ひふ》の中《なか》から咲《さ》き出《だ》しながら、廻《まは》る襞《ひだ》の間《あひだ》を眞紅《まつか》になつて流《なが》れていつた。

——參木《さんき》は今《いま》は薄暗《うすくら》い此《こ》の街底《まちぞこ》の一隅《ぐう》で沒落《ぼつらく》の新《あたら》しい展開面《てんかいめん》を見《み》たのである。彼《かれ》らは最早《もはや》、色情《しきじやう》を感《かん》じない。彼《かれ》らは、やがて後《うしろ》から陸續《りくぞく》として墜落《つゐらく》して來《く》るであらう人間《にんげん》の、新鮮《しんせん》な生活《せいくわつ》の訓練《くんれん》のために、意《い》氣揚々《きやうやう》として笑《わら》つてゐた。皮膚《ひふ》の建築《けんちく》、ニヒリズムの舞踏《ぶたふ》、われらの先達《せんだつ》——參木《さんき》は思《おも》はず乾杯《かんぱい》しようとしてグラスを持《も》つた。と、皮膚《ひふ》の工場《こうぢやう》は急激《きふげき》に屈伸《くつしん》すると、突然《とつぜん》、アーチのトンネルに變化《へんくわ》した。油《あぶら》を塗《ぬ》つた丸坊主《まるばうず》の支那人《しなじん》が、舌《した》を出《だ》しながら、そのトンネルの中《なか》を駱駝《らくだ》のやうに這《は》ひ始《はじ》めた。油《あぶら》のために輝《かゞや》いた青《あを》い頭《あたま》の皮膚《ひふ》の上《うへ》に、無果花《いちじく》の實《み》ちた花園《はなぞの》が傾《かたむ》きながら映《うつ》つていつた。世界《せかい》は今《いま》や何事《なにごと》も、下《した》から上《うへ》を仰《あふ》がねばフイルムの美觀《びくわん》が失《うしな》はれ出《だ》したのだ——再《ふたゝ》び、トンネルが崩《くづ》れ出《だ》すと、參木《さんき》は後《うしろ》を振《ふ》り返《かへ》つた。と、塊《かたま》つた觀客《くわんきやく》の一群《ぐん》の頭の上《うへ》に、べつたり吸《す》ひついた吸盤《きふばん》のやうな動物《どうぶつ》を、彼《かれ》は見《み》た。彼《かれ》は、その巨大《きよだい》な動物《どうぶつ》を浮《う》き上《あが》らせた衣服《いふく》の波《なみ》の中《なか》から、逆《ぎやく》に野蠻《やばん》な文明《ぶんめい》の建築《けんちく》を感《かん》じ出《だ》した。

四

トルコ風呂《ぶろ》の蒸氣《じようき》の中《なか》で、甲谷《かふや》の身體《からだ》は膨《ふく》れて來《き》た。客《きやく》のマッサージをすませたお柳《りう》の身體《からだ》から、石鹸《せつけん》の泡《あわ》が滴ると、虎斑《とらぶち》に染《そま》つた蜘蛛《くも》の刺青《いれずみ》が浮《う》き出《で》て來《き》た。甲谷《かふや》は片手《かたて》で蜘蛛《くも》の足《あし》に磨《みが》きを入《い》れながら、彼女《かのぢよ》に云《い》つた。

「奥《おく》さん、あなたはお杉《すぎ》をどうして首《くび》にしたんです。」

「ああ、あの娘《こ》、あの娘《こ》は駄目《だめ》なの。あなたはまだあの娘《こ》の出《で》てゐる所《ところ》も御存知《ごぞんぢ》ないの？」

「出《で》てると仰言《おつしや》ると、つまり、出《で》るべき所《ところ》へですか。」

「ええ、さうなの。」

「おや、あなたにも、責任《せきにん》はあるわけですね。」

「そりや、一人前《にんまへ》にしてやつたんだから、お禮《れい》ぐらゐはされてもいいわ。」

此《こ》の毒婦《どくふ》、と甲谷《かふや》は思《おも》ふと、俄《にはか》にお柳《りう》の刺青《いれずみ》が生彩《せいさい》を放《はな》つて來《き》た。と、ふと、彼《かれ》は彼女《かのぢよ》と、どちらが誰《だれ》の洗濯機《せんたくき》かと考《かんが》へた。彼《かれ》は云《い》つた。

「奥《おく》さん、あなたは、僕《ぼく》の身體《からだ》を洗《あら》ふんですか、あなたの蜘蛛《くも》を洗《あら》ふんですか。」

「まア、失禮《しつれい》ね。あたしはあなたから、お禮《れい》なんか頂《いただ》いたことがありまして。」

「だから、お訊《き》きしてるんです。これぢや、僕《ぼく》があなたのタヲルみたいで。」

甲谷《かふや》は頰《ほゝ》を、平手《ひらて》でいきなり叩《たゝ》かれた。彼《かれ》は飛《と》び上《あが》ると、お柳《りう》を突《つ》いた。蒸氣《じようき》が音《おと》を立《た》てて吹《ふ》き出《だ》す中《なか》で、二人《り》のいつもの爭《あらそ》ひが始《はじま》り出《だ》した。

「奥《おく》さま、旦那《だんな》さまでございます。」

ドアの外《そと》で、湯女《ゆな》の周章《あわ》てる聲《こゑ》がした。お柳《りう》はシヤワーを捻《ねぢ》ると、甲谷《かふや》の頭《あたま》の上《うへ》から、雨《あめ》が降《ふ》つた。

「奥《おく》さま、旦那《だんな》さまが。」

「ああ、いいのよ。」

「いいんですか。」と甲谷《かふや》は訊《き》いた。

「えええ、あの人《ひと》はかう云《い》ふ所《とこ》が見《み》たくつて、それであたしにこんなことをさせてるの。ここは萬事《ばんじ》があたしに持《も》つて來《こ》いと云《い》ふ所《とこ》。あなたのことだつて、ちやんとあたしは主人《しゆじん》に話《はな》してあるの。ああ、さうさう、あのね、主人《しゆじん》が一度《ど》あなたに逢《あ》ひたいつて云《い》つてたわ。ね、今《こん》夜《や》これから逢《あ》つてやつて下《くだ》さらない。シンガポールの話《はなし》が聞《き》きたいつて云《い》つてるの。」お柳《りう》が出《で》て行《ゆ》くと、甲谷《かふや》は間《ま》もなく主人《しゆじん》の部屋《へや》の樓上へ呼《よ》び出《だ》された。彼《かれ》は階段《かいだん》を昇《のぼ》つていつた。彼《かれ》を包《つゝ》む廊下《らうか》の壁《かべ》には、乾隆《けんりう》の獻壽模樣《けんじゆもやう》が象嵌《ざうがん》の中《なか》から浮《う》き出《で》てゐた。

甲谷《かふや》は豪商《がうしやう》のお柳《りう》の主人《しゆじん》の錢石山《せんせきさん》に材木《ざいもく》を賣《う》りつける方法《はうはふ》を考《かんが》へながら、女中《ぢよちう》の指差《ゆびさ》した奥《おく》を見《み》た。

「月明《げつめい》の良夜《りやうや》、慇懃《いんぎん》に接《せつ》す。」

ふと房前《はうぜん》の柱《はしら》にかかつた對子《トイズ》を讀《よ》むと、甲谷《かふや》はお柳《りう》の脊中《せなか》の蜘蛛《くも》の色《いろ》を思《おも》ひ出《だ》した。お柳《りう》は正面《しやうめん》の八仙卓《せんたく》の彫刻《てうこく》の上《うへ》で、西瓜《すゐくわ》の種《たね》を割《わ》りながら、傴僂《せむし》の男《をとこ》と笑《わら》つてゐた。側壁《そくへき》に沿《そ》つて並《なら》んだ紫檀《したん》の十景椅子《けいいす》の上《うへ》では、重《おも》さうな大輪《だいりん》の牡丹《ぼたん》の花《はな》が、匂《にほ》ひを失《うしな》つたまゝ崩《くづ》れてゐた。

「さア、どうぞ、あなたはシンガポールのお方《かた》ださうで。わたしは此《こ》の通《とほ》りお國《くに》の方《かた》が何《なに》より好《す》きなもんですから、此《こ》の年《とし》になつても損《そん》ばかりしてをります。」

錢石山《せんせきさん》の傴僂《せむし》の脊中《せなか》が、牡丹《ぼたん》の花《はな》の上《うへ》で揺《ゆ》れながら、笑《わら》ひ出《だ》した。

甲谷《かふや》は云《い》つた。

「いや、どうも、奥《おく》さまは僕《ぼく》を馬鹿《ばか》になさる癖《くせ》がお有《あ》りですので、つい敷居《しきゐ》が高《たか》くなつて了《しま》ひます。」

すると、いきなり、お柳《りう》は彼《かれ》に西瓜《すゐくわ》の種《たね》を投《な》げつけると、主人《しゆじん》の醜

——持病と彈丸——（7）

た覗《のぞ》き込《こ》んだ。

「あなた、お聞《き》きになつて、この人《ひと》は、――かう云《い》ふ人《ひと》なんですから、御《ご》用心《ようじん》なさるといいわ。」

「うむ、うむ、わしも昔《むかし》はさう云《い》ふときがあつたものさ。いやなかなか若《わか》いときは面白《おもしろ》い。シンガポールはお暑《あつ》いことでございませうな。あちらのお國《くに》の方《かた》の御《ご》繁昌《はんじやう》なことは、かねがねから受《う》け給《たま》はつてをりますが、此《こ》の頃《ごろ》は？」

「いや、もう、何《なん》と云《い》つても歐人《おうじん》の資本《しほん》には敵《かな》ひません。それに、あちらは中國商人《ちうごくしやうにん》の張《は》りつめた土地《とち》ですから、僅《わづ》かな資本《しほん》では割《わ》り込《こ》む隙《すき》がございません。」

「いや、なかなか此《こ》の頃《ごろ》のお國《くに》の方《かた》の御《ご》活動《くわつどう》は、生《い》きてをります。あなたの方《はう》はゴム園《ゑん》で？」

「いえ、僕《ぼく》の方《はう》は材木《ざいもく》です。しかし、ゴム園《ゑん》にしましても、例《たと》へば歐人園《おうじんゑん》は資本《しほん》を社債《しやさい》か株式《かぶしき》か、とにかく低利《ていり》で運用《うんよう》してをりますが、日本《にほん》の方《はう》は原價《げんか》も高《たか》く、それに流通資金《りうつうしきん》まで高利《かうり》です。殊《こと》に配當保留《はいたうほりう》の運用法《うんようはふ》にいたつては全《まつた》く歐人園《おうじんゑん》とは比較《ひかく》にはなりません。あれでは今《いま》に、開墾費用《かいこんひよう》の充當《じうたう》さへ怪《あや》しくなつて了《しま》ひます。」

「ふむ、ふむ、しかし、お國《くに》も中國《ちうごく》の日貨排斥《にっくわはいせき》でお困《こま》りのやうですから、南洋《なんやう》へでも喰《く》ひ込《こ》まねば、猫《ねこ》の眼《め》みたいに内閣《ないかく》が變《かは》るだけでございます。ああ、さうさう、今日《けふ》はまた日本紡《にほんばう》が四つほど罷業《ひげふ》で沈没《ちんぼつ》しましたな。いよいよこれは、」と主人《しゆじん》は云《い》ふと、八仙卓《せんたく》の角《かど》を持《も》つたま、急《きふ》にぶるぶると顫《ふる》へ出《だ》した。

お柳《りう》は主人《しゆじん》の後《あと》から立《た》ち上《あが》ると、傴僂《せむし》を抱《だ》いて寢臺《しんだい》の上《うへ》へ連《つ》れていつた。

「一寸《ちよつと》斷く、御免《ごめん》なされ。時間《じかん》がやつて來《き》ましてな。」

主人《しゆじん》は甲谷《かふや》に會釋《ゑしやく》しながら横《よこ》になると、お柳《りう》の與《あた》へた煙管《きせる》を銜《くは》へて眼《め》を細《ほそ》めた。彼《かれ》の脣《くちびる》が魚《うを》のやうに動《うご》き出《だ》すと、阿片《あへん》がじーじー鳴《な》り始《はじ》めた。お柳《りう》は云《い》つた。

「あなたはいかが。」

「いや、僕《ぼく》は駄目《だめ》です。どうぞ奥《おく》さんは御遠慮《ごゑんりよ》なく、」

お柳《りう》は主人《しゆじん》の傍《そば》で煙管《きせる》の口《くち》を燒《や》き始《はじ》めた。甲谷《かふや》は、ふと、彼《かれ》ら二人《ふたり》が自分《じぶん》の視線《しせん》を樂《たの》しむために、此《こ》の樓上《ろうじやう》へ呼《よ》び出《だ》したにちがひないと判斷《はんだん》した。すると、俄《にはか》に腹《はら》が立《た》ち始《はじ》めた。何《なに》が流通資金《りうつうしきん》だ、何《なに》が配當《はいたう》保留《ほりう》だ、――彼《かれ》は今迄《いままで》眞面目《まじめ》に饒舌《しやべ》つてゐた自分《じぶん》の顔《かほ》に、急《きふ》に疲《つか》れを感《かん》じ出《だ》した。と、二人《ふたり》は間《ま》もなく、恍惚《くわうこつ》とした蟲《むし》のやうに、眼《め》を細《ほそ》めた。お柳《りう》の豐《ゆた》かな髪《かみ》が、青貝《あをがひ》をちり嵌《ば》めた螺鈿《らでん》の阿片盆《あへんぼん》へ、流《なが》れ出《だ》した。傴僂《せむし》の鼻《はな》が、並《なら》んだ琥珀《こはく》や寒玉《かんぎよく》の隙間《すきま》で擴《ひろ》がつた。――「月明《げつめい》の良夜《りやうや》、慇懃《いんぎん》に接《せつ》す。」甲谷《かふや》の頭《あたま》の中《なか》で、對子《トイズ》の詩文《しぶん》が生《い》き生《い》きとして來《く》ると、やがて、二人《ふたり》の、、、、、な男女《だんぢよ》の禮節《れいせつ》に變化《へんくわ》し始《はじ》めた。甲谷《かふや》は今《いま》は、お柳《りう》との無錢《むせん》の逸樂《いつらく》に耽《ふけ》つた代償《だいしやう》を、完全《くわんぜん》に支拂《しはら》はされてゐる自身《じしん》に氣《き》附《づ》かねばならなかつた。

五

宮子《みやこ》の踊《をど》る踊場《をどりば》では、宮子《みやこ》を圍《かこ》む外人達《ぐわいじんたち》が、邦人《ほうじん》紡績會社《ばうせきくわいしや》の罷業《ひげふ》について語《かた》り出《だ》した。宮子《みやこ》は一踊《ひとをど》りして來《く》ると、早《は》や醉《よ》ひの廻《まは》り始《はじ》めた彼《かれ》らのテーブルに凭《もた》れながら、獨逸人《ドイツじん》の話《はなし》に耳《みゝ》を傾《かたむ》けた。彼《かれ》は云《い》つた。

「いや、今度《こんど》の罷業《ひげふ》は、、、の方《はう》がいけません、、、、は支那工人《しなこうじん》を、、るからです。いつたい、、れて、、ないのは、昔《むかし》から、、方《はう》だけなんです。第一《だい》、、にとつても、外人《ぐわいじん》を、、やうな人物《じんぶつ》を海外《かいぐわい》へ送《おく》り出《だ》して、それでわれわれの販賣力《はんばいりよく》を獨占《どくせん》しようとすることからして、損失《そんしつ》の第一歩《だいほ》です。これでは、、本國《ほんごく》からの輸出品《ゆしゆつひん》と、こちらの、、會社《くわいしや》の製品《せいひん》とが衝突《しようとつ》するだけぢやすみません。支那《しな》の工業界《こうげふかい》を刺戟《しげき》して、、、製品《せいひん》を、追放《ついはう》する能力《のうりよく》をますます培養《ばいやう》さしていくにちがひないんです。お蔭《かげ》で、幸福《かうふく》を感《かん》じるのは僕《ぼく》たちですが、いやわれわれはミセス・宮子《みやこ》のために、諸君《しよくん》と共《とも》に悲《かな》しみます。」

「まア、どうして、どうして、あなたたちが幸福《かうふく》ですの。」と宮子《みやこ》は云《い》つた。

「あなたは、僕《ぼく》が獨逸人《ドイツじん》だと云《い》ふことを、御存知《ごぞんぢ》ないと見《み》えますね。僕達《ぼくたち》は戰前《せんぜん》まで、東洋《とうやう》に販賣市場《はんばいしぢやう》を持《も》つてゐたものです。所《ところ》が、それを奪《うば》つたのは各國《かくこく》です。われわれは各國貨物《かくこくくわもつ》が支那《しな》から排斥《はいせき》せられると云《い》ふことに、興味《きようみ》を持《も》つのは、これは平凡《へいぼん》なことぢやないですか。」

「だつて、それは日本《にほん》だけが惡《わる》いんぢやありませんわ。お國《くに》だつて惡《わる》いんです。」

「さう、それは獨逸《ドイツ》だつて、充分《じうぶん》に後悔《こうくわい》しなければなりません。僕《ぼく》はアメリカ人《じん》ですが、獨逸《ドイツ》の超人的《てうじんてき》な勢力《せいりよく》は、最早《もは》やわれわれの會社《くわいしや》まで壓迫《あつぱく》しつつあるんです。」

獨逸人《ドイツじん》の眼鏡《めがね》は、急《きふ》にアメリカ人《じん》の方《はう》へ光《ひか》り出《だ》した。

「失禮《しつれい》ですが、あなたはどちらの會社《くわいしや》に御關係《おくわんけい》でゐられます。」

「僕《ぼく》はゼネラル・エレクトリック・コムパニーの社員《しやゐん》ですが、あなたの方《はう》は？」

「いや、これは失禮《しつれい》しました。僕《ぼく》はアルゲマイネ・エレクトリチテート・ゲゼルシヤフトの支店詰《してんづめ》です。どうもこれは、甚《はなは》だ心外《しんぐわい》な所《ところ》で、敵手《てきしゆ》と乘《の》り合《あは》せたものですね。」

二人《ふたり》は握手《あくしゆ》をすると、獨逸人《ドイツじん》はボーイに云《い》つた。

「おい、シヤンパン。」

「まア、あなた方《がた》お二人《ふたり》は敵同士《かたきどうし》の會社《くわいしや》でゐらしたの。ぢや、あたしは、これからどちらへ味方《みかた》したらいゝのかしら。」と宮子《みやこ》は云《い》つた。

「勿論《もちろん》、あなたは、ヂー・イーです。」

アメリカ人《じん》の言葉《ことば》を壓《おさ》へるやうに、獨逸人《ドイツじん》は反對《はんたい》した。

「いや、そりや、是非《ぜひ》とも僕《ぼく》の方《はう》でなくちやいけません。僕達獨逸人《ぼくたちドイツじん》にあなたが反對《はんたい》すれば、第一《だい》、日本《にほん》への賠償金《ばいしやうきん》が返《かへ》りませんよ。勿《もち》論《ろん》、アメリカへだつて返《かへ》りません。今《いま》の所《ところ》、獨逸《ドイツ》だけは何《なん》をしたつて、いゝんです。大戰《たいせん》で負《ま》けた慈善《じぜん》が、かう云《い》ふ所《ところ》で實《みの》るのです。」

するとアメリカ人《じん》は飲《の》みかけたカクテルを下《した》に置《お》いて云《い》ひ始《はじ》めた。

「僕《ぼく》はあなたの仰言《おつしや》るやうに、獨逸《ドイツ》へは同情《どうじやう》を感《かん》じます。しかし、だからと云《い》つて、あなたの會社《くわいしや》のアー・エー・ゲーには同情《どうじやう》を感《かん》じません。あなたの會社《くわいしや》の此《こ》の頃《ごろ》のシンヂケートの發展《はつてん》は、寧《むし》ろわれわれにとつては憎《にく》むべき存在《そんざい》です。」

「いや、それは恐縮《きようしゆく》ですが、實《じつ》はそれはわれわれの申上《まをしあ》げねばならぬ苦情《くじやう》です。あなた方《がた》のヂー・イーこそ、マルコニー無電《むでん》を買收《ばいしう》し、ロツキー・ポイントを占領《せんりやう》しただけで納《をさ》まらず、フエデラル無電會社《むでんくわいしや》を支配《しはい》して支那全土《しなぜんど》への放送權《はうそうけん》まで握《にぎ》らうとしてゐらつしやるぢやありませんか。いかゞです。」

するとアメリカ人《じん》は苦笑《くせう》した。

「いや、なかなか、あなたの方《はう》の精細《せいさい》な御調査《ごてうさ》には滿足《まんぞく》を感《かん》じますが、しかし、それは何《なに》かのお間違《まちが》ひだと幸福《かうふく》です。われわれのフエデラル無電《むでん》は、今《いま》は日本《にほん》の三井《みつゐ》に支那放送權《しなはうそうけん》を奪《うば》はれてゐるのです。もつとも、かう申《まを》し上《あ》げるのは、あなたがたアー・エー・ゲー・シンヂケートの强力《きやうりよく》さを羨望《せんばう》するわけではありませんが、とにかく、近來《きんらい》のアー・エー・ゲーの進出振《しんしゆつぶ》りのお盛《さか》んなことは、敵《てき》ながら、天晴《あつぱ》れだと思《おも》ひます。リンケ・ホフマン工場《こうぢやう》とは株式《かぶしき》を交換《かうくわん》し、ラウハンマー會社《くわいしや》との合同出資《がふどうしゆつし》は勿論《もちろん》、ラインメタル工場《こうぢやう》を併合《へいがふ》した上《うへ》、アー・エー・ゲー・リンケ・ホフマン・コンチエルンをお築《きづ》きになつたのは、流石《さすが》獨逸《ドイツ》人《じん》だと常《つね》々から感動《かんどう》させられてゐる次第《しだい》ですが、しかし、われわれはお互《たがひ》に、もうどちらも第二《だい》の世界大戰《せかいたいせん》だけは、儉約《けんやく》しやうぢやありませんか。」

宮子《みやこ》は急《きふ》に立《た》ち上《あが》ると、二人《ふたり》を制《せい》して云《い》つた。

「もう澤山《たくさん》。シヤンパンが來《き》ましてよ。此《こ》の上《うへ》、あたし達《たち》、ドイツとアメリカのシンヂケートで攻《せ》められては、踊《をど》ることも出來《でき》ないわ。」

「さう、さう、われわれは、鬪《たゝか》ひよりも踊《をど》るべしだ。」

アメリカ人《じん》は拔《ぬ》かれたシヤンパンを高《たか》く上《あ》げると云《い》つた。

「われらの敵《てき》、アルゲマイネ・エレクトリチテート・ゲゼルシヤフトの

隆盛《りうせい》のために。」

獨逸人《ドイツじん》は立《た》ち上《あが》つた。

「われらの尊敬《そんけい》の的《まと》、ゼネラル・エレクトリック・コムパニー、萬歳《ばんざい》。」

が、ふと彼《かれ》は、頭《あたま》の上《うへ》の電球《でんきう》を仰《あふ》ぐと云《い》つた。

「これは、僕《ぼく》の會社《くわいしや》の電球《でんきう》だ。萬歳《ばんざい》。」

アメリカ人《じん》は暫《しばら》く彼《かれ》と同様《どうやう》に天井《てんじやう》を仰《あふ》いでゐた。が、忽《たちま》ち、上《あ》げてゐる獨逸人《ドイツじん》の手《て》を引《ひ》き降《お》ろした。

「君《きみ》、これは、ヂー・イーだ。われわれの會社《くわいしや》の電球《でんきう》だ。ゼネラル・エレクトリック・コンパニー、萬歳《ばんざい》。」

「何《な》に、これは、アー・エー・ゲーだ。エミドル・ラテナウの白熱球《はくねつきう》だ。」

「いや、これは、」

「これは、日本《にほん》のマツダ、ランプよ。」と宮子《みやこ》は云《い》つた。

二人《ふたり》は上《あ》げかけた兩手《りやうて》をそのまゝに、天井《てんじやう》を見詰《みつ》めたまゝ默《だま》つてゐた。と、突然《とつぜん》、アメリカ人《じん》は叫《さけ》び出《だ》した。

「さうだ、これは、三井《ゐ》のマツダだ。われらゼネラル・エレクトリック・コムパニー、日本代理店《にほんだいりてん》、マツダ・ランプ、萬歳《ばんざい》。」

彼《かれ》は宮子《みやこ》の胴《どう》を浚《さら》ふやうにかかへると、折《をり》から廻《まは》り出《だ》した踊《をど》りの環《わ》の中《なか》へ、「失敬《しつけい》、失敬《しつけい》」と片手《かたて》を輕《かる》く上《あ》げながら流《なが》れていつた。傾《かたむ》く獨《ド》逸人《イツじん》の手《て》からはシャンパンが溢《こぼ》つた。彼《かれ》は遠《とほ》ざかつていく宮子《みやこ》の方《はう》へ延《の》び出《だ》しながら、呟《つぶや》いた。

「日本代理店《にほんだいりてん》、ふむ、日本代理店《にほんだいりてん》はアー・エー・ゲーにだつて、ひかへてゐるんだ。大倉《おほくら》コムパニーを知《し》らんのか。大倉《おほくら》コムパニーは、ロンドンで、ロンドンで、調印《てういん》したんだ。」

が、宮子《みやこ》の視線《しせん》は、俄《にはか》にアメリカ人《じん》の肩《かた》の上《うへ》で、動搖《どうえう》した。と、棕《しゆ》櫚《ろ》の陰《かげ》で、憂鬱《いうゝつ》な參木《さんき》の顔《かほ》が沈《しづ》んでゐた。

六

踊《をど》りがすむと、宮子《みやこ》は參木《さんき》の傍《そば》へ腰《こし》を降《お》ろして彼《かれ》に云《い》つた。

「あなた、どうしてこんな所《ところ》へいらしつたの。お歸《かへ》りなさいな。ここは、あなたなんかのいらつしやる所《ところ》ぢやなくつてよ。」

「そこを、どいてくれ給《たま》へ。」と參木《さんき》は云《い》つた。

「だつて、ここをどいたら、あたしの戀人《こひびと》の顔《かほ》が見《み》られるわ。」

「僕《ぼく》はあの女《をんな》を見《み》てるんです。」

「ああ、容子《ようこ》さん。刺《さ》されてよ。危《あぶな》いから、こつちを向《む》いてらつしやい。あの人《ひと》はあたしのやうに、開《ひら》けてやしないわよ。」

「もう默《だま》つて向《むか》うへいつてくれ給《たま》へ。今夜《こんや》は僕《ぼく》は考《かんが》へごとをしてるんです。」

宮子《みやこ》は椅子《いす》から足《あし》をぶらぶらさせながら、煙草《たばこ》をとつた。

「だつて、あたしだつて、あなたのお傍《そば》にゐたいんだわ。もう暫《しばら》くここにかうしてゐさせて頂戴《ちやうだい》。」

「もう直《す》ぐここへ、甲谷《かうや》がやつて來《く》るでせう。そしたら、またここへ來《き》てくれ給《たま》へ。あの男《をとこ》と君《きみ》が結婚《けつこん》するまでは僕《ぼく》は君《きみ》とは、話《はな》さないことにしてるんです。」

「まア、御苦勞《ごくらう》なことだわね。あたしはあなたと結婚《けつこん》するまでは、甲谷《かうや》さんとは話《はな》さないことにしてゐたの。どうぞ、甲谷《かうや》さんには、あなたから宜敷《よろし》く仰言《おつしや》つといて。」

「僕《ぼく》は冗談《じやうだん》を聞《き》きに來《き》たんぢやありませんよ。僕《ぼく》は今夜《こんや》は、死《し》ぬ前《まへ》に、一《ひと》つ良《よ》いことをしとかうと思《おも》つて來《き》たんだから、君《きみ》、頼《たの》む、僕《ぼく》の云《い》ふことを聞《き》いといてくれ給《たま》へ。」

「そりや、あたしからのお願《ねが》ひよ。甲谷《かうや》さんとは、あたし、死《し》んだつていやなんですから、あなたにくれぐれもお願《ねが》ひするわ。あたし、あの方《かた》と結婚《けつこん》して、シンガポールなんかへいつたつて、色《いろ》が眞黒《まつくろ》になるだけだわ。」

「ぢや、もう、甲谷《かうや》はあなたには駄目《だめ》ですね。僕《ぼく》の願《ねが》ひも。」

「ええ、もうそれは初《はじ》めつから。あたし、甲谷《かうや》さんの好《す》きな所《ところ》は、御自分《ごじぶん》のフランス語の間違《まちが》ひも、御存知《ごぞんじ》にならない所《ところ》だけなの。あれならきつと、奥《おく》さんにおなりになる方《かた》だつて、お幸《しあは》せにちがひないわ。」

參木《さんき》は宮子《みやこ》の皮肉《ひにく》が不快《ふくわい》になると、横《よこ》を見《み》た。並《なら》んだ踊子達《をどりこたち》の腰《こし》の上《うへ》を、一握《ひとにぎ》りのチヨコレートが華《はな》やかな騷《さわ》ぎを立《た》てて走《はし》つていつた。

「あなた、今夜《こんや》はあたしと踊《をど》つて頂戴《ちやうだい》。あたし、つくづく此《こ》の頃《ごろ》、生《い》きてるのがいやになつたの。あたし、どうして踊子《をどりこ》なんかになつたんでせう。あたし、死《し》ぬ前《まへ》にあなたと一度《ど》、結婚《けつこん》がしてみたいの。それも一度《ど》よ。」

「君《きみ》も、もうすることがなくなつたと見《み》えますね。僕《ぼく》を掴《つか》まへてそんなことを云《い》ふやうぢや、そりや危《あぶな》い。」

「さう、危《あぶな》いわ。あたしは自分《じぶん》と同《おな》じやうな人《ひと》を見《み》つけると、恐《おそ》ろしくつて慄《ふる》へて來《く》るの。あなたもお氣《き》をつけてらつしやらないと、危《あぶな》くつてよ。顔《かほ》に出《で》てるわ。」

參木《さんき》は急所《きふしよ》を刺《さ》されたやうにますます不快《ふくわい》になると、眉《まゆ》を顰《ひそ》めた。

「もう、向《むか》うへいつててくれ給《たま》へ。同《おな》じ人間《にんげん》が二人《ふたり》ゐちや、辷《すべ》るだけだ。」

「だつて、もうかうなれば、同《おな》じことだわ。あなた、おかしくなつたら、あたしに云《い》つて、ね、あたし、いつでもあなたのお相手《あひて》してよ。嘘《うそ》ぢやないわ。あたしひとりなら、まだまだぶらぶらしてるに定《きま》つてゐるの。だけど、もう、どうぶらぶらしたつて、ソセーヂみたいで長《なが》くなつてゐるだけなの。」

參木《さんき》は滲《し》み込《こ》んで來《く》る危險《きけん》な世界《せかい》を見《み》るやうに、宮子《みやこ》の顔《かほ》を見詰《みつ》め出《だ》した。と、彼《かれ》は競子《きやうこ》の顔《かほ》を思《おも》ひ出《だ》した。だが、もう彼女《かのぢよ》は處女《しよぢよ》ではない。彼《かれ》は秋蘭《しうらん》の顔《かほ》を思《おも》ひ出《だ》した。が、彼女《かのぢよ》を見《み》ることは死《し》ぬことと同樣《どうやう》だ。いや、それより彼《かれ》には何《なん》の希望《きばう》の芽《め》があるか。――

「あたし、何《な》んだか、だんだん氷《こほり》と氷《こほり》の間《あひだ》へ辷《すべ》り込《こ》んでいくやうな氣《き》がするの。これはきつと、あんまり人《ひと》の身體《からだ》の間《あひだ》へ挾《はさ》まつてばかりゐるからね。戀人《こひびと》なんて、まるで泥《どろ》みたいに見《み》えるのよ。」

參木《さんき》は舐《な》められるやうに溶《と》け出《だ》す自分《じぶん》の骨《ほね》を感《かん》じた。彼《かれ》は云《い》つた。

「僕《ぼく》は死《し》ぬのが、何《なに》より恐《こは》いんだ。君《きみ》、ひと踊《をど》りやつて來《き》てくれ給《たま》へ。僕《ぼく》は見《み》てゐる。」

「さうね、踊《をど》つたつていゝんだけど、あなた一度《ど》、あたしと踊《をど》つてよ。」

「駄目《だめ》だ、踊《をど》りは。」

「だつて、ただぶらぶら足踏《あしぶ》みさへしてゐれば、いいんぢやないの。こんな所《とこ》で上手《じやうず》に踊《をど》つたりするものは、きつとどつか馬鹿《ばか》なのよ。」

「いや、もう、君《きみ》は早《はや》く何《なん》とかして來《き》たまへ。ここにゐちや、一緒《しよ》に落《お》ち込《こ》むだけだ。あつちがいい。あつちは君《きみ》の狩《か》り場《ば》らしい。」

宮子《みやこ》は參木《さんき》の差《さ》した外人達《ぐわいじんたち》の塊《かたま》りを振《ふ》り向《む》くと、笑《わら》ひ出《だ》した。

「まあ、道理《だうり》で、さきからぷんぷんしてらつしやつたのね。あたし、ぷんぷんされると、踊《をど》りまで出《で》なくなつて了《しま》ふたちなのよ。おや、さやうなら、あちらへ行《ゆ》くわ。ああ、さうさう、あそこに塊《かたま》つてゐる外人達《ぐわいじんたち》ね、あれはあなたが、此《こ》ないだ踏《ふ》んだアルバムの中《なか》にゐた人《ひと》たちよ。覺《おぼ》えといて、一番右《みぎ》のがマイスター・ルチウス・ウント・ブルユーニング染料會社《せんれうぐわいしや》のブレーマン、それから、ほら、こちらを向《む》いたでせう、あれはパーマースシツプビルデング・アイロン會社《ぐわいしや》のルースさん、その次《つぎ》のは、インターナショナル・マーカンタイル・マリン・コムパニーのパーキツク、その前《まへ》のは。」

「もう澤山《たくさん》です。いづれ甲谷《かふや》が可哀想《かはいさう》になるだけです。」

「あら、だつて、あたし、ほんとに甲谷《かふや》さんとは、初《はじ》めから何《な》んでもないわ。それだけは覺《おぼ》えといて、ね、ね。」と宮子《みやこ》は云《い》ふと、英語《えいご》のバスの渦巻《うずま》いた會話《くわいわ》の中《なか》へ、背中《せなか》に笑《わら》ひを立《た》てながら歩《ある》いていつた。

と、急《きふ》に、參木《さんき》は芳秋蘭《はうしうらん》に逢《あ》ひたくなつた。

七

高重《たかしげ》の工場《こうぢやう》では、暴徒《ばうと》の襲《おそ》つた夜以來《よいらい》、殆《ほとん》ど操業《さうげふ》は停止《ていし》された。しかし、、、派《は》の工人達《こうじんたち》は、機械《きかい》を守護《しゆご》して動《うご》かなかつた。彼《かれ》らは、、派《は》の指令《しれい》が來《く》ると、袋叩きにして河《かは》へ投《な》げた。工場《こうぢやう》の內部《ないぶ》では、、

・派《は》の宣傳《せんでん》ビラと、、、派《は》の宣傳《せんでん》ビラとが、風《かぜ》の中《なか》で闘《たゝか》つてゐた。

高重《たかしげ》は暴徒《ぼうと》の夜《よる》から參木《さんき》の顔《かほ》を見《み》なかつた。もし參木《さんき》が無事《ぶじ》なら、顔《かほ》だけは見《み》せるにちがひないと思《おも》つてゐた。が、それも見《み》せぬ。――

參木《さんき》は工場《こうぢやう》の中《なか》を廻《まは》つてみた。運轉《うんてん》を休止《きうし》した機械《きかい》は、昨夜《さくや》一夜《や》の南風《なんぷう》のために錆《さ》びついてゐた。工人達《こうじんたち》は默々《もくもく》とした機械《きかい》の間《あひだ》で、やがて襲《おそ》つて來《く》るであらう暴徒《ぼうと》の噂《うはさ》のために、蒼《あを》ざめてゐた。彼《かれ》らは列《れつ》を作《つく》つた機械《きかい》の間《あひだ》へ虱《しらみ》のやうに挾《はさ》まつたまま、錆《さ》びを落《おと》した。機械《きかい》を磨《みが》く金剛砂《こんがうしや》が濕氣《しつけ》のために、ばらばらに紙《かみ》から落《お》ちた。すると、工人達《こうじんたち》は口口《くちぐち》にその、、製《せい》のペーパーを罵《のゝし》りながら、靜《しづま》つたベルトの掛《か》け返《か》へを練習《れんしふ》した。棉《わた》は彼《かれ》らの周圍《しうゐ》で、今《いま》は始末《しまつ》のつかぬ吐瀉物《としやぶつ》のやうに濕《しめ》りながら、いたる所《ところ》に塊《かたま》つてゐた。

高重《たかしげ》は階上《かいじやう》から工場《こうぢやう》の周圍《しうゐ》を見廻《みまは》した。驅逐艦《くちくかん》から閃《ひら》めく探海燈《たんかいとう》が層雲《そううん》を浮《う》き出《だ》しながら、廻《まは》つてゐた。黒《くろ》く續《つゞ》いた炭層《たんそう》の切《き》れ目《め》には、重《かさ》なつた起重機《きぢうき》の群《む》れが刺《さ》さつてゐた。密輸入船《みつゆにふせん》の破《やぶ》れた帆《ほ》が、眞黒《まつくろ》な襞《ひだ》のやうに傾《かたむ》いて登《のぼ》つていつた。と、そのとき、炭層《たんそう》の表面《へうめん》で、襤褸《ぼろ》の群《む》れが這《は》ひながら、滲《にじ》み出《で》るやうに黒々《くろぐろ》と擴《ひろ》がり出《だ》した。探海燈《たんかいとう》がそれらの脊中《せなか》の上《うへ》を疾走《しつそう》すると、襤褸《ぼろ》の波《なみ》は扁平《へんぺい》に、べたりと炭層《たんそう》へへばりついた。

來《き》た――

高重《たかしげ》は脊《せ》を低《ひく》めて階下《かいか》へ降《お》りやうとした。すると、倉庫《さうこ》と倉庫《さうこ》の間《あひだ》から、影《かげ》を潜《ひそ》めて馳《か》けてゐる黒《くろ》い一團《だん》が、發電所《はつでんしよ》のガラスの中《なか》へ辷《すべ》つてゐた。それは逞《たくま》しい兇器《きやうき》のやうに、急所《きふしよ》を狙《ねら》つて進行《しんかう》してゐる恐《おそ》るべき一團《だん》にちがひないのだ。

高重《たかしげ》はそれらの一團《だん》の背後《はいご》に、芳秋蘭《はうしうらん》の潜《ひそ》んでゐることを、頭《あたま》に描《えが》いた。彼《かれ》は彼《かれ》らの計畫《けいくわく》の裏《うら》へ廻《まは》つて出沒《しゆつぼつ》したい欲望《よくばう》を感《かん》じ出《だ》した。彼《かれ》らは何《なに》を欲《ほつ》してゐるのか。ただ今《いま》は、工場《こうぢやう》を占領《せんりやう》したいだけなのだ――

――

高重《たかしげ》は電鈴《でんれい》のボタンを押《お》した。と、見渡《みわた》す全工場《ぜんこうぢやう》は、眞暗《まつくら》になつた。喚聲《くわんせい》が内外《ないぐわい》二ヶ所《しよ》の門《もん》の傍《そば》から、湧《わ》き起《おこ》つた。石炭《せきたん》が工場《こうぢやう》を狙《ねら》つて、飛《と》び始《はじ》めた。探海燈《たんかいとう》の光鋩《くわうばう》が廻《まは》つて來《く》ると、塀《へい》を攀《よ》ぢ登《のぼ》つてゐる群衆《ぐんしう》の脊中《せなか》が蟻《あり》のやうに浮《う》き上《あが》つた。

高重《たかしげ》は彼《かれ》らを工場内《こうぢやうない》に導《みちび》き入《い》れることの、寧《むし》ろ得策《とくさく》であることを考《かんが》へた。這入《はい》れば袋《ふくろ》の鼠《ねずみ》と同樣《どうやう》である。外《そと》から逆《ぎやく》に彼《かれ》らを閉塞《へいそく》すれば、それで良《よ》いのだ。もし彼《かれ》らが機械《きかい》を破壞《はくわい》するなら、損失《そんしつ》はやがて彼《かれ》らの上《うへ》に廻《まは》るだらう。――彼《かれ》は階段《かいだん》を降《お》りていつた。すると、早《はや》や場内《ぢやうない》へ雪崩《なだ》れて來《き》た一團《だん》の先端《せんたん》は、機械《きかい》を守《まも》る一團《だん》と、衝突《しようとつ》を始《はじ》めてゐた。

「ト、ト、トを倒《たふ》せ。」

「、、、を倒《たふ》せ。」

彼《かれ》らは叫《さけ》びながら、胸《むね》を垣《かき》のやうに連《つら》ねて機械《きかい》の間《あひだ》を押《お》して來《き》た。

場内《ぢやうない》の工人達《こうじんたち》は、押《お》され出《だ》した。印度人《いんどじん》の警官隊《けいくわんたい》は、銃の臺尻《だいじり》を振《ふ》り上《あ》げて、押《お》し返《かへ》した。格闘《かくとう》の群《む》れが、連《つらな》つた機械《きかい》を浸食《しんしよく》しながら、奥《おく》へ奥《おく》へと進《すゝ》んでいつた。と、豫備品室《よびひんしつ》の錠前《ぢやうまへ》が、引《ひ》きち切られた。場外《ぢやうぐわい》の一團《だん》は、その中《なか》へ殺到《さつたう》すると、棍棒形《こんぼうけい》のピツキングステツキを奪《うば》ひ取《と》つた。彼《かれ》らは再《ふたゝ》びその中《なか》から溢《あふ》れ出《だ》すと、手《て》に手《て》に、その鐵《てつ》の棍《こん》棒《ぼう》を振《ふ》り上《あ》げて新《あらた》しく襲《おそ》つて來《き》た。

「、、、を倒《たふ》せ。」

「、、、を倒《たふ》せ。」

彼《かれ》らは精紡機《せいばうき》の上《うへ》から、格闘《かくとう》する人《ひと》の頭《あたま》の上《うへ》へ、飛《と》び降《お》りた。木管《もくくわん》が、投《な》げつけられる人《ひと》の中《なか》を、飛《と》び廻《まは》つた。ハンク・メーターのガラスの破片《はへん》が、飛散《ひさん》しながら、裸體《らたい》の肉塊《にくくわい》へ突《つ》き刺《さ》さつた。打《う》ち合《あ》ふラツプボートの音響《おんきやう》と叫喚《けうくわん》に攻《せ》め寄《よ》せられて、次第《しだい》に、、、派《は》の工人達《こうじんたち》は崩《くづ》れて來《き》た。

高重《たかしげ》は電話室《でんわしつ》へ馳《か》け込《こ》むと、工部局《こうぶきよく》の警官隊《けいくわんたい》へ今《いま》一隊《たい》の増員《ぞうゐん》を要求《えうきう》した。彼《かれ》は引《ひ》き返《かへ》すと、急《きふ》に消《き》えてゐた工場内《こうぢやうない》の電燈《でんとう》が明《あか》るくなつた。瞬間《しゆんかん》、混亂《こんらん》した群衆《ぐんしう》は、停止《ていし》した。と、再《ふたゝ》び、怒濤《どたう》のやうに喚聲《くわんせい》が、張《は》り上《あが》つた。高重《たかしげ》は、まだ侵入《しんにふ》されぬロリラの櫓《やぐら》を楯《たて》にとると、頭《あたま》の上《うへ》で唸《うな》る拳《こぶし》を防《ふせ》ぎながら、叫《さけ》び出《だ》した。

「警官隊《けいくわんたい》だ。ふん張《ば》れ、機關銃《きくわんじう》だ——」

しかし、それと同時《どうじ》に、周圍《しうゐ》の窓《まど》ガラスが、爆音《ばくおん》を立《た》てて崩壞《ほうくわい》した。と、その黑々《くろぐろ》とした巨大《きよだい》な穴《あな》の中《なか》から、一團《だん》の新《あたら》しい敵群《てきぐん》が、泡《あわ》のやうに噴《ふ》き上《あが》つた。彼《かれ》らは見《み》る間《ま》に機械《きかい》の上《うへ》へ飛《と》び上《あが》ると、、、、、、、、、、。彼《かれ》らの後《あと》から、陸續《りくぞく》として飛《と》び上《あが》る群衆《ぐんしう》は、間《ま》もなく機械《きかい》の上《うへ》で、盛《も》り上《あが》つた。彼《かれ》らは、、、する目的物《もくてきぶつ》がなくなると、、、目《め》がけて雪崩《なだ》れて來《き》た。

「、、、を、倒《たふ》せ。」

「、、、を潰《つぶ》せ。」

團々《だんだん》と膨脹《ばうちやう》して來《く》る群衆《ぐんしう》の勢力《せいりよく》に、、、、派《は》の工人達《こうにんたち》は卷《ま》き込《こ》まれた。彼《かれ》らは群衆《ぐんしう》と一つになると、新《あたら》しく群衆《ぐんしう》の勢力《せいりよく》に變《かは》りながら、逆《ぎやく》に、、社員《しやゐん》を襲《おそ》ひ出《だ》した。、、社員《しやゐん》は、今《いま》はいかなる抵抗《ていかう》も無駄《むだ》であつた。彼《かれ》らは印度人《いんどじん》の警官隊《けいくわんたい》と一團《だん》になりながら、群衆《ぐんしう》に追《お》ひつめられて庭《には》へ出《で》た。すると、行手《ゆくて》の西方《せいはう》の門《もん》から、また一團《だん》の工人《こうにん》の群《む》れが、襲《おそ》つて來《き》た。彼《かれ》らの押《お》し詰《つま》つた團塊《だんくわい》の肩《かた》は、見《み》る間《ま》に塀《へい》を突《つ》き崩《くづ》した。と、その倒《たふ》れた塀《へい》の背後《はいご》から、兇器《きやうき》を振《ふ》り上《あ》げた新《あたら》しい群衆《ぐんしう》が、忽然《こつぜん》として現《あらは》れた。彼《かれ》らの怒《いか》つた口《くち》は、鬨《とき》の聲《こゑ》を張《は》り上《あ》げると、、、社員《しやゐん》に向《むか》つて肉迫《にくはく》した。腹背《ふくはい》に敵《てき》を受《う》けた、、達《たち》は、最早《もはや》動《うご》くことが出來《でき》なかつた。高重《たかしげ》は仲間《なかま》と共《とも》に、、、、を群衆《ぐんしう》に差《さ》し向《む》けた。

——今《いま》は最後《さいご》だ。

彼《かれ》の、、にかゝつた理性《りせい》の際限《さいげん》が群集《ぐんしふ》と一緒《しよ》に、バネのやうに伸《しん》縮《しゆく》した。と、、、の先端《せんたん》で、亂《みだ》れた蓬髮《ほうはつ》の海《うみ》が、速力《そくりよく》を加《くは》へて殺倒《さつたう》した。と、同時《どうじ》に、印度人《いんどじん》の警官隊《けいくわんたい》から銃《じう》が鳴《な》つた。續《つゞ》いて高重《たかしげ》の、、、、が、——群集《ぐんしふ》の先端《せんたん》の一角《かど》から、、、、、、、。、、、、。群集《ぐんしふ》は翼《つばさ》を折《を》られたやうに、へたばつた。彼等《かれら》は引《ひ》き返《か》へさうとした。と、後方《こうはう》の押《お》し出《だ》す群《む》れと、衝突《しようとつ》した。彼《かれ》らは圓弧《ゑんこ》を描《ゑが》いた二《ふた》つの黒《くろ》い潮流《てうりう》となつて、高重《たかしげ》の眼前《がんぜん》で動亂《どうらん》した。方向《はうかう》を失《うしな》つた脊中《せなか》の波《なみ》と額の波《なみ》とが、廻《まは》り出《だ》した。逃《に》げる頭《あたま》が塊《かたま》つた胴《どう》の中《なか》へ、落り込《こ》んだ。倒《たふ》れた塀《へい》に躓《つまづ》いて人《ひと》が倒《たふ》れると、その上《うへ》に盛《も》り上《あが》つて倒《たふ》れた人《ひと》垣《がき》が、搖く流動《りうどう》する人波《ひとなみ》の中《なか》で、黒々《くろぐろ》と停《とま》つてゐた。

、、、派《は》の工人達《こうじんたち》は、此《こ》の敗北《はいほく》しかけた、一系《けい》の團流《だんりう》を見《み》てゐると、再《ふたゝ》び爪牙《さうが》を現《あらは》して彼《かれ》らの背後《はいご》から、飛《と》びかかつた。轉《ころ》がる人《ひと》の上《うへ》を越《こ》す足《あし》と、起《お》き上《あが》る頭《あたま》とが、同時《どうじ》に再《ふたゝ》び絡《からま》つて倒《たふ》れると、這《は》ひ廻《まは》つた。踏《ふ》まれた蓬髮《ほうはつ》に縋いた頭《あたま》が、疾風《しつぷう》のやうに馳《か》ける足先《あしさき》に蹴《け》りつけられた。ラツピボートが、投槍《なげやり》のやうに飛《と》び廻《まは》つた。石炭《せきたん》が逃《に》げる群集《ぐんしふ》の背後《はいご》から、投《な》げつけられた。と、散大《さんだい》して散《ち》る群集《ぐんしふ》の影《かげ》が倉庫《さうこ》の角度《かくど》に從《したが》つて變《かは》りながら、急速《きふそく》に庭《には》の中《なか》から消《き》えていつた。

工部局《こうぶきよく》の機關銃隊《きくわんじうたい》が工場《こうぢやう》の門前《もんぜん》に到着《たうちやく》した時《とき》は、早《は》や彼《かれ》らの姿《すがた》は一《ひと》人《り》として見《み》えなかつた。たゞ探海燈《たんかいとう》の光鋩《くわうばう》が空《そら》で廻《まは》る度毎《たびごと》に、、、が土《つち》の上《うへ》から、薄黒《うすぐろ》く痣《あざ》のやうに浮《う》き上《あが》つて來《く》るだけだつた。

八

海港《かいかう》からは、擴大《くわくだい》する罷業《ひげふ》につれて急激《きふげき》に棉製品《めんせいひん》が減少《げんせう》した。對日《たいにち》爲替《かはせ》が上《あが》り出《だ》した。金塊相場《きんくわいさうば》が續騰《ぞくとう》した。歐米人《おうべいじん》の爲替《かはせ》ブローカーの馬車《ばしや》の群團《ぐんだん》は、一層《そう》その速力《そくりよく》に鞭《むち》をあてて銀行間《ぎんかうかん》を馳《か》け廻《まは》つた。しかし、金塊《きんくわい》の奔騰《ほんとう》するに從《したが》つて、海港《かいかう》には銀貨《ぎんくわ》が充滿《じうまん》し始《はじ》めた。と市場《しぢやう》に於《お》ける棉布《めんぷ》の購買力《かうばいりよく》が上《あが》り出《だ》した。外品《ぐわいひん》の拂底《ふつてい》が續《つゞ》き出《だ》した。紐《ニユー》育とリバプールと大阪《おほさか》の棉製品《めんせいひん》が昂騰《かうとう》した。

參木《さんき》は此《こ》の取引部《とりひきぶ》の揭示板《けいじばん》に表《あらは》れた日本内地《にほんないち》の好景氣《かうけいき》の現象《げんしやう》が、不《ふ》思議《しぎ》であつた。、、、、、、、、、、、、逆《ぎやく》に儲《まう》け損したのだ。それなら、支那《しな》では！支那《しな》に於《お》ける參木《さんき》の邦人紡績會社《はうじんばうせきくわいしや》では、久《ひさ》しく倉庫《さうこ》に溜《たま》つた殘留品《ざんりうひん》までが飛《と》び始《はじ》めた。

勿論《もちろん》、此《こ》の無氣味《ぶきみ》な好況《かうきやう》に齊《ひと》しく恐怖《きようふ》を感《かん》じたものは、取引部《とりひきぶ》だけではなかつた。交易所《かうえきじよ》では、俄《にはか》に買氣《かひけ》が停《とゞ》まると、賣手《うりて》がそれに代《かは》つて續出《ぞくしゆつ》した。棉布《めんぷ》が一齊《せい》に暴落《ばうらく》し始《はじ》めた。印度人《いんどじん》の買占團《かひしめだん》が横行《わうかう》した。

しかし、海港《かいかう》からなほますます減少《げんせう》する棉製品《めんせいひん》の補充《ほじう》は、不可能《ふかのう》であつた。さうして、罷業紡績會社《ひげふばうせきくわいしや》の損失《そんしつ》は、罷業時日《ひげふじじつ》と共《とも》に、漸《やうや》く増進《ぞうしん》し始《はじ》めた。然《しか》も、操業停止《さうげふていし》の期間内《きかんない》に於《お》ける賃金支拂《ちんぎんしはら》ひの承諾《しようだく》を、工《こう》人達《じんたち》に與《あた》へざる限《かぎ》り、なほ依然《いぜん》として罷業《ひげふ》は續《つゞ》けられるにちがひないのだ——

この罷業影響《ひげふえいきやう》としての棉製品《めんせいひん》の缺乏《けつばう》から、最《もつと》も巨利《きより》を締《し》めたのは、印度人《いんどじん》の買占團《かひしめだん》と、支那人紡績《しなじんばうせき》の一團《だん》であつた。支那人紡績《しなじんばうせき》は、前《まへ》から久《ひさ》しく邦人會社《はうじんくわいしや》に壓迫《あつぱく》せられてゐたのである。彼《かれ》らは邦人紡績《はうじんばうせき》に罷《ひ》業《げふ》が勃發《ぼつぱつ》すると同時《どうじ》に、休業《きうげふ》してゐた會社《くわいしや》さへ、全力《ぜんりよく》を上《あ》げて機械《きかい》の運轉《うんてん》を開始《かいし》し始《はじ》めた。罷業職工内《ひげふしよくこうない》の熟練工《じゆくれんこう》が、續々《ぞく／＼》彼《かれ》らの工場《こうぢやう》へ奪《と》られ出《だ》した。國貨《こくくわ》の提唱《ていしやう》が始《はじま》つた。日貨《にツくわ》の排斥《はいせき》が行《おこな》はれた。さうして、支那人紡績會《しなじんばうせきくわい》の集團《しふだん》は、今《いま》こそ支那《しな》に、初《はじ》めて資本主義《しほんしゆぎ》の勃興《ぼつこう》を企畫《きくわく》しなければならぬ機會《きくわい》に遭遇《さうぐう》したのだ。彼《かれ》ら集團《しふだん》は自國《じこく》の國產《こくさん》を獎勵《しやうれい》する手段《しゆだん》として、彼《かれ》らの資本《しほん》の發展《はつてん》が、外資《ぐわいし》と平行《へいかう》し得《う》るまで、ロシアをその胸中《きようちゆう》に養《やしな》はねばならぬ運命《うんめい》に立《た》ちいたつた。何《な》ぜなら、支那《しな》資本《しほん》は最早《もはや》ロシアを食用《しよくよう》となさざる限《かぎ》り、彼《かれ》らを壓迫《あつぱく》する外國資本《ぐわいこくしほん》の專政《せんせい》から脫出《だつしゆつ》することは、不可能《ふかのう》なことにちがひないのだ。支那《しな》では、かうして共產主義《きやうさんしゆぎ》の背後《はいご》から、此《こ》の時《とき》を機會《きくわい》として資本主義《しほんしゆぎ》が馳《か》け昇《のぼ》らなければならなかつた。

此《こ》の支那資本家《しなしほんか》の一團《だん》である總商會《そうしやうくわい》の一員《ゐん》に、お柳《りう》の主人《しゆじん》の錢石山《せんせきざん》が混《まじ》つてゐた。彼《かれ》は日本人紡績會社《にほんじんばうせきくわいしや》に罷業《ひげふ》が起《おこ》ると、彼《かれ》らの一團《だん》と共《とも》に策動《さくどう》し始《はじ》めた。彼《かれ》らは支那人紡《しなじんばう》に資金《しきん》を增《ま》した。排日宣傳業者《はいにちせんでんげふしや》に賚《つ》用《よう》を與《あた》へた。同時《どうじ》に罷業策源部《ひげふさくげんぶ》たる總工會《そうこうくわい》に秋波《しうは》を用《もち》ふることさへ拒《こば》まなかつた。さうして、此《こ》の支那未曾有《しなみぞう》の大罷業《だいひげふ》が、どこからともなく押《お》し寄《よ》せた風土病《ふうどびやう》のやうに、その奇怪《きくわい》な翼《つばさ》を刻々《こく／＼》に擴《ひろ》げ出《だ》したのだ。今《いま》や海港《かいかう》には失業者《しつげふしや》が滿《み》ち始《はじ》めた。無賴《ぶらい》の徒《と》が共產黨《きやうさんたう》の假面《かめん》を冠《かぶ》つて潛入《せんにふ》した。秘密結社《ひみつけつしや》が活動《くわつどう》した。

「、、、を倒《たふ》せ。」

「、、を潰《つぶ》せ。」

「われら中國《ちうごく》の幸福《かうふく》のために。」

街路《がいろ》の壁《かべ》や、辻々《つじ／＼》の電柱《でんちう》や、露地《ろち》の奧《おく》にまで宣單《せんたん》が貼《は》られ出《だ》した。總工會《そうこうくわい》の本部《ほんぶ》からは、彼《かれ》らに應《おう》ぜしめる電報《でんぽう》が、各國在留支那人《かくこくざいりうしなじん》に向《む》けて飛《と》び始《はじ》めた。

此《こ》の騷《さわ》ぎの中《なか》で、、、ら一部《ぶ》の、、、、、印度人警官《いんどじんけいくわん》の發砲《はつぱう》した彈《た》丸《ま》は、數人《すうにん》の支那工人《しなこうじん》の負傷者《ふしやうしや》を出《だ》したのだ。その中《なか》の一人《ひとり》が死《し》ぬと、海港《かいかう》の急進派《きふしんは》は一層《そう》激《はげ》しく暴《あば》れ出《だ》した。彼《かれ》らは工部局《こうぶきよく》の死體檢視《したいけんし》所《しよ》から死體《したい》を受《う》けとると、四ケ所《しよ》の彈痕《だんこん》が盡《こと／＼》く、、、、、、、、の彈痕《だんこん》だと主張《しゆちやう》し始《はじ》めた。總工會幹部《そうこうくわいかんぶ》と罷業工人《ひげふこうじん》三百人《にん》から成《な》る一團《だん》が、棺《くわん》を擔《かつ》いで、殺人糺明《さつじんきうめい》のため工場《こうぢやう》へ押《お》しかけたが、彼《かれ》らはその門《もん》前《ぜん》で警官隊《けいくわんたい》から追《お》はれると、漸《やうや》く棺《くわん》は罷業本部《ひげふほんぶ》の總工會《そうこうくわい》に納《をさ》められた。

、、は自身《じしん》の作《つく》つた一《ひと》つの死體《したい》が、次第《しだい》に海港《かいかう》の中心《ちうしん》となつて動《うご》き出《だ》したのを感《かん》じた。支那工人《しなこうじん》の團結心《だんけつしん》は、一個《こ》の死體《したい》のために、ますます強固《きやうこ》に塊《かた》まり出《だ》したのだ。彼《かれ》はその巧《たく》みな彼《かれ》らの流動《りうどう》を見《み》てゐると、それが盡《ことごと》く芳秋蘭《はうしうらん》の動《うご》きに見《み》えてならなかつた。間《ま》もなく彼女《かのぢよ》は數《すう》千人の工人《こうじん》を引《ひ》きつれて、八方《ぱう》に活動《くわつどう》するにちがひない。——

しかし、見《み》よ、と彼《かれ》は思《おも》つた。

——今《いま》に、彼女《かのぢよ》が活動《くわつどう》すればするほど、彼女《かのぢよ》に引《ひ》き摺《ず》り廻《まは》される工《こう》人《じん》の群《む》れは、餓死《がし》していくにちがひないのだ。——

總工會《そうこうくわい》に置《お》かれた死亡工人《しばうこうじん》の葬儀《さうぎ》は、附近《ふきん》の廣場《ひろば》で盛大《せいだい》に行《おこな》はれた。參木の取引部《とりひきぶ》へは、刻々《こくこく》視察隊《しさつたい》から電話《でんわ》が來《き》た。

——葬儀場《さうぎぢやう》には五百餘流《よりう》の旗《はた》が立《た》つた。

——參加團體《さんかだんたい》は三十有餘《いうよ》、無慮《むりよ》一萬人《まんにん》の會葬者《くわいさうしや》あり。

——棺柩《くわんきう》を包《つゝ》んで激烈《げきれつ》なる、、演說輻輳《えんぜつふくそう》す。工場《こうぢやう》を襲《おそ》ふは遲《おそ》くも今《こん》夕《せき》であらう。

——所々《しよしよ》に、、、との衝突《しようとつ》あり、、、、十數名《すうめい》に及《およ》ぶ。

——學生隊《がくせいたい》は、、、を奪《うば》はんとし、、、、、、、を襲《おそ》ふ。

この報告《はうこく》と同時《どうじ》に、別動隊《べつどうたい》からの報告《はうこく》も混《まじ》つて來《き》た。

——ムルメイン路《ろ》三〇九、露人共産黨書記官《ろじんきようさんたうしよきくわん》、チエルカツソフ宅《たく》にて會合《くわいがふ》あり、集《あつま》るもの、同志《どうし》ボノマレンコ、宣傳部長《せんでんぶちやう》クリウエンコ、地方共産黨員《ちはうきようさんたうゐん》ベルソン、シブロフキー、ストヤノウイツチ、支人《しじん》、クン・ヅー・ミン、及《およ》び、チヤイニーズ・メデイカル・スクールの學生多數《がくせいたすう》あり。

參木《さんき》に向《む》けては、各國市場《かくこくしぢやう》から電報《でんぱう》が舞《ま》ひ込《こ》んだ。

——ワシントン丸《まる》、ハンブルグより出帆《しゆつぱん》、棉品《めんぴん》四百噸積込《とんつみこみ》。

——リバプールよりリマ丸出發《まるしゆつぱつ》、貨物《くわもつ》一千噸《とん》。

——ボンベイより博多丸《はかたまる》、棉花《めんくわ》二千八百噸《とん》、積出出帆《つみだししゆつぱん》。

——綿布《めんぷ》三百俵《ぺう》、寧波學生團妨害《がくせいだんばうがい》のため、揚荷不能《あげにふのう》。

此《こ》れらの電報《でんぱう》に混《まじ》つて日《に》本實業團體《ほんじつげふだんたい》の應援電文《おうゑんでんぶん》が、續々《ぞくぞく》と殺到《さつたう》した。

——大日本紡績聯合會《だいにほんばうせきれんがふくわい》。當會《たうくわい》より數名上京《すうめいじやうきやう》。昨日《きのふ》外務省《ぐわいむしやう》に交渉《かうせふ》す——

——日本工業俱樂部《にほんこうげふくらぶ》。外務《ぐわいむ》、農商務省《のうしやうむしやう》に警告《けいこく》の必要《ひつえう》を認《みと》め、其手配《そのてはい》完了《くわんれう》す——

——京都商業會議所《きやうとしやうげふくわいぎしよ》。大阪會議所《おほさかくわいぎしよ》と共《とも》に協同努力《けふどうどりよく》しつつあり、その成《せい》の速報《そくはう》を俟《ま》つ——

——神戸商業會議所《かうべしやうげふくわいぎしよ》。外務當局《ぐわいむたうきよく》並《ならび》に貴地《きち》總商會《そうしやうくわい》に應急處置方打電《おうきふしよちかただでん》す。――

――大阪商業會議所《おほさかしやうげふくわいぎしよ》。政府《せいふ》に對《たい》し、機宜《きぎ》の措置《そち》を執《と》られ度《た》き旨建議《むねけんぎ》し、併《あは》せて貿地總務商會《きちそうむしやうくわい》に本問解決《ほんもんかいけつ》の爲《た》め斡旋方依賴《あつせんかたいらい》せり――

――東京商業會議所《とうきやうしやうげふくわいぎしよ》。外務大臣《ぐわいむだいじん》に會見《くわいけん》、政府《せいふ》に於《おい》ても斷乎《だんこ》たる措置《そち》決心《けつしん》にて、北京《ペキン》政府《せいふ》に對《たい》し、强硬《きやうかう》なる抗議《かうぎ》、その他適切《たてきせつ》なる手段《しゆだん》を講《かう》ず。遠《とほ》からず鎭壓《ちんあつ》する見込《みこみ》なる旨回答《むねくわいたふ》あり、――

參木《さんき》は電文《でんぶん》に現《あらは》れた、、、、、を感《かん》じると、今更《いまさら》ながら、芳秋蘭《はうしうらん》一派《ぱ》の進行《しんかう》に驚《おどろ》きを感《かん》じ出《だ》した。

九

襲擊《しふげき》された、、の店《みせ》が、日日市中《にちにちしちう》を流《なが》れて來《き》た。、、の貨物《くわもつ》が掠奪《りやくだつ》されると、燒《や》き捨《す》てられた。、、を扱《あつか》ふ支那商人《しなしやうにん》が、先《さき》を爭《あらそ》つて共同《きようどう》租界《そかい》へ逃《に》げ込《こ》んだ。租界《そかい》の旅館《りよくわん》が滿員《まんゐん》を續《つづ》けて溢《あふ》れ出《だ》した。租界《そかい》の地價《ちか》と家賃《やちん》が暴騰《ばうとう》した。、、派の支那人《しなじん》は檻《をり》に入《い》れられ、獸《けもの》のやうに市《し》中《ちう》を引《ひ》き摺《ず》り廻《まは》された。何者《なにもの》とも知《し》れぬ生首《なまくび》が所々《しよしよ》の電柱《でんちう》にひつかけられると、鼻《はな》から先《さき》に腐《くさ》つていつた。

參木《さんき》は視察《しさつ》を命《めい》ぜられると、時々《ときどき》支那人《しなじん》に扮裝《ふんさう》して市中《しちう》を這《は》つた。彼《かれ》は芳秋蘭《はうしうらん》を見《み》たい欲望《よくばう》を壓《おさ》へることに、だんだん困難《こんなん》を感《かん》じて來《き》た。彼《かれ》は危險區劃《きけんくくわく》に近《ちか》づくことによつて、急激《きふげき》な疲勞《ひらう》を感《かん》じると、彼《かれ》

めて鼻藥《びやく》を盛《も》られた鼻《はな》のやうに生《い》き生《い》きと刺戟《しげき》を感《かん》じるだけであつた。

その日《ひ》は、參木《さんき》はいつものやうにパーテルで甲谷《かふや》と逢《あ》はねばならなかつた。彼《かれ》の步《ある》く道《みち》の上《うへ》では、夏《なつ》に近《ちか》づく反射《はんしや》が激《はげ》しく空氣《くうき》の動搖《どうえう》を起《おこ》してゐた。乞食《こじき》の襤褸《ぼろ》の群《む》れを、房《ふさ》のやうに附着《ふちやく》させた建物《たてもの》の間《あひだ》から、驅逐艦《くちくかん》の鐵《てつ》の尻尾《しつぽ》が搖《ゆ》れてゐた。無軌道電車《むきだうでんしや》が黃包車《ワンポーツ》の群《む》れを追《お》ひ延《は》しながら、街角《まちかど》に盛《も》り上《あが》つた果物《くだもの》の中《なか》へ首《くび》を突《つ》つ込《こ》むと、動《うご》かなかつた。參木《さんき》は街《まち》を曲《まが》つた。と、その眞直《まつす》ぐに延《の》びた街區《がいく》の底《そこ》で、喚《わめ》く群集《ぐんしふ》が詰《つま》りながら、旗《はた》を立《た》てて流《なが》れてゐた。それは明《あき》らかに、、工場《こうぢやう》を襲《おそ》つて追《お》ひ散《ち》らされた群衆《ぐんしう》の一團《だん》であつた。彼《かれ》らの長《なが》く延《の》びた先頭《せんとう》は、、・の石《いし》の關門《くわんもん》に嚙《か》まれてゐた。

「われらの同胞《どうはう》を救《すく》へ。」

「檢束者《けんそくしや》を奪《うば》へ。」

群集《ぐんしふ》のその長《なが》い列《れつ》は、次第《しだい》に嚙《か》まれた頭《あたま》の方向《はうかう》へ縮《ちぢ》まりながら、押《お》し寄《よ》せた。石《いし》の關門《くわんもん》は竈《かまど》の口《くち》のやうに、群集《ぐんしふ》をずるずると飲《の》み込《こ》んだ。と、急《きふ》に、群集《ぐんしふ》は吐《は》き出《だ》されると、逆《ぎやく》に參木《さんき》の方《はう》へ崩《なだ》れて來《き》た。關門《くわんもん》からは、並《なら》んだホースの口《くち》から、水《みづ》が一齊《せい》に吹《ふ》き出《だ》したのだ。水《みづ》に足《あし》を掬《すく》はれた旗持《はたもち》が、石《いし》の階段《かいだん》から轉《ころ》がり落《お》ちた。ホースの筒口《つつぐち》が、街路《がいろ》の人波《ひとなみ》を掃《は》き洗《あら》ひながら、進《すす》んで來《き》た。停車《ていしや》した辻々《つじつじ》

の電車《でんしや》や建物《たてもの》の中《なか》から、街路《がいろ》へ人《ひと》が溢《あふ》れ出《だ》した。警官隊《けいくわんたい》に追《お》はれた群《ぐん》集《しふ》は、それらの新《あら》たな群集《ぐんしふ》に止《と》められると、更《さら》に一段《だん》と膨脹《ばうちやう》した。一《ひと》人《り》の工人《こうじん》が窓《まど》へ飛《と》び上《あが》つて叫《さけ》び出《だ》した。

「諸君《しよくん》、團結《だんけつ》せよ。同胞《どうはう》は殺《ころ》されたのだ。われわれは、、、に向《むか》つて復《ふく》讐《しう》しつつある。然《しか》も、われわれを壓迫《あつぱく》するものは、×國官憲《こくくわんけん》に變《かは》つて來《き》た●彼《かれ》らを倒《たふ》せ。」

云《い》ひ終《おは》ると、彼《かれ》は腦貧血《なうひんけつ》を起《おこ》して石《いし》の上《うへ》へ、卒倒《そつたう》した。群衆《ぐんしう》は動搖《どよ》めき立《た》つた。宣單《せんたん》が人人《ひとびと》の肩《かた》の隙間《すきま》を、激《はげ》しい言葉《ことば》のままで飛《と》び歩《ある》いた。幟《のぼり》が群衆《ぐんしう》の上《うへ》で振《ふ》り廻《まは》された。續《つゞ》いて一人《ひとり》の工人《こうじん》が建物《たてもの》の窓《まど》へ飛《と》び上《あが》ると、叫《さけ》び出《だ》した。

「諸君《しよくん》、中國《ちうごく》を思《おも》へ。われわれは×國《こく》から、いかなる虐待《ぎやくたい》をされ續《つゞ》けたか。彼《かれ》らは中國《ちうごく》の咽喉《のど》を締《し》める。彼《かれ》らはわれわれからパンを奪《うば》ひ、武器《ぶき》を奪《うば》つた。われわれ中國《ちうごく》四億《おく》の民衆《みんしう》の顏《かほ》を見《み》よ。今《いま》や中國《ちうごく》は彼《かれ》らのために、餓死《がし》するであらう。然《しか》も、われらが中國《ちうごく》のために立《た》たんとするとき、常《つね》にわれらを妨害《ばうがい》するものは、×國《こく》の官憲《くわんけん》である。」

すると、近《ち》かづいた×國官憲《こくくわんけん》が、彼《かれ》の足《あし》を持《も》つて引《ひ》き摺《ず》り降《お》ろした。群衆《ぐんしう》の先端《せんたん》で濡《ぬ》れてゐた幟《のぼり》の群《む》れが、官憲《くわんけん》の身體《からだ》に卷《ま》きついた。

「×國人《こくじん》を倒《たふ》せ。」

群衆《ぐんしう》は口口《くちぐち》に叫《さけ》びながら、、、、へ向《むか》つて殺倒《さつたう》した。ホ ースの筒口《つゝぐち》から射《い》られる水《みづ》が、群衆《ぐんしう》を裂いて吹《ふ》き倒《たふ》した。人《ひと》の波《なみ》の中《なか》から街路《がいろ》の切石《きりいし》が一直線《ちよくせん》に現《あらは》れた。と、礫《つぶて》の渦卷《うづまき》が、、、の頭《あたま》の上《うへ》で、唸《うな》り出《だ》した。高《たか》く並《なら》んだ建物《たてもの》の窓々《まど／＼》から、河《かは》のやうなガラ スの層《そう》が青《あを》く輝《かゞや》きながら、墜落《つゐらく》した。

「×國人《こくじん》を倒《たふ》せ、」

「外人《ぐわいじん》を倒《たふ》せ、」

群衆《ぐんしう》は喊聲《かんせい》を上《あ》げながら、再《ふた》び、、へ向《むか》つて肉迫《にくはく》した。爆《はじ》ける水《みづ》の中《なか》で、群衆《ぐんしう》の先端《せんたん》と、、とが、轉《ころ》がつた。しかし、大厦《たいか》の崩《くづ》れるやうに四方《はう》から押《お》し寄《よ》せた數萬《すうまん》の群衆《ぐんしう》は、忽《たちま》ち格鬪《かくとう》する人《ひと》の群《む》れを押《お》し流《なが》した。街區《がいく》の空間《くうかん》は今《いま》や巨大《きよだい》な熱情《ねつじやう》のために、膨《ふく》れ上《あが》つた。その澎湃《ほうはい》とした群衆《ぐんしう》の膨張力《ばうちやうりよく》は黒《くろ》い街路《がいろ》のガラスを押《お》し潰《つぶ》しながら、、、の關《くわん》門《もん》へと馳《か》け上《あが》らうとした。と、一齊《せい》に關門《くわんもん》の銃口《じうこう》が、火蓋《ひぶた》を切《き》つた。群衆《ぐんしう》の上《うへ》を、電流《でんりう》のやうな數條《すうでう》の戰慄《せんりつ》が、馳《か》け廻《まは》つた。瞬間《しゆんかん》、聲《こゑ》を潜《ひそ》めた群衆《ぐんしう》の頭《あたま》は、突如《とつじよ》として悲鳴《ひめい》を上《あ》げると、兩側《りやうがは》の壁《かべ》へ向《むか》つて捻《ね》ぢ込《こ》んだ。と、再《ふた》び壁《かべ》から跳《は》ね返《かへ》された。彼《かれ》らは彈動《だんどう》する激流《げきりう》のやうに、卷《ま》き返《かへ》しながら、關門《くわんもん》めがけて襲《おそ》ひかかつた。

「×國人《こくじん》を、倒《たふ》せ。」

「×國人《こくじん》を。」

しかし彈丸《だんぐわん》は金屬《かね》であつた。銃聲《じうせい》の連續《れんぞく》する度《たび》に、群衆《ぐんしう》の肉體《にくたい》は簡《かん》淵《ふち》に貫《つらぬ》かれた。——

　參木《さんき》は商店《しやうてん》の凹《くぼ》んだ入口《いりくち》に押《お》しつめられたまゝ、水平《すゐへい》に高《たか》く開《ひら》いた頭《あたま》の上《うへ》の廻轉窓《くわいてんまど》より、見《み》えなかつた。その窓《まど》のガラスには、動亂《どうらん》する群衆《ぐんしう》が總《すべ》て逆樣《さかさま》に映《うつ》つてゐた。それは空《そら》を失《うしな》つた海底《かいてい》のやうであつた。無數《むすう》の頭《あたま》が肩《かた》の下《した》になり、肩《かた》が足《あし》の下《した》にあつた。彼《かれ》らは今《いま》にも墜落《らく》しさうな奇怪《きくわい》な懸垂形《けんすゐけい》の天蓋《てんがい》を描《ゑが》きながら、流《なが》れては引《ひ》き返《かへ》し、引《ひ》き返《かへ》しては廻《まは》る海草《かいさう》のやうに、搖《ゆ》れてゐた。參木《さんき》はそれらの廻《まは》りながら垂《た》れ下《さが》つた群衆《ぐんしう》の中《なか》から、芳秋蘭《はうしうらん》の顏《かほ》を搜《さが》し續《つゞ》けてゐたのである。と、彼《かれ》は銃聲《じうせい》を聞《き》きつけた。彼《かれ》は震動《しんどう》を感《かん》じた。彼《かれ》は跳《は》ね起《お》るやうに、地上《ちじやう》の群衆《ぐんしう》の中《なか》へ延《の》び上《あが》らうとした。が、ふと彼《かれ》は、その外界《ぐわいかい》の混亂《こんらん》に浮《う》き上《あが》つた自身《じしん》の重心《ぢゆうしん》を、輕蔑《けいべつ》した。持病《ぢびやう》の外界《ぐわいかい》との鬪爭欲《とうさうよく》が、突然起《とつぜんおこ》り出《だ》したのだ。彼《かれ》は逆《ぎやく》に、落《お》ちつきを奪《うば》ひ返《かへ》す努力《どりよく》に緊張《きんちやう》し始《はじ》めた。彼《かれ》は彈丸《だんぐわん》の飛《と》ぶ速力《そくりよく》を、見詰《みつ》めやうとした。彼《かれ》の前《まへ》を、人波《ひとなみ》の川《かは》が疾走《しつそう》した。と、川《かは》と川《かは》との間《あひだ》で、飛沫《ひまつ》のやうに跳《は》ね上《あが》つた群衆《ぐんしう》が、衝突《しようとつ》した。旗《はた》が人波《ひとなみ》の上《うへ》へ、倒《たふ》れかかつた。その旗《はた》の布切《ぬのきれ》が、流《なが》れる群衆《ぐんしう》の足《あし》にひつかかつたまま、建物《たてもの》の中《なか》へ吸《す》ひ込《こ》まれやうとした。と、ふと彼《かれ》は芳秋蘭《はうしうらん》を見《み》た。彼女《かのぢよ》は旗《はた》の傍《そば》で工部局屬《こうぶきよくぞく》の支那《しな》、、に腕《うで》を持《も》たれて引《ひ》かれてゐた。と、忽《たちま》ち流《なが》れる群衆《ぐんしう》は、參木《さんき》の視線《しせん》を妨害《ばうがい》した。彼《かれ》はその波《なみ》の中《なか》を突《つ》き拔《ぬ》けると、建物《たてもの》の傍《そば》へ馳《か》け寄《よ》つた。秋蘭《しうらん》は、、の腕《うで》に身《み》をまかせたまま、彼《かれ》の眼前《がんぜん》で靜《しづ》かに周圍《しうゐ》の動亂《どうらん》を眺《なが》めてゐた。と、彼女《かのぢよ》は彼《かれ》を見《み》た。彼女《かのぢよ》は笑《わら》つた。彼《かれ》は死《し》を感《かん》じた。彼《かれ》は冷《つめ》たい一刀《いつたう》の刃《は》のやうに、躍《をど》り上《あが》ると、、、の腕《うで》の間《あひだ》へ身《み》をぶち當《あ》てた。彼《かれ》は倒《たふ》れた。秋蘭《しうらん》の馳《か》け出《だ》す足《あし》が——彼《かれ》は襲《おそ》ひかかつた、、、、を蹴《け》りつけると、跳《は》ね起《お》きた。と、彼《かれ》は銃《じう》の臺尻《だいじり》に突《つ》き當《あた》つた。が、彼《かれ》は新《あら》しく流《なが》れて來《き》た群衆《ぐんしう》の中《なか》へ飛《と》び込《こ》むと、再《ふたゝ》びその人波《ひとなみ》と一緒《いつしよ》に流《なが》れていつた。——

　それは殆《ほとん》ど鮮《あざ》やかな一閃《いつせん》の斷片《だんぺん》にすぎなかつた。小銃《せうじう》の反響《はんきやう》する街區《がいく》では、群衆《ぐんしう》の巨大《きよだい》な渦卷《うづま》きが分裂《ぶんれつ》しながら、建物《たてもの》と建物《たてもの》の間《あひだ》を、交錯《かうさく》する梭《をさ》のやうに馳《か》けてゐた。

　參木《さんき》は自身《じしん》が何《なに》をしたかを忘《わす》れてゐた。馳《か》け廻《まは》る群衆《ぐんしう》を眺《なが》めながら、彼《かれ》は秋蘭《しうらん》の笑顏《ゑがほ》の釘《くぎ》に打《う》ちつけられてゐるのである。彼《かれ》は激昂《げきかう》してゐるやうに茫然《ばうぜん》としてゐる自分《じぶん》を感《かん》じた。同時《どうじ》に彼《かれ》は自身《じしん》の無感動《むかんどう》な洞穴《ほらあな》を。——遠《とほ》くの窓《まど》からガラスが瀧《たき》のやうに落《お》ちてゐた。彼《かれ》は足《あし》元《もと》で彈丸《だんぐわん》を拾《ひろ》ふ乞食《こじき》の頭《あたま》を跨《また》いだ。と、彼《かれ》は初《はじ》めて、現實《げんじつ》が視野《しや》の中《なか》で强烈《きやうれつ》な活動《くわつどう》を續《つゞ》けてゐるのを感《かん》じ出《だ》した。しかし、依然《いぜん》として襲《おそ》ふ淵《ふち》のやうな空虚《くうきよ》さがますます明瞭《めいれう》に彼《かれ》の心《こゝろ》を沈《しづ》めていつた。彼《かれ》は最早《もはや》や爲《な》すべき自身《じしん》の何事《なにごと》もないのを感《かん》じた。と、幾度《いくど》となく襲《おそ》つては退《しりぞ》いた死《し》への魅力《みりよく》が、煌《きら》めくやうに彼《かれ》の胸《むね》へ滿《み》ち始《はじ》めた。彼《かれ》はうろうろ周圍《しうゐ》を見廻《みまは》すと、街路《がいろ》の眞中《まんなか》に立《た》ち停《とま》つて放尿《はうねう》した。死人《しにん》の靴《くつ》を奪《うば》つてゐた乞食《こじき》が、跳《は》ね返《かへ》る水《みづ》に眼《め》を打《う》たれて飛《と》び上《あが》つた。參木《さんき》は銅貨《どうくわ》を掴《つか》んで遠《とほ》くの死骸《しがい》の上《うへ》へ投《な》げつけた。乞食《こじき》は敏捷《びんせふ》な鼬《いたち》のやうに、死骸《しがい》や負傷者《ふしやうしや》を飛《と》び越《こ》えると、散《ち》らばつた銅貨《どうくわ》の上《うへ》を這《は》ひ廻《まは》つた。彼《かれ》は死《し》と離《はな》れてゐる二人《ふたり》の距離《きより》を眼《め》で計《はか》つた。と、彼《かれ》は外界《ぐわいかい》に抵抗《ていかう》してゐる自身《じしん》の力《ちから》に、朗《ほが》らかな勝利《しようり》を感《かん》じ彼《かれ》は死《し》が錐《きり》のやうな鋭《するど》さをもつて迫《せま》るのをひしひし皮膚《ひふ》に感《かん》じると、再《ふたた》び銅貨《どうくわ》を掴《つか》んで滅茶苦茶《めちやくちや》に投《な》げ續《つゞ》けた。乞食《こじき》は彼《かれ》との距離《きより》を半徑《はんけい》にして廻《まは》り出《だ》した。彼《かれ》は擴《ひろ》がる彼《かれ》の意《い》志《し》の圓周《えんしう》を、動亂《どうらん》する街路《がいろ》の、底《そこ》から感《かん》じると、初《はじ》めて觸《ふ》られるやうな快感《くわいかん》にしびれ出《だ》した。と、彼《かれ》は今《いま》は自身《じしん》の最後《さいご》の瞬間《しゆんかん》へと辷《すべ》り込《こ》みつつある速力《そくりよく》を感《かん》じた。彼《かれ》は眩惑《げんわく》する圓光《ゑんくわう》の中《なか》で、次第《しだい》にきりきり舞《ま》ひ上《あが》る透明《とうめい》な戰慄《せんりつ》に打《う》たれながら、にやにや笑《わら》ひ出《だ》した。すると、不《ふ》意《い》に彼《かれ》の身體《からだ》は、後《うし》ろの群衆《ぐんしう》の中《なか》へ引《ひ》き摺《ず》られた。彼《かれ》は振《ふ》り返《かへ》つた。と、

「ああ。」と彼《かれ》は叫《さけ》んだ。

彼《かれ》は秋蘭《しうらん》の腕《うで》に引《ひ》き摺《ず》られてゐたのである。

「さア、早《はや》く、お逃《に》げになつて、」

參木《さんき》は秋蘭《しうらん》の後《あと》に從《したが》つて駈《か》け出《だ》した。彼女《かのぢよ》は建物《たてもの》の中《なか》へ彼《かれ》を導《みちび》くと、エレベーターで五階《かい》まで馳《か》け昇《のぼ》つた。二人《ふたり》はボーイに示《しめ》された一室《しつ》へ這入《はい》つた。と、秋蘭《しうらん》は彼《かれ》をかゝへると、いきなり激《はげ》しい呼吸《こきふ》を迫《せま》らせて接吻《せつぷん》した。

「ありがたうございましたわ。あたくし、あれから、もう一度《ど》あなたにお眼《め》にかゝれるにちがひないと思《おも》つてをりましたの。でも、こんなに早《はや》く、お眼《め》にかゝらうとは思《おも》ひませんでした。」

參木《さんき》は次《つぎ》から次《つぎ》へと爆發《ばくはつ》する眼《め》まぐるしい感情《かんじやう》の音響《おんきやう》を、たゞ恍惚《くわうこつ》として聞《き》いてゐたにすぎなかつた。秋蘭《しうらん》は忙《いそが》しさうに窓《まど》を開《あ》けると下《した》の街路《がいろ》を見降《みおろ》した。

「まア、あんなに×隊《たい》の官憲《くわんけん》が。御覧《ごらん》なさいまし、あたくし、あそこであなたにお助《たす》けしていたゞいたんでございますわ。あなたを狙《ねら》つてゐた、、が發砲《はつぱう》したのも、あそこですの。」

參木《さんき》は秋蘭《しうらん》と並《なら》んで下《した》を見《み》た。壁《かべ》を傳《つた》つて昇《のぼ》つて來《く》る硝煙《せうえん》の匂《にほ》ひの下《した》で、群衆《ぐんしう》は最早《もはや》最後《さいご》の一團《だん》を街《まち》の一角《かく》へ吸《す》ひ込《こ》ませてゐた。眞赤《まつか》な機關銃《きくわんじゆう》の脊中《せなか》が、血痕《けつこん》やガラスの破片《はへん》を踏《ふ》みながら、その穴《あな》の開《あ》いた静《しづ》かな街區《がいく》の底《そこ》を辷《すべ》つていつた。

參木《さんき》は彼《かれ》の鬪爭《とうさう》してゐたものが、たゞその眞下《ました》で冷然《れいぜん》としてゐる街區《がいく》にすぎなかつたことに氣《き》がついた。と、彼《かれ》は自身《じしん》の痛《いた》ましい愚《おろ》かさに打《う》たれると、惡寒《をかん》を感《かん》じて身《み》が慄《ふる》へた。

參木《さんき》は彈力《だんりよく》の消《き》え盡《つく》した眼《め》で秋蘭《しうらん》の顔《かほ》を見《み》た。それは曙《あけぼの》のやうであつた。彼《かれ》は彼女《かのぢよ》が彼《かれ》に與《あた》へた接吻《せつぷん》の密度《みつど》を思《おも》ひ出《だ》した。しかし、

それは何《なに》かの間違《まちが》ひのやうに空虚《くうきよ》な感覺《かんかく》を投《な》げ捨《す》てゝ飛《と》び去《さ》ると、彼《かれ》は云《い》つた。

「もう、どうぞ、僕《ぼく》にはかまはないで、あなたのお忙《いそ》ぎになる所《とこ》へいらつして下《くだ》さい。」

「ええ、有《あ》りがたうございます。あだくし、今《いま》は忙《いそ》がしくつてなりませんの。でも、もう、あたくしたちの集《あつま》る所《とこ》は、今日《けふ》は定《きま》つてをります。それより、あなたは、今日《けふ》はどうしてこんな所《とこ》へお見《み》えになつたんでございます。」

「いや、たゞ僕《ぼく》は、今日《けふ》はぶらりと來《き》てみたゞけです。しかし、あなたのお顔《かほ》の見《み》える所《とこ》は、たいてい僕《ぼく》には想像《さうざう》が出來《でき》るんです。」

「まア、そんなことをなさいましては、お危《あぶ》うございますわ。これからは、なるだけどうぞ、お家《うち》にゐらして下《くだ》さいまし。今《いま》はあたくしたちの仲間《なかま》の者《もの》は、、、の方《かた》には何《なに》をするかしれません。でも、今日《けふ》の工務局官憲《こうむきよくくわんけん》の發砲《はつぱう》は、、、の方《かた》にとつては、幸福《かうふく》だつたと思《おも》ひますの。明日《あす》からは、きつと中國人《ちうごくじん》の反抗心《はんかうしん》が×國人《こくじん》に向《むか》つていくにちがひありません。それにもう直《す》ぐ、工務局《こうむきよく》は納税特別會議《なふぜいとくべつくわいぎ》を召集《せうしふ》するでございませう。工部局提案《こうぶきよくていあん》の關税引上《くわんぜいひきあ》げの一項《かう》は、中國商人《ちうごくしやうにん》の死活問題《しくわつもんだい》と同樣《どうやう》です。あたくしたちは極力《きよくりよく》これを妨害《ばうがい》して流會《りうくわい》させなければなりませんの。」

「では、もう、、工場《こうぢやう》の方《はう》の問題《もんだい》は、このまゝになるんですか。」

「ええ、もうあたくしたちにとつては、罷業《ひげふ》より×國《こく》の方《はう》が問題《もんだい》です。今日《けふ》の工部局《こうぶきよく》、、の發砲《はつぱう》を默認《もくにん》してゐては、中國《ちうごく》の國辱《こくじよく》だと思《おも》ひますの。武器《ぶき》を持《も》たない群集《ぐんしふ》に發砲《はつぱう》したといふことは、發砲理由《はつぱうりいう》がどんなに完全《くわんぜん》に作成《さくせい》されようとも、×國人《こくじん》の敗北《はいぼく》に定《きま》つてゐます。御覽《ごらん》なさいまし、まア、あんなに血《ち》が流《なが》されたんでございますもの。今日《けふ》は此《こ》の下《した》で、幾人中國人《いくたりちうごくじん》が殺害《さつがい》されたか知《し》れませんわ。」

秋蘭《しうらん》は窓《まど》そのものに憎《にく》しみを投《な》げつけるやうに、窓《まど》を突《つ》くと部屋《へや》を歩《ある》いた。參木《さんき》は秋蘭《しうらん》の切《き》れ上《あが》つた眦《まなじり》から、遠《とほ》く隔絶《かくぜつ》した激情《げきじやう》を感《かん》じると、同時《どうじ》にますます冷《つめ》たさの極北《きよくほく》へ移動《いどう》していく自身《じしん》を感《かん》じた。と、急《きふ》に秋蘭《しうらん》の興奮《こうふん》した顏《かほ》が、屈折《くつせつ》する爽《さわ》やかなスポーツマンの皮膚《ひふ》のやうに美《うつく》しく見《み》え始《はじ》めた。彼《かれ》は今《いま》は秋蘭《しうらん》の猛々《たけだけ》しい激情《げきじやう》に感染《かんせん》することを願《ねが》ひ出《だ》した。彼《かれ》は窓《まど》から下《した》を覗《のぞ》いてみた。——なるほど、血《ち》は流《なが》れたまゝに溜《たま》つてゐた。しかし、誰《たれ》が彼《かれ》らを殺《ころ》したのであらうか。彼《かれ》は支那人《しなじん》を狙《ねら》つた支那警官《しなけいくわん》の銃口《じうこう》を思《おも》ひ出《だ》した。それは、確《たしか》に×國《こく》工部局《こうぶきよく》の命令《めいれい》したものに違《ちが》ひなかつた。だが、それ故《ゆゑ》に支那《しな》を侮辱《ぶじよく》した怪漢《くわいかん》が、支那人《しなじん》でないと、どうして云《い》ふことが出來《でき》るであらう。

參木《さんき》は云《い》つた。

「僕《ぼく》は、今日《けふ》の中國《ちうごく》の人々《ひとびと》には御同情申《ごどうじやうまを》し上《あ》げるより、仕方《しかた》がありません。しかし、それにしましても、×國官憲《こくくわんけん》の狡《ずる》さには。」

彼《かれ》は默《だま》つた。彼《かれ》は支那人《しなじん》をして支那人《しなじん》を銃殺《じうさつ》せしめた工部局《こうぶきよく》の意志《いし》の深《ふか》さを嗅《か》ぎつけたのだ。

「さうです、×國工部局《こくこうぶきよく》の老獪《らうくわい》さは、今《いま》に始《はじま》つたことぢやございませんわ。數《かぞ》へ立《た》てれば、近代《きんだい》の東洋史《とうやうし》は×國《こく》の罪惡《ざいあく》の滿載《まんさい》で、動《うご》きがとれなくなつて了《しま》ひます。幾《いく》千萬《まん》と云《い》ふ、、、に飢餓《きが》を與《あた》へて殺《ころ》したのは、×國《こく》の經濟政策《けいざいせいさく》です。あたくしたち中國《ちうごく》に阿片《あへん》を流《なが》し込《こ》んで不具《ふぐ》者《しや》にしたのも、×國《こく》です。ベルシヤも印度《いんど》もアフガニスタンも馬來《まれい》も、中國《ちうごく》を蠶殺《ざうさつ》するために×國《こく》に使用《しよう》されてゐるのと同樣《どうやう》です。あたくしたち中國人《ちうごくじん》は今日《こんにち》こそ×國《こく》に、、しなければなりませんわ。」

憤激《ふんげき》の頂點《ちやうてん》で、獨樂《こま》のやう廻《まは》つてゐる秋蘭《しうらん》を見《み》てゐると、參木《さんき》は自身《じしん》の面上《めんじやう》を撫《な》手《で》上《あ》げられる逆風《ぎやくふう》を感《かん》じて、横《よこ》を見《み》た。が、ふと彼《かれ》は、彼女《かのぢよ》をしてここでひそかに忿懣《ふんまん》を爆發《ばくはつ》せしめてゐることが、やがて彼女《かのぢよ》に沈着《ちんちやく》な活動《くわつどう》を與《あた》へるための、休息《きうそく》をさせつつあると云《い》ふことに氣《き》がついた。彼《かれ》は云《い》つた。

「僕《ぼく》は先日《せんじつ》、中國新聞《ちうごくしんぶん》のある記者《きしや》から聞《き》いたのですが、ここの×國陸《こくりく》戰隊《せんたい》を弱《よわ》めるために、最近《さいきん》ロシアからは數《すう》百人《にん》の最《もつと》も有毒《いうどく》な春婦《しゆんぷ》が輸《ゆ》送《そう》されたと云《い》ふことです。此《こ》の話《はなし》の眞僞《しんぎ》はともかくとしましても、僕《ぼく》は老獪《らうくわい》さの[illegible]を[illegible]れる此《こ》の老獪《らうくわい》さには敬意《けいい》を表《へう》すべきだと思《おも》つてゐるま

す。僕《ぼく》は中國《ちうごく》の人々《ひとびと》が、×國《こく》と鬪《たゝか》ふためには、先《ま》づ何《なに》よりも此《こ》れ以上《いじやう》の老獪《らうくわい》さに對《たい》する鍛錬《たんれん》が、必要《ひつえう》だと思《おも》ひます。勿論《もちろん》、僕《ぼく》がかう申《まを》し上《あ》げるのは、今日《こんにち》行《おこな》はれたこの流血《りうけつ》の慘事《さんじ》に對《たい》するあなたの公憤《こうふん》を、妨害《ばうがい》するためではありません。僕《ぼく》はただいかなる老獪《らうくわい》なことと雖《いへど》も、もしそれが老獪《らうくわい》であればあるほど、その老獪《らうくわい》さを無用《むよう》ならしめるがごとき新《あたら》しい科學的精神《くわがくてきせいしん》の進行《しんかう》を、自身《じしん》の中《なか》に感《かん》じなければならないと思《おも》つてゐるだけです。しかし、これも實《じつ》はただ僕《ぼく》がマルキシズムとどれほど鬪《たゝか》つたかと云《い》ふことを證明《しようめい》するだけで、いや、つまり、僕《ぼく》の云《い》ふことは皆《みな》嘘《うそ》で出鱈目《でたらめ》で、實《じつ》の所《ところ》、僕《ぼく》はただあなたを愛《あい》してゐるだけだと云《い》ふことになるんですが、とにかく、何《なに》か云《い》ふべきときには、少《すこ》しは發《はつ》音《おん》をしなければならないと云《い》ふ習慣《しふくわん》に從《したが》つたまでの話《はなし》です。ここらあたりであなたはもう僕《ぼく》を饒舌《しやべ》らさずに歸《かへ》つて下《くだ》さるといいんですが、これ以上《いじやう》僕《ぼく》が饒舌《しやべ》れば、何《なに》を云《い》ひ出《だ》すか知《し》れない不安《ふあん》を感《かん》じます。どうぞ、もしあなたが僕《ぼく》に何《なに》か好意《かうい》らしいものを持《も》つてゐて下《くだ》さるなら、今《いま》ここで、歸《かへ》つて下《くだ》さい。僕《ぼく》があなたにお逢《あ》ひしてると、ますますあなたとは反對《はんたい》に死《し》にたくなるだけです。いつたい、死《し》んで何《なに》になるんです。」

啞然《あぜん》としてゐる秋蘭《しうらん》の頭《あたま》の中《なか》で、流《なが》れる秋波《しうは》が分裂《ぶんれつ》した。彼女《かのぢよ》の均衡《きんかう》を失《うしな》つた唇《くちびる》の片端《かたはし》で、過去《くわこ》愛慾《あいよく》の片鱗《へんりん》が、痙攣《けいれん》しながら出沒《しゆつぼつ》し

た。と、彼女《かのぢよ》は彼《かれ》に近《ちか》づくと、その睫《まつげ》に苦悶《くもん》を伏《ふ》せて接吻《せつぷん》した。彼《かれ》は秋蘭《しうらん》の脣《くちびる》から、彼女《かのぢよ》の愛情《あいじやう》よりも、輕蔑《けいべつ》を感《かん》じた。彼《かれ》は云《い》つた。

「サア、もう、どうぞ、僕《ぼく》を憐《あは》れまずに、歸《かへ》つて下《くだ》さい。あなたは速《そく》力《りよく》を愛《あい》しなければいけません。」

「あなたはニヒリストでいらつしやいます。あたくしたちが、もしあなたのやうなことに頭《あたま》を用《もち》ひ出《だ》したら、ただ負《ま》かされることだけに興《きよう》味《み》を感《かん》じてゐなければなりませんわ。」

「いや、誤解《ごかい》なさらんやうに、僕《ぼく》はあなたを引《ひ》き摺《ず》り降《お》ろさうと企《たく》らんでゐるんぢやありません。ただどうしたことか、かう云《い》ふ所《ところ》であなたと御《ご》一緒《しよ》になつて了《しま》つたと云《い》ふだけです。これはあなたにとつては御《ご》不幸《ふかう》ですが、僕《ぼく》にとつては幸福《かうふく》です。しかし、その幸福《かうふく》さへも追《お》ひ出《だ》さうと企《たく》らんでゐる僕《ぼく》の苦心《くしん》にまで、あなたが干渉《かんせふ》なさるとは、斷《だん》じてあなたは出來《でき》ますまい。どうぞ、早《はや》く、歸《かへ》つて下《くだ》さい。」

參木《さんき》はドアを開《あ》けた。

「では、今日《けふ》はあたくし、このまま歸《かへ》らせていただきます。でも、もう、これであなたとお逢《あ》ひ出來《でき》ないかと思《おも》ひますわ。」

「さやうなら。」

「あたくし、失禮《しつれい》でございますが、お別《わか》れする前《まへ》に一度《ど》お名前《なまへ》をお聞《き》きしたいんでございますけど。まだあなたはあたくしに、お名前《なまへ》も仰《おつ》言《しや》つて下《くだ》すつたことがございませんわ。」

「いや、これは、」

參木《さんき》は曇《くも》つた。が、彼《かれ》は笑《わら》つて云《い》つた。

「僕《ぼく》は甚《はなは》だ失禮《しつれい》なことをしてゐましたが、しかし、それは僕《ぼく》の近頃《ちかごろ》の上出來《じやうでき》です。名前《なまへ》なんかは、僕《ぼく》があなたのお名前《なまへ》さへ知《し》つてゐれば、結構《けつこう》です。どうぞ、そのまま。」

「でも、それでは、あたくし、歸《かへ》れませんわ。明日《あす》になれば、きつとまた市街戰《しがいせん》が始《はじ》まります。そのときになれば、あたくしたちはどんな眼《め》に合《あ》はされるか知《し》れません。あたくし、亡《な》くなる前《まへ》には、あなたのお名前《なまへ》を思《おも》ひ出《だ》してお禮《れい》をしたいと思《おも》ひますの。」

參木《さんき》は突然《とつぜん》襲《おそ》つて來《き》た悲《かな》しみを受《う》けとめかねた。が、彼《かれ》はぴしやりと跳《は》ね返《かへ》す扇子《せんす》のやうに立《た》ち直《なほ》ると、默《だま》つて秋蘭《しうらん》の肩《かた》をドアの外《そと》へ押《お》し出《だ》した。

「では、さやうなら。」

部屋《へや》の中《なか》で、參木《さんき》はいつ秋蘭《しうらん》の足音《あしおと》が遠《とほ》のくかと耳《みゝ》を欹《そばだ》ててゐる自《じ》身《しん》に氣《き》がつくと、またまた持病《ぢびやう》の發作《ほつさ》が起《おこ》つて來《き》た。

——或《あ》る長篇《ちやうへん》の第《だい》四篇《へん》

KAIZO

改造

十二月號

1929

大正八年三月廿一日第三種郵便物認可 昭和四年十二月一日發行（毎月一回一日發行）
昭和四年十二月十八日印刷納本
第十一卷 第十二號 定價五拾錢

海港章

横光利一

一

市街戰《しがいせん》のあつたその日《ひ》から流言《りうげん》が海港《かいかう》の中《なか》に渦巻《うづま》いた。暗殺《あんさつ》される外人《ぐわいじん》の家《いへ》の柱《はしら》に白《はく》墨《ぼく》のマークが附《つ》いた。工務局《こうむきよく》では復讐《ふくしう》のために大擧《たいきよ》して襲《おそ》ふであらう群集《ぐんしふ》を豫想《よさう》して、各國《かくこく》義勇團《ぎゆうだん》に出動準備《しゆつどうじゆんび》を命令《めいれい》した。市街《しがい》の要路《えうろ》は警官隊《けいくわんたい》に固《かた》められた。拔劍《ばつけん》したまま馳《か》け違《ちが》ふ騎馬隊《きばたい》の間《あひだ》を裝甲車《さうかふしや》が辷《すべ》つていつた。義勇隊《ぎゆうたい》を乘《の》せた自動車《じどうしや》、それを運轉《うんてん》する外《ぐわい》國婦人《こくふじん》、機關銃隊《きくわんじうたい》の間《あひだ》を飛《と》ぶ傳令《でんれい》。——市街《しがい》は全《まつた》く總動員《そうどうゐん》の狀態《じやうたい》に變化《へんくわ》し始《はじ》めた。警官《けいくわん》はピストルのサックを脫《だつ》して騒《さわ》ぐ群集《ぐんしふ》の中《なか》へ潜入《せんにふ》した。すると、核《かく》をくり拔《ぬ》くやうに中《なか》からロシアの共産黨員《きやうさんたうゐん》が引《ひ》き出《だ》された。辻々《つじつじ》の街路《がいろ》に立《た》つて排外演說《はいぐわいえんぜつ》をする者《もの》が續出《ぞくしゆつ》した。群集《ぐんしふ》は警官隊《けいくわんたい》の拔劍《ばつけん》の間《あひだ》から食《は》み出《だ》してその周圍《しうゐ》を取《と》り包《かこ》んだ。警官《けいくわん》は鞭《むち》を振《ふ》り上《あ》げて群集《ぐんしふ》を追《お》ひ散《ち》らさうとした。が、群集《ぐんしふ》はただげらげら笑《わら》つてますます增加《ぞうか》するばかりであつた。

參木《さんき》は殆《ほとん》ど昨夜《ゆうべ》から眠《ねむ》ることが出來《でき》なかつた。彼《かれ》は支那服《しなふく》を着《き》たまま露路《ろぢ》や通《とほ》りを步《ある》いてゐた。彼《かれ》はもう市街《しがい》に何《なに》が起《おこ》つてゐるのかを考《かんが》へなかつた。ただ彼《かれ》はときどきぼんやりした映畫《えいぐわ》に焦點《せうてん》を與《あた》へるやうに、自分《じぶん》の心《こゝろ》の位置《ゐち》を測定《そくてい》した。すると、遽に彼《かれ》の周圍《しうゐ》が音響《おんきやう》を立《た》て始《はじ》め、投石《とうせき》のために窓《まど》の壊《こは》れた電車《でんしや》が、をつけて街《まち》の中《なか》から辷《すべ》つて來《き》た。それはふと彼《かれ》に街《まち》のどこかの一角《かく》で市街戰《しがいせん》の行《おこな》はれたことを響《ひゞ》かせながら行《ゆ》き過《す》ぎる。彼《かれ》は再《ふたゝ》び彼自《かれじ》身《しん》が日本人《にほんじん》であることを意識《いしき》した。しかし、もう彼《かれ》は幾度《いくど》自身《じしん》が日本《にほん》人《じん》であることを知《し》らされたか。彼《かれ》は母國《ぼこく》を肉體《にくたい》として現《あらは》してゐることのために受《う》ける危險《きけん》か、このやうにも手近《てぢか》に迫《せま》つてゐる此《こ》の現象《げんしやう》に、突然牙《とつぜんきば》を生やした獸《けもの》の成長《せいちやう》を人《ひと》の中《なか》から感《かん》じ出《だ》した。と、彼《かれ》は自《じ》分《ぶん》の身體《からだ》が母《はゝ》の體内《たいない》から流《なが》れ出《で》る光景《くわうけい》と同時《どうじ》に、彼《かれ》の今歩《いまある》きつつある光景《くわうけい》を考《かんが》へた。その二《ふた》つの光景《くわうけい》の間《かん》を流《なが》れた彼《かれ》の時間《じかん》は、それは日本《にほん》の肉體《にくたい》の時間《じかん》にちがひないのだ。そして恐《おそ》らくこれからも。しかし、彼《かれ》は彼自身《かれじしん》の心《こゝろ》が肉體《にくたい》から放《はな》れて自由《じいう》に彼《かれ》に母國《ぼこく》を忘《わす》れしめやうとする企《くはだ》てをどうすることが出來《でき》るであらう。だが、彼《かれ》の身體《しんたい》は外界《ぐわいかい》が彼《かれ》を日本人《にほんじん》だと強《し》ひることに反對《はんたい》することは出來《でき》ない。心《こゝろ》が鬪《たゝか》ふのではなく皮膚《ひふ》が外界《ぐわいかい》と鬪《たゝか》はねばならぬのだ。すると、心《こゝろ》が皮膚《ひふ》に從《したが》つて鬪《たゝか》ひ出《だ》す。武器《ぶき》が街《まち》のいたる所《ところ》で光《ひか》つてゐる中《なか》を參木《さんき》は再《ふたゝ》び歩《ある》きながら、、、のために、、、、、、させてゐる群集《ぐんしふ》の喊を感《かん》じ出《だ》した。それらの群集《ぐんしふ》は銃劍《じうけん》や機關銃《きくわんじう》の金屬《きんぞく》の流《なが》れの中《なか》で、個性《こせい》を失《うしな》ひ、その失《うしな》つたことのためにますます、、、、、、、、、、、、。此《こ》の民族《みんぞく》の運動《うんどう》の中《なか》で、參木《さんき》は本能《ほんのう》のままに自殺《じさつ》を決行《けつかう》しやうとしてゐる自分《じぶん》に氣《き》がついた。彼《かれ》は彼《かれ》をして自殺《じさつ》せしめる母國《ぼこく》の動力《どうりよく》を感《かん》じると同時《どうじ》に、彼《かれ》が自殺《じさつ》をするのか彼《かれ》が自殺《じさつ》をせしめられるのかを考《かんが》へた。しかし、何故《なにゆゑ》に此《こ》のやうに彼《かれ》の生活《せいくわつ》の行《ゆ》くさきざきが暗《くら》いのであらう。彼《かれ》は彼《かれ》の考《かんが》へることが、自身《じしん》が自身《じしん》で考《かんが》へてゐるのではなく、彼《かれ》が母國《ぼこく》のために考《かんが》へさせられてゐる自身《じしん》を感《かん》じる。最早《もはや》彼《かれ》は彼自《かれじ》身《しん》で考《かんが》へたい。それは何《なに》も考《かんが》へないことだ。彼《かれ》が彼《かれ》を殺《ころ》すこと——此《こ》の彼《かれ》の見《み》えない希望《きばう》の前《まへ》では、銃器《じうき》が火藥《くわやく》をつめて街《まち》の中《なか》に潜《ひそ》んでゐた。群集《ぐんしふ》は排外《はいぐわい》の唾《つば》を飛《と》ばして工部局《こうぶきよく》の方《はう》へ流《なが》れていつた。と、道路《だうろ》の兩側《りやうがは》に蜂《はち》の巣《す》のやうに竝《なら》んでゐた消防隊《せうばうたい》のホースの口《くち》から、水《みづ》が群《ぐん》集《しふ》を目《め》がけて噴《ふ》き出《だ》した。その急流《きふりう》のやうな水《みづ》の放射《はうしや》が群衆《ぐんしう》の開《ひら》いた口《くち》の中《なか》へ突《つ》き刺《さ》さると、ばたばた倒《たふ》れる人《ひと》の中《なか》から礫《つぶて》が降《ふ》つた。辻《つじ》々の街路《がいろ》で警官《けいくわん》に守《まも》られてゐた群集《ぐんしふ》は騷《さわ》ぎを聞《き》くと、一齊《せい》にその中心《ちうしん》へ向《むか》つて溢《あふ》れ出《だ》した。

參木《さんき》はこれらの膨脹《ばうちやう》する群集《ぐんしふ》から脱《のが》れながら、再《ふたゝ》び昨日《きのふ》のやうに秋《しう》蘭《らん》の姿《すがた》を探《さが》してゐる自分《じぶん》を感《かん》じた。彼《かれ》は彼《かれ》の前《まへ》で水《みづ》に割《わ》られては盛《も》り返《かへ》す群集《ぐんしふ》の鱗を見詰《みつ》め、倒《たふ》れる旗《はた》の傾斜《けいしや》を見《み》、投《な》げられる礫《つぶて》の間《あひだ》で輝《かゞや》く耳環《みゝわ》に延《の》び上《あが》つた。と、ふと浮《う》き上《あが》る彼《かれ》の心《こゝろ》は彼《かれ》が昨日《きのふ》秋蘭《しうらん》を見《み》る前《まへ》と同樣《どうやう》の浮沈《ふちん》を續《つゞ》け出《だ》すのを彼《かれ》は感《かん》じると、やがてホースの水《みづ》の中《なか》飛び出るであらう彈丸《だんぐわん》を豫想《よさう》した。もしいま一度《ど》彈丸《だんぐわん》が發射《はつしや》されたら、此《こ》の租界の内外《ないぐわい》の混亂《こんらん》は何人《なんぴと》と雖《いへど》も豫想《よさう》することが出來《でき》ないのだ。しかし、そのとき、群衆《ぐんしう》の外廓《ぐわいくわく》は後方《こうはう》で膨《ふく》れる力《ちから》に押《お》されながら、ホースの陣列《ぢんれつ》を踏《ふ》み潰《つぶ》した。と、發砲《はつぱう》が命令《めいれい》された。銃砲《じゆうはう》の音響《おんきやう》が連續《れんぞく》した。參木《さんき》は崩《くづ》れ出《だ》す群衆《ぐんしう》の壓力《あつりよく》を骨格《こつかく》に受《う》けると、今《いま》まで前進《ぜんしん》してゐた通路《つうろ》の人波《ひとなみ》に卷《ま》き込《こ》まれたまま逆流《ぎやくりう》し始《はじ》めた。その流《なが》れは電車《でんしや》を喰《く》ひ留《と》め、兩側《りやうがは》の外人店舗《ぐわいじんてんぽ》に投石《とうせき》し、物品《ぶつぴん》を掠奪《りやくだつ》しながら暴徒《ばうと》となつて四方《はう》の街路《がいろ》へ擴《ひろ》がつていつた。と、參木《さんき》の前《まへ》の群衆《ぐんしう》は急《きふ》に停止《ていし》すると、一人《ひとり》の支那人《しなじん》を取《と》り包《かこ》んで毆《なぐ》り出《だ》した。彼《かれ》らは彼《かれ》を「犬《いぬ》」だと叫《さけ》んだ。彼《かれ》らの叫《さけ》んでゐる間《あひだ》に、もう彼《かれ》は、、、、、、、、、、、、、、手《て》は一方《ぱう》の街《まち》へ流《なが》れる群衆《ぐんしう》の先端《せんたん》で、、、、、、、、、高々《たかだか》と振《ふ》り廻《まは》され、足《あし》はその反對《はんたい》の街路《がいろ》へ向《むか》つて群衆《ぐんしう》の角《つの》のやうに動《うご》いていつた。そのがくがく搖《ゆ》れて通《とほ》る足《あし》の上方《じやうはう》の二階《かい》では、抱《だ》き合《あ》つた、、の踊《をど》り子達《こたち》の踊《をど》る姿《すがた》が窓《まど》の中《なか》で廻《まは》つてゐた。と、その窓《まど》を狙《ねら》つて、礫《つぶて》の雨《あめ》が舞《ま》ひ込《こ》んだ。騎馬隊《きばたい》の警官《けいくわん》が群衆《ぐんしう》に向《むか》つて馳《か》けて來《き》た。その後《あと》から新製《しんせい》の裝甲車《さうかふしや》が試射欲《ししやよく》に觸角《しよくかく》を慄《ふる》はせながら、辷《すべ》つて來《き》た。道路《だうろ》に滿《み》ちた群衆《ぐんしう》は露路《ろぢ》の中《なか》へ流《なが》れ込《こ》むと、壓迫《あつぱく》された水《みづ》のやうに再《ふたた》びはるか向《むか》うの露路口《ろぢぐち》に現《あらは》れ、また街路《がいろ》に滿《み》ちながら、警官隊《けいくわんたい》の背後《はいご》から嘲笑《てうせう》を浴《あ》びせかけた。

　これらの群衆《ぐんしう》は暫《しばら》くは警官隊《けいくわんたい》の騎馬《きば》の鼻《はな》さきを翻弄《ほんろう》しながら、だんだん總商會《そうしやうくわい》のホールの方《はう》へ近《ちか》づいていつた。そこでは、前《まへ》から集合《しふがふ》してゐた商會總聯合會《しやうくわいそうれんがふくわい》と、學生團體《がくせいだんたい》との聯合會議《れんがふくわいぎ》が開催《かいさい》されてゐたのである。附近《ふきん》の道路《だうろ》には數萬《すうまん》の男女《だんぢよ》の學生《がくせい》が會議《くわいぎ》の結果《けつくわ》を待《ま》つて群《む》つてゐた。議題《ぎだい》は學生團《がくせいだん》の提出《ていしゆつ》した外人《ぐわいじん》に對《たい》する罷市《ひし》執行《しつかう》の決議《けつぎ》にちがひないのだ。もし此《こ》の會議《くわいぎ》が通過《つうくわ》すれば、全市街《ぜんしがい》のあらゆる機關《きくわん》は停止《し》するのだ。さうして、恐《おそ》らくそれは間《ま》もないことであらう。參木《さんき》にはこれら共產黨《きようさんたう》と資本家團體《しほんかだんたい》との一致《ち》の會合《くわいがふ》が、二日《か》の後《のち》に開催《かいさい》される外人團《ぐわいじんだん》の納稅特別會議《なふぜいとくべつくわいぎ》に對《たい》する威嚇《ゐかく》であることは分《わか》つてゐた。しかし、それにしても、もしその日《ひ》の納稅特別《なふぜいとくべつ》會議《くわいぎ》が——外人《ぐわいじん》の手《て》で支那《しな》商人《しやうにん》の首《くび》を一層確實《そうかくじつ》に締《し》めつける關稅引上《くわんぜいひきあ》げの議案《ぎあん》を通過《つうくわ》させれば、——參木《さんき》には、その後《ご》の市街《しがい》の混亂《こんらん》は全世界《ぜんせかい》の表面《へうめん》に向《むか》つて氾濫《はんらん》し出《だ》すにちがひないと思《おも》はれた。すると、新《あら》たに流《なが》れて來《き》た群衆《ぐんしう》は再《ふたた》び發砲《はつぱう》された憤激《ふんげき》の波《なみ》を傳《つた》へながら、會場《くわいぢやう》の周圍《しうゐ》の群衆《ぐんしう》へ向《むか》つて流《なが》れ込んだ。群衆《ぐんしう》の輪《わ》は一《ひと》つの波《なみ》と打《う》ち合《あ》ふ毎《ごと》に、動搖《どうえう》しながら會場《くわいぢやう》の中《なか》へ波立《なだ》つた。恐《おそ》らくその波《なみ》の打《う》ち寄《よ》せる團々《だんだん》とした刺戟《しげき》の度《たび》に、提出《ていしゆつ》された議題《ぎだい》はその輪《わ》の中心《ちゆうしん》で急速《きふそく》な進行《しんかう》を示《しめ》してゐるにちがひないのだ。

　參木《さんき》は前《まへ》から此《こ》の群衆《ぐんしう》の渦《うづ》の中心《ちゆうしん》に秋蘭《しうらん》の潛《ひそ》んでゐるのを感《かん》じてゐた。しかし、彼《かれ》はそのどこに彼女《かのぢよ》がゐるかを見《み》るために、動搖《どうえう》する渦《うづ》の色彩《しきさい》を眺《なが》めてゐたのだ。すると、彼《かれ》の皮膚《ひふ》は押《お》し詰《つま》つた群衆《ぐんしう》の間《あひだ》を流《なが》れて蛇行《だかう》をとる襤褸《らんる》の層《そう》を感《かん》じ出《だ》した。と、彼《かれ》は彼《かれ》ひとりが異國人《いこくじん》だと思《おも》ふ胸騒《むなさわ》ぎに締《し》めつけられた。彼《かれ》は彼《かれ》と秩序《ちつじよ》との間《あひだ》に群《むら》がる群衆《ぐんしう》の幅《はば》から無數《むすう》の牙《きば》を感《かん》じると、次第《しだい》にその圓壕の中《なか》に流《なが》れた襤褸《らんる》からはぢき出《だ》されていく自分《じぶん》を見《み》た。

二

參木《さんき》が漸《やうや》く群衆《ぐんしう》の中《なか》から放《はな》れて家《いへ》へ歸《かへ》ると、甲谷《かうや》は先《さき》に歸《かへ》つて待《ま》つてゐた。甲谷《かうや》は云《い》つた。

「もう僕《ぼく》はここにゐたつて駄目《だめ》だ。四五日《にち》すれば材木《ざいもく》が着《つ》くんだが、着《つ》いたら宮子《みやこ》を連《つ》れてシンガポールへ逃《に》げ出《だ》さうと思《おも》つてゐる。」

「それで宮子《みやこ》は承知《しようち》したのか。」

「いや、承知《しようち》はまだだ。材木《ざいもく》の金《かね》がとれるか宮子《みやこ》が落《お》ちるか、とにかくどつちか一《ひと》つが駄目《だめ》なら、俺《おれ》は自殺《じさつ》だ。」

「どつちも駄目《だめ》だ。明日《あす》からは銀行《ぎんかう》も危《あぶな》くなるのは定《きま》つてゐるんだ。」

「そんなら、自殺《じさつ》も出來《でき》ないね。」

笑《わら》ふ後《あと》から滲《にじ》み出《で》る甲谷《かうや》の困惑《こんわく》した顔色《かほいろ》を、參木《さんき》は默《だま》つて眺《なが》めてゐた。恐《おそ》らく甲谷《かうや》には參木《さんき》の流《なが》れる冷《つめ》たい心理《しんり》の中《なか》へ足《あし》を踏《ふ》み込《こ》むことは出來《でき》ないにちがひない。しかし、參木《さんき》は甲谷《かふや》の健康《けんかう》な欲望《よくばう》の發動《はつどう》から、過去《くわこ》の暖《あたたか》い日《ひ》を幻影《げんえい》のやうに感《かん》じ出《だ》した。すると、宮子《みやこ》の顔《かほ》が部屋《へや》の隅々《すみずみ》から現《あらは》れ出《だ》した。甲谷《かうや》は云《い》つた。

「とにかく、われわれはかうしてはゐられない。何《なに》かしなけりや。」

「何《なに》をするんだ。」

「それが分《わか》れば困《こま》りやしないよ。」

「君《きみ》は宮子《みやこ》を落《おと》せばいいんぢやないか。」

「しかし、君《きみ》はどうするんだ。」

「俺《おれ》か。」

參木《さんき》はもう一度《ど》秋蘭《しうらん》に逢《あ》ひたいだけだ。然《しか》もその可能《かのう》は明後日《みやうごにち》に開《ひら》かれる特別會議《とくべつくわいぎ》の夜《よ》だけに、かすかに盗見《ぬすみみ》するほどのことであつた。しかし、參木《さんき》は此《こ》の混亂《こんらん》の中《なか》で、最後《さいご》の望《のぞ》みがどちらも女《をんな》を見《み》たいと思《おも》ふ鋭《するど》い事實《じじつ》だと氣《き》がつくと、笑《わら》ひ出《だ》した。彼《かれ》は云《い》つた。

「君《きみ》、あの宮子《みやこ》を君《きみ》は突《つ》き飛《と》ばすことは出來《でき》ないのか。」

「出來《でき》ない。あの女《をんな》は僕《ぼく》を突《つ》き飛《と》ばしてゐるだけだ。あの女《をんな》には僕《ぼく》はシンガポールの材木《ざいもく》をすつかり食《く》はれてしまはなきア、駄目《だめ》らしい。」

「君《きみ》が出《で》て來《き》たときには、フイリッピン材《ざい》を蹴飛《けと》ばさなきア歸《かへ》らないと云《い》つてたが、皮肉《ひにく》にも程度《ていど》がある。もう僕《ぼく》は君《きみ》にあの女《をんな》をすすめるのはいやだ。あの女《をんな》は君《きみ》の裏《うら》と表《おもて》をひつくり返《かへ》して了《しま》つてゐる。」

「いや、ひつくり返《かへ》つてゐるのは俺《おれ》だけぢやない。此《こ》の街《まち》まで今《いま》は逆《さか》さまになつてるんだ。これぢや、俺《おれ》ひとりでどう立《た》ち上《あが》らうと知《し》れてゐる。とにかく、もういつぺんいつてひつくり返《かへ》つてくるまでだ。」

甲谷《かふや》は蹣《よろめ》きさうに立《た》ち上《あが》ると、ポケツトから競子《きやうこ》の手紙《てがみ》を出《だ》して出《で》ていつた。その手紙《てがみ》の中《なか》には、歸《かへ》らうとしてゐる競子《きやうこ》を邪魔《じやま》してゐるものは此《こ》の開港《かいかう》の混亂《こんらん》だと書《か》いてあつた。

——歸《かへ》れなくしたのは誰《だれ》だ、と參木《さんき》は思《おも》つた。すると、彼《かれ》の日日《にちにち》見《み》せつけられた暴徒《ばうと》の擴《ひろが》つた黒《くろ》い翼《つばさ》の記憶《きおく》の中《なか》から、芳秋蘭《はうしうらん》の顔《かほ》が樣々《さまざま》な變化《へんくわ》を見《み》せて現《あらは》れ出《だ》した。

三

宮子《みやこ》は甲谷《かふや》に誘《さそ》はれるままに車《くるま》に乘《の》つた。彼女《かのぢよ》は彼女《かのぢよ》を取《と》り卷《ま》く外人達《ぐわいじんたち》が、今《いま》は義勇兵《ぎゆうへい》となつて街々《まちまち》で活動《くわつどう》してゐる姿《すがた》を見《み》たかつたのだ。しかし、甲谷《かふや》はもう彼女《かのぢよ》に叩《たた》かれ續《つづ》けた自尊心《じそんしん》の低《ひく》さのために、今《いま》はますます叩《たた》かれる準備《じゆんび》ばかりをしてゐなければならなかつた。二人《ふたり》は車《くるま》を降《お》りた。河岸《かし》の夜《よる》の公園《こうゑん》の中《なか》では、いつものやうに紳婦《しんぷ》らがベンチに並《なら》んでうな垂《た》れてゐた。蔽《おほ》のめぐつた白《しろ》けた女達《をんなたち》の皮膚《ひふ》の間《あひだ》から、噴水《ふんすゐ》が舌《した》のやうに上《のぼ》つてゐた。甲谷《かふや》は雨《あめ》の上《あが》つた菩提樹《ぼだいじゆ》の葉影《はかげ》を洩《も》れる瓦斯燈《ガスとう》の光《ひか》りに宮子《みやこ》の表情《へうじやう》を確《たし》めながら、結婚《けつこん》の話《はなし》をすすめ出《だ》した。

「もう僕《ぼく》は何《なに》もかも云《い》つて了《しま》つて云《い》ふことはないんだが、同《おな》じ云《い》ふなら、もう一度《ど》云《い》つたつて惡《わる》くはなからう。」

「まア、さういつもあなだはあたしばかりを攻《せ》めなくたつて、良《よ》ささうなもんだわね。」

「それで實《じつ》は、もう僕《ぼく》も何《なに》から何《なに》までさらけ出《だ》して話《はな》すんだが、ひとつ、頼《たの》む。」

宮子《みやこ》は甲谷《かふや》の肩《かた》にもたれかかると笑《わら》ひ出《だ》した。

「あたし、あなたは嫌《きら》ひぢやないの。だけど、さうあなたのやうに、いつもいつも同《おな》じことを云《い》はれちや、あたしだつてをかしくなるわ。」

甲谷《かふや》がベンチに腰《こし》を降《お》ろすと宮子《みやこ》もかけた。甲谷《かふや》は靴《くつ》さきに浮《うか》ぶ支那船《シナ》の燈火《ともしび》を蹴《け》りつけながら、過去《くわこ》に饒舌《しやべ》つた言葉《ことば》の石碑《せきひ》の間《あひだ》をすり抜《ぬ》けやうとして藻搔《もが》き出《だ》した。すると、對岸《たいがん》に繋《しけ》つたマストの林《はやし》の中《なか》から、急《きふ》に搖《ゆ》れ上《あが》つた暴徒《ばうと》の一團《だん》が、工場《こうぢやう》の中《なか》へ流《なが》れ込《こ》んだ。發電所《はつでんしよ》のガラスが穴《あな》を開《あ》けた。銃口《じゆうこう》が窓《まど》の中《なか》で火花《ひばな》を噴《ふ》いた。と、黒々《くろぐろ》とした暴徒《ばうと》の影《かげ》が隣《とな》りの煙草《たばこ》工場《こうば》の方《はう》へ流《なが》れていつた。海上《かいじやう》からは對岸《たいがん》のマストを狙《ねら》つて、モーターボートの青《あを》いランプの群《む》れが、縮《し》ぼるやうに馳《か》け始《はじ》めた。

甲谷《かふや》は此《こ》の遠景《ゑんけい》の騒《さわ》ぎの中《なか》から、宮子《みやこ》の放心《はうしん》してゐる心《こころ》をひき拔《ぬ》くやうに彼女《かのぢよ》を搖《ゆす》つた。

「あちらはあちら、こちらはこちらだ。ね、君《きみ》、君《きみ》とかうして坐《すわ》つてかうして話《はな》してゐても、僕《ぼく》には君《きみ》の舌《した》ばかりより見《み》えないんだが、もういい加減《かげん》に僕《ぼく》に安心《あんしん》させてくれたつて、」

「まア、あんなに煙《けむり》が出《で》たわ。御覧《ごらん》なさいよ。あれは英米煙草《えいべいたばこ》だわ。もう此《こ》の街《まち》もお了《しま》ひだわ。」

「街《まち》なんかどうならうといゝぢやないか。いづれこの街《まち》は初《はじ》めから罅《ゝ》の入《はい》つてる街《まち》なんだ。君《きみ》は僕《ぼく》と一緒《いつしよ》にシンガポールへ逃《に》げてくれ給《たま》へ。」

「だつて、あたしにや此《こ》の街《まち》ほど大切《たいせつ》な所《ところ》はないんですもの。あたしここから出《で》ていつたら、鱗《うろこ》の乾《かわ》いた魚《さかな》みたいよ。もうどうすることも出來《でき》なくなればあたし死《し》ぬだけ。あたし覺悟《かくご》はいつだつてしてるんだけど、でも、あたし此《こ》の街《まち》はやつぱり好《す》きだわ。」

甲谷《かふや》は乘《の》り出《だ》す調子《てうし》が脱《はず》れて來《く》ると、馳《か》け込《こ》むやうにベンチの背中《せなか》を摑《つか》んで周章《あわ》て出《だ》した。彼《かれ》は云《い》つた。

「もうそんなことは考《かんが》へないでくれないか。たゞ結婚《けつこん》してくれれば萬《ばん》事こちらで良《よ》くしていく。それなら良《よ》からう。それなら、僕《ぼく》は。」

「だつて、あたし、だいいち結婚《けつこん》なんかしてみたいと思《おも》つたことたんてないんですもの。あたしもし結婚《けつこん》したければ、あなたが始《はじ》め仰言《おつしや》つて下《くだ》すつたとき、さつさとお返事《へんじ》してゐてよ。いくらあたしだつて、さうはあなたのやうに氣取《きど》つてばかりはゐられないわ。」

「そりや、いくら惡口《わるくち》云《い》はれたつて、もう僕《ぼく》は氣取《きど》つてなんかゐる暇《ひま》がないんだが、とにかく、これぢや、いくら君《きみ》を廻《めぐ》つてぐるぐるしたつて、これはたゞ廻《まは》つてゐると云《い》ふだけだ。何《な》んでもない。」

「あたしは駄目《だめ》なの。あたし、自分《じぶん》が一人《ひとり》の男《をとこ》の傍《そば》にくつついて生活《せいくわつ》してゐる所《ところ》なんか、想像《さうざう》が出來《でき》ないわ。あたし男《をとこ》の方《かた》を見《み》てゐると誰《だれ》だつて男《をとこ》のやうに見《み》えるのよ。これで結婚《けつこん》なんかしてゐたらあなたから逃《に》げ出《だ》されるにきまつてゐるわ。それよりあたしはあたしの流儀《りうぎ》で、困《こま》つてゐる澤山《たくさん》の男《をとこ》の方《かた》にちやほやして騙《だま》してゐるの。あたしに騙《だま》されたと思《おも》ふものは、そりや馬鹿《ばか》なの。だつて、今頃《いまごろ》騙《だま》されたと思《おも》つて口惜《くや》しがつてる男《をとこ》なんか、日本《にほん》にだつてゐやしないわ。あなたにしたつて、あたしがどんな女《をんな》だかつて云《い》ふことぐらゐ、一と目《め》見《み》ればお分《わか》りになりさうなもんぢやないの。それにあたしにお嫁入《よめいり》の話《はなし》なんか仰言《おつしや》つて、あたしが冗談《じやうだん》にして了《しま》ふことだつて、これでたいていのことぢやないことよ。」

波《なみ》がよせると、それが冷《つめ》たい幕《まく》のやうに甲谷《かふや》の身體《からだ》に沁《し》み透《とほ》つた。彼《かれ》は彼女《かのぢよ》から腕《うで》を放《はな》した。切《き》られた鎖《くさり》のやうに沈《しづ》む彼《かれ》の心《こゝろ》の斷面《だんめん》で、まだ見《み》たこともない女《をんな》の無數《むすう》の影《かげ》が入《い》り交《まじ》つた。が、その影《かげ》の中《なか》で、宮子《みやこ》の顏《かほ》はますます明瞭《めいれう》に浮《う》き上《あが》つた。

「駄目《だめ》だ。」と甲谷《かうや》は云《い》ふと、不意《ふい》に彼女《かのぢよ》を抱《だ》きよせようとした。が、後《うし》ろのベンチで、淫婦《いんぷ》の群《む》れが蛇《へび》のやうに塊《かたま》つて眺《なが》めてゐた。彼《かれ》は激怒《げきど》を漲《みなぎ》らすと、再《ふたた》び宮子《みやこ》から放《はな》れて背《せ》を延《の》ばした。と、逆《ぎやく》に宮子《みやこ》の身體《からだ》が倒《たふ》れて來《き》た。彼《かれ》は宮子《みやこ》を抱《だ》きよせながら、此《こ》の急激《きふげき》な彼女《かのぢよ》の變化《へんくわ》に打《う》たれて默《だま》つてゐた。宮子《みやこ》は云《い》つた。

「あなた、あたしに暫《しばら》くかうしてゐさせて頂戴《ちやうだい》。あたしときどき誰《だれ》かにかうしてゐないと、駄目《だめ》な性質《たち》なの。あたし、あなたのお心《こころ》はもう分《わか》つたわ。だけど、駄目《だめ》よあたしは。あなたは早《はや》くお綺麗《きれい》な方《かた》を貰《もら》つてシンガポールへお歸《かへ》りなさいな。あたしは誰《だれ》にでもこんなことをする性質《たち》なの。」

宮子《みやこ》のイミタチオンの靴先《くつさき》が輕《かる》く甲谷《かうや》の靴《くつ》を蹴《け》る度《たび》に、甲谷《かうや》の腕《うで》は弛《ゆる》んで來《き》た。彼《かれ》は彼女《かのぢよ》がただ彼《かれ》を慰《なぐさ》める新《あたら》しい方法《はうはふ》を、用《もち》ひだしただけだと氣《き》がついたのだ。

彼《かれ》は云《い》つた。

「君《きみ》の優《やさ》しさは前《まへ》から僕《ぼく》は知《し》つてゐたんだが、此《こ》の上《うへ》迷《まよ》はすことは御免《ごめん》してくれ。ただもう僕《ぼく》は君《きみ》が好《す》きで仕方《しかた》がないんだ。」

「あなたはあなたに似合《にあ》はず、今夜《こんや》はつまらないことばかり仰言《おつしや》るのね。あの欄《らん》の上《うへ》を御覽《ごらん》なさいな。義勇兵《ぎゆうへい》が駈《か》けててよ。それにあなたは、」

甲谷《かうや》は宮子《みやこ》を芝生《しばふ》の上《うへ》へ突《つ》き飛《と》ばすと、立《た》ち上《あが》つた。が、彼《かれ》は彼女《かのぢよ》が、彼《かれ》にそのやうにも怒《おこ》らせやうと企《たくら》んだ彼女《かのぢよ》の壺《つぼ》へ落《お》ち込《こ》んだ自分《じぶん》を感《かん》じると、再《ふたた》び宮子《みやこ》の前《まへ》へ坐《すわ》り出《だ》した。

「君《きみ》、もう虐《いぢ》めるのは、やめてくれ。僕《ぼく》には一生《いつしやう》頭《あたま》が上《あが》らないんだ。ただ僕《ぼく》の惡《わる》いのは、君《きみ》を好《す》きになつたと云《い》ふことだけだ。それに君《きみ》は……」

宮子《みやこ》は髮《かみ》を振《ふ》りながら芝生《しばふ》の上《うへ》から起《お》き上《あが》つた。

「さア、もう、歸《かへ》りませうね。あたし、あなたがあたしを愛《あい》してゐて下《くだ》さるんだと思《おも》ふと、もういつでも我《わが》ままになつちやうの。ね、だから、もう何《なに》もあたしには仰言《おつしや》らないで。」

しかし、甲谷《かうや》は完全《くわんぜん》に振《ふ》り落《おと》された男《をとこ》がここに蹲げてゐるのだと氣《き》がつくと、もう動《うご》くことも出來《でき》なくなつた。宮子《みやこ》は公園《こうゑん》の入口《いりぐち》の方《はう》へひとりときどき振《ふ》り向《む》きながら歩《ある》いていつた。芝生《しばふ》の上《うへ》に倒《たふ》れてゐる甲谷《かうや》の頭《あたま》の上《うへ》の遠景《ゑんけい》では、火《ひ》のついた煙草《たばこ》工場《こうぢやう》が爆破《ばくは》を續《つづ》け出《だ》した。

四

海港《かいかう》の支那人《しなじん》の活躍《くわつやく》は變《かは》つて來《き》た。支那商業團體《しなしやうげふだんたい》の各路《かくろ》商界《しやうかい》聯合會《れんがふくわい》、納税華人會《なふぜいくわじんくわい》、總商會《そうしやうくわい》の總《すべ》ては一致《いつち》團結《だんけつ》して罷市《ひし》贊成《さんせい》に署名《しよめい》を終《を》へたのだ。學生團《がくせいだん》は戸毎《こごと》の商店《しやうてん》を廻《まは》り歩《ある》いて營業《えいげふ》休止《きうし》を勸告《くわんこく》した。罷市《ひし》の宣伝《ビラ》が到《いた》る所の壁《かべ》の上で新《あたら》しい壁《かべ》となつた。電車《でんしや》が停《とま》り、電話《でんわ》が停《とま》つた。各學校《かくがくかう》は無期《むき》不明《ふめい》の休校《きうかう》を宣言《せんげん》した。市街《しがい》の店舗《てんぽ》は一齊《せい》に大戸《おほど》を降《お》ろし、市場《マーケット》は閉鎖《へいさ》された。

その日《ひ》の夕刻《ゆふこく》、騒擾《さうぜう》の分水嶺《ぶんすゐれい》となるべき工部局《こうぶきよく》の特別納税會議《とくべつなふぜいくわいぎ》が市《し》政會館《せいくわいくわん》で開《ひら》かれた。戒嚴令《かいげんれい》を施《し》かれた會館《くわいくわん》の附近《ふきん》では、銃劍《じうけん》をつけた警官隊《けいくわんたい》と義勇隊《ぎゆうたい》とが數間《すうけん》の間《あひだ》を隔《を》いて廻《まは》つてゐた。會議《くわいぎ》の時刻《じこく》が近《ちか》づくと、晝間《ひるま》市中《しちう》に波立《なみだ》つた流言《りうげん》の豫告《よこく》のために、會館《くわいくわん》の周圍《しうゐ》は息《いき》をひそめて靜《しづ》まり出《だ》した。徘徊《はいくわい》する義勇兵《ぎゆうへい》の眼《め》の色《いろ》が輝《かゞや》き出《だ》した。潜《ひそ》んだ爆彈《ばくだん》を索《さく》り續《つゞ》ける警官《けいくわん》が建物《たてもの》と建物《たてもの》との間《あひだ》を出入《でいり》した。水道栓《すゐだうせん》に縛《しば》りつけられたホースの陣列《ぢんれつ》の間《あひだ》を、靜《しづか》に裝甲車《さうかふしや》が通《とほ》つていつた。やがて、議員達《ぎゐんたち》は武裝《ぶさう》したまま陸續《りくぞく》と議場《ぎぢやう》の入口《いりぐち》へ集《あつま》つて來《き》た。

丁度《ちやうど》參木《さんき》の來《き》たのはそのときであつた。會館附近《くわいくわんふきん》の交通遮斷線《かうつうしやだんせん》の外《そと》では、街々《まち／＼》の露路《ろぢ》から流《なが》れて來《き》た群集《ぐんしふ》は街路《がいろ》の廣場《ひろば》に溜《たま》り込《こ》んだまま、何事《なにごと》か待《ま》ち受《う》けるかのやうに互《たがひ》に人々《ひと／＼》の顔《かほ》を見合《みあ》つてゐた。參木《さんき》はそれらの人溜《ひとだま》りの中《なか》を擦《す》り抜《ぬ》けながら、その中《なか》に潜《ひそ》んでゐるにちがひない秋蘭《しうらん》の顔《かほ》を捜《さが》していつた。もし彼女《かのぢよ》が彼《かれ》との約束《やくそく》に似《に》た暗默《あんもく》の言葉《ことば》を忘《わす》れないなら、彼《かれ》が彼女《かのぢよ》を此《こ》の附近《ふきん》で捜《さが》し續《つゞ》けてゐることも忘《わす》れない筈《はず》であつた。しかし、彼《かれ》は歩《ある》いてゐるうちにだんだん周圍《しうゐ》の群《ぐん》集《しふ》と同樣《どうやう》に、不意《ふい》に何事《なにごと》か湧《わ》き起《おこ》つて來《く》るであらう豫感《よかん》を感《かん》じ出《だ》した。すると、群集《ぐんしふ》はぢりぢり遮斷線《しやだんせん》からはみ出《だ》して會館《くわいくわん》へ向《むか》つて迫《せま》り出《だ》した。騎馬《きば》の警官《けいくわん》がその亂《みだ》れる群集《ぐんしふ》の外廓《ぐわいくわく》に從《したが》つて、馬《うま》を躍《をど》らせた。スコットランドの隊員《たいゐん》を積《つ》み上《あ》げた自動車《じどうしや》が拔劍《ばつけん》を逆《さか》立《た》てたまま、飛《と》ぶやうに疾走《しつそう》した。と、急《きふ》に、群集《ぐんしふ》の一角《かく》が靜《しづ》まつた。すると、今《いま》まで騒《さわ》いでゐた群集《ぐんしふ》は奇怪《きくわい》な風《かぜ》を吸《す》ひ込《こ》むやうに次《つぎ》から次《つぎ》へと默《だま》つていつた。と、全《まつた》く音響《おんきやう》の停《とま》つた瞬間《しゆんかん》、その一帶《たい》の沈默《ちんもく》の底《そこ》から、どことも知《し》れず流《なが》れる支那人《しなじん》の靴音《くつおと》だけがかすかに參木《さんき》の耳《みゝ》へ聞《きこ》えて來《き》た。しかし、間《ま》もなく、それは何《なん》の意味《いみ》も示《しめ》さぬただ沈默《ちんもく》そのものにすぎないことを知《し》り始《はじ》めると、再《ふたゝ》び群集《ぐんしふ》は騒《さわ》ぎ出《だ》した。すると、その騒《さわ》ぎの中《なか》から搖《ゆ》れて來《く》る言葉《ことば》の波《なみ》は漸次《ぜんじ》に會議《くわいぎ》の流會《りうくわい》を報《し》らせて來《き》た。それなら、これで支那商人團《しなしやうにんだん》の希望《きばう》は達《たつ》したわけだ、と參《さん》木《き》は思《おも》つた。と、やがてその流會《りうくわい》の原因《げんいん》は定員不足《ていゐんふそく》を理由《りいう》としてゐることまで、寄《よ》り集《あつま》つた人波《ひとなみ》の呟《つぶや》きから判《わか》つて來《き》た。參木《さんき》は極力會議《きよくりよくくわいぎ》を流會《りうくわい》させることを宣言《せんげん》してゐた秋蘭《しうらん》の笑顔《ゑがほ》を感《かん》じた。今《いま》は彼女《かのぢよ》はこの附近《ふきん》のどこかの建物《たてもの》の中《なか》で、次《つぎ》の畫策《くわくさく》に沒頭《ぼつとう》してゐるにちがひない。しかし、もしそれにしても、なほ此《こ》のうへ海港《かいかう》の罷市《ひし》が持續《ぢぞく》するなら、困憊《こんぱい》するものは逆《ぎやく》に支那商人《しなしやうにん》に變《かは》つていくのだ。――もし支那商人《しなしやうにん》の一團《だん》が困憊《こんぱい》するなら、なほ罷市《ひし》の持續《ぢぞく》を必要《ひつえう》とする秋蘭《しうらん》一派《は》の行動《かうどう》とは、當然衝突《たうぜんしようとつ》し出《だ》すのは定《きま》つてゐた。

参木《さんき》は思《おも》つた。これは何《なに》か起《おこ》ると、謀《たくら》みが。——その謀《たくら》みはなほ商業團體《だんたい》と群衆《ぐんしう》とを結束《けつそく》させんがための謀《たくら》みであることは、分《わか》つてゐた。しかし、その手《て》は、——その手《て》も今《いま》はただ、、をして再び、、させれば、それで良《よ》いのだ。

　しかし、参木《さんき》には自身《じしん》の頭腦《づなう》の廻轉《くわいてん》が、自分《じぶん》にとつて無駄《むだ》な部分《ぶぶん》の廻轉《くわいてん》ばかりを續《つづ》けてゐることに氣《き》がついた。彼《かれ》はただ今《いま》は死《し》ねば良《よ》いのだ。死《し》にさへすれば。それにも拘《かかは》らず秋蘭《しうらん》を見《み》たいと思《おも》ふ願《ねが》ひがぢりぢり後《あと》をつけて來《く》るのを感《かん》じると、彼《かれ》はますます自身《じしん》の中《なか》で跳梁《てうりやう》する男《をとこ》の影《かげ》と蹴《け》り合ひを續《つづ》けるのだ。ふとそのとき彼《かれ》は梅雨空《つゆぞら》に溶《と》け込《こ》む夜《よる》の濃密《のうみつ》な街角《まちかど》から、閃《ひらめ》く耳環《みみわ》の色《いろ》を感《かん》じた。と、彼《かれ》はその一點《てん》を見詰《みつ》めたまま、洞穴《ほらあな》を造《つく》つた人溜《ひとだま》りの間《あひだ》を魚《うを》のやうに歩《ある》き出《だ》した。しかし、彼《かれ》はその街角《まちかど》へ行《ゆ》きつくまでに、急《きふ》に停《とま》つた。もしその耳環《みみわ》が秋蘭《しうらん》であつたなら、と思《おも》ふ彼《かれ》の心《こころ》が突然《とつぜん》彼女《かのぢよ》と逢《あ》つた後《のち》のことを考《かんが》へ出《だ》したのだ。全《まつた》く彼《かれ》は彼女《かのぢよ》と逢《あ》つたとしても、爲《な》すべきことは何《なに》もないのだ。それなら、——いや、それより、彼女《かのぢよ》が此《こ》の街《まち》の混亂《こんらん》の最中《さいちう》にどうして自分《じぶん》を捜《さが》しに來《く》るであらうか。彼《かれ》は壁《かべ》に背中《せなか》をひつつけると、彼女《かのぢよ》が自分《じぶん》を捜《さが》しに來《く》るであらうと想像《さうざう》したがる自身《じしん》の心《こころ》を締《し》めつけ出《だ》した。しかし、もし彼女《かのぢよ》が自分《じぶん》の言葉《ことば》を忘《わす》れないなら、——締《し》めづける彼《かれ》から湧《わ》き上《あが》つて來《く》る手《て》に負《お》へない感情《かんじやう》に、最早《もはや》彼《かれ》はにやにや笑《わら》ひ出《だ》した。すると彼《かれ》は歩《ある》き出《だ》した。どこへ歩《ある》いて行《ゆ》くのだらうと思《おも》つてみても足《あし》だけが腰《こし》を運《はこ》んで人《ひと》の中《なか》を縫《ぬ》いていく。

　そのとき、前方《ぜんぱう》の込《こ》み合《あ》つた街路《がいろ》を一隊《たい》の×國騎馬隊《きばたい》が彼《かれ》の方《はう》へ馳《か》けて來《き》た。と、兩側《りやうがは》の屋内《をくない》から不意《ふい》に銃聲《じうせい》が連續《れんぞく》した。騎馬隊《きばたい》の先頭《せんとう》の馬《うま》が突《つ》つ立《た》つた。と、なほ鳴《な》り續《つづ》けてゐる音響《おんきやう》の中《なか》で、馬《うま》は緩やかに地《ち》に倒《たふ》れた。投《な》げ出《だ》された騎手《きしゆ》、、、、、馳《か》、、、、。後《あと》に續《つづ》いた數頭《すうとう》の馬《うま》はぐるぐる廻《まは》りながら、首《くび》を寄《よ》せた。と、急《きふ》に一頭《とう》の馬《うま》は露路《ろぢ》の中《なか》へ躍《をど》り込《こ》んだ。溢《あふ》れ出《だ》した馬《うま》の首《くび》の上《うへ》で銃身《じうしん》が輝《かがや》くと、屋内《ない》を向《む》けて發砲《はつぱう》し始《はじ》めた。馬《うま》は再《ふたた》び群衆《ぐんしう》の中《なか》を廻《まは》り出《だ》した。群衆《ぐんしう》は四方《はう》の露路《ろぢ》の中《なか》から溢《あふ》れて來《く》ると躍《をど》る馬《うま》の周圍《しうゐ》で喊聲《かんせい》を上《あ》げ始《はじ》めた。群《むら》つた礫《つぶて》が馬《うま》を目《め》がけて降《ふ》り注《そそ》いだ。馬《うま》は倒《たふ》れた、馬《うま》の上《うへ》を飛《と》び越《こ》えると、押《お》し出《で》る群衆《ぐんしう》を蹴《け》りつけて馳《か》け出《だ》した。

　参木《さんき》の周圍《しうゐ》では、群衆《ぐんしう》は彼《かれ》ひとりを中《なか》に挾《はさ》んだまま、馬《うま》の進退《しんたい》に從《したが》つて溶液《ようえき》のやうに膨脹《ばうちやう》し、收縮《しうしゆく》した。その度《たび》に、彼《かれ》はそれらの流動《りうどう》する群衆《ぐんしう》の羽根《はね》に突《つ》き飛《と》ばされ、巻《ま》き込《こ》まれながら、だんだん露路口《ろぢぐち》の壁《かべ》の方《はう》へ叩《たた》き出《だ》されていつた。

　騎馬隊《きばたい》が逃《に》げていくと、群衆《ぐんしう》は路《みち》の上《うへ》いつぱいに詰《つ》まりながら、狼《うろ》狽《た》へた騎馬隊《きばたい》の眞似《まね》をしてはしやぎ出《だ》した。銃砲《じうはう》の鳴りが發砲《はつぱう》された屋内《をくない》から洩《も》れ始《はじ》めた。と、工部局《こうぶきよく》の方《はう》から近《ち》かづいて來《き》た機關銃隊が、突然《とつぜん》、群衆《ぐんしゆう》の中《なか》へ發砲《はつぱう》した。群衆《ぐんしゆう》は跳《は》ね上《あが》つた。と、聲《こゑ》を失《うしな》つた頭《あたま》の群《む》れが、暴風《ばうふう》のやうに搖《ゆ》れ出《だ》した。沈沒《ちんぼつ》する身體《からだ》を中心《ちうしん》に眞《ま》つ二《ふた》つに裂《さ》け上《あが》つた人波《ひとなみ》の中《なか》で、彈丸《だんぐわん》が風《かぜ》を立《た》てた。露路口《ろぢぐち》は這《は》ひ込《こ》む人《ひと》の身體《からだ》で膨《ふく》れ上《あが》つた。閉《と》ざされた戸《と》は穴《あな》を開《あ》けて眼《め》のやうに光《ひか》り出《だ》した。その下《した》で、逃《に》げ後《おく》れた群衆《ぐんしゆう》は壁《かべ》にひつついたまま、唸《うな》り出《だ》した。

參木《さんき》は押《お》しつけられた胸《むね》の連結《れんけつ》の中《なか》から、ひとり反對《はんたい》に道路《だうろ》の上《うへ》を見廻《みまは》した。彼《かれ》はそこに倒《たふ》れて動《うご》かぬ人《ひと》の群《む》れの中《なか》から、秋蘭《しうらん》の身體《からだ》を探《さが》さうとして延《の》び上《あが》つた。馬《うま》の倒《たふ》れた大《おほ》きな首《くび》の傍《そば》で、倒《たふ》れた人《ひと》の身體《からだ》が轉《ころ》がりながら藻搔《もが》いてゐた。、、、、、、、、、、、、、、、、、、、、、、、、、、、、、、、、。霞《かすみ》のやうな煙《けむり》がそれらの、、の上《うへ》を這《は》ひながら、巡檢《じゆんけん》の通《とほ》る度《たび》に廻《まは》つてゐた。しかし、參木《さんき》には、最早《もは》や日々《にちにち》見《み》せられた倒《たふ》れる、、の音響《おんきやう》や混亂《こんらん》のために、眼前《がんぜん》の此《こ》れらの動的《どうてき》な風景《ふうけい》がただ日常普通《にちじやうふつう》の出來事《できごと》のやうにしか見《み》えなかつた。だが、彼《かれ》は彼《かれ》の心《こころ》が外界《ぐわいかい》の混亂《こんらん》に無感動《むかんどう》になるに從《したが》ひ、その混亂《こんらん》した外界《ぐわいかい》の上《うへ》を自由《じいう》に這《は》ひ廻《まは》る愛情《あいじやう》の鮮《あざ》かな擴《ひろ》がりを、明瞭《めいれう》に感《かん》じ出《だ》した。

街路《がいろ》の上《うへ》から群衆《ぐんしゆう》の姿《すがた》が少《すく》なくなると、騎馬隊《きばたい》へ向《む》けて發砲《はつぱう》した家《いへ》の周圍《しうゐ》が工部局巡捕《こうぶきよくじゆんぽ》によつて包圍《かこ》まれた。機關銃《きくわんじう》が据《す》ゑられた。と、その一軒《けん》の家屋《かをく》を消毒《せうどく》するかのやうに、眞暗《まつくら》な屋内《をくない》めがけて彈丸《だんぐわん》がぶち込《こ》まれた。墜落《ついらく》する物音《ものおと》、唸《うな》り聲《ごゑ》、石《いし》に衝《あた》つて跳《は》ね返《かへ》る彈丸《だんぐわん》の律動《りつどう》と一緒《しよ》に、戸《と》が見《み》る間《ま》に穴《あな》を開《あ》けていつた。機關銃《きくわんじう》の音響《おんきやう》が停止《ていし》すると、戸《と》が蹴《け》りつけられて脱《はづ》された。ピストルを上《あ》げた巡捕《じゆんぽ》の一隊《たい》が、欄干《らんかん》からぶら下《さが》つたまままだ搖《ゆ》れ續《つゞ》けてゐる看板《かんばん》の文字《もじ》の下《した》を、潜《もぐ》り込《こ》んだ。すると、間《ま》もなく、三人《にん》のロシア人《じん》を中《なか》に混《まじ》へた支那青年《しなせいねん》の一團《だん》が、ピストルの先《さき》に護《まも》られて引《ひ》き出《だ》された。

參木《さんき》は露路《ろぢ》の片隅《かたすみ》からそれらの引《ひ》き出《だ》された青年達《せいねんたち》を見詰《みつ》めてゐた。もし秋蘭《しうらん》がその中《なか》に、と思《おも》ひながら――間《ま》もなく、檢束《けんそく》された一團《だん》は自動車《じどうしや》に乘《の》せられると、機關銃隊《きくわんじうたい》に送《おく》られて工部局《こうぶきよく》の方《はう》へ馳《か》けていつた。銃器《じうき》が去《さ》つたと知《し》ると、また群衆《ぐんしゆう》は露路《ろぢ》の中《なか》から滲《にじ》み出《で》て來《き》た。彼《かれ》らは燈《ひ》の消《き》えた道路《だうろ》の上《うへ》から、、を露路《ろぢ》の中《なか》へ引《ひ》き摺《ず》り込《こ》んだ。板《いた》のやうに張《は》りきつた、、の頭《あたま》は引《ひ》き摺《ず》られる度毎《たびごと》に、筆《ふで》のやうに頭髮《とうはつ》に含《ふく》んだ、でアスファルトの上《うへ》へ黒《くろ》いラインを引《ひ》き始《はじ》めた。と、一臺《だい》の外人用《ぐわいじんよう》の自動車《じどうしや》が辷《すべ》つて來《く》ると、、、の上《うへ》へ乘《の》り上《あ》げた。箱《はこ》の中《なか》で、茉莉《まり》の花束《はなたば》に隱《かく》れて接吻《せつぷん》してゐた男女《だんぢよ》の顏《かほ》が、亂《みだ》れ出《だ》した。と、礫《つぶて》が顏《かほ》へ投《な》げつけられた。自動車《じどうしや》は竝《なら》んだ、、を轢《ひ》き飛《と》ばすと、ぐつたり垂《た》れた顏《かほ》を搖《ゆ》りながら疾走《しつそう》した。

參木《さんき》は群衆《ぐんしゆう》の中《なか》から擦《す》り拔《ぬ》けると突堤《とつてい》の方《はう》へ歩《ある》いていつた。彼《かれ》はもう秋蘭《しうらん》を探《さが》す重《おも》みに全身《ぜんしん》の疲《つか》れを感《かん》じた。疲《つか》れ出《だ》すと、今《いま》まで何《なに》も無《な》いものを有《あ》ると思《おも》つて探《さが》し廻《まは》つた幻影《げんえい》に凋《しぼ》れ始《はじ》め、ごそごそ建物《たてもの》の間《あひだ》を歩《ある》いてゐる自身《じしん》の身體《からだ》だけが、急《きふ》に心《こゝろ》の重《おも》みとなつて返《かへ》つて來《き》た。

五

その夜《よ》、參木《さんき》は遲《おそ》く宮子《みやこ》の部屋《へや》の戸《と》を叩《たゝ》いた。ビジヤマ姿《すがた》の宮子《みやこ》は支那服《しなふく》をひつかけたまま出《で》て來《く》ると、默《だま》つて參木《さんき》を長椅子《ながいす》に坐《すわ》らせた。參木《さんき》は片手《かたて》で失敬《しつけい》の眞似《まね》をしながらいきなり横《よこ》に倒《たふ》れると、眼《め》を瞑《つぶ》つた。宮子《みやこ》はウイスキーを彼《かれ》に飮《の》ませた。彼女《かのぢよ》は彼《かれ》の傍《そば》に坐《すわ》ると彼《かれ》の蒼《あを》ざめた顏《かほ》を見詰《みつ》めたままいつまでも默《だま》つてゐた。隣家《りんか》の廊下《らうか》を通《とほ》る燭臺《しよくだい》の火《ひ》が、窓《まど》のガラスに石榴《ざくろ》の影《かげ》を辷《すべ》らせつつ消《き》えていつた。參木《さんき》は眼《め》を開《あ》けると彼女《かのぢよ》に云《い》つた。

「君《きみ》、今夜《こんや》だけは、赦《ゆる》してくれ給《たま》へ。」

「だつて、寢臺《しんだい》はあちらにあるわ。あちらへいつて、」

口《くち》へあてがふ宮子《みやこ》のコップの底《そこ》を見詰《みつ》めながら、彼《かれ》は片手《かたて》で宮子《みやこ》の手《て》を強《つよ》く握《にぎ》つた。宮子《みやこ》は云《い》つた。

「あなたは今夜《こんや》へんよ。あたし、さきから天地《てんち》がひつくり返《かへ》つたやうな氣《き》がしてゐて、何《なん》のことだかわかんないわ。」

しかし、宮子《みやこ》は急《きふ》に潑溂《はつらつ》とし始《はじ》めると、鏡《かゞみ》の前《まへ》で顏《かほ》を叩《たゝ》いた。ひつかけた皮襖が宮子《みやこ》の肩《かた》からづり落《お》ちた。

「あたし、あなたがいらつしやる前《まへ》まであなたの夢《ゆめ》を見《み》てゐたの。そしたらあなたがいらつしやるんでせう。あたしそれまであなたと何をしてたとお思《おも》ひになつて。」

鏡《かゞみ》の前《まへ》から戻《もど》つて來《く》ると、宮子《みやこ》は參木《さんき》の頭《あたま》を膝《ひざ》の上《うへ》へ乘《の》せながら、顏《かほ》を近々《ちかぢか》と擦《す》り寄《よ》せた。

「あなた、もう元氣《げんき》をお出《だ》しになつて。あたし、あなたの疲《つか》れてらつしやるお顏《かほ》を見《み》るのはいやなのよ。」

參木《さんき》は起《お》き上《あが》つた。彼《かれ》は宮子《みやこ》の手《て》を掴《つか》むと云《い》つた。

「とにかく、つまらん。」

「何《なに》が、」

「もういつぺん默《だま》つて寢《ね》させておいてくれ給《たま》へ。」

參木《さんき》はまた倒《たふ》れると眼《め》を瞑《つぶ》つた。宮子《みやこ》は彼《かれ》の身體《からだ》を激《はげ》しく搖《ゆ》り出《だ》した。

「駄目《だめ》ぢやないの。あたしを叩《たゝ》き起《おこ》して自分《じぶん》が眠《ねむ》るなんて、まだあたしはあなたの奧《おく》さんぢやないことよ。」

すると、參木《さんき》は傍《そば》にあつたウイスキーをまた一杯《いつぱい》傾《かたむ》けた。

「さう、さう。結構《けつこう》だわ。あたし、あなたのわがまゝなんか、初《はじ》めつから認《みと》めてやしないのよ。だから、あたしはあなたなんかに同情《どうじやう》したことなんか、一度《ど》もないの。人《ひと》の顏《かほ》を見《み》ると顰《しか》めつ面《つら》ばかり續《つゞ》けて、つまんないことばかり考《かんが》へて、もうそんなことはお止《よ》しなさいよ。あたしあなたなんかを好《す》きになつちや、お了《しま》ひだわ。」

　突《つ》かれ出《だ》すと、參木《さんき》には醉《よ》ひがだんだん廻《まは》つて來《き》た。彼《かれ》は云《い》つた。

「どうも失禮《しつれい》これでどうやら、君《きみ》に叱《しか》られてゐるのも分《わか》つて來《き》た。」

「當《あた》りまへよ。あなたなんかに憂鬱《いううつ》なんか見《み》せていたゞかなくたつて、街《まち》にごろごろしてゐるわ。あたしなんか見《み》てちやうだい。馬鹿《ばか》なことは一人前《にんまへ》に馬鹿《ばか》だけど、面白《おもしろ》さうなことだけは知《し》つてるの。」

　宮子《みやこ》は不機嫌《ふきげん》さうに外方《そつぽ》を向《む》くと煙草《たばこ》をとつた。參木《さんき》は豫想《よさう》とは反對《はんたい》に、急《きふ》に怒《いか》り出《だ》した宮子《みやこ》の樣子《やうす》に氣《き》がつくと、またぐつたりと横《よこ》に倒《たふ》れた。宮子《みやこ》は床《ゆか》に落《お》ちてゐる皮樸を足《あし》で跳《は》ね上《あ》げた。彼女《かのぢよ》は立《た》ち上《あが》ると寢室《しんしつ》の方《はう》へ歩《ある》いていつた。參木《さんき》は云《い》つた。

「君《きみ》、もう暫《しばら》く僕《ぼく》の傍《そば》にゐてくれ給《たま》へ。さうすると、僕《ぼく》はだんだん賢《かしこ》くなる。」

「いやよ、あたしあなたのお相手《あひて》なんか、まつぴらだわ。」

「ときどきはかう云《い》ふ男《をとこ》も君《きみ》の傍《そば》にゐたつて惡《わる》くはなからう。人《ひと》には怒《おこ》るもんぢやない。朝早《あさはや》くから夜中《よなか》まで僕《ぼく》は今日《けふ》は幾回《いくくわい》死《し》にぞこなつたかしれないんだ。たまに疲《つか》れて來《き》たんだから、君《きみ》、疲《つか》れたときには、人《ひと》は一番《ばん》親《した》しい所《ところ》へ轉《ころ》がり込《こ》むもんだ。さう怒《おこ》らずに、もう暫《しばら》くここにゐさせてくれ給《たま》へ。」

　宮子《みやこ》はドアの前《まへ》に立《た》つたまま參木《さんき》の方《はう》へ向《む》き直《なほ》つた。

「あなたは今夜《こんや》はどうかしててよ。」

「實《じつ》はそれを白状《はくじやう》したくつて來《き》たんだが、もう云《い》ふのはいやになつた。これ以上《いじやう》馬鹿《ばか》になるのは神《かみ》さまに對《たい》してすまんと思《おも》ふ。」

「さうよ。あなたは。神《かみ》さまにだけぢやないことよ。あたしにだつてすまないわ。競子《きやうこ》さんのことを考《かんが》へてらつしやるのも結構《けつこう》だけど、それぢや競子《きやうこ》さん、もつたいないわ。」

「競子《きやうこ》は競子《きやうこ》、これはこれさ、僕《ぼく》はふわふわした男《をとこ》だからふわふわして了《しま》はなきアをさまらないんだ。それで今夜《こんや》はのるかそるか、ひとつ無茶《むちや》をやらうと思《おも》つてやたんだが、たうとうそれも失敗《しつぱい》だ。どうもおれは、饒舌《しやべ》り出《だ》すと、こりや饒舌《しやべ》るな。」

「饒舌《しやべ》りなさいよ、饒舌《しやべ》りなさいよ。あなたのして來《き》たこと、仰言《おつしや》つてよ。」

　宮子《みやこ》は參木《さんき》の傍《そば》へピツタリくつつくと、彼《かれ》の頭《あたま》をかかへて搖《ゆ》り始《はじ》めた。參木《さんき》は搖《ゆ》られる頭《あたま》の中《なか》で今日《けふ》一日《にち》のして來《き》たことを考《かんが》へた。すると、ますます自分《じぶん》の身體《からだ》が自分《じぶん》の上《うへ》へ乘《の》りかかつて來《く》る重々《おもおも》しさを、感《かん》じ出《だ》した。と、彼《かれ》は身體《からだ》を抛《ほ》り出《だ》すやうに饒舌《しやべ》り出《だ》した。

「僕《ぼく》は支那《しな》の婦人《ふじん》に感心《かんしん》して、一ケ月《げつ》の間《あひだ》自尊心《じそんしん》と喧嘩《けんくわ》し續《つゞ》けて、たうとう頭《あたま》を叩《たゝ》かれたのが、今夜《こんや》なんだ。それから僕《ぼく》は死《し》のうと思《おも》つた。しかし今《いま》死《し》ぬなら支那人《しなじん》に殺《ころ》される方《はう》が良《い》い。、、、、一人《ひとり》でも殺《ころ》されたら、、、、、、、、、、、、、とまア僕《ぼく》は考《かんが》へた。僕《ぼく》は愛國主義《あいこくしゆぎ》者《しや》だから、同《おな》じ死《し》ぬなら、、のために死《し》んでやらうと思《おも》つたんだが、所《ところ》が、なかなか支那人《しなじん》は殺《ころ》してくれぬ。殺《ころ》されないなら死《し》んだつて國《くに》の爲《ため》にはならないし、同《おな》じ死《し》ぬなら殺《ころ》されやう、と思《おも》つてゐるうちに、いつまでたつたつて殺《ころ》されないから、死《し》ぬことだつて出來《でき》やしない。」

「まアまア、結構《けつこう》な御身分《おみぶん》ね。あたし嫌《きら》ひよ、そんな話《はなし》は。」

「それから、ここだ、僕《ぼく》が何《な》ぜ殺《ころ》されないかと考《かんが》へた。すると僕《ぼく》は此《こ》んな支那服《しなふく》を着流《きなが》してうろつき廻《まは》つてゐたからなんだ、しかし、それなら何《な》ぜ支那服《しなふく》なんか着《き》て歩《ある》くと君《きみ》は思《おも》ふかも知《し》れないが、此《こ》の支那《しな》服《ふく》を着《き》てないと相手《あひて》の女《をんな》と逢《あ》つたつて、役《やく》には立《た》たぬ。そこが僕《ぼく》の新《あたら》しい苦悶《くもん》なんだ。」

「あんまり馬鹿《ばか》にしないで頂戴《ちやうだい》、あたし聞《き》いてゐますのよ。あたしはさきまであなたの夢《ゆめ》まで見《み》てたのに、ちよつとぐらゐは考《かんが》へて下《くだ》すつたて、いいことよ。」

「しかし、かうして考《かんが》へてみると、まア、馬鹿《ばか》な話《はなし》は馬鹿《ばか》な話《はなし》さ。所《ところ》が、そいつを眞面目《まじめ》に考《かんが》へてゐたんだから、ちよつとはどうかしてるんだ。頭《あたま》と云《い》ふものは、馬鹿《ばか》になり出《だ》すと、つまり、馬鹿《ばか》な方《はう》へばかりだんだん頭《あたま》が良《よ》くなり出《だ》す。譬《たと》へば君《きみ》にした所《ところ》で、甲谷《かうや》と結婚《けつこん》しないことなんて、馬鹿《ばか》な方《はう》へ頭《あたま》が成長《せいちやう》したからだね。」

「さうよ。あたし、あなたなんかに眼《め》が眩《くら》んで、たうとうお嫁《よめ》さんになりそこねたわ。これもあなたよ。甲谷《かうや》さんに仰言《おつしや》つといて。だけど、甲谷《かうや》さんも甲谷《かうや》さんだわ。あたしにあなたを紹介《せうかい》するなんて、あたしよりまだ馬鹿《ばか》ね。あたしあなたと結婚《けつこん》するまでは甲谷《かうや》さんとは結《けつ》婚《こん》しないの。これがあなたへの復讐《ふくしう》よ。あなたは甲谷《かうや》さんへ氣兼《きがね》して、あたしから逃《に》げることばかり計畫《けいくわく》してらつしやるんでせう。ぢやなくちやあたしにそんな、支那《しな》の女《をんな》のことなんか、まア、つまんない眞似《まね》をなさるのね。それならあたしだつて、愛國主義者《あいこくしゆぎしや》になることぐらゐ何《な》んでもないわ。」

宮子《みやこ》は立《た》ち上《あが》ると、ひき拔《ぬ》いた白蘭花《パーレーホワ》で圓卓《ゑんたく》の上《うへ》を叩《たた》き出《だ》した。参《さん》木《き》は、ここにもひとり馬鹿《ばか》がゐたのかと氣《き》がつくと、心《こころ》が樂《たの》しげに酒《さけ》の上《うへ》で浮《う》き上《あが》つた。

「おい君《きみ》、ここへ來《き》てくれ、愛國主義者《あいこくしゆぎしや》は一番豪《ばんえら》いのだ。僕《ぼく》は君《きみ》には同情《どうじやう》する。恐《おそ》らく僕《ぼく》は君《きみ》を一番理解《ばんりかい》してゐるにちがひなからう。理解《りかい》がなければ愛《あい》なんてものはない。だから君《きみ》、來《き》たまへ、僕《ぼく》は君《きみ》が好《す》きなんだ。」

宮子《みやこ》は近寄《ちかよ》る参木《さんき》を突《つ》き飛《と》ばした。参《さん》木《き》は後《うしろ》の壁《かべ》へよろけかかると、また宮子《みやこ》の肩《かた》へ手《て》をかけた。

「よして頂戴《ちやうだい》。あたしは支那人《しなじん》ぢやなくつてよ。」

「支那人《しなじん》であらうが鮮人《せんじん》であらうが、かまふものか、愛國主義者《あいこくしゆぎしや》を出《だ》したからには、日本《にほん》にとつちや恩人《おんじん》さ。われわれ下級社員《かきふしやいん》に愛國主義者《あいこくしゆぎしや》以外《いぐわい》の何《なに》がある。」

參木《さんき》は宮子《みやこ》のピジヤマの足《あし》を掬《すく》ふやうに抱《だ》き上《あ》げると、絨氈《じゆうたん》の眞中《まんなか》できりきり速度《そくど》を加《くは》へて廻《まは》り出《だ》した。と、足《あし》が曲《まが》つた。二人《ふたり》は倒《たふ》れた。宮子《みやこ》は參木《さんき》の胸《むね》から投《な》げ出《だ》されると、そのまま動《うご》かずに倒《たふ》れてゐた。參木《さんき》は仰向《あふむ》きになつたまま、まだ廻《まは》り續《つづ》ける周圍《しうゐ》の花壁《はなかべ》の中《なか》から突然《とつぜん》絞《しぼ》り出《だ》された母《はは》の顔《かほ》を、樂《たの》しげに眺《なが》め出《だ》した。

六

海港《かいかう》の罷市《ひし》は特別會議《とくべつくわいぎ》が流會《りうくわい》したにも拘《かかは》らず、ますます深刻《しんこく》に進《すす》んでいつた。支那銀行《しなぎんかう》は翌日《よくじつ》から盡《ことごと》く休業《きうげふ》した。錢莊發行《せんさうはつかう》の小切手《こぎつて》が不通《ふつう》になつた。金塊市場《きんくわいしぢやう》が閉鎖《へいさ》された。爲替市場《かはせしぢやう》の混亂《こんらん》から外國銀行《ぐわいこくぎんかう》は無力《むりよく》になつた。さうして、此《こ》の全《まつた》く破壞《はくわい》され盡《つく》した海港《かいかう》の金融機能《きんゆうきのう》の内部《ないぶ》では、ただ僅《わづ》かに對外爲替《たいぐわいかはせ》の音《おと》だけが、外國銀行《ぐわいこくぎんかう》の奧底《おくそこ》で鼓動《こどう》のやうに響《ひび》いてゐるにすぎなくなつた。

しかし、倒《たふ》れたものはそれだけではなかつた。海港《かいかう》の殆《ほとん》ど全部《ぜんぶ》の工場《こうぢやう》は閉鎖《へいさ》された。群《むら》がる埠頭《ふとう》の苦力《クーリー》が罷業《ひげふ》し始《はじ》めた。ホテルのボーイが逃《に》げ始《はじ》めた。警察内《けいさつない》の支那人巡捕《しなじんじゆんぽ》が脱出《だつしゆつ》した。車夫《しやふ》が、運轉手《うんてんしゆ》が、郵《いう》便配達《びんはいたつ》が、船内《せんない》の乘組員《のりくみゐん》が、その他《た》あらゆる外人《ぐわいじん》に雇《やと》はれてゐるものが、――

船《ふね》は積《つ》み込《こ》んだ貨物《くわもつ》をそのままに港《みなと》の中《なか》でぼんやりと浮《う》き始《はじ》めた。新聞《しんぶん》の發行《はつかう》が不能《ふのう》になつた。ホテルでは音樂團《おんがくだん》が客《きやく》に料理《れうり》を運《はこ》び出《だ》した。パン製造人《せいざうにん》がゐなくなつた。肉《にく》も野菜《やさい》もなくなり出《だ》した。さうして、外人達《ぐわいじんたち》はだんだん支那人《しなじん》の新《あたら》しい強《つよ》さに打《う》たれながら、海港《かいかう》の中《なか》で籠城《ろうじやう》し始《はじ》めた。

參木《さんき》は人通《ひとどほ》りの殆《ほとん》どなくなつた街《まち》の中《なか》を歩《ある》くのが好《す》きになつた。雜鬧《ざうたう》してゐた市街《しがい》が急《きふ》に森《もり》のやうに變化《へんくわ》したことは、彼《かれ》には市街《しがい》が一層《そう》新《あたら》しく雜鬧《ざつたう》し始《はじ》めたかのやうに感《かん》じられた。義勇隊《ぎゆうたい》は出沒《しゆつぼつ》する暴徒《ばうと》の爆彈《ばくだん》を乘《の》せたトラックを追《お》つ馳《か》け廻《まは》した。時々《ときどき》夜陰《やいん》に乘《じやう》じて、白《しろ》い手袋《てぶくろ》を揃《そろ》へた支那人《しなじん》の自轉車隊《じてんしやたい》が秘密《ひみつ》な策動《さくどう》を示《しめ》しながら、建物《たてもの》と建物《たてもの》との間《あひだ》を風《かぜ》のやうに辷《すべ》つていつた。外國婦人《ぐわいこくふじん》は疲《つか》れた義勇團《ぎゆうだん》の背後《はいご》で彼《かれ》らに食物《しよくもつ》を運搬《うんぱん》した。閉《し》め切《き》られた街並《まちな》みの戸《と》の隙間《すきま》からは、外《そと》を窺《うかが》ふ眼《め》だけがぎろぎろ光《ひか》つてゐた。

しかし、參木《さんき》は頻々《ひんぴん》として暴徒《ばうと》に襲《おそ》はれ續《つづ》ける、、街《まち》の噂《うはさ》を聞《き》き始《はじ》めると、だんだん足《あし》がその方《はう》へ動《うご》いていつた。、、街《まち》では婦女《ふぢよ》や子供《こども》を避難所《ひなんじよ》へ送《おく》つた後《あと》で、町會組織《ちやうくわいそしき》の警備隊《けいびたい》が勇《いさ》ましく街《まち》を守《まも》つて徹宵《てつせう》を續《つづ》け出《だ》した。すると、彼《かれ》の身體《からだ》の中《なか》で、秋蘭《しうらん》を愛《あい》した記憶《きおく》の斷片《だんぺん》が

[illegible]に彼《かれ》自身《じしん》の中心《ちゆうしん》を改《あらた》め始《はじ》めた。と、彼《かれ》は擦りに襲《おそ》はれるやうに、道《みち》から外《はづ》れた。が、また彼《かれ》は、、街《まち》の食糧《しよくりやう》の斷絶《だんぜつ》を聞《き》いては出《で》かけた。、、暗殺《あんさつ》の流言《りうげん》を聞《き》いては出《で》かけた。暴徒《ばうと》の流《なが》れ込《こ》んだ形跡《けいせき》を感《かん》じるとまた出《で》かけた。さうして、彼《かれ》はいつの間《ま》にか、、街《まち》の外廓《ぐわいくわく》に從《したが》つてぐるぐる廻《まは》り續《つゞ》けてゐる斥候《せつこう》のやうな自體《じたい》を感《かん》じた。その度《たび》に、危害《きがい》を受《う》けた、、の増加《ぞうか》していく話《はなし》の波《なみ》が、締《し》めつけるやうに襲《おそ》つて來《き》た。

或《あ》る日《ひ》、參木《さんき》と甲谷《かうや》はいつもの店《みせ》へ食事《しよくじ》をしに出《で》て行《ゆ》くと、食料《しよくれう》のなくなつたために拒絶《きよぜつ》された。米《こめ》をひそかに運《はこ》んでゐた支那人《しなじん》が發見《はつけん》されて殺《ころ》されたと云《い》ふ。それに卵《たまご》もなければ肉《にく》もなかつた。勿論《もちろん》、野《や》菜類《さいるい》にいたつては、缺乏《けつぼう》しなければ不思議《ふしぎ》であつた。

甲谷《かうや》は外《そと》へ出《で》ると參木《さんき》に云《い》つた。

「これぢや、餓《う》ゑ死《じに》するより仕樣《しやう》がないね。銀行《ぎんかう》は有《あ》つたつて石《いし》ばかりだし、波止場《はとば》に材木《ざいもく》は着《つ》いてても揚《あ》げてくれるものはなし、宮子《みやこ》にはやられるし、米《こめ》も食《く》へぬとなれば、君《きみ》、かう云《い》ふ慘酷《ざんこく》な手《て》は、神《かみ》さまが知《し》つてたのかね神《かみ》さまが。」

しかし、參木《さんき》には昨夜《さくや》からの空腹《くうふく》が、彼《かれ》の頭《あたま》にまで攻《せ》め昇《のぼ》るのを感《かん》じた。と、彼《かれ》は彼《かれ》をして空腹《くうふく》ならしめてゐるものが、ただ僅《わづか》に自身《じしん》の身體《からだ》であることに氣《き》がついた。もし今《いま》彼《かれ》の身體《からだ》が支那人《しなじん》なら、彼《かれ》は手《て》を動《うご》かせば食《く》へるのだ。それに——彼《かれ》は領土《りやうど》が、鐵《てつ》よりも堅牢《けんらう》に自身《じしん》の肉體《にくたい》の中《なか》を貫《つらぬ》いてゐるのを感《かん》じ出《だ》した。

甲谷《かうや》は云《い》つた。

「君《きみ》、君《きみ》の休業中《きうげふちう》の手當《てあて》は出《で》るのかね。俺《おれ》の金《かね》はもうないよ。暫《しばら》く君《きみ》の手當《てあて》をあてにするから、そのつもりでゐてくれ給《たま》へ。」

「さうだ、手當《てあて》のことは忘《わす》れてゐた。いづれ何《なん》とかなるだらう。出《で》なけりや、今度《こんど》は、、、が罷業《ひげふ》をするさ。」

「すると、その罷業《ひげふ》はどうなるのだ。罷業《ひげふ》をしたつてお先《さき》に支那人《しなじん》にされてちや、罷業《ひげふ》にもならんぢやないか。」

「そしたら、支那人《しなじん》と、、だ。」

「すると、俺《おれ》を食《く》へなくしたのも、君《きみ》だとなるのか。」

「もう食《く》ふ話《はなし》だけは、やめてくれ。僕《ぼく》は腹《はら》がすいて、たまらんのだ。」

「しかし、休業中《きうげふちう》の手當《てあて》を、、、にだけ出《だ》しといて、支那人《しなじん》には出《だ》さぬとなると、こりや、俺《おれ》もいつまでたつたつて食《く》へないかもしれない。」

二人《ふたり》は兩側《りやうがは》の家々《いへいへ》の戸《と》の上《うへ》に、「外人《ぐわいじん》を、、せよ。」と書《か》かれた紙片《しへん》の貼《は》られたのを讀《よ》みながら、歩《ある》いていつた。

「とにかく、殺《ころ》されるためにや、食《た》べなくちや、」と參木《さんき》は云《い》つた。

「いや、此《こ》の上《うへ》殺《ころ》されちや、お了《しま》ひだよ。」二人《ふたり》は笑《わら》つた。參木《さんき》は笑《わら》ひながら、ふと甲谷《かうや》と宮子《みやこ》とを妨害《ばうがい》してゐる自分《じぶん》の存在《そんざい》について考《かんが》へた。すると、ここでも彼《かれ》は不必要《ふひつえう》な自分《じぶん》の身體《からだ》に突《つ》きあたらねばならなかつた。彼《かれ》は云《い》つた。

「君《きみ》は宮子《みやこ》が本當《ほんたう》に好《す》きか。」

「好《す》きだ。」

「どれほど好《す》きだ。」

「俺《おれ》はあ奴《いつ》が俺《おれ》を蹴《け》れば蹴《け》るほど好《す》きになるのだ。まるで俺《おれ》は、蹴《け》られるのが好《す》きなと同《おな》じことだ。」

「それで君《きみ》は結婚《けつこん》して、もし不幸《ふかう》な事《こと》でも起《おこ》ればどうするつもりだ。」

「所《ところ》が、俺《おれ》の不幸《ふかう》なのは今《いま》なんだ。今《いま》より不幸《ふかう》なことはありやしないのだ。」

參木《さんき》は競子《きやうこ》をひそかに愛《あい》してゐた昔《むかし》の自分《じぶん》を考《かんが》へた。そのとき、甲谷《かふや》は競子《きやうこ》の兄《あに》の權利《けんり》として、絶《た》えず參木《さんき》の首《くび》を摑《つか》んでゐた。が、今《いま》は、彼《かれ》は甲谷《かふや》の首《くび》を逆《ぎやく》に摑《つか》み出《だ》したのだ。彼《かれ》は云《い》つた。

「君《きみ》、君《きみ》はお杉《すぎ》をどう思《おも》ふ。」

「あれか、あれは俺《おれ》にとつちや捨石《すていし》だよ。」

「あれは君《きみ》にとつちや捨石《すていし》かも知《し》れないが、僕《ぼく》にとつちや細君《さいくん》の候補《こうほ》者《しや》だつたのだ。お杉《すぎ》を攻撃《こうげき》したのは君《きみ》だらう。」

甲谷《かふや》の顔《かほ》は赧《あか》くなつた。が、彼《かれ》は赧《あか》さのままでなほ反《そ》り出《だ》すと、參木《さんき》に云《い》つた。

「ふん、俺《おれ》の捨石《すていし》になる奴《やつ》なら、誰《だれ》の捨石《すていし》にだつて、ならうぢやないか。」

參木《さんき》は自分《じぶん》の捨石《すていし》になり出《だ》す宮子《みやこ》のことを考《かんが》へながら、その捨石《すていし》の、また捨石《すていし》になり出《だ》した甲谷《かふや》の顔《かほ》を、新《あたら》しく眺《なが》めてみた。彼《かれ》は云《い》つた。

「とにかく、僕《ぼく》にはお杉《すぎ》より適當《てきたう》な女《をんな》は見當《みあた》らぬのだ。君《きみ》の捨石《すていし》を拾《ひろ》つたつて、君《きみ》に不服《ふふく》はないからね。」

「君《きみ》、もう冗談《じやうだん》だけは、よしてくれ。俺《おれ》は飯《めし》さへ食《く》へないときだ。これからひとつ馳《か》け廻《まは》つて、君《きみ》、飯《めし》一食《しよく》を捜《さが》すんだよ。」

參木《さんき》は默《だま》つた。すると、暫《しばら》く忘《わす》れてゐた空腹《くうふく》が再《ふたた》び頭《あたま》を擡《もた》げて來《き》た。彼《かれ》は乞食《こじき》の胃袋《ゐぶくろ》を感《かん》じた。頭《あたま》が胃袋《ゐぶくろ》に從《したが》つて活動《くわつどう》を始《はじ》め出《だ》した。と、彼《かれ》は芳秋蘭《はうしうらん》を思《おも》ひ出《だ》した。――これが秋蘭《しうらん》のしたかつたことなのだ。――彼《かれ》は彼女《かのぢよ》の牙《きば》の鋭《するど》さを見詰《みつ》めるやうに、自分《じぶん》の腹《はら》に刺《さ》し込《こ》んで來《く》る空腹《くうふく》の度合《どあひ》を計《はか》りながら、食物《しよくもつ》の豐富《ほうふ》な街《まち》の方《はう》へ歩《ある》いていつた。

七

參木《さんき》と甲谷《かふや》の廻《まは》つた所《ところ》はどこも白米《はくまい》と野菜《やさい》に困《こま》つてゐた。明日《あす》になれば長崎《ながさき》から食料《しよくりう》が着《つ》くと云《い》ふ。二人《ふたり》は明日《あす》までに空腹《くうふく》を滿《み》たすためには、暴徒《ばうと》の出沒《しゆつぼつ》する危險區劃《きけんくくわく》を通過《つうくわ》しなければならなかつた。しかし今《いま》はその行《ゆ》く先《さき》にも食物《しよくもつ》があるかないかさへ分《わか》らないのだ。參木《さんき》は甲《かふ》谷を安全《あんぜん》な街角《まちかど》から家《いへ》へ歸《かへ》すとひとり食物《しよくもつ》を搜《さが》しに出《で》かけていつた。

宮子《みやこ》の所《ところ》へ參木《さんき》の着《つ》いたのは、もう夕刻《ゆふこく》に近《ちか》かつた。宮子《みやこ》は參木《さんき》を見《み》ると、いきなり云《い》つた。

「あなた、今日《けふ》ここへ暴徒《ばうと》が出《で》たの。、、、がシャツまで裂《さ》かれて逃《に》げてつたわ。昨日《きのふ》は昨日《きのふ》で血《ち》だらけになつた、、、が自動車《じどうしや》で運《はこ》ばれたの。それに今夜《こんや》は水道《すゐだう》が危《あぶな》いさうよ。でも、ほんとに、あなた、よくいらしつて下《くだ》さつたわね。もう暫《しばら》くお歸《かへ》りになつちやいやよ。あたし、今夜《こんや》はどうしたつて歸《かへ》さないの。」

參木《さんき》は長椅子《ながいす》へ腰《こし》を降《お》ろすと云《い》つた。

「君《きみ》、何《なに》か食《た》べるものをくれ給《たま》へ、僕《ぼく》は夕《ゆふ》べからまだ何《なに》も食《た》べてゐないんです。どこいつたつて食《く》ひ物《もの》の品切《しなぎれ》で、仕方《しかた》がないから君《きみ》の所《ところ》にあつたらひとつと思《おも》つて來《き》たんだが、君《きみ》、ひとつ、頼《たの》みます。」

「ぢや、あなたは、あたしのためにいらしつて下《くだ》すつたんぢやなかつたのね。」

「それは別《べつ》です。此《こ》の次《つぎ》です。今日《けふ》は乞食《こじき》に來《き》たんだからつまんない考《かんが》へは、此《こ》の次《つぎ》にしてくれ給《たま》へ。」

「まア、嬉《うれ》し、」と宮子《みやこ》は云《い》ふと、戸棚《とだな》の中《なか》からパンを出《だ》した。

「あなた、御覽《ごらん》なさいな、これはイギリスの義勇兵《ぎゆうへい》があたしのために、わざわざ持《も》つて來《き》てくれたものなのよ。それにあなたは、あたしん所《とこ》へこれを盜《と》らうつていらしつて下《くだ》すつたのね。」

「君《きみ》の仰言《おつしや》ることはもう充分《じゆうぶん》わかつてゐます。たゞそれを僕《ぼく》が貰《もら》へるのか貰《もら》へないのか、それだけ數《かぞ》へてくれ給《たま》へ。貰《もら》へないならこれからまたどつかへいかなくちや。僕《ぼく》は思《おも》はせ振《ぶ》りはだい嫌《きら》ひだ。」

「そりや、あげるわ。あたしが食《た》べなくたつて、かまはないわ。だけど、これはあたしにとつちや、ここ暫《しばら》くの露命《ろめい》なのよ。それをあなたがたゞパンだと思《おも》つてお盜《と》りになつちや、あたしのこれまでの苦心《くしん》は臺無《だいな》しだわ。」

「ぢや、僕《ぼく》がどうすればいいんです。」

「そんなことは、お考《かんが》へになつたら分《わか》るぢやないの。あたしはあなたを虐《いぢ》めてゐるのよ。何《な》ぜあなたがあたしに虐《いぢ》められていらつしやるのか、御存知《ごぞんぢ》ないの。あたしはこないだから、あなたをどんなに待《ま》つてたかしれやしないのよ。それにあなたがいらしつて下《くだ》すつて、まア嬉《うれ》しいと思《おも》つたら、パンをくれ、でせう。そりや、あなたにはそれで結構《けつこう》よ。だけど、あたしにしてみれば、あるパンだつて上《あ》げたかないわ。」

「ぢや、歸《かへ》ろう。」と參木《さんき》は云《い》ふと、帽子《ばうし》を探《さが》して立《た》ち上《あが》つた。宮子《みやこ》はパンをテーブルの上《うへ》に降《お》ろすと云《い》つた。

「まア、あなたは、それでお歸《かへ》りになるつもり。」

「歸《かへ》る。僕《ぼく》は僕《ぼく》の腹《はら》の空《す》いてるとき、僕《ぼく》の腹《はら》の空《す》き加減《かげん》を話《はな》さなくつてもすむ所《とこ》は、ここだけだと思《おも》つて來《き》たんです。それに君《きみ》は、イギリスの義勇兵《ぎゆうへい》がどうだとか、何《な》んだか譯《わけ》の分《わか》りもせぬものを、考《かんが》へろだとか、そんなことを考《かんが》へてゐられるなら、こんな所《とこ》へなんか、來《く》るものか。」

「まア、仰言《おつしや》つたはね。あたしはあなたに自分《じぶん》の食《た》べるパンまで上《あ》げる義務《ぎむ》なんか、ちつともないのよ。歸《かへ》つてちやうだい。」

參木《さんき》はドアの方《はう》へ歩《ある》き出《だ》した。が、何《なに》をここまで來《き》て云《い》ひ合《あ》つたのか、ただ今《いま》はパンを盜《と》りさへすれば、それで良《よ》いのだ。――しかし、彼《かれ》の足《あし》は口論《こうろん》の惰力《だりよく》でもう引《ひ》き返《かへ》すことが出來《でき》なかつた。彼《かれ》は階段《かいだん》を降《お》りて表《おもて》へ出《で》た。すると、宮子《みやこ》はスリッパを飛《と》ばしながら彼《かれ》の後《あと》から馳《か》けて來《き》た。

「參木《さんき》さん、あたし、あなたにはかなはないわ。何《な》んてあなたは馬鹿《ばか》なんでせう。もうあたし、あなたから何《なに》をされたつていいから、パンだけ上《あが》つて歸《かへ》つてちやうだい。あたし、あなたはいやだ。」と宮子《みやこ》は云《い》ふと、參木《さんき》の腕《うで》をかかへて戻《もど》つていつた。

「ぢや、パンだけは、いただきますよ。」

「パンでも何《な》んでも、あなたの召上《めしあが》りたいものは荒《あら》してちやうだい。あたし、あなたみたいな變人《へんじん》には、もう何《なに》も云《い》はないことに定《き》めちやつたの。」

部屋《へや》へ戻《もど》ると、參木《さんき》はパンを兩手《りやうて》の上《うへ》に乘《の》せながら、笑《わら》つて云《い》つた。

「此《こ》れか、露命《ろめい》は。馬鹿《ばか》に輕《かる》いね。」

「早《はや》く上《あが》つて了《しま》つてよ。あたし、パンなんかに嫉《や》きもち燒《や》かされたんだと思《おも》ふと、見《み》るのもいやなの。」

ふと參木《さんき》は、いつの間《ま》にかパンをかかへて笑《わら》ひ出《だ》してゐる自分《じぶん》の顔《かほ》を感《かん》じると、一層《そう》大《おほ》きく笑《わら》ひ出《だ》した。

「いつたいこれは、悲劇《ひげき》か喜劇《きげき》か、もう僕《ぼく》には分《わか》らない。パンを食《た》べてゐられる間《あひだ》は厭世主義者《えんせいしゆぎしや》で、食《た》べられなくなると、他人《たにん》のパンまで奪《うば》ひとつて、さてまたこれで滿腹《まんぷく》すると、厭世主義者《えんせいしゆぎしや》で。これぢや、僕《ぼく》の腹《はら》は厭主世義者《えんしゆせいぎしや》の工場《こうぢやう》だ。いづれその中《うち》に、罷業《ひげふ》する奴《やつ》が出《で》て來《く》るだらう。そしたら、潰《つぶ》れる。それまで待《ま》つててくれ給《たま》へ。」

宮子《みやこ》はバタやソセーヂを急《いそ》がしさうに並《なら》べながら、參木《さんき》に云《い》つた。

「もう、辯解《べんかい》なさらなくたつて、分《わか》つてゐてよ。あたしはあなたが生《い》きてさへゐて下《くだ》されば、もうそれで充分《じうぶん》なの。あたしこんな優《やさ》しい心《こゝろ》がけになつたことなんて、一度《ど》もないわ。だから、もうぴくぴくならないで、上《あが》つてちやうだい。」

參木《さんき》はパンを置《お》いて立《た》ち上《あが》ると、急《きふ》に宮子《みやこ》の傍《そば》へ近寄《ちかよ》つて背後《はいご》から彼女《かのぢよ》を抱《だ》いた。彼女《かのぢよ》はそのまま動《うご》き停《とま》ると、反《そ》り返《かへ》つた。手《て》に持《も》つた銀《ぎん》の盆《ぼん》がリキユールを入《い》れたコップを辷《すべ》らせながら、下《さが》つていつた。

と、參木《さんき》は、秋蘭《しうらん》が彼《かれ》に接吻《せつぷん》したときの輕蔑《けいべつ》した眼《め》の色《いろ》を思《おも》ひ出《だ》した。彼《かれ》は再《ふたた》び宮子《みやこ》を放《はな》すと、パンを持《も》つた。宮子《みやこ》は彼《かれ》に背中《せなか》を見《み》せたまま、田舍娘《ゐなかむすめ》のやうに靜《しづ》かに默《だま》つて立《た》つてゐた。

「君《きみ》、リキユール、」と參木《さんき》は云《い》つた。

宮子《みやこ》はくるりと向《む》き返《かへ》ると、參木《さんき》を睨《にら》んで云《い》つた。

「あなたは、あたしを馬鹿《ばか》にしにいらしつたの。」

「君《きみ》、もう駄目《だめ》だつて、怒《おこ》つたつて、僕《ぼく》はパンをここに持《も》つてるんだ。これさへ持《も》てば。」

「あなたは、あたしを、怒《おこ》らせたくつていらしつたの。」

「僕《ぼく》が何《な》にしに來《き》たかと云《い》ふことは、もう云《い》つたぢやないですか。もうこれから僕《ぼく》は、ただ君《きみ》に感謝《かんしや》さへすればそれでいいんです。」

「もうあたし、あなたが嫌《きら》ひだ。歸《かへ》つてちやうだい。歸《かへ》つてちやうだい。」

「君《きみ》は僕《ぼく》の頭《あたま》を、さきからつまらない方《はう》へばかり廻《まは》したがつてゐるんです。僕《ぼく》が君《きみ》に感謝《かんしや》をしやうと思《おも》つてもさせなくして了《しま》ふのは、君《きみ》なんだ。」

參木《さんき》はパンをち切《ぎ》つて食《た》べ始《はじ》めた。宮子《みやこ》は彼《かれ》の傍《そば》へ馳《か》け寄《よ》ると、いきなりパンを拂《はら》ひ落《おと》した。參木《さんき》はころころ絨氈《じうたん》の上《うへ》を轉《ころ》げて壁《かべ》の下《した》で停《とま》つたパンを眺《なが》めながら、歎息《たんそく》した。

「もう僕《ぼく》は、此《こ》のパンも斷念《だんねん》した。」

彼《かれ》は長椅子《ながいす》へひつくり返《かへ》ると、足《あし》を投《な》げ出《だ》して眼《め》を瞑《つぶ》つた。

「歸《かへ》つて、歸《かへ》つて、」

宮子《みやこ》の激《はげ》しく突《つ》つく力《ちから》に搖《ゆ》られながら、參木《さんき》は宮子《みやこ》と結婚《けつこん》したものの日々《にちにち》の生活《せいくわつ》を想像《さうざう》した。それは恐《おそ》らく此《こ》のやうに氣使《きづか》はしい感情《かんじやう》の逆行《ぎやくかう》し合《あ》ふ連續《れんぞく》の中《なか》で、日々《にちにち》の時間《じかん》を擦《す》り減《へ》らしていくだけにちがひないのだ。――と、だんだん動《うご》かされてゐた彼《かれ》の身體《からだ》は急《きふ》に床《ゆか》の上《うへ》へ轉《ころ》がつた。が、もう彼《かれ》は動《うご》くのもうるさかつた。そのまゝ床《ゆか》に倒《たふ》れて眼《め》を開《ひら》くと、また彼《かれ》の視線《しせん》はいつの間《ま》にかパンの上《うへ》を見詰《みつ》めてゐた。すると、もう幾時間《いくじかん》すればあのパンが口《くち》の中《なか》へ這入《はい》るだらうかと彼《かれ》は考《かんが》へた。このままかうしてゐれば、宮子《みやこ》の機嫌《きげん》のなほるまで、あのパンは動《うご》かないにちがひないが、それも自分《じぶん》のかうして動《うご》かぬ限《かぎ》り、宮《みや》子《こ》は動《うご》かないにちがひないのだ。しかし、それより何故《なにゆゑ》に自分《じぶん》の身體《からだ》は宮子《みやこ》の方《はう》へ動《うご》かないのか。――彼《かれ》は彼女《かのぢよ》の方《はう》へ動《うご》かぬ自分《じぶん》の身體《からだ》と彼女《かのぢよ》の身體《からだ》との空間《くうかん》に、絶《た》えず秋蘭《しうらん》の浮《う》き上《あが》つて來《く》るのを感《かん》じ續《つゞ》けた。さうして、それは同時《どうじ》に、彼《かれ》とパンとの距離《きより》を此《こ》のままいつまでも近《ちか》づけやうとはしないのだ。

參木《さんき》は怒《いか》りのために蒼《あを》さめてゐる宮子《みやこ》の前《まへ》から起き上《あが》ると、默《だま》つて外《そと》へ出《で》ていつた。外《そと》はもう眞暗《まつくら》であつた。所々《ところどころ》に塊《かたま》つた苦力達《クーリーたち》は全《まつた》く人通《ひとどほ》りのなくなつた道路《だうろ》の上《うへ》に足《あし》を投《な》げだして、虱《しらみ》をとつてゐた。冬《ふゆ》枯《か》れの蔓《つる》のやうに絡《から》まり合《あ》つた鐵條網《てつでうまう》の針《はり》の中《なか》を、義勇隊《ぎゆうたい》の自動車《じどうしや》が拔劍《ばつけん》の花《はな》を咲《さ》かせて辷《すべ》つていつた。と、アスフアルトの上《うへ》の潰《つぶ》れた落《らく》花生《くわせい》を舐《な》めてゐる子供《こども》の傍《そば》に、紫色《むらさきいろ》の人《ひと》の足《あし》だけが轉《ころ》げてゐた。

參木《さんき》は泥溝《どろどぶ》に沿《そ》つて歩《ある》き出《だ》した。彼《かれ》はふとお杉《すぎ》のゐる街《まち》の方《はう》を眺《なが》めてみた。と、もう彼《かれ》は長《なが》い間《あひだ》お杉《すぎ》のことを忘《わす》れてゐたのに氣《き》がついた。自分《じぶん》のために首《くび》を切《き》られたお杉《すぎ》、自分《じぶん》のために甲谷《かうや》の爪《つめ》にかかつたお杉《すぎ》、自分《じぶん》を愛《あい》して自分《じぶん》に愛《あい》せられるのを忘《わす》れたお杉《すぎ》、お杉《すぎ》はいつたい此《こ》の自分《じぶん》の考《かんが》へてゐる時間《じかん》の中《なか》で、何《なに》を考《かんが》へてゐるのであらう。——しかし、彼《かれ》の斷滅《だんめつ》する感傷《かんしやう》が次第《しだい》に泥溝《どろどぶ》の岸邊《きしべ》に從《したが》つて濕んで來《く》ると、忽《たちま》ち空腹《くうふく》がお杉《すぎ》を飲《の》み込《こ》んで膨《ふく》れ出《だ》した。彼《かれ》は身體《からだ》が透明《とうめい》になるのを感《かん》じた。骨《ほね》のなくなつた身體《からだ》の中《なか》で前《まへ》と後《うしろ》の風景《ふうけい》が入《い》り交《まじ》つた。彼《かれ》は橋《はし》の上《うへ》に立《た》ち停《とま》ると、ぼんやり泥溝《どろどぶ》の水面《すゐめん》を見降《みおろ》した。水面《すゐめん》では、押《お》し上《あ》げて來《く》る緩漫《くわんまん》な潮《しほ》に擦《す》れ合《あ》ふ舟端《ふなばた》が、ぎしぎし鳴《な》つて搖《ゆ》れてゐた。その並《なら》んだ舟《ふね》の中《なか》には、手《て》をつけるものを失《うしな》つた都會《とくわい》の捨《す》てられた排泄物《はいせつぶつ》が、どこからか流《なが》れる燈火《とうくわ》に金色《きんいろ》に光《ひか》りながら、平板《へいばん》な板《いた》のやうに波々と擴《ひろ》がつてゐた。そのとき、參木《さんき》は河岸《かし》の街角《まちかど》から現《あらは》れて來《き》た人影《ひとかげ》が、もつれながら彼《かれ》の方《はう》へ近《ちか》づくのを感《かん》じた。すると、その人《ひと》の塊《かたま》りは急《きふ》に聲《こゑ》をひそめて動《うご》き停《とま》つた。彼《かれ》は險惡《けんあく》な空氣《くうき》の舞《ま》ひ上《あが》るのを沈《しづ》めるやうに、後《うし》ろを振《ふ》り向《む》かうとしたがる自身《じしん》を撫《な》でながら、そのまま水面《すゐめん》を眺《なが》めてゐた。が、いつまでたつても停《とま》つた人《ひと》の氣配《けはい》は動《うご》かなかつた。彼《かれ》は後《うしろ》を振《ふ》り返《かへ》つた。すると數人《すうにん》の男《をとこ》が彼《かれ》を取《と》り卷《ま》いて立《た》つてゐた。彼《かれ》はまた欄干《らんかん》に肘《ひぢ》をつくと男《をとこ》の群《む》れに背《せ》を向《む》けた。と、二本《にほん》の手《て》が靜《しづか》に後《うしろ》から彼《かれ》の脇腹《わきばら》に刺《さ》さつて來《き》た。彼《かれ》の身體《からだ》は欄干《らんかん》の上《うへ》へ浮《う》き上《あが》つた。彼《かれ》は欄干《らんかん》に腰《こし》を降《お》ろすと、その男《をとこ》の首《くび》をかかへて周圍《しうゐ》の顏《かほ》を眺《なが》め出《だ》した。と、突然《とつぜん》、停《とま》つてゐた人《ひと》の塊《かたま》りは彼《かれ》に向《むか》つて殺倒《さつたう》した。瞬間《しゆんかん》、彼《かれ》は空《そら》の裂《さ》けるのを感《かん》じた。同時《どうじ》に、彼《かれ》は逆《さか》さまに風《かぜ》の斷面《だんめん》の中《なか》へ落《お》ち込《こ》んだ。

ふと、參木《さんき》は停止《ていし》した自分《じぶん》の身體《からだ》が舟端《ふなばた》を摑《つか》んでゐるのに氣《き》がついた。——しかし、ここは——彼《かれ》は足《あし》を延《の》ばすと、それは舟《ふね》の中《なか》であつた。彼《かれ》は周圍《しうゐ》を見廻《みまは》すと、排泄物《はいせつぶつ》の描《えが》いた新《あたら》しい平面《へいめん》が首《くび》まで自分《じぶん》の身體《からだ》を浸《ひた》してゐた。彼《かれ》は起《お》き上《あが》らうとした。が、さて起《お》きて何《なに》をするのかと彼《かれ》は考《かんが》へた。生《い》きて來《き》た過去《くわこ》の重《おも》い荷が黒《くろ》い斑點《はんてん》を浮《う》べて通《とほ》り過《す》ぎた。彼《かれ》はそのまま排泄物《はいせつぶつ》の上《うへ》へ仰向《あふむ》きに倒《たふ》れると、眼《め》を閉《と》ぢた。と、再《ふたた》び頭《あたま》が自由《じいう》に動《うご》き出《だ》すのを彼《かれ》は感《かん》じた。彼《かれ》は彼《かれ》の頭《あたま》がどこまで動《うご》くのか動《うご》く後《あと》から追《お》つ馳《か》け出《だ》した。と、彼《かれ》は、自分《じぶん》の身體《からだ》が自身《じしん》の身體《からだ》の比重《ひぢゆう》を計《はか》るかのやうに排泄物《はいせつぶつ》の中《なか》に倒《たふ》れてゐるのに氣《き》がつくと、にやりにやりと笑《わら》ひ出《だ》した。（ある長篇《ちやうへん》の第《だい》五篇《へん》、及《およ》び前篇《ぜんぺん》終《をは》り）

KAIZO

改造

新年號

1931

大正八年三月廿一日第三種郵便物認可
昭和六年一月一日發行（毎月一回一日發行）
昭和五年十二月十八日印刷納本
第十三卷第一號
特價八拾錢

婦人

——海港章——

横光利一

一

甲谷《かふや》はもう空腹《くうふく》に絶《た》えかねた。それにパンもなければ煙草《たばこ》もない。街路《がいろ》は夕《ゆふ》暮《ぐれ》だのに歩《ある》いてゐるのは彼《かれ》ひとりであつた。どこもかしこも閉《し》めて了《しま》つてゐる戸《と》の隙《すき》から、何者《なにもの》が狙《ねら》つてゐるともしれたものではない。アスファルトの道路《だうろ》がそのまゝ先日《せんじつ》から革命《かくめい》を物憂《ものう》げに乗《の》せてはゐるが、革命《かくめい》とはこんなに靜《しづ》かなものなのであらうか。それにしても、兄《あに》の高重《たかしげ》もひどいことをしたものだ。高《たか》重《しげ》と印度人《いんどじん》の鐵砲一《てつぱうひと》つの彈丸《だんぐわん》が、街《まち》をこんなに混亂《こんらん》させてしまう原因《げんいん》にならうとは、——けれども、甲谷《かふや》は自分《じぶん》の船《ふね》の材木《ざいもく》が港《みなと》に浮《う》いたまゝ誰《だれ》も揚手《あげて》のないのを思《おも》ふと、いまさら兄《あに》め、兄《あに》め、と思《おも》ふのだ。

街《まち》に革命《かくめい》が起《おこ》つてゐるのを知《し》らぬらしい一臺《だい》の黄包車《ワンポオツ》が、甲谷《かふや》の傍《そば》へ近《ちか》づいて來《く》ると、乘《の》れとすゝめた。今頃《いまごろ》日本人《にほんじん》を乘《の》せて見《み》つかれば殺《ころ》されるに決《きま》つてゐるのに、乘《の》れとは幸《さいは》ひなので彼《かれ》は乘《の》ると、さてどちらへ車《くるま》を向《む》けて走《はし》らせて良《よ》いものか分《わか》らなくなつて來《き》た。彼《かれ》は暫《しばら》くそのまゝ乘《の》つたまゝの方向《はうかう》へ走《はし》らせてゐてから、ふと車夫《しやふ》の脊中《せなか》を見《み》ると、車夫《しやふ》にとつては自分《じぶん》が死神《しにがみ》と同樣《どうやう》なのに、それを乘《の》せて引《ひ》つぱつて走《はし》つてゐる車夫《しやふ》の姿《すがた》が面白《おもしろ》くなつて來《き》て、ひとつ見《み》つかつて彼《かれ》が殺《ころ》されるまで、死神《しにがみ》みたいに彼《かれ》の後《うしろ》からどこまでも追《お》つかけていつてやらうと思《おも》ふと、つひ甲谷《かふや》も先日《せんじつ》からの打撃《だげき》の連續《れんぞく》のために思《おも》ふ存分《ぞんぶん》いたづらがしたくなつて來《き》て、「走《はし》れ、走《はし》れ、」とステツキを振《ふ》り上《あ》げては車《くるま》の梶《かぢ》を叩《たゝ》き出《だ》した。車夫《しやふ》の脊中《せなか》は一層《そう》低《ひく》くなると、スピードを増《ま》し始《はじ》めた。

　しかし、いつたいどこまで自分《じぶん》は走《はし》らうとするのだらう。彼《かれ》は地圖《ちづ》を考《かんが》へた。一番近《ばんちか》いのは山口《やまぐち》の家《うち》である。――山口《やまぐち》の家《うち》には不用《ふよう》な女《をんな》がごろごろしてゐる話《はなし》をきかされた。それが此《こ》の革命《かくめい》で死人《しにん》と一緒《しよ》にどんなことをしてゐるやら。お負《ま》けにその女《をんな》のひとりを譲《ゆづ》らうと云《い》つたのも山口《やまぐち》なのだ。それを思《おも》ふと甲《かふ》谷《や》はまた眼《め》の前《まへ》の人《ひと》けのない夕暮《ゆふぐれ》が、奇怪《くわい》な光《ひか》りをあげたやうに樂《たの》しくなつた。彼《かれ》は山口《やまぐち》が洩《もら》した彼《かれ》の第二《だいに》の商賣《しやうばい》を思《おも》ひ出《だ》した。それは支那人《したじん》から××を買《か》ひ集《あつ》めて製《つく》つた人骨《じんこつ》を醫學用《いがくよう》として輸出《ゆしゆつ》するのである。

「左樣《さやう》、先《ま》づ一匹《ぴき》の×××の價格《かかく》で、ロシア人《じん》七人《にん》の妾《めかけ》が持《も》てる。七人《にん》。」

　さう傲然《がうぜん》と云《い》つたのも山口《やまぐち》なのだ。今《いま》は彼《かれ》も此《こ》の革命《かくめい》で定《さだ》めし××が増《ま》して喜《よろこ》んでゐることだらう。しかし、それにしても眼前《がんぜん》で自分《じぶん》を引《ひ》つぱつてゐる車夫《しやふ》までがいまに見《み》つかつて××××、山口《やまぐち》に買《か》はれたなら、――左樣《さやう》、それは俺《おれ》が賣《う》つたのと同樣《どうやう》だ。金《かね》をよこせ、と俺《おれ》は傲然《がうぜん》と云《い》つてやらう。

――走《はし》れ、走《はし》れ、金《かね》はやるぞ。

　車夫《しやふ》はあばたの皮膚《ひふ》へ汗《あせ》のたまつた顔《かほ》を辻毎《つじごと》に振《ふ》り向《む》けて、甲谷《かふや》を仰《あふ》ぐと、またステツキの先《さき》の方向《はうかう》へ、靜《しづ》まり返《かへ》つた街路《がいろ》をすたすた素足《すあし》の音《おと》を立《た》てながら、――

　甲谷《かふや》は山口《やまぐち》が家《いへ》にゐなければお柳《りう》の家《うち》へいかうと思《おも》つた。お柳《りう》の家《うち》なら、彼女《かのぢよ》の主人《しゆじん》は總商會《そうしやうくわい》の幹事《かんじ》をしてゐる支那人《しなじん》だ。殊《こと》に共産黨《きようさんたう》の芳秋蘭《はうしうらん》はお柳《りう》の主人《しゆじん》の錢石山《せんせきさん》と氣脈《きみやく》を通《つう》じてゐるにちがひない。お柳《りう》の話《はなし》では、いつかも芳秋蘭《はうしうらん》が二階《かい》の奥《おく》の密《みつ》室《しつ》へ來《き》たことがあると云《い》ふ。俺《おれ》はそ奴《いつ》を殺《ころ》したなら、――さうだ、俺《おれ》はそ奴《いつ》を殺《ころ》したならどうなるだらう。ただそれは一人《ひとり》の人間《にんげん》を殺《ころ》したと云《い》ふのと同《おな》じでないか。

彼《かれ》は自分《じぶん》の考《かんが》へてゐることが車《くるま》の上《うへ》の氣《き》まぐれな幻想《げんさう》なのかどうなのかを考《かんが》へた。全《まつた》く、今《いま》はもう彼《かれ》は空腹《くうふく》と絶望《ぜつばう》のために考《かんが》へることとそのことが夢《ゆめ》のやうで、考《かんが》へが實行《じつかう》してゐることとどこで擦《す》れちがつてゐるのか分《わか》らない。――さうして、それは確《たしか》に俺《おれ》は殺《ころ》すであらう。確《たしか》に、それは殺《ころ》すこととは何事《なにごと》でもない。ただ殺《ころ》すことだと彼《かれ》は思《おも》つた。

彼《かれ》は周圍《しうゐ》の建物《たてもの》の色《いろ》が次第《しだい》に灰白色《くわいはくしよく》に變化《へんくわ》して來《く》るのを見《み》てゐると、もうあたりに間近《まぢか》く租界外《そかいぐわい》の危險區域《きけんくゐき》が近《ちか》づきつつあるのを感《かん》じた。しかし、もう彼《かれ》の空腹《くうふく》は迫《せま》る危險《きけん》の度合《どあ》ひを正當《せいたう》に判斷《はんだん》することさへうるさくなつて、ずるずる車《くるま》と一緒《しよ》に辷《すべ》つていつた。彼《かれ》は宮子《みやこ》が今頃《いまごろ》どうしてゐるであらうかを考《かんが》へた。或《ある》ひはもう先夜《せんや》自分《じぶん》を跳《は》ねつけた行爲《かうゐ》を後悔《こうくわい》して、今《いま》は自分《じぶん》の助けにいくのを待《ま》つてゐるかもしれない。それとももう彼女《かのぢよ》を愛《あい》してゐたスコットランドの士官《しくわん》にでも救《すく》はれてゐるのであらうか。それなら死《し》ね、死《し》ね、――

彼《かれ》はこつそり盜《ぬす》んでおいた宮子《みやこ》の手巾《ハンカチ》をポケットから取《とり》だすと、鼻《はな》にあてた。街《まち》が宮子《みやこ》の胸《むね》の匂《にほ》ひで締《し》められながら、沈《しづ》んでいつた。彼《かれ》は彼女《かのぢよ》の胴《どう》の笑《わら》ひを腕《うで》に感《かん》じた。彼《かれ》は彼女《かのぢよ》のために使用《しよう》した船《ふわ》の材木量《ざいもくりやう》を計算《けいさん》した。だが、何《なに》もかも、もう駄目《だめ》だ――

そのとき、突然《とつぜん》、彼《かれ》を乘《の》せた車《くるま》が煉瓦《れんぐわ》の弓門《きうもん》を潜《くゞ》らうとすると、行手《ゆくて》に見《み》える長方形《ちやうはうけい》の空間《くうかん》が、輝《かゞや》いた。それは暴徒《ばうと》に襲《おそ》はれてゐる製氷會社《せいひようくわいしや》の氷《こほり》であつた。氷《こほり》はトラックの上《うへ》から、ひつかかつた人《ひと》と一緒《しよ》に、辷《すべ》り落《お》ちた。アスファルトの上《うへ》で爆《はじ》ける氷《こほり》、氷《こほり》の間《あひだ》に挾《はさ》まつて格鬪《かくとう》してゐる×××と支那人《しなじん》の群衆《ぐんしう》、――甲谷《かふや》は開《あ》いた口《くち》へ、ぐつと物《もの》が詰《つま》つたやうに、背後《はいご》へ反《そ》り返《かへ》つた。が、車夫《しやふ》は彼《かれ》の意志《いし》とは反對《はんたい》に、前《まへ》へ前《まへ》へと出《で》やうとした。彼《かれ》は車《くるま》の上《うへ》から飛《と》び降《お》りた。彼《かれ》の咄嗟《とつさ》の動《うご》きに靡《なび》き出《だ》した群衆《ぐんしう》のいくらかは、彼《かれ》の後《あと》から馳《か》けて來《き》た。彼《かれ》は露路《ろぢ》へ飛《と》び込《こ》むと壁《かべ》から壁《かべ》を傳《つた》ひながら、河岸《がし》へ出《で》た。そこで、彼《かれ》はひとりになると、も早《は》や動《うご》くことが群衆《ぐんしう》に見《み》つかることと同樣《どうやう》なのに氣《き》がついた。もし動《うご》いて逃《に》げるとすれば、河《かは》へ飛《と》び込《こ》むか再《ふたゝ》び街路《がいろ》へ出《で》て向《むか》う側《がは》の露路《ろぢ》へ逃《に》げ込《こ》むかのどちらかだつた。彼《かれ》は這《は》ひながら弓門《きうもん》の見《み》える建物《たてもの》の裾《すそ》に蹲《うづくま》つて街路《がいろ》の方《はう》を見《み》た。すると、そこではまだ前《まへ》からの格闘《かくとう》が續《つゞ》いてゐて、トラックの上《うへ》で、破《やぶ》れた襯衣《シャツ》が廻《まは》つてゐた。長《なが》い鐵棒《てつぼう》の先《さき》が氷《こほり》に衝《あた》る度《たび》に、人々《ひとびと》の襤褸《ぼろ》の間《あひだ》から、きらりと氷《こほり》の面《おもて》が光《ひか》り出《だ》した。弓門《きうもん》の傍《そば》には、先《さ》きまで甲谷《かふや》の乗《の》つてゐた車《くるま》が淺黄《あさぎ》の車輪《しやりん》を空《そら》にあげて倒《たふ》れてゐた。その下《した》から二本《ほん》の足《あし》の出《で》てゐるのは、確《たしか》に先《さ》きまで生《い》きてゐた車夫《しやふ》の足《あし》にちがひなからう。傾《かたむ》いた氷《こほり》の大盤《だいばん》面《めん》の上《うへ》には血《ち》が流《なが》れてゐて、血《ち》にまみれた苦力《クリー》が氷塊《ひようくわい》をかかへて走《はし》り出《だ》した。

甲谷《かふや》はもう直《す》ぐ近《ちか》くに山口《やまぐち》の家《いへ》があるので、今《いま》から後《あと》へ引《ひ》き返《かへ》すことはこれまで來《き》たことより一層《そう》危險《きけん》なことだと思《おも》つた。彼《かれ》は群衆《ぐんしう》が氷塊《ひようくわい》の傍《そば》から次《つぎ》の地點《ちてん》へ暴力《ばうりよく》を移動《いどう》していくまで、暫《しばら》くそこに隱《かく》れてゐやうと考《かんが》へた。

丁度《ちやうど》幾條《いくでう》かの夕榮《ゆふばえ》が複合《ふくがふ》した建物《たてもの》の頂上《ちやうじやう》から流《なが》れてゐて、アスファルトの上《うへ》に散亂《さんらん》してゐる氷塊《ひようくわい》が、拾《ひろ》はれては投《な》げつけられ、拾《ひろ》はれては投《な》げつけられる度毎《たびごと》に爆《はぢ》ける斷面《だんめん》が輝《かゞや》き續《つゞ》けて分裂《ぶんれつ》してゐるときである。肩《かた》から脊中《せなか》へ裂傷《れつしやう》を負《お》つた×××が、眞赤《まつか》な旗《はた》を巻《ま》きつけたやうに血《ち》をシャツにつけたまま、トラックを捨《す》てて逃《に》げ出《だ》した。群衆《ぐんしう》はトラックを捨《す》てて彼《かれ》の後《あと》から追《お》つかけた。

甲谷《かふや》は群衆《ぐんしう》が彼《かれ》の前方《ぜんぱう》を通《とほ》り拔《ぬ》けて空虚《くうきよ》になると、初《はじ》めて街《がい》路《ろ》へ出《で》て、群衆《ぐんしう》とは反對《はんたい》に山口《やまぐち》の家《いへ》の方《はう》へ馳《か》け出《だ》した。しかし、そのとき、初《はじ》めに甲谷《かふや》を追《お》つて露路《ろぢ》へ這入《はい》つた群衆《ぐんしう》のいくらかが、逃《に》げる甲谷《かふや》を見附《みつ》けて彼《かれ》の後《あと》から馳《か》けて來《き》た。甲谷《かふや》はもう疾風《しつぷう》のやうであつた。背後《はいご》から氷《こほり》の破片《はへん》と罵聲《ばせい》がだんだん速度《そくど》を早《はや》めて追《お》つて來《き》た。彼《かれ》は追《お》つつかれない前《まへ》に露路《ろぢ》へまた逃《に》げ込《こ》まうかと思《おも》つたが、ふと右手《みぎて》の街角《まちかど》にアメリカの駐屯兵《ちうとんへい》の屯所《とんしよ》が見《み》えた。彼《かれ》はその並《なら》んだ軍服《ぐんぷく》の列《れつ》の中《なか》へ飛《と》び込《こ》むと云《い》つた。

「諸君《しよくん》、頼《たの》む、危險《きけん》だ。あれが。」

しかし、駐屯兵達《ちうとんへいたち》は微笑《びせう》を浮《うか》べたまま、追手《おつて》の群衆《ぐんしう》を迎《むか》へるやうに動《うご》かうともしなかつた。動《うご》かぬ色《いろ》の兵士《へいし》の中《なか》にいつまで停《とま》つてゐたつて危險《きけん》は刻々《こくこく》に迫《せま》るばかりであつた。彼《かれ》は一人《ひとり》の兵士《へいし》の胴《どう》を一度《ど》くるりと廻《まは》ると、木柵《もくさく》の中《なか》を脱《ぬ》け出《で》るやうにそのまま裏《うら》へ飛《と》び拔《ぬ》けて、また馳《か》けた。橋《はし》があつた。甲谷《かふや》は橋《はし》の上《うへ》で振《ふ》り返《かへ》ると、駐屯兵達《ちうとんへいたち》が追《お》つかけて來《く》る群衆《ぐんしう》を遮斷《しやだん》してくれてゐるのかどうかを見《み》た。しかし、もう群衆《ぐんしゆう》は笑《わら》ひながら立《た》つてゐる駐屯兵達《ちうとんへいたち》の前《まへ》を通《とほ》り過《す》ぎて、彼《かれ》の手近《てぢか》に迫《せま》つてゐた。甲谷《かふや》はもう呼吸《いき》が切《き》れさうになつた。自分《じぶん》の足《あし》の關接《くわんせつ》の動《うご》いてゐるのが分《わか》らなくなつて來《き》た。ときどき身體《からだ》が宙《ちう》を泳《およ》いで前《まへ》にのめさうになるのを、漸《やうや》く兩手《りやうて》で支《さゝ》へてまた馳《か》けた。橋《はし》を渡《わた》り抜《ぬ》けると、次《つぎ》の街角《まちかど》から草色《くさいろ》をした英國《えいこく》の駐屯兵《ちうとんへい》の新《あたら》しい屯所《とんしよ》が見《み》えた。英國兵《えいこくへい》は馳《か》けて來《く》る甲谷《かふや》を見《み》つけると、忽《たちま》ち街路《がいろ》に横隊《わうたい》に並《なら》んで銃《じう》を向《む》けた。が、それは甲谷《かふや》を追《お》つて來《く》る支那《しな》の群衆《ぐんしゆう》を狙《ねら》つたのであつた。甲谷《かふや》は双手を上《あ》げると、テープを切《き》るランナーのやうに、感謝《かんしや》の情《じやう》を動《うご》かぬ唇《くちびる》に込《こ》めて駐屯兵《ちうとんへい》の銃《じう》の間《あひだ》を馳《か》け抜《ぬ》けた。

それから、間《ま》もなくしてからである。甲谷《かふや》は山口《やまぐち》の家《いへ》の戸《と》口《くち》へ這入《はい》つたまま、ぼんやりとして立《た》つてゐる自分《じぶん》を識《し》つた。

「どうした。」

さう云《い》つて山口《やまぐち》が出《で》て來《き》ても、甲谷《かふや》はまだ暫《しばら》くの間默《あひだだま》つてゐた。山口《やまぐち》は甲谷《かふや》の脊中《せなか》を強《つよ》く叩《たゝ》いて階段《かいだん》を連《つ》れて上《あが》つてから水《みづ》を飲《の》ませて云《い》つた。

「寢《ね》るか。」

「寢《ね》る。」

と一言《ひとこと》いふと、もうそのまま甲谷《かふや》は傍《そば》にあつたベッドの上《うへ》へ横《よこ》になつた。

「パンをくれ。パンを。そしたらゆつくり話《はな》すよ。頼《たの》む。」

二

陽《ひ》がもう全《まつた》く暮《く》れてから、漸《やうや》く食事《しよくじ》にありつくと、甲谷《かふや》は再《ふたゝ》び元氣《げんき》になつた。彼《かれ》は今朝《けさ》から起《おこ》つた始終《しじう》の話《はなし》を山口《やまぐち》にしてから云《い》つた。

「僕《ぼく》はそれで、君《きみ》の此《こ》の家《いへ》へ這入《はい》つて來《く》るなり、いきなり僕《ぼく》に突然變異《とつぜんへんい》が起《おこ》つてね。僕《ぼく》は君《きみ》のやうに愛國主義者《あいこくしゆぎしや》になつちやつたんだが、もう僕《ぼく》は君《きみ》より愛國主義者《あいこくしゆぎしや》だぞ。良《よ》いか。」

「良《よ》ろしい。」

アジヤ主義者《しゆぎしや》の建築師《けんちくし》、山口《やまぐち》はポケットからナイフを出《だ》してつきつけると、甲谷《かふや》に血判状《けつぱんじやう》をつくれと云《い》つた。甲谷《かふや》はナイフの溝《みぞ》にたまつてゐる黒《くろ》い手穢《てあか》を見《み》ると、山口《やまぐち》の日頃《ひごろ》いらつてゐる××の皮膚《ひふ》が、定《さだ》めしそこに溜《たま》り込《こ》んでゐるのであらうと思《おも》つて顎をひいた。

「あ、さうだ。君《きみ》から僕《ぼく》は金《かね》を貰《もら》はなくちやならんのだが、」と甲谷《かふや》は云《い》つた。「今日《けふ》僕《ぼく》の乘《の》つて來《き》た車夫《しやふ》は、門《もん》の下《した》で確《たしか》に殺《ころ》されてゐたんだが、どうだ、それは僕《ぼく》が殺《ころ》したのと同樣《どうやう》なんだが、僕《ぼく》にその勞金《らうきん》をくれられないものかね。僕《ぼく》はもう金《かね》がなくつて困《こま》つてるんでね、冗談《じやうだん》ぢやない、君《きみ》、」

「駄目《だめ》だよそりや、殺《ころ》したのは君《きみ》ぢやないよ。君《きみ》が殺《ころ》したんなら何《なん》どか、いくらかにはしてやるが、」

「だつて、僕《ぼく》がその車《くるま》にさへ乘《の》らなきや、あ奴《いつ》は死人《しにん》になんかなるものか。それにわざわざ君《きみ》んとこの傍《そば》まで追《お》ひ込《こ》んで來《き》てやつたのは、誰《だれ》だと思《おも》ふ。」

山口《やまぐち》は手《て》を振《ふ》つて甲谷《かふや》の攻《せ》め立《た》てゝ來《く》る機略《きりやく》を壓《おさ》へながら、

「そんなことを云《い》ひだしたら、今《いま》から君《きみ》の骨賃《ほねちん》だつて、もう俺《おれ》が拂つとかなくちやならんぢやないか。」

「しかし、他《ほか》のときぢやないよ。僕《ぼく》の材木《ざいもく》はもう船《ふね》から上《あが》る見《み》込《こ》みがないんだからね。金《かね》はもう僕《ぼく》にはこれきりだ。」

甲谷《かふや》はズボンのポケツトを搖《ゆす》つて銅貨《どうくわ》の音《おと》を立《た》てると云《い》つた。

「君《きみ》、くれなきや、その代《かは》り、死人《しにん》になるまで君《きみ》の所《ところ》に厄介《やつかい》になるまでさ。いいか。」

「いや、それは困《こま》る、」

「困《こま》るなら、少《すこ》しは僕《ぼく》を困《こま》らないやうにしてくれたつて、良からうぢやないか。僕《ぼく》は今日《けふ》は自分《じぶん》の生命《いのち》を犧牲《ぎせい》にしてまであの車夫《しやふ》を追《お》つつめて來《き》たんだぜ。」

「ぢや、仕樣《しやう》がない。此《こ》の際《さい》だから、何《なん》とかいいやうに同情《どうじやう》して取《と》り計《はから》ふことにしてやらう。」

「それは有《あ》り難《がた》い、それでこそ愛國主義者《あいこくしゆぎしや》だ。頼《たの》むよ、君《きみ》、」

「承知《しようち》した。」

山口《やまぐち》は立《た》ち上《あが》ると机《つくゑ》の引出《ひきだし》から蠟燭《らふそく》を取《と》り出《だ》して云《い》つた。

「おい、君《きみ》、地下室《ちかしつ》へいから。俺《おれ》の製作所《せいさくじよ》を見《み》せてやるよ。今《いま》、三疋《びき》こさへてゐる最中《さいちう》だが、誰《だれ》にも見《み》せない所《ところ》だから、そのつもりでついて來《き》てくれ給《たま》へ。」

甲谷《かふや》は先《さき》に立《た》つた山口《やまぐち》の後《うしろ》から土間《どま》を降《お》りると、眞暗《まつくら》な黴臭《かびくさ》い四角《かく》な口《くち》から梯子《はしご》を傳《つた》つて地下室《ちかしつ》へ降《お》りた。山口《やまぐち》は急《きふ》に振《ふ》り返《かへ》つて甲谷《かふや》を見《み》ると下品《げひん》な探偵物《たんていもの》の繪《ゑ》のやうに蠟燭《らふそく》の光《ひか》りの底《そこ》で眼を据《す》ゑながら、

「もう君《きみ》の生命《いのち》も、こゝまで這入《はい》ればお了《しま》ひだぞ。」

「何《な》んだ。俺《おれ》の生命《いのち》まで取《と》らうと云《い》ふのか。」

「勿論《もちろん》生《い》かしておいちや、明日《あす》から俺《おれ》のパンまでなくなるさ。」

「やるよ、何《な》んでも。欲《ほ》しけりや相談《さうだん》なんかしないで貰《もら》はふ。」

　二人《ふたり》は笑《わら》ひながらまた奥《おく》の扉《とびら》を押《お》して進《すゝ》んだ。すると、急《きふ》に甲谷《かふや》の足《あし》は立《た》ち竦《すく》んだ。壁《かべ》にぶらりと下《さが》つた幾《いく》つもの白《しろ》い人骨《じんこつ》の下《した》で、一人《ひとり》の支那人《しなじん》が刷毛《はけ》でアルコールの中《なか》の（六字削除《じさくぢよ》）足《あし》を洗《あら》つてゐた。甲谷《かふや》は骨《ほね》の整理《せいり》をするからにはいづれこれ程《ほど》のことはするのであらうと思《おも》つてゐたが、よく見《み》ると骨《ほね》を入《い》れた槽《をけ》の縁《ふち》が圓《まる》く盛《も》り上《あが》つて滑《なめ》らかに動《うご》いてゐるのは、重《かさ》なり合《あ》つて這《は》ひ出《で》やうとする××××厚《あつ》みであつた。彼《かれ》は自分《じぶん》の足元《あしもと》から這《は》ひ上《あが》つて來《く》る××ぞろぞろした冷《つめ》たい肌《はだ》を感《かん》じると、もうそこに立《た》ち停《と》つてゐることが出來《でき》なくなつた。

「出《で》やう。これだけは御免《ごめん》こうむる。」

　彼《かれ》はさう云《い》つてふと壁《かべ》をみると、そこにかかつた白《しろ》い肋骨《ろくこつ》の間を、往《い》つたり來《き》たりしてゐる鼠《ねずみ》があつた。すると、それは間《ま》もなく二疋《ひき》になり三疋《びき》になつた。が、それは三疋《びき》どころではなかつた。暫《しばら》く見《み》てゐる中《うち》に、一方《ぽう》の隅《すみ》から渡《わた》つて來《き》た鼠《ねずみ》の群《む》れが眞黒《まつくろ》になりながら、肋骨《ろくこつ》と云《い》はず口《くち》と云《い》はず、出《で》たり這入《はい》つたり壁《かべ》を傳《つた》つて下《した》へ降《お》りると、支那人《しなじん》の（十字削除《じさくぢよ》）周圍《しうゐ》に群《むら》がりよつた。

「君《きみ》、あれは飼《か》つてあるのかね。」と甲谷《かふや》は云《い》つた。

「さうだ。あれを飼《か》つとくと手數《てすう》がはぶける。（四十七字削除《じさくぢよ》）」

蠟燭《らふそく》の光《ひか》りの中《なか》で笑《わら》つてゐる山口《やまぐち》が、甲谷《かふや》には恐《おそ》るべき蠻族《ばんぞく》のやうに見《み》えて來《き》た。

「頭《あたま》の上《うへ》に革命《かくめい》があると云《い》ふのに、君《きみ》はそんなことを考《かんが》へてゐるんだね。」

「だつて革命《かくめい》と云《い》つたつて、支那《しな》の革命《かくめい》ぢやないか。弱《よわ》る奴《やつ》は白人《はくじん》だけさ。良《よ》い加減《かげん》に一度《ど》ヨーロッパの奴《やつ》を捻《ね》ぢ上げとかないと、いつまでたつたつて馬鹿《ばか》にしやがる。今日《けふ》こそアジア萬歳《ばんざい》だ。」

　山口《やまぐち》は鼠《ねずみ》の傍《そば》へよつていつて手《て》を出《だ》した。忽《たちま》ち鼠《ねずみ》の大群《たいぐん》が、膝《ひざ》から肩《かた》へ、群《むら》がり登《のぼ》つては轉《ころ》がり落《お》ち、轉《ころ》がつては這《は》ひ登《のぼ》つて、頭《あたま》の上《うへ》まで渡《わた》り出《だ》した。彼《かれ》は鼠《ねずみ》を胄《よろひ》のやうに身體《からだ》につけたまま甲谷《かふや》の方《はう》を振《ふ》り返《かへ》つた。

「どうだ、ひとつ。」

婦）——

——（人

（3）

甲谷《かふや》は戸《と》を閉《し》めると、ひとり梯子《はしご》の方《はう》へ引返《ひきかへ》さうとした。

「おい、甲谷《かふや》逃《に》げちやいかんよ。まだ奥《おく》があるんだぜ。」と山口《やまぐち》は呼《よ》びとめた。

しかし、甲谷《かふや》はもう充分《じうぶん》であつた。臭氣《しうき》と不潔《ふけつ》さとで嘔吐《おうと》をもよほしさうになつた彼《かれ》は、胸《むね》を壓《おさ》へながら梯子《はしご》を登《のぼ》つて土間《どま》へ出《で》た。彼《かれ》はいま見《み》て來《き》た××のために養《やしな》はれてゐるのと同様《どうやう》な、山口《やまぐち》のロシヤの女達《をんなたち》を想像《さうざう》した。それは勿論彼女達《もちろんかのぢよたち》の母國《ぼこく》の革命《かくめい》に追《お》はれて來《き》た女達《をんなたち》にちがひなからうが、いつたいそれはどんな顏《かほ》をしてゐる女《をんな》なのだらうか。それが彼《かれ》には何《なに》より見《み》てみたくてならなくなつた。

三

甲谷《かふや》は山口《やまぐち》からオルガと云《い》ふチユウトン系《けい》のがつしりと腰《こし》の張《は》つた若《わか》い女《をんな》を紹介《せうかい》されたのは、それから間《ま》もなくであつた。オルガは山口《やまぐち》の紹介《せうかい》がまるでスヰツチでもあつたかのやうに、それまで默《だま》つて笑顔《ゑがほ》も見《み》せなかつたのに、突然早口《とつぜんはやくち》な英語《えいご》で饒舌《しやべ》り出《だ》した。

「ああ、あなたは參木《さんぎ》のお友達《ともだち》でいらつしやいますの。參木《さんぎ》はどうしてゐますかしら？　あたし、あの方《かた》とは、ここで一週間《しうかん》も一緒《しよ》に遊《あそ》んでをりましたわ。」

「さうだよ、あいつはここに一週間《しうかん》もゐたくせに、たうとうオルガに負《ま》けて逃《に》げちやつたのさ。」と山口《やまぐち》は剃刀《かみそり》に溜《たま》つた石鹸《せつけん》の泡《あわ》を拭《ふ》きながら、鏡《かゞみ》に向《む》つて云《い》つた。

「ここにあ奴《いつ》、ゐたのかい。それは知《し》らなかつた。しかし、さうか、あ奴《いつ》が？」と甲谷《かふや》は云《い》つてオルガの顏《かほ》を見《み》なほした。「どうです、オルガさん、こんどの支那《しな》の革命《かくめい》と、あなたのお國《くに》の革命《かくめい》とは、どんな風《ふう》に違《ちが》ひます？」

「おいおい、革命《かくめい》の話《はなし》だけはよしたらどうだ。オルガを泣《な》かしてしまふだけだ。此奴《こいつ》は革命《かくめい》の話《はなし》となると、狂人《きちがひ》みたいになるからね。」

「そりや聞《き》きたいもんだ。君《きみ》からひとつ、頼《たの》んでくれ。」

「そんなこと聞《き》きたけりや、後《あと》でゆつくり聞《き》けばいいさ。俺《おれ》はこれから、ひと仕事《しごと》しないと寢《ね》られないんだ。」

それではいつかの話《はなし》の通《とほ》り、山口《やまぐち》はオルガを自分《じぶん》に讓《ゆづ》らうと云《い》ふのであらうか。まさか車夫《しやふ》×××の資金《しきん》と引《ひ》き換《か》へにと云《い》ふのでもないであらうと、さう甲谷《かふや》は思《おも》ひながら、

「ぢや、オルガさんの方《はう》は話《はなし》はもう大丈夫《だいぢやうぶ》かね。」

「うん、萬事《ばんじ》その點《てん》大丈夫《だいぢやうぶ》だ。その代《かは》り月給《げつきふ》は君持《きみも》ちだぞ」、
　この交渉《かうせふ》が、そのままそれで纏《まとま》つたのだと思《おも》ふと、もう甲谷《かふや》は傍《そば》で緩《ゆる》やかな呼吸《こきふ》をしてゐるロシアの女《をんな》が、暖《あたた》かい機械《きかい》のやうに見《み》えて來《き》て、」

「君《きみ》はこれから、ぢやあの車曳《くるまひ》きを搜《さが》しにいくのかい。」

「うむ、早《はや》くいかないと拾《ひろ》はれてしまふぢやないか。今夜《こんや》は少《せう》々危《あぶな》いが、俺《おれ》がやられたら、後《あと》は頼《たの》むぞ。君《きみ》も今日《けふ》から愛國主義者《あいこくしゆぎしや》になつたんだから、俺《おれ》の一味《み》だ。ああ、さうさう、」

　山口《やまぐち》はポケツトから手帳《てちやう》を出《だ》した。

「君《きみ》、俺《おれ》が死《し》んだら、此《こ》の男《をとこ》に逢《あ》つてくれ。パンデツト・アムリつて云《い》ふ印度人《いんどじん》だ。此《こ》の男《をとこ》は寶石商《ほうせきしやう》こそしてゐるが、實《じつ》は印度《いんど》の國民會議派《こくみんくわいぎは》の一人《ひとり》でね。ジヤイランダム・ダウラツトムの高足《かうそく》だ。此《こ》の男《をとこ》は逢《あ》つてるうちに、君《きみ》のするべきことをだんだん君《きみ》に敎《をし》へていくだらう。」

「ぢや、君《きみ》も今夜《こんや》は、いよいよ死人《しにん》になるんだな。」

　山口《やまぐち》は暫《しばら》く甲谷《かふや》を見《み》てゐてから、急《きふ》に、思《おも》ひ出《だ》したやうに笑《わら》つて云《い》つた。

「さうだ。死人《しにん》になつたら、俺《おれ》の家《うち》（十八字削除《じさくぢよ》）定《さだ》めし鼠《ねずみ》どもも本望《ほんまう》だらう。」

「そりや、さうだ。鼠《ねずみ》にだつて此《こ》の頃《ごろ》はマルキストはゐるからね。」

　ともかくも此《こ》の場《ば》の悲痛《ひつう》な話《はなし》を冗談《じやうだん》にしてしまふ甲谷《かふや》の優《やさ》しげな友情《いうじやう》を山口《やまぐち》は感《かん》じると、オルガの肩《かた》を叩《たた》いて英語《えいご》で云《い》つた。

「おい、甲谷《かふや》には親切《しんせつ》にしないといけないぜ。お前《まへ》の好《す》きな參木《さんぎ》に逢《あ》はしてくれるのも、此《こ》の男《をとこ》よりないんだからね。」

　彼《かれ》は甲谷《かふや》を振《ふ》り返《かへ》つて、

「おや、失敬《しつけい》、頼《たの》むよ。」

　甲谷《かふや》は出《で》ていつた山口《やまぐち》の後《うしろ》を見《み》てゐると、それは死體《したい》を拾《ひろ》ひにいくのではなく、何《なに》か他《ほか》に、彼《かれ》らの危險《きけん》な仕事《しごと》があるのにちがひないとふと思《おも》つた。

　オルガは甲谷《かふや》の傍《そば》へ寄《よ》つて來《く》ると支那婦人《しなふじん》の用《もち》ひる金環《かなわ》の鐲《とく》を手首《てくび》に嵌《は》めて鳴《な》らしながら、

「ね、甲谷《かふや》さん、あなた、參木《さんぎ》のことを御存知《ごぞんぢ》だつたら、敎《をし》へてちやうだい。あたし、參木《さんぎ》に逢《あ》ひたいの。」

「ああ、参木《さんき》か、あれとはさつきまで一緒《しよ》にゐたんだが。」

「まア、さつきニので。」

「うむ、さつきまでだ。しかし奴《やつこ》さん、僕《ぼく》の食《く》ひ物《もの》を捜《さが》しに別《わか》れてからどこへいつちやつたか、僕《ぼく》にも分《わか》らんね。多分《たぶん》、あ奴《いつ》も途中《とちう》でやられてしまつたかもしれないぜ。」

「ぢや、もう参木《さんき》は死《し》んだかしら。」

「そりや、分《わか》らんよ。僕《ぼく》だつてこゝへ來《く》るのには死《し》にかゝつたんだからね。とにかく外《そと》は革命《かくめい》なんだから何事《なにごと》が起《おこ》るかさつぱり見當《けんたう》がつかないんだ。あなたたちの革命《かくめい》のときも、かうでしたか。」

「ええ、さう、あたしたちロシアのときもさうだつたわ。何《なに》が街《まち》で起《おこ》つてゐるのか誰《だれ》も何《なに》も知《し》らなかつたの。たゞときどき鐵《てつ》砲《はう》の音《おと》がして、街《まち》を通《とほ》つてゐる人《ひと》があつちへ塊《かたま》つたり、こつちへ塊《かたま》つたりして、これも誰《だれ》も何《な》んにも知《し》らないで、たゞわいわい云《い》つてるだけだつたの。そのうちにあたしの父《ちゝ》が、こりや革《かく》命《めい》だつて云《い》ふの。だけど革命《かくめい》だつて云《い》つたつて、革命《かくめい》つて何《な》んのことだか誰《だれ》も知《し》りやしないでせう。だから矢《や》つ張《ぱ》り、革命《かくめい》だつて聞《き》かされたつて、ぼんやりして、今《いま》に鎭《しづ》まるだらうと思《おも》つて見《み》てゐるだけなんですもの。そりや今《いま》とはまるでそんなところは違《ちが》つてゐるわ。革命《かくめい》つてどんなことだかだいたいでも分《わか》つてゐれば、あたし、革命《かくめい》なんか起《おこ》るもんぢやないと思《おも》ふの。」

「それから、どうしたんです、それから。」

と甲谷《かふや》は訊《き》いた。

「それから、あたしの父《ちゝ》が母《はゝ》とあたしとをつれて、とにかく逃《に》げなけりやこりや危《あぶな》いつて云《い》ふんでせう。だから、あたしたち、まだ誰《だれ》も革命《かくめい》だとは氣附《きつ》かないうちに、もうモスコーを逃《に》げて來《き》ましたの。だけどお金《かね》はあたしたち貴族《きぞく》は貴族《きぞく》だけど、いま急《きふ》につていつたつてないものはないんですからね。だからもう赤裸同然《はだかどうぜん》よ、たゞもう逃《に》げればつて云《い》ふんで逃《に》げたもんだから旅費《りよひ》は直《す》ぐ無《な》くなつちやふし、仕様《しやう》がないから、無《な》くなつたところで降《お》りて、それから直《す》ぐ新聞社《しんぶんしや》へ馳《か》けつけたの。新聞《しんぶん》社《しや》へ馳《か》けつけたのも父《ちゝ》の考《かんが》へで、あたし、父《ちゝ》もなかなかそこは考《かんが》へたものだと今《いま》になつて思《おも》ふのよ。ね、新聞社《しんぶんしや》だつて田舍《ゐなか》だから、モスコーの出來事《できごと》なんかまだ何《なに》も知《し》りやしないんだし、モスコーの騷動《さうどう》を今《いま》見《み》て來《き》たと云《い》ふやうに話《はな》せば特種料《とくだねれう》が貰《もら》へるでせう。それを父《ちゝ》が狙《ねら》つたの。うまいでせう。それで漸《やうや》く特《とく》種料《たねれう》を握《にぎ》つてその旅費《りよひ》のなくなる所《ところ》まで逃《に》げて來《き》て、そこでまた前《まへ》のやうに、モスコーの話《はなし》と前《まへ》のところの話《はなし》をするの。さうすると、またそこでも特種料《とくだねれう》が貰《もら》へるの。丁度《ちやうど》あたしたち、そんなことを幾度《いくど》も幾度《いくど》も繰《く》り返《かへ》しながら革命《かくめい》の波《なみ》の擴《ひろ》がるのと競爭《きやうそう》して逃《に》げ出《だ》してゐたやうなものなのね。だもんだから、革《かく》命《めい》があたしたちに追《お》ひついたとき、あたしの父《ちゝ》も捕《つか》まへられて死《し》にかかつたの。まア、そのときつたら、あたし、今《いま》でもはつきり覺《おぼ》えてるわ。」

オルガは丁度《ちやうど》そのときもさうしたのであらう、胸《むね》に兩手《りやうて》を縮《ちゞ》めて空《そら》を見《み》ながらぶるぶる慄《ふる》へる格好《かくかう》をつけて暫《しばら》くそのまま默《だま》つてゐた。が、どうしたものか、オルガはそのまま話《はな》し出《だ》さうとしてゐて話《はな》さないのであつた。

「何《なん》だ、それぎりか。それから、どうしたんだね。」とまた甲《かふ》谷《や》はオルガをせき立《た》てた。

「あたし、此《こ》の話《はなし》をするときは癲癇《てんかん》が起《おこ》るのよ。あなた、あたしの身體《からだ》が後《うし》ろへ反《そ》らないやうに抱《だ》いててよ。」

オルガは甲谷《かふや》の膝《ひざ》の上《うへ》へ横《よこ》に坐《すわ》ると云《い》つた。

「あなた、もしあたしが慄《ふる》へ出《だ》したら、あたしの身體《からだ》をしつかり抱《だ》いてちやうだい。さうしたら、あたしもう大丈夫《だいぢやうぶ》なんだから。」

甲谷《かふや》はオルガを横向《よこむ》きにして抱《だ》きながらも、そんなことを云《い》ひ出《だ》した女《をんな》も初《はじ》めてなので、もし癲癇《てんかん》でも起《おこ》されたら困《こま》ると思《おも》つたが、しかし、さう云《い》ふことを云《い》ふのもオルガの何《なに》かの手段《しゆだん》なのではなからうかとも思《おも》はれて、だんだん女《をんな》の云《い》ふことの何《なに》が本當《ほんたう》なことなのか分《わか》らなくなつて來《き》た。

オルガは手品師《てじなし》が手品《てじな》を使《つか》ふ前《まへ》に小手《こて》を調《しら》べるやうに、淡紅《たんこう》色に輝《かゞや》いたパルパラチヤンの指環《ゆびわ》を眺《なが》めたり、甲谷《かふや》の耳朶《みゝたぶ》を爪《つめ》さきではぢいたりしてゐてから、深《ふか》い呼吸《こきふ》を靜《しづか》に幾回《いくくわい》も繰《く》り返《かへ》して默《だま》つてゐた。

甲谷《かふや》はオルガのそんな呪文《じゆもん》を呟《つぶや》くやうな樣子《やうす》を見《み》ると、彼女《かのぢよ》がこれまでに幾回《いくくわい》となく起《おこ》した發作《ほつさ》に對《たい》する豫防《よばう》をしてゐるやうで、もしかしたらほんとうにオルガはこのまま發作《ほつさ》を起《おこ》すのではなからうかと思《おも》はれ出《だ》して、もう思《おも》はず彼女《かのぢよ》の身體《からだ》を反《そ》らさないやうにとしつかりと抱《だ》きかかへて、

「君《きみ》、大丈夫《だいぢやうぶ》かい。今《いま》から嚇《おど》かしちや此《こ》のまま逃《に》げるよ。僕《ぼく》は癲癇《てんかん》なんてどうしたらいいか知《し》らないからね、僕《ぼく》にとつちや革《かく》

命みたいだ。」

「大丈夫《だいぢやうぶ》よ、しつかりさへ抱《だ》いてて下《くだ》されば、さうさう、さうしてあたしが檪《よる》へ出《だ》したら、だんだん強《つよ》く抱《だ》いてつてよ。あたしのお父《とう》さんも、いつでもさうしてあたしを抱《だ》いてて下《くだ》すつたのよ。」

「君《きみ》のお父《とう》さん、まだゐるの？」

「お父《とう》さんはハルピンで亡《な》くなつたわ。だけど、もう革命《かくめい》のときトムスクでお父《とう》さん殺《ころ》されかかつたもんだから、よくまアあれまで生《い》きられたもんだと思《おも》つてるの。」

「ぢや、君《きみ》たちトムスクまでも逃《に》げたんかね。」

「ええ、さうなの。」

「だつて、電話《でんわ》や電信《でんしん》があるのに、よくそこまで新聞《しんぶん》の特種《とくだね》が續《つゞ》いていつたもんだね。」

「そこがあたしたちにも分《わか》んなかつたの。何《な》んでも革命《かくめい》が起《おこ》ると一緒《しよ》に、電話局《でんわきよく》と電信局《でんしんきよく》とは政府軍《せいふぐん》と革命軍《かくめいぐん》との爭奪《さうだつ》の中心《ちうしん》點《てん》になつたらしいのよ。だもんだから、あそこの機械《きかい》は直《す》ぐ壊《こ》はされてしまつたらしいのね。もし電話《でんわ》やなんか役《やく》に立《た》つたりしちや、そりやあたしなんか、トムスクまでは逃《に》げられなかつたにちがひないわ。」

「そりや駄目《だめ》だ。今夜《こんや》だつて、ここの租界《そかい》の駐屯兵《ちうとんへい》は一番《ばん》電話《でんわ》局《きよく》と電信局《でんしんきよく》とを守《まも》つてゐるからね。何《な》んでもそれに水道《すゐだう》が危《あぶな》いと云《い》ふことだ。電氣《でんき》もまだかうして點《つ》いてるが、これだつていつ消《き》えつちまふか知《し》れたもんぢやないさ。君《きみ》たち、ぢや、汽車《きしや》はあつたんだね、そのときは？」

「ええ、汽車《きしや》はあつたわ。だけど、それもトムスクまでよ。あたしたちトムスクまで逃《に》げて來《き》たら、そこの廣場《ひろば》ではもう革命《かくめい》があたしたちより先《さき》になつてゐて、街《まち》の人々《ひとびと》の集《あつま》つてゐる中《なか》で、怪《あや》しいものを一人《ひとり》づつ高《たか》い臺《だい》の上《うへ》へ乗《の》せて、委員長《ゐゐんちやう》と云《い》ふのが傍《そば》から、此《こ》の男《をとこ》は過去《くわこ》に於《おい》て反革命的行爲《はんかくめいてきかうゐ》をしたことがあるかどうかつて、いちいち人々《ひとびと》に質問《しつもん》してるの。さうすると集《あつま》つてゐる街《まち》の人々《ひとびと》は、下《した》の方《はう》からそれは誰々《たれだれ》何々《なになに》と云《い》ふ男《をとこ》で、宗教心《しうけうしん》が強《つよ》くつて慈善家《じぜんか》で、惡《わる》いことは何一《なにひと》つしたことがないと云《い》ふやうに、證明《しようめい》してるの。皆《みな》の證明《しようめい》がすむとその男《をとこ》は直《す》ぐ無罪放免《むざいはうめん》と云《い》ふことになるんだけど、あたしの父《ちゝ》のやうに誰《たれ》も何《なに》も知《し》らないとこぢや、まつたくもう怪《あや》しいと睨《にら》まれちやそれぢまひよ。直《す》ぐ傍《そば》でぱんぱん銃殺《じうさつ》されちやふの。だもんだから、お父《とう》さんがあたしたちから放《はな》れてひとりパンを買《か》つてるとき、もうちやんとつかまつて、ゐつの間《ま》にか高《たか》い臺《だい》の上《うへ》へ立《た》たされてゐるのを見《み》たとき、あたしもうお父《とう》さんの生命《いのち》はないものと思《おも》つたわ。それであたし、ただもう空《そら》を向《む》いて十字《じ》ばかりきつてたの。さうすると、誰《だれ》だか人々《ひとびと》の中《なか》から女《をんな》の聲《こゑ》がし始《はじ》めて、あたしの父《ちゝ》のことをしきりに辯明《べんめい》してゐてくれるのよ。あたし、誰《たれ》かしらと思《おも》つて見《み》ると、それはお母《かあ》さんぢやありませんか。お母《かあ》さんはもうひとり下《した》から喚《わめ》き立《た》てて、父《ちゝ》のことを、その男《をとこ》はオムスクの冷凍物輸出支局《れいとうぶつゆしゆつしきよく》の局員《きよくゐん》で、英國《えいこく》のユニオン獸《じう》肉會社《にくくわいしや》のトラストが北露漁場《ほくろぎよぢやう》の漁業權《ぎよげふけん》を買收《ばいしう》しようとしたとき、反對《はんたい》した男《をとこ》で、北露《ほくろ》の漁業權《ぎよげふけん》をロシヤのために保存《ほぞん》するのにつとめたとか、北洋蟹工船《ほくやうかにこうせん》の建設草案《けんせつさうあん》を民衆《みんしう》のためにしたんだとか、それから何《な》んだとか蚊《か》だとか、なるべく難《むづか》しさうなことを必死《ひつし》になつて饒舌《しやべ》つてゐるんでせう。それでも委員長《ゐゐんちやう》はお母《かあ》さんの云《い》ふことには何《なん》の感動《かんどう》もせずに聞《き》いてるだけなの。さうするとお母《かあ》さんはもう眞赤《まつか》になつて、手《て》を振《ふ》つたり足《あし》をばたばたさせなりしながら、やつきになつて來《き》て、しまひにどうしてあんなことを考《かんが》へ出《だ》したものやら、アゼルベイジャンの漁場《ぎよぢやう》へ電報《でんぽう》で聞《き》き合《あは》せたら分《わか》る。そこでその男《をとこ》は自分《じぶん》の兄《あに》と一緒《しよ》に、漁業會社《ぎよげふくわいしや》の力《ちから》を弱《よわ》めるために、アゼルベイジャン漁民組合《ぎよみんくみあひ》を起《おこ》すのにつとめたんだと云《い》ひ出《だ》したの。さうしたら、今迄《いままで》默《だま》つてゐた委員長《ゐゐんちやう》は、宜《よろ》しい、と一言《ひとこと》いつたの。お父《とう》さんはもうそしたら直《す》ぐ臺《だい》の上《うへ》から降《お》ろされたわ。それから、お母《かあ》さんが、うつかりして降《お》りて來《く》るお父《とう》さんの傍《そば》へ馳《か》け寄《よ》らうとして、直《す》ぐまたそつ方《ぽう》を向《む》いて知《し》らぬ顏《かほ》をしてゐるの。あたしもうそれから矢鱈《やたら》に有《あ》り難《がた》くなつて、十字《じ》ばかり切《き》りながらぶるぶる慄《ふる》へてゐたの。さうしたら、今度《こんど》はあたしが、」

とオルガは云《い》つたまま默《だま》つて了《しま》ふと、甲谷《かふや》の膝《ひざ》の上《うへ》で俄《にはか》にぶるぶる慄《ふる》へ出《だ》した。

甲谷《かふや》はオルガの身體《からだ》を反《そ》らさぬやうにしつかりと抱きすくめて云《い》つた。

「大丈夫《だいぢやうぶ》か、君《きみ》、おい。」

オルガは生唾《なまつば》をぐつと飲《の》み込《こ》むやうに首《くび》を延《の》ばすと、

「ええ、大丈夫《だいぢやうぶ》。あたし、何《な》んだかちよつと慄《ふる》へただけなの。だつて、あのときのことを思《おも》ふと、そりやもうあたし、恐《こは》くなるの。あたしそのときも、そこでそのまま癲癇《てんかん》を起《おこ》しちやつて、氣《き》がついたときは、お父《とう》さんがあたしをもうかうして抱《だ》きすくめてゐてくださつたわ。あたしたちそれから、まアそれはそれは、鐵道線路《てつだうせんろ》を傳《つた》ふやうにしてハルビンまで落《お》ち延《の》びて來《き》たんだけど、もう全《まつた》くハルビンまで來《き》たもののどうして良《よ》いか分《わか》らないもんだから、支那人《しなじん》に持《も》つて來《き》た寶石《ほうせき》を賣《う》つたり何かして、やつと生活《せいくわつ》はしてゐたものの、いよいよそこにもゐられなくなるし、それにまたハルビンはやつぱりソベエートの手《て》が這入《はい》つてゐて不愉快《ふゆくわい》でしやうがないし、いつの間《ま》にやらこんなところまで來《き》てしまつたんだけど、ここではここで、またこれからどうして生活《せいくわつ》していつていいのか皆目見當《かいもくけんたう》がつかないんでせう。もうさうなれば、だいいちその日《ひ》その日《ひ》のパンが手《て》に這入《はい》らないもんだから、こんな困《こま》つたことつてなかつたわ。今《いま》までこれがお母《かあ》さんでこれがお父《とう》さんでと思《おも》つてゐたのに、淺《あさ》ましいわね、もうお父《とう》さんよりお母《かあ》さんより、何《なに》よりも自分《じぶん》よ。自分《じぶん》さへパンが食《た》べられれば後《あと》はもうどうなつたつて、いいと思《おも》ふものよ。あたしこれでもなかなか親孝行《おやかうかう》な方《はう》だつたんだけど、ここへ來《き》ちや、もう獸《けだもの》よ。それであたし悲《かな》しいには悲《かな》しかつたけど、賣《う》られちやつて來《き》てみたら、それが木村《きむら》つて云《い》ふ日本人《にほんじん》の競馬狂人《けいばきちがひ》なの。この人《ひと》はまアあたしを人間《にんげん》だと思《おも》つたことは一度《ど》もなくつてよ。言葉《ことば》が一《ひと》つも通《つう》じないもんだから、逢《あ》つたらいきなりあたしを（十八字削除《さくぢよ》）ぴしやぴしや叩《たた》くの。あたしそれが初《はじ》めは日本人《にほんじん》の禮儀《れいぎ》なんだと思《おも》つてゐたわ。そしたらあたしを暫《しばら》くしてから競馬場《けいばぢやう》へ連《つ》れてつて、自分《じぶん》が負《ま》けたら直《す》ぐその場《ば》であたしを、賣《う》つちやつたの。それがつまり今《いま》の山口《やまぐち》なんだけど、でも、あんなひどい男《をとこ》つてあたし初《はじ》めてだつたわ。山口《やまぐち》に後《あと》で聞《き》いたんだけど、木村《きむら》はいつでもさうなんだつて。お妾《めかけ》さんを澤山《たくさん》いつも貯金《ちよきん》みたいに貯《た》めといて、競馬《けいば》のときになると賣《う》り飛《と》ばすんだつて。」

「さうだよ、あの男《をとこ》は狂人《きやうじん》だよ。」と甲谷《かふや》は云《い》ふと、乾《かわ》いた唇《くちびる》へ冷《つめ》たく觸《ふ》れるオルガの水滴形《すいてきがた》の耳輪《みみわ》の先《さき》を、舌《した》の先《さき》で押《お》し出《だ》した。

「あたし、それからここでいろんな日本《にほん》の人《ひと》に逢《あ》つたわ。だけど、參木《さんき》みたいな人《ひと》は一人《ひとり》もみないわ。あんな頭《あたま》の高《たか》い人《ひと》なんて、ロシア人《じん》にだつてなかつたし、支那人《しなじん》にだつてひとりも逢《あ》はなかつたわ。あの人《ひと》、でも、殺《ころ》されたのかしら。」

　オルガは窓《まど》から見《み》える傾《かたむ》いた橋《はし》の足《あし》や、停《とま》つて動《うご》かぬ泥舟《どろぶね》を

眺《なが》めながら、

「あの人殺《ひとごろ》されたんなら、あたしも死《し》にたい。」

甲谷《かふや》はオルガが自分《じぶん》の前《まへ》で、そんなに参木《さんき》のことを云《い》ふのなら、そんなら参木《さんき》の戀人《こひびと》は自分《じぶん》の妹《いもうと》だと云《い》ふこともついでに云《い》つてやるぞと思《おも》つたが、もしそんなことでも云《い》つて、ますますオルガに嫌《きら》はれたら、ここにゐる間《あひだ》が不愉快《ふゆくわい》にちがひないので默《だま》つてゐた。

「ね、甲谷《かふや》さん、あなたどう思《おも》つて。」とオルガは急《きふ》に振《ふ》り返《かへ》ると、甲谷《かふや》の首《くび》に腕《うで》を巻《ま》きつけて、「もうあなたは、ロシアに昔《むかし》のやうな帝政《ていせい》が返《かへ》らないとお思《おも》ひになつて。どう?」

「そりや、もう駄目《だめ》だ。どちみち返《かへ》つたところで、また直《す》ぐひつくり返《かへ》されるに定《きま》つてゐるよ。」

オルガは寒氣《さむけ》を感《かん》じたやうに身慄《みぶる》ひすると、

「さうかしら、もうロシアは、あたしたちいつまで待《ま》つても前《まへ》のやうにはならないかしら。」

「駄目《だめ》だね。だいいちここがもうこんな騒《さわ》ぎになるやうぢや、直《す》ぐまたどつかの國《くに》も騒《さわ》ぎ出《だ》すさ。」

「あたしたち、でも、まだまだみんなで、昔《むかし》のやうになるのを待《ま》つてるのよ。いつまで待《ま》つてもこんなぢや、あたし、もう死《し》ぬ方《はう》がいい。」

またオルガの身體《からだ》がぶるぶる前《まへ》のやうに慄《ふる》へるのを感《かん》じると、甲谷《かふや》は云《い》つた。

「君《きみ》、おい、大丈夫《だいぢやうぶ》かい。をかしいぜ、おい、君《きみ》。」

云《い》ひつつ彼《かれ》はオルガを揺《ゆ》すぶると、オルガはハンカチを出《だ》して口《くち》に喰《く》はへて、

「大丈夫《だいぢやうぶ》よ、もつとしつかりあたしを抱《だ》いててよ。」

「だつて、そのハンカチはそりや、何《なん》だね。」

「このハンカチはあたし、お父《とう》さんに貰《もら》つたの。あたし悲《かな》しくなると、このハンカチを噛《か》んでんの。さうすると、死《し》んだあたしのお父《とう》さんが出《で》て來《き》て、まだお前《まへ》生《い》きてるのかつて、いつも云《い》ふの。あたしのお父《とう》さんはハルビンで寶石《はうせき》を安《やす》く買《か》つて、それから此《こ》のハンカチに包《つつ》んでね、ロシアを通《とほ》り越《こ》して、ドイツへいつて、そこで寶石《はうせき》を賣《う》つてまた歸《かへ》つて來《く》るの。さうすると、それはたいへん儲《まう》かるのよ。だけど一度《ど》モスコウへ用事《ようじ》がなくとも降《お》りなきア、疑《うたが》はれるもんだから、その降《お》りるのが恐《こは》いんだつて、さういつも云《い》つてたわ。あたしのお父《とう》さん、あた

しにアメリカへ連《つ》れてつてやらうつていつてたんだけど、——あたし、お父《とう》さんにもう一度逢《あ》つてみたい。ああ、逢《あ》ひたい。アメリカへいつて、あんなにして、あ——。」

とオルガは云《い》ふと、いきなりまたハンカチを喰《くは》へて、甲谷《かふや》の肩《かた》にしつかりと嚙《か》みつくやうにつかまつた。これはをかしい、とさう思《おも》つた甲谷《かふや》はオルガの顏《かほ》を見《み》ると、もうさツと彼女《かのぢよ》の顏《かほ》色《いろ》は變《かは》つてゐた。いよいよそれでは發作《ほつさ》が始《はじ》まるのだと思《おも》つたが、さてどうして良《よ》いものやらまるで甲谷《かふや》には分《わか》らなかつた。ただ彼《かれ》はオルガを早《はや》く譲《ゆづ》りたがつてばかりゐた山口《やまぐち》の腹《はら》の中《なか》が浅《あさ》ましく見《み》えて來《き》ただけで、今《いま》となつてはもうオルガをしつかり抱《いだ》きかかへてゐるより、仕樣《しやう》がないのだ。

「君《きみ》、どうした、しつかり頼《たの》むよ。おい、おい。」

さう甲谷《かふや》が云《い》つても、オルガは頬《ほほ》をぺつたりと甲谷《かふや》の首《くび》にくつつけたまま、默《だま》つて靜《しづか》にびりびり、びりびり搖《ゆ》れ續《つづ》けた。すると、見《み》てゐる中《うち》に、オルガの指《ゆび》さきの固《かた》く中《うち》に曲《まが》つた手《て》が青《あを》くなつて來《き》て、頭《あたま》がだんだんに、反《そ》り始《はじ》めた。眼《め》はぢつと前方《ぜんぱう》の一點《てん》に焦點《せうてん》を失《うしな》つたまま開《ひら》いてゐて、歯《は》がぎりぎり鳴《な》り出《だ》すと、強《つよ》く甲谷《かふや》の首《くび》がオルガの片腕《かたうで》に締《し》めつけられた。と、「あツ、」とオルガは叫《さけ》んだと思《おも》ふと、一層激《そうはげ》しく彼《かれ》の膝《ひざ》の上《うへ》で慄《ふる》へ出《だ》した。

甲谷《かふや》はオルガを寢臺《しんだい》の上《うへ》へ寢《ね》させるとそのまま手《て》を放《はな》さずに抱《だ》きすくめた。汗《あせ》が二人《ふたり》の身體《からだ》から流《なが》れ出《だ》した。甲谷《かふや》の首《くび》を締《し》めつけつつ慄《ふる》へてゐるオルガの顏《かほ》が、眞青《まつさを》になつたと思《おも》ふと、耳《みみ》から唇《くちびる》へかけてぴこぴこ痙攣《けいれん》しながら、間《ま》もなく赧《あか》く變《かは》つて來《き》た。甲谷《かふや》は分《わか》らぬままに、とにかく弓《ゆみ》のやうに反《そ》りたがる病體《びやうたい》なら少《すこ》しは摩擦《まさつ》するに限《かぎ》ると考《かんが》へたので、彼女《かのぢよ》を抱《だ》きすくめたまま、兩手《りやうて》と足《あし》と身體《からだ》で間斷《かんだん》なく慄《ふる》へるオルガの身體《からだ》を摩擦《まさつ》し始《はじ》めた。しかし、突《つ》き上《あ》げて來《く》る彈力《だんりよく》と、捻《ねぢ》れる身體《からだ》の律動《りつどう》に、甲谷《かふや》はいつとはなしに格鬪《かくとう》するそのものが、彼女《かのぢよ》の病體《びやうたい》ではなくて自分自身《じぶんじしん》だと思《おも》つた。彼《かれ》はオルガの理性《りせい》を失《うしな》つた病體《びやうたい》が、そんなにも奔放《ほんぱう》な美《うつく》しさで、殆《ほとん》どそれは全《まつた》く女《をんな》の運動《うんどう》の理想《りさう》の形態《けいたい》となつてゐるのを感《かん》じると、もう彼《かれ》は今《いま》までオルガに感《かん》じてゐた恐怖《きやうふ》はなくなつて、明《あか》るい毛物《けもの》のやうに優《やさ》しく彼女《かのぢよ》を看護《かんご》しなければをられなくなつた。

間《ま》もなく、甲谷《かふや》の摩擦《まさつ》は効果《かうくわ》があつたのであらう、オルガは大《おほ》きな呼吸《こきふ》を一度落《どおと》すと、そのままぴつたりと身體《からだ》の痙攣《けいれん》をとめて了《しま》つた。すると、彼女《かのぢよ》の顔色《かほいろ》は前《まへ》のやうに安《やす》らかに返《かへ》つて來《き》て、だんだん正《ただ》しい呼吸《こきふ》を恢復《くわいふく》させながら眠《ねむ》り出《だ》した。

甲谷《かふや》はオルガを放《はな》して窓《まど》を開《あ》けると風《かぜ》を入《い》れた。黒々《くろぐろ》とした無數《むすう》の泡粒《あわつぶ》を密集《みつしふ》させた河《かは》の水面《すゐめん》は、灯《ひ》の氣《け》を失《うしな》つたまま屋根《やね》の間《あひだ》に潜《ひそ》んでゐて、その傍《そば》を、スコットランドの警備隊《けいびたい》を乘《の》せた自動車《じどうしや》がただ一臺《だい》疾走《しつそう》していつてしまふと、後《あと》はまたオルガの呼吸《こきふ》だけが、聞《きこ》えて來《き》た。

——さて、これでよし、と。

甲谷《かふや》は汗《あせ》にしめつて横《よこ》たはつてゐるオルガを花嫁姿《はなよめすがた》に見《み》たてると、上着《うはぎ》を脱《ぬ》いで釘《くぎ》にかけた。それから。石鹸壺《せつけんつぼ》の中《なか》でじやぶじやぶ石鹸《せつけん》の泡《あわ》を立《た》てて顔《かほ》に塗《ぬ》ると、山口《やまぐち》の置《お》いていつた剃刀《かみそり》の刃《は》を横《よこ》に擴《ひろ》げてひと刷《は》き頬《ほほ》にあててみた。

KAIZO

造改

十一月號

1931

大正八年三月廿一日第三種郵便物認可
昭和六年十一月一日發行（每月一回一日發行）

昭和六年十月十八日印刷納本

第十三卷　第十一號

定價五拾錢

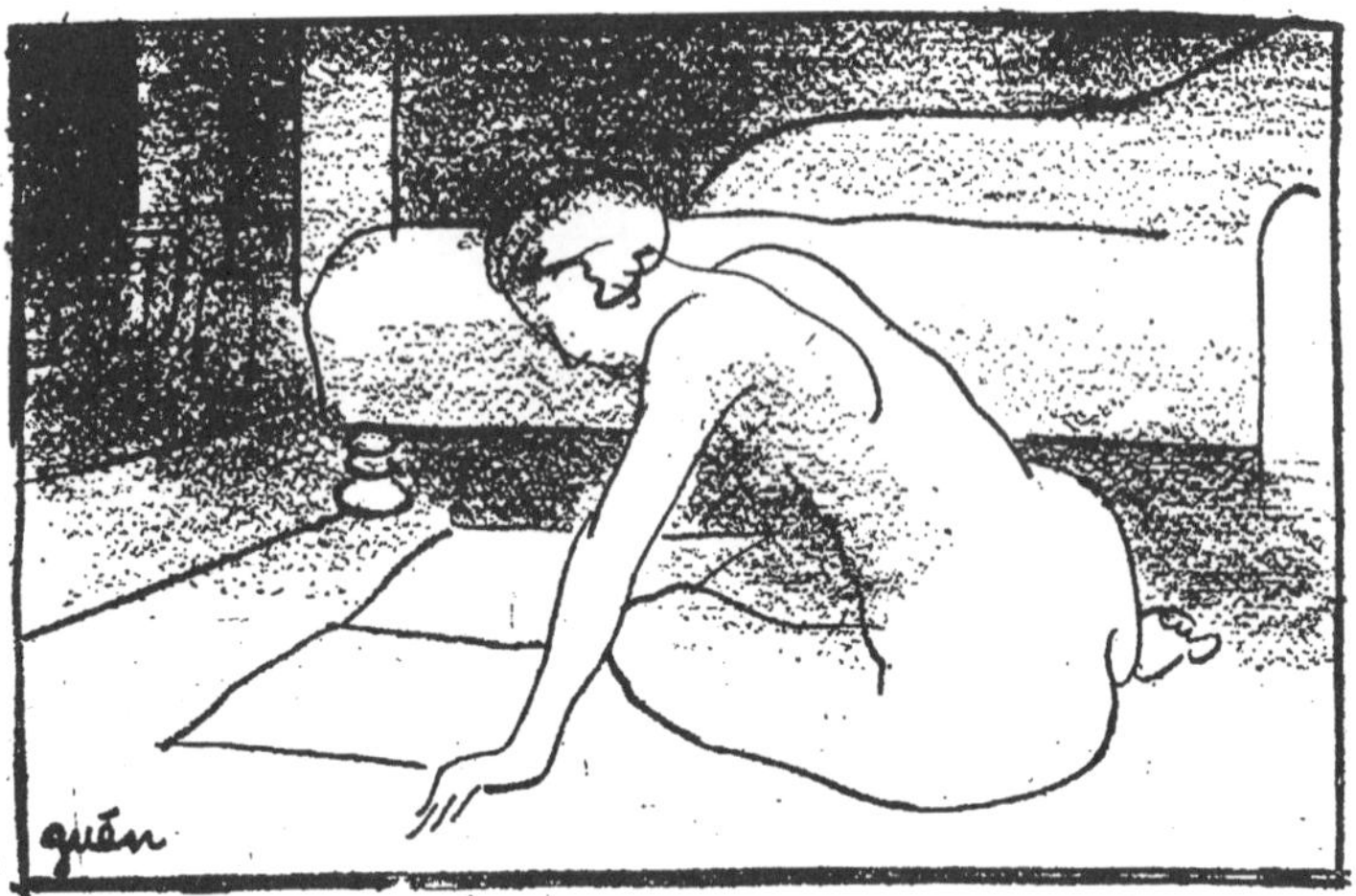

春婦

―海港章―

横光利一

外は眞暗であつた。所所に塊つた車夫達は、人通りの全くなくなつた道路の上に足を投げ出して虱を取つてゐた。参木は僅に貰つて來たただ一むしりのパンを食べながら、どちらへ行かうかと考へた。道路に從つて冬枯の蔓のやうに絡まり合つた鐵條網の針の中を、義勇隊の自働車が拔劔の花を咲かせて辷つていつた。すると、どこかに切り落されてゐた頭髪が、車體の卷き上げる風のまにまに、ふわりふわりと道路の上を漂つた。その道路では一人の子供が、アスファルトの上で微塵に潰れてゐる白い落花生の粉を這ひつくばつて舐めてゐた。

参木は泥溝に沿つて歩いていつた。彼はふとお杉のゐる街の方を眺めてみた。もう彼は長い間お杉のことを忘れてゐたのに氣がついたのだ。自分のために首を切られたお杉、自分を愛して自分に愛せられることを忘れたお杉。お杉はいつたい今自分がお杉のことをかうして考へてゐる間、何を今頃はしてるの

──(婦　　隸)──

（2）

だらう。──

　しかし、彼の斷滅する感傷が、次第に泥溝の岸邊に從つて凋んで來ると、忽ち、朝からまだひとむしりのパンより食べてゐない空腹が、お杉に代つて襲つて來た。彼は身體が盡く重量を失つてしまつて、透明になるのを感じた。骨のなくなつた身體の中で前と後の風景がごちやごちやに入り交つた。彼は橋の上に立ち停ると、ぼんやり泥溝の水面を見降ろした。その下のどろどろした水面では、海から押し上げて來る緩漫な潮のために、竝んだ小舟の舟端が擦れ合つてはぎしぎし鳴りつつ搖れてゐた。その竝んだ小舟の中には、もう誰も手をつけやうともしない都會の排泄物がいつぱいに詰りながら、星のうす青い光りの底で、波波と攏つては河と一緒に出つてゐた。参木は此處を通る度每に、いつもこの河下の水面に突き刺さつて泥を喰はへたまゝ錆びついてゐた起重機の群れを思ひ浮べた。その起重機の下では夜になると、平和な日には劉髪の少女が茉莉の花を頭にさして、ランプのホヤを賣つてゐた。密輸入の傳馬船が眞黑な帆を上げながら、竝んだ倉庫の間から脫け出て來ると、床のやうにあたりいつぱいを暗くしてぢりぢり靜に上つていつた。

　参木はそれらの帆の密集した河口で、いつか傷ついた秋蘭を抱きかかへて、雨の中を病院まで走つた夜のことを思ひ出した。それから秋蘭のゐる支那街へ──

　そのとき、参木は河岸の街角から現れて來た二三の人影が、ちらちらもつれながら彼の方へ近づくのを感じた。すると、それらの人の塊りは、急に聲をひそめて彼の背後で動きとまつた。彼は險惡な空氣の舞ひ上るのを沈めるやうに、後ろを振り向かうとしたがる自身を撫でながら、そのまま水面を眺めてゐた。しかし、いつまでたつても停つた人の氣配は動かうとしないのだ。彼はひよいと輕く後を振り返つた。すると、星明りであばたをぼかした數人の男の顏が、でこぼこしたまま、彼を取り卷いて立つてゐた。彼はまた欄干に肘をつくと、それらの男達の群れに脊を向けた。と、二本の腕が靜にそつと、まるで参木の力を驗すがやうに後から彼の脇腹へ廻つて來た。彼の身體は欄干の上へ浮き上つた。彼は濡つた欄干の冷たさをひやりと腰に感じながら、ただ何もせずぢつと男の肩へ手をかけて周圍の顏を眺めてみた。と、突然、停つてゐた人の塊りが、彼に向つて殺倒した。瞬間、彼は空が眞つ二つに裂け上るのを感じた。同時に、彼は逆さまに、堅い風の斷面の中へ落ち込んだ。

——

ふと、參木は停止した自分の身體が木の一端をしつかり掴んでゐるのに氣がついた。——しかし、ここは——彼は足を延ばしてみると、それはさきまで見降ろしてゐた舟の中であつた。彼は周圍を見廻すと、排泄物の描いた柔軟な平面が首まで自分の身體を浸してゐた。彼は起き上らうとした。しかし、さて起きて何をするのかと彼は考へた。生きて來た過去の重い空氣の帶が、黑い斑點をぽつぽつ浮き上げて通りすぎた。彼はそのまま排泄物の上へ仰向きに倒れて眼を閉じると、頭が再び自由に動き出すのを感じ始めた。彼は自分の頭がどこまで動くのかその動く後から追つ馳けた。すると、彼は自分の身體が、まるで自身の比重を計るかのやうにずつぽりと排泄物の中に倒れてゐるのに氣がついて、にやりにやりと笑ひ出した。——

しかし、自分はいつまでここでこうしてゐるのであらう。——

——服の綿布がだんだん濕りを含んで緊つて來た。參木は舟の中から橋の上を仰いでみた。すると、まだ支那人達は橋の欄干からうす黑い顏を竝べて彼の方を眺めてゐた。彼はまたぢつとしてそのまま彼らが橋の上から去るのを待つてゐなければならなかつた。——ああ、しかし、舟いつぱいに詰つた此の肥料の匂ひ——此れは日本の故郷の匂ひだ。故郷では母親は今頃は綠青の吹いた眼鏡に糸を卷きつけて足袋の底でも縫つてるだらう。恐らく彼女は俺が今ここのこの舟の中へ落つこつてゐることなんか、夢にも知るまい。——いや、それより秋蘭だ。ああ、あの秋蘭め、俺をここからひき摺り上げてくれ。俺はお前にもう一眼逢はねばならない。俺はお前の云つたマゼツン會社へこれから行かう。しかし、俺は秋蘭に逢つてさて何をしやうといふのであらうとまた彼は考へた。だが、彼は逢ふたびに彼女にがみがみ云つた償ひを一度此の世でしたくてならぬのだ。

しかし、ふとそのとき、參木は仰向きながら、秋蘭の脣が熱を含んだ夢のやうに、ねばねばしたまま押し冠さつて來るのを感じた。すると、今迄忘れてゐた星が、眞上の空で急に一段強く光り出した。彼は橋の上を見た。橋にはもう支那人の姿は見えなくて、ぼろぼろと歪んだ塗喰の欄干だけが、星の中に浮き上つてゐた。彼は舟から這ひ上ろと、泥の中へ崩れ込んでゐる粗い石垣を傳つて道へ出た。彼はそこで、上衣とズボンを脫ぎ捨てて襯衣一枚になると、一番手近なお杉の家の方へ歩いていつた。しかし彼は今朝甲谷と別れるとき、お杉の家の所在を聞いたのは聞いたのだが、今頃お杉がまだたしかにそこにゐるかどうかは明瞭に分らなかつた。もしお杉がそこにゐなければ、もう一度橋を渡つて何一つ食ひ物のない自分の家まで帰らなければならぬのだ。それなら、もう行く先きにお杉がゐやうとゐまいと、彼にはただ行くより他に道はないのだ。

彼は歩きながら、もう危險區劃を遠く過ぎて來てゐるのを感じると、暫く忘れてゐた疲勞と空腹とにますます激しく襲はれ出した。彼はお杉のゐる街の道路が、だんだん家並みの壁にせばめられていくに從つて、いつか前に度度ここを通つたときに見た油のみなぎつた豚や、家鴨の肌が、ぎらぎらと眼に浮んで來てならなかつた。そのときこの道路では、いくつも連つた露路の中の、霧のやうにいつぱいに籠つて動かぬほこりの中で、ぼんぼんと肺病患者が咳きをしてゐた。ワンタン賣りの煤けたランプが、揺れながら壁の中を曲つていつた。空に高く幾つも折れ曲つていく梯子の骨や、深夜ひそかにそつと客のやうな顔をしながら自分の車に乘つて樂しんでゐた車夫や、でこぼこした石ころ道の、石の隙間に落ち込んでゐた白魚や、錆ついた錠前ばかりぎつしり積み上がつた古金具店の横などでは、見る度に剝げ落ちていく青い壁の裾にうずくまつて、いつも眼病人や阿片患者が並んだままへたばつてゐたものだ。

參木は漸く甲谷に敎へられたお杉の家を見つけると戸を叩いた。しかし、中からはいつまでたつても戸を開けやうとする物音さへしなかつた。彼は大きな聲で呼んでは支那人に聞かれる心配があつたので、間斷なく取手の鐶をこつこつと戸へあてた。すると、暫くしてから、火を消した家の中の覗き口がかすかに開いた。

「僕は參木といふものですが、此の家にお杉さんといふ人はゐませんか。」と參木は云つた。

忽ち、戸がぱつたり落ちると、潜り戸が暗く開いて、中から匂ひを立てた女が突然參木の手をとつた。參木も默つて曳かれるままに戸をくぐると、顔も分らぬ女の後から、狹い梯子を手探りで昇つていつた。彼はときどき輕く女の足で胸を蹴られたり、額を腰へ突きあてたりしながら、漸く二階の疊の上へ出た。そこで、參木はこれはお杉にちがひないと思つたので、初めで云つた。

「あなたはお杉さんか。」

「ええ。」

低く女が答へると、參木は感動のまま、ねつとりと汗を含んで立つてゐるお杉の肩や頰を撫でてみた。

「暫くだね。僕は今河へほり込まれて這ひ上つて來たばかりなんだが、何んでもいいから着物を一枚借してほしいね。」

すると、お杉は直ぐ火も點けずに戸棚の中をがたがたと掻き廻してゐてから、また手探りのまま默つて湯方を一枚手渡した。

「君、火を點けてくれないか。こう暗くちやどうしやうもないぢやないか。」

しかし、お杉は「ええ」と小聲で返事をしたまま、矢張りいつまでたつても電氣を點けやうともせず、彼から放れて立つてゐるのだ。參木はお杉が火を點けやうとしないのは、顏を見られる羞しさのためであらうと思つたので、着物を着かへてしまふと、その場へぐつたりと倒れたまま默つてゐた。

しかし、あまりいつまで待つてもお杉が火を點けやうとしないのを考へると、部屋の中には、今自分に見られては困るものが澤山あるのにちがひないと彼は思つた。とにかく、あまりに自分の這入つて來たのは突然なのだ。殊に、お杉は自分の所にゐたときとは違つて春婦である。いや、それとも、もしかしたら此の部屋の中には、自分以外の客が他に寢てゐるかもしれたものではないのである。

參木はもう火のことでお杉を羞しがらせることは愼しみながら、多分そのあたりにゐるであらうと思はれる彼女の方に向つて云つた。

「君、何か食べるものはないだらうかね。僕は朝から何も食べてゐないんだが。」

「あら。」

とお杉は云ふと、そのまま何も云はふともしなければ動かうともしなかつた。

「ぢや、無いんだな、あんたのとこも。」

「ええ、さきまであつたんだけど、もうすつかりなくなつてしまつたの。」

參木は今は全く力の脱けるのを感じた。これから朝まで何も食べずにすごさねばならぬと思ふと、もう早や頭の中では、今朝から見て來た空虚な容ばかりがぐるぐると廻ひ始めた。しかし、そのまま默つてゐては、久し振りにお杉と逢つた喜びも彼女に傳へることさへ出來なくなるのだ。

「君とはほんとに暫くだね。お杉さんのここにゐるのは、實は今日初めて甲谷に聞いたんだが、僕んとことは近いぢやないか。どうしていままで報らせなかつたんだ。」

　すると、返事に代つてお杉の吸り上げる聲が直ぐ手近の疊の上から聞えて來た。參木は彼女がお柳の所を首になつたいつかの夜、自分の前でそのやうに泣いたお杉の聲を思ひ出した。——あのときは、あれはたしかに自分が悪かつた。もしあのとき自分があのままお柳のするままにしてをいたら、お杉はお柳の嫉妬には逢はずに首にはならなくともすんだのだ。殊に今のやうな春婦にまでにはならなくとも——

「あんたが出ていつたあの夜は、僕はとにかく急がしくつて家にゐられなかつたんだが、しかし、お杉さんが僕の所にあのままゐてくれたつて、ちつともさしつかへはなかつたんだ。僕もあのとき、あんたにはさう云つて出た筈ぢやなかつたかね。」

　參木はふと、お杉がどうしてあのまま自分の所から出ていく氣になんかなつたのだらうかと、いまだに分らぬ節の多かつたその日のお杉の家出について考へた。たとへその夜、甲谷がお杉を追ひ立てるやうなことをしたとは云へ、それならそれでお杉も賣女にならずともすますことは出來たのではないか。しかし、さうは思つても、お杉を賣女にした責任は參木からは逃れないのだ。——參木は久しく忘れてゐた鞭を、今頃この暗中で嚴しくこんなに受け出したのを感じると、それなら、いつそのこと、このまま火を點けずにをいてくれるのはむしろこちらのためだと思つた。

「あれから一度、お杉さんと街であつたことがあつたね。あのときは僕は君の後から暫く車で追はせたんだが、あんたはそれを知つてるだらうね。」

「ええ。」

「そんならあのときもうあんたはここにゐたんだな。」

「ええ。」

　しかし、參木は、そのとき激しく秋蘭のことで我を忘れ續けてゐた自分を思ひ出した。もしあの日秋蘭とさへ逢つて來てゐなければ、そのままお杉の後をどこまでもと自分は追ひ續けてゐたかもしれなかつたのだ。だが、何もかももう駄目だ。自分は今でもあの秋蘭めを愛してゐる。自分はあ奴の主義にかぶれてゐるんぢやない。俺はあ奴の眼が好きなんだ。あの眼は、いまに主義なんてものは捨てる眼だ。あの眼光は男を馬鹿にし續けて來た眼光だ。お杉の傍にゐる此の喜びの最中に、まだ秋蘭のことを、いつとはなしにいきまき込んで頭の中へ忍び込ませてゐる自分に氣がつくと、彼は闇の中で、のびのびと果しもなく移動していく自由な思ひの限界の、どこに制限を加へるべきかに迷ひ出した。確に、自分は今は秋蘭のことよりお杉のことを考へねばならないときだ。お杉は自分のためにお柳から食を奪はれ、甲谷の毒牙にかかり、さうしてこのじめじめした露路の中へ落ち込んだのではないか。しかし、さてお杉のことを今考へて、彼女を自分はどうしやうといふのであらう。——彼はお杉を妻にしてゐる自分を考へた。それは已惚でなくとも必ずお杉を喜ばすことだけはたしかなことだ。彼はお杉が首になつたその夜のお杉の、あの初心な美しさに心を亂された不安さを思ひ浮べた。それがその夜自分に變つて、甲谷がお杉に爪をかけたと分ると同時に、忽ち自分はお杉を妻にせずしてすんだ自分の失はれなかつた自由さを喜んだのだ。それに、今自分が甲谷に變つて、わざわざ自分のその失はれなかつた自由をお杉に奪はれやうと望むとは。——彼は自分のその感傷が空腹と疲勞とに眼のくらんでゐる結果だとは思つたが、しかしたしかに、泥を滲つて來たお杉の身體を想像することによつて、參木は前より一層なまめかしく、お杉を感じずにはゐられなかつたのだ。彼はいまこそ甲谷がお杉に手を延ばしたと同樣に、自分もお杉に手を延ばすことの出來得るときだと思つた。しかもそれは、彼が一時ひそかに望んで達することの出來なかつた快樂ではないか。俺はお杉の客のやうにならう。——しかし、彼の心がばつたりそのまま行き詰つて、お杉の膝を急に探らうとしかけると、また彼はお杉に觸るといつも必ず起つて來る良心に、びつたり延び出る胸をとめられた。たしかにお杉を見て今急に客のやうになることは、それはお杉をも早や泥だと思ふことによつて責任を廻避したがるおのれの心の、まるで滴るやうな、下劣な願ひにちがひない。「お杉さん、僕は今夜は疲れてゐるので、もうこのままここで休ませて貰つたつてかまはないかね。」

「ええ、どうぞ。ここに床があるから、ここで休んでよ。夜が明けたらあたし食べ物を貰つてきとくわ。」

「有り難う。」

「電氣も今夜は切られてしまつてゐるので、眞暗だけど、我慢をしてね。」

「うむ。」

參木は手探りでお杉の聲の方へ近かよつていつた。手の先が冷い疊の上からお杉の熱く盛り上つた膝に觸つた。お杉は參木の身體を床の上へ導くと、彼に蒲團をかけながら云つた。

「今頃街なんか歩いて、危いわね。どこもお怪我はなかつたの。」

「うむ、まア怪我はなかつたが、君はどうだつた？」

「あたしは家からなんか出ないわ。毎日いつぺん日本街から焚き出しを貰つて來るだけ。いつやまるのかしら、こんな騷動？」

「さア、いつになるかね。しかし、明日は日本の陸戰隊が上陸してくるから、もうこの騷動は續かないだらう。」

「ほんとに早くおさまるといいわ。あたし毎日、もう生きてゐる氣がしないのよ。」

參木は自分の身體からお杉の手の遠のいていくのを感じると、お杉はどこで寢るのであらうと思つて云つた。

「お杉さんは寢るところはあるのかね。」

「ええ、いいのよ。あたしは。」

「寢るところがないなら、ここへお出でよ。僕はかまはないんだから。」

「いいえ、さうしてゐて。あたし眠くなれば眠るからいいわ。」

「さうか。」

參木はお杉が習ひ覺えた春婦の習慣を自分に押し隱さうと努めてゐるの見ると、それに對して、客のやうになり下らうとした自分の心のいまはしさに胸が冷めた。しかし、あんなにも自分を愛してくれたお杉、その結果がこんなにも深く泥の中へ落ち込んでしまつたお杉、そのお杉に暗がりの中で今逢つて、ひと思ひに強く抱きかかへてやることも出來ないといふことは、何といふ良心のいたずらであらう。前にはお杉を、もしや春婦に落すやうなことがあつてはならぬと思つて抱くこともひかへてゐたのに、それに今度はお杉が春婦に落つてしまつてゐることのために、抱きかかへてやることも出來ぬとは——

「お杉さん、マッチはないか。一ぺんお杉さんの顔が見たいものだね。良からう。」

「いや。」とお杉は云つた。

「しかし、長い間別れてゐたんぢやないか。こんなに顔も見ずに暗がりの中で饒舌つてゐたんぢや、まるで幽靈と話してゐるみたいで氣味が惡いよ。」

「だつて、あたし、こんなになつてしまつてるとこ、あなたに今頃見られるのいやだわ。」

勿論さうであらうとは分つてゐたが、そんなに直接お杉から口に出して云はれると、參木はきびしく胸の締つて來るのを感じた。

「いいぢやないか、あんたと別れた夜は、あれは僕も銀行を首になるし、君もお柳のとこを切られた日だつたが、男はともかく女は首になつちや、どうしやうもないからね。」

しかし、參木はそんなにお杉に優しげな言葉を云ひながらも、ともすると、まだ物欲しげにごそごそお杉の方へ動きたがる自身の身體を感じると、もうひと思ひにお杉を暗の中に葬つてこのまま眠つてしまはうと努力した。

「參木さん、あなたお柳のお神さんにお逢ひになつて。」

「いや、逢はない。あの夜あんたのことで喧嘩してから一度もだ。」

「さう。あの夜はお神さん、そりやあたしにひどいことを云つたのよ。」

「どんなことだ?」

「いやだわ、あんなこと」

嫉妬にのぼせたお柳のことなら、定めし口にも云へないことを云つたのであらうと參木は思つた。あのときは、風呂場へマッサージに來たお柳をつかまへて、戯れにお杉を愛してゐることを、自分はほのめかしてやつたのだつた。すると、お柳はお杉を引き摺り出して來て自分の足もとへぶつつけたのだ。それから、自分はお杉に代つてお柳に詫びた。すると、ますますお柳は怒つてお杉の首を切つたのだ。ああ、しかし總てがみんな戯れからだと參木は思つた。それに自分はお杉のことは忘れてしまつて、いつの間にか盡く秋蘭に心を奪はれてしまつてゐたのである。しかし、今は彼は、だんだんお杉が身内の中で前のやうに暖まつて來るのを感じると、心も自然に輕く踊つて來だ。

「お杉さん、もう僕は眠つてしまふよ。今日は疲れてもうものも云へないからね。その代り、明日からこのまま居候をさせて貰ふかもしなれいが、いいかねあんたは？」

「ええ、お好きなまでここにゐてよ。その代り、汚いことは汚いわ。明日になつて明るくなればみんな分ることだけど。」

「汚いのは僕はちつともかまはないんだが、もうここから動くのは、だんだんいやになつて來た。迷惑なら迷惑だと今の中に云つてくれ。」

「いいえ、あたしはちつともかまはないわ。だけど、ここは參木さんなんか、ゐらつしやれるところぢやないわよ。」

參木は自分のお杉に云つたことが直ぐそのまま明日から事實になるものとは思はなかつた、だが、事實になればなつたで、それも良からうと思ふと彼は云つた。

「しかし、一人ゐるより、今頃こんな露路みたいな中ぢや、二人でゐる方が氣丈夫だらう。それとも、お杉さんが僕の家へ來てゐるか、どつちにしたつてかまはないぜ。」

參木は何とお杉が返事をするであらうと思つて待つてゐると、彼女は默つたまま、またしくしく暗がりの中で泣き始めた。參木はお杉がお柳の家で初めてそのやうに泣いたときも、いま自分が云つたと同樣な言葉を云つて、お杉を慰めたのを思ひ出した。しかも、自分の言葉を信じていく度毎に、お杉はだんだん不幸に落ち込んでいつたのだ。

しかし、彼がお杉を救ふ手段としては、あのときもこのときも、その言葉以外にはないのであつた。生活の出來なくなつた女を生活の出來るまで家にをいてやることが惡いのなら、それなら自分は何をして良いのであらう。ただ一つ自分の惡かつたのは、お杉を抱きかかへてやらなかつたことだけだ。だが、それはたしかに、惡事のうちでも一番惡いことにちがひなかつたと參木は思つた。

抱くといふこと、——それは全くどんなに惡からうとも、お杉にとつては抱かぬよりは良いことなのだ。それにしても、まアお杉を抱くやうになるまでには、自分はどれだけ澤山なことを考へたであらう。

しかも、それら數々の考へは、盡く、どうすればお杉を、まだこれ以上虐め續けていかれるであらうかと考へてゐるのと、どこ一つ違つたとこはないのであつた。

「お杉さん、こちらへ來なさい。あんたはもう何も考へちや駄目だ。考へずにここへ來なさい。」

參木はお杉の方へ手を延ばした。すると、お杉の身體は、ぼつてりと重々しく彼の兩手の上へ倒れて來た。しかし、それと同時に、水色の皮襖《ピーオ》を着た秋蘭が、早くも參木の腕の中でもう水水しくいつぱいに膨れて來た。

お杉は喜びに滿ち溢れた身體を、そつと延ばしてみたり縮めてみたりしながら、もう思ひ殘すことも苦しみも、これですつかりしまひになつたと思つた。明日までは、もう眠るまい。眠るといつかの夜のやうに、——ああ、さうだ、あの夜はうつかり眠つてしまつたために、闇の中で自分を奪つてしまつたものが、參木か甲谷か、とうとうそれも分らずじまひに今日まで來たのだ。しかも、その夜はそれは最初の夜なのだ。あれから今日まで、あの夜の男はあれは參木か甲谷か、甲谷か參木かと、どれほど毎日毎夜考へ續けて來たことだらう。しかし、今夜は、——今夜もあの夜のやうに部屋の中は眞暗で、參木の顏さへまだ見ないことまでも同樣だが、しかし、今夜の參木だけは、これはたしかに本當の參木にちがひない。でも、あの夜の參木が、もしあれが本當の參木なら、今夜のこの參木とは何と違つてゐるのであらう。あの夜の參木は、もつと胸巾が狹くて、せつかちで、長長と踠くやうに足が長くて、溫度までも低かつた。——

お杉は眠つてゐる參木の身體のここかしこを、まるで處女のやうに恐わ恐わ指頭で壓えていきながら、ああ、明日になつて早く參木の顏をひと眼でも見たいものだと思つた。すると、お柳の浴場の片隅から、いつも自分がうつとりと見てゐた日の、參木のいろいろな顏や肩が浮んで來た。しかし、間もなくそれらの參木の白白とした冷たい顏も、忽ち夜毎夜毎に自分の部屋へ金を落としていく客達の、長い舌や、油でべつたりひつついた髮や、堅い爪や、胸に咬みつく齒や、ざらざらした鮫肌や、阿片の匂ひのした寒い鼻息などの波の中でちらちらと浮き始めると、彼女は寢返り打つて、ふつと思はず歎息した。しかし、もし明日になつて參木が部屋の中でも見廻したら、何と彼は思ふであらう。南の窓の下の机の上には、蘇州の商人の置いていつた××××抗州人形や、水銀劑や、枯れ凋んだサフランや、西藏産の蛇酒の空瓶が竝んでゐるし、壁には優男の役者の黄金畫の畫が貼つてあるし、いや、それより、何より參木の着てゐるこの蒲團は、もう男達の首垢で今はぎらぎら光つてゐるのだ。しかも、敷布はもう洗濯もせず長い間そのままだ。——

お杉は蒲團の中からそつと脱け出すと、手探りながら抗州の人形と蛇酒と水銀劑とを押入の中へ押し込んだ。それから、抽出から香水を取り出して蒲團の襟首へ振り撒くと、また靜に參木の胸へ額をつけて圓くなつた。しかし、もうこんなにしてゐられることは、恐らく今夜ひと夜であらう。さう思ふと、お杉は街の騷動が一日も長く續いてくれるやうにと念じないではゐられなかつた。明日になつて、日本の陸戰隊が上陸して來ればいつものやうに街はまた平靜無事になることだらう。さうすれば參木もここから出ていつて、もう再びとはこんな所へ來ないであらう。——お杉は參木の匂ひを嗅ぎ溜めてをくやうに大きく息を吸ひ込むと、ふと、お柳の家を首になつた夜の出來事を思ひ出した。そのときは、お柳は何ぜとも分らずいきなりお杉の襟首を引き摑つていつて、湯氣を立てて横たはつてゐる參木の胸の上へ投げつけたのだ。お杉はそのまま浴場に倒れて泣き續けてゐると、またお柳はお杉を引き摺りながら出ていつた參木の後から追つかけて、もう一度彼の上へ突き飛ばした。しかし、その參木が、ああ、今は自分のここにゐるのだ、ここに。——あのときから今までに、自分は幾度この參木のことを思ひ續けたことだらう。ああ、だけど、今參木はここにゐるのだ、ここに。——自分はあの夜、參木の家へ泣きながらとぼとぼいつて、誰もゐない火の消えた二階をいつまでぼんやりと眺めてゐたことであらう。それに漸く參木が歸つて來たと思つたら、それは參木ではなくつて甲谷であつた。あの甲谷は自分を二階へ上げて、ひとり勝手に寢てしまつて、自分もうつかりつり込まれてそのまま眠つてしまつたらその夜中、甲谷は不意に眞暗な中で自分を奪つたのだ。しかし、眼が醒めて朝になると、寢臺の上には參木と甲谷とが寢てゐるではないか。それまで自分を奪つたものを甲谷だとばかり思つてゐたのに、それに參木もそこに竝んでゐるとは、ああどちらがどうだか全く分らなくつてしまつて、今日まで自分は苦しみ續けて來たのである。だが、今自分のここには參木がゐるのだ。いくら今夜もそのときのやうに眞つ暗だとはいへ、これこそまごふ方なき參木にちがいなからう。しかしお杉は參木があのときそれ限り歸らずに、自分を殘して家を出ていつてしまつた日の、ひとりぼんやりと泥溝の水面ばかり眺め暮してゐた佗しさを思ひ出した。そのときは、あの霧の下の泥溝の水面には、模樣のやうに絶えず油が浮んでゐて、落ちかかつた塗喰の横腹に生えてゐた靑みどろが、靜に水面の油を舐めてゐた。その傍では、黄色な雛の死骸が、菜つ葉や靴下やマンゴの皮や、藁屑と一緒に首を寄せながら、底からぶくぶく噴き上つて來る眞黑な泡を集めては、一つの小さな島を泥溝の中央に築いてゐた。――お杉はその島を眺めながら、二日も三日もただぢつと參木の歸つて來るのを待つてゐたのだ。――しかし、明日から、もし陸戰隊が上陸して來て街が鎭まれば、またあの日のやうに、自分はぼんやりとし續けてゐなければならぬのだらう。そのときには、ああ、またあのざらざらした鮫肌や、くさい大蒜の匂ひのした舌や、べつたり髮にくつついた油や長い爪や、咬みつく突がつた亂杭齒やが――と思ふと、もう彼女はあきらめきつた病人のやうに、のびのびとなつてしまつて天井に擴つてゐる暗の中を眺め出した。

文學クオタリイ

2

文學クオタリイ社

午前

横光利一

お杉は朝起きると二階の欄干に肱をついて、下の裏通りののどかな賑はひをぼんやりと眺めてゐた。
堀割の橋の上では、花のついた菜つ葉をさげた支那娘が、これもお杉のやうに、ぢつと橋の欄干から水の上を眺めてゐた。その娘の裾の傍で、いつもの靴直しが、もう地べたに坐つたまま、靴の裏に食ひつくやうに齒をあてて、釘をぎゆうぎゆう抜いてゐた。その前を、背中いつぱいに胡弓を背負つて賣り歩く男や、朝歸りの水兵や、車に搖られて行く姙婦や、よちよち赤子のやうに歩く纒足の婦人などが、往つたり來たりした。

　しかし、橋の下の水面では、橋の上を通る人々が逆さまに映つて動いていくだけで、凹んだ罐や、蟲けらや、ぶくぶく浮き上る眞黑なあぶくや、果實の皮などに取り卷かれたまま、蘇州からでも昨夜下つて來たのであらう、小舟が一艘割木を積んだまま、べつたり、泥水の上にへばりついたやうに停《とま》つてゐるだけであつた。

　お杉は小舟の中で老婆がひとり縫物をしてゐるのを見ると、急に日本にゐた自分の母親のことを思ひ出した。お杉の母親は、まだお杉が幼い日のころ、彼女ひとりを殘しておいて首を縛つて死んだのだ。お杉はそれからの自分が、どうしてこの上海まで流れて來たか、今は彼女の記憶も朧げであるが、親戚の者のいつたところを考へ合せると、父は陸軍大佐で、演習中に突然亡くなり、母一人の手でお杉が養はれてゐたところ、或る日恩給局からお杉の母へ下つてゐた今までの恩給は、不正當であつたから、その日まで下つた全部の恩給額を返却すべし、といふ命令を受けとつた。

勿論、お杉の母にとつて、その長い年月の恩給を返すことは、不可能なばかりではなかつた。これからだつて、恩給なくして生活することは出來ないのは分つてゐた。そのため、彼女の母は悲しみのあまり、自分の手で生命を絶つてしまつたにちがひなかつた。

「何も知らないものにお金をくれて、それをまた返せなんて、あんまりだわ、あんまりだわ。」

お杉はその母の不幸の日のことが、つい前日のことのやうに思はれると、のどかな朝の空氣が、一瞬の間、ぴつたり音響をとめて冷たく身に迫つた。

お杉は自然に涙の流れて來るのを感じると、自分がこんなになつたのも、誰のためだと問ひつめぬばかりに、さもふてぶてしさうに懐手をしたまま、ぢつと小舟の中の老婆を眺め續けた。

しかし、間もなく、老婆の背後の草の生えた煉瓦塀の上から泥溝の中へ塵埃がぱツと投げ込まれると、もうお杉の頭からは、忽ち母親の姿は消えてしまつて、夜毎に變る客達の顔が、次から次へと浮んで來た。すると、お杉は、泥溝の水面で、靜かにきりきりといつまでも廻つてゐる一本の藁屑を眺めながら、誰か親切な客でも選んで、一度日本へ歸つてみようかとふと思つた。もう彼女には日本の樣子が、今はほとんど何も分らなかつた。記憶に浮かんで來るものは、長々と立派な線を引いた城の石垣や、松の枝に鳴つてゐる風や、時雨の寒さうに降る村々の屋根の厚みや、山茶花の下で、咽喉を心細げに鳴らしてゐる鷄や、それから、人の顔のやうに、いつもぽつりと町角に立つてゐた赤いポストやが、ちらちらと、それもどこで見たとも分らぬ風景ばかりが浮かんで來た。

しかし、お杉の今からして眺めてゐる支那の街の風景は、日本とは違つて、何とのんびりしたものであらう。朝から人は働きもせず、自分と同樣、欄干からぼんやり泥溝の水の上を見てゐるのだ。水の上では、朝日がちらちら水影を橋の脚にもつらせた。縮れた竿の影や、崩れかけた煉瓦塀のさかさまに映つてゐる泡の中で、芥や藁屑が舟の櫂にひつかゝつたまま、ぢつと腐るやうにとまつてゐた。誰が捨てたとも分らぬ菖蒲の花が、黄色い雛鳥の死骸や布切れなどの中から、まだ生き生きと紫の花瓣を開いてゐた。

お杉はさうしてしばらく、あれやこれやと物思ひにふけつてゐるうちに、今日は少し早目から客を捜しに街へ出やうと思つた。それに、一度何より日本の鰤が食べてみたい。

——さうだ、今日はこれから市場《マーケツト》へ行かう。

さう思ふと急にお杉は元氣が出た。彼女は顏を洗ふと化粧をし、どこかの良家の女中のやうな風をして、籠を下げて買物に市場へ行つた。

市場は、もう午前十時に近づいてゐた。數町四方に擴がつてゐる三階建ての大コンクリートの中は、まだまだひつくり返るやうな賑ひであつた。花を賣る一角は、滿開の花で溢れた庭園のやうであつた。魚を賣る一角は、水をかひ出した池の底のやうなものであつた。お杉は、鱈や鱒の乾物で詰つた壁の中を通りぬけ、卵ばかり積み上つた山の間を通り、ひきち切つて來たばかりの野菜が、まだ匂ひを立てて連つてゐる下をくゞりぬけると、思はずはつとしてそこに立ち停つた。

彼女は前方に群がつてゐるスツポンの大槽の傍で、甲谷とお柳の姿を見たのである。

甲谷はまだお杉が處女の日、彼女の貞操を奪つてしまつた最初の男であつた。さうしてその傍に連れ立つてゐるお柳は、お杉がまだ春婦にならない日に、彼女の勤めてゐた浴場の店主である。

お杉は二人から見つけられない前に、こそこそと人の背後に隱れた。それからのお杉はもう買物どころではなくなつた。

彼女はお柳に店を首切られたその夜、行く所もないままに、いつも自分に親しみを見せてくれた參木の家へいつたのだが、そのとき家には參木がゐなくて、ひとり甲谷がゐたのである。彼女は甲谷の好意のままにそこでひと夜を泊らうと思つてゐると、不意に夜中になつて、眞暗な中でお杉は彼の毒牙にかかつたのだ。けれども、お杉が眼を醒して明りの下で部屋の中を見たときは、甲谷の横に參木も並んで眠つてゐた。――

お杉は下つてゐる蓮根や、砂糖黍《きび》の間をすり抜けて、甲谷とお柳の眼から逃げながらも、しかし、どうして自分は、こんなに二人から逃げねばならぬのかと考へた。惡いのは向ふ二人ではないか。自分は今こそ街の慰み物になつてゐる女だとはいへ、こんなにしたのは、そんなら誰だ。誰だ。――

お杉は雜踏した人の中で、口惜しさがぎりぎり湧き上つて來ると、思ひきつて二人の前へ、こちらからぬッと逆に現はれてやらうかと思つた。さうしたなら、どんなに向ふの二人は狼狽へることだらう。その二人の顏を見てやりたい。いつそ、それならさうしやう。――

お杉はまた男氣を出して、人波のなかを二人の方へ進んでいつた。しかし、お杉の來てゐるのを知らない二人も、それにつれて、章魚や、緋鯉や、鮟鱇や、鰌の滿ちてゐる槽を覗き覗き、だんだん、花屋の方へ廻つていつた。お杉は二人を見失ふまいと骨折つて、人人の肩に突きあたつたり、躓いたりしながら、漸く甲谷の後まで追つて來た。

しかし、さて二人と顏を合せて、どうするつもりであらうとお杉は思つた。何も今さらいふこともなければ、腹立たしさをぶちまけて、二人を思ふ存分毆りつけてやるわけにもいかないのだ。殊に、二人が自分を見て、ひやりとでもしてくれたら、まだ幾分腹立たしさも納まるであらうが、うつかりすると、二人がかりで今度は逆に、ひやかして來ないとも限らぬと思ふと、何よりお杉は、そのときの二人のにや〳〵した顏が、氣味惡くなつて來た。

それでも、お杉はしばらく、二人の後をつけ狙ふやうに歩きながら、甲谷の肩の肉つきや、ズボンの延びを眺めてゐた。

すると、ふと、彼女は參木の家で、夜中、不意に貞操を奪はれたあの夜の夢を思ひ出した。あのときは、頭を上げてどこまでもと迫つて來る白い波や、子供の群れや、魚の群が、入り變り立ち變り彼女を追つて來て眼を醒した　だが、あの夜の男は、あれは參木であらうか、甲谷だらうか。もしあの男が甲谷なら、――ああ、あの肩だ、あの胴だ。それに今はお柳と一緒に並びながら、自分の前で肩を押しつけ合つてゐるではないか。

お杉は袖口で口を壓えて、ぢつと甲谷を睥みながら、暫く二人の後を追つていつた。しかし、いつまで自分はこうしてゐるのだらう。──

お杉は甲谷があれからお柳にうまく食ひ入つて、自分が客から金を取るやうに、定めしお柳から巧みに金を捲き上げてゐるのであらうと思つた。それに自分は、──それなら自分も甲谷のやうに、今から客でも狙ふ方が、どんなに嫁ぎになるだらう。──お杉はさうしてやがて、里心が起つて來ると、また二人から放れて市場《マーケット》の外へ出ていつた。彼女は黄包車に乘つて大通りまで來ると、車を降りて、なるだけ外人の通りさうなペーヴメントの上を、ゆるりゆるりと腰を動かしながら、ときどき、視線を擦れ違ふ男の面に投げかけ投げかけ、橋の袂の公園の方へ歩いていつた。

しかし行きすぎるものゝうちで、耷間からお杉に視線をくれるやうなものは、誰もなかつた。ときたまあれば、肉屋の大きな俎の向ふで、庖丁を手にした番頭の光つた眼か、足を道の上へ投げ出して、恐わさうに阿片をひねつてゐる小僧か、お辭儀ばかりしてゐる乞食ぐらゐの眼であつた。

お杉は橋の袂まで來た。そこの公園の中では、いつものやうに各國人の賣春婦たちが、甲羅を乾しに巣の中から出て來てゐて、ぢつと靜かにものも言はずに塊つたまゝ陽を浴びてゐた。お杉もその塊りの中へ交ると、ベンチに腰かけて、霧雨のやうに絶えず降つて來るプラターンの花を肩の上にとまらせながら、ちよろちよろ昇つては裂けて散る噴水をみなと一緒にぼんやりと眺めてゐた。すると、女達の默つた顏の前で、微風が方向を變へるたびに、噴水から虹がひとり立ち昇つては消え、立ち昇つては消えて、勝手に華やかな騷ぎをいつまでも繰り返してだんだん正午へと近づいていくのであつた。

2

『上海』（書物展望社版）五・三〇事件に関連する本文（二三、三一〜三八、四〇）比較と異同

凡例

一、本書の本文比較では書物展望社版『上海』（昭和十年）を底本とし、そこから五・三〇事件に関連する部分（二三、三一〜三八、四〇）を抜粋した。冒頭にある二三などの数は、底本の章数を意味し、（ ）内は初出雑誌と改造社版の章を示した。

一、異同を示す記号①は初出雑誌『改造』（昭和三年〜六年）、『文学クオタリイ』（昭和七年）に掲載された作品を示し、記号②は改造社版（昭和七年）のものを示した。

一、傍線部は①または②が底本と異なる部分を示し、二重線は①と②に共通する部分を表した。

一、記号くはその部分に文字が挿入されることを示す。スペースの関係で挿入文字は記号くの上あるいは下に置かれる場合がある。

一、本文の異同では原文にある文字は出来るだけもとの字体を使用したが、一部異なるものも含まれる。また異同を示す部分は印刷の都合により読み仮名のルビは省略した。

一、本書に掲載した初出雑誌『改造』と『文学クオタリイ』は国立国会図書館及び日本近代文学館所蔵のものを使用した。

二三　（①掃溜の疑問二／②二三）

圓筒から墜落する瀧の棉。廻るローラー。奔流する棉の流れの中で《①②で、》工人達の夜業は始まつてゐた。岩窟のやうな機械の櫓が、風を跳ね上げながら《①②ら、》振動した。舞ひ上る棉の粉が、羽搏れた《〈①②か》羽毛のやうに《①②に、》飛び廻つた。噴霧器から噴き出す霧の中で《①②で、》ベルトの線《〈①戰》が霞み出した。噛み合ふ齒車の面前を、隊伍を組んだ絲の大群が《②が、》疾走《②送》した。

參木は高重につれられて梳棉部から練條部へ廻つて來た。繁つた鐵管の密林には《①②は、》霧が枝枝《①々》にからまりながら流れてゐた。雜然と積み重つたローラの山が《①②が、》その體積のままに廻轉した。

參木は突擊して來る音響に耳を塞いだ。する《①ナシ》と、捻ぢれた寒い《①②ナシ》氣流が《①②が、》無數の層を造つて《①②て、》鐵の中から迫つて來た。

高重は棉の粉を顔面に降らせながら、傍の女工《①工女》を指差して云つた。

「どうだ、これで一日、四十五錢だ。」

棉を冠つて群れ動く工女の肩が、魚のやうにベルトの瀑布の中で交錯した。搖れる耳環が《①②が、》機械の隙《②隙》間を貫いて光つて來た。

「君、あそこの隅にスラッピング《①スラツピング》があるだらう。その横で、ほら、こちらを向いた。」と高重は云ふと、急に《①ナシ》默つて橫《①り出し》を見た。

絡つたパイプの蔓の間から、凄艶な工女がひとり《①②り、》參木の方を睨んでゐた。參木は彼女の眼から《①②ら、》狙はれたピストルの鋭さを感じると《①②と、》高重に耳打ちした。

「あの女は、何者です。」

「あれは、君、こなひだ云つてた《①ナシ》共産黨の芳秋蘭さ。あの女が右手を上げれば、此の工場*の機械はいつぺんに停るんだ。ところが近頃、あの秋蘭はお柳の亭主一派と握手し出して來てね。なかなかしたたかものでたいへんだ。《①ナシ》」

「それが分つてゐる癖に、何ぜそのままにしとくんです。」

「ところ《①所》が、それを知つてるのは、僕だけなんだよ。實は、僕はあの女と競争するのが、《①ナシ》少々樂しみなんだ《①ナシ》。いづれあの女もやられ《①②殺さ》るに定つてゐるから、見てお給へ。」

參木は暫く芳秋蘭の美しさと闘ひながら《①②ら、》彼女の悠々たる《①②ナシ》動作を見詰めてゐた。汗と棉とが彼の首筋から《①條へ②筋へ》流れて來た《①②出し》。廻るシャフト《①シャフト》の下から、油のにじ《①ぢ》んだ手袋が延び出て來ると、參木の靴の間でばたばたした。高重は參木の肩を叩いて支那語で云つた。

「君、これで此の工場の賃銀《①金》は、外國會社のどこよりも高いんだ。それにも拘らず、また《①だ》一割増の要求さ《①なんだ》。僕の困るのも《①②も、》分るだらう。」

實は周圍の工女に聞かすがために、參木に云つた高重の苦しさを、參木は感じて頷いた。すると、高重は再び日本語で《①②で、》彼に向つて力をつけた。

「君、此の工場を廻るには、鋭さと《①ニヒリズム》明快さ《①正義》とは《①②は、》禁物だよ。ただ朦朧とした《①ナシ》豪快なニヒリズム《①悪》だけが《①②が、》機關車なんだ。いいか、ぐつと《①②勝てば官軍、負ければ賊軍。》押すんだ。考へちや駄目だぞ。《①②ナシ》」

二人は練條部から打棉部の方へ廻つて來た。廊下に積み上つた棉の間には、印度人の警官がターパン《①②バ》を竝べて隱れてゐた。

「參木君、此の打棉部には危險人物が多いから、ピストルに手をかけてゐてくれ給へ。」

圓弧を連ねたハンドルの群れの中で、男工達の動かぬ顏が流れてゐた。怒濤のやうな棉の高まりが《①②が、》機械を嚙んで慄へてゐた。參木はその逆卷く棉にとり卷かれると、いつものやうに思ふのだ。……《①②——》生産のための工業か、消費のための工業かと。《①②か、》さうして、參木の思想は《①②は、》その二つの廻轉する動力の間で、へたばつた蛾のやうに《①②に、》のた打つのであつた。《①②だ》彼は支那の工人には同情を持つてゐた。だが、支那に埋藏された原料は《①②は、》同情の故をもつて埋藏を赦すなら、どこに生産の進歩があるか、どこに《①②に、》消費の可能があるか。資本は進歩のために、あらゆる手段を用ひて、埋藏された原料を發掘するのだ。工人達の勞働が《①②が、》もしその資本の增大を憎むで首を縛りたい《①②ナシ》なら、反抗せよ、反抗を。《②——＞》

《＜①——》參木はピストルの把手を握つて工人達を見廻した。しかし、ふと、《①ナシ》また彼は考へた。《①、彼自身が、その工人達と同樣に、資本の增大を憎まねばならぬ一人であることを思ひ出した。と、彼の力は機械の中で崩れ出した。何を自分は撃たうとするのか、撃つなら、彼らの撃たうとするそのものだ。——所詮、彼は母國を狙つて發砲しなければならぬのだ。しかし、彼は考へた。》

――もし母國が、此の支那の工人を使はなければ、《①と。もし母國が支那の工人を使はなければ、》――彼に代つて使ふものは、英國と米國にちがひない。《<①のだ》もし英國と米國が支那の工人を使ふなら、日本は《①②は、》やがて彼らのために使用されねばならぬであらう。それなら、《①ナシ②――》東洋はもうお終ひだ。

參木は取引部へ到着した今日のランカシアーからの電文を思ひ出した。ランカシアーでは、英國棉の振興策を講じるため、工業家の大會が開催された。その結果、マンチェスター《①マンチエスター》の工業家の集團は、ランカシアーと共同して、印度への外國棉布の輸入に對し《①し、》關稅の引き上げを政府へ向つて要求した。

參木は此の英國に於けるマーカンチリズムの活動が、何を意味するかを知つてゐる。それは、明らかに《①②に、》日本紡績への壓迫にちがひない。《<①②のだ①②は、》彼らは支那への日本資本の發展が、着々として印度に於ける英國品――ランカシアーの製品のその隨《①唯》一の市場を襲つてゐることに、恐慌《①慌》を來してゐる。しかし、支那では、日本の紡績内に《①②に、》此の支那工人達《<①の》のマルキシズムの波が立ち上つてゐるのである。母國の資本は今は挾み擊ちに逢ひ出したのだ。參木には、ひとり喜ぶ米國人の顏が浮んで來た。さうして、より以上にますます喜ぶロシアの顏が。《①レセ・フエール》――レセ・フェールの顚落とマルキシズムの擡頭。その二つの風の中で、飛び上つてゐる日本の凧《①②昆蟲。》――參木は今はただピストルを握つたまま、ぶらりぶらりとするより仕方がないのだ。思考のままなら、《①ナシ》彼の狙つて擊ち得るものは、《<①最早》頭の上の空だけだ。《<①った》しかし、危險は、此の工場内にゐる限り、刻々彼自身に迫つてゐる。《<①のだ》何故に此の無益な冒險をしなければならぬのか。――

ただ自分の愛人の兄を守るためのみに。――彼は高重の肩を見る度に、彼から壓迫される不快さに搖すられて歩を進めた。

そのとき、河に向つた南の廊下が、眞赤になつた。高重は振り返つた。その途端、[①②と]窓硝子が連續して穴を開けた。

「暴從だ。」と高重[①彼]は叫ぶと、梳棉部の方へ疾走した。

參木は[①②も]高重の後から馳け出した。梳棉部では[①②は、]工女の悲鳴の中で、電球が破烈した。棍棒形のラップボート[①ラップボート]が[①②が、]飛び廻つた。狂亂する工女の群は、機械に挾まれたまま[②ま、]渦を卷いた。警笛が悲鳴を裂いて鳴り續けた。

參木は搖れる工女の中で暴れてゐる壯漢を見た。彼は白い三角旗を振りながら[①②ら、]機械の中へトップ[①トツプ]ローラー[①②ナシ]を投げ込んだ。印度人の警官は、背後からその壯漢に飛びつくと、ターバンを摺らして[①②て、]横に倒れた。雪崩[①②崩]れ出した工女の群は、出口を目がけて押しよせた。二方の狹い出口では、犇めき合つた工女達がひつ搔き合つた。電球は破裂[②烈]しながら、一つ一つと消えていつた。廊下で燃え上つた落棉の明りが[①②が、]破れた窓から電燈に代つて射し込んで來た。ローラの櫓は、格鬪する人の群に包まれたまま、輝きながら明滅した。參木は廊下の窓から高重の姿を見廻した。巨大な影の交錯する縞の中で、人々の口が爆けてゐた。棉の塊りは[①②は、]動亂する頭の上を[①②を、]躍り廻つた。礫が[①②ナシ]長測器に[く①②が礫]あたつて、ガラスを吐いた。カーデングマシンの針布が破れると、振り廻される袋の中から、針が降つた。工女達の悲鳴は、墜落するやうに高まつた。逃げ迷ふ頭と頭が、針の中で衝突した。噴霧器から流れる霧は、[①ナシ]どよめく人の流れのままにぼうぼうと《①、》流れてゐた。

廊下へ逃げ出した工女らは、前面に燃え上つた落棉の焔《①焔》を見ると、逆に、參木の方に《①②へ》雪崩《①②崩》れて來た。押し出す群れと、引き返す群れとが打ち合つた。と、その混亂する工女の渦の中から、彼は、閃めいた芳秋蘭の顏を見た。もし此の暴徒が《①②が、》工人達のなか《①中》から發したものなら、ど《く①②う》してそれほど彼女は困憊するだらう。參木は思つた。……《①②――》これは不意の、外からの暴徒の闖入にちがひない、《①ナシ》と。

參木は近づいて來た芳秋蘭を見詰めながら、廊下の壁に沿つて立つてゐた。すると、工女の群は參木を取り包んだまま、新しく一方の入口から雪崩《①②崩》れて來た一團と《①②と、》衝突した。參木は打ち合ふ工女の髮の匂ひの中で、揉まれ出した。彼は搖れながら《①②ら、》芳秋蘭の行衛《①②衛》を見た。彼女は悲鳴のために吊り上つた周圍の顏の中で、浮き上り、沈みながら《①②ら、》叫んでゐた。彼は彼を取り卷く渦の中心を《①②を、》彼女の方へ近づけようと焦《①や》り始め《①②出し》た。火は落棉から廊下の屋根に《①②に、》燃え擴つた。吐け口を失つた工女の群は《①渦①②は、》非常口の鐵の扉へ突きあたつた。が、扉は一團の塊りを跳ね返すと、更に焔《①焔》の屋根の方へ《①②へ、》搖れ返した。參木は最早や《①②や、》自分自身の危險を感じた。彼は此の渦の中から逃れて場内の暴徒の中へ飛び込まう《①ふ》とした。しかし、彼の兩手は《①②は、》押し詰《①詮》めた肩の隙《②隙》からも拔けなかつた。背後から呻き聲の上る度每に、彼の頭はひつ騷かれた。汗を含んだ薄い着物が、べとべとしたまま吸ひつき合つた。彼は再び芳秋蘭を捜して見《①②み》た。振り廻される劉髮の波の上で《①②で、》刺さつた花が狂ふやうに逆卷いてゐた。焔《①焔》を受けて煌《②輝》めく耳環の群團が、腹を返して沸《①噴》き上る魚のやうに沸騰した。と、再び揺り返しが、彼の周圍へ襲つて來た。彼は突然、急激な振幅を身に感じた。面前の渦の一角が陥沒した。人波がその凹んだ空間へ、將棋倒しに倒れ込んだ。新しい渦巻の暴風が暴れ始めた。飛び上つた身體が、背中へ辷り込んだ。起き上つた背中の上へ、背中が落ちた。すると、參木の前の陷沒帶の波の端から芳秋蘭の顔が浮き上つた。參木は弛んだ背中の間をにじりながら、彼女の方へ延び出した。彼は彼女の肩へ顎をつけた。しかし、彼の無理な動搖は、彼の身體を舟のやうに傾かせた。彼は背後からの壓力を受け留めることが出來なかつた。彼は斜めに肩と肩との間へ辷り込んだ。續いて芳秋蘭の身體が崩れて來た。彼は彼女を抱いて起き上らうとした。すると、上から人が倒れて來た。彼は頭を蹴りつけられた。身體が振動する人の隙間を狙つて沈んでいつた。彼は秋蘭を抱きすくめた。腕が足にひつかかつた。沓が脇の下へ刺さり込んだ。しかし、參木には、最早や背中の上の動亂は過去であつた。二人は海底に沈んだ貝のやうに、人の底から浮き上る時間を待たねばならなかつた。彼は苦痛に抵抗しながら身を竦めた。秋蘭の頭は彼の腹の底で藻騒き出した。彼の意識は停止した音響の世界の中で、針のやうに秋蘭に向つて進行した。

非常口が開けられると、渦巻いた工女は廣場の方へ殺到した。倒れた頭が一つづつ起き上つた。參木は起き上らうとして膝を立てた。秋蘭は彼の上衣に摑まつたまま叫んだ。

「足が、足が。」

彼は秋蘭を抱きかかへると‖①②と、廣場の方へ馳けていつ‖①②出した。

三一　（①持病と彈丸　七／②三〇）

高重の工場では、暴徒の襲つた夜以來、ほとんど《①②殆》操業は停つてしまつた《①②止され》。しかし、反共産派《①、、、》の工人達は《①は、》機械を守護して動かなかつた。彼らは共產派《①、、》の指令が來ると《①②と、》袋叩きにして河へ投げた。工場の内外では、共產派《①、、》の宣傳ビラと反共派《①、、、》の宣傳ビラとが、風の中で鬪つてゐた。

高重は暴徒の夜から參木の顔を見なかつた。もし參木が無事なら《①②ら、》顔だけは見せるにちがひないと思つてゐた。だが、《①ナシ》それも見せぬ。――

高重《①參木》は工場の中を廻つて見た《①②み》。運轉を休止した機械は《①②は、》昨夜一夜の南風のために錆びついてゐた。工人達は默々とした機械の間で、やがて襲つて來るであらう暴徒の噂のために《①②に、》蒼ざめてゐた。彼らは列を作つた機械の間へ虱のやうに挾まつたまま《①②ま、》錆びを落した。機械を磨く金剛砂が濕氣のために、ぼろぼろ《①ばらばらに》と紙から落ちた。すると、工人達は口々《①口》にその日本《①、、》製のやくざな《①ナシ》ペーパーを罵りながら、靜つたベルトの掛けかへ《①返》を練習した。綿《①棉》は彼らの周圍で、今は始末のつかぬ吐瀉物のやうに濕りながら、いたる所に塊つてゐた。

高重は屋上《①②階》から工場の周圍を見廻した。驅逐艦から閃めく探海燈が層雲を浮き出しながら《①②ら、》廻つてゐた。黑く續いた炭層の切れ目には、重なつた起重機の群れが刺さつてゐた。密輸入船の破れた帆が、眞黑な翼のやうに傾いて登つていつた。そのとき、炭層の表面で、襤褸の群れが這ひながら、滲み出るやうに黒々と擴がり出した。探海燈がそれらの脊中の上を疾走すると、襤褸の波は扁平に、べたりと炭層へへばりついた。

來たぞ、と高重は思つた。彼は脊を低めて階下へ降りようとした。すると、倉庫の間から、聲を潜めて馳けてゐる黒い一團が、發電所のガラスの中へ辷つていつた。それは逞しい兇器のやうに急所を狙つて進行してゐる恐るべき一團にちがひないのだ。高重はそれらの一團の背後に、芳秋蘭の潜んでゐることを頭に描いた。彼はそれらの計畫の裏へ廻つて出没したい欲望を感じて來た。彼らは何を欲してゐるのか。ただ今は、工場を占領したいだけなのだ。――

高重は電鈴のボタンを押した。すると、見渡す全工場は眞黑になつた。喚聲が内外二ヶ所の門の傍から湧き起つた。石炭が工場を狙つて飛び始めた。探海燈の光鋩が廻つて來ると、塀を攀ぢ登つてゐる群衆の背中が、蟻のやうに浮き上つた。

高重は彼らを工場内に引入れることの寧ろ得策であることを考へた。這入れば袋の鼠と同様である。外から逆に彼らを閉塞すればそれで良いのだ。もし彼らが機械を破壊するなら、損失はやがて彼らの上にも廻るだらう。――彼は階段を降りていつた。すると、早や場内へ雪崩れて來た一團の先頭は、機械を守る一團と衝突を始めてゐた。彼らは叫びながら、胸を垣のやうに連ねて機械の間を押して來た。場内の工人達は押し出された。印度人の警官隊は、銃の臺尻を振り上げて《①②て、》押し返した。格闘の群れが《①②が、》連つた機械を浸食しながら、奥へ奥へと進んでいつた。すると、《①②ナシ》豫備室の《く①②品》錠前が《①②が、》引きち切られた。場内《①②外》の一團は《①②は、》その中へ殺到すると、棍棒形のビッキングステッキ《①ビッキングステッキ》を奪ひ取つた。彼らは再びその中から溢れ出すと、手に手に、その鐵の棍棒を振り上げて新しく襲つて來た。

①「、、、を倒せ。」　①「、、、を倒せ。」

　彼らは精紡機の上から、格闘する人の頭の上へ《①②へ、》飛び降りた。木管が、投げつけられる人の中を、飛び廻つた。ハンク・メーターのガラスの破片が、飛散しながら《①②ら、》裸體の肉塊へ突き刺さつた。打ち合ふラップボート《①ラップボート》の音響と叫喚に攻め寄せられて、次第に反共産《①、、、》派の工人達は崩《①②崩》れて來た。

　高重は電話室へ馳け込むと、工部局の＊警察《①②官》＊隊へ今一隊の增員を要求した。彼は引き返すと、急に消えてゐた工場内の電燈が明るくなつた。瞬間、《①②ナシ》はたと混亂した群集は《①②衆は、》停止した。と、再び、怒濤のやうな喚聲が、湧き《①②張り》上つた。

高重は《①②は、》まだ浸入されぬ《く①②の》ローラ櫓を楯にとつて、《①②ると》頭の上で唸る礫を防ぎながら、警官隊の來たことを報らすために《①②ナシ》叫んだ《①②び出した》。

①②「警官隊だ。ふん張れ、機關銃だ。」

　しかし、それと同時に、周圍の窓ガラスが《①が、》爆音を立てて崩《①②崩》壞した。すると、《①②ナシ》その黒々とした巨大な穴の中から、一團の新しい群衆が《①敵群①②が、》泡のやうに噴き上つた。彼らは見る間に機械の上へ飛び上ると、礫や石炭を機械の間へ《①、、、、、、、、、、。》投げ込んだ。それに續いて、彼らの後から陸續として飛び上る群衆は、間もなく機械の上で盛り上つた。彼らは破壊する目的物がなくなると、社員目がけて雪崩れて來た。

①「、、、を、倒せ。」①「、、を潰せ。」

①團々と膨脹して來る群衆の勢力に、

反共派の工人達は、この團々と膨脹して來る群衆の勢力に卷き込まれた。彼らは群衆と一つになると、新しく群衆の勢力に變りながら、逆に社員を襲ひ出した。社員は今はいかなる抵抗も無駄であつた。彼らは印度人の警官隊と一團になりながら、群衆に追ひつめられて庭へ出た。すると、行手の西方の門から、また一團の工人の群れが襲つて來た。彼らの押し詰つた團塊の肩は、見る間に塀を突き崩した。と、その倒れた塀の背後から、兇器を振り上げた新しい群衆が、忽然として現れた。彼らの怒つた口は鬨の聲を張り上げながら、社員に向つて肉迫した。腹背に敵を受けた社員達は最早や動くことが出來なかつた。今は最後だ、と思つた高重は、仲間と共に拳銃を群衆に差し向けた。彼の引金にかゝつた理性の際限が、群集と一緒に、バネのやうに伸縮した。と、その先端へ、亂れた蓬髪の海が、速力を加へて殺到した。同時に、印度人の警官隊から銃が鳴つた。續いて高重達の一團から、——群集の先端の一角から、叫びが上つた。すると、その一部は翼を折られたやうにへたばつた。彼等は引き返さうとした。すると後方の押し出す群れと衝突した。彼らは圓弧を描いた二つの黒い潮流となつて、高重の眼前で亂動した。方向を失つた脊《②背》中の波と顔の波とが、廻り始め《①出し》た。逃げる頭が塊つた胴の中へ、潜《①潜》り込んだ。倒れた塀に躓いて人が倒れると、その上に盛り上つて倒れた人垣が、暫く流動する群衆《①②人波》の中で、黒々と停つて動かなかつ《①ゐ》た。反共産派《①、、、》の工人達は、此の敗北しかけた共産《①、、》系の團流を見てとると、再び爪牙を現はして彼らの背後から《①②ら、》飛びかかつた。轉がる人の上を越す足と、起き上る頭とが、同時に再び絡つて倒れると《①②と、》這ひ廻つた。踏まれた蓬髪に傾いた頭が、疾風のやうに駈《①②馳》ける足先に《①②に、》蹴りつけられた。ラップ《①ツピ》ボートが、投槍のやうに飛び廻つた。石炭が逃げる群集の背後から《①②ら、》投げつけ《②ナシ》られた。擴大して《①②と、散》散る群集の影が倉庫の角度に従つて變りながら、急速に庭の中から消えていつた。

　工部局の機關銃隊が工場の門前に到着した時は、早や彼らの姿は一人として見えなかつた。ただ《①ゞ》探海燈の光鋩が空で廻る度毎に、血潮《①、、》が土の上から、薄黒く痣のやうに浮き上つて來るだけだつた。

三二　（①ナシ／②三二）

顔をぽつてり熱てらせながら《②ら、》山口はトルコ風呂から外へ出た。彼はこれからお杉の所へいつて、夜の十二時までを過して來ようと考へたのだ。しかし、彼は歩いてゐるうちに、長く東京にゐた《②ナシ》アジヤ主義者の同志、印度人のアムリのゐる寶《②寶》石商の前へ來てしまつた。彼はアムリがゐるかどうかと覗いてみた。すると、アムリは客を送り出して商品臺へ戻つたところで、背中を表へ見せたまま《②ま、》支那人の小僧に何事か大聲で怒鳴つてゐた。怒鳴る度に、アムリの黒い首の皮膚が、眞白な堅い《②ナシ》カラー《②ア》に食ひ込まれて弛《②垂》みながら《②ら、》搖れ動いた。

山口はここでアムリと話し《②に物をいつ》たら、今夜は、《②ナシ》お杉に逢ふことの《②は》出來なくなるのを感じ《②と思つ》た。しかし、そのときは、早や、彼はアムリに聲をかけてすで《②もう》に近よつてしまつてゐる後であつた。

「おう。」アムリは堂々とした身體を振り向けると、寶《②寶》石臺の厚ガラスに片手をついて、山口と握手をしつつ《②ながら》明瞭な日本語で云つた。

「しばらく。」

「しばらく。」

「ときに、どうも飛んだことになつたぢやないか。」と山口は云つて手を放した。

「左様、なかなか込み入つて來ましたね。今度は支那もよほど擴げる見込みらしい。」

「あなたは李英朴に逢ひましたか。」

「いや、まだだ。李君に逢はうと思つても《②も、》行衞《②衛 く②全く》が不明でね。」アムリは山口に椅子をすすめて對座すると、白い齒並の中から、金齒を一枚強くきらきらと光らせながら云つた。

「今度の事件はなかなか厄介で困つたね。東洋紡の日本社員は、最初發砲して支那人を殺したのは印度人だと頑強にいつてるが、ああいふことを頑強に云はれては、われわれもいつまでも默つちやゐられなくなるからね。」

「しかし、あれはまア、發砲したのが日本人であらうと印度人であらうと、押しよせて來たのは支那人なんだから、誰だつて發砲しようぢやないかね。文句はなからう。《②ナシ》」

「それはさうだが、さうだとしたつて、罪を印度人に負はせる必要はどこにもないさ。」

「しかし、あれは君、檢視してみたら彈丸が印度人のと日本人のとが這入つてゐたといふので、何んでも今日あたりからいままでの排日が、排英に變つていくさうだ。それなら、君だつて贊《②賛》成だらう。」

アムリは入口の闇に漂つてゐる淡靄の中で、次から次へと光つて來る黄包車*の車輪を眺めながら、笑つて云つた。

「われわれは支那人の排英にはもう贊《②賛》成しませんね。支那人に出來るのは、排支だけだ。」

「廢止か。」山口はアムリの大きな掌で壓へられてゐるガラス臺の下の寳《②寶》石類を覗き込んだ。

「君、これは皆、印度から來たんかね。」

「いや、違ふ。泥棒からだ。」

「それぢや、ひとつ貰つたつて、かまはんね。」

「良ろしい。どうぞ。」とアムリは云つて寶《②寶》石臺の戸を開けた。山口は中につまつてゐる印度製の輝いた麥藁細工の黑冡《②象》をかきのけると、お杉にひとつと思つて、アメシストの指環を抜きとつた。

「君、これは贋物ぢやなからうね。」

「いや、それは分らぬ。」とアムリは云つた。

「それぢや貰つたつて、有難《く②り》かないぢやないか。」

「だから、金五ドルさ。」アムリは掌を山口の方へ差し出した。

「贋物のくせに、君はまだ金をとらうといふのかね。」

「それが商賣といふものだよ。おい、君、五ドル。」

山口は五ドルを出すと、指環を自分の指に嵌めながら云つた。

「今夜からは、わしだけは排印だ。」

「僕をこんなにしたのは、これは英國さ。」

「英國と云へば君、此の頃の英國はまたなかなかやりよるぢやないか。君の國の國民會議派も危いね。」

「危い。」とアムリは平然として云つた。《②ナシ》

「君はどうだ。會議派がもし分裂すればどちらになるんだ。まさか君の御大のジャイランダスまで共産黨*にくらがへするんぢやなからうね。大丈夫かい。」

「それは分らん。この頃みたいにヤワハラル・ネール*が鞍がへするとなると、ジャイランダスだつて、そのままにはゐられまい。」とアムリは云つた。

「しかし、今頃から鞍がへするなんて、《②ナシ》ヤワハラルもあんまり山を張りすぎる《②無鐵砲》ぢやないか。」

アムリは默つて戸口の方を眺めたまま答へなかつた。山口は印度から詳細な通知が、もうこのアムリに來てゐるにちがひないと思つて袖を引いた。

「ヤワハラルの鞍がへは、英國の壽命を五十年延ばしてやつたのと同然だよ。君はどう思ふ。」

「僕もさう思ふ。」とアムリは答《②云つ》へた。

「それなら、君の敵はまた一つ增えたわけぢやないか。」

「增えた。」

「今頃、同志が苦しんで英國と鬪つてゐるときに、く《②いつか》青年の力を借りなければならぬからといつて、わざわざ君らを背後から襲ふといふのは、分裂してゐる印度を一層分裂させるやうなものだ。君らは印度を改革しようとするんぢやなくつて、今日からは守備につかねばならんのだ。目的が變つて來てゐる。今度は君らは改革される番ぢやないか。」

しかし、アムリは前方の靄の中を眺め續けたまま、急激に起つて來たこの祖國の新しい混亂に疲れたかのやうに、いつまでも默つてゐた。

「君、その後の通知はまだ印度から來ないのかね。」

「來ない。」とアムリは答へ《②云っ》た。

「それぢやよほど今頃は混亂してるんだな《②ナシ》。」

「しかし、共產黨が印度にも起り出したところで、われわれはその共產黨と鬪ふ必要はない。共同の目的はどちらにしたつて英國だ。」

山口はアムリから自國の困憊を押し隱さうとしてゐる薄弱な見榮を感じると、ふと、同時に彼も振り向くやうに、日本に波打ち上つてゐる思想の火の手を感じないではゐられなかつた。

「君、印度に共產黨が起れば、《②ナシ》今まで獨立運動に資金を出してゐた資本家が、英國と結びついてしまふぢやないか。さうしたら、會議派の條件は永久に葬られるより仕樣があるまい?」

「それはさうかもしれないが、しかし、支那でも資本家は共産黨と結託して排外運動を起してゐるんだから、印度もそこは、ジャイランダスとヤワハラルにまかしておくより仕方があるまい。」

アムリは時計を仰ぐと、〔<②大聲で小僧に云つた。〕

「おい、店をしまへ。」と大聲で小僧に云つた。〔②ナシ〕

「しかし、それにしたつて、印度からこちらの海岸線が、〔②ナシ〕さう無暗に共産化してどうなるんだ。われわれの大アジヤ主義もヨーロッパと戰ふことぢやなくつて、これぢや共産軍と戰ふことだ。」

「ロシアだ。曲者は。」とアムリは云ふと、窓のカーテンを引き降ろした。續いて小僧は表の大戸を音高く引き降ろした。

「此の分だと君ら〔②××〕のミリタリズムは、當然ロシアと衝突せずにはをられまい。」とアムリは云つた。

〔<②××の〕「ミリタリズムがロシアと衝突すれば、君、印度はどうする?これは一番問題だぞ。」と山口は刺し返した。〔②ナシ〕

「さうすれば印度は當然分裂さ。ヤワハラルの此の頃の勢力は、青年の間ではガンヂー以上だから大變だよ〔②ナシ〕。」

「さうすると君の大將のジャイランダスはどうなるんだ。」

「ジャイランダスはあくまで英國と闘ふさ。問題はまだまだ山のやうにある。國防軍の統帥權と、經濟上の支配權、印度公債の利權賦與と鹽專賣法の否定運動、それに何より政治犯人の控訴權の獲得だ。君、全印國民會議執行委員三百六十名の中、七十六パーセントの二百七十人は現在獄中にゐるんだからね。いづれにしたつて、《②ナシ》これはこのままぢやゐられぬさ。牢獄は正義の士でいつぱいだ。もう五年、五年間待つてくれ、やつてみせる。」

アムリは内ポケツ《②ッ》トから謄寫版ですつた用紙を出し《②て云つ》た。

「これは先日ラホールの同志から來た印度總督攻撃の名文だが、なかなか近頃にない名文だ。——鹽税に關して我々のなしたところの、げに穩健着實なる提案に對し、總督の採りたる態度は、怪しむべき政府の眞情を暴露する。目もくらむばかりのシムラの高原に閑居する全印度の統治者が、平原に住む餓ゑたる數百萬の苦腦を理解し得ざるは、我々にとつては恰も日を仰ぐがごとく明瞭である。然も彼らは、數百萬民衆の不斷の勞苦の庇護によつて、シムラの閑居が可能ではないか。」

「君、そりや、共産黨の文句ぢやないか。ラホールももう危いのかい?」と山口は云つた。

アムリは用紙から眼を上げると、山口の顔を見て云つた。

「君には何んでも共産黨に見えるんだね。そんなに共産黨が恐くちや、大アジヤ主義もお終ひだよ。《②ナシ》」

「まア、何んでも良いから今夜は《②お終ひだ。》出よう。」

「出よう。」

山口は先に表へ出ると、アムリも後から帽子を取つてついて出ていつ《②ナシ》た。

②そのとき、山口は今まで忘れてゐたお杉のことを思ひ出すと、

②「これは失敗つた。」と聲を上げた。もう今夜は、お杉のところを彼は見合さねばならぬのだ。

三二 〔①持病と彈丸　八／②三二〕

海港からは、擴大する罷業につれて急激に棉製品が減少した。對日爲替が上り出した。銀貨の價値が落つこちると、〔①ナシ〕金塊相場が續騰した。歐米人の爲替ブローカーの馬車の群團は、一層その速力に鞭をあてて銀行間を馳け廻つた。しかし、金塊の奔騰するに從つて、海港には銀貨が充滿し始めた。すると〔①ナシ〕市場に於ける棉布の購買力が上り出した。外品の拂底が續き出した。紐育とリバプールと大阪の棉製品が昂騰した。

參木は此の取引部の掲示板に表れた日本内地の好景氣の現象〔②象〕に興味を感じた。〔①が、不思議であつた〕邦人會社が苦しめられると、〔①、、、、、、、、、、〕逆に大阪〔①ナシ〕が儲け出したのだ。それなら、支那では——〔①ナシ〕支那に於ける參木の邦人紡績會社では、久しく倉庫に溜つた殘留品までが飛び始めた。

勿論、此の無氣味な好況に齊しく恐怖を感じたものは、取引部だけではなかつた。交易所では、俄に買氣が停ると、賣手がそれに代つて續出した。すると、俄然として〔①ナシ〕棉布が一齊に暴落し始めた。印度人の買占團が横行した。しかし、海港からなほますます減少する棉製品の補充は、不可能であつた。さうして、罷業紡績會社の損失は、罷業時日と共に、漸く增進し始めた。然も、操業停止の期間内に於ける賃金支拂ひの承諾を、工人達に與へない〔①ざる〕限り、なほ依然として罷業は續けられるにちがひないのだ。——〔①ナシ〕

この罷業影響としての棉製品の缺乏〔①亡〕から、最も巨利を占〔①締〕めたのは、印度人の買占團と、支那人紡績の一團であつた。支那人紡績は、前から久しく邦人會社に壓迫せられてゐたのである。彼らは邦人紡績に罷業が勃發すると同時に、休業してゐた會社さへ、全力を擧〔①上〕げて機械の運轉を開始し始めた。罷業職工内の熟練工が〔①②が、〕續々彼らの工場へ奪られ出した。國貨の提唱が始つた。日貨の排斥が行はれた。さうして、支那人紡績會の集團は、今こそ支那に、初めて資本主義の勃興を企畫しなければならぬ機會に遭遇したのだ。彼ら集團は自國の國産を奬勵する手段として、彼らの資本の發展が、外資と平行し得るまで、ロシアをその胸中に養はねばならぬ運命に立ちいたつた。何ぜなら、支那資本は最早やロシアを食用となさざる限り、彼らを壓迫する外國資本の專政から脫出することは、不可能なことにちがひないのだ。支那では、かうして共産主義の背後から、此の時を機會として資本主義が駈〔①②馳〕け昇らなければならなかつた。

此の支那資本家の一團である總商會の一員に、お柳の主人の錢石山が混つてゐた。彼は日本人紡績會社に罷業が起ると、彼らの一團と共に策動し始めた。彼らは支那人紡績〔①②ナシ〕に資金を增した。排日宣傳業者に費用を與へた。同時に罷業策源部である〔①たる〕總工會*に秋波を用ひることさへ拒まなかつた。さうして、此の支那未曾有の大罷業が、どこからともなく押し寄せた風土病のやうに、その奇怪な翼を刻々に擴げ出したのだ。今や海港には失業者が滿ち始めた。無賴の徒が共産黨の假面を冠つて潛〔①潜〕入した。秘密結社が活動した。

>
①「、、、を倒せ。」②「××人を倒せ。」
①「、、を潰せ。」②「××を潰せ。」
①②「われら中國の幸福のために。」

街路の壁や、辻辻〔①々〕の電柱や、露路〔①地〕の奥にまで日本人に反抗すべしといふ宣單《①②ナシ》が貼られ始め《①出し》た。總工會の本部からは、彼らに應ぜしめる電報が、各國在留支那人に向けて飛び始めた。

此の騷ぎの中で、高重《①、、》ら一部の邦人と、工部局屬《①、、、、、、》の印度人警官の發砲した彈丸は、數人の支那工人の負《②負》傷者を出したのだ。その中の一人が死ぬと、海港の急進派は一層激しく暴れ出した。彼らは工部局の死體檢視所から死體を受けとると、四ヶ所の彈痕が盡く日本人の發砲した《①、、、、、、、、、、の②××人の發砲した》彈痕だと主張し始めた。總工會幹部と罷業工人三百人から成る一團が、棺を擔いで、殺人糾明のため工場へ押しかけた。しかし《①が》、彼らはその門前で警官隊から追はれると、漸く棺は罷業本部の總工會に納められた。

高重《①、、》は自身たち《①ナシ》の作つた一つの死體が、次第に海港の中心となつて動き出したのを感じた。支那工人の團結心は、一個の死體のために、ますます鞏《①强》固に塊まり出したのだ。彼はその巧みな彼らの流動を見てゐると、それが盡く芳秋蘭一人《①ナシ》の動きであるかのやう《①ナシ》に見えてならぬので《①②なか》あつた。間もなく彼女は數千人の工人を引きつれて《①②て、》八方に活動するにちがひない。――

しかし、見よ、と彼は思つた。

――今に、彼女が活動すればするほど、彼女に引き摺り廻される工人の群れは《①②は、》餓死していくにちがひないのだ。

――

總工會に置かれた死亡工人の葬儀は、附近の廣場で盛大に行はれた。參木の取引部へは、刻々視察隊から電話が來た。

②それがいちいち掲示板に書きつけられた。

①②――葬儀場には五百餘流の旗が立つた。

①②――参加團體は三十有餘、無慮一萬人の會葬者あり。

①②――棺柩を包んで激烈なる、、《②××》演説輻輳す。工場を襲ふは遲くも今夕であらう。

①②――所々に、、、《②×××》との衝突あり、、、、《②検束者》十數名に及ぶ。

①②――學生隊は、、、《②検束者》を奪はんとし、、、、、、、、《②××》を襲ふ。

①②この報告と同時に、別動隊からの報告も混つて來た。

①②――ムルメイン路三〇九＊、露人共産黨書記官、チエ《②ェ》ルカツ《②ッ》ソフ宅にて會合あり、《②。》集るもの、同士ポノマレンコ、宣傳部長クリウエンコ、地方共産黨員ペルソン、シプロフキー《②スキー》、ストヤノウイツ《②ッ》チ、支人、クン・ヅー・ミン、及び、チヤ《②ャ》イニーズ・メデイ《②ィ》カル・スクールの學生多數あり《②ナシ》。

①②參木に向けては、各國市場から電報が舞ひ込んだ。

①②――ワシントン丸、ハンブルグより出帆、棉品四百噸積込。

①②――リバプールよりリマ丸出發、貨物一千噸。

①②――ボンベイより博多丸、棉花二千八百噸、積出帆。

①②——綿布三百俵、寧波學生團妨害のため、揚荷不能。

①②此れらの電報に混つて日本實業團體の應援電文が、續々と殺到〔②暗號で殺到〕した。

①②—大日本紡績聯合會。當會より數名上京。昨日外務省に交渉す〔②す。〕——

①②—日本工業倶樂部。外務、農商務〔②商工〕省に警告の必要を認め、其手配完了す〔②す。〕——

①②—京都商業會議所。大阪〔<②商業〕會議所と共に協同努力しつつあり、その後の速報を俟つ〔②待つ。〕——

①②—神戸商業會議所。外務當局並〔②竝〕に貴地總商會に應急處置方打電す。——

①②—大阪商業會議所。政府に對し、機宜の措置を執られ度き旨建議し、併せて貴地總務商會に本問題解決の爲め斡旋方依賴せり〔②り。〕——

①②—東京商業會議所。外務大臣に會見、政府に於ても斷乎たる措置決心にて、北京〔②中国〕政府に對し、强硬なる抗議、その他適切なる手段を講ず。遠からず鎭壓する見込〔②ナシ〕なる旨回答あり、〔②。〕——

①②參木は電文に現れた、、、、、、〔②母國の動搖〕を感じると、今更ながら、芳秋蘭一派の進行に驚きを感じ出し〔②て來〕た。

三四　（①持病と彈丸　九／②三四）

襲擊された邦人《①、、》の噂《①②が、》が日日市中を流れて來た。邦人《①、、》の貨物が掠奪されると、燒き捨てられた《①、、を扱ふく》。支那商人が《①が、》先を爭つて安全《①ナシ》な共同租界*へ逃げ込んだ。租界の旅館が滿員を續けて溢れて來ると、それに從つて《①②出した。》租界の地價と家賃が暴騰した。親日《①、、②××》派の支那人は檻に入れられ、獸のやうに市中を引き摺り廻された。何者とも知れぬ生首が所々の電柱にひつかけられると、鼻から先に腐つていつた。

參木は視察を命ぜられると、時々支那人に扮裝して市中を廻つた。彼は芳秋蘭を見たい慾《①欲》望を壓へることに、だんだん困難を感じて來た。彼は危險區劃に近づくことによつて、急激な疲勞を感じると、初めて鼻藥を盛られた鼻のやうに生き生きと刺《①戟》激を感じるの《①②だけ》であつた。

その日は、參木はいつものやうにパーテルで甲谷と逢はねばならなかつた。彼の歩く道の上では、夏に近づく蒸氣《①反射》がどんよりと詰つて《①激しく空氣の動搖を起して》ゐた。乞食の襤褸の群れを、房のやうに附着させた建物の間から、驅逐艦の鐵の胴體《①尻尾》が延び出て居《①搖れてゐ》た。無軌道電車が黃包車の群れを追ひ廻しながら、街角に盛《く①②り》上つた果物の中へ首を突つ込むと、動かなかつた。參木は街を曲つた。すると《①ナシ》、その眞直ぐに延びた街區の底で、喚く群集が詰《①詮》りながら《①②ら、》旗を立てて流れてゐた。それは明らかに日本《①、、②××》の工場を襲つて追ひ散らされて來《①ナシ》た群衆の一團であつた。彼らの長く延びた先頭は、警察《①、、②××》の石の關門*に嚙まれてゐた。

①②「われらの同胞を救へ。」

①②「檢束者を奪へ。」

群衆《①②集》のその長い列は、檢束者を奪ふために《①②ナシ》次第に嚙まれた頭の方向へ縮りながら《①②ら、》押し寄せた。石の關門は竈の口のやうに、群衆《①②集》をずるずると飲み込んだ。と、急に、群衆《①②集》は吐き出されると、逆に參木の方へ雪崩《①崩雪②雪崩》れて來た。關門からは、竝んだホースの口から、水が一齊に吹き出したのだ。水に足を掬はれた旗持ちが、石の階段から轉がり落ちた。ホースの筒口が、街路の人波を掃き洗ひながら《①②ら、》進んで來た。停車した辻《く①々》の電車や建物の中から、街路へ人が溢れ出した。警官隊に追はれた群衆《①②集》は、それらの新たな群衆《①②集》に止められると、更に一段と膨脹した。一人の工人が窓へ飛び上つて叫び出した。

①②「諸君、團結せよ。同胞は殺されたのだ。われわれは①、、②××に向つて復讐しつつある。然も、われわれを壓迫するものは、×國官憲に變つて來た①。②、

彼らを倒せ。」

①②云ひ終ると、彼は

彼は激昂しながら同胞の殺されたことや、壓迫するものが英國官憲に變つて來たことを叫んでゐるうちに、突然腦貧血を起して石の上へ《①へ、》卒倒した。群衆はどよめき《①②動搖》立つた。宣單が人人の肩の隙間《②隙》を、激しい言葉のままで飛び歩いた。幟が群衆の上で振り廻された。續いて一人の工人が建物の窓へ飛び上ると、また同じやうに英國の官憲を罵《①②ナシ》

①②※「諸君、中國を思へ。われわれは×國から、いかなる虐待をされ續けたか。彼らは中國の咽喉を締める。彼らはわれわれからパンを奪ひ、武器を奪つた。われわれ中國四億の民衆の顔を見よ。今や中國は彼らのために、餓死するであらう。然も、われらが中國のために立たんとするとき、常にわれらを妨害するものは、×國の官憲である。」

り叫んだ《①②び出したく①②※》。すると、近かづいた官憲《<①②×國》が、彼の足を持つて引き摺り降ろした。群衆の先端で濡れてゐた幟の群れが、官憲の身體に巻きついた。

①②「×國人を倒せ。」

その勢ひに乗じて再び動き始めた《①②ナシ》群衆は、口口に叫びながら《①②ナシ》工部局《①②ら、①、、、②×××》へ向つて殺倒した。ホースの筒口から射られる水が、群衆をひき裂くと《①ナシ》、八方に《①いて》吹き倒した。人の波の中から街路の切石が一直線に現れた。礫の渦巻が《<①と、》巡羅官《①、、、②×××》の頭の上で《①②で、》唸り飛んだ《①②出した》。高く竝《①並》んだ建物の窓窓《①々》から、河のやうなガラスの層が青く輝きながら、墜落した。

①②「×國人を倒せ①、②。」

①②「外人を倒せ①、②。」

も早や《①②ナシ》群衆は中央部の煽動に完全に乗り上げた。さうして口口に外人を倒せと叫びながら、《①②喊聲を上げながら、》再び警察《①、、②××》へ向つて肉迫した。爆ける水の中で、群衆の先端と巡羅《①、、②××》とが《①②が、》轉がつた。しかし、大厦の崩《①②崩》れるやうに四方から押し寄せた數萬の群衆は、忽ち格闘する人の群れを押し流した。街區の空間は今や巨大な熱情のために、膨れ上つた。その澎湃とした群衆の膨脹力はうす黒い街路のガラスを押し潰しながら、關門へと駈け上らうとした。と、一齊に關門の銃口が、火蓋を切つた。群衆の上を、電流のやうな數條の戰慄が駈け廻つた。瞬間、聲を潛めた群衆の頭は、突如として悲鳴を上げると、兩側の壁へ向つて捻ぢ込んだ。再び壁から跳ね返された。彼らは彈動する激流のやうに、卷き

①②「×國人を、倒せ。」①②「×國人を。」①②しかし彈丸は金屬であつた。銃聲の連續する度に、（②「」ナシ）群衆の肉體は（②ただ）簡潔に貫かれた。

返しながら、關門めがけて襲ひかかつた。このとき參木は商店の凹んだ入口に押しつめられたまま、水平に高く開いた頭の上の廻轉窓より見えなかつた。その窓のガラスには、動亂する群衆が總て逆樣に映つてゐた。それは空を失つた海底のやうであつた。無數の頭が肩の下になり、肩が足の下にあつた。彼らは今にも墜落しさうな奇怪な懸垂形の天蓋を描きながら、流れては引き返し、引き返しては廻る海草のやうに搖れてゐた。參木はそれらの廻りながら垂れ下つた群衆の中から、芳秋蘭の顏を搜し續けてゐたのである。すると、彼は銃聲を聞きつけた。彼は震動を感じた。彼は跳ね起るやうに、地上の群衆の中へ延び上らうとした。が、ふと彼は、その外界の混亂に浮き上つた自身の重心を輕蔑する氣になつた。いつもむらむらと起る外界との闘爭欲が、突然持病のやうに起り出したのだ。彼は逆に、落ちつきを奪ひ返す努力に緊張すると、彈丸の飛ぶ速力を見ようとした。彼の前を人波の川が疾走した。川と川との間で、飛沫のやうに跳ね上つた群衆が、衝突した。旗が人波の上へ、倒れかかつた。その旗の布切

れが《①②が、》流れる群衆の足にひつかかつたまま、建物の中へ吸ひ込まれ《①や》ようとした。《①②と、く①ふと》そのとき、《①②芳く》彼は秋蘭の姿《①②ナシ》をちらりと《①②ナシ》見た。彼女は旗の傍で、《①ナシ》工部局屬の支那の《①、、》羅卒に腕を持たれて引かれていつた《①②ゐ》。しかし《①と》、忽ち流れる群衆は、參木の視線を妨害した。彼はその波の中を突き抜けると、建物の傍へ駈《①②馳》け寄つた。秋蘭は巡羅《①、、》の腕に身をまかせたまま、彼の眼前で靜に周圍の動亂を眺めてゐた。すると《①ナシ》、彼女は彼を見た。彼女は笑つた。彼は胸がごそりと落ち込むや《①②ナシ》うに俄に冷たい死を感じた。《①②冷たいく》彼は一刀の刄《②刃》のやうに《①②に、》躍り上ると、その羅卒《①、、》の腕の間へ身をぶち當てた。彼は倒れた。秋蘭の駈《①②馳》け出す足が――彼は襲ひかかつた肉塊《①、、、、》を蹴りつけると《①②と、く①と、》跳ね起きた。彼は銃の臺尻に突き衝つた。が、彼は新しく流れて來た群衆の中へ飛び込むと、再びその人波と一緒に流れていつた。――

それは殆ど鮮かな一閃の斷片にすぎなかつた。小銃の反響する街區では、群衆の巨大な渦卷きが、《①ナシ》分裂しながら、建物と建物の間を、交錯する梭のやうに駈《①②馳》けてゐた。

參木は自身が何をしたかを忘れてゐた。駈《①②馳》け廻る群衆を眺めながら、彼は秋蘭の笑顔の釘に打ちつけられてゐるのである。彼は激昂してゐるやうに、《①ナシ》茫然としてゐる自分を感じた。同時に彼は自身の無感動な胸の中《①ナシ》の洞穴を意識した。《①②ナシ》――遠くの窓からガラスがちらちら瀧《①②ナシ》のやうに落ちてゐた。彼は足元で彈丸を拾ふ乞食の頭を跨いだ。すると、《①ナシ》彼は初めて、現實が視野の中で、《①ナシ》強烈な活動を續けてゐるのを感じ出した。しかし、依然として襲ふ淵のやうな空虚さが、《①ナシ》ますます明瞭に彼の心を沈めていつた。彼は最早や、《①ナシ》爲すべき自身の何事もないのを感じた。

彼は一切が馬鹿げた踊りのやうに見え始めて來るのであつた。《①②ナシ》すると、《①ナシ》幾度となく襲つては退いた死への魅力が、煌めくやうに彼の胸へ滿ちて《①②始め》來た。彼はうろうろ周圍を見廻して《①す》ゐると、《く①街路の眞中に立ち停つて放尿した。》死人の靴を奪つてゐた乞食が、ホースの《①跳ね返る》水に眼を打たれて飛び上つた。參木は銅貨を摑んで遠くの死骸の上へ投げつけた。乞食は敏捷な鼬のやうに、ぴよんぴよん《①ナシ》死骸や負《②員》傷者を飛び越えながら《①ると》、散らばつた銅貨の上を這ひ廻つた。參木《①彼》は死と戯れてゐる二人の距離を眼で計つた。《く①と、》彼は外界に抵抗してゐる自身の力に《①に、》朗らかな勝利を感じた。同時に《①ナシ》、彼は死が錐のやうな鋭さをもつて迫めよる《①②ナシ》のを皮膚に《く①②ひしひし》感じると、再び銅貨を摑んで滅茶苦茶に投げ續けた。乞食は彼との距離を半徑にして死體《①ナシ》の中を廻り出した。彼は擴がる彼の意志の圓周を、動亂する街路の《①の、》底から感じた。すると、《①②ると、》初めて未經驗なす《①②斬られるや》さまじい《うな》快感にしびれて來《①出し》た。《く①と、》彼は今は自身の最後の瞬間へと辷り込みつつある速力を感じた。彼は眩惑する圓光の中で、次第にきりきり舞ひ上る透明な戰慄に打たれながら、にやにや笑ひ出した。すると、不意に彼の身體は、後ろの群衆の中へ引き摺られた。彼は振り返つた。《く①と、》

「ああ。《①、》」と彼は叫んだ。

彼は秋蘭の腕に引き摺られてゐたのである。

「さア、早く《①く、》お逃げになつて。《①、》」

參木は秋蘭の後に從つて駈《②馳》け出した。彼女は建物の中へ彼を導くと、エレベーターで五階まで駈《①②馳》け昇つた。二人はボーイに示された一室へ這入つた。〔<①と、〕秋蘭は彼をかか〔①、〕へると、いきなり激しい呼吸を迫らせてぴつたりと〔①ナシ〕接吻した。

「ありがたうございましたわ。あたくし、あれから、もう一度あなたにお眼にかか〔①、〕れるにちがひないと思つてをりましたの。でも、こんなに早く、お眼にかか〔①、〕らうとは思ひませんでした。」

參木は次から次へと爆發する眼まぐるしい感情の音響を、ただ〔①、〕恍惚として聞いてゐたにすぎなかつた。秋蘭は忙しさうに窓を開けると下の街路を見降ろした。

「まア、あんなに官憲〔<①×國の〕が。——〔①ナシ〕御覽なさいまし、あそこであなたにお助けしていただ〔①ゞ〕いたんでございますわ。あなたを狙つてゐたもの〔①、、②××〕が發砲したのも、あそこですの。」

參木は秋蘭と竝〔①並〕んで下を見た。壁を傳つて昇つて來る硝煙の匂ひの下で、群衆〔②集〕は最早や最後の一團を街の一角へ吸ひ込ませてゐた。眞赤な裝甲車〔①機關銃〕の背〔①脊〕中が、血痕やガラスの破片を踏みにじり〔①ナシ〕ながら、〔①そのく〕穴を〔①の〕開けて〔①いた〕靜まつて〔①かな〕しまつた街區の底をごそごそと〔①ナシ〕怠るさうに辷つていつた。

參木は彼の闘爭してゐたものが、ただ〔①ゞ〕その眞下で冷然としてゐる街區にすぎなかつたことに氣がついた。〔<①と、〕彼は自身の痛ましい愚かさに打たれると、惡感を感じて身が慄へた。

參木は彈力の消え盡した眼で、〔①②ナシ〕秋蘭の顔を見た。それは曙のやうであつた。彼は彼女が彼に與へた接吻のしめや〔①密度〕かさを思ひ出した。しかし、それは何かの間違ひのやうに空虚な感覺を投げ捨てて〔①、〕飛び去ると、彼は云つた。

「もう、どうぞ、僕にはかまはないで、あなたのお急《①忙》ぎになる所へいらつして下さい。」

「ええ、有りがたうございます。あたくし、今は忙がしくつてなりませんの。でも、もう、あたくしたちの集る所は、今日は定つてをりますわ《①ナシ》。それより、あなたは《①は、》今日はどうしてこんな所へお見えになつたんでございますの《①②ナシ》。」と秋蘭は云つて參木の肩へ胸をつけた。《①ナシ②と秋蘭は云つた。》

「いや、ただ《①゛》僕は、今日はぶらりと來てみただけ《①゛》です。しかし、あなたのお顔の見える所は、もう《①ナシ》たいてい僕には想像が出來るんです。」

「まア、そんなことをなさいましてよ《①すわ》。これからは、なるだけどうぞ、お家にいら《①ゐ》して下さいまし。今はあたくしたちの仲間の者は、あなた《①、、の》方には何をするかしれませんわ《①ナシ》。でも、今日の工務局の發砲《①②官憲》は、日本の《①、、の②×××》方にとつては、幸福だつたと思ひますの。明日からは、きつと中國人の反抗心が英國人《①②×》に向つていく《②變つて》にちがひありませんわ《①②ナシ》。それにもう直ぐ、工務局は納稅特別會議*を召集するでございませう。工部局提案の關稅引上げの一項は、中國商人の死活問題と同様です。あたくしたちは極力これを妨害して流會させなければなりませんの。」

「では、もう、《①ナシ①、、》日本工場の方の問題は、このまま《①、》になるんですか。」と參木は訊ねた。《①ナシ②と參木は云つた。》

「ええ、もうあたくしたちにとつては、罷業より英國《①②×》の方が問題です。今日の工部局の發砲を《①、、》默認してゐては、中國の國辱だと思ひますの。武器を持たない群衆《①②集》に發砲したといふことは、發砲理由がどんなに完全に作られまして《①作成されようとも、②作られようとも》

も英國《①②×》人の敗北に定つてゐます。御覧なさいまし、まア、あんなに血が流されたんでございますもの。今日は此の下で、幾人中國人が殺害されたか知れませんわ。」

　秋蘭は窓そのものに憎しみを投げつけるやうに、窓を突くと部屋を歩いた。參木は秋蘭の切れ上つた眦から、遠く隔絶した激情を感じると、同時にますます冷たさの極北へ移動していく自身を感じた。すると《①ナシ》、一瞬の間《①ナシ》、急に秋蘭の興奮した顔が、屈折する爽やかなスポーツマンの皮膚のやうに、《①ナシ》美しく見え始めた。彼は今は秋蘭の猛々しい激情に感染することを願つ《①ひ出し》た。彼は窓の《①から》下を覗いてみた。――なるほど、血は流れたまゝに溜つてゐた。しかし、誰が彼らを殺したのであらうか。彼は支那人を狙つた支那警官の銃口を思ひ出した。それは、確に〈《①②×國》工部局の命令したものに違ひなかつた。だが、それ故に支那を侮辱した怪漢が、支那人でないと、どうして云ふことが出來るであらう。參木は云つた。

「僕は、今日の中國の人人《①々》には御同情申し上げるより《①②り、》仕方がありませんが、《①②ん。》しかし、《②けれども》それにしたつて、《①ましても》工部局《①×國》官憲の狡さには、――《①。》」

　彼はさう云つたまま《①②ナシ》黙つた。彼は支那人をして支那人を銃殺せしめた工部局の意志の深さを嗅ぎつけたのだ。

「さうです、〈《①②×國》工部局の老獪さは、今に始つたことぢやございませんわ。數へ立てれば、近代の東洋史はあの《①×》國の罪悪の滿載で、動きがとれなくなつて了ひます。幾千萬と云ふ印度人《①、、、》に飢餓を與へて殺したのも、《①は〈①×國の經濟政策です。》あたくしたち中國に阿片を流し込んで不具にした《<①②者》のも、あの國の《①×》經濟政策が《①ナシ》したのです。ペルシャ《①ペルシャ》も印度もアフガニスタンも馬來も、中國を毒殺するために《<①×國に》使用されてゐるのと同様です。あたくしたち中國人は今日こそ本當に反抗《①×國に、、②完全に反抗》しなければなりませんわ。」

憤激の頂點で、獨樂のやうに廻つてゐる秋蘭を見てゐると、參木は自分《①身》の面上を撫で《①手》上げられる逆風を感じて《①て、》横を見た。しかし《①が》、今は《①ふと》、彼は《①は、》彼女を落ちつかすためにも、何事かを饒舌らずにはゐられなかつた。彼は落ちつき拂つて云つた。《①してここでひそかに忿懣を爆發せしめてゐることが、やがて彼女に沈着な活動を與へるための、休息をさせつつあると云ふことに氣がついた。彼は云つた。》

「僕は先日、中國新聞のある記者から聞いたのですが、ここの英國《①×》陸戰隊を弱めるために、最近ロシアから一番《①は②ナシ》有毒な婦人が數百人輸送《<①の最も（②の一番）有毒な春婦が》されたと云ふことですよ《①ナシ》。此の話の眞僞はともかく《①としましても、僕は②としても》、此のロシアの老獪さはなかなか《<①※②※》注意すべきことだと思ひますね。」參木はかう云ひつつも、何を云ほふと思つてゐるのか少しも自分に分らなかつた。しかし、彼はまた云つた。「僕は今日のあなたの御立腹を妨害するために云ふんぢやありませんが、僕はただどんなに老獪なことも、その老獪さを無用にするやうな鍛練といひますか。——いや、こんなことは、もうよしませう。僕の云ふことは、何もありませんよ、あなたはもう僕を饒舌らさずに歸つて下さるといいんですがね《①、②ね、》。これ以上僕が饒舌れば、何を云ひ出すか知れない不安を感じるのです《①②ま》。どうぞ、もしあなたが僕に《<①に》何か好意《<①らしいもの》を持つてゐて下さるなら、《②ナシ<①今ここで、》歸つて下さい。さうでなければ、必ずあなたは無事でこのままゐられる筈がありませんよ。どうぞ。」

①僕があなたにお逢ひしてると、ますますあなたとは反對に死にたくなるだけです。いつたい、死んで何にになるんです。」
②僕があなたにお逢ひしてると、ますますあなたのお邪魔をするだけです。いつたい、あなたの　邪魔をして何になるんです。」

啞然としてゐる秋蘭の顔の中で、流れる秋波が微妙な細かさで〔①②ナシ〕分裂した。彼女の均衡を失つた唇の片端は〔①②で〕、過去の〔①ナシ〕愛慾の片鱗を〔①②が〕浮べながら痙攣した〔①②ながら出没した。〕。秋蘭は〔く①と、①②彼女〕彼に近づいた。〔①く〕すると、また〔①ナシ〕彼女はその睫に苦悶を伏せて接吻した。

彼は秋蘭の唇から〔①②ら、〕彼女の愛情よりも、輕蔑を感じた。〔く①②彼は云つた。〕

「さア、〔①②どうぞ、く〕もう、僕をそんなにせずに〔①憐れまずに、②そんなに憐れまずに〕歸つて下さい。あなたはお國を〔①速力〕お〔①ナシ〕愛しに〔①ナシ〕ならなければいけません。」と參木は〔①②ナシ〕冷く云つた。

「あなたはニヒリストでいらつしやいますのね〔①②ナシ〕。あたくしたちが、もしあなたのお考へ〔①ナシ〕になつてゐるやうなことに頭を使ひ始め〔①②用①②出〕ましたら、もう何事も出來ませんわ〔①②ただ負かされることだけに興味を感じてゐなければなりませんわ〕。あたくし、これから、まだまだいろいろな仕事をしなければなりませんのに。」

秋蘭は何かこのとき悲しげな表情で參木の胸に手をかけた。〔①②ナシ〕

「いや、誤解なさらんやうに。〔①②、〕僕はあなたを引き摺り降ろさうと企らんでゐるんぢやありませんよ。〔①ナシ〕ただどうしたことか、かう云ふ所であなたと御〔②ナシ〕一緒になつて了つたと云ふだけです。これはあなたにとつては御不幸かもしれません〔①です〕〔①しかし、その幸福さへも追ひ出さうと企んでゐる僕の苦心にまで、あなたが干渉なさるとは、斷じてあなたは出來ますまい。どうぞ、早く、歸つて下さい。②しかしその幸福さへも追ひ出さうと企んでゐる僕の苦心にまで、あなたが干渉なさることは、斷じてあなたには出來ますまい。どうぞ早く。〕が、僕には〔く①とつては、②とつちや〕、何よりこれで、〔①②ナシ〕もう幸福なんです。〔①②ナシ〕ただ僕には、もう希望がないだけです。どうぞ。」

參木はドアー〔①ナシ〕を開けた。

「では《①は、》今日はあたくし、このまま歸らせていただきますわ。《①ナシ》でも、もう、これであたくし《①ナシ》あなたに《①と》お逢ひ出來ない《〈①②か》と思ひますの。《①わ》」秋蘭はしばらく、出て行くことに躊躇しながら參木を仰いで云つた。《①②ナシ》

「さやうなら。」

「あたくし、失禮でございますが、お別れする前に、《①②ナシ》一度お名前をお聞きしたいんでございますけど。まだあなたはあたくしに、お名前も仰言つて下すつたことがございませんのよ《①わ》。」

「いや、これは。《①、》」

と《①ナシ》參木は云ふと《①ナシ　〈②しばらくの間》曇つた顔をして默つてゐた。《①ナシ　〈①が、彼は笑つて云つた。》

「僕は甚だ失禮なことをしてゐましたが、しかし、それは、《①②ナシ》もうこのままにさせといて下さい。《①②僕の近頃の上出來です。》名前なんかは、僕があなたのお名前さへ《①は、》知つてゐれば《①②ば、》結構です。どうぞ、もう《①ナシ》そのまま、——《①ナシ》」

「でも、それではあたくし、歸れませんわ。明日になれば、きつとまた市街戰が始まります。そのときになれば、あたくしたちはどんな眼に合はされるか知れませんし、《①ん。》あたくし、亡くなる前には、あなたのお名前も《①を》思ひ出してお禮をしたいと思ひますの。」

參木は突然襲つて來た悲しみを受けとめかねた。が、彼はぴしやりと跳ね返す扇子のやうに立ち直ると、默つて秋蘭の肩をドアー《①ナシ》の外へ押し出した。

「では、さやうなら。」

①ナシ

「では、あたくし、特別會議の日の夜、もう一度ここへ參りますわ。さやうなら。」

部屋の中で、參木はいつ秋蘭の足音が遠のくかと耳を聳ててゐる自身に氣がつくと、ああ、また自分はここで、

①ナシ　①また持病の發作が起つて來た。②自分はここで、今迄何をしてたのだらうと思つて、ぐつたりした。

〈①—或る長篇の第四篇

今迄何をしてたのだらうと、ただぐつたりと力がぬけていくのを感じるだけであつた。

①※の裏を流れる此の老獪さには敬意を表すべきだと思つてゐます。僕は中國の人々が、×國と鬪ふためには、先づ何よりも此れ以上の老獪さに對する鍛錬が、必要だと思ひます。勿論、僕がかう申し上げるのは、今日行はれたこの流血の慘事に對するあなたの公憤を、妨害するためではありません。僕はただいかなる老獪なことと雖も、もしそれが老獪であればあるほど、その老獪さを無用ならしめるがごとき新しい科學的精神の進行を、自身の中に感じなければならないと思つてゐるだけです。しかし、これも實はただ僕がマルキシズムとどれほど鬪つたかと云ふことを證明するだけで、いや、つまり僕の云ふことは皆嘘で出鱈目で、實の所、僕はただあなたを愛してゐるだけだと云ふことになるんですが、とにかく、何か云ふべきときには、少しは發音をしなければならないと云ふ習慣に從つたまでの話です。ここらあたりで

②※の裏を流れる此の老獪さは注意すべきことだと思つてゐます。僕は中國の人人が、英國と鬪ふためには、先づ何よりも此れ以上の老獪さに對する鍛錬が、必要だと思ひます。勿論、僕がかう申し上げるのは、今日のあなたの御立腹を妨害するためではありませんが、僕はただどんなに老獪なことと雖も、それは老獪であるなら老獪であるほど、その老獪さを無用ならしめるやうな、たとへば、——いや、そんなことぢやない。つまり、僕の云ふことは、何か云ふべきときには、とにかく少し發音をしなければならないと云ふやうな、ただ習慣に從つてゐるまでの話ですが、ここらあたりで

三五

（①海港章一／②三五）

市街戰のあつたその日から流言が海港の中に渦巻いた。殺戮《①暗殺②××》される外人の家の柱に白墨のマークが附いた。工務局では發砲《①復讐②××》のために大擧して襲ふであらう群衆《①②集》を豫想して、各國義勇團＊に出動準備を命令した。市街の要路は警官隊に固められた。拔劍《②劒》したまま駈《①②馳》け違ふ騎馬隊の間を、《①②ナシ》裝甲車が辷つていつた。義勇隊を乘せた自動車《②働》、それを運轉する外國婦人、機關銃隊の間を飛ぶ傳令。——市街は全く總動員の狀態に變化し始めた。警官はピストルのサッ《①サツ》ク《ク》を脫して騷ぐ群衆《①②集》の中へ潛《①潜》入した。すると、核をくり拔くやうに中からロシアの共產黨員が引き出された。辻辻《①々》の街路に立つて排外演說をする者が續出した。群衆《①②集》は警官隊の拔劍《②劒》の間からはみ出《①②食》してその周圍を取り包んだ。警官は鞭を振り上げて群衆《①②集》を追ひ散らさうとした。しかし《①が②だが》、群衆《①②集》はただげらげら笑つてますます增加して來る《①する》ばかりであつた。

參木は殆ど昨夜から眠ることが出來なかつた。彼は支那服を着たまま露路や通りを步いてゐた。彼はもう市街に何が起つてゐるのかを考へなかつた。ただ彼はときどきぼんやりしたフイルム《①映畫②フィルム》に焦點を與へるやうに、自分の心の位置を測定した。すると、遽に彼の周圍が音響を《②が》立て《②ち》始め、投石のために窓の壞れた電車が血を《①、》つけた《①て》まま街の中から辷つて來た。それはふと彼に街のどこかの一角で、《①ナシ》市街戰の行はれたことを響かせながら行き過ぎる。彼は再び彼自身が日本人であることを意識した。しかし、もう彼は幾度自身が日本人であることを知らされたか。彼は母國を肉體として現してゐることのために受ける危險が、このやうにも手近に迫つてゐる此の現象《①②象》に、突然牙を生やした獸の群《①成長》れを人の中から感じ出した。《く①と、》彼は自分の身體が、《①ナシ》母の體內から流れ出る光景と同時に、彼の今歩きつつある光景を考へた。その二つの光景の間を流れた彼の時間は、それは日本の時間《く①②肉體の》にちがひないのだ。そして恐らくこれからも。しかし、彼は自身《く①②彼》の心が肉體から放れて自由に彼に母國を忘れしめよ《①や》うとする企てを、《①ナシ》どうすることが出來るであらう。だが、彼の身《②肉》體は外界が彼を日本人だと强ひることに反對することは出來ない。心が闘ふのではなく、《①ナシ》皮膚が外界と闘はねばならぬのだ。すると、心が皮膚に從つて闘ひ出す。武器が街のいたる所で光つてゐる中を、《①ナシ》參木は再び歩きながら、武器《①、、》のためにますます自身を興奮《①、、、、、、、》させてゐる群衆《①②集》の顏を感じ《く①②出し》た。それらの群衆《①集は②集は、》は銃劍《②劒》や機關銃の金屬の流れの中で、個性を失ひ、その失つたことのためにますます膨脹しながら猛々しくなる《①、、、、、、、、、、、》のであつた。《①膨脹しながら猛々しくなるのであった》此の民族の運動の中で、しかし、《①ナシ》參木は本能のままに自殺を決行しよ《①や》うとしてゐる自分に氣がついた。彼は自分《①彼》をして自殺せしめる母國の動力を感じると同時に、自分《①彼》が自殺をするのか、《①②ナシ》自分《①彼》が誰かに《①②ナシ》自殺をせしめられるのかを考へた。しかし、何故に此のやうに自分《①彼》の生活の行くさきざきが暗いのであらう。自分《①②彼》は自分《①彼》の考へることが、自分《①自身》が自身で考へてゐるのではなく、自分《①彼》が母國のために考へさせられてゐる自身を感ず《①じ》る。最早や俺《①②彼》は《く①②彼》自身で考へたい。それは何も考へないことだ。俺《①②彼》が俺《①②彼》を殺すこと。《①——②。——》いや、總ては何んでもない。俺は孤獨に腹の底から腐り込まれてゐるだけなのだ。

此の彼のうす冷い孤獨な感情の前では、銃器が火薬をつめて街の中に潛んでゐた。群衆は排外の唾を飛ばして工部局の方へ流れていつた。道路の兩側に蜂の巣のやうに竝んでゐた消防隊のホースの口から、水が群衆目がけて噴き出した。その急流のやうな水の放射が、群衆の開いた口の中へ突き刺さると、ばたばたと倒れる人の中から、礫が降つた。辻辻の街路で、警官に守られてゐた群衆は騷ぎを聞くと、一齊にその中心へ向つて流れていつた。

參木はこれらの膨脹する群衆から脱れながら、再び昨日のやうに秋蘭の姿を探してゐる自分を感じた。彼は彼の前で水に割られては盛り返す群衆の鋳を見詰め、倒れる旗の傾斜を見、投げられる礫の間で輝く耳環に延び上つた。すると、ふと浮き上る彼の心は、昨日秋蘭を見る前と同様の浮沈を續け出すのを彼は感じると、やがてホースの水の中から飛び出るであらう彈丸をも豫想した。もしいま一度彈丸が發射されたら、此の海港の内外の混亂は何人と雖も豫想することが出來ないのだ。しかし、そのとき、群衆の外廓は後方で膨れる力に押されながら、ホースの陣列を踏み潰した。發砲が命令された。銃砲の音響が連續した。參木は崩れ出す群衆の壓力を骨格に受けると、今まで前進してゐた通路の人波に巻き込まれたまま逆流し始めた。その流れは電車を喰ひ留め、兩側の外人店舗に投石し、物品を掠奪しながら暴徒となつて四方の街路へ擴つていつた。參木の前の群衆は急に停止すると、一人の支那人を取り圍んで毆り出した。彼らは彼を「犬」だと叫んだ。彼らの叫んでゐる間に、もう「犬」は二つに引き裂かれて、手は一方の街へ流れる群衆《②集》の先端で高々と《く①》振り廻され、足はその反對の街路へ向つて群衆《②集》の角のやうに動いていつた。そのがくがく搖れて通る足の上方の二階では、抱き合つた日本《①、、》の踊り子達の踊る姿が窓の中で廻つてゐた。《①②ナシ》すると、その窓を狙つて、礫の雨が舞ひ込んだ。騎馬隊の警官が群衆《②集》に向つて駈《①②馳》けて來た。その後から新製の裝甲車が試射慾《①欲》に觸角を慄せ《く①は》ながら《①ら、》辷つて來た。道路に滿ちた群衆は露路の中へ流れ込むと、壓迫された水のやうに再びはるか向うの露路口に現れ、また街路に滿ちながら、警官隊の背後から嘲笑を浴びせかけた。

　これらの群衆は暫くは警官隊の騎馬の鼻さきを愚弄しながら、だんだん總商會のホールの方へ近づ《く①か》いていつた。そこでは、前から集合してゐた商會總聯合會と、學生團體との聯合會議が開催されてゐたのである。附近の道路には數萬の男女の學生が會議の結果を待つて群つてゐた。議題は學生團の提出した外人に對する罷市敢行の決議にちがひないのだ。もし此の會議が通過すれば、全市街のあらゆる機關は停止するのだ。さうして、恐らくそれは間もないことであらう。

　參木にはこれら共產黨と資本家團體との一致の會合が、二日の後に開催される外人團の納稅特別會議に對する威嚇であることは分つてゐた。しかし、それにしても、もしその日の納稅特別會議が——外人の手で支那商人の首を一層確實に締めつける關稅引上げの議案を通過させれば、——參木には、その後の市街の混亂は全世界の表面に向つて氾濫し出すにちがひないと思はれた。すると、新たに流れて來た群衆は再び發砲された憤激の波を傳へながら、會場の周圍の群衆へ向つて流れ込んだ。群衆の輪は一つの波と打ち合ふ毎に、動搖しながら會場の中へ波立つた。恐らくその波の打ち寄せる團々とした刺戟の度に、提出された議題はその輪の中心で、急速な進行を示してゐるにちがひないのであつた。

參木は前から此の群衆の渦の中心に秋蘭の潛んでゐるのを感じてゐた。しかし、彼はそのどこに彼女がゐるかを見るために、動搖する渦の色彩を眺めてゐたのである。彼の皮膚は押し詰つた群衆の間を流れて均衡をとる體溫の層を感じ出した。すると、彼は彼ひとりが異國人だと思ふ胸騷ぎに締めつけられた。彼は彼と秋蘭との間に群がる群衆の幅から無數の牙を感じると、次第にその團塊の中に流れた共通の體溫から、ひとりだんだんはじき出されていく自分を見た。

三六　（①海港章二／②三六）

參木が漸く群衆の中から放れて家へ歸ると、甲谷は先に歸つて待つてゐた。《①②甲谷は云つた。〈》「おい君、《①②ナシ》もう僕はここにゐたつて駄目だ。四五日すれば材木が着くんだが、着いたら宮子を連れてシンガポールへ逃げ出さうと思つてゐる。」と甲谷は疲れた眼を上げて云つた。《①②ナシ》

「それで宮子は承知したのか。」と參木は訊ねた。《①ナシ②と參木は云つた。》

「いや、承知はまだだ。材木の金がとれるか宮子が落ちるか、とにかくどつちか一つが駄目なら、俺は自殺だ。」

「それや《①ナシ②そりや》どつちも駄目だ。明日から銀行《〈①は》は《①も》危くなるのは定つてゐるんだ。」

「そんなら、自殺も出來んぢやないか。《①ないね》」

笑ふ後から滲み出る甲谷の困惑した顔色を、參木は默つて眺めてゐた。恐らく甲谷には參木の流れる冷たい心理の中へ足を踏み込むことは出來なかつた《①②ない》にちがひない。しかし、それとは《①②ナシ》反對に、參木は甲谷の健康な慾望《①②欲》の波動から、瞬間、《①②ナシ》久しく忘れてゐた《①ナシ②久しく忘れてゐた》物珍らしい過去の暖い日を幻影のやうに感じて來た《①出し》。すると、競子の顔が部屋の隅隅《①々》から現はれ《①②ナシ》出した。《〈①②甲谷は云つた。》

「とにかく、われわれはこうしてはゐられ《①②か》ない。何かしなければ《①②り》や。」と甲谷はうろうろしたやうに云つた。《①②ナシ》

「何をするんだ。」と參木は云つた。《①ナシ》

「それが分れば困りあ《①②や》しないよ。」

「君は宮子を落せばいいんぢやないか。」

「しかし、君はどうするんだ。」

「俺か。」

參木はもう一度秋蘭に逢ひたいだけだ。然もその可能は明後日に開かれる特別會議の夜だけに、かすかに盗見するほど《く①②のこと》であつた。しかし、參木はこ《①此》の混亂の中で、最後の望みがどちらも女を見たいと思ふ鋭い事實だと氣がつくと、突然、をかしさうに突き上げられて《①②ナシ》笑つた。《①ひ出した。彼は云つた②つて云つた》

「君、あの宮子を君は突き飛ばすことは出來ないのか。」

「出來ない。あの女は僕を突き飛ばしてゐるだけさ《①②だ》。あの女には僕はシンガポールの材木をすつかり食はれてしまはなきあ《①ア》、駄目らしいよ。《①②ナシ》」と甲谷は云つた。《①②ナシ》

「君が出て來たときには、フィリッピン《①フィリッピン》材を蹴飛ばさなきあ《①ア》歸らないと云つてたが、皮肉にも程度があるぞ。《①ナシ》もう僕は君にあの女をすすめるのはやめた《①いやだ》よ。あの子《①②女》は君の裏と表をすつかり《①ナシ》ひつくり返して了つてゐるぢやないか。《①②ナシ》」

「しかし《①いや》、ひつくり返つてゐるのは何《①ナシ》も俺だけぢやなからうぢやない《①ナシ》か《①ナシ》。此の街まで今は逆さまになつてゐるん《①②ナシ》だ。これぢや、俺ひとりでどう立ち上らうと知れ《①②ゐく》てるさ《①②ナシ》。とにかく、何んだつてかまうもんか、《①②ナシ》もういつぺん、俺《①いって②、俺も》はひつくり返つてくるまでだ。」

甲谷は重さうに立ち上ると、ポケット《①ポケット》から競子の手紙を出して出ていつた。その手紙の中には、帰らうとしてゐる競子を邪魔してゐるものは、《①ナシ》此の海《①開》港の混亂だと書いてあつた。

——歸れなくしたのは誰だ、と參木は思つた。すると、彼の日《①日》々見せつけられた暴徒の擴つた黒い翼の記憶の底《①中》から、芳秋蘭の顔が様々な變化を見せて現《①②ナシ》はれて來る《①出し》のであつた。

三七　（①海港章三／②三七）

宮子は甲谷に誘はれるままに車に乗つた。彼女は彼女を取り巻く外人達が、今は義勇兵となつて街街《①々》で活動してゐる姿を見たかつたのだ。しかし、甲谷はもう宮子《①彼女》に叩かれ續けた自尊心の低さのために、今はますます叩かれる準備ばかりをしてゐなければならなかつた。二人は車を降りた。河岸の夜の公園＊の中では、いつものやうに春婦らがベンチに竝《①並》んでうな垂れてゐた。毒のめぐつた白けた女達の皮膚の間から、噴水が舌のやうにちよろちよろ《①ナシ》と上つてゐた。甲谷は雨の上つた菩提樹の葉影を洩れる瓦斯燈の光りに、《①ナシ》宮子の表情を確めながら《①②ら、》結婚の話をすすめていつた《①出し》。

「もう僕は何もかも云つて了つて云ふことはないんだが、同じ云ふなら、もう一度云つたつて悪くはなからう。」

「いやだね、あんたは。《①まア、》さういつもいつも《①あなたは》、《①②ナシ》あたしばつ《①ナシ》かり《①②を》攻めなくたつて、良かり《①さ》さうなもんぢやないの《①だわね》。」

「それで實は、もう僕も何から何までさらけ出して話すんだが、ひとつ《①②つ、》頼むよ《①②ナシ》。」

宮子は甲谷の肩にもたれかかるとうるさまぎれに、《①②ナシ》もう毒毒しく笑ひ出《②つて云つ》した。

「あたし、あなたは嫌ひぢやないのよ。《①ナシ》だけど、さうあなたのやうに、いつもいつも同じことを云はれちや、あたしだつてをかしくなるわ。」

甲谷がベンチに腰を降ろすと宮子もかけた。甲谷は靴さきに浮ぶ支那船の燈火を蹴りながら、《く①②つけ》饒《く①②過去に》舌つた言葉の《く①石碑の》間をすり抜けよ《①や》うとして藻騒《①痒き出し②騒き出し》いた。すると、對岸に繋つたマストの林の中から、《く①②と、》急に搖れ上つた暴徒の一團《②が、》が、工場の中へ流れ込んだ。發電所のガラスが穴を開けた。銃口が窓の中で火花を噴いた。黒々とした暴徒の影が隣りの煙草工場の方へ流れていつた。海上からは對岸のマストを狙つて、モーターボートの青いランプの群れ《①②が、》が締《く①ぽ》るやうに馳け始めた。甲谷は此の遠景の騒ぎの中から、宮子の放心してゐる心をひき拔くやうに彼女を搖す《①②ナシ》つた。

「あちらはあちら、こちらはこちらだ。ね、君、君とかうして坐つて話《く①②かうして》してゐても、仕方がない《①②僕には君の舌ばかりより見えないんだが》から、もういい加減に僕を落ちつけて《①に安心させて》くれたつていいだらう。《①、②いいだらう。》とにかく、これからすぐ、僕のところへ行かう。」

「まア、あんなに煙が出たわ。御覧なさいよ。あれは英米煙草*だわ。もう此の街もお了ひだわ。」

「街なんかどうならうといい《①、》ぢやないか。いづれこの街は初めから罅の入つてる街なんだ。君は僕と一緒にシンガポールへ逃げてくれ給へ。」

「だつて、あたしにや此の街ほど大切な所はないんですもの。あたしここから出ていつたら、鱗の乾いたお《①ナシ》魚みたいよ。もうどう《①ナシ》することも出來なくなれば、《①ナシ》あたし死ぬだけ。あたし死ぬ《①②ナシ》覺悟はいつだつてしてるんだけど、でも、あたし此の街はやつぱり好きだわ。」

甲谷は乘り出す調子が脫れて來ると、駈《①②馳》け込むやうにベンチの背中を摑んで周章て出し《く②て云つ》た。《く①彼は云つた。》

「もうそんなことは考へないでくれないか。ただ《①ヾ》結婚してくれれば萬事こちらで良くしていく。それなら良からう。それなら《②それ》、僕は、――《①。》」

「だつて、あたし、だいいち結婚なんかしてみたいと思つたことなんてないんですもの。あたしもし結婚したければ、あなたが初《①始》め仰言つて下すつたとき、さつさとお返事してゐてよ。いくらあたしだつて、さうはあなたのやうに氣取つてばかりはゐられないわ。」

甲谷は頭を騒くやうに笑ひながら、一寸後を振り返つたがまた急いだ。《①ナシ②甲谷は頭を痒くやうに笑ひ出した。》

「それや《①②り》、いくら悪口云はれたつていいから、《①②て、もう僕は氣取つてなんかゐる暇がないんだが、》とにかく、これぢや、いくら君を廻つてぐるぐるしたつて、これはただぐるぐるしてゐる《①ヾ廻つて②だ僕がぐるぐる廻つて》と云ふだけで、《①②だ。》何んでもないんだからね《①②ナシ》。」

「あたしは駄目なの。あたし、自分が一人の男の傍にくつついて生活してゐる所なんか、想像《①②像》が出來ないわ。あたし男の方を見てゐると誰だつて《①ナシ》同じ男のやうに見えるのよ。これで結婚なんかしてゐたら、《①ナシ》あなたから逃げ出されるにきまつてゐるわ。それよりあたしはあたしの流儀で、困つてゐる澤山の男の方にちやほやして《く①②瞞して》ゐるの。あたしに瞞されたと思ふものは、それや《①り》馬鹿なの。だつて、今頃瞞されたと思つて口惜しがつてる男なんか、日本にだつてゐやしないわ。あなたにしたつて、あたしがどんな女だつて云ふ《く①②か》ことぐらゐ、一と目見ればお分りになりさうなもんぢやないの。それにあたしにお嫁入の話なんか仰言つて、あたしが冗談にして了ふことだつて、これでたいていのことぢやないことよ。」

　波がよせると、それが冷たい幕のやうに甲谷の身體に泌《①②沁》み透つた。彼は彼女から腕を放した。切られた鎖《②鎖》のやうに沈む彼の心の斷面で、まだ見たこともない女の無數の影が入り交つた。が、その影の中で、宮子の顔だけ《①ナシ》はますます明瞭に浮き上つて來るのだつた《①つた②るのだ》。

「駄目だ。」と甲谷は云ふと、不意に彼女を抱きよせようとした。が、後ろのベンチで、春婦の群れが茸のやうに塊つたままぢつと二人《①て》を眺めてゐた。彼は溜息を洩らすと、再び宮子から放れて脊《①背》を延ばした。すると《①ナシ》、逆に宮子の身體が甲谷の方へ《①ナシ》倒れて來た。彼は宮子を抱きよせながら、此の急激な彼女の變化に打たれてぼんやりした。《①②默つてゐた。宮子は云つ》

「あなた、あたしに暫くかうしてゐさせて頂戴。あたし一日にいつぺん、《①②ときどき》誰かにかうしてゐないと、駄目なの《①②性質なく》。あたし、あなたのお心はもう分つたわ。だけど、駄目よあたしは。あなたは早くお綺麗な方を貰つてシンガポールへお歸りなさいな。あたしは誰にでもこんなことをする性質なんだから《①②の》。あたしあなたには、お氣の毒だと思ふけど、《①ナシ②あたしあなたにはお氣の毒だと思ふけど、だけども》これも仕樣がないわ。」《これも仕樣がないわ。》《①ナシ》

《く①宮子の》イミタチオンの宮子の《①ナシ》靴先が輕く甲谷の靴を蹴る度に、《く①②彼は云つた。》甲谷の腕は弛んで來た。彼は彼女がただ自分《①彼》を慰める新らしい方法を《①②を、》用ひだしただけだと氣がついたのだ。

「君の優しさは前から僕は知つてゐたんだが、しかし《①ナシ》此の上僕《①ナシ》を迷はすことは御免してくれ。ただもう僕は君が好

きで仕方がないんだ。」と甲谷は云つてまた強く宮子を抱きすくめた。《①②ナシ》

「あなたはあなたに似合はず、今夜はつまん《①ら》ないことばかり仰言るのね。あの橋の上を御覧なさいよ《①な》。義勇兵が駈《①②駈》けててよ。それにあなたは、まア、なんて子供つぽいことばかり仰言るんでせう。《①ナシ》もつとこんなときには、《①②ナシ》何んとかしてよ。何んとか。」《①ナシ》

甲谷は宮子を芝生の上へ突き飛ばすと、立ち上つた。しかし《①が》、彼は彼女が《①②が、》彼にそのやうにも怒らせよ《①や》うと企んだ彼女の壺へ落ち込んだ自分を感じると、再び宮子の前へ坐つて《①り出し》云つた。

「君、もう虐めるのは、やめてくれ。僕《①にく》は君には《①ナシ》一生頭が上らないの《①②ん》だ。ただ僕の悪いのは、君を好きになつたと云ふことだけぢやないか。《①②だ》それに君は何ぜそんなにふざけてばかりゐたいのだ。」《①……」》

宮子は髪を振りながら芝生の上から起き上つた。

「さア、もう、歸りませうね。あたし、あなたがあたしを愛してゐて下さるんだと思ふと、もういつでも我ままになつちやふ《①う》のよ。《①ナシ》ね、だから、もう何もあたしには仰言らないで、――《①ナシ》」

しかし、甲谷は完全に振り落された男がここに轉げてゐるのだと氣がつくと、もう動くことも出來なくなつた。

宮子は公園の入口の方へひとりときどき振り向きながら歩いていつた。芝生の上に倒れてゐる甲谷の頭の上の遠景では、火のついた煙草工場がしきりに《①ナシ》發砲を續けてゐ《①②出し》た。

三八　（①海港章四／②三八）

海港の支那人の活躍は變つて來た。支那商業團體の各路商會聯合會、納稅華人會、總商會の總ては、《①ナシ》一致團結して罷市贊《②贊》成に署名を終へたのだ。學生團は戶每の商店を廻り步いて營業停止を勸告した。罷市の宣傳《①單》が到る所の壁の上で新しい壁となつた。電車が停り、電話が停つた。各學校は開期不明の休校を宣言した。市街の店舗《②鋪》は一齊に大戶を降ろし、市場は閉鎖された。

その日の夕刻、騷擾の分水嶺となるべき工部局の特別納稅會議が市政會館で開かれた。戒嚴令を施かれた會館の附近では、銃劒《①劍》をつけた警官隊と義勇隊とが數間の間を隔いて廻つてゐた。會議の時刻が近づくと、晝間市中に波立つた不吉な《①ナシ》流言の豫告のために、會館の周圍は息をひそめて靜まり出した。徘徊する義勇兵の眼の色が輝き出した。潛《①潜》んだ爆彈を索り續ける警官が、《①ナシ》建物と建物との間を出入した。水道栓に縛りつけられたホースの陣列の間を、靜に裝甲車が通つていつた。やがて、外人の《①ナシ》議員達は武裝したまま、《①ナシ》陸續と議場へ《く①の入口》向つて《①②ナシ》集つて來た。

丁度參木の來たのはそのときであつた。會館附近の交通遮斷線の外では、街街《①々》の露路から流れて來た群衆《①②集》は街路の廣場に溜り込んだまま、何事か待ち受けるかのやうに互に人人《①々》の顏を見合つてゐた。參木はそれらの人溜りの中を擦り拔けながら《①②ら、》その中に潛《①潜》んでゐるにちがひない秋蘭の顏を捜していつた。もし彼女が彼との約束に似た《②に》暗默の言葉を忘れないなら、彼が彼女を此の附近で捜し續けてゐることも忘れない筈であつた。しかし、彼は歩いてゐるうちにだんだん周圍の群衆《①②集》と同様に、不意に何事か湧き起つて來るであらうと豫感《②ナシ》を感じて來た《①②出し》。すると、群衆《①②集》はじ《①ぢ》りじ《①ぢ》り遮斷線からはみ出して會館へ向つていつた《①迫り出し②迫つていっ》。騎馬の警官がその亂れる群衆《①②集》の外廓に從つて、馬を躍らせた。スコツトランド《①スコツトランド》の隊員を積み上げた自動車が拔劍《①②劔》を逆立てたまま、飛ぶやうに疾走した。すると《①ナシ》、急に、群衆《①②集》の一角が靜まつた。つゞいて《①すると》、今まで騷いでゐた群衆《①②集》は奇怪な風を吸ひ込《①む》んだやうに次から次へと默つていつた。すると《①②ナシ》、全く音響のはたと《①②ナシ》停つた底氣味惡い《①②ナシ》瞬間、その一帶の沈默の底から《①②ら、》どことも知れず流れる支那人の靴音だけが、《①ナシ》かすかに參木の耳へ聞えて來た。しかし、間もなく、それはなんの《①②何》意味も示さぬただ沈默そのものにすぎないことを知り始めると、再び群衆《①②集》は騷ぎ立つた《①②出しく①すると、》。その騷ぎの中から搖れて來る言葉の波は漸次に會議の流會を報らせて來た。それなら、これで支那商人團の希望は達したわけだ《①②だ、》と參木は思つた。間もなく《①と、やがて》その流會の原因は定員不足を理由としてゐることまで、寄り集つた人波の呟きからだんだん《①ナシ②だんだんに》と判つて來た。參木は、《①ナシ》極力會議を流會させることを宣言してゐた芳秋蘭《①②ナシ》の笑顔を感じた。今は彼女はこの附近のどこかの建物の中で、次の劃策《①②畫》に沒頭《②沒》してゐるにちがひない。しかし、もしそれにしても、なほ此のうへ海港の罷市が持續するなら、このときを頂點として《①②ナシ》困憊するものは支那商人に變つて《く①逆に》いくのだ。——もし支那商人の一團が困憊するなら、なほ罷市の持續を必要とする秋蘭一派の行動とは、當然衝突し出すのは定つてゐた。

參木は思つた。これは何か必ず今夜、謀みが起るにちがひない。――その謀みはなほ商業團體と群衆とを結束させんがための謀みであることは、分つてゐるのだ。しかし、その手は――その手も今はただ外人をして發砲させるやうにし向ければそれで良いのだ。――

　しかし、參木には自分の頭腦の廻轉が、自分にとつて無駄な部分の廻轉ばかりを續けてゐることに氣がついた。彼はただ今は死ねば良いのだ。死にさへすれば。それにも拘らず秋蘭を見たいと思ふ願ひがじりじり後をつけて來るのを感じると、彼はますます自身の中で跳梁する男の影と蹴り合ひを續けるのであつた。ふとそのとき、彼は梅雨空に溶け込む夜の濃密な街角から、閃めく耳環の色を感じた。彼はその一點を見詰めたまま、洞穴を造つた人溜の間を魚のやうに歩き出した。しかし、彼はその街角へ行きつくまでに急に停つた。もしその耳環が秋蘭であつたなら、と思ふ彼の心が、突然、彼女と逢つた後のことを考へ出したのだ。全く彼は彼女と逢つたとしても、爲すべきことは何もないのだ。それなら、――いや、それより、彼女が此の街の混亂の最中に、どうして自分を捜しに來るであらうか。彼は壁に背中をひつつけると、彼女が自分を捜しに來るであらうと想像したがる自身の心を締めつけた。しかし、もし彼女が自分の言葉を忘れないなら、――締めつける後から湧き上つて來る手に負へない愛情に、最早や彼はにやにや笑ひ出した。

　そのとき、前方の込み合つた街路を一隊の米國騎馬隊*が彼の方へ駈けて來た。それと同時に、兩側の屋内から不意に銃聲が連續した。騎馬隊の先頭の馬が突つ立つた。と、なほ鳴り續けてゐる音響の中で、馬は弛やかに地に倒れた。投げ出された騎手の上を飛び越して《①、、、、、》、一頭の馬は駈《①②馳》け出した《①、、、》。後に續いた數頭の馬はぐるぐる廻りながら、首を寄せた《く①と、急に》。一頭の馬は露路の中へ躍り込んだ。亂れ出した馬の首の上で銃身が輝やくと、屋内を向けて發砲し始めた。馬は再び群衆《②集》の中を廻り始め《①②出し》た。群衆《②集》は四方の露路から《く①②の中》溢れて來ると、躍る《①ナシ》馬の周圍で喚《①②喊》聲を上げ始めた。群つた礫が馬を目がけて降り注いだ。馬は《②は、》倒れた《①た、》馬の上を飛び越えると、押し出る群衆《②集》を蹴りつけて驅《①馳》けていつ《①出し》た。

　參木の周圍では、群衆《②集》は彼ひとりを中に挾んだまま、馬の進退に從つて溶液のやうに膨脹し、収縮した。その度に、彼はそれらの流動する群衆《②集》の羽根に突き飛ばされ、巻き込まれながら、だんだん露路口の壁の方へ叩き出されていつた。

　騎馬隊が逃げていくと、群衆《②集》は路の上いつぱいに詰まりながら、狼狽へた騎馬隊の眞似をしてはしやい《①ぎ出した》だ。銃砲の煙りが發砲された屋内から洩れ始めた。その《①ナシ》とき《①ナシ》、工部局の方から近づいて來た機關銃隊が、突然、復讐《①ナシ》のために群衆の中へ發砲した。群衆《②集》は跳ね上つた《く①と、》。聲を失つた頭の群れが、暴風のやうに《②に、》搖れ出した。沈沒《②沒》する身體を《く①②ざ》中心に、《①ナシ》眞つ二つに裂け上つた人波の中で、彈丸が風を立てた。露路口は這ひ込む人の身體で膨れ上つた。閉された戸は《②は、》穴を開けて眼のやうに光り出した。その下で、逃げ後れた群衆《②集》は壁にひつついたまま《①②ま、》唸り始め《①出し》た。

　參木は押しつけられた胸の連結の中から、ひとり反對に道路の上を見廻した。彼はそこに倒れた《①て》動かぬ人の群れの中から、秋蘭の身體を探さうとして延び上つた。馬の倒れた大きな首の傍で、人《く①倒れた》の身體が轉がりながら藻搔《①痒》いてゐた。《く①、、、、、、、、、、、、、、、、、、、、、、、、、、、。》

發砲のあつた家を中心にして、《①ナシ》霞のやうな煙が《①それらのく》靜々と死體《①②ナシ①、、》の上を這ひながら、來檢の通る度に搖らめきながら《①②ナシ》廻つてゐた。しかし、參木には、最早や日々見せられた倒れる死骸《①、、》の音響や混亂のために、眼前の此れらの動的な風景は、《①が①②ナシ》ただ日常普通の出來事のやうにしか見えなかつた。だが、彼は彼の心が外界の混亂に無感動になるに從ひ、却つて一層、《①②ナシ》その混亂した外界の上を自由に這ひ廻る愛情の鮮かな擴がりを、明瞭に感じて來る《①出し②て來》のであつた。

街路の上から群衆の姿が少くなると、騎馬隊へ向けて發砲した家の周圍が、《①ナシ》工部局巡捕によつて包圍された。機關銃が据ゑられた。すると、《①ナシ》その一軒の家屋を消毒するかのやうに、眞暗な屋内めがけて彈丸がぶち込まれた。墜落する物音、唸り聲、石に衝つて跳ね返る彈丸の律動と一緒に、戸が白い粉を噴きながら、《①ナシ》見る間に穴を開けていつた。機關銃の音響が停止すると、戸が蹴りつけられて脫された。ピストルを上げた巡捕の一隊が、欄干からぶら下つたまままだ搖れ續けてゐる看板の文字の下を、潛《①潜》り込んだ。すると、間もなく、三人のロシア人を中に混へた支那青年の一團が、ピストルの先に護られて引き出された。

參木はもし秋蘭がその中にと思ひながら、《①ナシ②もし秋蘭がその中に、と思ひながら、》露路の片隅からそれらの引き出された青年達を見詰めてゐた。――や《①もし秋蘭がその中に、と思ひながら――間もなく、》がて、檢束された一團は自動車に乘せられると、機關銃に送《く①②隊》られて工部局の方へ驅《①②馳》けていつた。銃器が去つたと知ると、また群衆は露路の中から滲み出て來た。彼らは燈の消えた道路の上から死體を露路の中へ引き摺り込んだ。板のやうに張りきつた死體の頭は、引き摺られる度毎に、筆のやうに頭髪に含んだ血でアスファルトに黒いラインを引き始めた。丁度そのとき、一臺の外人の自動車が辷つて來ると、死體の上へ乗り上げた。箱の中で、恐怖のために茉莉の花束に隠れて接吻してゐた男女の顔が亂れ立つた。すると、礫が頭へ投げつけられた。自動車は竝んだ死骸を轢き飛ばすと、ぐつたり垂れた顔を搖りながら疾走した。

　參木は群衆の中から擦り抜けると、此の前秋蘭と逢つた建物の前まで來かかつた。しかし、もう彼は秋蘭を探す眼に全身の疲れを感じた。疲れ出すと、今まで何も無いものを有ると思つて探し廻つた幻影が亂れ始め、ごそごそ建物の間を歩いてゐる自分の身體が急に心の重みとなつて返つて來た。だが、彼はそこで、しばらくの間うろうろしながら、もし秋蘭が來てゐるならここだけは必ず通つたであらうと思はれさうな門の下を、往つたり來たりして歩いてゐた。彼は高い建物の上方を仰いだり、門の壁にぺつたりと背中をつけて居眠るやうに立つてみたりしてゐると、ふと、向うから若い三人の支那人の來るのを見た。すると、その中の短く鼻下に髭を生やした一人の男が、擦れ違ふ瞬間、素早く參木の右手へ手を擦りつけた。參木は彼の冷たい手の中から、一片の堅い紙片を感じた。彼ははッとすると同時に、それが男装してゐる秋蘭だつたことに氣がついた。しかし、もうそのときには、秋蘭は他の二人の男と一緒に、肩を竝べて行きすぎてしまつてゐる後だつた。參木は紙片を握つたまま、しばらく秋蘭の後から追つていつた。しかし、彼がそのまま秋蘭の後から《②を》追つていくことは、彼女を一層危機へ落し込むことと同様だと思つた。彼女は優しげにすらりとした肩をして、一度ちらりと彼の方を振り返つた。參木はその柔いだ《②彼女の》眼の光りから、後を追ふことを拒絶してゐる別れの歎きを感じた。彼は立ち停ると、秋蘭を追ふことよりも《②も、》彼女の手紙を讀む樂しみに胸が激しく騷ぎ立つた。

參木は秋蘭の姿が完全に人ごみの中へまぎれ込んだのを見ると、急いで眞直ぐに引き返した。彼は自分の希望を、底深く差し入れた手の一端に握つたかのやうに明るくなつた。彼は今さきまで欝鬱《②鬱鬱》として通つた道を、いつ通り拔けたとも感じずに歩き續けると、安全な河岸の橋を見た。彼はそこで、紙片を開けて覗いてみた。紙片《②ナシ》にはよほど急いだらしく英語が《②ナシ》鉛筆で次のやうに書かれてあつた。

「もう今夜、あたくしたちは危險かと思はれます。いろいろ有り難うございました。どうぞ、それではお身體お大切にし《②ナシ》なさいませ。もしまだこの上永らへるやうなことでもございましたら、北四川路《②ナシ》*のジャウデン・マヂ《②デ》ソン會社の小使、陳に王の御名《②ナシ》でお訊ね下さいませ。では、さやうなら。」

參木は公園の中のカンナの花の咲き誇つてゐる中を突き拔けた。すると、芝生があつた。紙屑が風に吹かれてかさかさと音を立てながら、足もとへ逆辷りに辷つて來た。彼は露を吹いて濕つてゐる鐵の欄干を握つて《②て、》足もとの波を見降ろした。

――ああ、もう、俺も駄目だ。――

さう思へば思ふほど、參木は波の上に面を伏せたまま、だんだん深く空虚になりまさつていく自分をはつきりと感じていつ[②來]た。

四〇　（①海港章六・（七）／②四〇）

海港の罷市は特別會議が流會したの〔①②ナシ〕にも拘らず、ますます深刻に進んでいつた。支那銀行は翌日から盡く休業した。錢莊發行の小切手が不通になつた。金塊市場が閉鎖された。爲替市場の混亂から外國銀行は無力になつた。さうして、此の全く破壞され盡した海港の金融機能の内部では、ただ僅か〔①②ナシ〕に對外爲替の音だけが、外國銀行の奥底で、〔①②ナシ〕鼓動のやうにかすかに〔①ナシ〕響いてゐるに過〔①②す〕ぎなくなつた。

しかし、倒れたものはそれだけでなかつた。海港の殆ど全部の工場は閉鎖〔①②鎻〕された。群がる埠頭の苦力が罷業し始めた。ホテルのボーイが逃げ始めた。警察内の支那人巡捕が脱出した。車夫が、運轉手が、郵便配達が、船内の乘組員が、その他あらゆる外人に雇はれてゐるものがゐなくなつた。〔①、②。〕

船は積み込んだ貨物をそのままに港の中でぼんやりと浮き始めた。新聞の發行が不能になつた。ホテルでは音樂團が客に料理を運び出した。パン製造人がゐなくなつた。肉も野菜もなくなり出した。さうして、外人達はだんだん支那人の新しい强さに打たれながら、海港の中で籠城し始めた。

參木は人通りの殆どなくなつた街の中を歩くのが好きになつた。雜鬧してゐた市街が急に森のやうに變化したことは、彼には市街が一層新しく雜鬧し始めたかのやうに感じる〔①②られ〕のであつた。義勇隊は出沒〔②沒〕する暴從〔①②徒〕の爆彈を乘せたトラックを追つ駈け廻した。時々夜陰に乘じて、白い手袋を揃へた支那人の自轉車隊が祕密な策動を示しながら、建物と建物との間をひそかな風のやうにのつていつた。外國婦人は疲れた義勇團の背後で彼らに食物を運搬した。閉め切られた街竝の戸の隙間からは、外を窺ふ眼だけがぎろぎろ光つてゐた。

　しかし、參木は頻々として暴徒に襲はれ續ける日本街の噂を聞き始めると、だんだん足がその方へ動いていつた。日本街では婦人や子供を避難所へ送つた後で町會組織の警備隊が勇ましく街を守つて徹宵を續け始めた。すると、彼の身體の中で、秋蘭を愛した記憶の斷片が、俄に彼自身の中心を改め始めた。彼は煙に襲はれるやうに、道から外れてひとり隱れた。しかし、また彼は日本街の食糧の斷絶を聞いては出かけた。邦人暗殺の流言を聞いては出かけた。暴徒の流れ込んだ形跡を感ずるとまた出かけた。さうして彼はいつの間にか、日本人の外廓に從つてぐるぐる廻り續けてゐる斥候のやうな自體を感じた。その度に、危害を受けた邦人の增加していく話の波が、締めつけられるやうに襲つて來た。

　或る日、參木と甲谷はいつもの店へ食事をしに出て行くともう食料がなくなつたといつて拒絕された。米をひそかに運んでゐた支那人が發見されて殺されたと云ふ。それに卵もなければ肉もなかつた。勿論、野菜類にいたつては缺乏しなければ不思議であつた。

　甲谷は外へ出ると參木に云つた。

「これぢや、飢ゑ死するより仕方《①②様》がないね。銀行は有つても《①②たつて》石ばつかり《①②ナシ》だし、波止場に材木は着いても揚げて《く①て》くれるものはなし、宮子にはやられるし、米も食へぬとなれば、君、かう云ふ殘《①②惨》酷な手は、神さまが知つて《①②ナシ》ゐたのかね神さまが。」

しかし、參木には昨夜からの空腹が、彼の頭にまで攻め昇るのを感じた。すると、《①ナシ》彼は彼をして空腹ならしめてゐるものが、ただ僅に自身の身體であることに氣がついた。もし今彼の身體が支那人なら、彼は手を動かせば食へるのだ。それに——彼は領土が、鐵より堅牢に、《く②も》最後の瞬間《①ナシ①②ナシ》まで自身の肉體の中を貫いてゐるのを感じない《①出し》わけにはいかなかつた。

①②甲谷は云つた。

「君、君の休業中の手當が《①②は》出るのかね。俺の金はもうないよ。暫く君の手當をあてにするから、そのつもりでゐてくれ給へ。」と甲谷は云つた。《①②ナシ》

「さうだ、すつかり《①ナシ》手當のことは忘れてゐた。いづれなんと《①②何》かなるだらう。手當が出な《①ナシ》ければ《①②り》、今度はわれわれが《①、、、》罷業をするさ。」

「それやさうだな。《①②すると、》しかし、そんならその罷業はどうい《①②なる》ふのだ。罷業をしたつてお先に支那人にされちや、《く①②て》罷業にもならんぢやないか。」

「そしたら《①②ら、》支那人と共同だ《①、、》。」と參木は云つて笑つた《①②ナシ》。

「それぢや《①すると》、俺たちを《①ナシ》一層《①ナシ》食へなくするのも《①した》、つまり君たちだとなるのか《①ナシ②つまりは①②ナシ》。」

「もう食ふ話だけは、やめてくれ。僕は腹が空い《①②す》て《①て、》たまらんのだ。」と參木は云つた《①ナシ》。

「しかし、休業中の手當を日本人《①、、、に②日本人に》だけ出しといて、支那人には出さぬとなると、これやますますもつて大罷業だね《①こりや②こりやますますもつて大罷業だね。》。

この調子だと《この調子だと》、俺もいつまでたつたつて食へないかもしれないぞ《①ナシ》。」

二人は兩側の家家《①々》の戸の上に「外人を暗殺《①、、》せよ。」と書かれた紙片の貼られたのを讀みながら、歩いていつた。

「とにかく、殺されるためにや、食べなくちや《①や、②や。》」と參木は云つた。

「いや、此の上殺されちや、お了ひだよ《①②ら、》。」と甲谷は云つた《①ナシ》。

二人は笑つた。參木は笑ひながら《①②ら、》ふと甲谷と宮子を妨害してゐる《く①②と》自分とい《①の》ふ存在について考へた。すると、ここでも彼は不必要に《①②な》自分の身體に突きあたらねばならなかつた《く①彼は云つた。》。

「君は宮子が本當に好きなのかい《①か②なんかい》。」と參木は云つて甲谷を見た《①ナシ》。

「好きだ。」

「どれほど好きだ。」

「どういふもんだか《①ナシ》俺はあ奴が俺を蹴れば蹴るほど好きになるのだ。まるで俺は《①②は、》蹴られるのが好きなの《①ナシ》と同じことだ。」と甲谷は云つた《①ナシ》。

「それで君は結婚して、もし不幸な事でも起ればどうするつもりだ。」

「所が、俺の不幸《く①②なの》は今なんだから《①ナシ》ね。今より不幸のことつてあつてたまるか《①なことはありやしないのだ②なことつてあつてたまるか》。」

參木は競子をひそかに愛してゐた昔の自分を考へた。《く①彼は云つた。》そのとき、甲谷は競子の兄の権利として、絶えず參木の首を摑んでゐた。が、今は、彼は甲谷の首を逆に摑み出したのだ。

「君、君はお杉をどう思ふ。」と參木は云つた《①ナシ》。

「あれか、あれは俺にとつちや捨石だよ。」

「あれは君にとつちや捨石かも知れないが、僕にとつちや細君の候補者だつたん《①②の》だから《①②ナシ》ね。お杉を攻撃したのは君だらう。」

瞬間《①ナシ》、甲谷の顔は赧《②赧》くなつた。が、彼は赧《②赧》さのままでなほ反り出すと、《く①②參木に云つた。》

「ふん、俺の捨石になる奴なら、誰の捨石にだつ《①て、》てならうぢやないか。」と云つてのけた《①②ナシ》。

參木は自分の捨石になり出す宮子のことを考へながら、その捨石の、また捨石になり出した甲谷の顔を《①を、》新しく眺めてみた。《く①彼は云つた。》

「とにかく、僕にはお杉より適當な女は見當らぬのだ。君の捨石を拾つたつて、君に不服はなから《①いから》うね。」と參木《①ナシ》

は云つた。

「君、もう冗談だけは《①②は、》よしてくれよ。《①②ナシ》俺は飯さへ食へないときだ。これからひとつ馳け廻つて、君、飯一食を捜すんだぜ《①よ》。」

參木は默つた。すると、暫く忘れてゐた空腹が再び頭を擡げて來た。彼は乞食の胃袋を感じた。頭が胃袋に從つて活動を始め出すと、《①した。と》彼はまたも自然に《①ナシ》秋蘭《く①②芳》を思ひ出すのであつた。《①②し》――ところが、《①ナシ》これがいちばん《①ナシ》秋蘭のしたかつたことなのだ。とふと彼は考へた。《①②ナシ》――彼は彼女の牙の鋭さを見詰めるやうに、自分の腹に刺し込んで來る空腹の度合を計りながら、食物の豐富な街の方へ歩いていつた。

しかし、《①ナシ》參木と甲谷の廻つた所《く①②た》はどこも白米と野菜に困つてゐた。明日になれば長崎から食料が着くと云ふ。二人は明日まで空腹を滿すためには、暴徒の出沒《②沒》する危險區域《①②劃》を通過しなければならなかつた。だが、《①しかし》今はその行く先にも食物があるかないかさへ分らないのだ。參木は甲谷とトルコ風呂*で落ち逢ふ約束をすると、《①ナシ》甲谷を安全な街角から後《①家》へ歸して、《①すと》ひとり食物を捜しに出かけていつた。

注解

168頁　＊内外綿工場

上海にあった在華紡の中でも最大手の紡績会社の工場。一九一一年に上海に開設し、蘇州河近辺に多くの工場を持っていた。内外綿第七工場は顧正紅事件の舞台となった場所であり、『上海』では高重の管理する工場である。

177頁　＊工部局

一八五四年七月十一日、英国、米国領事の主管のもと七名で構成された市政委員会（Shanghai Municipal Council）が組織された。この市政委員会は公共租界に対する自治管理を主な役割とし、中国語では工部局と表記された。構成委員は董事（理事・役員）と呼ばれ、ほぼ毎年選出が行なわれたが、英国人が大半を占めた。日本人が初めて工部局董事になったのは一九一六年のことで一九四三年まで毎年選出された。五・三〇事件の起こった一九二五年は英国人六名、米国人二名、日本人一名（櫻木俊一）の九名で組織されていた。

177頁　＊工部局警務處

工部局の成立後、第一回目の董事会で治安維持機関の設置を決定し、香港からSamucel Cliftonを初代警察署長として招聘した。一八九九年に名称を工部局警務處とした。本稿で参考にした『警務日報』は各管轄区から送られてきた警官の報告書で、一九〇七年一月一日から一九三八年六月三十日まで毎日記録された。

181頁　＊黄包車

人力車のこと。人力車は日本の発明といわれるが、一九二〇年代の上海には多くの人力車が存在し、庶民の足となっていた。横光に上海行きを勧めた芥川龍之介も『上海游記』の中で「埠頭の外へ出たと思うと、何十とも知れない車屋が、いきなり我々を包囲した。」と当時の人力車の多さに驚いている。

183頁　＊共産党（中国共産党）

コミンテルンの援助のもと、一九二一年七月に上海で結成され、中華人民共和国建設の中心となった党。李大釗、毛沢東、董必武ら中心メンバーの中から陳独秀が初代委員長となった。

183頁　＊ヤワハラル・ネール

Jawahar lal Nehru はインドの政治家で、国民会議派として独立運動に献身した。一九四七年にインドが独立した後は初代の首相として活躍した。

189頁　＊總工會・滬西工会（滬西工友倶楽部）

茅盾の『私の歩んだ道』によると、当時日本の紡績工場は滬西地区（共同租界西区）に集中しており、滬西工友倶楽部に代表される共産党の重要な活動拠点の一つもその地区にあった。滬西工友倶楽部は一九二四年、滬西地区の労働者に対して上海大学の学生らが中心となって補習学校を開設したのが始まりで、その基礎の上に組織された初期の労働組合であった。設立には鄧中夏、李立三らが関わっており、内外綿など日系の紡績会社におけるストライキはほとんどこの組織の煽動を受けていたと『警務日報』に記録されている。一九二五年二月には滬西工友倶楽部を核としたストライキ委員会を組織し、紡績工場の労働者への働きかけを強めている。史実に照らせれば、『上海』に描かれた一回目の工場内の騒動は滬西工友倶楽部から来た煽動者によるものと考えられる。また第二回目の暴動で犠牲になった顧正紅もこの組合に入っていたので、高重たち工場管理者が警戒した敵はこの倶楽部からやって来たと考えられ、『警務日報』にたびたび記録されている活動家は李立三、劉華、楊之華などである。李立三は中国労働運動のリーダーの一人であり、フランス留学から帰国した一九二一年に共産党に入党し、滬西地区の労働運動に力を注いで五三〇運動を指導し、都市部のゼネストと紅軍の呼応を指示する、いわゆる李立三路線を実施した人物である。劉華は元は中華書局印刷所の学徒であったが、一九二三年に上海大学で学び、その年に中国共産党に入党した。そして一九二四年に滬西工友倶楽部の副主任となり、組合組織の設立と五三〇運動のリーダーの一人となった。楊之華は瞿秋白の妻で、女性運動と女性労働運動に力を注ぎ、当時は上海大学の学生の身分で労働運動に参加していた。入党は一九二四年で、滬西工友倶楽部を通して労働者たちにストライキを訴えており、茅盾もその活動能力を高く評価している。茅盾と楊之華は、彼女の夫である瞿秋白を通して知りあったが、楊之華と瞿秋白が結婚して茅盾の家の隣に新居を構えたのでより親密になっていた。茅盾の妻、孔徳沚は楊之華の紹介で共産党に入党している。

191頁　＊ムルメイン路

Moulmein Road（慕爾鳴路）。現在の茂名北路。前田愛氏は「Shanghai1925」の中で、『上海』には「建物をのぞけば、実在の地名はこの長篇の中で、たった一ヶ所あらわれるにすぎない」と述べ、それを「四川路の十三番八号の皆川」としているが、このムルメイン路も実在している名前である。

193頁　＊租界

アヘン戦争の結果、調印された南京条約によって上海などが開港され、開港都市には租界と呼ばれる外国人居留地が設置された。一八四五年に英国が上海に設置したイギリス租界が最初とされる。そして一八四八年にアメリカ租界、一八四九年にフランス租界が設置され、一八六三年にイギリス租界とアメリカ租界が合併されて共同租界と呼ばれるようになった。

194頁　＊警察の石の闕門

石の闕門は南京路に面した老閘巡捕房（Louza Station）の正門を指す。老閘は地区の名称、巡捕房は警察署。当時、上海には十二ヶ所に警察分署あり、その管轄区は四つに分けられていた。老閘巡捕房は總巡捕（Central Station）と同じ管轄区を担当していた。

200頁　＊納税特別會議

一八六九年に改正された租界章程において、ある一定の条件を満たした納税者は工部局董事会董事の選挙資格を有することになった。納税者で組織された会議は外国人納税者会と呼ばれ、租界内で大きな力を発揮した。一九二〇年には華人納税者会も成立したが、董事会での力は弱かった。納税者会議には一年に一回行なわれる年会と臨時に行なわれる特別会の二つがあり、年会では法定人数が決まっていないのに対し、特別会では三分の一の納税人を必要とした。

206頁　＊各國義勇團

万国商団（Shanghai Volunteer Gorps）あるいは義勇隊（Shanghai Local Volunteer Gorps）と呼ばれ、上海の治安維持にあたった。この組織は一八五三年に組織されたが、一八七〇年に工部局に指揮権が移った。總司令部の下には工作隊、騎兵隊、軽砲隊、装甲車隊などの部隊があり、歩兵部隊にはアメリカ隊、ポルトガル隊、日本隊、ロシア隊、中華隊などがあった。

214頁　＊河岸の公園

外灘公園（The Bund Garden）または黄浦公園（Public Garden）と呼ばれ、一八六八年に工部局が上海に造園した第一号の公園。東側は黄浦江、北側は蘇州河に隣接している。開園当時は音楽ステージと洋風のあずまやぐらいしかなかったが、その後噴水や西洋樹木などが加わり公園らしくなった。この公園は工部局の公園基金によって管理されていたため、当初は外国人だけに入園を許可していた。

215頁　＊英米煙草

黄浦江を挟んだ外灘（The Bund）の対岸にある浦東地区にあった煙草工場。英国と米国の共同出資によって英国に設立されたブリティッシュ・アメリカン煙草会社。一九〇三年に浦東区に工場を開設した。小説では五・三〇事件の翌日の五月三十一日に甲谷は宮子と「河岸の夜の公園」にいた。ここに描かれている英米煙草は外灘（バンド）の対岸の浦東地区にある工場で、甲谷と宮子のいた公園（位置的に黄浦公園）からは、対岸の正面に位置している。英米煙草工場で発生した事件については「警務日報」（一）（二）と茅盾の回想録（三）に次のような記録が残っているので参考になる。

（一）大英煙草公司は狄司威路五十六号にある煙草工場である。六月四日午前七時、二百五十名の労働者が仕事を拒否し、そのほとんど全員は女性のようである。（二）現在、大英煙草公司の浦東にあるすべての工場では労働者がストを行っており、その数は一万人近い。（三）工部局鉄工廠の労働者四百人余りが六月四日に一日ストを決行した。英・米煙草公司の印刷工場労働者がストに入ったので、公司は警察を呼んで弾圧し、一斉射撃で三人を射殺した。

「警務日報」と茅盾の回想録はともに六月四日に起った出来事として記録されているもので、この日以外に英米煙草工場で騒動が起ったという記録は見当たらない。このことから、横光は六月四日の事件を五月三十一日の出来事として描き、五・三〇事件の更なる広がりと緊迫感を作品に反映させたものと思われる。

221頁　＊騎馬隊への発砲

六月二日、南京路と西蔵路の交差するあたりで米国騎兵隊が襲撃されるという事件が起っている。この事件は『上海』の「三八」にほぼ史実どおりに描かれており、參木は事件の目撃者となっている。事件の流れを描写した三つの場面を挙げてみる。

（一）そのとき、前方の込み合つた街路を一隊の米國騎馬隊が彼の方へ駈けて來た。それと同時に、兩側の屋内から不意に銃聲が連續した。騎馬隊の先頭の馬が突つ立つた。と、なほ鳴り續けてゐる音響の中で、馬は弛やかに地に倒れた。投げ出された騎手の上を飛び越して、一頭の馬は駈け出した。後に續いた數頭の馬はぐるぐる廻りながら、首を寄せた。一頭の馬は露路の中へ躍り込んだ。亂れ出した馬の首の上で銃身が輝やくと、屋内を向けて發砲し始めた。

（二）騎馬隊が逃げていくと、群衆は路の上いつぱいに詰まりながら、狼狽へた騎馬隊の眞似をしてはしやいだ。銃砲の煙りが發砲された屋内から洩れ始めた。そのとき、工部局の方から近づいて來た機關銃隊が、突然、復讎のために群衆の中へ發砲した。群衆は跳ね上つた。聲を失つた頭の群れが、暴風のやうに揺れ出した。沈没する身體を中心に眞つ二つに裂け上がつた人波の中で、彈丸が風を立てた。（下線は筆者）

（三）街路の上から群衆の姿が少くなると、騎馬隊へ向けて發砲した家の周圍が、工部局巡捕によつて包圍された。機關銃が据ゑられた。すると、その一軒の家屋を消毒するかのやうに、眞暗な屋内めがけて彈丸がぶち込まれた。墜落する物音、唸り聲、石に衝つて跳ね返る彈丸の律動と一緒に、戶が白い粉を噴きながら、見る間に穴を開けていつた。機關銃の音響が停止すると、戶が蹴りつけられて脱された。ピストルを上げた巡捕の一隊が、欄干からぶら下つたまままだ搖れ續けてゐる看板の文字の下を、潜り込んだ。すると、間もなく、三人のロシア人を中に混へた支那青年の一團が、ピストルの先に護られて引き出された。（下線は筆者）

これらの場面描写を次に示す「警務日報」の報告書と比較してみると固有名詞こそ伏せられているものの実際の事件の流れが実によく小説に取り込まれていることがわかる。

六月二日午後六時二十分、米国騎兵隊が西藏路の北端と南端をパトロールしていたところ、突然、各方向から銃撃を受けた。銃弾はまず南京路より北に停めてあった数台の人力車の背後から飛んできた。歯科医師の麦克馬丁（T.G.Macmaitin）は背中の肉付きのよい部位に軽傷を負い、すぐに老閘捕房に行き手当を受けた。当時、麦克馬丁と一緒にパトロールしていた騎兵の沙普尔斯（S.J.Sharpless）の馬も負傷した。近くにいた特別巡捕の報告によると、狙撃したのは中国系の人物で、かつて大英総会が借りていた〝新世界〟ビル内の一部の部屋のバルコニーからのもので、騎兵隊も反撃はしたが何も成果はあがらなかったという。また特別巡捕の報告によると、寧波同郷会の四階の窓からも銃弾が飛んできたという。また競馬場に近い〝新世界〟ビル側から南京路をパトロール中の騎兵への発砲とも報告され、競馬場に駐屯している米国騎兵隊も銃撃を受けた。当時、機関銃の撃ち手は人の動きを目視したので、〝新世界〟ビルの屋上に向けて掃射を行った。巡捕はすぐさまそのビルを包囲し、十五名を逮捕して老閘捕房に拘置するため連行した。ビル内で中国系を一人発見した。その人物は臂部に銃弾を受けていた。その後、巡捕が屋上を捜査したところ、また一名の目を射抜かれた中国系の死体を発見した。死者の容貌からは下男あるいは苦力のようであった。逮捕された者たちからは銃や武器は何ら発見されなかった。

ここで注目すべきは作品（二）と（三）の下線部分である。「警務日報」には米国騎兵隊が銃撃を受けたため、その反撃として新世界ビルの屋上にむけて機関銃による掃射を行なったとある。しかし、（二）では工部局の方から近づいて來た機關銃隊が、突然、復讎のために群衆の中へ發砲した。と掃射相手が群衆にも向けられている。下線部中の「復讐のために」という言葉は初出雑誌「海港章」には見られず、改造社版になって新たに書き加えられたものであるが、群集への発砲行為は「警務日報」の報告には見られないものである。このことから、群衆への発砲行為は小説の中のフィクションのように思えるが、茅盾の回想録を見ると「新世界遊芸場に駐在したイギリス人巡査は路上の通行人に一斉射撃を加え、数十人を死傷させた」とあり、（二）の描写とほぼ一致するため、必ずしもフィクションとすることは出来ない。公的な報告書と私的な記録の信憑性にかかわる問題であるが、横光はこの事件の描写に関してかなり詳細な情報をもとにしていたのではないかと推察される。次に（三）の下線部についてであるが、新世界ビルへの銃撃を征した結果、三人のロシア人を中に混へた支那青年の一團が、ピストルの先に護られて引き出されたとある。「警務日報」には犯人として中国系の人物が書かれているが、ロシア人という名前は見られない。『上海』には帝政ロシアと赤色ロシアの闘争、ロシアの亡命貴族、白系ロシア人が多く登場し、時には芳秋蘭らを支援する共産党の存在として、時にはテロリストのように描かれ反共の対象とされている。おそらく横光はテロ＝ロシア人＝共産党といった関連付けを強調するため新世界ビルの銃撃事件の犯人にロシア人を加えたのではなかろうか。ただし翌日の上海の新聞「申報」には、この事件の首謀者として「某某兩國人」が疑わしいとあるので、ロシア人の可能性を完全には排除することは出来ない。(二)の場合と同様、フィクションとノンフィクションの境界をうまく使っているのが横光の特徴であり、それが作品により真実味を持たせることになっている。

225頁　＊北四川路

　蘇州河に架かる四川路橋あたりから虹口公園あたりまで北に延びる現在の四川北路。一九二十、三十年代は上海の文化人達が多く住んでいた地区であり、魯迅や内山書店の内山完造もこの近辺に住んでいた。九十年代になって四川北路は大規模な改修が行なわれ、四川北路につながる多倫路は文化名人街として国内外の観光客で賑わっている。

232頁　＊トルコ風呂

　参木と甲谷がよく訪れた銭湯マッサージ院。当時は租界に多く見られたらしく、中国式、トルコ式、ロシア式などいろいろあった。『上海』に登場するトルコ風呂は乍浦路に近い塘沽路にあったようである。

3 横光利一と中国——『上海』の構成と五・三〇事件

一、五・三〇事件への流れ

一九九八年八月二十日、上海市人民政府は上海のメインストリートである南京路に新しい歩行街（歩行者天国）の建設を決定した。第一期工程として東の河南中路から西の西藏中路まで全長一〇三三メートルが一九九九年九月二十日に竣工、完成した歩行街は昼夜をとわず賑わい、リフォームされた多くの店舗やビルが真新しく並んでいる。まさに南京路は上海のエネルギーを体感できる空間となっている。その歩行街の西藏中路寄りの場所に新たに建てられた「五卅惨案」（五・三〇事件）の記念モニュメントがある。

この「五卅惨案」記念モニュメントは以前は泰康食品商店の店先に記念プレートとしてはめ込まれていたもので、それが現在、歩行街のほぼ真ん中に立体的に再建されて歩行者はその前と後を通過する。それだけこの五三〇事件が重視されているということであろう。モニュメントの表は事件を象徴する図案がレリーフで描かれ、その下に「五卅惨案紀念」の文字が書かれ、裏には五・三〇事件の内容が次のように記されている。

中国共産党が指導した中国人民の反帝国主義の革命運動。一九二五年五月十五日、上海日商紡績工場の日本籍職員が共産党員の労働者顧正紅を射殺、労働者十余名を傷つけ、全市の労働者、学生、市民を激怒させ、五月三十日に上海の学生二千余名が租界でデモを行い労働者の闘争を支援した。租界の警察が学生を百名以上逮捕したので、万を数える群衆が共同租界の南京路巡捕房の入口に集まり、逮捕者の釈放を要求した。英国の警官が発砲し群衆の十数名が死亡、けが人数十名を出す「五卅惨案」となった。そのため上海の労働者、学生、商人が激しい労働ストライキ、授業ボイコット、商業ストライキを行い、それは急速に全国規模の反帝国運動の高まりとなった。この運動は帝国主義の勢力に打撃を与え、中国人民の自覚を高め、大いなる革命の高まりの序幕となった。(1)

五・三〇事件の全貌は、この文面でほぼ明らかであるが、歩行街から西に少し行った南京西路際の人民公園にも一九九〇年五月三十日の事件六十五周年を記念して建立された「五卅運動紀念碑」があり、大理石の壁面に書かれた碑文と巨大なステンレス彫刻が見る者を圧倒し、改めて五・三〇事件の歴史的な意義を感じさせられる。五・三〇事件は上海のメインストリートである南京路で起こった。日本の内外綿工場で射殺された顧正紅に抗議する労働者たちのストライキに端を発し、事件当日、デモで集まった群衆と学生らに租界のイギリス警官が発砲して多数の死傷者を出したというものである。そして、この事件はその後、中国の各地に影響を与え反帝国運動へと広がっていった。

五・三〇事件から八十年がたった今日、事件の本質にかかわる地道な研究調査が研究機関や研究者らによって進められ、その成果から我々は多くの事実を知ることが出来るようになった。その結果、さまざまな視点から事件を考察することが可能となり、またその必要性も出てきている。五・三〇事件は日中の近代史に残る大事件であり、その影響は単に歴史的なものだけにとどまらず、文学の世界にもかなりのインパクトを与えている。

五・三〇事件を単なる歴史の一幕に終わらせず、それを一つのテーマとして小説を書いたのは横光利一であった。横光は一九二八年（昭和三年）四月に上海へ行き、約一ヶ月の滞在を終えた後、『改造』に断続的に「風呂と銀行」「足と正義」「掃溜の疑問」「持病と彈丸」「海港草」「婦人」「春婦」を発表した。後にこれらは加筆されまとめられ

初出雑誌	連載名	小説末尾	発行年
『改造』	「風呂と銀行」	ある長編の序章	昭3・11（1928）
『改造』	「足と正義」	或る長編の第二篇	昭4・3（1929）
『改造』	「掃溜の疑問」	或る長編の第三篇	昭4・6（1929）
『改造』	「持病と弾丸」	或る長編の第四篇	昭4・9（1929）
『改造』	「海港章」	或る長編の第五篇、及び前篇終り	昭4・12（1929）
『改造』	「婦人－海港章－」		昭6・1（1931）
『改造』	「春婦－海港章－」		昭6・11（1931）
『文学クオタリイ』	「午前」		昭7・6（1932）

て一九三二年（昭和七年）に単行本『上海』（改造社）として刊行され、そして一九三五年（昭和十年）に著者自らが「上海の決定版」として書物展望社版『上海』が刊行された。

『上海』は一九二五年（大正十四年）の植民地都市上海で起こった五・三〇事件を歴史的背景にして書かれた作品である。横光は『上海』の序において事件に対する作者としての姿勢を次のように明確にしている。

> 私はこの作を書かうとした動機は優れた藝術品を書きたいと思つたといふよりも、むしろ自分の住む惨めな東洋を一度知つてみたいと思ふ子供つぽい氣持ちから筆をとつた。しかし、知識ある人々の中で、この五三十事件といふ重大な事件に興味を持つてゐる人々が少いばかりか、知つてゐる人々も殆どないのを知ると、一度この事件の性質だけは知つておいて貰はねばならぬと、つい忘れてゐた青年時代の熱情さへ出て來るのである。(2)

当時においても五・三〇事件を知っている日本人は僅かで、横光は「この事件の性質」を知ってもらいたいと述べている。もちろん『上海』は五・三〇事件だけをテーマに書かれたものではないが、この序文からわかるように横光が作品を書き上げる過程で「事件の性質」を重視し、それに対し並々ならぬ関心を示していたことは

初出雑誌『改造』	章	改造社版『上海』	書物展望社版『上海』
風呂と銀行	1～10	1～10 第4章 p.28, 8行目～p.40, 1行目 初出なし	1～10 第4章 p.27, 3行目～p.40, 12行目 初出なし
足と正義	1～11	11～21 第11章 p.74, 1行目～p.75, 9行目 初出なし	11～21 第11章 p.80, 1行目～p.81, 14行目 初出なし
掃溜の疑問	1～3	22～24	22～24
持病と彈丸	1～9	25～34 第28章 p.155, 11行目～p.156, 10行目 初出なし p.156, 5行目～p.168, 13行目 初出なし 第31章初出なし 第32章初出なし（初出『午前』）	25～34 第28章 p.173, 2行目～p.174, 4行目 初出なし p.177, 8行目～p.189, 4行目 初出なし 第29章初出なし（初出『午前』） 第32章初出なし
海港章	1～7	35～40 44（初出の第7章）	35～40
婦人―海港章―	1～3	41～43 第43章 p.269, 6行目～p.270, 12行目 初出なし	41～43 第43章 p.303, 9行目～p.305, 4行目 初出なし
春婦―海港章―		45 （初出第7章の一部を含む）	44 （初出第7章の一部を含む）

本表で示した「初出なし」という部分は、とくに目立った箇所のみを取り上げたものである。

明らかである。

『上海』の物語は一九二五年の四月から六月にかけての租界都市上海が舞台となっている。主人公の参木は十年も日本に帰ったことがない銀行員で、上海の生活に疲れ果てたニヒリストである。ある日、彼は専務の怒りに触れ銀行を去ることになり、友人で材木商社員の甲谷の紹介で東洋綿糸会社の取引部に勤務するようになる。東洋綿糸会社は当時実在した内外綿株式会社がモデルとなっていると考えられ、参木はそこで名前は伏せられているが顧正紅事件に遭遇する。綿糸工場ではたえず部外者の扇動による破壊工作の脅威があり、その原因は共産党の活動に求められていた。そして物語は五月三十日の事件へと進む。参木はその日、市中の視察を命ぜられ、偶然、南京路で反帝国運動のデモに集まった群衆と工部局の警察の衝突を目撃する。そして発砲があって事件が起こり、彼もそれに巻き込まれる。『上海』には五・三〇事件を含む三回の暴動が書かれているが、その斬新な群衆描写は、小説ではじめて試みられたものとして当時話題となった。主人公参木の周囲にはアジア主義者や国粋主義者、民族資本家、職業ダンサー、共産党員などさまざまな人物が登場して租界都市上海の様相がみごとに描き出されている。

二、第一回目の事件

『上海』には五・三〇事件に至るまで二回の「事件」が書かれている。一つは「東洋紡績」の暴徒による事件、もう一つはいわゆる「顧正紅事件」である。『上海』に登場する工場は「東洋紡績」となっているが、「顧正紅事件」が起こったのは史実では内外綿第七工場のことなので、「東洋紡績」はほぼ内外綿の工場に間違いないだろう。内外綿株式会社は一八八九年（明治二二年）に上海出張所を設け、一九〇九年（明治四二年）から上海に工場を建設した紡績会社であった。中国のリアリズム文学の代表として著名な作家茅盾の『私の歩んだ道』によると、一九二五年当時、日本が中国に開設していた紡績工場は四一ヶ所にも及び、そのうち上海には三七の工場が集中していたという。そしてその中で内外綿社の資本が最も充実し、内外綿に属する工場は十一もあったという。(3)

そのとき、河に向つた南の廊下が、眞赤になつた。高重は振り返つた。その途端、窓硝子が連續して穴を開けた。

「暴徒だ。」と高重は叫ぶと、梳棉部の方へ疾走した。

參木は高重の後から馳け出した。梳棉部では工女の悲鳴の中で、電球が破烈した。棍棒形のラップボートが飛び廻つた。狂亂する工女の群は、機械に挾まれたまま渦を巻いた。警笛が悲鳴を裂いて鳴り續けた。参木は搖れる工女の中で暴れてゐる壯漢を見た。彼は白い三角旗を振りながら機械の中へトップローラーを投げ込んだ。印度人の警官は、背後からその壯漢に飛びつくと、ターバンを摺らして横に倒れた。雪崩れ出した工女の群は、出口を目がけて押しよせた。

これは『上海』（書物展望社版）の「二三」にある工場内の暴動シーンである。これだけの騒ぎが起きたにもかかわらず暴徒は具体的には「彼」とだけしか書かれていないが、暴徒を目の当たりにした主人公の参木は「もし此の暴徒が工人達のなかから發したものなら、どしてそれほど彼女は困憊するだらう」「これは不意の、外からの暴徒の闖入にちがひない」と考え、工女として潜んでいる共産党員の芳秋蘭とこの騒動の結びつきを否定している。翌日、この騒動でけがをした芳秋蘭を助けた参木は彼女の家でその口から事件の真相を知らされるが、芳秋蘭自らも騒動との関係を否定している。

「僕は昨夜の騷動は、あれは外からの暴徒だと思ふんですが、もしあなたがあの出來事を豫想してらしたのなら、あんな騷ぎにはならなかつたと思ふんです。何かあれは、あなたがたの妨害を謀んだもの、仕事のやうに思ふんです。」

「ええ、さうでございますとも。あれは全く不意の出來事でしたの。あたくしたちは、お國の方の工場にあんなことの起るのを願ふこともございましたけれども、それはあたくしたちの手で起さなければ、お國の方に御迷惑をおかけするやうな結果になるだけだと思ひますの。」

（『上海』「二四」書物展望社版）

一九二五年の暴徒の事件や労働者ストライキの状況は、当時租界にあった工部局警務処の『警務日報』（管轄区から送られてくる警官報告の機密文書）で把握することが出来る。[4]『上海』の暴徒による騒動と類似する事件を当時の『警務日報』から二三挙げてみることにする。

（Ⅰ）二月十日　二月九日午後三時五十五分、西蘇州路一四号の内外棉第五工場からの電話を捕房（租界の警察署―訳者注）が受けた。第五工場ではすでにストライキ中の労働者が機械を破壊中だという。捕房がすぐに警官を派遣すると約千五百人の労働者が工場に集まっていた。（略）事の次第は二月九日の昼時に数名の身分不明者が工場内でビラを撒き、午後三時五十分に労働者たちがストライキ宣言をしたということである。

（Ⅱ）二月十一日　二月十日午前十時三十五分、捕房は麦根路（現在の石門二路北段―編者注）六十号にある内外棉第九工場からの電話ですぐさま警官を工場に派遣した。工場側によると、同属会社の第五工場で約二百名の労働者が工場内に強行進入し、労働者を脅かして家具や設備、公共用品、棉すき部、紡績部の機械の一部を破壊したという。当時は千五百名もの労働者が工場を離れていたが、彼らはストライキを行っている労働者に同調せず、その後、スト中の労働者たちは目標を労勃生路（現在の長寿路―編者注）六二号の第十三工場に向け、工場の機械を停止させ窓や家具を破壊した。また、日本籍、中国籍の労働者を殴打、警官が来て破壊行為は止められ、十二名が逮捕された。その中に今回の破壊活動の頭目とみられる者と学生階級に属する一人の青年がおり、労働者と同じ棍棒のようなものを手にしていた。調査の結果労働者達は滬西工友倶楽部の煽動を受けていたと判明した。

（Ⅲ）二月十六日　北極司非而路（現在の万航渡路—編者注）二百号にある豊田紡績株式会社の工場の一つで十五日の午後七時半にストライキが発生した。日本の工場主によると十五日の午後七時半ごろ、北極司非而路から来た煽動分子たちが壁を乗り越えて工場に侵入し、労働者たちに作業中止を勧めたという。それに煽られた労働者たちが機械を停めたり、他の仕事場へ行き、そこの労働者にストライキを呼びかけた。一時はパイプや梭、綿糸などが機械の上に投げ出され、いくつかの電球も割られた。（略）工場では機械を破壊したとして九名の男性労働者が逮捕された。（略）また「白旗」を振りかざす学生風の女性がおり、煽動分子の重要な一人と見られる。

（Ⅰ）（Ⅱ）の報告書は内外棉工場のもの、（Ⅲ）は豊田紡績工場のものであるが、夜に騒動が起こった点は『上海』のシーンと同じで、いずれもストライキを起こした労働者が工場で破壊活動を行ったものである。（中国側史料では内外綿を内外棉と記しているため、以降両表記を使用することにする）ここで注目すべきは（Ⅱ）と（Ⅲ）の報告書である。（Ⅱ）では警察に逮捕された者の中に「破壊活動の頭目とみられる者と学生階級に属する一人の青年」がいたとあり、（Ⅲ）ではストを煽動した者の中に「白旗」を振りかざした「学生風の女性」がいたとある。労働者階級ではなく知識階級に属する二人の学生風の者たちは、『警務日報』にたびたび指摘される大学生であり、共産党員であった。[5]「白旗」を振りかざす行為も彼らの常套手段で、こうした点から推測すると『上海』に書かれた最初の暴徒による騒動は共産党員の煽動による破壊行為と解釈される。しかし、小説では党員の芳秋蘭がそれを否定をしている。

『警務日報』に記録された内容を見ると、内外棉における労働者のストライキは二月九日の第五工場を口切りに、翌十日で三件、十一日で九件と次第に増え始め、十三日から二十六日までは十件の工場が操業を停止していることがわかる。(6) しかし二十七日になると工場主と労働者との間に中国側の役人と商業界の役員たちが調停に入ってすべての工場が操業を一旦再開し、組合の支持を受けた労働者が一応勝利した形でストは終結している。その後、内外棉の各工場では三月三日から五月十四日まで単発的な半ストはあったがほぼ正常に戻った。

三、第二回目の事件

この暴動は『上海』(書物展望社版)の「三一」にあり、「顧正紅事件」と呼ばれた五・三〇事件に直接つながる歴史的な出来事であった。高重の管理する工場は一回目の騒乱後、殆ど操業は停止され、機械を守る反共産派の工人達と共産派の攻防が繰り広げられ「工人達は黙々とした機械の間で、やがて襲つて來るであらう暴徒の噂のために蒼ざめてゐた」という状態にあった。そこへ「聲を潜めて馳けてゐる黒い一團」が工場内に侵入し、反共産派の工人達と衝突した。この騒動を抑えようと「印度人の警官隊」が応戦したが、「黒い一團」はひるむことなく工場の奥まで入り込み最後は反共産派の工人も共産派の勢力にとけ込んで高重たちに襲いかかっている。

一九二五年五月十五日に上海で起こったいわゆる顧正紅事件は五・三〇事件の引き金となったといわれるものである。横光利一にとって最初の長編となった『上海』では、この事件は「東洋紡績」の暴徒による事件に続く第二の事件として描かれている。顧正紅事件は実際には上海にあった内外綿工場内で起こり、インド人巡査と日本人社員が暴徒とみなした中国人労働者に対し、自己防衛ということで発砲し、その結果死傷者を出したというもので、その時被弾して死亡したのが中国人労働者顧正紅であった。前田愛氏は論文「SHANGHAI 1925」の中で「横光は顧正紅の名を承知で伏せてしまったにちがいない」と指摘し、さらに「『工部局属の印度人警官』を射殺事件の共犯者に仕立てあげた『虚構』は、中国工人の正当な主張を不当な言いがかりに切り下げるためとしか思われない。横光が意識的に筆を枉げたかどうかは確かめることができないが、結果的には事件の責任をできるかぎり回避しようとする内外綿会社の理論が、この場面のコンテクストのなかにすべりこんでしまったのである。」と述べ、鋭く横光の歴史認識について言及している。(7) 前田氏による『上海』における顧正紅事件に関する描写の検証は、それまで誰も行わなかったものなので、その研究成果は非常に高く評価されるものである。しかし、横光が果たして本当に前田氏が指摘したような意図でこの事件を描いたのかどうかということについては、まだ検討の余地があろうかと思われる。

前田氏の「『工部局属の印度人警官』を射殺事件の共犯者に仕立てあげた『虚構』」とする考察は、『上海』執筆当時における横光の歴史認識を知る上でも極めて重要なものであり、また顧正紅事件に続く五・三〇事件の描写にも直接関係するものなので再度検証し確認する必要がある。

近年、伴悦氏は前田氏のこの指摘に対し疑問を投げかけている。伴氏は横光の初出「持病と彈丸」だけでなく、当時の顧正紅事件に関する日本側の資料に「印度人巡査」の文字ばかり鮮明に表れ、当事者である「日本人」の文字が表面化されていないことに注目し、当時は顧正紅事件に関して「制限された共通認識」があったため、決して横光が意識的に筆を枉げたのではないと考え、「横光だけの『虚構』というにはきわめて制限された共通認識の範囲内のものとみなされていいのではないか。」と述べている。(8) 初出やその後の版本に見られる伏せ字の多さから見ても、小説の発表時にはかなりの「制限」があったことは容易に想像でき、横光自身も改造社版の序で「描くこと自體の困難の他に、發表することが困難である」と書いているように、どのように事件を扱うかは横光自身が苦しんだ問題であった。伴氏に続いて濱川勝彦氏も前田論に反論している。濱川氏は横光が利用した資料は日本側のものであったとしながらも、日中双方の言い分を振り分けて書いているので、故意に事実を枉げていないと論じている。

横光が使用したであろう日本側の資料——例えば、大正十四年五月ころの新聞を見ると、この時期の事情がよくわかる。「大阪毎日新聞」夕刊（大正十四・五・十七付）では、上海特電十五日発として、十五日夜七時半、上海内外綿職工の怠業はついに暴動化したため、取り鎮めの「印度巡査が発砲し」十数名の重軽傷者を出したと報道し、同時に上海特電十六日発として、中国側はこれを日本人のピストルによる発砲として宣伝していると報じている。(9)

顧正紅事件については高綱博文氏の詳細な研究がある。高綱氏は現在調査可能な日中双方の同時代史料から得られた結果として「現在の史料状況では顧正紅殺害の主犯を特定することは困難であるが、日本人の発砲により被弾したことが顧正紅の死因であることだけは間違いないものといえよう(10)」と述べ、日中双方の関連史料の分析から史実追究を行っている。しかしながら、高綱氏の緻密な検証作業を以てしても事件の真相を明らかにすることは難しいのが現状である。

中国側の史料「為日人慘殺同胞顧正紅呈交渉使文」は顧正紅事件に関する報告書で特に注目すべきものである。(11)それは日本人の発砲の事実を伝えるとともに、インド人巡査の発砲状況も記録しているからである。その報告書では「当時の内外綿副総支配人であった元木と、第七工場支配人の川村がピストルを乱射して労働者二名に弾が当たって倒れ、労働者は四散逃亡した。」という報告に続いて、「同時に東五工場、西五工場、第八工場の労働者が騒動を聞きつけて集まり出した。日本人も各工場から職員三十数名が集まり、工場で雇われたインド人巡査数十人も、手にピストルや鉄棒を持って労働者に向かって乱射や殴打をくり返した。その時負傷して倒れた者も多かった。」とあり、日本人による単独の発砲と日本人にインド人巡査を加えた複数の発砲現場を分けて記録している。このように発砲事件を二つの場面に分けた報告書は他に見あたらず、高綱氏もこの報告書について「その後顧正紅事件が反日宣伝に利用されて事件が誇張されたものと異なり、労働者側から見た事実関係の反面をかなり正しく伝えているものと思われる。」と一定の史料評価を与えている。この史料は事件直後に書かれた労働者側の報告書であるので信憑性はかなり高いと思われる。史料に書かれている日本人二名の発砲で被弾した人物が果たして顧正紅本人であったか否かは明確にされていないが、中国側の史料にもインド人巡査の発砲が記録されているのは重要であり、このことは横光が決してインド人巡査を作品中で故意に共犯者に仕立て上げたものでないという証にもなろう。

茅盾はこの事件について『私の歩んだ道』で次のように回想している。

五月十五日、第七工場の夜勤労働者が仕事に行くと、工場の門がかたく閉ざされていた。工場側は糸がないので労働者たちに家に帰るよう公布した。労働者たちは工場の門を叩いたが工場側はそれを無視した。その後、顧正紅が労働者たちを引き連れて工場の門を打ち破り、大勢の労働者が工場内に入った。そのため工場の門番の日本人と密偵は棍棒や鉄棒で労働者を乱打し、数名の負傷者を出した。ちょうどその時、内外棉工場の総副支配人と第七工場の支配人が武器を手にした多くの手下を現場に連れて来た。第七工場の支配人はリーダー格の人物がこれまでずっと注意してきた労働組合の活動家、顧正紅なのを見て、彼に向かって立て続けに四発発砲し、顧正紅はあっという間に地に倒れた。十六日の午後、顧正紅は重体のまま栄誉な犠牲となった。(12)

当時、茅盾は直接その現場を見たわけではなかったが、彼は一九二〇年十月に李達、李漢俊の紹介で共産主義小組に入り、商務印書館の編集の仕事を続けながら共産党が設立した上海大学で小説研究を講義し、また上海地方兼区執行委員会にも出席していた。だから顧正紅事件のいきさつを党員の情報として知ることが出来たのである。

また、当時の工部局『警務日報』の記録には五月十五日のこととして次のような報告がある。

現在、八千名に近い内外棉株式会社の労働者が失業中である。第七工場の約千名の労働者が自主ストライキを行っている。第十二工場では千名近くの労働者が失業しているが、それは該工場が通常第七工場から供給される原料を得ることが出来ないからである。東第五工場、西第五工場と第八工場の労働者たちも、上述した二つの工場が五月十五日の夕方に原料待ちで操業を停止した。工場側は通知を貼り出し、第七工場と第十二工場の操業停止は五月十八日までで、第十二工場の労働者に対しては操業停止期間は五十%の賃金を支払うことを通知した。しかし、この二つの工場には多くの夜勤労働者がいて、その日の午後五時半に列をつくって工場に入り、仕事につく準備をしていた。彼らは工場の入口に印度人警官三名と十五名の日本人検査員が行く手を阻んでいるのを見つけ、大きな門を叩き壊して工場の敷地に強行進入した。そして第七工場と工具室に入り、数名がそこで棍棒などの武器を取って日本人と衝突し、無勢の日本人たちはピストルを取り出して発砲した。弾は七人に命中し、群衆は逃げ去った。報告によると、負傷した者に顧正紅という名の者がおり重体であるという。(13)

報告書にある二つの工場とは内外綿の第十二工場と第七工場のことで、この報告書では発砲の現場は一カ所で、日本人たちが発砲したとし、インド人巡査の発砲は記録されていない。そして、被弾したのは七名でその一人が顧正紅であったとしている。工部局董事会における英国の政治的立場がこの事件に影響していたのかどうかはわからないが、日中双方の史料にインド人巡査の発砲が出ているのに対して、『警務日報』にはそれが報告されていない。

横光はこの発砲の現場をどのように描いているのであろうか。本書の校合からその部分を見てみたい。なお底本は書物展望社版「三一」、①は初出雑誌、②は改造社版の表記である。

《①團々と膨脹して來る群衆の勢力に、》
反共派《<①、、、》の工人達は、《①②ナシ》この團々と膨脹して來る群衆の勢力に《①ナシ②この團々と膨脹して來る群衆の勢力に、》巻き込まれた。彼らは群衆と一つになると、新しく《<①②ら》群衆の勢力に變りながら、逆に社員《<①、、②××》を襲ひ出した。社員は《<①、、②××①②は、》今はいかなる抵抗も無駄であつた。彼らは印度人の警官隊と一團になりながら、群衆に追ひつめられて庭へ出た。すると、行手の西方の門から、また一團の工人の群れが《①②が、》襲つて來た。彼らの押し詰つた團塊の肩は、見る間に塀を突き崩《①②崩》した。と、その倒れた塀の背後から、兇器を振り上げた新しい群衆が、忽然として現れた。彼らの怒つた口は《①②は、》閧の聲を張り上げながら、《①②ると》社員《<①、、②××》に向つて肉迫した。腹背に敵を受けた社員達《①、、》は《①②は、》最早や動くことが出來なかつた。今は《①②ナシ》最後だ、と思つた《<①②——今は最後だ。①、、》高重は、《①②ナシ》仲間と共に拳銃《①、、、、②××××》を群衆に差し向けた。彼の引金《①、、》にかゝつた理性の際限が、《①ナシ》群集と一緒に、バネのやうに伸縮した。と、その先端《①、、》へ、《①で》亂れた蓬髪の海が、速力を加へて殺到《①倒》した。同時に、《<①と、》印度人の警官隊から銃が鳴つた。續いて高重達の一團から、《①ナシ①、、、、が②一團から××××が》——群集の先端の一角から、叫びが上つた。《①、、、、、、、。》

すると、その一部〔、、、、。群集〕は翼を折られたやうに〔①②に、〕へたばつた。

「、」と「×」はともに伏せ字であるが、これは横光が故意に伏せたものではなく、当時の検閲によるものである。①と②はともに発砲現場は一カ所であり、インド人巡査と日本人の複数発砲となっている。そして①「――群集の先端の一角から、、、、、、、、。、、、、、。群集は翼を折られたやうに、へたばつた。」②「――群衆の先端の一角から、叫びが上つた。すると、その一部は翼を折られたやうに、へたばつた。」のこの部分が顧正紅を含む中国人被弾者を描写したものである。しかし、前田氏が指摘したように横光は顧正紅の名前を伏せているので、ここでの描写ではまだ顧正紅が被弾した事件であるとは誰もわからない。顧正紅事件であることがしだいに明らかになるのは次の部分（書物展望社版「三三」）からである。

此の騒ぎの中で、高重〔①、、〕ら一部の邦人と、工部局屬〔①、、、、、、〕の印度人警官の發砲した彈丸は、數人の支那工人の負傷者〔②負〕を出したのだ。その中の一人が死ぬと、海港の急進派は一層激しく暴れ出した。彼らは工部局の死體檢視所から死體を受けとると、四ヶ所の彈痕が盡く日本人の發砲〔①、、、、、、、、、の②××人の發砲〕した彈痕だと主張し始めた。

①と②の「その中の一人が死ぬと」という部分が顧正紅の死を指し、①「彼らは工部局の死體檢視所から死體を受けとると、四ヶ所の彈痕が盡く、、、、、、、、、の彈痕だと主張し始めた。」、②「彼らは工部局の死體檢視所から死體を受けとると、四ヶ所の彈痕が盡く×××の發砲した彈痕だと主張し始めた。」の部分は、前出の「為日人惨

殺同胞顧正紅呈交渉使文」にある「現に顧正紅は身体に四発の弾を受け、弾は腹部の腸を貫通し治療の方法がない」というのと一致する。「四ヶ所の彈痕」の原因については初出では伏せ字になっているが、あきらかに日本人によるものとわかる。しかし、改造社版『上海』で加筆された部分「三一」ではインド人アムリと山口の会話があり、発砲の責任はインド人巡査と日本人の双方が持つようになっている。

「今度の事件はなかなか厄介で困つたね。東洋紡の日本社員は、最初發砲して支那人を殺したのは印度人だと頑強にいつてるが、ああいふことを頑強に云はれては、われわれもいつまでも默つちやゐられなくなるからね。」

「しかし、あれはまア、發砲したのが日本人であらうと印度人であらうと、押しよせて來たのは支那人なんだから、誰だつて發砲しようぢやないかね。〔②ナシ〕文句はなからう。」

「それはさうだが、さうだとしたつて、罪を印度人に負はせる必要はどこにもないさ。」

「しかし、あれは君、檢視してみたら彈丸が印度人のと日本人のとが這入つてゐたといふので、何んでも今日あたりからいままでの排日が、排英に變つていくさうだ。それなら、君だつて賛〔②贊〕成だらう。」

実際に弾丸は顧正紅の腹部を貫通しているので、身体に弾丸が残っているということはなく、インド人巡査の発砲した弾と日本人の発砲した弾が見つかったというのは、あくまでも横光のフィクションである。しかし、加筆によってインド人巡査に発砲の責任を再度持たせたとしても、顧正紅事件の流れを見るかぎり、前田氏の言う「『工部局属の印度人警官』を射殺事件の共犯者に仕立てあげた『虚構』」と解釈すべきものではないだろう。改造社版の加筆に関して、伴氏は横光の加筆理由として「特に英国への拮抗を基底に図面を引いていた」ことを指摘し、濱川氏は「当時者とされる印度人からの抗議を提出することは、先の動乱の記述を相対化するもの」と述べており、両氏の指摘の方がより横光の意図に合致するものと思われる。

　横光は顧正紅事件を描くにあたって日中双方の史料を参考とし、日本人と印度人巡査の両方に発砲させた。おそらくその描写で問題となるのは、まずインド人巡査の発砲があり、ついで高重らが発砲したということであろう。現存する史料からの完全な検証は難しいということは前述したとおりで、この部分については日本人が先に発砲したという報告もあるため、史実ともフィクションとも断定しかねるが、とにかく横光は㈠「インド人巡査→高重ら日本人」という順番で事件の流れを描いている。が、「持病と彈丸」では事件の結果として「此の騒ぎの中で、、、ら一部の、、、、、印度人警官の發砲した彈丸は數人の支那人工人の負傷者を出したのだ。」（改造社版では「高重ら一部の邦人と、工部局屬の印度人警官の發砲した彈丸」）とある。ここでは伏せ字になっているが、㈡「高重ら日本人→インド人巡査」という順になり、㈠と発砲の順番が逆転している。また雑誌初出の「婦人」に高重の弟甲谷の言葉として「それにしても、兄の高重もひどいことをしたものだ。高重と印度人の鐵砲一つの彈丸が、街をこんなに混乱させてしまう原因にならうとは」とあり、ここでも㈢「高重→インド人」の順となっていて、㈡と同様、発砲した順序㈠と逆になっている。以上のことを表にすると以下のとおりとなる。

「大阪毎日新聞」	印度巡査発砲
『五卅運動史料』	日本人＋インド人巡査
『警務日報』	日本人発砲

『上海』	㊀印度人の警官隊→高重達の一団 ㊁高重ら一部の邦人→印度人警官
「持病と彈丸」	印度人の警官隊→高重の、、、、、 、、ら一部の、、、、、印度人警官
「婦人」	高重→インド人

こうした発砲順とは逆に日本人（高重ら日本人）への責任を追及する形の記述方法は濱川氏の指摘した「動乱の記述を相対化」するものでもあり、これこそ横光の歴史見識を示すものといえよう。[14] 横光は後に「上海の事」において次のように述べている。

私は上海に関しては、上海人自身の見方も正しいとは思わない。また外人の見方も正しいとは思はぬ。従って私の見方も恐らく誤つてゐると思ふ。いつたい、上海に関して誰が一番正確な判断が下せるか、とこのやうに考へたことは、しばしばであるが、未だに私はただこの一つの思考にさへ適当な解釈を与へることが出来ない。[15]

「上海に関して誰が一番正確な判断が下せるか」という問いかけこそが、前述した前田氏の指摘への回答であり、ここから歴史とフィクションを融合させようとした横光の基本姿勢がうかがえるのである。

記録によれば五月十八日の午後二時に閘北潭子湾滬西工会の外の野外広場で顧正紅の哀悼会が開かれ、棺の前には約二千人が参列したという。その様子を『上海』「三三」では次のように描写している。なお、①は初出雑誌、②は改造社版のものであるが、①と②で示した六行の部分は書物展望社版では省略されている。

總工會に置かれた死亡工人の葬儀は、附近の廣場で盛大に行はれた。參木の取引部へは、刻々視察隊から電話が來た。

②それがいちいち掲示板に書きつけられた。

①②――葬儀場には五百餘流の旗が立つた。

①②――参加團體は三十有餘、無慮一萬人の會葬者あり。

①②――棺柩を包んで激烈なる、、《②××》演説輻輳す。工場を襲ふは遲くも今夕であらう。

①②――所々に、、、、《②×××》との衝突あり、、、、、《②檢束者》十數名に及ぶ。

①②――學生隊は、、、、《②檢束者》を奪はんとし、、、、、、、、《②××》を襲ふ。

これは明らかに五月十八日の野外葬儀の状況をいうもので、總工会とは滬西工会（滬西工友倶楽部）のことである。小説にある「會葬者一萬人」というのは誇張された数字であり、『警務日報』の五月二十四日の報告には

工友倶楽部の指導の下、スト労働者の顧正紅の追悼会が二十四日午後、閘北潭子湾倶楽部附近の広場で行われた。（略）約五千人が追悼会に参加し、その中には百名の学生と数人の婦女がいた。（略）追悼会会場には約三百もの旗や掛け物があった。[16]

とあるので、おそらく『上海』のこの場面には五月二十四日に実際に行われた顧正紅の悼会の様子が加えられたも

のと考えられる。

また葬儀の様子では「×××との衝突あり」「検束者十數名に及ぶ」とあるが、『警務日報』では葬儀日も追悼会の日も混乱は無く秩序正しく挙行されたと報告されているので、「衝突」や「検束者」は横光が作品に緊迫感を持たせるために新たに加えたものであると考えられる。

『上海』「三四」（「持病と彈丸」）では顧正紅の葬儀、追悼会以降、つまり五月二十五日から事件前日の二十九日までの期間を「襲撃された邦人の噂が、日日市中を流れて來た。邦人の貨物が略奪されると、燒き香てられた。」と日本人に対するテロが多発している描写で話を進めているが、この期間は実際には抗議集会の開催と抗議ビラの散布などがあった程度でとりわけ目立った襲撃は発生していない。「襲撃された邦人の噂」について『警務日報』をみると五・三〇事件後に多発しており、幾つか例をあげてみると次のような事件が起こっている[17]。

① 六月一日　日本人三名が暴徒の襲撃を受ける。／日本人に対する小規模の襲撃事件発生。

② 六月二日　日本の東方製氷工場が破壊を受ける。／日本人二名が殴打される。日本の商店のガラス割られる。／共同租界の日本人が襲われる。米を盗まれる。／市場で数人の婦女がからかわれる。／シルク製造会社の日本人が殴られる。／日本人巡捕が蘇州河に投げ込まれる。

③ 六月三日　日本人二名が殴打される。

④ 六月六日　毎日新聞社社員が被害にあう。

⑤ 六月十四日　帽子を盗られる。／衣服を盗られる。／米を盗られる。／日本人が襲われる。

これらの記録から確かに「襲撃された邦人」は多数存在していたことが判明するが、その襲撃は顧正紅事件に直結するものではなく、むしろ五・三〇事件が直接の原因となっているようである。「上海」の中で日本人に対する襲撃事件を実際の発生日よりも前倒しにしているのはおそらく五・三〇事件をより効果的に表現するための工夫ではなかろうか。

四、五・三〇事件

一九二五年五月三〇日の午後、上海の南京路に集結した中国人学生たちは民衆とともに労働者支援のデモを行った。それに対して共同租界のイギリス人官憲は発砲を命じ、現場では多くの死傷者を出した。これがいわゆる五・三〇事件と呼ばれるものである。この事件は同年二月から起こっていた日系紡績工場のストライキに端を発するとされるが、前述した顧正紅事件が大きな起爆剤となっていた。横光は改造社版の序で五・三〇事件について三度も言及している。今、その部分だけ抜粋してみると次のようである。

① この作の風景の中に出て來る事件は、近代の東洋史のうちでヨーロッパと東洋の最初の新しい戰ひである五三十事件である

② 五三十事件は大正十四年五月三十日に上海を中心として起つた。中國では毎年此の日を民族の紀念日としてメーデー以上の騒ぎをする

③　知識ある人々の中で、この五三十事件といふ重大な事件に興味を持つてゐる人々が少ないばかりか、知てゐる人々も殆どないのを知ると、一度はこの事件の性質だけは知つておいて貰はねばならぬ

短い序文にもかかわらず「五三十事件」という言葉を三度も繰り返しているのは、それだけ事件に対して横光が強い関心と意気込みを持って臨んでいたことの表れであり、事件をどのように描き、それをどう伝えるかが『上海』の大きな使命になっていたことを如実に示している。

(1)放水のシーンについて

『上海』「三四」では警察署に殺到した群衆の姿を次のように描いている。（底本は書物展望社版、①は初出雑誌、②は改造社版）

㊀群衆〔②集〕のその長い列は、検束者を奪ふために〔①②ナシ〕次第に嚙まれた頭の方位へ縮りながら〔①②ら、〕押し寄せた。石の闕門は竈の口のやうに、群衆〔①②集〕をずるずると飲み込んだ。と、急に、群衆〔①②集〕は吐き出されると、逆に參木の方へ雪崩れ〔①崩雪②雪崩〕て來た。闕門からは、竝んだホースの口から、水が一齊に吹き出したのだ。水に足を掬はれた旗持ちが、石の階段から轉がり落ちた。ホースの筒口が、街路の人波を掃き洗ひながら〔①②ら、〕進んで來た。

㊁その勢ひに乘じて再び動き始めた〔①②ナシ〕群衆は、〔①②ナシ〕口口に叫びながら〔①②ら、〕工部局〔①、、、②×××〕へ向つて殺到した。ホースの筒口か

ら射られる水が、群衆をひき裂くと、《①ナシ》八方に《①ひて》吹き倒した。㊂も早や《①②ナシ》群衆は中央部の煽動に完全に乗り上げた。さうして口口に外人を倒せと叫びながら、《①②喊聲を上げながら、》再び警察《①、、②××》へ向つて肉迫した。爆ける水の中で、群衆の先端と巡羅《①、、②××》とが《①②が、》轉がつた。

このあと警察が発砲して現場はパニック状態に陥るのだが、そこに至るまでの描写に横光は「ホースによる散水」を何度も書いて強調している。㊀にある「石の關門」とは南京路の北側に位置している老閘巡捕房のことで、ここに押寄せた群衆に対して警察が発砲し、十数名が死亡、数十名の負傷者を出した。これがいわゆる五・三〇事件と呼ばれるもので、史実では老閘巡捕房の責任者であったエヴァーソン（Everson, Edward William）が発砲命令を出している。「三四」の中で発砲場面が書かれているのは上記㊀〜㊂の放水シーン以後のことで、㊂に続くものとして次のように書かれている。

大厦の崩れる《①②崩》やうに四方から押し寄せた數萬の群衆は、忽ち格闘する人の群れを押し流した。街區の空間は今《①、、の②××のく》や巨大な熱情のために、膨れ上つた。その澎湃とした群衆の膨脹《①②張》力はうす《①②ナシ》黒い街路のガラスを押し潰しながら、關門へと駈《①②馳》け上らうとした。と、一齊に關門の銃口が、火蓋を切つた。

ここで注目すべきは、警察が群集に発砲する前に、その前段階としてホースによる放水を行っているということである。『警務日報』や当日、現場に居合わせた茅盾の回想録などを見ても、事件当日に警察側が放水したという記録は見られず、突発的に起こった五・三〇事件では、もともとデモ隊を散会させるための「散水」の準備はなく、ほとんど余裕のない状態で、むしろ警官の突然の発砲によって現場が混乱したというのが事実らしい。

横光は群集への発砲という歴史的な場面を非常にリアルに描写しているが、改造社版では、より「ホースの水」にこだわり、初出の「持病と彈丸」には見られなかった「ホースの水」の場面を更に一カ所改稿時に加えている。今、改稿前と改稿後の部分を比較のため示してみる。

> 彼は初めて、現實が視野の中で、[①ナシ]強烈な活動を續けてゐるのを感じ出した。しかし、依然として襲ふ淵のやうな空虚さが、[①ナシ]ますます明瞭に彼の心を沈めていつた。彼は最早や、[①ナシ]爲すべき自身の何事もないのを感じた。彼は一切が馬鹿げた踊りのやうに見え始めて來るのであつた。[①②ナシ]すると、幾度となく襲つては退いた死への魅力[①ナシ]が、煌めくやうに彼の胸へ滿ちて來た。[①②始め]彼はうろうろ周圍を見廻してゐる[①す]と、[<①街路の眞中に立ち停つて放尿した。]死人の靴を奪つてゐた乞食が、ホースの水[①跳ね返る]に眼を打たれて飛び上つた。

①の「持病と彈丸」では主人公参木が事件に巻き込まれ、現実に起こっている出来事に非力な自分を感じると、突然、街路（この場合は南京路であろう）の真ん中で放尿するという行動を取っている。乞食が「跳ね返る水に眼を打たれて飛び上がった。」とあるが、「跳ね返る水」というのはこの場合、放尿によるものであろう。しかし、改稿され

た改造社版『上海』には放尿の場面はなくなり、乞食が眼を打たれたものは「ホースの水」になっている。なぜ横光は五月三十日の事件に四回（初出は三回、改稿後は四回）もホースによる放水のシーンを入れたのであろうか。

五月三〇日の当日、ちょうど現場に居合わせた中国の作家茅盾は『私の歩んだ道』の中で次のように書いているので参考となる。(18)

> 五月三〇日、労働者、学生はさまざまな方向から南京路に集まった。上海大学とその他の大学・高中学の学生たちの多くの宣伝隊が、道すがら講演し、多くの通行人を引きつけた。あちらこちらで「打倒帝国主義」を叫んでいた。南京路の老閘警察署の巡査が大挙出動し、手当たり次第に殴打してけが人を出したが、デモの群衆は後退しないばかりか、巡査の暴行に激怒した見物人たちまでがデモ隊に加わり、南京路の交通は遮断された。
>
> 私と徳沚、それと楊之華が上海大学の学生宣伝隊と一緒に先施公司の前まで行ったとき、突然、前方で立て続けに銃声がしたのを聞いた。すると人々がどっと後退してきた。私たちは立っていることが出来ず、とりあえず先施公司に入って行った。

ここに登場する徳沚とは茅盾の妻のことで、楊之華は瞿秋白の妻である。この回顧録では労働者と学生で構成されたデモ隊が巡査らと衝突するまでの場面が鮮明に語られている。

史料から確認出来るホースによる放水は、実際は事件翌日の五月三十一日のことで、『警務日報』には次のように記録されている。(19)

（五月三十一日）午後三時、南京路に男女学生の一団がいた。彼らの態度はとても増長していたが、強大な警務増援部隊と二台の消防車が到着すると、それらは彼ら群衆達を鎮める作用を果たした。

ここでは二台の消防車の出動についてしか触れられていないが、三十一日に実際にホースによる放水が行われたことは、茅盾の回想録及び散文、葉紹鈞の作品などから確認がとれる。関係する部分の抜粋を次に示してみる。(20)

（A）より大規模で組織的な大デモが五月三十一日の午前に開始された。私と徳沚はすでに「十二時出発、南京路集合」の通知を受けていた。私たちの隣に住んでいた（順泰里十二号）楊之華も来た。私たち三人は互いに冗談を言い合った。ひとりが、今日は水道の水の掃射（これは巡査が長い消防ホースで群衆に向って水道の水を浴びせることである）を浴びそうだと言うと、もうひとりが、それならば雨衣を着て行かなくてはならないと言い、三人目が、わざと雨衣も傘も持たずに我々の何者をも恐れぬ精神を示そうという具合であった。

（B）われわれが南京路に着いたとき、先施公司の大時計はちょうど十二時三〇分を指していた。路の両側の歩道にはすでに若い学生や労働者が三々五々集まっていた。このとき、水道の水はまだ飛んでこなかったが、雨が降り出した。

（C）幾隊もの三道頭（英国籍の巡査長）とインド籍の巡査がピストルを抜いて棍棒を振り回して群集を追い散らし、宣伝用の貼紙を破って回っていたが、彼らが前方の群集を追い散らすと、後方はすぐまた群集でいっぱいになった。宣伝用貼紙を一枚破って前へ進めば、次の貼紙がきちんと元の場所に貼り付けられた。ついに彼らは消火栓を開いたが、全身ずぶ濡れになった群集は増える一方だった。

（D）Gが言った。「今日我々は傘を持たないで、雨衣も着ないで行こう。薄着で銃弾の洗礼を受けよう。」「今日は銃弾の洗礼は無いかもしれない。水道の水の注射を受ける準備が必要だ。」

（E）幾隊もの「三道頭」と「インド巡査」がピストルを抜き、棍棒を振り上げて、そこにいる群集を追い払いながら、新たに貼られた宣伝貼紙を破りに行った。しかし、彼らの行為は徒労に終わった。前方の一群を追い払うと、後方にすぐまた一群の群集が現れ、たった今破ったばかりの宣伝貼紙は、振り返るともう元の位置に倍の二枚貼られていた。武力では群集の煮え立つ心を抑えることは出来ないのだ。そこで別の追い払う方法に出た。消火用のゴムホースを水道管につなぎ、密集している群集に向けて噴射したのだ。だが、何になるというのだろうか。群集はすでに雨に濡れているのだ。その気概は弾丸すら恐れるものではない。雨のようなホースの放水など何ものでもないのだ。

（A）（B）（C）は茅盾の回想録、（D）は散文「暴風雨—五月三十一日」から、（E）は葉紹鈞の長編『倪煥之』にある五月三十一日の南京路の場面からである。茅盾と葉紹鈞はともに当日現場に居合わせており、その時の様子を散文や作品に自己体験として書いていた。

放水のシーンに関して、横光の『上海』と茅盾、葉紹鈞の作品を比較すると、自己体験をベースとして書かれた茅盾や葉紹鈞の作品の方が本来ならよりリアルであるはずなのだが、なぜか横光の『上海』の方が彼らの作品よりも臨場感や迫力という点で上回っているように感じられる。その原因の一つは事件当日の作品展開において、横光がフィクションとして四回も放水のシーンを描き、さらに翌日にも放水のシーンを三回も書き加えたことと関係があると考えられる。

⑵発砲のシーンについて

五・三〇事件が起こった翌日三十一日の南京路は警察の発砲に対する抗議のため、上海の学生や労働者が大勢集まった。茅盾の回想録には「より大規模な、より組織的な大デモが、五月三十一日午前開始された。」と記されている。この日は昼過ぎから雨が降り出し、デモ隊にはホースの水が浴びせられていたが、前日のような警察からの発砲はなかった。しかし、横光は『上海』にデモ群集に対する発砲のシーンを書き加えている。

① もしいま一度彈丸が發射されたら、此の海港の内外の混亂は何人と雖も豫想することが出來ないのだ。しかし、そのとき、群衆の外廓は後方で膨れる力に押されながら、ホースの陣列を踏み潰した。發砲が命令された。銃砲の音響が連續した。

② 參木には、その後の市街の混亂は全世界の表面に向つて氾濫し出すにちがひないと思はれた。すると、新たに流れて來た群衆は再び發砲された憤激の波を傳へながら、會場の周圍の群衆へ向つて流れ込んだ。

茅盾は回想録の中で三十一日の夜、瞿秋白の話として次のように書いている。

　僕はもう一押ししたらどうかと思った。多くの労働者と学生を動員して、引き続き南京路でデモをさせ、イギリスの巡査がそれでもまだ発砲するかどうか見てやる。もし彼らがそれでも発砲すれば、事態は拡大し、全国人民の愛国の怒りをかきたて、全世界の人民も我々に同情と支援を寄せてくれるだろう。[21]

瞿秋白は共産党中央では五・三〇事件を受け、この事件を全国規模の反帝愛国運動に発展させる計画があったことを茅盾に話し、最終的には陳独秀が反対したので自分の意見は通らなかったと述べている。瞿秋白の考えではイギリス巡査を挑発して更なる発砲をさせたかったようであるが、『警務日報』にも三十一日の発砲の事実は記録されていない。

発砲が無かったにもかかわらず発砲のシーンを加えた横光の意図は何であったのか。これは前述したホース放水の有無と関連する問題である。『警務日報』の記録を見ると、警察が群衆に向かって再び発砲したのは六月一日のことである。以下『警務日報』の記録①と②を示す。[22]

①　六月一日の午前九時頃、一団となった中国人が浙江路と山西路の間にある南京路に集結していた。警察署の常備及び予備の巡邏隊はたびたび群衆を追い払うために出動しており、午前十時頃までは何事も無かった。しかし、群衆は南京路と福建路の曲がり角で電車への妨害を始め、パンタグラフを外したり石を投げつけたりしたので、すぐさま巡査が追い払った。暫くすると、約二千名ほどの群衆がまた集結し始め、再び電車の運行を妨

げた。彼らは乗客を引きずり降ろし、運転手と車掌を追い出した。その時、一台の消防車と中国消防員が駆けつけたのでホースによる放水を行った。群衆は非常に激怒し、彼らは消防員に投石し、消防車に向かって来ようとした。ちょうどその時、巡査長が、消防車と消防員の生命を守るためには武力行使やむをえずと発砲を命令した。常備巡査と予備巡査は群衆に向かって約四十発を撃ち、予期したとおり群衆はたちどころに逃げ去った。一名がその場で射殺され、十七名が負傷した。

② 昼の十二時二十分、インド巡査が浙江路の曲がり角で群衆の襲撃を受けた。自己防衛のため彼は発砲し、その結果三名が負傷した。

また六月一日は暴徒化した群衆の路面電車への攻撃も報告されている。『上海』にも群集の路面電車への破壊行為が描写されているので『警務日報』の記録を③、④として示してみる。

③ 午後一時頃、電車が新記浜路と兆豊路の間にある熙華徳路を通ると、労働者と若い学生たちの一団がほしいままに投石をして電車の窓ガラスを何枚も割っていた。その近辺には二、三百人ほどの一群がおり、二人の巡査が彼らを追い払おうとしたが逆に反撃を受けた。巡査長がピストルを取り出すと、彼らは慌てて逃げ去った。
（編者注―新記浜路は現在の新建路、熙華徳路は現在の長治路）

④ 午後五時四十五分、警察署は電車公司からの報告を受けた。麦根路と新閘路の曲がり角で電車の窓が暴徒によ

って割られていた。

茅盾の回想録にも六月一日の南京路における発砲について次のように書かれている。

六月一日、工部局は戒厳令を宣言した。上海に戒厳令が布かれた二週間、租界にはテロの恐怖が立ちこめた。南京路一帯は通行人が途絶えた。彼らは装甲車を繰り出す一方、騎馬警邏隊を派遣し、引き続き人の逮捕と無差別発砲による虐殺を行った。六月一日の「三者スト」の実現によって、上海市民は自発的に南京路へ見物に集まった。イギリス巡査はまず警棒を振り上げて彼らを追い散らし、続けて徒手空拳の群衆に一斉射撃を加え、死傷者二十数名を出した。(23)

『警務日報』と茅盾の回想録を総合すると、六月一日はホースの放水と発砲の両方があり、更に装甲車や騎馬警邏隊の出動などがあって戒厳令の布かれた南京路は五月三十日以上に騒然としていたことがわかる。ここで大変興味深いのは、史実の六月一日の状況が『上海』「三五」～「三七」(「海港章」)に描かれた五月三十一日の場面とほぼ重なるということである。「海港章」に見られた警察の発砲の場面の描写についてはすでに指摘してあるので、それ以外の史実と重なる部分を見ることにする。

① 市街の要路は警官隊に固められた。抜劍したまま駈け違ふ騎馬隊の間を、装甲車が辷つていつた。

② 警官はピストルのサックを脱して騒ぐ群衆の中へ潛入した。

③ 投石のために窓の壞れた電車が血をつけたまま街の中から辷つて來た。

①〜③はいずれも『上海』「三五」(「海港章」)の描写である。ここで見られる「騎馬隊」、「装甲車」、「ピストルを手にした警官」、「窓ガラスを割られた電車」は、すべて記録にある六月一日の状況と一致している。また「三五」(「海港章」)では「三四」(「持病と彈丸」)に続いてホースによる放水のシーンが三回描かれている。

① 道路の兩側に蜂の巣のやうに竝んでゐた消防隊のホースの口から、水が群衆目がけて噴き出した。その急流のやうな水の放射が、群衆の開いた口の中へ突き刺さると、ばたばたと倒れる人の中から、礫が降つた。

② 彼は彼の前で水に割られては盛り返す群衆の鋒を見詰め、倒れる旗の傾斜を見、投げられる礫の間で輝く耳環に延び上つた。すると、ふと浮き上る彼の心は、昨日秋蘭を見る前と同樣の浮沈を續け出すのを彼は感じると、やがてホースの水の中から飛び出るであらう彈丸をも豫想した。

③ しかし、そのとき、群衆の外廓は後方で膨れる力に押されながら、ホースの陣列を踏み潰した。

五月三十一日は実際にホースの放水があったとされるので、「三五」(「海港章」)の描写は事実通りのものといえるだ

対デモ対策	発　　砲		ホース放水	
資　料	『警務日報』等	『上海』	『警務日報』等	『上海』
5月30日	有	有「持病と彈丸」	無　→	[有]「持病と彈丸」
5月31日	無　→	[有]「海港章」	[有]	有「海港章」
6月1日	[有]	有「海港章」	有	有「海港章」

ろう。しかし、前述したように横光が発砲が無かった日に、あるいはホースの放水が無かった日に、それぞれ発砲と放水のシーンを加えたのはやはりそれなりの理由があったはずである。上の表は五月三十日から六月一日までの警察側の発砲と放水の有無を示し、それぞれ『上海』のものと比較したものである。

この表からわかることは、『上海』には五月三十日の事件発生から三日間連続して発砲と放水が書かれているということである。そして、その連続性を貫くために、実際にあった日のその場面をそれぞれ一日前倒し（□で囲った部分）にしているのである。このフィクションによる連続性の完成によって、五・三〇事件はより大きな事件として効果的に読者に印象づけられることになる。

『上海』に描かれている人や群衆の動きに水のイメージが多く使われているということはすでに指摘されているが[24]、この連続した三日間の事件描写の中には特に多く水の動きが取り入れられ、すべてが水の動きに還元されている。ホースの放水は「爆ける水」として群衆に向けられるが、しだいにそれは巨大なうねりとなった群衆の動きに同調して一体化し、群衆への発砲も参木に「ホースの水の中から飛び出るであらう彈丸を豫想」させることによって、最終的にホースの水も弾丸も群衆も、すべてが「圧迫された水」に還元されるのである。

道路に滿ちた群衆は露路の中へ流れ込むと、壓迫された水のやうに再びはるか向うの露路口に現れ、また街路に滿ちながら、警官隊の背後から嘲笑を浴びせかけた。

	事　件	初出雑誌	『上海』改造社版 書物展望社版	※史実との整合性
5月15日	顧正紅事件	「掃溜の疑問」・二	二三	○
5月30日	五・三〇事件	「持病と弾丸」・九	三四	○
5月31日	南京路の大デモ	「海港章」・一	三五	○
	※煙草工場の襲撃	「海港章」・三	三七	×
6月1日	上海に戒厳令			○
	上海総工会等スト	「海港章」・四	三八	○
6月2日	特別納税会議	「海港章」・四	三八	○
	騎兵隊への襲撃	「海港章」・四	三八	○
	※群衆への発砲	「海港章」・四	三八	△

注：初出雑誌、改造社版、書物展望社版の数字はすべて章の番号である。※の煙草工場の襲撃は史実にはないものである。※群衆への発砲は史実として確認がまだ不十分のものである

（『上海』三五・「海港章」）

「圧迫された水」の動きこそ、横光がこの場面で求めていたものであり、それを可能にするものが連続したホースの放水と発砲であったのではないだろうか。

(3)五・三〇事件への流れ

前述したように『上海』では「外界の運動體」として歴史的な事件がいくつか描かれている。上表は歴史的な事件と作品（初出雑誌と改造社版、書物展望社版）との関連を示したものであるが、この表からわかるように横光は五・三〇事件に関して、事件発生日の五月三十日から六月二日までを連続的に描いている。

五、中国作家茅盾と五・三〇事件

横光利一が雑誌『改造』に『上海』の元となる小説を発表したのは一九二八年十一月からであったが、その前年の一九二七年に茅盾は中篇「幻滅」を書き、『小説月報』に発表している。そして、一九三〇年には長編『虹』を、一九三三年には長編『子夜』を出版している。「幻滅」、『虹』、『子夜』

にはそれぞれ異なる形で五・三〇事件が描かれているので以下、五・三〇事件に関連する部分を各作品から抜粋し考察してみたい。

「幻滅」は茅盾にとって最初の小説であり、後に「幻滅」は「動揺」、「追求」とあわせて三部作の『蝕』として一九三〇年に上海開明書店から刊行された。「幻滅」の執筆に関して茅盾は「処女作「幻滅」を書く」の中で次のように述べている。(25)

《幻灭》从九月初动手，用了四个星期写完。当初并没有无很大的计划，只觉得从『五卅』到大革命这个动荡的时代，有很多材料可以写，就想选择自己熟悉的一些人物——小资产阶级的青年知识分子，写他们在大革命洪流中的沉浮，从一个测面来反映这个大时代。我是第一次从事创作，写长篇小说没有把握，就决定写三个有连续性的中篇，其中的人物基本相同。

（『幻滅』は九月の初めに書き始め、四週間で書き終えた。当初は特に大きな計画があったというわけでもなく、『五三〇事件』から大革命までの、この激動の時代には多くの材料があるので、自分が熟知している何人かの人物——プチブル階級の青年インテリを選んで、彼らの大革命の大きな流れの中での浮沈を描くことで、一つの側面からこの大時代を反映させようとしたのである。私にとってこれは初めての創作で、長編小説を書くことに自信がなかったので、ほぼ同じ登場人物を使った三篇の連続性のある中篇とすることにした。）

「幻滅」に描かれているのは一九二六年五月三十日の「五卅」一周年の日の出来事である。しかし、そこに見られる記念日の様子は、およそ記念日には似つかない冷めた情況下のものとして描かれている。「幻滅」の第三章は「S

大学的学生都参加「五卅」周年纪念去了——几乎是全体，但也有临时规避不去的，例如抱素和静女士。」（「S大学の学生はみな「五卅」一周年記念に参加しに行った――ほとんど全員が。だが、その時になってそれを避けた者もいた。例えば抱素と静女士である。」）という書き出しで始まり、記念日にもかかわらず一周年の会に参加しない学生、当時においてはきわめて特異な学生が作品の中心におかれている。

抱素はヒロイン・静女士の男の同級生で、周囲から二人は親密な関係にあると見られていた。「五卅」一周年のその日、抱素は静ともう一人静と同居している女性、慧とともに映画を見に行くが、その時、彼は学生たちの五・三〇記念活動に対し次のように言っている。

「这些运动，我们是反对的·，空口说白话，有什么意思，徒然使西牢里多几个犯人！·况且，听说被捕的「志士」们的口供竟都不敢承认是来演讲的，实在太怯，反叫外国人看不起我们！」
（「こうした運動には反対だな。口先だけで何の意味も無い。ただいたずらに牢屋の犯人を増やすだけだ。しかもだ、捕まった「志士」たちの供述ではみな演説に来たことを認めていないらしい。なんて臆病なんだ。これでは外国人に見下されるだけだ。」）

静は抱素のこの発言に対して何の意見もない。ただ彼女は「五・三〇」の日に外国人が経営する映画館に行くのはいささか気がひけると感じる程度で、結局は一緒に映画を見ることになる。抱素の学生運動に対する冷ややかな態度は、後に彼が学生運動を摘発する側のスパイであることが判明し、静がそれで幻滅するということから納得がいくが、ヒロインの静が五・三〇記念日に無関心であるという設定は、五・三〇事件体験者の茅盾の作品としては意外な感じがする。静は地方の出身で自分が住んでいる俗っぽい上海が好きになれない。だが、かといって後れている故郷も好きではない。彼女は学生たちの集会などにも参加する気はなく、大学生活にもさほど充実感を感じていない。しかし、作品全体を通してみると彼女はたえず何かに生きがいを求めていることがわかる。茅盾はヒロイン静について次のように述べている。(26)

《幻灭》的主人公是静女士，写静女士的不断幻灭。静女士是一个天真的梦想家，当她被卷进革命的潮流时，她对革命充满幻想，以为是革命是很容易的，一经发动，就不会有失败和挫折，因此在革命高潮中她很热情；可是一旦遇到挫折和失败，她就受不了，觉得一切都完了。

（「幻滅」のヒロインはミス静で、この作品では彼女の止めどない幻滅を描いた。ミス静は天真爛漫な夢想家で、革命の潮流に巻き込まれた時、彼女は革命に対して幻想をふくらませ、革命は簡単なもので、一度始まれば失敗や挫折はありえないと思っていた。それで革命が高まりを見せている時期には非常に情熱的であったが、いったん挫折や失敗に遭遇すると、彼女はたちまち参ってしまい、すべては終わりだと思ってしまう。）

「幻滅」にはヒロインの幻想と幻滅が、交互に現れては消えていく様子が描かれている。その意味で五・三〇記念日もまたその一つであったのかもしれない。「幻滅」第三章の最後は次のような描写で終わっている。

慧等三人夹在人堆里，出了P戏院。马路上是意外地冷静。两对印度骑巡，缓缓地，正从院前走过。戏院屋顶的三色旗，懒懒地睡着，旗竿在红的屋面画出一条极长的斜影子。一个烟纸店的伙计，倚在柜台上，捏着一张小

紙在看，番彷彿第一行大字是「五卅一周紀念日敬告上海市民」。通りは意外と静かだった。二組の馬に乗ったインド巡査がゆっくりと映画館の前から通り過ぎていった。映画館の屋根の三色旗がけだるそうに垂れ、旗竿が赤い屋根に長い影を落としている。タバコ屋の店員が店のカウンターにもたれながら小さな紙片を摘みながら見ている。その一行目に書かれている大きな文字は「謹んで五卅一周年記念日を上海市民に告げる」のようであった。）

（慧たち三人は人の群れに挟まれながらP映画館を出た。

この章では一貫して「五卅」一周年の日ということが強調され、前述したように章の出だしから「五卅」一周年という言葉が登場し、その後、何度も記念日であることが繰り返され、そして最後もその言葉で終わっている。しかし、繰り返されているわりには記念日の実体そのものについてはまったく触れられることはなく、暗黙のうちに読者にその記念日の重要性を告げているようである。当時の上海の有力紙「申報」を見ると第一面に上海凌復初洋酒行の總経理が出した「今日為五月三十惨案週年紀年日、即復初仁心水問世之週年紀年日」という大きな標語があり、続いて紙面には官界、学界、商界がそれぞれ五卅周年を記念する大会を開いたことが報じられている。特に上海学生聯合会は二十九日から三十一日までの三日間を休講とする声明を出し、多くの大学がそれに応じたとある。(27) 「幻滅」第三章の冒頭の「S大学の学生はみな「五卅」一周年記念に参加しに行った——ほとんど全員が。」というのはそうした背景があったわけである。おそらく「幻滅」が『小説月報』に発表された当時、読者にはその出だしだけで情況がよく理解されたものと思われる。

(1)『虹』の中の五・三〇

一九三〇年、上海開明書店から『虹』が刊行された。この作品は一九二九年に茅盾の亡命先となった京都滞在中に書かれたもので、「幻滅」、「動揺」、「追求」に続く長編小説である。「亡命生活」[28]によれば執筆期間は一九二九年の四月から七月の期間であったという。

『虹』は若い梅行素がヒロインで、全十章で構成されている。第一章から第七章までは彼女の故郷である四川省での生活が描かれ、第八章以降は上海が舞台となっている。十八歳で四川省成都の女学校に通っていた梅行素は、「五・四運動」の影響を受け、一人の独立した女性として生きようとする。しかし、現実には多くの束縛が彼女を捉らえて離さない。さまざまな紆余曲折をへて、ついに四川省を脱出し上海へと出てくる。そして彼女は上海で「五・三〇運動」に遭遇し、仲間とともにデモ運動に身を投じる。最終章はデモ運動に参加した梅行素が上海の南京路を進んでいくシーンで終わっている。「本来の計画では、梅女士は五三〇運動に参加した後、一九二七年の大革命に参加させる予定であった。[29]」とあるようにこの作品は未完である。

『虹』の第十章には「五・三〇運動」の様子が書かれている。

「那么，老闸捕房门口的事，你不在场，也不知道?」

「出了事么?」

「是的。不大也不小的一件事。老闸捕房里关进了一百多个，巡捕开枪，当场死了五六个，伤的还没调查明白。我们损失了很好的一个。如果黄因明没有下落，那就是两个!」

(「それじゃ、老閘警察署の入り口での事、現場にいなかったのなら知らないね?」

「何かあったの？」
「うん。ちょっとした事件なんだ。老閘警察署に百人余りが勾留されて、警官が発砲してその場で五六人が死んだんだ。怪我の状況はまだ調査してないのでわからない。僕らは仲間を一人失ったんだ。もし黄因明の消息がわからなければ二人だ！」）

これは梅行素と左翼運動家の梁剛夫との会話であるが、五・三〇事件の発端となった租界のイギリス警察官による発砲のことを話している。事件当日、茅盾は妻の徳沚と一緒に学生宣伝隊と行動をともにして南京路にいた。そして、発砲のことを目撃者から聞いておりそのときの様子は茅盾の回想録にも詳しく書かれている。『虹』では流血事件の場面は伝聞として書かれ、直接的な描写はない。それはおそらく茅盾自身が発砲現場に居合わせなかったためであろう。しかし、回想録などと比較してみると事実を踏まえたストーリ展開になっており、事件直後の南京路の様子は梅行素の目を通じて租界の警察を含めた外国人たちへの批判となって書かれていることがわかる。

从永安公司出来，梅女士和徐绮君沿着南京路向西走。对街同昌车行样子间的大玻璃破了一块，碎玻璃片落在水泥的行人道上，已经被往来的脚踏成粉屑，而在这亮闪闪的碎堆中间，分明还有殷然的一滩血迹！　这就是牺牲者的血，战士的血！　可是现在悠闲地踏过的，是一些擦得很亮的皮鞋和砑金的蛮靴，是一些云霞样的纱裙飘荡着迷人的芳香，是一些满足到十二分的笑脸，似乎不曾有什么值得低头一看的事情发生在这个地点。
梅女士激怒得心痛了。她睁开着充满了血的眼睛，飞快地向前走。满街的人都成为她的仇敌。

（永安公司から出てきた梅女史と徐綺君は南京路に沿って西に歩いていった。向かいの通りの同昌自動車会社の大きなガラス窓に穴が開いていて、ガラスの破片がコンクリートの歩道の上に落ち、往来する人々に踏まれて粉々になっていた。きらきら光る破片の中に明らかに血痕がみられた。これこそ犠牲者の血、戦士の血なのだ。しかし、今は悠然と踏まれている。きれいに磨かれた革靴とつやのある野蛮な靴に。彩雲のごとき紗のスカートを翻しながらその香りで人をうっとりとさせこれ以上ないといった笑顔で、ここで起こった事などわざわざ下を向いて見る価値が無いといったように。

梅女史は激怒で心が痛んだ。彼女は充血した目を大きくしながら飛ぶように前に進んでいった。街中の人がみな敵となった。）

茅盾は事件直後の南京路について「五月三十日的下午」という散文でも強い感情を込めて書いている。(30)

那边路旁不知是什么商铺的门槛旁，斜躺着几块碎玻璃片带着枪伤。我看见一个纤腰长裙金头发的妇人踹着那碎玻璃，姗姗地走过，嘴角上还浮出一个浅笑。我又看见一个鬓戴粉红绢花的少女倚在大肚子绅士的胳膊上也踹着那些碎玻璃走过，两人交换一个了解的微笑。

啊！　可怜的碎玻璃片呀！　可敬的枪弹的牺牲品呀！　我向你敬礼！　你是今天争自由而死的战士以外唯一的被牺牲者么？争自由的战士呀！

（あの道のわきの何の店かはわからないが、敷居のところに斜めに横たわったガラスの破片に弾の傷がある。私は長いスカートをはいた細い腰の金髪の婦人がその砕けたガラスを踏みながら口元に微笑みを浮かべてゆっくりと歩いているのを見た。私はまた桃色の絹の花を鬢につけた少女がお腹の大きな紳士の腕にもたれながら、互いに笑みを交わして、あの砕けたガラスの上を踏んで行くのを見た。ああ、可哀相な砕けたガラスの破片よ。敬うべき銃弾の生贄よ。君に敬意を表する。君は今日、自由を争って死んだ戦士以外の唯一の犠牲者なのではないか。自由を争った戦士なのだ。）

これは一九二五年五月三十日の夜に書かれ、同年六月十四日の『文学周報』第一七七期に掲載されたものである。この散文と先に示した『虹』の中の五・三〇事件直後の南京路の描写は非常によく似ており、このことから五・三〇事件の描写が実体験から直後の散文へ、そしてさらに小説へと展開していったことがわかる。

事件翌日の五月三十一日の朝、梅行素は前日の事件を新聞で探すが、そこにはほとんど情報は無く、彼女は仲間と共に南京路でのデモ（ビラ撒き等）に参加しに行く。十一時半頃だったので彼女は仲間の徐綺君と一軒の飲食店に入り麺を食べる。すると外から「立ち上がれ！立ち上がれ！我ら中国人！」という叫び声が聞こえてくる。宣伝ビラをはやく撒きたい梅行素は、はやる心を抑えながらデモ組織の指定した時間が来るのを待って、ついにビラを撒く。南京路と浙江路のぶつかる広場では群衆がひしめき合っている。その状況に対して租界の警察は消防車による放水という行動を取った。[31]

路东的人层突然波动了。接着是『刮――刮――刮』的怪叫声。满载着万国商团和巡捕的红色救火车从人阵中冲出来，又刮刮地向西去，暂时扫除一条通行的路。

（道の東側の人々が突然揺れ動いた。続いて「グゥアーグゥアーグゥアー」という変な音がした。万国商団と巡査を満載した赤い消防車が群衆の中から飛び出し、うなりをあげながら西に向かうと、一時的に通行できる道が開けた。）

彼女がちょうど永安公司の入り口に来たとき消防車が西から駆けつけてきて、群衆に向かって放水を始めた。

群众是向浙江路那边移退了。梅女士被卷着撞礚了几步，斗然浑身一个冷噤，觉得像是跌在水里。她意识地歪过头去，一道白练正射在她胸前，直罐进她的里衣。巡捕在用自来水驱散群众！（群衆は浙江路の方へ退いて移動し始めた。梅女史はその動きに巻き込まれながら、あたかも水の中に落ちたかのように急に全身が冷気で震えだした。彼女が意識的に顔を背けると一筋の水柱が彼女の胸に突き刺さり、衣服の裏まで流れ込んだ。巡査が水道の水で群衆を追い散らそうとしているのだ。）

梅行素は水で顔を打たれながら必死で抵抗するが、そのうち群衆とともにその場所から離されていく。『我走過的道路』や散文「暴風雨——五月三十一日」[32]には当日、警察側から水を浴びせられるかもしれないという予想や、ビラやステッカー貼りのことなどが詳細に書かれていて『虹』の描写につながっている。

(2)『子夜』の中の五・三〇

『子夜』は「幻滅」、「虹」に続く茅盾の第三作目の長編である。この作品は一九三一年に起稿され、翌年に脱稿、そして一九三三年に開明書店から刊行された。『子夜』は全十九章からなり、第四章を除いて舞台はすべて一九三五年の五月から七月の上海に設定されている。物語の概略は民族資本家の呉蓀甫が民族工場を立ち上げて、半植民地的な中国経済を独立させようと画策するが、外国資本に後押しされた買弁資本家に敗れてしまうというものである。呉蓀甫を中心に様々な職種、主に経済に関係する人物が現れ、そこからまた新たなストーリーが展開するため、登場人物の多さもこの作品の特徴の一つである。呉蓀甫は従業員千人ほどの裕華製糸工場を持ち、その工場ではコミュニストの指導による労働運動が進行中でしばしば労使の衝突がある。こうした場面設定と時代背景は横光の『上海』と共通するものがある。

物語は一九三五年の五月から七月にかけて展開するが、その前半は五月十六日（第一章）から始まり、十七日（第二・三章）、十九日（第五・六章）、二十二日（第七章）、二十九日（第八章）、三十日（第九章）とほぼ数日間隔で進んでいく。そしてそこには「幻滅」、『虹』から引き継がれた一つのテーマ「五・三〇」が事件発生から五年後の姿として描かれている。以下、「五・三〇」が作品中でどのような形で扱われているかを考察してみたい。

まず第二章、第三章に登場する呉蓀甫の妻、林佩瑤と南京政府軍の参謀将校である雷鳴の関係である。二人はかつて恋愛関係にあったが結ばれることはなかった。（以下『子夜』の和訳に関しては『子夜（真夜中）』小野忍・高田昭二訳、岩波文庫　一九九四年版による。）

父亲和母亲的相继急病而死，把『现实』的真味挤进了『密司林佩瑶』的处女心里，然而也就在那时候，另一种英勇的热烈悲壮的『暴风雨』，轰动全世界的『五卅运动』，牵引了新失去她的世界的『密司林佩瑶』的注意，在她看来庶几近于中古骑士风的青年忽然在她生活路上出现了。

（父と母の相次ぐ急病と死が「現実」の味を、「ミス林佩瑤」の乙女心に注ぎ入れた。しかし、やはりそのころ、別の勇敢、熱烈、悲壮な「あらし」、全世界を揺り動かした「五・三〇運動」が、自分の世界を失ってまもない「ミス林佩瑤」の注意を引きつけた。彼女の目に中世の騎士のように見えた青年が、突然行く手にあらわれた。彼女はどんなに驚き、どんなに喜んだことか。）

雷参谋抬起头，右手从衣袋里抽出来，手里有一本书，飞快地将这书揭开，双手棒着，就献到吴少奶奶面前，这是一本被旧的《少年维特之烦恼》！在这书的揭开的页面是一朵枯萎的白玫瑰！暴风雨似的『五卅运动』初期的学生会时代的往事，突然像一片闪电飞来，从这书，从这白玫瑰，打中了吴少奶奶，使她全身发抖。

（雷参謀は顔をあげて、右手をポケットから出した。一冊の本が握られている。急いでそれをあけて両手に捧げ、呉夫人の前に差し出した。ひどくいたんだ「若きウェルテルの悩み」である。あけられたそのページには、しおれた白バラがはさまれている。あらしのような「五・三〇運動」初期の学生時代のことどもが、いきなり、いなずまのようにこの本から、この白バラから、飛び出して来て、呉夫人に衝撃を与え、全身に戦慄を覚えさせた。）

これは呉蓀甫の実父呉老太爺の葬儀のため、呉蓀甫邸で林佩瑤と雷鳴が顔をあわせたときの描写で、五年ぶりに再会したかつての恋人雷鳴に林佩瑤がひどく動揺するシーンである。二人は『子夜』の背景となっている一九三〇年から五年前の「五・三〇運動」の時期に愛を告白しあった仲であった。開いた本にはさまっていたしおれた白バラは雷鳴が林佩瑤から受け取ったものである。しかし、当時貧しく、身寄りもなかった雷鳴は、かなわぬ恋とあきらめ軍人としての道を歩んだのであった。雷鳴は広東へ行き、そこで黄埔軍官学校へ入り、軍人となって各地を歴戦し連隊長にまで昇進して五年ぶりに林佩瑤と再会したのだった。林佩瑤と雷鳴、この二人を結びつけたものが当時の「五・三〇運動」で、雷鳴は学生として「五・三〇運動」に参加したようである。そして、この運動を境に二人はそれぞれ違った人生を送っていく。ここではいわば「五・三〇運動」が二人にとって出会いと別れの大きな分岐点としてとらえられている。

第九章は「五・三〇事件記念日」の南京路の様子が詳細に描かれている。

翌日就是有名的『五卅纪念节』，离旧历端阳只有两天。上海的居民例如冯云卿这般的人，固然忙着张罗款项过节，忙着仙人跳和钻狗洞的勾当，却是另外有许多人忙着完全不同的事；五卅纪念示威运动！　先几天内，全上海各马路的电杆上，大公馆洋房的围墙上，都已经写满了各色标语，示威地点公开；历史意义的南京路。

（あくる日は有名な「五・三〇事件記念日」。旧暦の端午節まではあと二日しかない。上海の住民、たとえば馮雲卿のような人間は、当然、節句を越す金の工面や、美人局や女探偵に忙しかったが、それとはまったくちがうこと――五・三〇記念のデモに忙しい人もおおぜいいた。ここ数日来、大通りの電柱や、大邸宅の塀に、いろいろな標語が書きつけられて、デモの場所もゆかりの深い南京路と発表されていた。）

記念日の当日、張素素（呉蓀甫の母方の従妹）と呉芝生（遠縁の従弟）、柏青（呉芝生の同級生）の三人は記念デモに参加したくて南京路にやって来る。南京路はすでに中国、フランス租界、共同租界の軍隊及び警察当局によってデモへの警戒網が敷かれており、三人が南京路を歩いていると警備隊と群衆との間で小競り合いが起こる。

四个骑巡一字儿摆开，站在马路中央·马上人据鞍四顾，似乎准备好了望见哪里有骚扰，就往哪里冲。从南向北，又是两人一对的三队骑巡，相距十多丈路，专在道旁人多处闯。一辆摩托脚踏车，坐着两个西捕，发疯似的在路上驰过。接着又是装甲汽车威风凛凛地来了，鬼叫一样的喇叭声，一路不停地响着。然而这一路上的群众也是愈聚愈多，和西藏路成直角的五条马路口，全是一簇一簇的忽聚忽散的群众。沿马路梭巡的中西印巡捕团团转地用棍子驱逐，用手枪示威了。警戒线内已经起了混乱了！

（四人の騎馬巡査が一列横隊になって、通りの中央に立ちはだかっている。馬上の男はあたりに目をくばり、騒ぎが起これば、いつでもそこへ突撃しようという構えである。南から北へ、別の二人一組の騎馬巡査が三組、十丈あまりの間隔をとって、これはもっぱら道端の人だかりに突っ込んでいる。二人の白人警官の乗ったオートバイが狂ったように通りをかけ抜ける。つづいて装甲自動車が颯爽とあらわれた。悪魔の叫びのような警笛が、たえまなく鳴り響く。だが、路上の群衆はますますその数を増した。西蔵路と直角にまじわっている五つの大通りのとば口には、集まっては散る群衆がひっきりなしにつづいている。通りを巡邏する中国人、白人、インド人の巡査たちがあちらこちら飛びまわって警棒で追いはらい、ピストルで威嚇している。警戒線のなかですでに混乱が起こっているのだった。）

膨れ上がるデモ群衆と巡査たちの描写は、まさに当時の「五・三〇運動」を彷彿させる迫力がある。張素素ら三人は群衆にもまれながらデモ隊とともに南京路を移動するが、護送車から出てきた巡査たちに捕まりそうになったため大三元という料理店に飛び込む。そして、その二階の特別室で偶然にも親戚で詩人の范博文に会う。特別室はその後、林佩珊（林佩瑤の妹）、杜新箨（呉蓀甫の義兄の息子）、李玉亭（呉蓀甫の友人）ら顔見知りが集まり、そこで五・三〇記念運動の動向を議論することになるが、皆それぞれ異なる立場から意見を述べているのが興味深い。

「什么都堕落了！便是群众运动也堕落到叫人难以相信。我是亲身参加了五年前有名的五卅运动的，那时——嗳，The world is world, and man is man! 嗳——那时候，那时候，群众整天占据了南京路！那才可称为示威运动！然而今天，只是冲过！「曾经沧海难为水」，我老实是觉得今天的示威运动太乏！」

（すべてが堕落している。大衆運動さえ信じられないくらい堕落している。ぼくは五年前の有名な五・三〇事件に親しく参加したんだが、あのときは——ねえ、The world is world, and man is man!（世の中もあたりまえの世の中であったし、人間もあたりまえの人間であった。）だった。そうだ——あのときは、あのときは、群衆がまる一日南京路を占領した。それでこそ示威運動と言えるんだ。だが今日のは、突破しただけだ。『滄海変じて桑田となる』さ。今日の示威運動はお寒いかぎりだとぼくは思ったね。）

これは范博文の言った言葉である。彼は五年前の五・三〇運動に参加した経験を持ち、この日は早くから料理店の特別室に来ていて記念デモの動きを見ていたのである。今のデモの連中はまったくなっていないという范博文に対して、呉芝生は冷ややかに

「博文，我和你表同情，当真是什么都堕落了！　证据之一就是你！——五年前你参加示威，但今天你却高坐在大三元酒家二楼，希望追踪尼禄（Nero）皇帝登高观赏火烧罗马城那种雅兴了！」

（博文くん、ぼくも同感だね。まったくすべてが堕落している。そのいい証拠がきみだ。——五年前きみはデモに参加した。だが、今日のきみは大三元の二階におさまって、そのむかしネロ皇帝が燃えるローマの街を高み

から鑑賞した趣味にあやかろうと希望している。）

と彼を批判する。フランス留学の経験を持つ杜新箨は
「就是整天占据了南京路，也不算什么了不得呀！　这种事，在外国，常常发生。大都市的人性好动，喜欢胡闹——」

（まる一日南京路を占領したところで、別段えらくはないですよ。こんなことは、外国じゃ、しょっちゅうです。大都会の人間は活動的なことが好きで、ばか騒ぎをよろこぶんですね——）

とあたかも外国人のように自国の現状を見ている。こうした三人の若者と違って大学教授の李玉亭は現実的でデモの本質を共産党の活動と結びつけている。彼は上海に迫り来る危機として、国民党の軍隊が共産党にかく乱されつつあることと記念日のデモを次のように述べている。

就是上海，危机也一天比一天深刻。这几天内发觉上海附近的军队里有共产党混入，驻防上海的军队里发现了共产党的传单和小组织，并且听说有大一部分很不稳了。兵工厂工人暗中也有组织。今天五卅，租界方面戒备得那么严，然而还有示威，巡捕的警戒线被他们冲破。

（いや、上海だって危機は一日ごとに深まっています。ここ数日来、上海付近の軍隊のなかに共産党が潜入していることが発覚しましたし、上海駐屯軍のなかで、共産党のビラや小さな組織が発見されました。それに軍隊

の大部分が非常に不穏だそうです。造幣廠労働者のあいだでも組織がつくられました。今日の五・三〇記念に際して、租界側はずいぶん厳重に警戒したのですが、それにもかかわらず、デモがおこなわれ、警官の警戒線が突破されました。）

このように五・三〇記念日のデモをめぐってそれぞれ意見を出しているが、彼らに共通していることは、みなデモには関心を示すものの、誰一人として実際に組織されたデモに参加していないということである。南京路を歩いてデモに参加したかのような張素素と呉芝生、柏青にしても、彼らは人づてにデモの集合場所を聞いて来ただけで、

「两个男的，都穿洋服·，其中有一位穿浅灰色，很是绅士样，裤管的折缝又平又直·；另一位是藏青哔叽的，却就不体面，裤管皱成了腊肠式·；女的是一身孔雀翠华尔纱面子，白印度绸里子的长旗袍。在这地点，这时间，又加以是服装不相调和的三个青年，不用说，就有点惹人注目。」

（男はふたりとも洋服だった。ひとりは薄ねずみ色の服で、紳士風、ズボンの折り目もぴんとしている。もうひとりは紺サージだが、はなはだ不体裁で、ズボンがソーセージみたいなかっこうになっている。女のほうは孔雀色のボイルに、白絹の裏地のついた旗袍といういでたち。場所も場所だし、時間も時間、服装も調和していないので、彼らは当然人の目をひいた。）

と、およそ労働者や学生のデモ参加者とは異質の存在で、興味本位からの参加であった。この第九章では記念デモで警察と衝突する群衆と、それを料理店の二階から傍観する者たちという二つの対極的な構図がみごとに描かれて

おり、この両者の矛盾も茅盾が描きたかったテーマの一つであったのだろう。

六、横光利一と茅盾の五・三〇

前述のように横光と茅盾はともに作品の中で五・三〇事件を描いている。横光の『上海』に描かれている五・三〇事件の特徴は、事件の導火線となった五月十五日の顧正紅事件から五月三十日の事件当日、そして翌日、翌々日と事件の一連の流れが連続的に書かれていることで、五・三〇事件を知らない読者に対してもこの事件を理解させ、事件の流れを把握させるという配慮が十分になされている。それは横光が序文に書いた「知識ある人々の中で、この五三十事件といふ重大な事件に興味を持つてゐる人々が少ないばかりか、知てゐる人々も殆どないのを知ると、一度はこの事件の性質だけは知つておいて貰はねばならぬ」という意識に基づくもので、まさに「事件」そのものが描かれている。事件に関する描写では非常に史実に基づいた構成になっているため、ほとんどフィクションと史実の違和感は感じられず、次々に起こる新たなストーリー展開に読者はぐいぐいと作中に引き込まれていく。また横光は「人物よりもむしろ、自然を含む外界の運動體」を強調させるため事件の当事者である労働者と学生たちを「群衆」という一つの姿にまとめ、それを「運動体」として描いた点で大きな特徴がある。

これに対して茅盾は五・三〇事件を事件というよりもむしろ「五・三〇運動」としてとらえ、たえず「運動」の主役である労働者と学生の二者、特に学生を前面に出している。それは茅盾自身が共産党員であり、さらに事件とその後の運動に直接参加していたことと関連し、自己体験から「運動」の重要性を主張したのであろう。茅盾は「幻滅」を書き始めた当初から「『五三〇事件』から大革命までの、この激動の時代には多くの材料がある」と考え、その時代を描き出すことを執筆の動機としてあげている。五・三〇運動を描いたものとして「幻滅」、『虹』、『子夜』の三作を挙げたが、『虹』を除く二作はともに事件から時間が経過した五・三〇記念日での出来事として描かれている。「幻滅」では一周年、『子夜』では五周年であるが、それぞれ作品のテーマこそ違ってはいるものの、物語の展開上、五・三〇運動は重要な役割として存在しており、この二作はともに五・三〇運動を物語展開上の出発点としている。

『虹』には事件当日と翌日の南京路が描かれているが、事件の発砲については伝聞として書かれ、具体的な描写はまったくない。むしろ翌日五月三十一日の学生デモの方が重視されている。横光が連続的に五・三〇を描いたのに対し、茅盾は事件の翌日にすべてを集約している。それは事件直後に書かれた悲壮感あふれる散文などからも理解されるが、南京路で茅盾が直接受けた強烈な衝撃と無関係ではあるまい。そして南京路でのデモの様子は終始学生の目線からのもので、横光の描く「群衆」とは視点が異なっている。茅盾には回想録の『我走過的道路』があり、その中にある五月三十一日の記述はほぼ作品中の描写と重なり、このことからも作品に自己体験を再現し、茅盾なりの革命運動の表現という意図が読み取れる。

以上のように横光利一、茅盾は執筆の立場こそ異なっているが、ともに同時代に生きた作家として史実をベースに真剣に五・三〇事件に取り組んでいたことがわかる。横光は事件を読者に強く印象づけるため、作品に史実とは異なる過剰な描写を加えている箇所がいくつか認められるが、小説はあくまでも歴史ではなくフィクションなので当然そうした作家の工夫は必要であろう。しかし、『上海』にみられる五・三〇事件は同時代の茅盾の作品などと比較してもほとんど時代的な違和感はなく、その描写も実体験者である茅盾のものと遜色がない。その意味で横光の事件に対する見方は当時にあってかなり国際的なものであったといえるだろう。事件の体験者と非体験者の描いた五・三〇事件、創作意識は異なるものの事件自体の描写は八十年たった今でも読者の心を打つものがある。

付記

横光利一と茅盾のほかにも五・三〇事件を作品に登場させている作家がいる。日本の村松梢風、中国の葉紹鈞がそうである。

村松梢風には横光の『上海』と同名の長編小説がある。この作品は一九二六年四月から二七年三月まで村松が主宰した雑誌『騒人』に断続的に連載されたもので、二七年四月に騒人社から単行本『上海』として刊行された。村松は一九二三年三月に初めて上海を訪れているが、その時の上海体験とその後の上海への渡航体験をもとに書いたのが『上海』である。

村松は上海で知り合った中国人の紹介で、当時絶大な人気を誇った上海の京劇俳優、緑牡丹と出会い、緑牡丹を日本の帝劇に出演させる計画を進めた。しかし、その計画にはいろいろな問題が起こり、その問題解決のため一九二五年六月に上海に渡航する。ちょうどその頃の上海は五・三〇事件が起こった直後で、村松は小説の中で混乱する上海の状況を書いている。まず黄浦江の様子については、

船中でも所謂物情騒然たる氣分が滿ちてゐた。上海行の旅行者は皆一様に不安と憂愁に包まれてゐた。揚子江を遡りつゝある時、日本の驅逐艦が三隻も揃つて勇ましく波を蹴つて私達の汽船を追ひ越して行つたりして、黄浦江へ入ると、商船の数よりも軍艦の数のはうが多くゐた。

と描写し、上海市内の様子については、

市中の商店は全部大戸を閉めてゐた。べにがらを塗つた汚い其の戸には各戸とも何やら檄文を書いた紙が幾枚もベタベタと貼られてあつた。全く戸を閉め切つてある家もあれば、三尺位明けてある家もある。戸の明いてゐる処から、果物が見えてゐる家もあれば、青い野菜の葉が見えてゐる家もあり、客が一杯入り込んで麺を食つているのが見える家もあつた。

と記し、租界の様子については次のように書いている。

大きく蜒り乍ら、何処迄も伸びてゐる愛多亞路は、片側は英租界で、片側は佛租界だ、フランス租界は今度の罷市にも參加しなかつた。片側の商店は平常と同じやうに營業してゐた。英租界の方は全部店舗を閉鎖してゐる。市街の片側が死んでゐて、片側は生き生きと活動してゐる。其の不思議な対照が、此の街を通る者に一つの感興を投じた。

村松が上海に到着した日について、小説『上海』には具体的な日日は出てこない。しかし、五・三〇事件直後ということと、上海に到着して数日後を「其の日は土曜日だつた」といっていることなどから六月の第一週であったと推測される。その頃の上海は戒厳令が出され、まさに村松が見聞したとおりであった。村松の『上海』では横光と同じ一九二五年六月の上海を描いているが、五・三〇事件に関しては前記の現地報告的な描き方に留まっている。

葉紹鈞（葉聖陶）の長編小説「倪煥之」は、一九二七年十二月から一九二八年十一月まで商務印書館の「教育雑誌」に連載されたもので、一九二九年に開明書店から『倪煥之』として出版された。倪煥之は主人公の名前で、教育と社会変革に理想を見出す青年教師の物語である。物語の内容についてはここでは省略するが、この小説の第二十二章に五・三〇事件のあった翌日の上海が描かれている。『倪煥之』では五月三十日の事件を「暴露了人类兽性、剥除了文明面具的话剧」（人間の動物的な性をさらけ出した、文明という名の仮面を剥ぎ取った現代劇）と形容し、イギリス警察の発砲などといった具体的な描写は見られず、ほとんどが五月三十一日の南京路でのデモ活動に集中している。南京路での描写は茅盾の『虹』と重なるものがあるが、それは葉紹鈞が茅盾同様、実際に当日現場にいたことと関係している。そのほか第二十二章には学生による南京路での演説シーンや宣伝ビラ配りの様子、商店ゼネストの要求など茅盾の『虹』とは違った迫力がある。また、葉紹鈞は五・三〇事件について散文「五月三十日」（『文學週報』第一七七期）、「五月卅一日急雨中」（『文學週報』第一七九期）を発表し事件への痛烈な批判をおこなっている。

注

（1）中国共产党领导中国人民反对帝国主义的革命运动，一九二五年五月十五日，上海日商纱厂日籍职员枪杀共产党员工人顾正红，打伤工人十余人，激起全市工人、学生和市民的愤怒。五月三十日上海学生二千余人在租界内宣传，声援工人斗争，租界巡捕逮捕学生一百多人。随后万余群众集中在公共租界南京路巡捕房门首，要求释放被捕者。英国巡捕开枪屠杀，群众死十余人，伤数十人，造成『五卅惨案』。由此，上海工人、学生、商人举行了声势浩大的罢工、罢课、罢市，并迅速形成全国规模的反帝高潮。这一运动有力地打击了帝国主义势力，大大提高了中国人民的觉悟，揭开了大革命高潮的序幕。

（2）『上海』序　改造社版　昭和七年七月。

（3）「我走過的道路」『茅盾全集』第三四、三五集（回憶録一、二）人民文学出版社、一九八五年。

（4）上海档案史料叢編第二輯上海市档案館編『警務日報』摘訳・『五卅運動』上海人民出版社、一九九一年。本資料は上海共同租界工部局が一九二五年二月十日から九月三十日まで記録した報告書である。元は英文であるが上海市档案館がそれを中文に翻訳したものである。以下、ここで取り上げた（Ⅰ）～（Ⅲ）の中文を示すと次のとおりである。

（Ⅰ）二月九日下午三时五十五分，捕房接到西苏州路十四号内外棉五厂来电：该厂业已罢工，而且罢工工人正在捣毁机器。捕房当派员前往该厂，发现大约有一千五百名工人聚集在厂内场地上。……事情是这样的：大概在二月九日中午，有几个身份不明的人在厂内散发传单。

（Ⅱ）二月十日上午十时三十五分，捕房接到麦跟路六十号内外棉九厂来电，当即派员前往该厂。厂方报告说，属同一公司的第五厂约有二百名罢工工人曾强行闯入该厂，他们千方百计威胁工人，并捣毁家具设备、办公用具和梳棉间、纺纱间的部分机器。虽然当时确有一千五百名工人离开了厂部，但他们并不同情罢工工人。随后那些罢工工人把注意力转向劳勃生路（外界）六十二号的十三厂和十四厂，他们动手关掉这两厂的机器，捣毁窗戸和家具，并殴打日籍、华藉工人。由于巡捕到来，破坏活动立即被主组制止。巡捕逮捕了十二名看来好象是这次破坏活动的头目以及一名属于学生阶层的青年，此人还手拿一根类似罢工工人所拿的棍子。通过调查说明，罢工工人系受沪西工友倶乐部所煽动。

（Ⅲ）北极司非而路二百号丰田纺织株式会社的一家沙厂于二月十五日下午七时半发生罢工……据日籍厂主说，大约在二月十五日下午七时半，从极司非而镇来了一伙煽动分子，他们翻越围墙进入粗纱间，并诱对该车间工人停工。于是这车间工人就动手把机器拖来拖去，又跑到其他车间号召那里的工人也罢工。一时，筒管、梭子、绞纱等物都从机器上拉掉，一些灯泡也被砸碎。……该厂有九名男工因破坏机器被捕。……有一学生模样的妇女挥舞着一面白旗，据说她是煽动分子中的一位重要人物。

（5）『警務日報』には上海大学、大夏大学、南方大学などの名が見られる。

（6）操業を停止したのは内外棉の第三、四、五、七、八、九、十二、十三、十四、十五工場であった。

（7）前田愛「SHANGHAI 1925」『都市空間のなかの文学』所収、筑摩書房、一九八二年。

（8）伴悦「「上海」―「群衆の幅」を呼吸する都市小説」『横光利一文学の生成』所収、おうふう、一九九九年。
（9）濱川勝彦「第五章　上海」『論攷　横光利一』所収、和泉書院、二〇〇一年。
（10）高綱博文「上海「在華紡」争議と五・三〇運動――顧正紅事件をめぐって――」『民国前期中国と東アジアの変動』中央大学人文科学研究所編所収、中央大学出版部、一九九九年。
（11）「為日人惨殺同胞顧正紅呈交渉使文」『五卅運動史料』上海社会科学歴史研究所編第一巻所収、上海人民出版社、五五一頁～五五三頁、一九八一年。日本側の史料としては「上海内外綿株式会社罷工事情」(『大正十四年支那暴動一件』所収、日本外交史料館所蔵)が事件の報告書として詳しいが、この史料ではインド人巡査と日本人があくまでも正当防衛として発砲した旨記載されているので、ここでは取り上げない。茅盾の回顧録である「我走過的道路」『茅盾全集』第三四、三五集（回憶録一、二）、人民文学出版社、一九八五年版、二九〇頁では、顧正紅は組合の活動分子としてかねてから目をつけられていて、第七工場の支配人が顧に対して四発ピストルを発射したと書いている。
（12）「我走過的道路」『茅盾全集』第三四、三五集（回憶録一、二）、人民文学出版社、一九八五年版、二九〇頁に次のように記されている。五月十五日，七厂夜班工人去上工，却见厂门紧闭，厂方宣布∶没有纱，工人统统回家去。大家敲打厂门，但厂方不理。后来，顾正红带领工人们撞开厂门，大群工人涌进厂内。看守厂门的日本人和包探就用木棍和七厂的大班带领许多打手，手持武器，来到现场。七厂大班看见带头的人正是他久已注意的工会活动分子顾正红，就对顾正红连开四枪，顾正红当即倒在地下。十六日下午顾正红伤重不治而光荣牺牲。
（13）『警務日報』の記録に次のようにある。目前，有近八千名内外棉株式会社工人失业。七厂的大约一千名工人是自动罢工的。十二厂的一千名左右工人之所以失去工作，是由于该厂无法取得通常由七厂供应的原料。东五厂、西五厂和八厂的工人由于上述两纱厂五月十五日傍晚发生停工待料问题，也处于无所事事的状态。虽然厂方贴出通知说，七厂和十二厂将停工到五月十八日星期天，并答应给后一家纱厂工人在被迫无工可做期间发百分之五十工资。可是这两家纱厂有很多夜班工人仍在那天下午五时半列队进厂准备上工，但他们发现，厂门口有三名印捕和十五名日籍工折检查员在挡住去路，那些工折检查员不准他们进厂。但工人们不听这些命令，他们捣毁大门，强行闯进工厂院内，接着又进入七厂和一个木工间，有几个人在这里拿取了木棍和其他武器。过后，他们立刻和日本人发生了冲突，那些日本人唯恐寡不敌众，拔出手枪就开，打中了七人，其余群众迅即逃散。……据报道，受伤者有一名叫顾正红的，伤势严重。

(14) 舘下徹志氏は相対化について「インド人巡査による発砲の事実を強調する在華紡の弁解と、次第に日本人社員以外の存在をかき消していった中国側の抗議の文法を相対化し、両者の為にする理論をあぶり出していた」と述べ、そして横光の視線は伴悦氏の論じた「制限された共通認識」の外側にまで達していたと考察している。「横光利一『上海』における「在華紡」——擬制としての受難／熱情の発動——」『横光利一研究』創刊号、横光利一文学会、二〇〇三年。

(15) 横光利一「上海のこと」『定本横光利一全集』第十四巻、二二九頁、一九八二年。

(16) 『警務日報』在工友俱乐部的领导下，罢工工人顾正红的追悼会于五月二十四日下午在闸北潭子湾俱乐部附近的一块旷地上举行。……大约有五千人参加了追悼会，其中有一百名学生和几个妇女。……追悼会会场布置有大约三百面不同的旗子和轴幛。

(17) 『警務日報』に記載された事件には次のようなものがある。六月一日　有三名日本人在回武定路往家时，遭到大约有一百名暴徒袭击，其中大多数人拿着木棍抽打这些日本人。／这一天，煽动分子虽然对日本进行了一些小规模的袭击，但他们把大部分精力指向电车。六月二日　据日商东方制冰厂于六月二日上午六时十五分报告，说是有人在破坏他们的厂房。／另四名暴徒是在嘉兴路吴淞路口被逮捕，原因是他们在嘉兴路上殴打二名日本人。／另有一家日本商店里的玻璃窗全被流氓打碎。／公共租界各处的日本公民遭受中国流氓的干扰，有些地方则被殴打。／在闸北，有个日本人被抢走五百磅大米。／有几名日本妇女，在租界界外吴淞路（越界地段）虬江路口的菜场里，遭到华藉学生、流氓及摊贩的干扰和侮辱。／有一大群中国人在极司非而路上殴打上海制造绢丝公司的一名日本雇员。／在西苏州河路执勤的第四十一号日捕冢崎被纱厂工人扔入苏州河。　六月三日　有二名日本人遭中国人殴打。　六月六日　据报道，有若干手持木杖的流氓于晚间九时一刻左右吴淞路上（昆明路韬朋路之间）把上海每日新闻社编辑武田先生从人力车上拖了下来。六月十四日　某日人在白老汇路驾驶马车时，突遭若干流氓拦截，其中一人抢走他的帽子，并当场扯得粉碎。／某日人在白老汇路雇坐人力车，当行至老码头时突遭拦劫，被抢走衣服两包。／一辆车上抢走价值十五元的大米，该米系属汉璧礼路一一八一号的日人的。

／另有一日人在白老汇路上被人从自行车上拖下来，头部又遭木棒猛击。

(18) 茅盾「我走過的道路」『茅盾全集』第三四、三五集（回憶録一、二）、人民文学出版社、一九八五年版二九〇頁～二九一頁に次のようにある。

五月三十日，工人、学生，从几路会合在南京路。上海大学和其它大中学校的学生们的许多宣传队，沿路演讲，这就吸引了不少过路人，东一堆，西一堆，都大喊「打倒帝国主义」。南京路老闸捕房的巡捕大批出动，逢人便打，有人受伤，但示威的群众却不退却，而且巡捕的暴行也激怒了本来是看热闹的人，他们也加入了示威队伍，南京路交通断绝了。我与德沚，还有杨之华是同上海大学的学生宣传队在一起的，正走到先施公司门前，忽然听得前边连续不断的枪声，潮水般的人群从前边退下来，我们三人站不住，只好走进先施公司。

(19) 下午三时，南京路上有一群男女学生，他们的态度十分嚣张，但强大的警务增援部队和二辆救火车的来到，对群众起到了镇静的作用。

(20) 茅盾「我走過的道路」『茅盾全集』第三四、三五集（回憶録一、二）、人民文学出版社、一九八五年版。茅盾「暴風雨――五月三十一日」『文學週報』第百八十期所収、一九二五年。葉紹鈞『倪煥之』中国現代長篇小説叢書、人民文学出版社、一九九四年版。

(A) 规模更宏大、组织更严密的大游行，在五月三十一日上午开始了。我和德沚已接到「十二点钟出发，齐集南京路」的通知。住在我们隔壁（顺泰里十二号）的杨之华也来了。我们三人闲谈，互相开玩笑：一个说，今天可能要挨自来水的扫射（这是说巡捕用很长的救火车用的皮管，向群众喷射自来水）；一个说，那可要穿了雨衣去；第三个说，偏偏不穿雨衣，也不带伞，显示我们什么都不怕的精神。

(B) 我们到南京路时，先施公司的大钟正指着十二点三十分。马路两旁的人行道上已经攒聚着一堆一堆的青年学生和工人。这时，自来水没有扫射过来，天却下雨了。

(C) 有好几队的三道头（指英藉捕头）和印度藉巡捕拔出手枪，挥舞木棍，驱逐群众，撕去标语条子；但是他们刚赶走了前面的一群，身后的空间早又填满了群众；刚撕去一张标语向前走了几步，第二张标语早又端端正正贴在原处。终于，他们动用自来水龙头了，但是满身湿透的群众愈来愈多。

（D）G说：「我们今天都不带伞，也不带雨衣；还要少穿衣服，准备着枪弹下热的难受。」「今天未必再吃枪弹了；倒须预备受自来水的注射」

（E）有好几批「三道头」和「印捕」，拔出手枪，举起木棍，来驱散聚集在那里的群众，撕去新贴上去的标语。但他们只是徒劳罢了，刚驱散面前的一群，背后早又聚成拥挤的一堆，刚撕去一张标语转身要走，原地方早又加倍奉敬，贴上了两张。武力压不住群众的沸腾的心！ 于是使用另外一种驱散的方法，救火用的橡皮管接上自来水管，向密集的群众喷射。但是有什么用！ 群众本已在雨中直淋，那气概是枪弹都不怕，与雨水同样的自来水又算得什么！

(21) 茅盾「我走過的道路」二九五頁。「我以为还可以再激进一点。我主张动员大批工人和学生继续到南京路上去示威，看英国巡捕还敢开枪，假如他们竟敢再开枪，把事态扩大，就会激起全国人民的爱国怒潮，全世界人民也将同情和支援我们，那时形势将更有利于我们。」

(22) 『警務日報』①大约在六月一日上午九时，成群结队的华人开始在浙江路和山西路之间的南京路上麇集。捕房的常备和后备巡逻队不时驱赶这些人群，至上午十时左右，尚未发生不幸事件。此时他们开始于干扰南京路福建路转角处的电车，拉掉电车触轮并投掷石头，巡捕即予冲散。过了一会儿，大约有二千名群众又集聚起来，并再次干扰电车运行。他们把乘客拖出来，把驾驶员和售票员赶出车外。当时有一辆救火车和一队中国消防员赶到现场，并用水龙头喷射群众。此时，群众情绪已十分激动，他们向消防队员投掷石块，并企图冲向救火车。就在这个时候，主管捕头麦克格列弗雷决定：为了保护救火车和消防队员生命，显示一下武力已属绝对必要，于是就下令开枪。常备巡捕和后备巡捕朝人群开了大约四十枪，这一下取得了预期效果，群众迅即逃散。有一人被当场击毙，十七人受伤。

②中午十二时二十分，一名印捕在浙江路转角处遭受群众袭击，为了自卫，他被迫开枪，结果有三人受伤。

③下午一时左右，每当电车驰过新记浜路和兆丰路之间的熙华德路时，就有一群工人和小青年恣意投掷石头，砸碎了几块电车玻璃。附近还有一群人，大约有二、三百人之多，当时一名西捕曾试图驱散他们，却遭他们殴打，但当捕头拔出手枪，这些人就仓惶逃散。

④下午五时四十五分，捕房接到电车公司报告，说是在麦根路新闸路转角处有一辆电车的几扇窗门被暴徒砸毁。

(23) 茅盾「我走過的道路」二九五頁。六月一日工部局宣布戒严，在上海戒严的两星期内，恐怖笼罩着租界。南京路一带行人绝迹。他们开动铁甲车并派骑警队巡逻，继续捕人并任意开枪屠杀。六月一日，由于「三罢」的实现，上海市民自发地拥上南京路围观，英捕旭先挥舞警棍驱赶，继而向赤手空拳的群众连开排枪，死伤二十余人。

(24) 篠田浩一郎「『海に生くる人々』と『上海』」（『小説はいかに書かれたか――『破壊』から『死霊』まで』、岩波新書、一九八二年、前田愛「SHANHAI 1925」、沖野厚太郎「『上海』の方法」（『文芸と評論』、一九八八年）、濱川勝彦『論攷横光利一』等。

(25) 茅盾「我走過的道路」『茅盾全集』回憶録一、二　人民文学出版社、三八四～三八五頁。一九八五年。

(26) 茅盾「我走過的道路」三八五頁。

(27) 『申報』一九二六年五月三〇日　第一面。

(28) 茅盾「我走過的道路」四二一頁。

(29) 茅盾「我走過的道路」四二三頁。

(30) 「五月三十日的下午」『文学周報』第一七七期、四三～四五頁、一九二五年六月十四日。

(31) 『虹』茅盾选集第一巻　人民文学出版社、、二三六頁、一九九七年。

(32) 「暴風雨――五月三十一日」『文学周報』第一八〇期、六六～六七頁、一九二五年七月五日。

本稿（『上海』の構成と五・三〇事件）は左記論文をもとにしたものである。

・「『上海』――二つの事件の意味するもの」解釈学会『解釈』第四十七巻　第七・八号　五五六・五五七集　二〇〇一年八月。

・「横光利一『上海』成立小考――五・三〇事件の描写をめぐって――」解釈学会『解釈』第四十九巻　第一・二号　五七四・五七五集　二〇〇三年二月。

・「横光利一『上海』成立に関する一考察――フィクションへの史的アプローチ――」日本大学商学研究会『総合文化研究』日本大学商学部創設百周年記念号　二〇〇四年十月。
・「再考〝五・三〇事件〟――紀念〝五・三〇事件〟八〇周年・以横光利一和茅盾爲中心」上海財経大学人文学院歴史研究所・日本亜洲研究中心　東亜学研究『亜洲現代化之思　経済文化学的解読』上海財経大学出版社　二〇〇五年十二月。

4
資料

『上海』関連略年表

年		横光利一	関連事項（日本文学・社会一般）	中国
一九二四年（大正一三年）	二六歳	五月、最初の創作集『御身』（金星堂）、『日輪』（春陽堂）刊行。 この年、小島キミとの生活始まる。	十月、『文藝時代』（金星堂）創刊。 十一月、孫文、神戸にて「大亜細亜主義」講演。	一月、第一次国共合作。中国国民党第一回全国代表大会。
一九二五年（大正一四年）	二七歳	一月、母こぎく死去。 二月、「感覚活動――感覚活動と感覚的作物に對する非難への逆説」（のちに「新感覚論」と改題）（『文藝時代』） 十月、妻キミ、病気が悪化し、療養のため神奈川県葉山町森戸の鈴木三藏方へ移る。	四月、治安維持法公布。 五月、普通選挙法公布。 十二月、日本プロレタリア文藝同盟結成。	三月、孫文死去。 五月、上海で五・三〇事件起こる。 七月、広州で中華民国国民政府樹立。
一九二六年（大正一五年・昭和元年）	二八歳	六月、妻キミ死去。 八月、「春は馬車に乗って」（『女性』）	一月、文藝家協会結成。 十二月、大正天皇が亡くなり、昭和と改元（十二月二五日）。	七月、蔣介石、国民革命軍総司令に就任。北伐開始。
一九二七年（昭和二年）	二九歳	一月、『春は馬車に乗って』（改造社） 四月、菊池寛の媒酌で日向千代と結婚。 六月、戯曲集『愛の挨拶』（金星堂） 十一月、長男象三誕生。	五月、『文藝時代』（金星堂）終刊。 第一次山東出兵。 七月、芥川龍之介自殺。	四月、蔣介石、上海で反共クーデタ、国共分裂。南京国民政府成立。

一九二八年（昭和三年）	三〇歳	一月、「新感覚派とコンミニズム文學」（『新潮』） 四月、今鷹瓊太郎を訪ねて上海へ渡航。一ヶ月ほど滞在して帰国。 四月九日、長崎丸より千代子（山形）宛書翰。 四月九日、長崎丸より川端康成宛書翰。 四月二四日、上海より千代子（山形）宛書翰。 四月二八日、上海より千代子（山形）宛書翰。 五月一日、上海より千代子（山形）宛書翰 月日不明、上海より千代子（山形）宛書翰。 十一月、**「風呂と銀行」（『上海』第一篇）（『改造』）**	二月、第一回普通選挙実施。 五月、『戦旗』創刊。この年、プロレタリア文学が隆盛し、片岡鉄兵ら左傾する。一方、左翼勢力への弾圧も強まる。 第二次山東出兵。	五月、済南事件起こる。中国国民革命軍と日本軍が衝突。 六月、奉天事件起こる。張作霖、日本関東軍により爆殺。 北伐完了。
一九二九年（昭和四年）	三一歳	三月、**「足と正義」（『上海』第二篇）（『改造』）** 六月、**「掃溜の疑問」（『上海』第三篇）（『改造』）** 九月、**「持病と彈丸」（『上海』第四篇）（『改造』）** 十二月、**「海港草」（『上海』第五篇）（『改造』）**	二月、日本プロレタリア作家同盟結成。 六月、日本、国民政府承認。	毛沢東、瑞金を中心に根拠地を建設。

一九三〇年（昭和五年）	三二歳	二月、「鳥」（『改造』） 四月、『高架線』（『新興藝術派叢書』・新潮社） 九月、「機械」（『改造』） 満鉄の招きで菊池寛、佐佐木茂索、直木三十五、池谷信三郎らと満州を旅行。 十一月、「寝園」（『東京日日新聞』『大阪毎日新聞』八日〜十二月二十八日まで連載）。	四月、新興藝術派倶楽部結成。 十月、台湾で霧社事件起こる。 十一月、浜口首相、狙撃事件起こる。	七月、長沙ソビエト樹立。 十二月、蒋介石、共産党根拠地包囲戦開始。
一九三一年（昭和六年）	三三歳	一月、**「婦人――海港章」（『上海』第五篇続篇）**（『改造』） 十一月、**「春婦――海港章」（『上海』終篇）**（『改造』）	六月、満州で中村大尉事件起こる。	七月、万宝山事件起こる。 九月、満州事変、関東軍の柳条湖での鉄道爆破事件で戦火広がる。 十一月、中華ソビエト共和国臨時政府樹立。
一九三二年（昭和七年）	三四歳	六月、**「午前」（『文學クオタリイ』）** 七月、**『上海』（改造社）** 十月、「歴史（はるぴん記）」（『改造』） 十一月、「子路の質問」（『文藝春秋オール讀物號』） 『寝園』（中央公論社） 十二月、『雅歌』（書物展望社）	二月、『文學クオタリイ』創刊。 五月、五・一五事件起こる。	一月、上海事変（一・二八事件）起こる。 三月、満州国建国、宣統帝溥儀が執政に就任。

一九三三年（昭和八年）	三五歳	一月、次男祐典誕生（届出）。 十月、『花花』（文体社） 『馬車』（四季叢書・四季社）	一月、日本軍、中国熱河侵入。 二月、小林多喜二が虐殺される。 三月、日本、国際連盟脱退。 六月、獄中共産党指導者の転向が相次ぐ。	二月、国際連盟、満州国不承認。 五月、対日停戦協定（塘沽）調印。
一九三四年（昭和九年）	三六歳	九月、『紋章』（改造社） 十二月、『時計』（創元社）	一月、文藝懇話会結成。	三月、満州国、帝政実施。 十月、共産党、瑞金を放棄して長征開始。
一九三五年（昭和十年）	三七歳	一月、芥川賞制定（『文藝春秋』）、銓衡委員となる。 三月、**『上海』（書物展望社）** 四月、「純粋小説論」（『改造』） 八月、「家族會議」（『東京日日新聞』『大阪毎日新聞』九日～十二月三十一日連載）。 九月、『天使』（創元社）	一月、芥川龍之介賞・直木三十五賞制定。	一月、遵義会議、毛沢東指導権確立。 八月、中国共産党、八・一宣言、内戦を停止し一致抗日。 十二月、日本の華北侵攻に対し、北京で学生を中心に一二・九運動。

一九二五年の上海

①黄浦公園
(写真は現在の上海市
人民英雄紀念塔)

②現・黄浦江と外灘

③現・五・三〇事件跡
五卅惨案紀念碑

(撮影　著者)

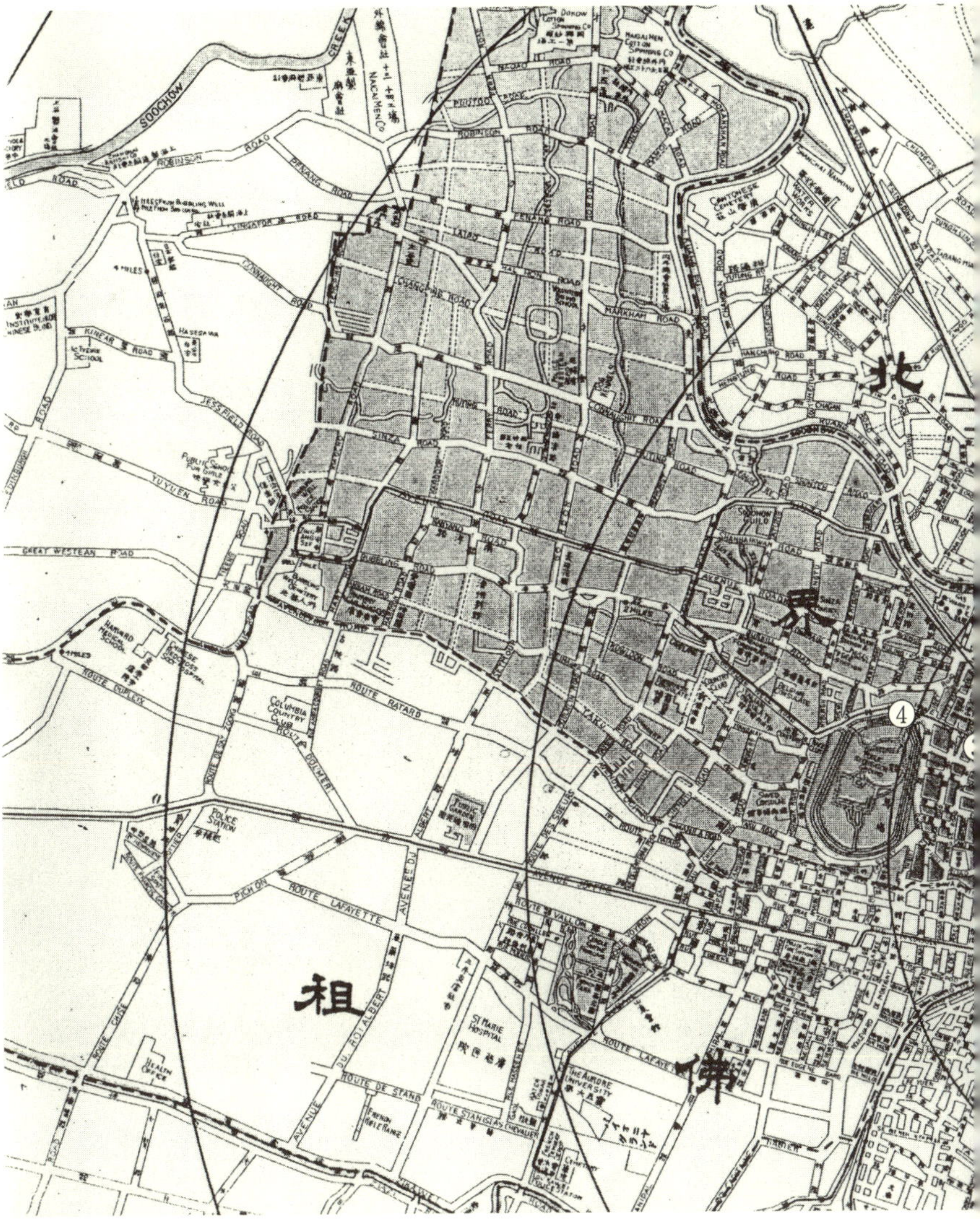

⑤旧工部局

④現・五卅運動紀念碑

五卅运动纪念碑（五·三〇運動紀念碑文）

一九二五年五月三十日，上海工人、学生抗议日本帝国主义和北洋军阀枪杀上海、青岛工人暴行，到南京路上宣传，竟遭到英帝国主义巡捕的大屠杀，造成了震惊中外的五卅惨案。

帝国主义的血腥暴行，激起了上海工人、学生和广大人民群众的强烈反抗。在中国共产党的领导下，实行全市罢工、罢课、罢市。全国各地的广大群众纷纷响应。六月十九日，香港十余万工人为支援上海工人斗争举行总罢工;二十一日，广州沙面工人也举行了罢工;二十三日，英帝国主义者又在广州制造沙基惨案，促使省港大罢工进一步发展。于是，反帝国主义、反对封建军阀成为家喻户晓的口号。广大人民的觉醒，为北伐战争的胜利开辟了道路。

五卅运动是中国共产党领导的、有民族资产阶级参加的反帝国运动，是第一次国共合作的产物。中国共产党的领袖人物蔡和森、瞿秋白、任弼时、恽代英、向警予、贺昌都参加了运动的领导工作。孙中山夫人宋庆龄号召中国国民党党员投身运“努力以竟其领袖未竟之志”。广东革命政府领导人廖仲恺等积极促进运动的开展。于右任对帝国主义封闭上海大学提出抗议。港澳同胞、海外侨胞给予了坚决有力的支持。同时，共产国际和各国正义人士和团体也给予声援和同情。

在斗争中诞生的以李立三、刘少奇、刘华为代表的上海总工会，以李硕勋、余泽鸿、林钧、张永和、郭伯和为代表的全国学生联合会和上海学生联合会，和以王晓籁为代表的上海各马路商界总联合会，组成上海“工商学联合会”，统一领导上海人民的反帝斗争，对五卅运动的发展起了重要作用，上海总工会是它的核心。

五卅运动是中国革命的一个里程碑。它继五四运动之后，唤醒了全国人民的革命觉悟。五卅运动中，上海先后光荣殉难的已知姓名者有:、顾正红、何秉彝、陈虞钦、尹景伊、王纪福、邬金华、唐良生、石松盛、金念七、杨连发、蔡阿根、谈金福、徐桂生、魏国平、罗文照、谈海根、詹仲炳、陈兆常、朱和尚、傅芳贵、王宝奎、陈兴发、徐洛逢、王艺生、姚顺庆、刘华等二十六位烈士。其中，顾正红、何秉彝、刘华是共产党员。

中国人民在五卅运动以后，经过了几次失败和胜利，结成了以工人阶级为领导的、以工农联盟为基础的、有民族资产阶级参加的反对帝国主义、反对封建主义、反对官僚主义的广泛的统一战线。再接再厉、牺牲奋斗，终于在一九四九年取得了人民解放战争的胜利，创立了中华人民共和国。然后又用和平的方法，实现了社会主义革命，使中国成为社会主义的国家。

鸦片战争以来，特别是五四运动、五卅运动以来的历史，向中国人民反复证明:半殖民地半封建的中国，只有一条出路，就是在共产党的领导下，在马克思列宁主义、毛泽东思想的指导下，建立人民民主专政，走社会主义道路。资产阶级的民主主义，即资产阶级专政，在中国是行不通的，同时又反复证明，在中国的社会主义革命与社会主义建设中，照抄别国的“模式”也是行不通的。必须依靠调查研究，实事求是，把马克思主义的普遍真理同中国革命与建设的具体实际结合起来，现在，我们必须走建设具有中国特色的社会主义的道路，才能振兴中华，把我国建设成为具有高度文明、高度民主的繁荣富强的社会主义现代化国家，使中华民族对人类作出应有的贡献。

六十年前，上海人民为了纪念五卅运动，曾在江湾五卅殉难烈士墓前建立纪念碑。一九三二年一月二十八日，日本帝国主义发动侵沪战争，原碑被日本侵略者毁坏。现在，中共上海市委、上海市人民政府、上海总工会根据广大人民的愿望，重建五卅运动纪念碑，以激励后人，继承先烈意志，承嘱敬撰碑文如上。

五卅烈士永垂不巧！

一九八七年四月　陆定一敬撰

五卅运动纪念碑

主建单位:上海市总工会　作者:余积勇　上海油画雕塑院　沉婷婷　上海市园林设计院

主体制造:江南造船厂　圆雕铸造:南昌铜工艺术品厂　浮雕锻造:温岭艺术雕刻厂

施工单位:上海市园林工程公司　石材装饰:中国建筑石雕公司

一九九〇年五月卅日

主要参考文献

茅盾「五月三十日的下午」『文学周報』第一七七期所収（一九二五）
茅盾「暴風雨——五月三十一日」『文学周報』第一八〇期所収、（一九二五）
村松梢風『上海』（一九二七、東京騒人社）
神谷忠孝『横光利一論』（一九七八、双文社出版）
松井博光『薄明の文学』（一九七九、東方書店）
上海社会科学歴史研究所編第一巻『五卅運動史料』（一九八一、上海人民出版社）
『定本横光利一全集』第三巻（一九八一、河出書房新社）
『定本横光利一全集』第十四巻（一九八二、河出書房新社）
『定本横光利一全集』第十六巻（一九八七、河出書房新社）
篠田浩一郎『小説はいかに書かれたか』（一九八二、岩波新書）
前田愛『都市空間のなかの文学』（一九八二、筑摩書房）
上海史資料丛刊『上海公共租界史稿』（一九八四、上海人民出版社）
『茅盾全集』第三四、三五集（一九八五、人民文学出版社）
茅盾『子夜』（一九八八、人民文学出版社）
沖野厚太郎「『上海』の方法」『文芸と評論』所収（一九八八年）
栗坪良樹『横光利一論』（一九九〇、永田書房）
上海档案史料叢編第一輯、第二輯、第三輯　上海市档案館編『五卅運動』（一九九一、上海人民出版社）
菅野昭正『横光利一』（一九九一、福武書店）
村松伸『上海・都市と建築一八四二—一九四九』（一九九一、PARCO出版）
湯偉康・杜黎　上海歴史文化叢書『租界一〇〇年』（一九九一、上海畫報出版社）
井上謙『横光利一　評伝と研究』（一九九四、おうふう）

葉紹鈞　中国現代長篇小説叢書『倪煥之』（一九九四、人民文学出版社）
茅盾作　小野忍・高田昭二訳『子夜（真夜中）』（上）（下）（一九九四、岩波文庫）
井上謙・羽鳥徹哉編『日本文学コレクション　川端康成と横光利一』（一九九五、翰林書房）
鐘桂松『茅盾伝』（一九九六、東方出版）
『茅盾选集』第一巻（一九九七、人民文学出版社）
中央大学人文科学研究所編『民国前期中国と東アジアの変動』（一九九九、中央大学出版部）
伴悦『横光利一文学の生成』（一九九九、おうふう）
『言語都市・上海1840—1945』（一九九九、藤原書店）
木之内誠編著『上海歴史ガイドマップ』（一九九九、大修館書店）
趙夢雲『上海文学残像』（二〇〇〇、田畑書店）
劉建輝『魔都上海』（二〇〇〇、講談社選書メチエ）
濱川勝彦『論攷　横光利一』（二〇〇一、和泉書院）
上海市档案館編『工部局董事会会議録』第二十三冊（二〇〇一、上海古籍出版社）
李　征『表象としての上海』（二〇〇一、東洋書林）
『上海租界志』編纂委員会編『上海租界志』（二〇〇一、上海社会科学院出版社）
上海叢書二　上海日報社編『上海年鑑一九二六年版』（二〇〇二、大空社）
井上謙・神谷忠孝・羽鳥徹哉編『横光利一』事典（二〇〇二、おうふう）
立間祥介・松井博光共訳『茅盾回想録』（二〇〇二、みすず書房）
横光利一文学会『横光利一研究』創刊号（二〇〇三、横光利一文学会）
石田仁志・渋谷香織・中村三春編『横光利一の文学世界』（二〇〇六、翰林書房）
玉村周『横光利一　――瞞された者――』（二〇〇六、明治書院）

あとがき

上海の魅力はたくさんあるが、その一つはこの都市独特の雰囲気にあると思われる。非常に近代的で最先端の建造物が林立する一方、二十世紀初頭の租界時代に建てられたレトロな部分が残っており、それが現在と過去を同時に体感できるこの都市ならではの歴史的空間を作りだしている。最近、上海では一九二〇年代の文化に対する再評価が見られるようになり、虹口地区の「多倫路文化名人街」や盧湾区の「新天地」などが新観光名所として人気をよんでいるが、その姿はかつての国際都市上海の一風景を再現している。

本書の執筆動機は筆者が上海に長期留学していたという実体験と、その後の上海に対する強い関心に端を発するが、長年にわたり横光利一研究を進めていた父の影響も大きい。『上海』に関して中国側からの研究、国際的な視野での研究が不足しているということを指摘され、当時歴史学を学んでいた筆者は、五・三〇事件という上海で起こった歴史的事実に興味を持つことになった。その経緯については簡単ではあるがまえがきで触れたとおりである。

近年、中国人研究者の横光利一に対する研究が多く見られるようになってきた。特に『上海』などはこれまで中国側からの視点で考察されることがなかったため、それらの研究はとても貴重なものといえる。本書では工部局の資料や中国人作家の作品などから『上海』のテーマとなった五・三〇事件に対し史的なアプローチを行なったが、李征氏も工部局の資料から考察をすすめており、参考となる。『上海』は租界という特殊な場所が作品舞台となっているが、そこは確かに中国であり、だからこそ租界を含む中国側の視点で考察し、よりグローバルな視点が今後の『上海』研究の新たな一方向になるものと思われる。

なお、本研究は筆者がここ数年にわたり個人研究として進めている日中比較文化の研究の一環である。

本書の刊行にあたっては横光利一のご子息佑典氏の序文をいただき、父の示唆を受けながら多くの先生方にご指導、ご協力をいただいた。上海復旦大学の趙立行教授、学習院大学臧世俊講師、特に青山学院大学院の吉成大輔氏には初出雑誌の収集などでご協力をいただいた。心から謝意を表したい。

最後に本書の刊行を快諾してくださった翰林書房社長今井肇ご夫妻のご好意に感謝し御礼申上げる。

二〇〇六年九月二十七日

著　者

【著者略歴】

井上　聰（いのうえ・さとし）

日本大学、台湾大学各卒。復旦大学修士課程、華東師範大学博士課程各卒。史学博士。

現在、日本大学商学部助教授。

主な著書　『古代中国陰陽五行の研究』（翰林書房）、『先秦陰陽五行』（湖北教育出版社）。主編に『東亜学研究』（学林出版社）、『新亜洲文明与現代化』（学林出版社）、『亜洲現代化之思：経済文化学的解読』（上海財経大学出版社）など。

横光利一と中国
――『上海』の構成と五・三〇事件――

発行日	2006年10月10日　初版第一刷
著　者	井上　聰
発行人	今井　肇
発行所	翰林書房
	〒101-0051　東京都千代田区神田神保町1-14
	電 話　03-3294-0588
	FAX　03-3294-0278
	http://www.kanrin.co.jp/
	Eメール●kanrin@mb.infoweb.ne.jp
印刷・製本	アジプロ

落丁・乱丁本はお取替えいたします

ISBN4-87737-234-2